밤의 새가 말하다

1

SPEAKS THE NIGHTBIRD

Copyright ⓒ 2002 by McCammon Corporation
All rights reserved.

Korean translation copyright ⓒ 2013 by Sigongsa
This Korean translation edition is published by arrangement with
Donald Maass Literary Agency through EYA(Eric Yang Agency).

이 책의 한국어판 저작권은 EYA(Eric Yang Agency)를 통해
Donald Maass Literary Agency와 독점 계약한 ㈜시공사에 있습니다.
저작권법에 의해 한국 내에서 보호를 받는 저작물이므로 무단 전재와 무단 복제를 금합니다.

1

밤의 새가 말하다

Speaks the Nightbird

로버트 매캐먼 지음 | 배지은 옮김

헌터 고틀리에게

✦

인간의 영광의 시작과 끝을 생각한다.
그리고 나의 영광은
나에게 그런 친구들이 있었다는 것이라고 말하리라.
— 윌리엄 버틀러 예이츠

1

어둠이 밀려오기 전에, 두 여행자는 쉼터를 찾아야 했다.
개구리나 물새들에게는 즐거운 하루였을 것이다. 하지만 인간에게는 낮은 회색 구름과 차가운 빗줄기가 쇠사슬처럼 영혼을 휘감는 하루였다. 5월은 원래 좋은 계절이었고, 화창하지는 않더라도 올해 역시 그럭저럭 괜찮을 것이라 예상했지만, 이번 5월은 마치 입을 꾹 다물고 손가락으로 예배당 촛불을 끄는 수전노 같은 모양새로 시작되었다.
길의 십여 미터 위쪽에서 넓은 물줄기들이 만나 폭포가 되어 쏟아졌다. 늙은 참나무와 느릅나무의 이파리들과 우뚝 선 소나무의 솔잎들은 초록색보다는 검은색에 가까웠으며, 거대한 둥치들은 이끼와 대장장이 주먹 크기만 한 갈색 곰팡이 덩어리들로 얼룩져 있었다. 이런 길을 길이라고 부른다면 그것은 길에 대한 실례일 것이다. 길이라기보다는 오히려 안개에서 솟아올랐다가 안개로 꺼져 들어가는, 칙칙한 궤양 색깔을 띤 진흙 구렁이었다.
"천천히, 천천히."
마차를 모는 남자가 남쪽으로 달리는 말 두 마리를 향해 명령했다. 말들이 내뿜는 숨에서 김이 피어올랐다. 말들은 오물을 헤치며 구르는 나무 바퀴의 무게를 깡마른 옆구리로 감당하고 있었다. 남자는 뾰족한 가시가 달린 채찍을 바투 쥐고 있었지만 그것을 사용하지는 않았다. 말들은 찰스타운의 시립 마구간에서부터 두 사람을 마차에 태우고 달리느라 나름대로 최선을 다하고 있었기 때문이다. 마차에 탄 사람의 엉덩이에 가끔씩 지저깨비를 박아대는 소나무 널빤지 뒤쪽, 축축한 갈색 삼베 천막 아래에 짝이 안 맞는 트렁크 두 개와 작은 여행 가방, 가발 상자가 그간의 고달팠던 여정을 고스란히 보여주는 상처들을 드러낸 채 놓여 있었다.

머리 위에서 천둥이 우르릉 울렸다. 말들은 오물에 빠진 발굽을 들어 올리려고 몸부림을 쳤다.

"자, 자, 일어나라."

말을 모는 남자의 목소리에 자비심이라고는 없었다. 그는 회색 장갑을 낀 손으로 고삐를 잡고 건성으로 가볍게 쳤다. 그러고는 별다른 말없이 자리에 앉았다. 검은 진흙이 묻은 삼각 모자 끝에서 빗물이 뚝뚝 떨어졌다. 까마귀색의 두꺼운 모직 외투에도 질척한 덩어리가 들러붙어 있었다.

"제가 할까요?"

말을 모는 남자가 대신 고삐를 맡겠다는 동료 고행자를 흘긋 보았다. 아무리 상상력을 발휘하더라도 이 둘을 잘 어울리는 한 쌍이라고 하기는 어려웠다. 말을 모는 남자는 쉰다섯 살이었고, 동행은 갓 스무 살이었다. 나이 든 남자는 뼈대가 굵고 턱살이 늘어졌으며 얼굴은 불그레했다. 뻣뻣하고 짙은 회색 눈썹이 움푹 팬 눈 위를 성벽처럼 두르고 있었고, 얼음처럼 푸른 눈은 신형 대포의 포신처럼 형형했다. 콧날은, 영국인의 점잖은 말로 표현하자면 보기 좋게 생긴 편이었고, 네덜란드인의 직설적인 표현을 빌자면 그런 코의 주인이라면 사냥개의 기질을 가지고 있다고 할 만했다. 각진 턱 역시 조각

상처럼 단단했고, 턱 한가운데 움푹 팬 자국은 작은 머스킷 총의 탄환도 너끈히 들어갈 정도였다. 평소에는 꼼꼼히 면도를 했지만, 오늘은 수염이 얼굴 위에 후춧가루처럼 잔뜩 뿌려져 있었다.

"그래, 고맙다."

남자가 고삐를 넘겨주었다. 지난 몇 시간 동안 두 사람은 이런 식으로 계속 고삐를 주고받았다. 남자는 감각을 되찾기 위해 손가락을 움직였다.

야위고 턱이 긴 젊은 남자의 얼굴은 햇빛보다는 촛불 빛에 어울렸다. 그는 말랐지만 약하지는 않았고, 정원의 포도 덩굴처럼 다부졌다. 그는 앞코가 사각형으로 각진 신발에 흰 양말을 신고, 무릎 바로 아래까지 오는 올리브색 바지와 흰 리넨 셔츠 위에 싸구려 커지미어 직물로 만든 몸에 꼭 맞는 짧은 갈색 재킷을 입고 있었다. 바지의 무릎과 재킷의 팔꿈치 부분에는 천 조각이 누덕누덕 덧대어져 있었고, 늙은 남자가 입은 옷도 그것과 비슷했다. 머릿니와 전투를 벌이느라 얼마 전 찰스타운에서 바짝 깎은 부드럽고 검은 머리칼 위로는 회갈색 모자를 눌러 썼다. 젊은 남자는 코, 턱, 광대뼈, 팔꿈치, 무릎 할 것 없이 온몸이 다 날카롭게 각진 느낌이었다. 눈동자는 어스름한 황혼 녘 같은 회색에, 동공은 짙은 푸른색이었다. 젊은 남자는 말들을 재촉하거나 고삐로 때리지 않고, 다만 길을 안내할 뿐이었다. 그는 극기심이 강한 사람이었다. 지금까지 살아오면서 다른 사람이라면 견디지 못했을 시련을 극복하며 극기의 가치를 이해하고 있었다.

나이 든 남자는 손가락을 놀리면서, 이 시련을 끝내고 쉰여섯이 되면 신의 은총에 힘입어 자신의 소명을 벗어나 선한 사마리아인이 될 수 있을지를 생각해보았다. 그는 거친 개척자 정신과는 어울리지 않는 멋을 아는 고상한 사람이었으며, 이런 황야를 헤치고 나가기에는 어울리지 않는 도시인이었다. 그는 말끔한 벽돌과 알록달록하게 칠한 울타리, 멋지게 대칭을 이루도록 잘 손질한 나무 담장과, 저녁마다 일정한 시간에 도시를 돌며 가로등에 불을 밝히는 점등원의 가치를 높이 샀다. 그는 문명인이었다. 빗물이 그의 목을 타고 흘러 내려 부츠에 고였다. 주위의 빛은 사그라지고, 그들이 가진 짐과 목숨을 보호할 수 있는 도구는 마차 안에 있는 녹슨 군용검뿐이었다. 이 진창길 끝에 파운트로열이 있지만, 그 사실도 큰 위로가 되지는 않았다. 그곳에서의 그의 임무도 녹록하지는 않을 것이다.

그러나 이제 약간의 자비가 내리는 것 같았다! 빗줄기가 가늘어지고, 천둥소리는 아까보다 더 먼 곳에서 울렸다. 나이 든 남자는 가장 심한 폭풍은 바다 위로 넘어갔으리라고 생각했다. 아까 숲을 지날 때 나무들 틈으로 어슴푸레한 회색 평야 같은 바다가 언뜻 보였던 것이다. 고약한 부슬비가 여전히 그들의 얼굴을 때렸다. 나뭇가지 위로 안개가 낮게 깔리면서 환영 같은 장막이 숲을 내리덮었다. 바람이 잠잠해지고, 공기에는 습지의 냄새가 짙어졌다.

"캐롤라이나의 봄이라."

나이 든 남자가 중얼거렸다. 허스키한 목소리에 교육을 잘 받은 영국인의 노랫가락 같은 악센트가 묻어 있었다.

"올여름에는 무덤가에 꽃들이 새로 많이 피겠구나."

젊은 남자는 대답하지 않았다. 하지만 마음속으로는 두 주 전에 같은 곳을 지나던 킹스베리 치안판사가 이 땅에서 사라졌듯, 그들도 악마의 일격에 맞아 이 길 위에서 스러질 것이라고 생각했다. 인디언들과 온갖 종류의 사나운 짐승들이 숲에 출몰한다는 사실이 그의 머릿속을 떠나지 않았다. 머릿니가 유행하고 전염병이 돌긴 해도, 찰스타운은 이 초록의 지옥에 비하면 낙원이나 다름없었다. 이런 땅에 자신의 생명과 운명을 맡기다니, 그는 파운트로열에 정착한 사람들은 틀림없이 제정신이 아닐 거라고 생각했다.

하지만 찰스타운도 이십 년 전에는 황무지였다. 지금 찰스타운이 도시이자 번창하는 항구가 된 걸 보면, 파운트로열이 앞으로 어찌 될지 누가 장담할 수 있겠는가? 물론 그렇다 해도 그는 찰스타운 같은 마을 하나가 성공할 동안 불행히도 실패로 끝나는 정착촌이 열 개는 넘는다는 사실을 잘 알고 있었다. 어쩌면 파운트로열도 결국 그런 운명을 맞이할지 모른다. 하지만 현재로서는, 그 마을은 누군가가 땀 흘려 일해 자신의 소망을 현실로 일구어낸 결과물이며, 지금 그 마을이 겪는 문제는 여느 문명사회라면 겪게 되는 평범한 문제에 그칠 가능성도 있다. 하지만 의문은 여전했다. 찰스타운에서 파운트로열로 가는 유일한 길인 이 길을 지나던 킹스베리 치안판사는 왜 목적지에 이르지 못했을까? 젊은이의 의문에 나이 든 남자는 여러 답을 내놓았다. 인디언이나 노상강도를 만났거나, 마차가 고장이 나서 서 있을 때 들짐승의 습격을 받았을 거라고. 하지만 나이 든 남자가 사냥개의 코를 가지고 있다고 해도, 사냥개의 본능을 가진 건 젊은 남자 쪽이었다. 그 의문이 너무도 강렬해서 젊은 남자는 나이 든 남자가 잠자리에 들고 나서 한참 뒤 코를 골아댈 때까지도 희미한 촛불 아래에서 생각을 곱씹어야만 했다.

"저게 뭐지?"

나이 든 남자가 회색 장갑을 낀 손으로 눈앞의 안개를 가리켰다. 순간 젊은 남자도 자신의 동행이 본 것을 보았다. 길 오른편에 지붕의 경사면이 보였다. 숲처럼 어두운 녹색 지붕은 물에 젖어 검게 보였고, 아까 지나쳤던 교역소처럼 황폐해 보였다. 이른 오후에 그들은 교역소에 들러 잠시 말을 쉬게 하고 빵이라도 먹으면서 쉬어 가기를 기대했으나, 막상 도착해보니 검게 타 숯이 되어버린 목재와 잔재들만 남아 있었다. 하지만 지금 그들 앞에는 지붕 위 돌로 만든 굴뚝에서 흰 연기가 피어오르는 멋진 광경이 펼쳐져 있었다. 안개가 흘러가자 거칠게 깎은 통나무로 만든 오두막집이 모습을 드러냈다.

"쉼터다!"

나이 든 남자가 기쁨에 가득 찬 목소리로 소리쳤다.

"신께서 우리를 불쌍히 여기셨구나, 매튜!"

그 집은 지은 지 얼마 안 되는 새 건물이었다. 그래서 지도에 표시되지 않은 모양이었다. 그들이 가까이 다가갈수록 도끼로 갓 벤 소나무 목재의 향이 더욱 강해졌다. 매튜는 이 오두막집을 지은 사람이 기술이 없거나 별 볼 일 없는 목수였을 거라고 다소 무례한 생각을 했다. 비틀어져 쩍쩍 갈라진 벽은 엄청난 양의 붉은 진흙으로 메워놓았다. 굴뚝은 돌이 아닌 진흙을 쌓아 올린 것으로, 길게 갈라진 틈으로 연기를 뱉어내고 있었다. 지붕은 고주망태의 머리 위에 기우뚱하게 얹어놓은 모자처럼 위태로운 각도로 올라앉아 있었다. 통나무집에는 그림이나 장식 같은 것은 전혀 없었고, 좁고 작은 창문은 아무 무늬 없는 널빤지로 가려져 있었다. 통나무집 뒤에는 심지어 그보다도 더 지저분해 보이는 건물이 있었는데, 창고인 것 같았다. 그 옆으로 울타리를 두른 우리 안에 허리가 굽은 말 세 마리가 있었다. 돼지 대여섯 마리는 바로 옆 가축우리의 고약한 진창에서 코를 킁킁대며 그르렁거렸다. 붉은 수탉이 거들먹거리며 돌아다녔고, 비에 젖은 암탉들과 진흙투성이 병아리들이 그 뒤를 쫓았다.

말고삐를 매는 가로대 옆 마당에 말뚝이 박혀 있었다. 그곳에 초록색으로 칠한 소나무 팻말이 붙어 있었고, 흰색 페인트로 '교역 여관'이라고 휘갈겨 쓰여 있었다.
"여관이구나!"
나이 든 남자가 손을 뻗어 매튜가 쥐고 있던 고삐를 잡았다. 자기가 몰면 가로대까지 더 빨리 갈 수 있다고 생각하는 것 같았다.
"오늘 저녁에는 드디어 뜨거운 음식을 먹을 수 있겠어!"
창고 뒤에 서 있던 말 한 마리가 히힝거리더니, 갑자기 문이 열리면서 희미하게 드러난 얼굴이 밖을 내다보았다.
"안녕하시오!"
나이 든 남자가 소리쳤다.
"이곳에서 쉬어 갈까……"
문이 쾅 소리를 내며 닫혔다.
"……하는데."
나이 든 남자가 말을 맺었다. 말들은 가로대까지 마지막 남은 길을 묵묵히 전진했다.
"이랴! 서라!"
남자는 말들을 세우고 문을 바라보았다.
"여관 주인치고는 불친절하군. 음, 아무튼 이렇게 왔으니 여기에서 묵어야지. 그렇지, 매튜?"
"네, 판사님."
젊은 남자의 목소리에는 확신이 없었다.
나이 든 남자가 마차에서 내렸다. 부츠가 진흙탕에 발목까지 빠졌다. 판사라고 불린 남자가 말고삐를 가로대에 묶는 동안 매튜가 마차에서 내렸다. 진흙에 5센티미터는 빠졌어도, 매튜는 나이 든 남자보다 키가 컸다. 178센티미터쯤 되는, 키가 유난히 큰 젊은이였다. 나이 든 남자는 그보다는 평범한 키로 170센티미터쯤 되어 보였다.

빗장이 풀리고 통나무집의 문이 요란하게 열렸다.

"안녕하세요, 안녕하세요!"

문턱에 서 있던 남자가 말했다. 그는 갈색 셔츠 위에 얼룩이 묻은 사슴 가죽 재킷과 짧은 회색 줄무늬 바지를 걸치고, 종아리까지 오는 부츠 위로 천박한 노란 양말을 신고 있었다. 그는 활짝 미소를 지었다. 알밤처럼 둥근 얼굴 가운데에서 나무못처럼 생긴 이가 한껏 드러났다.

"들어와서 몸 좀 녹이십쇼!"

"우리가 안녕한지는 모르겠지만, 불은 반갑군요."

매튜와 나이 든 남자는 현관으로 들어섰다. 여관 주인은 뒤로 물러서서 문을 잡아주었다. 두 사람은 주인에게 다가서면서, 집 안의 강한 소나무 향이 주인의 씻지 않은 몸과 더러운 옷에서 나는 끔찍한 냄새를 가려주기를 바랐다.

"야!"

주인이 여관 안의 누군가에게 소리를 질렀다. 백랍이라도 녹일 것 같은 주인의 목소리가 매튜의 왼쪽 귀를 때렸다.

"장작 좀 더 지피고. 날래게 움직여!"

두 사람의 등 뒤에서 문이 닫히자 빛이 사라졌다. 집 안은 무척이나 어둑어둑해서 명멸하는 붉은 불빛 말고는 보이는 것이 없었다. 연기는 굴뚝으로 전부 빠지지 못하고 대부분은 방 안에 남아 끈적이는 회색 층을 이루고 있었다. 매튜는 주위에서 다른 누군가가 움직이는 듯한 느낌을 받았지만, 연기 때문에 눈이 흐려져 잘 보이지 않았다. 옹이 박힌 손이 그의 등을 누르는 것이 느껴졌다.
"자, 자. 어서요. 몸을 녹이시라니깐!"
여관 주인이었다.
두 사람은 발을 질질 끌며 불가로 다가갔다. 매튜는 테이블 가장자리에 부딪혔다. 누군가 목소리를 낮춰 소곤거렸고, 다른 누군가가 웃다가 거칠게 기침을 했다.
"이런 빌어먹을, 그 태도가 뭐냐! 신사분들을 모셔놓고!"
여관 주인이 쏘아붙였다.
나이 든 남자도 시큼한 연기를 뱉어내기 위해 몇 번이나 기침을 해야 했다. 그는 불가에 서서 젖은 장갑을 벗었다. 눈이 따끔거렸다.
"찰스타운에서 여기까지 오는 데 하루 종일 걸렸소. 백인을 만나기 전에 인디언을 먼저 만날 줄 알았더니만."
"네, 신사 나리. 여기엔 시뻘건 악마들이 잔뜩 있습니다. 그래도 그것들은 자기들이 나오고 싶지 않으면 절대 안 나와요. 저는 윌 쇼컴이라고 합니다. 여기는 제 여관이자 교역소고요."
손이 뿌연 연기를 뚫고 불쑥 튀어나왔다. 나이 든 남자는 그 손을 잡았다. 퀘이커 교도의 말안장만큼이나 단단한 손바닥이었다.
"내 이름은 아이작 우드워드요. 이 아이는 매튜 코빗이고."
나이 든 남자는 곱은 손을 녹이려고 열심히 손을 비벼대는 젊은 남자를 가리키며 말했다.
"찰스타운에서 오셨다고요? 거긴 좀 어떤가요?"
쇼컴은 여전히 나이 든 남자의 손을 쥐고 있었다.
"살기 좋지요."
우드워드는 손을 잡아 **빼면서**, 이 악취가 가시려면 손을 도대체 얼마나 문질러 닦아야 할까 생각했다.

"하지만 지난 몇 주 동안 날씨가 심상치 않았어요. 온기와 냉기를 번갈아 통과하면서 우리의 정신력을 시험해야 했다오."
"이 동네도 비가 곧 그치지는 않을 겁니다. 어느 날 아침은 푹푹 찌다가 다음 날은 찬바람이 휭 불죠."
"딱 세상의 종말이라니까."
목소리를 낮춰 소곤거리던 누군가가 말했다.
"이맘때까지 담요를 덮어야 하다니 말이 돼? 이건 악마가 자기 마누라를 두들겨 패는 거여."
"조용히 해! 아는 것도 없으면서!"
쇼컴이 작고 검은 눈을 부라렸다.
"나는 성경도 읽고, 하느님 말씀도 알아! 이건 세상의 종말이자 온갖 더러운 것들의 종말인 거여!"
"더 지껄이면 숫돌에 갈아버린다!"
붉은 난롯불에 비친 쇼컴의 표정은 격한 분노를 간신히 억누르는 모습이었다. 여관 주인은 땅딸막하고 건장한 남자로, 키는 167센티미터 정도 되어 보였고 힘이 세 보이는 어깨와 맥주통 같은 가슴을 가지고 있었다. 제멋대로 뻗은 갈색 머리카락에 회색 머리카락이 드문드문 섞여 있었고, 수염은 반백이었다. 우습게 볼 남자가 아니었다. 우드워드는 여관 주인이 쓰는 거친 영국 하층민의 말투를 듣고 그가 아직 템스 강의 부둣가에서 그리 멀리 벗어나지는 못했다고 생각했다.
우드워드는 성경을 읽는다는 독자가 있는 쪽을 흘긋 쳐다보았다. 부연 연기 사이로 울퉁불퉁한 얼굴에 흰 수염이 난 노인이 방 안에 놓인 투박한 테이블 앞에 앉아 있었다. 갓 피운 석탄처럼 번들거리는 노인의 눈은 붉은 난로 불빛에 고정되어 있었다.

"럼주에 한 번만 더 손댔다간 아주 가둬버릴 거야!"
쇼컴이 말했다. 노인은 대꾸를 하려 했으나 적절한 말을 하기에는 지혜가 모자랐다. 우드워드가 다시 여관 주인을 쳐다보니 쇼컴은 멋쩍은 미소를 지었다. 화가 가라앉은 것 같았다.
"제 삼촌 애브너입니다. 머리가 살짝 돌았어요."
쇼컴이 음모라도 꾸미는 듯 속삭였다.
흐릿한 연기를 뚫고 누군가가 들어오더니 우드워드와 매튜 사이를 스치듯 지나, 검게 그을린 돌멩이로 가장자리를 두른 커다란 난로 쪽으로 다가갔다. 고작해야 150센티미터 정도밖에 안 되는 작고 여윈 이 사람은 누덕누덕 기운 초록색 치마를 입고 있었고, 짙은 갈색의 긴 머리는 헝클어져 있었다. 소나무 장작 토막과 한 아름의 솔방울과 솔잎이 난롯불에 던져졌다. 매튜는 자신도 모르게 턱이 길고 핼쑥한 소녀의 옆얼굴과 그녀의 헝클어진 머리칼을 바라보았다. 소녀는 매튜에게 눈길도 주지 않고 잽싸게 다시 사라졌다. 어둠이 소녀를 삼켰다.
"모드! 거기 앉아서 뭐하는 거야? 여기 신사분들께 맥주라도 내와!"
쇼컴이 노인 옆에 앉아 있던 또 다른 여자에게 말했다. 의자가 바닥 널빤지 위에서 삐걱거리는 소리를 내며 뒤로 밀렸다. 두 장의 삼베 자루를 이어 붙여 만든 옷을 입은 깡마른 백발의 유령 같은 여자가 요란하게 기침을 했고, 그 소리는 곧 거친 숨소리로 바뀌었다. 모드라고 불린 노파는 혀를 끌끌 차고 투덜거리며 난로 뒤에 있는 문으로 나갔다.
"그리스도여, 저 멍청이들을 구원하소서!"
쇼컴이 노파의 초라한 뒷모습을 향해 소리를 질렀다.

"우리가 여태껏 먹고 마시고 숨 쉬는 사람이라곤 본 적이 없다고 생각하시겠네요! 그래도 여기는 여관입니다. 저희 집에 대해 못 들어보셨나요?"

쇼컴의 기분은 또다시 바뀌어 있었다. 그는 기대하는 눈빛으로 우드워드를 바라보았다.

"여기서 하룻밤 묵어가시는 거지요? 저 뒤편에 편안한 방이 하나 있어요. 별로 비싸지도 않아요. 부드러운 매트리스가 놓인 침대가 있으니 여행에 지친 등을 쭉 펼 수 있지요."

"하나만 여쭤봐도 될까요?"

매튜는 그의 동행이 대답하기 전에 먼저 입을 열기로 했다.

"파운트로열까지는 얼마나 걸리나요?"

"파운트로열? 길 상태가 좋으면 두세 시간밖에 안 걸리지만 날씨가 이러면 곱절은 들걸요. 게다가 어두워지고 있으니까. 나라면 횃불하고 총도 없이 애꾸눈 잭이나 붉은 야만인을 만나고 싶진 않을 것 같은데요."

쇼컴은 다시 한 번 나이 든 남자에게 관심을 돌렸다.

"그래서, 오늘 밤 여기서 묵어가실 거죠?"

"물론이오."

우드워드는 무거운 외투의 단추를 풀기 시작했다.

"이렇게 어두운데 계속 가는 건 바보짓이겠지요."

"방으로 옮길 짐이 있는 것 같았는데?"

쇼컴이 고개를 돌리면서 미소를 흘렸다.

"애브너! 얼른 일어나서 신사분들 짐 챙겨 와! 어이, 계집애, 너도 같이 가!"

소녀는 고개를 아래로 떨구고 맨팔을 가슴 위로 포갠 채 벽에 등을 기대고 가만히 서 있었다. 소녀는 쇼컴의 고함에 아무 소리도 내지 않고 문 쪽으로 걸어갔다. 소녀는 무릎까지 오는 사슴 가죽 장화를 신고 있었다.

"이런 날에는 돼지도 밖을 돌아다니지 않아!"

애브너가 의자를 단단히 붙들고 투덜거렸다.

"돼지야 그렇겠지. 하지만 삼촌 같은 돼지에겐 이런 날씨가 딱이야! 이제 얼른 일어나서 움직이라고!"

쇼컴이 매서운 눈빛으로 쏘아보았다.

애브너는 수염 아래 입술을 달싹이며 무언가를 웅얼거리면서 의자에서 일어났다. 그리고는 다리에 심각한 문제라도 있는 듯 절룩거리며 소녀의 뒤를 따랐다.

매튜는 '애꾸눈 잭'이 누구인지 쇼컴에게 묻고 싶었지만, 소녀와 노인이, 그중에서도 특히 소녀가 무거운 가방과 씨름할 생각을 하니 기분이 좋지 않았다.

"제가 도울게요."

매튜가 문 쪽으로 향했지만 쇼컴이 그의 팔을 잡았다.

"됐어요. 저것들은 너무 오래 앉아 있어서 게을러졌어. 저것들도 밥값을 해야 하니 그냥 내버려둬요."

매튜는 잠시 그 자리에 서서 남자의 눈을 바라보았다. 매튜는 그 눈에 비친 무언가를 보았다. 무지, 옹졸함 그리고 어쩌면 순수한 잔인함 같은 것들. 매튜는 역겨움을 느꼈다. 그는 이전에도 이 사람을, 물론 다른 모습으로 본 적이 있었으며, 이런 부류의 사람은 허약한 육신과 위태로운 영혼에게만 힘을 휘두르는 불한당이라는 것을 알고 있었다. 또 매튜는 쇼컴이 생각보다 훨씬 더 영리하다는 것도 어렴풋이 감지했다. 쇼컴은 슬며시 입술을 비틀어 미소를 짓고 있었다. 천천히, 하지만 힘껏 매튜는 쇼컴의 손에서 팔을 빼내려고 했다. 그러나 여관 주인은 미소를 지은 채 그를 놓아주지 않았다.

"저 사람들을 도와주겠다니까요."

매튜가 다시 한 번 말했다.

쇼컴은 잡은 손을 놓지 않았다. 외투를 벗고 있던 우드워드는 그제야 자신의 눈앞에서 작은 드라마가 펼쳐지고 있다는 것을 깨달았다.

"그래. 짐 나르는 걸 좀 도와주면 좋겠구나."

"뭐, 원하신다면."

쇼컴은 즉시 매튜의 팔을 놓아주었다.

"내가 해야 되는데. 하지만 나는 허리가 썩 좋질 않아요. 예전엔 무거운 것도 번쩍번쩍 잘 들었는데. 템스 강 부두에서는 말이죠. 하지만 이제는……."

툴툴거리는 쇼컴의 말을 뒤로하고 매튜가 밖으로 나갔다. 마지막 푸른빛이 남아 있는 밖의 공기는 축복처럼 신선했다. 노인은 우드워드의 가발 상자를 들고, 소녀는 마차 뒤에서 트렁크를 등에 짊어지려고 애쓰는 중이었다.

"내가 도와줄게요."

매튜가 진흙을 헤치며 소녀에게 다가갔다. 매튜가 가죽 손잡이를 잡는 순간 소녀는 매튜가 문둥이라도 되는 양 잰 발걸음으로 달아났다. 그 바람에 소녀가 잡고 있던 트렁크의 한쪽 끝이 오물 위로 털썩 떨어졌다. 소녀는 빗속에 서 있었다. 어깨가 앞으로 굽어 긴 머리카락이 얼굴을 덮고 있었다.

"하!"

애브너가 껄껄 웃었다. 이렇게 환한 곳에서 보니 그의 살갗은 젖은 양피지처럼 둔한 회색이었다.

"저 계집애한테 말 걸어봤자 소용없어. 아무에게도 말을 하지 않거든. 정신병원에서 나온 지 얼마 안 됐어."

"이름이 뭔데요?"

애브너는 입을 다물었다. 부스럼이 앉은 눈썹 사이에 골이 파였다.

"계집애."

애브너가 대답했다. 그는 매튜의 질문이 인류가 지금까지 던졌던 질문 가운데 가장 바보 같은 질문이라는 듯 다시 웃더니 가발 상자를 들고 안으로 들어갔다.

매튜는 잠시 소녀를 지켜보았다. 그녀는 추위에 떨기 시작했지만 아무 소리도 내지 않고 둘 사이에 놓인 진창만 내려다보았다. 애브너가 도와주지 않는다면 매튜는 트렁크를 혼자, 어쩌면 두 번째 것까지 옮겨야 할 판이었다. 매튜는 우듬지 너머를 올려다보았다. 이제는 더욱 거세진 비가 얼굴을 때렸다. 이렇게 진창에 신발을 파묻은 채 신세를 한탄하며 서 있어봐야 소용없는 일이었다. 상황은 더 나빠졌고 이보다 더 나빠질 수도 있었다. 소녀도 그렇다. 소녀의 사연을 누가 아는가? 누가 그녀에게 침이라도 뱉었나? 아니 아무도. 그런데 왜 내가 신경을 써야 하는가? 매튜는 트렁크를 진흙 바닥 위로 질질 끌다가 현관 앞에서 걸음을 멈췄다.

"들어가요. 나머지는 내가 나를게요."

매튜가 소녀에게 말했다.

소녀는 움직이지 않았다. 매튜는 쇼컴의 목소리가 그녀를 후려갈길 때까지 소녀가 그 자리에서 꼼짝도 않는 게 아닐까 생각했다.

그건 내 알 바 아니다. 매튜는 트렁크를 현관 위로 끌어 올리다가, 문턱을 넘기 전에 다시 소녀를 쳐다보았다. 소녀는 고개를 젖히고 팔을 한껏 뒤로 뻗은 채 눈을 감고 입을 벌려 빗물을 받아 마시고 있었다. 매튜는, 정신이 이상한 소녀에게는 아마 그 행동이 쇼컴의 냄새를 살갗에서 씻어내는 나름의 방법일지도 모른다고 생각했다.

2

"대단히 불편하겠구나. 아마 깜빡했겠지."

매튜가 짚으로 만든 매트리스를 들춰 그 아래에 실내용 변기가 없음을 확인하는 것을 보고 아이작 우드워드가 말했다.

매튜는 실망에 찬 표정으로 고개를 저었다.

"좀 더 괜찮은 방을 얻을 줄 알았는데. 차라리 창고에서 묵는 편이 나을 뻔했어요."

"여기서 하루 지낸다고 죽지는 않아."

우드워드는 닫혀 있는 창문을 턱으로 가리켰다. 엄청난 빗줄기가 창문을 두들기고 있었다.

"하지만 이런 날씨에 길을 계속 걷는다면 죽을 수도 있다. 그러니 감사해라, 매튜."

우드워드는 다시 하던 일을 계속했다. 그는 저녁 정찬을 위해 옷을 갈아입는 중이었다. 우드워드는 트렁크를 열어 깨끗한 리넨 셔츠와 새 양말, 옅은 회색 반바지를 꺼내고 옷이 상하지 않도록 조심스럽게 침대 위에 펼쳐놓았다. 매튜의 트렁크 안에도 깨끗한 옷이 잘 정돈되어 있었다. 그들이 어디에 있든 주위 환경이 어떠하든, 우드워드는 기본적으로 저녁 식탁에서는 문명인답게 차려입어야 한다고 주장했다. 매튜는 거지의 식탁에 추기경처럼 차려입고 앉는 것에 도대체 무슨 의미가 있는지 알 수 없었으나, 우드워드에게 대단히 중요한 문제라는 것은 이해했다.

우드워드는 벌써 트렁크에서 가발 받침대를 꺼내 침대 옆 작은 탁자에 올려둔 상태였다. 방 안에 있는 가구라고는 침대, 소나무 의자, 탁자뿐이었다. 우드워드는 받침대 위에 그가 가진 가발 세 개 중 하나를 걸었다. 그럭저럭 괜찮은 갈색으로 염색한, 동글동글 말리는 곱슬머리가 어깨까지 드리워지는 가발이었다. 탁자 위 벽의 고리에 걸려 있는 금속 등잔에서 양초가 연기를 뿜어댔다. 우드워드는 그 양초 불빛 아래에서 영국에서 가져온 은으로 만든 손거울로 머리털이 없는 정수리를 비춰보고 있었다. 하얀 두피에 불그스레한 검버섯 여남은 개가 나 있는 모양이 썩 좋아 보이진 않았다. 귀 주위로는 가느다란 회색 머리칼이 나 있었다. 우드워드는 흰 속옷을 입고 서서 검버섯을 살펴보았다. 두둑한 배가 허리춤 밖으로 비어져 나오고 다리는 왜가리처럼 창백하게 비쩍 말라 있었다.

그는 조용히 한숨을 내쉬었다.

"세월은 불친절하구나. 이 거울을 들여다볼 때마다 탄식할 거리가 새로 생기니. 네 젊음을 잘 간수해라, 매튜. 아주 소중한 자산이니까."

"네, 판사님."

매튜의 목소리에는 특별한 감정이 실려 있지 않았다. 우드워드는 종종 늙어가는 괴로움을 시적으로 표현하면서 감상에 빠지는 터라, 매튜에게는 생소한 대화도 아니었다. 매튜는 새 흰 셔츠를 입느라 바빴다.

"나도 한때는 잘생겼었지."

우드워드는 서성거렸다.

"정말 그랬어."

그는 거울을 기울여 검버섯을 비춰보았다.

"잘생기고 허영심도 강했지. 이제는 허영심만 남은 것 같구나."

우드워드의 눈이 가늘어졌다. 지난번에 셌을 때보다 반점이 더 늘어 있었다. 그렇다. 그는 분명히 느꼈다. 자신의 종말을 알려주는, 구멍 뚫린 양동이에서 물이 새는 것처럼 사라져가는 자신의 시간을 알려주는 표지들을. 그는 휙 거울을 옆으로 치웠다.

"그래도 계속 가야지. 안 그러냐?"

우드워드는 매튜에게 희미하게 미소를 건넸다.

"대답할 필요 없다. 오늘 밤에는 더 이상 나 자신에게 불리한 진술은 하지 않겠어. 아! 나의 자부심!"

우드워드는 트렁크로 다가가 경외심 어린 손놀림으로 대단히 조심스럽게 조끼를 꺼내 들었다. 조끼는 어떻게 보더라도 예사롭지 않았다. 진한 프랑스 초콜릿처럼 짙은 갈색 조끼로, 섬세한 검은 실크로 안감을 대었다. 또 가는 금실로 줄무늬 장식을 했는데, 촛불에 비치니 그 금실은 영롱하게 반짝거렸다. 꼼꼼하게 만든 작은 주머니 두 개도 금실로 가장자리를 둘렀고, 단추 다섯 개는 순수한 상아로 만든 것이었다. 오래 사용해서 이제는 다소 지저분한 누런색을 띠고 있지만, 어쨌든 상아는 상아였다. 그 웅장한 조끼는 우드워드의 과거의 유산이었다. 우드워드는 빵과 장미를 좇을 때도 있었고, 텅 빈 식품 저장실과 그보다 텅 빈 호주머니를 마주할 때도 있었다. 하지만 이 조끼로 찰스타운의 시장에서 상당한 액수의 돈을 마련할 수 있었음에도 불구하고 그는 이것을 팔라는 말을 귓등으로도 듣지 않았다. 조끼는 자산가였던 과거 그와의 연결 고리였다. 그는 수시로 조끼를 가슴 위에 올려둔 채 잠들곤 했다. 그렇게 하면 런던에서의 행복했던 시절을 꿈에서 볼 수 있다는 듯이.

 천둥소리가 머리 위에서 울렸다. 천장 구석에서 물이 새기 시작하더니, 통나무를 타고 내려 바닥에 고인 물웅덩이로 흘러들었다. 매튜는 방 안 사방에 떨어져 있는 쥐똥을 보고 이곳의 쥐들은 도시의 쥐들보다 훨씬 크겠다고 짐작했다. 그는 쇼컴에게 양초를 더 달라고 해야겠다고 마음먹었다. 어쨌든 이곳에서 잠을 자야 한다면 등잔을 손이 닿는 곳에 두고 앉아서 자야 하리라.

 매튜가 짙은 파란색 바지를 입고 셔츠 위로 검은 외투를 걸치는 동안, 우드워드는 양말을 신고 종아리를 바짝 죄는 회색 바지와 흰 블라우스를 입었다. 그리고 최대한 진흙을 긁어낸 부츠를 신고, 소중한 조끼의 단추를 채웠다. 가발을 머리에 올리고, 거울의 도움으로 머리털을 반듯하고 단정하게 정리했다. 우드워드는 아까 쇼컴이 씻으라고 들여보낸 빗물을 이용해 면도를 한 뒤 수염의 상태를 살폈다. 그리고 마지막으로 베이지색 재킷을 걸쳤다. 상당히 구깃구깃했지만 그래도 여행을 잘 견뎌주고 있었다. 매튜는 짧게 깎아 제멋대로 뻗친 검은 머리칼에 빗질을 했고, 두 사람은 주인 대접을 받을 채비를 마쳤다.

 "오셔서 앉으십쇼!"

 우드워드와 매튜가 큰 방에 들어서자 쇼컴이 외쳤다. 난로에서 피어오르는 연기는 도리어 더 짙어졌고 더 시큼하게 눈을 자극했다. 방 안에는 촛불이 몇 개 놓여 있었고, 붉은 석탄 위에 걸려 부글부글 끓어오르며 김을 내뿜는 냄비 위로 모드와 소녀가 몸을 굽힌 채 일하고 있었다. 쇼컴은 커다란 술잔을 한 손에 들고 서서 두 사람을 식탁으로 안내했다. 건들거리는 모습을 보니 술에 제대로 취한 것 같았다. 쇼컴은 눈을 깜박이면서 낮게 휘파람을 불었다.

"원 세상에 빌어먹을, 지금 입고 있는 게 금입니까?"
 우드워드가 미처 뒤로 물러서기도 전에 쇼컴이 더러운 손을 뻗어 반짝이는 조끼를 쓰다듬었다.
 "우와, 옷감 정말 좋네! 모드, 이것 좀 봐! 이 신사분이 금으로 만든 옷을 입고 계셔. 이런 거 본 적 있어?"
 불빛에 비친 노파의 얼굴은 긴 백발 아래 금이 간 진흙 가면 같았다. 노파는 어깨 너머로 조끼를 뚫어지게 바라보다가 말인지 신음인지 모를 탄식을 내뱉었다. 그러더니 다시 만들던 음식으로 고개를 돌려, 냄비를 저으며 소녀에게 명령인지 야단인지 모를 말을 했다.
 "두 분 꼭 한 쌍의 새 같군요!"
 쇼컴이 활짝 웃으며 말했다. 매튜가 보기에 쇼컴의 입은 단검에 찢긴, 가장자리가 축축이 젖은 상처 같았다.
 "황금 새와 검은 새! 안 그래요?"
 쇼컴은 바로 옆 테이블의 의자를 뒤로 뺐다.
 "자, 자. 어서 자리에 앉아서 깃털을 쉬게 하시구려!"
 쇼컴의 행동에 품위가 손상되었다고 생각한 우드워드는 자신의 의자를 직접 당겨서 최대한 우아하게 자리에 앉았다. 매튜는 그 자리에 계속 서서 쇼컴의 얼굴을 똑바로 쳐다보았다.
 "실내용 변기요."
 "응?"
 쇼컴의 입가에 남아 있던 웃음이 비틀어졌다.
 "실내용 변기 말이에요."
 매튜가 다시 단호하게 말했다.
 "우리 방에 실내용 변기가 없더군요."
 "실내용 변기."

쇼컴은 술잔을 들어 크게 한 모금 들이켰다. 럼주가 턱 아래로 흘러내렸다. 얼굴에서 웃음이 사라졌다. 눈의 동공은 검은 바늘 끝처럼 작아졌다.

"뭔 빌어먹을 변기 타령이야? 이봐, 저 숲은 뭐에다 쓸 건데? 싸고 싶으면 저기로 가라고. 궁둥이야 나뭇잎으로 닦으면 되고. 이제 앉아요. 상 금방 차릴 거니까."

매튜는 여전히 그 자리에 서 있었다. 심장이 거세게 뛰기 시작했다. 매튜는 둘 사이의 공기에 밴 소나무 장작의 연기만큼이나 고약한 날 선 긴장감을 느낄 수 있었다. 쇼컴의 굵은 목에 뻗은 혈관들이 불룩해지면서 피가 쏠려 울퉁불퉁해졌다. 매튜는 공격적이고 무례한 표정을 짓는 쇼컴의 얼굴을 한 대 날리고 싶었지만, 주먹을 날렸다간 그 대가가 세 배가 되어 돌아올 터였다. 긴장이 길어지면서 쇼컴은 매튜의 다음 수가 무엇인지 보기 위해 기다리고 있었다.

"자, 자. 앉아라."

우드워드가 조용히 매튜의 소매를 잡았다.

"실내용 변기 정도는 요구할 수 있다고 생각하는데요."

매튜는 여전히 여관 주인에게서 시선을 떼지 않았다.

"적어도 양동이라도요."

"이봐요, 젊은이."

이제 쇼컴의 목소리에는 거짓 감정이 철철 흘렀다.

"지금 여기가 어디인지 이해해주셔야지. 여기는 왕이 사는 궁전도 아니고, 문명화된 마을도 아니야. 찰스타운에서는 근사한 실내용 변기에 앉아 호사스럽게 볼일을 봤겠지만, 여기에서는 저 밖 창고 옆에서 쪼그리고 앉아 볼일을 보고, 뭐 그런 것 아니겠어. 어쨌든, 젊은이도 저 계집애가 젊은이가 남기고 간 것을 치우기를 원치는 않을 거 아뇨?"

쇼컴이 눈썹을 추켜세웠다.

"신사로서 할 일이 아니지."

매튜는 대답하지 않았다. 우드워드는 매튜의 소매를 잡아당겼다. 특별히 싸울 가치가 없는 일이었다.

"우리가 알아서 하겠소, 쇼컴 씨."

매튜는 우드워드의 말에 마지못한 듯 항복하고 자리에 앉았다.

"오늘 저녁 정찬 메뉴는 무엇인지요?"

탕! 그때 총소리만큼이나 커다란 소리가 났다. 두 남자는 모두 펄쩍 뛰어올랐다. 소리의 근원지인 난로 쪽을 돌아보니, 노파가 커다란 나무망치를 들고 있었다.

"이것들 잡기 시작했어!"

노파가 거친 목소리로 말하며 자랑스럽게 손을 치켜들었다. 두 손가락으로 집어든 것은 반쯤 으깨진 채 죽음의 고통에 경련하는, 꼬리가 길고 덩치가 큰 검은 쥐였다.

"던져버려!"

쇼컴이 노파에게 말했다. 우드워드와 매튜는 노파가 쥐를 냄비에 던져 넣지는 않을까 걱정했지만, 노파는 창가로 어기적거리며 걸어가더니 창문 빗장을 풀고 죽어가는 쥐를 폭풍이 몰아치는 어둠 속으로 던졌다.

문이 열렸다. 또 다른 젖은 쥐가 저주의 푸른 깃발을 질질 끌며 들어왔다. 애브너였다. 그는 진흙투성이 부츠를 신고 옷과 흰 수염에서 빗물을 뚝뚝 흘리고 있었다.

"세상의 종말이여, 이것은!"

애브너는 문을 소리 내어 닫고 빗장을 지르며 말했다.

"다 씻겨 내려가버리겠어!"

"말한테 먹이랑 물 줬어?"

쇼컴은 애브너에게 등이 휜 말 세 마리와 함께 우드워드와 매튜의 말과 마차를 창고 안으로 들여놓으라고 지시했었다.

"했어."

"잘 들여놓은 거 맞아? 이런 빗속에 한번만 더 말들을 내놓았다간 엉덩이를 채찍으로 갈겨줄 테니까!"

"창고 안에 들여놨다니까. 그렇게 의심스러우면 내 거시기나 빨든지."

"그 잘난 입 닥쳐! 아예 꿰매버리기 전에. 가서 여기 신사분들한테 술 좀 내와."

"안 해!"

노인이 악을 썼다.

"다 젖어서 옷 입고 헤엄치게 생겼어!"

"나는 에일(맥주의 일종-옮긴이)로 하겠소."

우드워드는 아까 쇼컴의 럼주를 맛보다가 혀가 타서 재가 될 뻔했던 기억이 떠올라 말했다.

"차가 있다면 차로 주시고요."

"저도 같은 걸로요."

매튜가 말했다.

"신사분들 말씀 들었지!"

쇼컴이 불운한 삼촌에게 고함을 질렀다.

"가서 에일을 좀 가져와! 제일 좋은 걸로! 몸을 놀리라고!"

쇼컴은 노인을 겁주려고 두 걸음을 앞으로 내디뎠다. 그러고는 애브너의 머리통을 때릴 듯 술잔을 추켜올리다가 악취를 풍기는 술을 손님들에게 흘렸다. 매튜는 우울한 눈으로 우드워드를 바라보았으나, 우드워드는 이 눈앞의 코미디에 그저 고개를 저을 뿐이었다. 영혼까지 푹 젖은 애브너는 조카의 분노 앞에 무너져 내렸고, 결국 종종걸음을 치며 저장실로 향했다. 하지만 그 뒤로 흐느끼는 듯한 불쾌한 욕설이 길게 남았다.

"이 집의 주인이 누군지 모르는 인간들이 있단 말이야!"

쇼컴은 의자를 당겨 두 사람의 허락도 구하지 않고 테이블 앞에 앉았다.

"제가 불쌍하지 않습니까, 신사분들! 눈을 두는 곳마다 얼간이만 보이니 말입니다!"

그 눈의 주인도 얼간이이긴 마찬가지지. 매튜가 생각했다.

우드워드는 의자를 조금 옆으로 옮겼다.

"여관을 경영하는 것은 꽤 골치 아픈 일 같군요."

"그렇다니까요! 여행자들이 이곳으로 좀 다니기는 하지만, 많진 않아요. 덫을 놓는 사냥꾼들하고 인디언들이나 왔다 갔다 하지. 물론 여기 자리 잡은 지는 서너 달밖에 안 됐지만."

"이 집을 손수 지었나요?"

매튜가 물었다. 조잡하게 만든 지붕 대여섯 군데에서 물이 새 떨어지는 것을 본 터였다.

"그럼. 통나무 하나 널빤지 하나, 다 내 손이 갔지."

"허리가 아프다더니 통나무를 자르고 옮길 수 있었단 말인가요?"

"허리가 아파? 지금 무슨 소리를 하는 거야?"

쇼컴이 눈살을 찌푸렸다.

"무거운 짐을 들다가 허리를 다쳤다면서요. 템스 강에서 일했다고 하지 않았던가요? 그래서 아까 트렁크를 들기가 힘들다고 한 줄 알았는데."

쇼컴의 얼굴이 돌처럼 굳었다. 몇 초 뒤 쇼컴은 아랫입술을 핥았다. 그는 미소를 지었지만 그 미소는 딱딱하게 굳어 있었다.

"아, 내 허리."

쇼컴이 천천히 말했다.

"그게 그러니까…… 같이 일한 사람이 있었지. 그 사람이 자르고 옮기고 다 했어. 인디언들도 몇 명 쓰고. 대가로 유리구슬 몇 개면 충분하거든. 그러니까 내 말은…… 날씨가 궂으면 허리가 아프다는 말이야. 어떤 날에는 아주 멀쩡하고."

"그 동료는 어찌 되었습니까?"

우드워드가 물었다.

"병이 났어요."

쇼컴이 잽싸게 대답했다. 그는 여전히 매튜를 노려보고 있었다.

"열병에 걸려서. 그 가엾은 영혼은 일을 관두고 찰스타운으로 돌아갔지."

"파운트로열로 가지 않고요?"

매튜가 계속 캐물었다. 그의 사냥개 본능이 발동하면서, 절대적인 거짓의 기운이 스민 이곳의 분위기를 포착하고 있었다.

"파운트로열에는 의사가 없나요?"

"그걸 내가 아나. 난 물어보니 대답하는 것뿐이야. 그 친구는 찰스타운으로 돌아갔어."

"옛다! 배가 터지게 마셔봐라!"

물기가 묻어 있는 나무 술잔 두 개가 테이블의 한가운데에 탕 소리를 내며 떨어졌다. 애브너는 여전히 저주의 말을 중얼거리며 몸을 말리기 위해 난롯가로 다가갔다.

"고단한 시골이군요."

우드워드가 매튜와 여관 주인 사이의 긴장감을 없애보려고 말을 꺼냈다. 그러고는 자신의 술잔을 들어 올렸고, 액체 위에 떠 있는 기름막을 걱정스러운 눈으로 바라보았다.

"고단한 '세상'이지요."

쇼컴이 정정했다. 그러고 나서야 그는 매튜에게 향했던 시선을 거둬들였다.

"드세요, 신사분들."

쇼컴은 입가에 술잔을 기울이며 말했다.

우드워드와 매튜는 신중하게 그 액체를 조금 맛보았고, 만용을 부리지 않은 것을 다행으로 여겼다. 그 에일은 발효된 시큼한 사과 맛이 났는데, 한 입 머금자 입이 일그러지고 목구멍이 꽉 조여들었다. 매튜의 눈에는 눈물이 고였고 우드워드의 가발 아래로는 땀이 바늘처럼 솟아났다. 그러나 두 사람은 모두 그 액체를 삼켰다.

"그 에일은 인디언들한테 얻은 거라오."

쇼컴이 손등으로 입술을 훔치며 말했다.

"그것들은 이 술을 '스네이크바이트(맥주와 사과주를 혼합한 칵테일로, '뱀에 물린 상처'라는 뜻이다-옮긴이)'라고 부르더구먼."

"호되게 물린 것 같소."

우드워드가 말했다.

"두 번째 마셔보면 그렇게 나쁘지 않아요. 일단 반을 넘어가면, 사자가 되거나 양이 되지요."

쇼컴은 입가로 술을 줄줄 흘리며 더 들이켰다. 그는 두 사람 사이

33

에 앉아 식탁 위에 발을 올리고는 의자에 한껏 등을 기댔다.
"파운트로열에는 무슨 일로 가십니까?"
"법적인 일이오. 나는 치안판사입니다."
우드워드가 대답했다.
"아아."
쇼컴이 완전히 이해했다는 듯 고개를 끄덕였다.
"두 분 다 법복을 입으시는?"
"아니요. 매튜는 내 서기요."
"그 문제 때문인가 보죠?"
"어떤 문제에 관한 것은 맞습니다."
우드워드는 이 남자가 파운트로열의 일을 얼마나 알고 있는지 몰랐고, 다른 여행자들의 입에 오르내리게 될 이야깃거리를 더 이상 알리고 싶지 않았다.
"아, 그 얘긴 나도 잘 알아요. 비밀도 아닌걸. 소식 배달원들이 지난 몇 달 동안 계속 왔다 갔다 하면서 알려주었지요. 그럼 이것만 얘기해주쇼. 그 여자를 밧줄에 매달 거요, 태울 거요, 아니면 목을 칠 거요?"
"첫째, 먼저 그 여자에 대한 혐의가 사실인지 밝혀져야 합니다. 둘째, 형 집행은 내 임무가 아니오."
"그래도 선고는 내릴 거 아닙니까? 안 그래요? 얼른 말해봐요, 어떻게 할 건데?"
우드워드는 이 얘기에서 쇼컴을 떼어놓으려면 정면 돌파밖에 없다고 생각했다.
"만일 그 여자가 유죄로 판명되면, 교수형이오."
"캬!"

쇼컴은 못마땅한 몸짓으로 손을 비볐다.

"나 같으면 일단 목부터 자르고 불에 태워버릴 텐데! 그러고 나서 재를 긁어모아서는 바다에 던져버리고! 그것들은 짠물을 못 견디니까."

쇼컴은 난로 쪽을 바라보며 고함을 질렀다.

"어이! 식사 준비 아직 안 됐냐!"

쇼컴에게 무어라 쏘아붙이는 모드의 입에서 침이 반원을 그리며 뿜어져 나왔다. 쇼컴이 다시 소리쳤다.

"그럼 계속해!"

쇼컴은 다시 럼주를 벌컥벌컥 마시고는 침묵을 지키고 있는 손님들에게 말했다.

"자, 내 생각은 이래요. 일단 파운트로열을 폐쇄하고, 거기 있는 모든 것에 다 불을 지르고, 끝장을 내는 겁니다. 한번 악마가 붙은 자리에는 불 말고는 달리 방법이 없어요. 그 여자를 목매달든 뭘 하든 원하는 대로 할 순 있겠지만, 악마가 파운트로열에 뿌리를 박고 있으면 도리가 없다고요."

"그건 극단적인 처사 같군요."

우드워드가 말했다.

"다른 마을에서도 이와 비슷한 문제가 있었지만 그들은 살아남았소. 상황을 바로 잡은 후에는 번성했고."

"글쎄, 나는 아무튼 파운트로열이든 어디든, 악마가 어슬렁거리던 곳에서는 살고 싶지 않아요! 안 그래도 고단한 인생인데, 자다가 마귀에 씌고 싶지 않단 말입니다!"

쇼컴은 툴툴거리며 자신의 생각을 강조했다.

"손님이야 점잖게 말씀하시지만, 손님도 어두운 골목길에서 기다리고 있는 늙은 악마를 맞닥뜨리고 싶진 않을 거라고 내 장담합니다! 그러니 내가 비록 하찮은 여관 주인이라도 내 말을 들어요. 그 악마 같은 창녀년 목을 자르고 온 마을을 완전히 불사르라고요!"

"내가 파운트로열에서 벌어진 수수께끼의 답을 알고 있는 것처럼 행세하지는 않겠습니다. 그 문제가 신성하든 불경하든 상관없이. 하지만 그곳 상황이 매우 위태롭다는 것은 잘 압니다."

판사는 침착하게 대답했다.

"게다가 염병할, 위험하기까지 하지요."

쇼컴이 판사의 말에 바로 끼어들고는 무언가 말을 계속하려 했으나, 그의 입에서는 더 이상 아무 소리도 나오지 않았다. 아무래도 독한 술 때문에 주의력이 흐릿해지면서 그의 관심이 파운트로열 사건에서 멀어지는 듯했다. 쇼컴은 다시 한 번 금실로 장식된 조끼를 갈망하기 시작했다.

"이거 진짜, 정말 잘 만든 옷이군요."

쇼컴은 더러운 손가락으로 옷감을 다시 쓰다듬었다.

"어디에서 구한 거요? 뉴욕?"

"이건…… 아내가 준 선물이오. 런던에서."

"나도 결혼했던 적이 있지요. 한 번. 한 번이면 충분하지."

쇼컴은 걸걸한 목소리로 감정 없이 웃었다. 그는 손가락으로 옷감을 계속 쓰다듬었고, 우드워드는 그 행위가 매우 불쾌했다.

"부인은 찰스타운에 계시오?"

"아니요."

우드워드의 목소리가 가라앉았다.

"아내는…… 런던에 남아 있습니다."

"내 마누라는 빌어먹을 대서양 바닥에 있어요. 배 위에서 죽었거든. 똥을 죽도록 지리더니만. 사람들이 둘둘 말아서 바다로 휙 던져 버립디다. 이런 조끼는…… 이런 건 값이 얼마나 나갑니까?"

"사람이 감당할 수 있는 그 이상이지요."

우드워드는 의자를 조금 밀어 쇼컴과 거리를 두었다. 여관 주인의 손가락이 허공을 더듬었다.

"비켜! 거기 팔꿈치 치우고!"

모드가 뿌연 갈색 스튜가 가득 담긴 나무 그릇 두 개를 쇼컴과 판사 앞 테이블에 탕 내려놓았다. 매튜의 그릇은 소녀가 들고 왔다. 소녀는 그릇을 내려놓고 잽싸게 몸을 돌려 다시 난롯가로 물러났다. 그러면서 소녀의 옷자락이 매튜의 팔을 스쳤고, 그녀가 지나가면서 일으킨 바람에서 매튜의 코끝을 자극하는 강한 냄새가 전해졌다. 씻지 않은 몸에서 나는 체취였다. 그리고 그것을 압도하는 다른 향. 사향 냄새 같은, 달콤하면서 시큼함이 뒤섞인 쏘는 듯한 향. 매튜는 그것이 소녀의 은밀한 부위에서 나는 냄새라는 사실을 깨닫고 주먹으로 가슴을 맞은 듯 아찔해졌다.

쇼컴이 요란스러운 소리를 내며 깊은 숨을 들이마셨다. 그러고는 눈을 크게 뜨고 여전히 소녀의 뒤를 바라보는 매튜를 쳐다보았다.

"어이, 젊은이! 뭘 그렇게 넋을 놓고 보고 있어?"

쇼컴이 버럭 소리를 질렀다.

"아니에요."

매튜가 급히 시선을 스튜 그릇으로 돌렸다.

"어허."

소녀가 다시 나무 숟가락을 들고 돌아왔다. 소녀의 치마가 다시 한 번 매튜의 팔을 스쳤고, 매튜는 팔꿈치를 말벌에 쏘이기라도 한 듯 움찔했다. 그 냄새가 또다시 매튜의 코를 찔렀다. 심장이 거세게 뛰었다. 매튜는 숟가락을 들었을 때 손바닥이 축축해져 있음을 깨달았다. 그리고 쇼컴이 자신을 뚫어져라 보며 신문처럼 그를 읽고 있다는 것도 깨달았다.

쇼컴의 눈이 촛불에 반사되어 번득였다. 그는 말문을 열기 전에 입술부터 축였다.

"괜찮은 아이지. 안 그렇소?"

"네?"

쇼컴이 가볍게 미소를 지었다. 꾸민 듯한 잔인한 미소였다.

"괜찮은 아이라고."

쇼컴이 말했다.

"저 계집애의 조개 바구니를 들여다보고 싶은가?"

"쇼컴 씨!"

우드워드가 상황을 파악했다. 용납할 수 없는 상황이었다.

"실례가 안 된다면……."

"오, 원한다면 두 분 다 할 수 있어요. 두 분 다 하신대도 1기니만 주시면 되니까."

"무슨 말입니까!"

우드워드의 뺨이 달아올랐다.

"아까 말했지만 나는 결혼한 사람이오!"

"부인은 런던에 있다면서요? 판사님 거시기에 마누라 이름을 새기고 다니는 것도 아니잖아요?"

폭풍이 저 밖에서 기승을 부리지만 않았어도, 말이 창고에 들어가 있지만 않았어도, 오늘 밤을 묵어갈 곳이 이 세상에 단 한 군데만 더 있었어도, 우드워드는 끌어모을 수 있는 모든 위엄을 다 끌어모아 자리를 박차고 일어서서 이 천박한 인간들에게 작별을 고했을 것이다. 그는 진심으로, 영혼 깊숙한 곳에서부터, 쇼컴의 음흉한 얼굴에 따귀를 한 대 갈기기를 원했다. 하지만 우드워드는 신사였고, 신사는 그런 짓은 하지 않는다. 그 대신 우드워드는 쓴 담즙처럼 치밀어 오르는 역겨움과 분노를 억누르고 간결하게 말했다.

"쇼컴 씨, 나는 내 아내에게 신의를 지킵니다. 그 점을 알아주시면 감사하겠소."

쇼컴은 대답 대신 바닥에 침을 뱉었다. 그는 다시 매튜 쪽으로 고개를 돌렸다.

"음, 그렇다면 젊은이는 어때? 한번 뒹굴어볼 생각 있어? 10실링이라면?"

"저…… 제가 하려던 말은……."

매튜는 사실은 자신이 무슨 말을 하려던 것인지 알지 못했기 때문에 우드워드를 보며 도움을 청했다.

"쇼컴 씨."

우드워드가 말했다.

"우리를 상당히 난처한 입장에 몰아넣으시는군요. 이 젊은이는…… 지금까지 대부분의 삶을 빈민구호소에서 보냈습니다. 그 말은……."

우드워드는 그 뒤에 무슨 말을 어떻게 해야 할지 생각하느라 눈살을 찌푸렸다.

"그러니까 알아두어야 할 것은…… 이 젊은이는 경험이 그렇게 많지 않아요. 매튜는 아직……."

"아이고, 성스러운 성모 마리아님!"

쇼컴이 불쑥 끼어들었다.
"그러니까 저 젊은이가 여태 한 번도 씹질을 안 해봤단 말이오?"
"음…… 내가 말했듯이, 매튜는 아직 경험이…….'
"그런 번드레한 소린 됐고! 그러니까 여태 딱지도 못 뗐다는 거지. 지금 하려는 말이 그 말이오?"
"그걸 표현한 용어에 약간의 모순이 있긴 한데…… 그 말이 맞습니다."
쇼컴이 놀라워하며 휘파람을 불었다. 자신을 바라보는 시선 때문에 매튜의 얼굴은 핏빛으로 붉어졌다.
"너 같은 종자는 내 일찍이 한번도 본 적이 없다. 이런 얘기를 듣다니 내 귀가 저주를 받겠군. 나이가 몇인데?"
"저는…… 스무 살이에요."
매튜가 간신히 대답했다. 그의 얼굴은 이제 완전히 불타오르고 있었다.
"스무 살이나 먹고도 아직 숫총각이라고? 봉지도 안 터뜨리고 어떻게 숨을 쉬지?"
"저 소녀는 몇 살인지 물어봐야겠군요. 아직 열다섯도 안 되어 보이던데."
우드워드가 말했다.
"올해가 몇 년도요?"
쇼컴이 물었다.
"1699년이오."
쇼컴은 손가락으로 셈을 하기 시작했다. 모드가 테이블에 갈색 옥수수빵 덩어리를 잔뜩 담은 나무 접시를 가져다놓고는 다시 종종걸음으로 물러났다. 여관 주인은 손가락으로 셈을 하는 것이 어려웠는지, 마침내 손을 내리고 우드워드를 향해 활짝 웃었다.
"신경 쓰지 말아요. 저 애는 무화과 푸딩처럼 무르익었으니까."
매튜는 스네이크바이트에 손을 뻗어 벌컥벌컥 들이켰다.
"그렇다 하더라도, 우리는 그쪽의 호의를 거절하는 바입니다."
우드워드는 대꾸한 뒤 숟가락을 멀건 스튜에 담갔다.
"호의 같은 것이 아닙니다. 사업상 제안이었지."
쇼컴도 럼주를 조금 더 마시고 스튜를 먹기 시작했다.
"여태 들어본 중에 제일 지랄 맞은 얘길세. 나는 열두 살부터 여자들한테 올라탔는데 말이야!"
쇼컴이 입에 음식을 잔뜩 물고 입가로 줄줄 흘리면서 말했다.
"애꾸눈 잭."
매튜가 말했다. 아까부터 물어보고 싶었고, 현재의 화제에서 쇼컴의 관심을 돌리기에도 지금이 딱 좋은 때 같았다.
"뭐?"
"아까 애꾸눈 잭이라고 하셨죠."
매튜는 옥수수빵 조각을 스튜에 적셔서 먹었다. 빵은 옥수수맛이라기보다는 그을린 돌멩이맛이 났지만, 스튜는 썩 나쁘지 않았다.
"그게 뭐죠?"
"야수 중의 야수지."
쇼컴은 양손으로 그릇을 들어 스튜를 들이켰다.
"키가 한 2, 3미터 되고. 악마의 엉덩이 털만큼이나 시커먼 놈이야. 한쪽 눈은 인디언의 화살에 맞아서 나갔는데, 화살 한 대로는 그놈을 멈추게 할 수가 없었어. 절대 그럴 순 없지! 그놈을 더 잔인하게 만들었을 뿐이라고들 하더군. 더 굶주리게 했고. 자네 얼굴을 앞발로 휙 내리친 다음 골을 꺼내서 아침 식사로 먹을 놈이야. 그렇고말고."

"애꾸눈 잭은 곰이야! 우라질!"

난롯가에서 불을 쬐던 애브너가 말했다.

"아주 큰 놈이지! 말보다 더 커! 하느님의 주먹보다 더 커!"

"그건 곰이 아녀!"

쇼컴은 희끗희끗한 수염에 스튜를 잔뜩 묻힌 채 소리 나는 쪽으로 고개를 돌렸다.

"뭐? 무슨 소리를 하려는 거야?"

"그건 곰이 아니라고!"

모드가 한 발 앞으로 나서자 불빛에 검은 윤곽이 드러났다. 목소리는 여전히 쌕쌕거렸지만, 최대한 느리고 명확한 말투였다. 우드워드와 매튜 모두 추측하건대, 이것은 그녀에게 대단히 중요한 이야기임에 틀림없었다.

"당연히 곰이지! 그게 곰이 아니라면 도대체 뭐란 거야?"

쇼컴이 말했다.

"그냥 곰이 아녀."

모드가 말했다.

"내가 봤어. 당신은 못 봤어. 나는 그게 뭔지 알어."

"저 여자도 다른 놈들처럼 머리가 좀 돌았어요."

쇼컴이 어깨를 으쓱하며 우드워드에게 말했다.

"내가 봤어."

노파가 목소리에 힘을 실으며 다시 말했다. 노파는 테이블로 다가와서 매튜의 옆자리에 앉았다. 촛불 빛이 노파의 시든 얼굴을 어루만졌다. 깊이 푹 꺼진 눈은 그림자에 잠겨 있었다.

"내가 문가에 서 있었어. 바로 거기, 문 옆에. 조셉이 집에 오고 있었어. 아들 놈도. 둘이 숲에서 나와서 밭을 건너오는 걸 봤어. 둘 사이에 사슴을 매달아가지고. 내가 등잔을 쳐들고 소리를 칠라고 그랬어…… 그런데 갑자기 그것이 둘 뒤에 있었어! 그냥 갑자기 튀어나왔어."

노파가 오른손을 쳐들었고, 깡마른 손가락이 상상 속의 등잔을 거머쥐느라 굽어졌다.

"조셉의 이름을 부를라고 했어……. 그런데 아무 소리도 나오질 않았어."

노파의 입술이 꽉 조여졌다.

"그럴라고 했어."

노파는 쉰 목소리로 꺽꺽거렸다.

"그럴라고 했어……. 하지만 하느님이 목소리를 앗아가셨어."

"가짜 술이 그런 게 아니고?"

쇼컴이 거칠게 웃으며 말했다.

노파는 대꾸하지 않았다. 그녀는 입을 다물었다. 비는 쉴 새 없이 지붕을 두드렸고, 솔방울은 난로에서 탁탁 튀었다. 마침내 그녀는 끔찍한 슬픔과 체념을 담은, 고르지 못한 긴 한숨을 내쉬었다.

"조셉이 뒤돌아보기도 전에 아들놈이 죽었어."

누구에게라고 할 것도 없이 노파가 말했다. 매튜는 그녀가 자신을 보고 있다고 생각했지만, 정말 그런지는 확실하지 않았다.

"그냥 머리를 뚝 잘라간 것 같았어. 앞발을 한 번 휘둘렀는데. 그러고는 남편한테 달려들었어. ……어떻게 할 수가 없었어. 내가 달려가서, 그것한테 등잔을 집어 던졌어. 하지만 그것은 컸어. 지독하게도 컸어. 그것은 커다란 검은 어깨로 두 사람을 흔들고, 그러고는 사슴을 끌고 갔어. 남은 건 나한테 남겨놓고……. 조셉은 창자에서 식도까지 죄 끄집어내져서, 너덜너덜해졌어. 죽는 데 사흘 걸렸어."

노파는 고개를 저었고, 매튜는 젖어 번들거리는 그녀의 눈을 볼 수 있었다.

"오, 하느님!"

우드워드가 말했다.

"와서 도와줄 이웃은 없었소?"

"이웃?"

노파가 못 믿겠다는 듯 말했다.

"저기 바깥엔 이웃 같은 건 없어. 조셉은 덫을 놓는 사냥꾼으로 살았어. 인디언들하고 물건을 바꾸기도 하고. 그렇게 살았어. 내가 말하려는 건, 애꾸눈 잭은 그냥 곰이 아니란 거여. 이 땅의 모든 어두운 것들……. 잔인하고 악한 모든 것. 남편하고 아들 놈이 집으로 돌아오고, 문 옆에 불을 들고 서서 소리를 칠라고 하는데. 그때 갑자기 그것이 솟아나고, 더 이상 아무것도 가진 게 없게 되는 거여. 그게 애꾸눈 잭이여."

우드워드도 매튜도 이 참담한 이야기에 어떻게 대꾸를 해야 좋을지 몰랐다. 하지만 쇼컴은 그때까지 계속해서 스튜를 후루룩 마시고 옥수수빵을 입으로 밀어 넣고 있었다.

"에잇, 씨팔!"

쇼컴이 소리를 지르고 턱을 움켜쥐었다. 그의 얼굴이 고통으로 일그러졌다.

"빵에다 뭘 넣은 거야, 이 할망구야?"

그는 입안에 손을 넣어 이리저리 더듬다가 손가락으로 작고 짙은 갈색 물체를 꺼냈다.

"이것 때문에 이가 나갈 뻔했네! 이런 염병할!"
그러다 문득 무언가를 깨달았다.
"이거 이빨이잖아!"
"내 건가."
모드가 말했다.
"오늘 아침에 하나가 빠졌는데."
모드는 쇼컴의 손에서 그것을 빼앗아, 쇼컴이 뭐라 말을 하기도 전에 등을 돌리고 난롯가로 돌아가 다시 일을 하기 시작했다.
"저 망할 할망구를 부숴버리겠어!"
쇼컴이 모드를 노려보았다. 그는 럼주를 조금 들이켜 입안을 헹구더니, 다시 저녁 식사를 시작했다.
우드워드는 자신의 스튜 그릇에 놓은 옥수수빵 덩어리를 내려다 보았다. 그러고는 대단히 점잖게 목을 가다듬었다.
"이제 식사는 다 한 것 같소."
"뭐요? 배가 안 고파? 그럼 그거 좀 이리 줘요."
쇼컴이 판사의 그릇을 잡아채서 자기 그릇에 모두 부어버렸다. 그는 식사에 필요한 도구를 깡그리 무시한 채 손을 써가며 음식을 먹었다. 입가로 스튜가 뚝뚝 흘러서 셔츠에 온통 얼룩이 졌다.
"이봐, 서기!"
매튜가 썩은 이를 씹는 위험을 무릅쓸지 말지를 고민하며 앉아 있는데, 쇼컴이 말을 걸었다.
"저 계집애랑 한 번 해. 그리고 10펜스 줄 테니까 내가 좀 보게 해줘. 숫총각이 여자 올라타는 광경을 매일 볼 수 있는 것도 아니니까."
"쇼컴 씨."

우드워드의 목소리가 날카로워졌다.

"이미 말했지만 대답은 '아니'요."

"이 젊은이 대신 말해주기로 한 거요? 당신이 뭔데요? 이 젊은이의 아빠라도 됩니까?"

"아버지는 아니지만 이 아이의 후견인이오."

"스무 살이나 먹은 남자가 당최 후견인 같은 게 왜 필요해요?"

"이 세상에는 어느 곳에나 늑대들이 판을 치고 있소, 쇼컴 씨."

우드워드가 눈썹을 치켜뜨며 말했다.

"젊은이들은 늑대의 무리에 휩쓸리지 않기 위해서 각별히 주의를 기울여야 합니다."

"징징 우는 성자들보단 늑대 무리가 나을 텐데. 잡아먹히긴 하겠지만 지루해서 죽을 일은 없을 테니까."

쇼컴이 말했다.

늑대가 인간의 살을 앞에 두고 향연을 벌이는 장면을 연상하자, 매튜의 머릿속에 다른 의문이 떠올랐다. 매튜는 스튜가 담긴 그릇을 여관 주인 쪽으로 밀었다.

"두 주 전에 찰스타운에서 파운트로열로 가던 치안판사가 있었어요. 다이먼 킹즈베리라는 분입니다. 그분이 혹시 이곳에 들르지 않았습니까?"

"아니, 못 봤는데."

쇼컴이 계속 음식을 먹으며 말했다.

"그분은 파운트로열에 도착하지 못했어요."

매튜가 말했다.

"그분이 여기에 들렀던 것 같은데, 만일 그분이······."

"이렇게 멀리 오지 못했을걸."

쇼컴이 말을 가로막았다.

"찰스타운을 떠나 얼마 못 가서 노상강도한테 머리를 얻어맞았거나 했겠지. 아니면 애꾸눈 잭한테 걸렸을 수도 있고. 이런 곳을 혼자 여행한다는 건 지옥에서 한 뼘 거리에 있는 거나 마찬가지야."

매튜는 지붕을 두드리는 빗소리를 들으며 이 말을 곰곰이 생각해보았다. 지붕에서 새는 빗물이 바닥에 웅덩이를 만들고 있었다.

"그분이 혼자였다고 말한 적은 없는데요."

마침내 매튜가 말했다.

음식을 씹던 쇼컴의 동작이 조금 불안해졌다.

"한 사람 이름만 얘기했잖아. 안 그래?"

"그랬죠. 하지만 동행하던 서기에 대한 말을 빼먹을 수도 있죠."

"아, 젠장!"

쇼컴이 그릇을 바닥에 탕 내려놓았다. 그의 눈에 다시금 격렬한 분노가 일었다.

"그래서 그 사람이 혼자였다는 거야, 뭐야? 그리고 그게 도대체 무슨 상관이야?"

"그분은 혼자였어요."

매튜가 차분하게 말했다.

"그분 서기가 출발하기 전날 밤 아팠거든요."

매튜는 촛불의 불꽃을 바라보았다. 검은 실오라기 같은 연기가 주황색 불꽃에서 피어오르고 있었다.

"하지만 그건 크게 중요하진 않을 것 같군요."

"그렇고말고."

쇼컴이 사악한 눈빛으로 우드워드를 쏘아보았다.

"저 친구는 뭐든 물어보고 싶어서 견딜 수가 없나 보네요. 안 그렇습니까?"

"호기심이 많은 젊은이요. 대단히 영리하기도 하고."

우드워드가 말했다.

"아, 그러셔."

쇼컴의 시선이 다시 매튜에게로 향했다. 매튜는 격철이 당겨져 발사 준비가 된 총의 흉물스런 총신을 마주 보는 것 같은 대단히 불안한 감정을 뚜렷하게 느꼈다.

"남 일 신경 쓰다가 자기 등불을 꺼뜨리면 안 되지."

쇼컴은 잠시 동안 매튜를 뚫어지게 노려보다가, 매튜가 한옆으로 밀어놓은 음식을 먹기 시작했다.

두 사람이 식탁에서 일어서자 쇼컴은 애브너가 '여흥'을 위해 바이올린을 연주할 거라고 말했다. 우드워드는 생리 기능을 억제하려고 애를 썼지만, 그의 몸이 아우성을 쳐대는 바람에 결국 외투를 걸치고 등잔을 의지해 폭우 속을 뚫고 나가는 모험을 감행해야 했다.

비가 지붕을 후두두 두들기고 하나뿐인 촛불이 펄럭거리는 방 안에 남은 매튜는 끽끽거리는 애브너의 바이올린 소리를 들어야 했다. 원하든 원하지 않든 세레나데는 기어이 연주될 모양이었다. 설상가상으로 쇼컴이 박수를 치며 미심쩍은 박자에 맞춰 소리를 질러대기 시작했다. 쥐 한 마리가 방구석으로 달음질쳐가는 모습으로 보아 쥐도 분명히 매튜만큼이나 괴로운 것 같았다.

매튜는 짚으로 만든 매트리스 위에 앉아, 여행으로 지치긴 했지만 오늘 밤은 쉽게 잠들 수 없을 것 같다는 생각을 했다. 방 안에 있는 쥐들과, 난로 옆에서 고양이처럼 울어대는 두 마리의 쥐 때문에 꽤 힘들 것 같았다. 매튜는 수학 문제를 만들어서 풀어야겠다고 결심했다. 물론 라틴어로. 수학 문제 풀이는 난처한 상황에서 긴장을 푸는 데 늘 도움이 되었다.

'크게 중요하진 않을 것 같군요.' 매튜는 킹스베리 판사가 혼자 여행한 것에 대해 쇼컴에게 이렇게 말했다. 하지만 사실 매튜에게는 중요한 일이었다. 혼자서 여행을 하는 것은 이례적인 일이고, 쇼컴이 말한 대로 무모한 짓이었다. 매튜가 볼 때마다 킹스베리 판사는 늘 취해 있었고, 그러므로 어쩌면 술 때문에 뇌가 무력해져 길을 잃었을지도 모른다. 하지만 쇼컴은 킹스베리가 혼자였다고 말했다. 그는 '그 사람이 혼자였습니까?'라거나 '누군가와 같이 여행하고 있었습니까?'라고 묻지 않았다. 아니, 쇼컴은 단정 지었다. **이런 곳을 혼자 여행한다는 건……**.

바이올린 소리가 끔찍한 음계까지 올라갔다. 매튜는 한숨을 쉬고 이 치욕적인 상황에 고개를 저었다. 하지만 적어도 그들의 머리 위에는 밤을 쉬어 갈 지붕이 있었다. 그 지붕이 밤새 견뎌줄 수 있을지는 또 다른 문제였지만.

매튜는 여전히 소녀의 향내를 맡을 수 있었다.

마치 어딘가에 잠복해 있는 것 같았다. 그녀의 향기가 여전히 거기에 있었다. 거기가 매튜의 코끝인지 마음속인지는 확실히 알 수 없었다.

한번 뒹굴어볼 생각 있어?

그래, 수학 문제다.

저 애는 무화과 푸딩처럼 무르익었으니까.

당연히 라틴어로 만들어야지.

바이올린은 신음하며 비명을 질러댔고 쇼컴은 방을 굴러다니기 시작했다. 매튜는 문을 바라보았다. 소녀의 향기가 그를 부르고 있다.

매튜는 입안이 말랐다. 창자가 풀리지 않는 매듭처럼 꼬이는 것 같았다. 그래, 오늘 밤은 잠들기 어렵겠어.
 아주, 아주 어려울 것 같다.

3

 매튜가 깜짝 놀라 눈을 떴다. 불빛은 탁한 노란색으로 약해졌고, 촛불은 다 타서 도막만 남았다. 매튜 옆에서는 우드워드가 거친 짚 위에 누워 입을 반쯤 벌리고 턱 아래 살을 떨면서 시끄럽게 코를 골고 있었다. 잠시 후 매튜는 왼쪽 뺨이 축축한 것을 깨달았다. 그때 빗방울이 흠뻑 젖은 지붕에서 뺨으로 또 하나 떨어졌고, 그는 입 밖으로 튀어나오는 욕설을 속으로 삼키며 벌떡 일어나 앉았다.
 매튜가 갑자기 움직이자 쥐 한 마리가 놀라 찍찍거리고 앞발을 허우적대면서 벽 안에 있는 자기 집으로 허둥지둥 달려갔다. 소리를 들어보니 아주 큰 놈이었다. 천장에서 방 안으로 떨어지는 물소리는 진정한 싸구려 교향곡이었다. 매튜는 이제 방주를 지어야 할 때가 임박했다고 생각했다. 어쩌면 이것이 세상의 종말이라고 한 애브너의 말이 옳을지도 모른다. 1700년은 영원히 달력에 표시되지 않을지도 모른다.
 그럼에도 불구하고 매튜는 이 쏟아지는 물줄기에 자신의 물까지 보태야 했다. 대장에 고여 있는 것도 함께. 이런 날씨에 밖에 나가서 짐승처럼 쪼그리고 앉아 있지 않아도 된다면 어떤 저주라도 달게 받을 수 있었다. 좀 참아볼 수도 있겠지만 이 세상에는 절대 참을 수 없는 일이 있다. 문명인인 그가 창고 뒤 숲에서 볼일을 보는 동안 쥐들은 침대 뒤 마룻바닥에서 볼일을 보는 것이다. 다음번 여행에는, 다음 여행은 없기를 바라지만, 실내용 변기를 챙기는 것을 잊지 말아야겠다고 매튜는 다짐했다.

고문 기구나 다름없는 침대를 빠져나왔다. 여관은 조용했다. 휴식 시간 같았다. 멀리서 천둥소리가 울렸다. 폭풍이 여전히 캐롤라이나 위를 검은 날개 독수리처럼 맴돌고 있었다. 매튜는 일어나 신발을 신었다. 두꺼운 외투가 없어서 플란넬 잠옷 위에 판사의 모직 외투를 걸쳤다. 외투는 방금 전 우드워드의 창고 뒤 탐험으로 인해 아직도 젖어 있었다. 침대 옆에 세워둔 판사의 부츠에는 진흙이 묻어 있어, 뻣뻣한 돼지털 솔로 닦아야 할 것 같았다. 매튜는 방 안에 하나뿐인 촛불을 들고 나가고 싶지 않았다. 내리는 빗물에 촛불을 꺼뜨렸다간, 담벼락에 사는 거주자들이 어두워진 방 안에서 더욱 대담하게 굴 것이다. 매튜는 다른 방에 있는 덮개 달린 등잔을 들고 가기로 결심했다. 그 등불의 불빛으로 아까 우드워드가 말해준 저 바깥의 '불경스러운 덩어리'들을 충분히 피할 수 있기를 바랐다. 매튜는 창고 근처에 가면 나간 김에 말들도 확인하기로 했다.

매튜가 문의 걸쇠를 잡고 막 들어 올리려는데, 판사의 코골이가 멈추고 나지막한 신음 소리가 들렸다. 그쪽을 바라보니, 검버섯이 난 머리 아래로 우드워드의 얼굴이 움찔거리며 뒤틀리고 있었다. 매튜는 걸음을 멈추고 흐릿한 어둠과 펄럭이는 불빛을 바라보았다. 우드워드의 입술이 열리고, 눈꺼풀이 떨렸다.

"오."

우드워드가 또렷한 목소리로 내뱉었다. 나지막했지만 소리는 갈라져 있었고, 그 소리에 담긴 감정은 순수하고도 끔찍한 극도의 고통이라고밖에 달리 표현할 수 없었다.

"오오."

악몽에 갇힌 우드워드가 말했다.

"앤, 저 애가……. 저 애가……."

우드워드는 고통스럽게 숨을 몰아쉬었다.

"……아파하고 있어, 앤. 저렇게 괴로워 해……. 오, 하느님, 앤…… 저 애가……."

우드워드는 무언가 신음에 뒤섞인 말들을 뒤죽박죽 내뱉었다. 그의 손은 잠옷 앞자락을 쥐고 있었고, 머리는 짚을 내리누르고 있었다. 울음의 기억인 듯한 희미한 소리를 입으로 뱉어내다가, 천천히 몸의 긴장을 풀더니 코 고는 소리가 다시금 높아졌다.

매튜에게는 새로운 일이 아니었다. 우드워드는 수없이 많은 밤에 어두운 고통의 들판을 헤맸지만, 그 근원이 무엇인지는 말하지 않았다. 오 년 전쯤에 한번은, 우드워드에게 무엇 때문에 괴로워하는지 물어본 적이 있었지만, 우드워드는 매튜의 임무는 법정 서기의 일을 배우는 것이며, 다른 데 한눈을 팔면 언제라도 다시 고아원으로 돌아갈 수 있다고 꾸짖는 것으로 답을 대신했다. 별다른 특징 없는 따끔한 질책을 통해 전달된 메시지는 분명했다. 밤마다 우드워드를 괴롭히는 것이 무엇이든 거기에는 손을 대서는 안 된다는 것이다.

매튜는 아마 런던에 있다는 판사의 부인과 관련된 일이리라고 생각했다. 앤은 부인의 이름일 것이다. 하지만 우드워드는 깨어 있는 동안에는 한 번도 그 이름을 언급하지 않았고, 그 여인에 관해서는 어떠한 것도 먼저 말한 적이 없었다. 사실 매튜는 갓 열다섯 살이 되었을 때부터 아이작 우드워드의 동행이 되었지만, 영국에서의 우드워드의 과거에 대해서는 아는 것이 거의 없었다. 그가 아는 것이라고는 우드워드가 상당히 명망 있는 변호사였으며 경제적 부도 꽤 거머쥐었다는 것 정도였다. 그러나 무슨 일 때문에 재산을 잃었는지, 왜 런던을 떠나 이 거친 식민지에 와야 했는지는 여전히 미스터리로 남아 있었다. 매튜는 책에서 읽은 내용과 우드워드의 얘기를 통해 적어도 런던이 위대한 도시라는 사실은 알고 있었다. 그러나 매튜는 런던은커녕 영국 땅에도 발을 들여놓은 적이 없었다. 그는 대서양을 항해하던 배 위에서 태어났기 때문이다. 포츠머스를 출발한 지 십구 일째 되던 날이었다.

매튜는 조용히 빗장을 풀고 방을 나왔다. 어둑한 큰 방 저편에서는 작은 불꽃들이 난로의 검은 장작 조각을 여전히 갉아먹고 있었고, 밤을 지내기 위한 커다란 석탄 덩어리들이 그 옆에 쌓여 있었다. 씁쓸한 연기가 공기 중에 남아 있었다. 작은 구멍 사이로 빛이 새어 나오도록 만든 등잔 두 개가 난로 옆 고리에 매달려 있었다. 매튜는 그중에서 양초가 꽂혀 있는 등잔을 골라, 바닥에 떨어져 있는 소나무 잔가지 하나를 집어 들어 난롯불에서 양초의 심지로 불을 옮겼다.

"뭐 하는 거야? 엉?"

정적을 깨는 목소리에 놀라 매튜는 신발이 벗겨질 정도로 펄쩍 뛰었다. 매튜가 몸을 돌리자 등불의 희미한 불빛이 윌 쇼컴을 비췄다. 그는 술잔을 앞에 놓고 검게 그을린 도기 파이프를 입에 물고 테이블 앞에 앉아 있었다.

"잠이 깨서 어슬렁거리는 거냐, 꼬마?"

쇼컴의 눈은 푹 꺼져 있었고 피부는 촛불 빛에 누렇게 떠 보였다. 둥근 연기가 입술 사이에서 새어 나오고 있었다.

"저는…… 나가야 해서요."

매튜는 불안해하면서 대답했다.

쇼컴은 천천히 파이프를 입에서 뗐다.

"음, 그럼 발밑을 조심해라. 바깥은 엄청나게 미끄러우니까."

매튜는 고개를 끄덕이고 문 쪽으로 가려 했지만, 쇼컴이 다시 말을 걸었다.

"네 주인님은 그 멋진 조끼하고 헤어질 마음이 별로 없나 봐. 안 그러냐?"

"네, 그래요."

쇼컴이 일부러 화를 돋우려는 줄 뻔히 알면서도, 매튜는 그냥 지나칠 수가 없었다.

"우드워드 판사님은 제 주인이 아니에요."

"주인이 아니라고? 흠, 그럼 왜 그 사람이 너한테 뭘 해도 되고 안 되는지를 정해주는 거냐? 내가 보기엔 그 사람은 주인이고 너는 노예 같은데."

"우드워드 판사님은 저에게 도움이 될 만한 판단을 내리시는 겁니다."

"아, 그러셔."

쇼컴은 고개를 살짝 젖히고 천장을 향해 연기를 뿜어 올렸다.

"너한테 짐을 다 나르게 하고, 네 거시기도 아무 데나 박지 못하게 하는데? 늑대 나부랭이 얘기나 늘어놓으면서 너를 보호하느니 마느니 씨부리고. 너는 스무 살 먹은 남자란 말이야! 저 사람은 자기 신발에 붙은 진흙도 너더러 떼라고 하겠지? 아니냐?"

"나는 그분의 서기입니다. 종자가 아니에요."

매튜가 단호하게 말했다.

"그럼 저 사람 부츠는 저 사람이 직접 닦냐? 아니면 네가 하냐?"

매튜는 입을 다물었다. 사실 매튜는 판사의 부츠를 닦았다. 하지만 아무 불만 없이 하는 일이었다. 수년간 해온 일들, 이를테면 법정 서류를 정리하고, 숙소를 청소하고, 옷을 깁고, 짐 가방을 싸고, 갖가지 자질구레한 것들을 처리하는 일은 매튜의 몫이었다. 그 이유는 단순히 매튜가 이런 일들을 맡는 것이 더 효율적이기 때문이었다.

"네가 할 줄 알았다."

쇼컴이 말했다.

"저런 남자들은 뼛속까지 귀족이지. 저 사람은 자기 손을 더럽히고 싶지 않은 거다. 안 그러냐? 그래. 내가 말했지. 저 남자가 주인이고 너는 노예야."

"맘대로 생각하세요."

"난 내가 본 대로 생각해."

쇼컴이 말했다.

"이리 와봐. 보여줄 게 있어. 너 같은 노예가 보고 싶어 할 만한 것이지."

매튜가 뿌리치고 제 갈 길을 가기도 전에, 쇼컴은 오른손을 들고 주먹을 펼쳐 보였다.

"이런 건 전에도 본 적이 없을 거고 앞으로도 없을 거다."

등잔의 불빛이 황금 주화의 표면에 비쳐 반짝거렸다.

"자! 한번 만져보게 해주마."

쇼컴이 금화를 매튜에게 내밀었다.

자신의 의지와는 상관없이, 그리고 방광을 짓누르는 소변의 압박에도 불구하고, 매튜는 쇼컴에게 다가가 금화를 집어 들었다. 그러고는 금화를 등잔에 가까이 가져다대고 표면의 무늬를 살펴보았다. 잘 만든 주화였다. 글자는 대부분 닳아 없어졌고, 가운데 새겨진 십자가가 사자 두 마리와 성곽 두 개를 갈라놓고 있었다. 금화 테두리에 희미하게 'Charles II'와 'Dei Grat(신의 은총으로-옮긴이)'라고 새겨진 글자가 보였다.

"그게 뭔지 알겠냐?"

"카를 2세는 스페인 왕이죠. 그러니 이건 스페인 주화겠군요."

매튜가 말했다.

"맞다. 스페인 물건이야. 이게 무슨 의미인지는 아냐?"

"스페인 사람이 최근에 여기 왔다는 뜻인가요?"

"비슷해. 이건 죽은 인디언의 주머니에서 찾은 거다. 자, 그럼 도대체 인디언이 스페인 금화를 가지고 뭘 하고 있었을까?"

쇼컴은 매튜에게 생각할 여유를 주지 않았다.

"그러니까, 빌어먹을 스페인 염탐꾼들이 이 근처를 어슬렁거린다는 거야. 필시 인디언 놈들을 쑤석거리는 거겠지. 스페인 놈들이 저기 플로리다 쪽에, 여기에서 70리그(거리의 단위로, 1리그는 약 4킬로미터에 해당한다-옮긴이)도 안 되는 곳에 죽치고 있는 건 알고 있겠지. 그자들은 모든 식민지에 염탐꾼을 심어놨어. 그러고는 어떤 검둥이 까마귀라도 주인에게서 도망쳐 플로리다로 날아오면 자유인으로 만들어주겠다는 말을 퍼뜨리는 거야. 이런 얘기 들어본 적 있어? 스페인 놈들은 범죄자, 살인자 같은 인간쓰레기들한테도 똑같은 걸 약속하고 다닌다고."

쇼컴은 매튜의 손에서 금화를 가로챘다.

"네가 플로리다로 도망쳤는데 네 주인이 너를 되찾겠다고 하면, 스페인 놈들은 네 주인에게 코웃음을 칠 거다. 도둑질이나 살인을 저지른 놈들도 마찬가지야. 일단 플로리다로 도망쳤다 하면 거기서는 스페인 놈들이 보호를 해주는 거지. 내 장담하는데, 검둥이들이 떼 지어 플로리다로 도망치고 거기에서 자유인이 되어버리면, 이 세상은 지옥 불에 구워질 거다."

쇼컴은 아직 술이 남은 술잔에 금화를 떨어뜨리며 퐁당 소리를 내고는, 팔짱을 끼고 파이프 담배를 피웠다.

"그렇지."

그는 모든 것을 안다는 듯 고개를 끄덕이며 말했다.

"스페인 염탐꾼이 저 밖에 있어. 인디언들에게 못된 짓을 하라고 부추기며 돈을 준다고. 젠장, 그자는 어쩌면 파운트로열에서 목사 행세를 하면서 지낼지도 몰라!"

"그럴지도 모르죠."

매튜는 몸에서 오는 신호를 더 이상 거부할 수 없는 지경이 되었다.

"실례합니다. 가봐야겠어요."

"그럼 가라. 아까도 말했지만 발밑 조심하고."

쇼컴은 문으로 향하는 매튜에게 다시 말했다.

"어이, 서기! 저 사람이 조끼를 안 내놓을 게 확실하냐?"

"물론이죠."

"내 생각은 좀 달랐는데."

쇼컴이 투덜거렸다. 그의 머리는 푸른 담배 연기에 싸여 있었다.

매튜는 문을 열고 밖으로 나갔다. 폭풍은 어느 정도 잦아들었고, 내리는 비는 이제 부슬비가 되어 있었다. 그러나 저 먼 하늘에서는 구름 사이로 번개가 번쩍였다. 진흙이 매튜의 신발을 움켜쥐고 잡아당겼다. 진창을 대여섯 걸음 걸어간 매튜는 잠옷 자락을 들추고 그 자리에서 소변을 보았다. 하지만 체면상 큰 볼일은 창고 뒤 숲으로 들어가서 봐야 했다. 근처에 뒤를 닦을 나뭇잎이나 솔방울이 없었던 것이다. 매튜는 소변을 본 뒤 등불을 앞세워 창고 너머를 비추며 앞으로 나아갔다. 신발이 질척한 진창에 발목까지 빠졌다. 숲 안으로 조금 들어간 매튜는 젖은 나뭇잎을 한 움큼 모아들고 볼일을 보기 위해 쪼그려 앉았다. 번갯불은 머리 위에서 춤을 추고, 몸은 흠뻑 젖고, 진흙이 묻고, 기분은 비참하고, 아무튼 참담한 순간이었다. 하지만 이런 종류의 일은 아무리 힘껏 애를 써도 서두를 수 없는 법이다.

영원할 것 같은 시간이 흐르는 동안, 매튜는 쇼컴을 저주하면서 다음번 여행에는 실내용 변기를 꼭 챙기리라 다시 한 번 맹세했고, 마침내 일을 다 치른 후 젖은 나뭇잎을 사용했다. 그는 일어나서 등불을 들고 소위 여관이라는 그곳으로 돌아가는 길을 찾았다. 또다시 물을 잔뜩 머금은 진창이 신발을 둘러싸고 열렸다가 닫혔다. 다리를 진창에서 들어 올리려 애쓸 때마다 무릎관절에서 뚝뚝 소리가 났다. 매튜는 창고에 들러 말들을 잠깐 살펴본 뒤, 판사가 코를 골고 쥐들이 부스럭거리고 빗방울이 머리 위로 떨어지는 소위 침대라는 그 짚더미로 돌아갈……

그는 넘어졌다.

너무 순식간의 일이라 매튜는 무슨 일이 일어났는지 알 수 없었다. 맨 먼저 든 생각은 땅이 다리를 잡아당겼다는 것이다. 두 번째 든 생각은, 이 생각을 실행으로 옮기기까지 거의 눈 깜박할 시간 정도밖에 걸리지 않았는데, 등불을 꺼뜨리지 말아야겠다는 것이었다. 그래서 배를 깔고 넘어지면서 진흙과 빗물이 판사의 모직 외투에 잔뜩 튀었지만, 매튜는 팔을 높이 쳐들어 등불을 보호할 수 있었다. 그는 분노로 얼굴이 시뻘겋게 달아오른 채 입안의 진흙을 뱉어냈다.

"에이씨, 젠장!"

매튜는 일어나 앉으려고 기를 썼다. 온 얼굴은 진흙투성이였고 앞은 거의 보이지 않았다. 매튜의 발 아래로 땅이 무너져 내려, 질척한 늪의 블랙베리 덤불 같은 것에 발이 얽혀 꼼짝 못하고 붙들려 있었다. 매튜는 등잔에 신경 쓰면서 왼발을 홱 비틀어 올렸지만, 그의 발을 잡고 있는 것이 무엇인지 쉽게 놓아주질 않았다. 번개가 다시 번쩍거리고 빗줄기가 세차졌다. 매튜는 오른쪽 다리로 있는 힘껏 버티면서 왼쪽 다리를 늪에서 들어 올렸다.

무언가 가볍게 부러지는 소리가 났다. 드디어 매튜는 다리를 움직일 수 있었다.

그러나 등불로 다리 아래쪽을 비춘 매튜는 자신이 무언가 땅에서 튀어나온 것에 발을 디디고 있으며 여전히 그것이 발목을 붙들고 있다는 것을 알게 되었다.

처음에는 그것이 무엇인지 알 수 없었다. 진흙이 덕지덕지 묻은 새장 같은 것에 발이 제대로 걸려 있었다. 깔쭉깔쭉한 가장자리가 보였고, 그중 하나가 다리를 찔러 다리에서 피가 흘렀다.

그것에 붙은 진흙이 빗물에 서서히 벗겨졌다. 바라보는 동안 번개가 한 번 더 치자 그는 다리를 붙들고 있는 것이 무엇인지 알아볼 수 있었다. 얼음장 같은 손이 심장을 움켜쥐는 듯했다.

예전에 공부했던 해부학 지식을 굳이 동원하지 않아도, 그의 발에 걸려 있는 것이 사람의 갈비뼈 같은 것임을 알 수 있었다. 척수 조각이 아직 붙어 있었고, 그 위에 회갈색을 띤 뭔가가 조금 붙어 있었는데, 그것은 분명히 썩은 살점이었다.

매튜는 비명을 지르며 다른 발로 미친 듯이 그것을 걷어차기 시작했다. 뼈는 금이 가고 깨지면서 떨어져나갔다. 마지막 갈비뼈 조각과 척추뼈를 걷어찬 뒤, 매튜는 진창에서 낼 수 있는 최대 속도로 기어서 그곳을 벗어났다. 그러고 나서 나뭇잎과 솔방울에 싸인 나무둥치에 등을 기대고 앉았다. 거친 숨이 폐를 울렸고 충격에 빠진 눈은 휘둥그레졌다.

매튜는 공포로 멍해진 채 이 모직 외투 때문에 판사가 얼마나 화를 낼지 생각했다. 이런 외투는 쉽게 구할 수 있는 것이 아니다. 외투는 완전히 망가져버렸다. **갈비뼈. 사람의 갈비뼈 크기만 한.** 외투는 다시 세탁할 수 없을 정도로 망가졌다. 빌어먹을 비와 진흙, 빌어먹을 이 야생의 땅, 그리고 빌어먹을 쇼컴. 실내용 변기를 가져왔어야 했는데.

'갈비뼈.' 빗줄기가 매튜의 얼굴을 타고 흘러내렸다. 차가운 빗물의 냉기 덕에 다시 정신을 차릴 수 있었다. 그 갈비뼈는 물론 짐승의 것일 수도 있다. 그렇지 않은가?

등잔에는 진흙이 묻었지만, 오 고마우신 신의 섭리여, 촛불은 여전히 살아 있었다. 매튜는 일어서서 부러진 뼈로 다가갔다. 그곳에서 무릎을 꿇고 어떤 짐승의 뼈인지 살펴보기 위해 뼈 위로 불빛을 비추었다. 그러는 동안 오른쪽 어딘가에서 부드럽게 스르륵 미끄러지는 듯한 소리가 들렸다. 매튜는 소리가 나는 쪽을 향해 등잔을 쳐들었다. 그러자 크기가 120센티미터 정도 되는, 입을 크게 벌린 구멍이 수렁 같은 땅 위에 열려 있는 것이 보였다. 좀 전의 소리는 진흙이 구멍 입구로 미끄러져 들어가는 소리였다.

매튜는 발밑 구멍으로 무너져 내리는 흙 때문에 자신이 넘어졌을지도 모른다고 생각했다. 그동안 땅은 쉼 없이 내리퍼붓는 비에도 용하게 단단히 버티고 있었지만, 이제 한계에 다다른 것이다. 매튜는 일어서서 구멍의 가장자리로 조심조심 다가가 등불을 아래로 비췄다.

막대기를 쌓아놓은 듯한 무더기가 구멍 안에서 맨 처음으로 눈에 들어왔다. 전부 진흙투성이에 엉망진창으로 얽혀 있었다. 하지만 한참을 바라보는 동안, 그림은 더욱 명료해졌다.

그렇다, 끔찍하게도 명료했다.

반쯤 썩은 벌거벗은 상체에 팔뼈 같은 것이 보였다. 회색 무릎 관절이 진창에서 우뚝 솟아 있었다. 손에는 손가락들이 오그라져 붙어 있었고, 도움을 요청하는 듯이 허공을 움켜쥐고 있었다. 머리도 있었다. 해골의 대부분은 진흙에 덮여 있었지만 살점이 조금 남아 있었다. 입안에 침이 마르고 심장은 두방망이질을 치는 가운데, 잔인한 가격으로 인해 안쪽으로 으스러진 해골 윗부분이 보였다.

매튜는 저 사람은 망치에 맞아 죽었을 거라고 생각했다. 쇠망치, 혹은 쥐를 때려잡는 나무망치.

아마도 이 매립지에는 시체가 한 구 이상 있을 것이다. 어쩌면 넷 또는 다섯 정도가 던져져서 서로 뒤엉켜 있을지도 모른다. 시체가 몇 구인지는 알기 어려웠지만 뼈들은 엄청나게 많았다. 그중에 옷을 입은 채 묻힌 시체는 없어 보였다.

어이, 서기! 저 사람이 조끼를 안 내놓을 게 확실하냐?

매튜는 자신이 서 있는 주변의 땅이 흔들리고 미끄러지는 듯한 느낌을 받았다. 독사 여러 마리가 내는 듯한 쉿쉿 소리가 나면서 주변의 땅이 무너지기 시작하자, 더 많은 뼈들이 모습을 드러내기 시작했다. 뼈들은 잔인한 모래톱에 침몰한 난파선의 진흙투성이 돛대처럼 땅의 표면을 뚫고 올라왔다. 매튜는 악몽에 갇힌 듯 멍한 채로 땅 한가운데 서 있었다. 살인의 증거가 발밑에서 정체를 드러내고 있었다. 죽은 자의 품 안으로 빨려 들어가기 직전에야 매튜는 몸을 돌려 발을 빼고 창고 쪽으로 있는 힘을 다해 달아나기 시작했다.
 매튜는 빗속을 뚫고 여관 방향으로 뛰었다. 상황의 긴박함이 그의 발에 날개를 달아주었다. 문에 다다르기 전에 미끄러지면서 또다시 넘어졌고, 이번에는 등잔이 물웅덩이에 빠지면서 촛불이 꺼졌다. 매튜의 머리끝부터 발끝까지 붉은 진흙으로 뒤덮였다. 매튜가 문을 박차고 들어갔을 때, 테이블 앞에 앉아 있던 쇼컴은 없었지만 술잔은 그 자리에 남아 있었고, 씁쓸한 냄새가 나는 담배 연기도 여전히 공기 중에 떠돌고 있었다. 매튜는 소리를 질러 판사에게 경고하려는 욕구를 억누르고, 방으로 들어가 등 뒤로 문을 잠갔다. 우드워드는 여전히 자리에 뻗어 깊이 잠들어 있었다.
 매튜는 우드워드의 어깨를 흔들었다.
 "일어나세요! 제 말 들리세요?"
 겁에 질려 잠기긴 했지만, 매튜의 목소리는 우드워드를 둘러싼 잠의 장막을 뚫기에 충분했다. 우드워드가 잠에서 깨기 시작했다. 판사는 눈을 살짝 뜨고 흐릿한 눈에 초점을 맞추려 애썼다.
 "여기서 나가야 해요! 지금 당장! 서둘러서……."
 "오, 맙소사!"
 우드워드의 목소리는 잠겨 있었다. 그는 똑바로 일어나 앉았다.
 "무슨 일이 있었던 게냐?"
 "아무 말 말고 제 말 들으세요!"
 매튜가 말했다.
 "바깥에서 시체들을 발견했어요! 해골들이, 창고 뒤편에 묻혀 있어요! 쇼컴이 살인자인 것 같아요!"
 "뭐? 너 제정신이냐?"
 우드워드가 매튜의 날숨 냄새를 맡았다.

"그 빌어먹을 인디언 술 때문이구나. 그렇지?"

"아녜요. 구덩이 밑에서 시체를 발견했다니까요! 아마 쇼컴이 킹스베리 판사님을 죽이고 그곳에 시체를 던져 넣었을 거예요!"

우드워드가 어리둥절한 표정을 지었다.

"제 말 들으세요! 최대한 빨리 이곳을……."

"신사분들?"

쇼컴이었다. 문 뒤에서 들리는 그의 목소리에 매튜의 피가 얼어붙었다. 문을 두드리는 소리가 들렸다.

"신사분들? 괜찮소?"

"오늘 밤에 우리를 죽일 거예요!"

매튜는 판사에게 속삭였다.

"저자는 판사님의 조끼를 원한다고요!"

"내 조끼."

우드워드가 매튜의 말을 멍하니 되뇌었다. 입안이 바짝 말랐다. 우드워드는 문 쪽을 바라보다가 매튜의 진흙투성이 얼굴을 바라보았다. 이 정신 나간 세상에 단 하나 진실한 것이 있다면, 매튜는 거짓말을 하지 않으며 상상력의 노예가 되는 일이 없다는 사실이었다. 매튜의 눈에서 번득이는 공포는 진짜였다. 우드워드의 심장도 빠르게 뛰기 시작했다.

"신사 양반?"

쇼컴은 문에 입을 바짝 대고 있었다.

"두 분 말소리를 들었소. 무슨 문제라도 있는 겁니까?"

"문제없소!"

우드워드가 대답했다. 그는 손가락을 입에 대면서 매튜에게 조용히 하라는 신호를 보냈다.

"다 괜찮아요. 고맙소!"

잠시 침묵이 흘렀다.

"서기, 자네가 현관문을 열어놓았던데. 어떻게 그럴 수가 있나?"

쇼컴이 말했다.

이제 아이작 우드워드의 인생에서 가장 끔찍한 결정을 해야 할 때가 되었다. 녹이 슬고 무딘 그의 군용검은 마차에 있었다. 그들에게는 자신들을 보호해줄 칼도 기도도 없었다. 만일 쇼컴이 정말로 살인자라면, 우드워드가 죽음을 맞을 때가 온 것이다. 우드워드는 방에 하나밖에 없는 덧문 달린 창을 쳐다보다가 결심했다. 목숨을 구하기 위해서는 모든 것을, 트렁크며 가발이며 옷 같은 모든 것들을 남겨두어야 한다. 우드워드는 매튜에게 창을 가리켜 보이면서 축축한 짚단에서 일어났다.

"꿀 먹은 벙어리가 됐나, 젊은이?"

쇼컴이 물었다. 그의 목소리가 흉하게 일그러졌다.

"지금 묻고 있잖아!"

"잠시만 기다리시오!"

우드워드는 트렁크 중 하나를 열어 셔츠 두 장을 들추고, 황금 실로 장식한 조끼에 손을 얹었다. 이것은 남겨둘 수 없었다. 살인자가 목 뒤에 서서 숨을 내뿜더라도, 부츠를 신거나 삼각 모자를 집을 시간은 없었다. 우드워드는 조끼를 움켜쥐고 일어서서 매튜에게 창문에 걸린 걸쇠를 열라고 손짓했다.

매튜는 걸쇠를 열었다. 탁 하고 둔탁한 소리를 내며 걸쇠가 풀렸다. 매튜는 비가 오는 바깥으로 창문을 열어젖혔다.

"창으로 나온다!"

창문 바로 아래에 서 있던 애브너가 소리를 질렀다. 애브너는 한 손에는 등잔을, 다른 한 손에는 쇠스랑을 들고 있었다.

우드워드 뒤에서 엄청난 굉음이 들리며 문이 벌컥 열렸다. 우드워드는 몸을 홱 돌렸다. 얼굴에 피가 몰렸다. 쇼컴이 나무못 같은 이를 드러내고 활짝 웃으며 문지방을 넘어 다가오고 있었다. 쇼컴의 뒤로는 모드가 가느다란 양초 두 개가 꽂힌 촛대를 들고 서 있었다. 거친 백발에 주름이 잡힌 악마의 얼굴이었다.

"오, 오!"

쇼컴이 잔뜩 꾸민 목소리로 말했다.

"이것 좀 봐, 모드! 이 사람들이 돈도 안 내고 도망가려고 하네!"

"이게 다 무슨 짓이오?"

우드워드가 진짜 감정인 생생한 공포를 숨기기 위해 분노의 가면을 쓰고 일갈했다.

쇼컴은 웃으며 고개를 저었다.

"글쎄."

쇼컴이 자기 오른손에 든 나무망치를 찬찬히 살펴보았다. 아까 모드가 쥐를 때려잡던 것이었다.

"이게 무슨 짓이냐면, 이 얼간아. 너와 네 서기가 오늘 밤에 아무 데도 못 간다는 거지. 지옥 빼고."

쇼컴의 눈이 원하던 것을 찾았다.

"아아, 거기 있군. 그거 이리 줘."

쇼컴이 더러운 왼손을 내밀었다.

우드워드는 쇼컴의 더러운 손가락과 자신이 소중하게 들고 있는 조끼를 번갈아보았다. 그의 시선이 다시 쇼컴의 탐욕스러운 손으로 향했다. 우드워드는 고개를 치켜들고 긴 숨을 내쉬었다.

"주인장, 이걸 가져가려면 날 죽여야 할 거요."

쇼컴은 다시 웃었다. 이번에는 돼지가 꿀꿀거리는 소리에 가까웠다.

"아, 안 그래도 죽일 거야!"

쇼컴은 눈을 살짝 가늘게 떴다.

"당신들이 사람이 아니라 쥐새끼처럼 기어나갈 것 같더라고. 내가 요전번에 술에 취한 박새 새끼 같은 놈을 후려갈겼거든. 당신들도 그 새끼처럼 끽 소리를 내겠지?"

쇼컴이 갑자기 우드워드의 얼굴 바로 앞에서 나무망치를 휘둘렀다. 우드워드는 움찔하긴 했지만 뒤로 물러서지는 않았다.

"그걸 나한테 줄 건가? 아니야? 좋아 그럼. 나는 상관없으니까."

"사람을 보낼 거예요."

매튜가 입을 열었다.

"찰스타운에서요. 거기 사람들이⋯⋯."

"뭐, 염병할 판사를 또 보낸다고? 그러라고 해! 계속 보내라지. 그럼 난 계속 죽일 거니까!"

"민병대를 보낼 거예요."

이 말은 들리는 만큼 무시무시하게 느껴지지도 않았고 사실이 아닐 가능성도 컸다.

"민병대!"

쇼컴의 이가 뿌연 불빛 속에서 어슴푸레 빛났다.

"찰스타운에서 여기까지 민병대를 보낸다고? 그 킹스베린가 뭔가 하는 놈이랑 다른 놈들을 그렇게 골로 보내버려도 아무도 여기까지 찾으러 안 오던데?"

쇼컴의 웃음이 흉악한 표정으로 점점 뒤틀려갔다. 그는 나무망치를 쳐들어 일격을 가할 자세를 취했다.

"너부터 먼저 죽여야겠다. 이 비쩍 마른 개……."

우드워드가 움직였다.

우드워드는 쇼컴의 눈앞에서 조끼를 날카롭게 휘두르면서 쇼컴에게 달려들어, 나무망치를 내려치기 직전에 쇼컴의 손목을 잡았다. 쇼컴은 저주의 말을 내뱉었고, 모드는 비명을 지르기 시작했다. 벽 안에 사는 쥐들이 겁에 질려 몽땅 달아날 만큼 날카로운 비명이었다. 쇼컴이 왼손으로 주먹을 쥐더니 우드워드의 턱을 갈겼다. 머리가 뒤로 꺾이고 시야가 흐릿해졌지만, 우드워드는 쇼컴의 오른손목을 잡고 놓지 않았다.

"애브너! 애브너!"

노파가 소리를 질렀다. 우드워드는 쇼컴의 얼굴에 주먹을 날렸다. 쇼컴이 날아오는 주먹을 보고 몸을 비틀어 피하자 주먹은 광대뼈를 스쳤다. 쇼컴은 붙들리지 않은 손으로 판사의 목을 잡고 조르기 시작했다. 좁은 공간에서 싸우면서 한 사람은 나무망치를 휘두르려고 애쓰고 다른 한 사람은 그것을 막으려고 애썼다.

두 사람은 휘청거리며 침대 쪽으로 물러났다. 쇼컴의 눈이 바로 옆의 움직임을 포착하고 고개를 돌렸다. 그 순간 매튜가 바닥에서 집어 든 우드워드의 부츠로 쇼컴의 머리를 갈겼다. 매튜는 다시 한 번 부츠를 휘둘러 쇼컴의 어깨를 내리쳤다. 이제 쇼컴의 눈에는 필사적인 기운이 번득였다. 쇼컴은 이 판사가 보기보다 만만찮은 상대임을 깨닫고, 분노한 짐승처럼 포효하더니 무릎으로 우드워드의 급소를 올려 찼다. 우드워드가 비명을 지르며 몸을 구부려 무릎을 감싸 안았다. 갑자기 나무망치를 쥔 손이 자유로워지자 쇼컴은 망치를 두 손으로 높이 들어 올려 우드워드의 두개골 뒤쪽을 후려칠 준비 자세를 취했다.

"안 돼!"

매튜가 소리쳤다. 부츠가 먼저 앞으로 날았다. 매튜는 모을 수 있는 기력을 마지막 한 방울까지 끌어 모아 부츠의 나무 굽으로 쇼컴의 콧날을 내려쳤다.

마치 도끼날이 참나무를 가르는 소리 같았다. 그리고 그 소리 중 일부는 쇼컴의 코가 으스러지는 소리였다. 쇼컴은 숨 가쁘게 비명을 지르며 뒤로 물러서다가 발이 꼬였다. 그는 판사의 머리를 공격하는 대신 부상당한 얼굴을 부여잡는 쪽을 택했다. 매튜는 나무망치를 빼앗으려고 한 발 앞으로 다가갔다. 그때 갑자기 비명을 지르며 노파가 공격을 해왔다. 노파는 매튜의 외투 깃을 한 손으로 잡고 다른 손으로는 매튜의 눈을 향해 촛불을 들이밀었다.

매튜는 반사적으로 노파를 공격했지만, 노파에게서 멀어지기 위해서는 뒤로 물러서야 했다. 그때 애브너가 등잔과 쇠스랑을 들고 방 안으로 들어섰다.

"다 죽여!"

쇼컴이 콧소리로 말했다. 쇼컴은 손으로 얼굴을 감싸 쥐고 나무망치는 옆에 내려놓은 채 벽을 마주 보고 바닥에 주저앉아 있었다. 검붉은 피가 손가락 사이로 흘러내렸다.

"애브너! 둘 다 죽여!"

노인은 수염에서 빗물을 뚝뚝 떨어뜨리면서 쇠스랑을 들고 우드워드에게 한 걸음 한 걸음 다가갔다. 우드워드는 여전히 신음하며 일어서려고 애쓰고 있었다.

매튜는 뒤쪽 창문이 열려 있는 것을 알고 있었다. 그의 정신이 몸의 반응보다 빨리 움직였다. 매튜가 말했다.

"살인하지 말라."

걸음을 멈춘 애브너가 멍한 표정으로 눈을 껌벅였다.

"뭐라고?"

"살인하지 말라."

매튜가 다시 말했다.

"성경에 나오는 말씀이에요. 주님의 말씀은 알고 있겠죠?"

"나는…… 주님의 말씀? 그래, 내 생각엔……."

"애브너! 야, 이 씨팔, 죽이라니까!"

쇼컴이 고함을 질렀다.

"성경에 있는 말씀이죠, 안 그래요? ……판사님, 창문으로 나가실 수 있겠어요?"

우드워드는 고통스러워하며 눈물을 줄줄 흘리고 있었다. 하지만 빨리 움직여야 한다는 사실을 깨달을 정도로는 정신을 수습했다.

"젠장! 나 좀 일으켜줘!"

쇼컴이 일어서려고 애썼다. 하지만 두 눈이 이미 보라색으로 변해 부어오르기 시작하고 있었다. 쇼컴은 몸을 가누는 데 생각했던 것보다 훨씬 더 힘을 써야 했고, 그럼에도 여전히 몸을 가눌 수가 없었다. 쇼컴은 바닥에 다시 주저앉았다.

"모드! 저놈들 보내주지 마!"

"빌어먹을 쇠스랑 나 좀 줘봐!"

모드는 쇠스랑을 쥐고 몇 번 잡아당겼다. 하지만 애브너가 모드를 제지했다.

"저 아이 말이 맞아."

애브너가 말했다. 마치 위대한 진실이 그의 눈앞에 드러나기라도 한 듯 그의 목소리는 차분했다.

"그런 말씀이 성경에 있어. 살인하지 말라. 그것이 주님의 말씀이야."

"이런 멍청이가! 이거 이리 내!"

모드가 애브너의 손에서 쇠스랑을 빼내려고 애썼지만 허사였다.

"서두르세요."

창턱을 넘어 빠져나가는 우드워드를 도와주며 매튜가 말했다. 우드워드는 밀가루 포대처럼 진흙 위로 떨어졌다. 그러고 나서 곧 매튜도 창문으로 기어올랐다.

"멀리는 못 갈 거다! 우리가 잡을 거야!"

쇼컴이 소리를 질렀다. 그의 목소리는 고통으로 굳어 있었다.

매튜는 방 안을 흘깃 보고 모드에게 쇠스랑이 없는 것을 확인했다. 쇠스랑은 여전히 애브너가 들고 있었는데, 사색에 잠긴 그의 얼굴에는 깊은 주름이 잡혀 있었다. 그러나 매튜는 노인이 종교적인 경건함에 그리 오래 사로잡혀 있지는 않으리라고 판단했다. 애브너는 도리어 다른 두 사람보다 훨씬 더 강한 살인자 기질을 갖고 있었고, 매튜는 그저 그의 앞길에 잠깐 돌을 굴린 것뿐이었다. 창틀을 넘어가기 전에 매튜는 누군가 문가에 서 있는 것을 보았다. 소녀였다. 얼굴은 창백했고, 더러운 머리칼이 눈 위로 드리워져 있었다. 그녀는 팔로 몸을 감싸 안고 스스로를 보호하는 자세를 취했다. 매튜는 소녀도 다른 사람들과 마찬가지로 미쳤는지, 소녀가 앞으로 어찌 될 것인지 알 수 없었다. 하지만 확실한 것은 매튜로서는 소녀를 도울 방법이 없다는 것이었다.

"어서 가! 개처럼 달아나봐!"

쇼컴이 조롱했다. 손가락 사이로 피가 흘러 바닥으로 뚝뚝 떨어졌다. 부어오른 그의 눈이 마치 가느다란 구멍처럼 보였다.

"마차에 있는 칼을 가지러 갈 생각이라면, 그건 이미 치웠어! 그 무딘 날로는 방귀도 못 자르겠던걸! 그러니 어디 갈 수 있는 데까지 한번 가봐!"

매튜는 창틀을 쥔 손을 놓고 우드워드의 옆 진창으로 뛰어내렸다. 우드워드는 일어서려고 애쓰고 있었다. 모드가 저주를 퍼부으며 애브너를 흔들어댔기 때문에, 매튜는 곧 시작될 추적에 대비해 여관에서 거리를 최대한 벌려놓는 것이 좋겠다고 생각했다.

"뛸 수 있으시겠어요?"

매튜가 판사에게 물었다.

"뛰어?"

우드워드가 믿을 수 없다는 듯 매튜를 보았.

"기어갈 수 있겠냐고 물어야 하는 거 아니냐?"

"뭘 하시든, 일단 하세요."

매튜가 말했다.

"일단 저 숲으로 가야 할 것 같아요."

"말과 마차는 어쩌고? 저걸 두고 갈 수는 없다!"

"시간이 없어요. 몇 분 안에 우리를 쫓아올 거예요. 만일 도끼와 머스킷 총을 들고 쫓아온다면……."

"그만해라."

우드워드는 있는 힘을 다해 몸을 일으켜 여관에서부터 숲으로 난 길을 따라 걸었다. 매튜는 우드워드가 비틀거릴 경우를 대비해 그의 뒤에 바짝 붙어 걸었다.

번개가 번쩍이고, 천둥이 울리고, 비가 머리 위로 떨어졌다. 매튜는 숲에 이르기 전에 여관 쪽을 돌아보았지만, 아직 아무도 쫓아오는 사람은 없었다. 매튜는 쇼컴이, 적어도 그 순간만큼은, 이런 폭풍우 치는 날씨에 굳이 밖으로 나올 마음을 접기를 바랐다. 노인이

나 노파가 쇼컴 없이 단독으로 움직일 것 같지는 않았다. 쇼컴은 자기 상처를 돌보느라 바빠서 다른 사람까지 괴롭힐 겨를이 없을 것이다. 매튜는 말을 가지러 다시 돌아갈까도 생각했지만, 상황이 일촉즉발일뿐더러 지금껏 한 번도 직접 말에 안장을 얹거나 굴레를 씌워본 적이 없음을 떠올리고 포기했다. 지금은 숲으로 들어가서 가던 방향으로 길을 따라가는 것이 최선이었다.

"다 두고 나왔어."

숲가의 진흙과 솔잎 진창에 발이 빠진 채, 우드워드가 암담한 목소리로 말했다.

"전부 다! 내 옷, 가발, 법복까지! 오, 예수님, 조끼도 두고 왔어! 저 짐승 같은 놈이 내 조끼를 가져갔어!"

"그래요, 판사님. 하지만 그놈이 목숨은 가져가지 못했죠."

매튜가 대답했다.

"그놈은 그걸 유감으로 생각하게 될 거다. 지금부터 앞으로 영원히! 아아, 그 인간이 나를 소프라노로 만들 뻔했다고!"

우드워드는 눈앞에 펼쳐진 암흑을 노려보았다.

"이제 어디로 가는 거냐?"

"파운트로열로요."

"뭐라고? 그놈처럼 너도 미친 거냐?"

우드워드의 목소리가 떨렸다.

"파운트로열은 이 길 끝에 있어요. 이 길로 계속 걸어가면 몇 시간 안에 도착할 거예요."

낙관적으로 본다면. 매튜는 생각했다. 이런 질척질척한 땅과 흩뿌리는 빗속에서는 걷는 속도가 눈에 띄게 느리겠지만, 추적자들도 마찬가지로 속도를 내지 못할 것이다.

"나중에 민병대와 함께 돌아와서 물건들을 찾을 수 있을 거예요. 이게 우리에게 남은 유일한 선택지예요."

우드워드는 입을 다물었다. 정말이지 그것이 그들의 유일한 선택지였다. 조끼를 다시 찾을 수만 있다면, 그리고 쇼컴이 밧줄에 목이 걸려 버둥대는 모습을 볼 수만 있다면, 몇 시간 정도의 비참함은 견딜 가치가 있을 것이다. 우드워드는 인간이 한번 신의 눈 밖에 나서 나락으로 떨어지면 그 구렁에는 밑바닥이 없다는 생각이 들었다. 그는 신발도 없었고, 고환은 멍이 들어 아팠으며, 머리는 헐벗은 채로 온 세상 앞에 드러내놓았고, 잠옷은 흠뻑 젖어 진흙에 뒤덮인 상태였다. 그러나 적어도 두 사람은 목숨을 지켰고, 그 점에서는 다이먼 킹스베리보다는 나았다. **형 집행은 내 임무가 아니오.** 그는 쇼컴에게 이렇게 말했었다. 음, 이제 그 말을 바꿔야 할 것 같았다.

기필코 이곳에 다시 돌아와서 조끼를 되찾을 것이다. 그것이 이 세상에서 하는 마지막 일이 된다 해도.

매튜는 조금 앞서 나가다가 우드워드를 기다리기 위해 잠시 멈췄다. 이윽고 밤과 폭풍이 그들을 삼켰다.

4

 마침내 오후의 태양이 구름을 가르고 흠뻑 젖은 대지를 비췄다. 날씨는 전날 밤에 비하면 눈에 띄게 따뜻해졌다. 5월 이맘때의 날씨였다. 그러나 비를 잔뜩 머금은 거무스레한 구름이 다시금 태양을 덮으려고 사방에서 서서히 몰려들고 있었다.
 "계속하게. 듣고 있으니까."
 풍성한 가발을 쓴 체격이 좋은 남자가 저택의 2층 창가에 서서 창밖 풍경을 내다보고 있었다.
 그 방은 서재로, 가죽 장정된 책들이 책꽂이에 즐비하게 꽂혀 있고, 황금색과 붉은색이 어우러진 페르시아 양탄자가 소나무로 만든 바닥 위에 깔려 있었다. 방 안에 있는 다른 남자는 아프리카산 마호가니 책상 앞에 앉아 회계장부를 무릎 위에 펼쳐놓고 있었다. 하지만 그는 이 집의 방문객이었다. 방금 전까지 책상 앞에 앉아 있던, 풍성한 가발을 쓴 100킬로그램의 거구의 남자가 이 저택의 주인이었다. 방문객은 목청을 가다듬고 손가락으로 회계장부에 쓴 내용을 짚어 내려갔다.
 "목화는 이번에도 뿌리를 내리는 데 실패했습니다. 담배 묘목도 비슷하고요."
 그는 그다음 충격을 가하기 전에 잠시 망설였다.

"사과나무도 삼 분의 이 정도는 망쳤습니다."
"삼 분의 이?"
창가에 선 남자가 고개를 돌리지 않고 되물었다. 위엄 있게 구불거리는 흰색 가발이 짙은 파란색에 금속 단추가 달린 웃옷 어깨까지 드리워져 있었다. 셔츠의 손목에는 흰색 주름 장식이 되어 있고, 굵은 장딴지에는 흰 양말을 신고 있었다. 은색 버클이 달린 검은 구두에서는 광이 났다.
"네. 자두나무도 비슷한 상황이고, 배는 반 정도를 망쳤습니다. 현재로서는 체리가 괜찮은 편이긴 한데, 구드 말로는 해충이 과수나무에 전부 알을 깠을 거랍니다. 피칸과 밤은 아직까지는 멀쩡한데, 밭의 흙이 씻겨 내려가면서 뿌리가 많이 드러나 해충에 취약해졌을 겁니다."
남자는 농작물 작황 설명을 잠시 멈추고 안경을 코 위로 올렸다. 그는 중키에 중간 체격이었고, 나이도 외모도 모두 어중간했다. 밝은 갈색 머리카락에 이마가 볼록 솟고 눈이 연한 푸른색을 띤, 따분한 회계사 분위기가 나는 남자였다. 그 방의 주인이 입은 섬세한 옷과는 대조적으로, 평범한 흰 셔츠에 갈색 조끼, 빛이 바랜 바지를 입고 있었다.
"계속하게, 에드워드. 듣고 있네."
창가에 선 남자가 조용히 말했다.
"네."
에드워드 윈스턴은 다시 펜으로 쓴 회계장부의 항목들에 주의를 집중했다.
"구드가 과수나무에 관한 중요한 사항을 꼭 시장님께 전해드리라고 했습니다."

다시 한 번 윈스턴은 말을 멈췄다.

"뭔가?"

윈스턴은 말을 잇기 전에 손을 들어 올려 두 손가락으로 천천히 입술을 문질렀다. 창가에 서 있는 남자는 기다렸다. 넓은 등이 꼿꼿하고 단호해 보였다.

"나무를 태워버리라고 하더군요."

"얼마나? 피해를 입은 것들만?"

"아뇨. 전부 다 말입니다."

긴 침묵이 흘렀다. 창가의 남자는 숨을 들이마셨다가 다시 천천히 내뱉었다. 남자의 어깨는 꼿꼿하던 모습을 잃어버리고 축 늘어졌다.

"전부 다……"

남자가 되뇌었다.

"구드는 태워버리는 것만이 해충을 죽이는 유일한 길이라고 합니다. 지금 병든 것처럼 보이는 나무만 없애는 건 궁극적으로는 아무 효과도 없을 거라고요. 게다가 과수원을 다른 곳으로 옮기고 그곳의 땅은 바닷물과 재로 씻어내야 할 거랍니다."

창가의 남자는 괴로운 한숨을 작게 내쉬었다. 그가 다시 입을 열었을 때는 목소리가 가라앉아 있었다.

"그럼 나무를 몇 그루나 태워야 하는 건가?"

윈스턴이 다시 회계장부를 들여다보았다.

"사과나무가 여든네 그루, 자두가 쉰둘, 체리가 일흔여덟, 그리고 배나무가 마흔네 그루입니다."

"그리고 다시 시작하는 건가?"

"그렇습니다. 제가 늘 말씀드렸듯이, 나중에 후회하기보다는 안전한 게 낫지요."

"제기랄."

창가의 남자가 중얼거렸다. 그는 손을 창틀에 얹고 개암처럼 붉어진 눈으로 위기에 처한 그의 꿈과 그의 창조물을 내려다보았다.

"그 여자가 우리를 저주하고 있는 건가, 에드워드?"

"모르겠습니다."

윈스턴이 솔직하게 말했다.

창가에 서 있는 남자는 로버트 비드웰로, 나이는 마흔네 살이었다. 그의 얼굴에는 괴로움의 흔적이 역력했다. 깊게 주름이 팬 얼굴은 뒤틀려 있고 이마에도 주름이 잡혀 있었으며, 가는 입술의 가장자리에도 턱을 가로지르는 주름이 잡혀 있었다. 이 주름들은 오 년 전 캐롤라이나 해안 지대 땅 400헥타르의 증서를 받은 그날 이후로 그를 괴롭혀왔다. 하지만 이곳은 그의 꿈이었다. 지금 그의 창조물이 불길하게 부풀어 오르는 구름 사이로 비스듬히 비치는 주황색 태양빛을 받으며 그의 눈앞에 펼쳐져 있었다.

그는 이곳을 파운트로열(Fount Royal)이라고 이름 지었다. 이 이름에는 두 가지 의미가 있었다. 하나는 지도자 겸 관리자로서의 그의 능력을 신뢰해준 윌리엄 왕과 메리 여왕에 대한 감사의 뜻이고, 두 번째는 장래에 지리적으로 무역의 중심지가 되리라는 뜻이었다. 이 지역의 유일한 2층 건물인 비드웰의 저택 정문에서부터 약 50미터 떨어진 곳에 정말로 물이 솟는 '샘'이 있었다. 신선하고 차가운 아콰마린빛 물로 가득한 직사각형 모양의 호수는 그 면적이 거의 1.2헥타르에 달했다. 비드웰은 호수의 깊이가 12미터 정도 된다는 사실을 몇 년 전 이 지역의 지도를 만들고 호수의 수심을 측량한 측량사에게 들어 알고 있었다. 이 호수는 정착에 있어 대단히 중요한 요소였다. 바닷물이 드나드는 바닷가의 해수 소택지면서 동시에 물이 고인 검은 늪을 끼고 있는 이런 지역에서, 호수가 있다는 것은 언제나 신선한 물이 풍족함을 의미했다.

호숫가에서는 골풀이 자랐고, 생명력 강한 야생화들이 사나운 냉기를 견디고 풀로 뒤덮인 둔덕에서 촘촘히 피어났다. 호수는 파운트로열의 중심에 있었고, 그곳에서부터 길이 방사상으로 뻗어 나갔다. 진흙으로 질척거렸던 길 표면은 모래와 잘게 부순 굴 껍질을 깔아 단단하게 다졌다. 길은 모두 네 개로, 비드웰이 각각 이름을 붙였다. 동쪽으로 난 길이 트루스 거리였고, 인더스트리 거리가 서쪽, 하모니 거리는 북쪽, 그리고 피스 거리는 남쪽으로 뻗어 있었다. 이 거리들을 따라 흰색 판자로 지은 집들과 빨간색 창고, 울타리를 친 목초지, 비스듬한 지붕이 달린 별채들과 작업장들이 늘어서서 정착지를 구성했다.

대장장이는 인더스트리 거리에 있는 자신의 용광로에서 부지런히 일했다. 트루스 거리에는 학교가 있었고, 그 길 건너 상점이 있었다. 하모니 거리에는 성공회, 루터교, 장로교 등 세 종류의 교회가 있었다. 하모니 거리의 묘지는 그리 크지는 않았지만 보기 좋게 꾸며져 있었다. 피스 거리를 따라가면 노예 구역과 비드웰이 소유한 마구간이 있었고 그 너머로 숲이 이어졌다. 숲은 해안 습지 조금 못 미치는 곳까지 뻗어 있었고 그 너머는 바다였다. 인더스트리 거리에는 과수원과 농장이 이어져 있었다. 비드웰은 언젠가 이곳에 사과, 배, 목화, 옥수수, 콩, 담배가 풍부하게 열리기를 바랐다. 트루스 거리에는 감옥이 하나 세워져 있었는데 이곳에 '그녀'가 갇혀 있었다. 그리고 그 근처에 퀘이커 교도들이 예배당으로 사용하는 건물이 있었다. 이발사 겸 외과의사는 하모니 거리에 살았고 그 옆으로는 반 군디의 주점이 있었다. 그밖에도 수많은 작은 상점들이 비드웰이 꿈꾸는 최남단 도시가 되기 위해, 갓 태어난 마을의 곳곳에 흩뿌려져 결실을 맺어가고 있었다.

비드웰이 사들인 400헥타르의 땅 중에 80헥타르 조금 넘는 구역이 목장으로 사용되었다. 통나무 끝을 도끼로 날카롭게 깎아 만든 울타리는, 인디언들의 침입을 막기 위해 과수원과 목장을 포함하여 정착촌 전체를 둘러싸고 있었다. 이곳을 드나드는 유일한 방법은 하모니 거리에 세운 성문을 통과하는 것뿐이었다. 성문 옆에는 망루를 세워 그곳을 지키는 민병대원이 마을로 접근하는 사람들을 하나하나 지켜보았다. 해안 지역은 뚫려 있었지만, 그곳도 숲에 망루를 세워 머스킷 총으로 무장한 민병대원이 하루 종일 지키고 있었다.

인디언들은 파운트로열이 지금까지 자리를 잡는 동안 별문제를 일으키지 않았다. 사실 인디언들은 그간 한 번도 눈에 띈 적이 없었다. 솔로몬 스타일즈가 사냥을 위한 탐사를 나갔다가 소나무 둥치에 그려진 희한한 기호를 발견하지 않았다면 비드웰은 사방 160킬로미터 내에 정말로 인디언이 존재하는지 의심했을 것이다. 스타일즈는 덫을 사용하는 사냥꾼으로, 인디언들이 자신들의 영역을 침범하지 말라는 기호를 나무에 새겨놓았다고 했다. 비록 황실로부터 모든 땅이 그의 소유라고 승인을 받긴 했지만, 비드웰은 이 일을 문제 삼지 않기로 결정했다. 인디언들은 쫓아내야 할 때가 되기 전까지는 가만히 내버려두는 편이 낫다.

자신의 꿈이 이렇게 시들어버린 것을 내려다보고 있자니 눈이 아파왔다. 너무나 많은 집들이 텅 비었고, 너무나 많은 정원들에 잡초가 무성했고, 너무나 많은 담장이 무너졌다. 버림받은 돼지들이 진흙구덩이 옆에 누워 있었고, 개들은 어슬렁거리면서 아무 때나 버릇없이 짖어댔다. 지난달에는 빈 건물 다섯 채가 한밤의 화재 때문에 잿더미로 변했고, 탄내가 아직까지도 대기 중에 떠돌았다. 비드웰은 주민들이 이 연이은 화재의 책임을 누구에게 돌리는지 잘 알고 있었다. 그녀가 직접 손을 놀린 것이 아니라면, 그녀가 불러낸 지옥의 짐승과 도깨비의 손, 아니면 앞발의 짓이리라. 지옥의 생물들은 자신들의 언어인 불로 그들의 주장을 분명히 표현했다.

비드웰의 꿈이 죽어가고 있었다. 그 여자가 죽이고 있었다. 그 여자의 몸은 감방의 창살과 두꺼운 벽에 갇혀 있을지언정, 그 여자의 정신과 혼은 감옥을 빠져나와 불경스러운 연인과 함께 춤을 추고 뛰어다니며 비드웰의 꿈을 망쳐버리려 하고 있다. 그런 히드라를 정의로운 황야의 손에 맡기는 것만으로는 충분하지 않다. 어차피 그 여자는 황무지로 추방당하는 것을 받아들일 수 없다고 분명히 말했다. 이 세상 누구도 그 여자를 이곳에서 강제로 몰아낼 수는 없었다. 만일 비드웰이 법을 존중하는 사람이 아니었다면 아예 처음부터 그 여자를 밧줄에 매달아서 끝장냈겠지만, 이 문제는 이제 법정으로 가게 되었다. 신이시여, 이 일을 맡게 될 판사를 돌보소서.

아니다. 비드웰은 엄숙하게 생각했다. 신이시여, 파운트로열을 돌보소서.

"에드워드, 현재 인구가 얼마나 되지?"

비드웰이 물었다.

"정확한 수치로 말씀입니까? 아니면 대략적으로요?"

"대략적으로."

"백 명 남짓 됩니다."

윈스턴이 말했다.

"하지만 이번 주가 지나기 전에 바뀔 겁니다. 도커스 체스터가 병들어 죽기 직전이라서."

"나도 알아. 공기가 이렇게 습하니 오래지 않아 공동묘지가 다 찰 거야."

"공동묘지 얘기가 나와서 말인데…… 앨리스 배로우도 몸져누웠습니다."

"앨리스 배로우? 그 여자가 아픈가?"

비드웰은 창문에서 고개를 돌려 윈스턴을 정면으로 바라보았다.

"오늘 아침에 일이 있어 존 스웨인에게 들렀는데, 스웨인 부인이 말해주더군요. 앨리스 배로우가 꿈에 보이는 어둠의 남자 때문에 괴롭다고 주위 사람들에게 말했답니다. 그 꿈이 너무 끔찍해서 침대를 떠나지 못한다고요."

비드웰은 몹시 화가 난 듯 코웃음을 쳤다.

"그래서 그 여자가 스콘 위에 썩은 버터를 바르듯 그 꿈 얘기를 사람들에게 퍼뜨리고 있다는 건가?"

"그런 것 같습니다. 스웨인 부인 말로는 그 꿈이 공동묘지와 관련이 있다고 합니다. 그보다도, 스웨인 부인도 그 얘기를 전하는 동안 무척 겁에 질려 있었습니다."

"구세주 그리스도여!"

비드웰의 얼굴이 붉으락푸르락해졌다.

"메이슨 배로우 같은 분별력 있는 사람이! 자기 마누라 입도 제대로 막지 못한단 말인가?"

비드웰은 성큼성큼 걸어가서 책상을 한 손으로 내리쳤다.

"그런 어리석은 인간들 때문에 내 마을이 무너지는 거야, 에드워드! '우리' 마을 말이야! 오, 하느님, 이렇게 사람들이 계속 주절거린다면 마을이 육 개월 안에 망하고 말거야!"

"기분 나쁘게 해드릴 생각은 없었습니다."

윈스턴이 말했다.

"저는 다만 아셔야 한다고 생각해 말씀드렸을 뿐입니다."

"저길 봐!"

비드웰이 창문을 향해 손을 마구 흔들었다. 비를 잔뜩 머금어 부풀대로 부푼 구름이 또다시 햇빛을 가리기 시작했다.

"빈집에 빈 밭! 작년 5월에는 사람이 3백 명이 넘었어! 3백 명! 그런데 이제는 백 명이 남았다는 말인가?"

"백 명 남짓이죠."

윈스턴이 말했다.

"그래. 그리고 앨리스 배로우가 조잘거린 덕에 또 몇 명이 달아나겠지? 젠장. 이렇게 가만히 앉아서 찰스타운에서 오는 판사를 기다릴 수만은 없어! 내가 할 수 있는 일이 뭐가 있을까? 에드워드?"

방 안의 습기 때문에 윈스턴의 얼굴이 땀범벅이 되었다. 그는 안경을 코 위로 밀어 올렸다.

"기다리시는 것밖에 없습니다. 법을 따라야 하니까요."

"그럼 그 어둠의 남자가 따르는 법은 어떤 법인데?"

비드웰은 두 손으로 책상을 짚고 윈스턴을 향해 몸을 기울였다. 비드웰의 얼굴도 땀에 젖어 불그스레했다.

"그자의 정부(情婦)는 어떤 규율과 법으로 다스려야 하느냐고? 젠장! 사람들의 꿈속에 죽음을 싸지르고 다니는 기괴한 망령 때문에 내가 투자한 이 마을이 무너지는 걸 더는 지켜볼 수가 없어! 내가 나약한 하녀처럼 덜덜 떨면서 뭉개고 앉아 있으려고 조선업을 일으킨 줄 아나!"

마지막 말을 할 때 비드웰은 이를 악물었다.

"따라오든지 말든지 맘대로 하게, 에드워드! 나는 앨리스 배로우의 헛소리를 잠재우러 가야겠네."

비드웰은 윈스턴을 기다리지 않고 문 쪽을 향해 걸어갔다. 윈스턴은 서둘러 회계장부를 덮고 비드웰을 따라 일어섰다. 마치 가슴이 떡 벌어진 불도그를 쫓는 퍼그 같았다.

두 사람은 파운트로열의 평범한 주민들에게는 경외의 대상인 계단을 내려갔다. 하지만 계단에는 난간이 없었다. 계단 제작을 감독하던 대목수가 계단을 완성하기 전에 이질에 걸려 죽었기 때문이다. 저택 벽에는 영국의 전원을 그린 풍경화와 태피스트리가 걸려 있었지만, 가까이서 자세히 들여다보면 흰 곰팡이가 슬어 있는 것이 보였다. 하얗게 칠한 천장에는 빗물이 여러 군데 얼룩져 보기 흉했고, 어두운 구석에는 쥐똥이 흩어져 있었다. 비드웰과 윈스턴이 요란스럽게 쿵쾅거리며 계단을 내려오자, 주인의 움직임 하나하나에 언제나 주의를 기울이고 있는 비드웰의 가정부 엠마 네틀즈가 두 사람을 쳐다보았다. 엠마 네틀즈는 어깨가 넓고 건장한 삼십 대 중반의 여자로, 그녀의 날카로운 콧날과 각진 턱은 붉은 피부의 전사들을 위협해 예수님의 품으로 뛰어들게 만들고도 남을 만했다. 네틀즈 부인은 계단 아래에 서 있었다. 풍만한 몸에 하인들이 입는 검은 제복을 차려입고, 기름기가 도는 갈색 머리카락은 뒤로 세게 잡아당겨 묶고 그 위에 빳빳한 흰 캡을 단정하게 쓰고 있었다.

"도와드릴 일이 있습니까?"

네틀즈 부인의 말투에는 스코틀랜드 악센트가 강하게 남아 있었다. 부인의 넉넉한 그림자 안에 하녀 아이가 서 있었다.

"일 때문에 나가오."

비드웰은 퉁명스럽게 대답하면서, 벽의 선반에 놓인 삼각 모자들 중 지금 입은 옷과 어울리는 짙은 감색의 삼각 모자를 집어 들었다. 그는 모자를 머리에 눌러썼다. 긴 가발 때문에 단순한 작업은 아니었다.

"저녁 식사로는 토셈보이즈(기름을 발라 구운 닭고기-옮긴이)와 조나킨(옥수수로 만든 납작한 빵-옮긴이)을 준비하시오. 집 잘 보고."

비드웰은 네틀즈 부인에게 이렇게 말하고, 부인과 하녀 앞을 지나 현관문으로 향했다. 그 뒤를 윈스턴이 따랐다.

"늘 그렇게 하고 있습니다."

네틀즈 부인은 조용히 말하며 두 사람을 배웅했다. 살이 두둑한 부인의 눈은 태도만큼이나 어두웠다.

비드웰은 화려하게 장식된 철문의 빗장을 풀면서 잠시 걸음을 쉬었다. 저택과 저택 밖의 파운트로열을 갈라놓는 이 철문은 높이가 1.8미터나 되었는데, 보스턴에서 어마어마한 돈을 들여 실어온 것이었다. 철문을 열고 길을 나선 비드웰은 젊고 날렵한 윈스턴의 다리를 시험하듯 빠른 속도로 피스 거리 쪽으로 걸어갔다. 두 사람이 호수를 지날 때 세실리아 셈즈가 물을 길어 양동이를 채우고 있는 모습이 보였다. 그녀는 비드웰에게 인사를 하려고 했지만, 비드웰의 화난 표정을 보고 입을 다물고 있는 편이 낫겠다고 생각했다.

피스 거리, 하모니 거리, 인더스트리 거리, 트루스 거리가 만나는 교차로에 황동 해시계가 높이 서 있었다. 두 사람이 그곳을 막 지나치는 순간, 구름이 희미한 햇빛을 가렸다. 인더스트리 거리의 농장 목초지로 달구지를 몰고 가던 톰 브리지스가 비드웰에게 인사를 건넸지만, 파운트로열의 설립자는 걸음을 멈추지도, 그의 호의에 감사를 표하지도 않았다.

"안녕하세요, 톰!"

윈스턴이 인사를 건네고 자신의 고용주를 따라잡기 위해 걸음을 재촉했다. 그사이 비드웰은 동쪽으로 방향을 틀어 트루스 거리로 접어들었다.

돼지 두 마리가 길 한복판의 거대한 진흙 구렁을 점령하고 있었다. 그중 한 마리가 구렁을 더 깊이 파헤치면서 신이 나서 꿀꿀거리자 근처 옴투성이 잡종 개가 분한 듯 으르렁댔다. 데이빗 커터, 하이럼 애버크롬비, 아서 도슨이 돼지들이 뒹구는 진창에서 그리 멀지 않은 곳에서 점토로 빚은 파이프로 담배를 피우며 진지한 대화에 몰두해 있었다.

"안녕하시오, 신사분들."

비드웰이 그곳을 지나가며 말했다. 커터가 입에 문 파이프를 떼며 큰 소리로 말했다.

"비드웰 씨! 판사는 언제 도착한답니까?"

"머지않아 옵니다. 머지않아!"

윈스턴이 대신 대답했다.

"꼭두각시한테 묻는 게 아니고, 그 위에서 조종하는 사람한테 묻는 거야! 일이 해결되기를 기다리다가 지치겠어요! 내가 볼 땐 판사를 영영 안 보내줄 것 같소!"

커터가 대꾸했다.

"의원들이 보증했어요!"

윈스턴이 다시 말했다. 그의 뺨은 모욕감 때문에 달아올랐다.

"보증은 얼어죽을!"

붉고 가느다란 머리칼을 가진 구두장이 도슨이 말했다.

"그자들이 비도 곧 멎을 거라고 보증했잖소. 하지만 어때요?"

"계속 걷게, 에드워드."

비드웰이 소리를 낮추어 재촉했다.

"이만큼 꾸무럭거렸으면 충분하잖아! 그년을 목매달아서 끝장을 내자고!"

커터가 말했다.

농부 애버크롬비도 한마디 보태기 위해 앞으로 나섰다. 그는 파운트로열을 설립할 때 비드웰이 낸 신문광고를 보고 이곳에 정착한 최초 정착민 중 하나였다.

"그년을 빨리 매달아야 우리가 안전하게 잠이 든다고요! 신이시여, 자다가 불에 타 죽게 생긴 우리를 구하소서!"

"네, 네."

비드웰이 중얼거렸다. 그는 묵살의 제스처로 손을 허공으로 쳐들었다. 비드웰의 걸음이 빨라지면서 얼굴은 땀으로 번들거렸고 겨드랑이 부분의 옷 색깔이 짙어졌다. 윈스턴은 그의 뒤에서 가쁜 숨을 쉬었다. 대기 중의 습기 때문에 안경에 김이 서렸다. 한 발 더 내디딘 윈스턴은, 비드웰이 방금 전 아슬아슬하게 피한 썩은 호스애플 더미에 오른발이 빠졌다.

"그자들이 누굴 보낸다면 아마 저 위의 정신병원에서 미치광이를 하나 뽑아서 보낼걸!"

커터의 마지막 반격이었다.

"저런 말을 하는 걸 보니 정신병원에 대해 잘 아나보군."

비드웰이 딱히 누구에게랄 것 없이 말했다. 두 사람은 학교와 존스톤 선생의 사택을 지나쳤다. 린드스트럼의 집과 창고 옆에는 가축 몇 마리가 풀을 뜯고 있는 목초지와 영국 깃발이 늘어진 깃대를 세워둔 예배당이 있었다. 거기에서 조금 더 나아가자 비드웰의 걸음은 좀 더 빨라졌다. 그곳에 거칠고 단단한 나무로 지은 창문 없는 감옥의 벽이 서 있었고, 단 하나뿐인 입구는 쇠사슬과 철제 자물쇠로 잠겨 있었다. 감옥 앞에는 형틀이 놓여 있었는데, 도둑질을 하거나 신성모독을 하거나 마을 의회의 노여움을 살 짓을 저지른 자들이 그 형틀에 목과 손을 묶여 지금 윈스턴의 오른쪽 부츠에 묻은 썩은 열매로 얻어맞곤 했다.

감옥을 지나자 창고, 정원, 작은 밭이 딸린 수많은 집들이 트루스 거리를 따라 줄지어 있었다. 그중 몇몇은 빈집이었고, 그중 하나는 불에 타 잔해만 남아 있었다. 잡초와 가시덤불이 쓸쓸해 보이는 정원을 뒤덮었고, 밭은 이제는 과실을 맺는 땅이라기보다는 괴기스러운 늪에 가까웠다. 비드웰은 길의 거의 끝에 자리 잡은 어느 집의 문으로 걸어가 힘차게 노크를 했다. 윈스턴이 얼굴에 흐르는 땀을 소맷자락으로 닦으며 그 옆에 섰다.

곧바로 문이 빼꼼히 열리며 푹 꺼진 눈에 잠이 부족해 보이는 반백의 남자가 밖을 내다보았다.

"안녕하시오, 메이슨. 부인을 뵈러 왔소."

비드웰이 말했다.

메이슨 배로우는 왜 파운트로열의 영주가 자기 집 문가에 서 있는지 잘 알고 있었다. 그는 문을 열고 뒤로 물러섰다. 검은 머리카락이 매 맞기 직전의 개처럼 축 늘어져 있었다. 비드웰과 윈스턴은 집 안으로 들어섰다. 두 사람이 방금 나선 저택에 비하면 그 집은 가발 상자 크기 정도밖에 되지 않았다. 배로우의 아이들인 여덟 살 난 멜리사와 여섯 살 난 프레스턴이 거실에 있었다. 멜리사는 탁자 뒤에서, 어린 프레스턴은 아버지의 바지 자락에 매달려서 두 사람을 쳐다보았다. 비드웰은 불손한 사람은 아니었다. 그는 먼저 모자를 벗었다.
"부인은 자리에 누워 계시오?"
"네, 비드웰 씨, 영혼까지 병들었어요."
"부인과 얘기를 좀 나눠야겠소."
"네."
배로우가 멍하니 고개를 끄덕였다. 비드웰은 두 아이도 아버지와 마찬가지로 따뜻하고 풍족한 식사만큼이나 잠이 필요하다는 것을 눈치챘다.
"원하시는 대로 하십시오."
배로우는 집 뒤쪽에 있는 방을 가리켰다.
"좋아요. 에드워드, 따라오게."
비드웰은 문이 열린 방으로 걸어가 방 안을 들여다보았다. 앨리스 배로우가 주름진 시트를 턱까지 끌어 올리고 침대에 누워 있었다. 크게 뜬 눈은 천장을 응시했고, 누르께한 얼굴은 땀으로 번들거렸다. 하나뿐인 창문은 닫혀 있었지만 방 안은 환했다. 수지 양초가 일곱 자루나 있는 데다가 점토 그릇에 관솔불까지 가득 지펴놓았기 때문이었다. 메이슨 배로우 같은 농부에게 이것은 대단한 사치였다. 배로우의 아이들도 이렇게 과도한 빛 때문에 괴로운 것이 분명했다. 비드웰이 문턱을 넘자 헐거운 널빤지가 발아래에서 삐걱거렸고, 여자가 비드웰을 쳐다보았다. 여자는 놀란 것처럼 눈을 크게 뜨면서 숨을 들이켰고, 몸을 움츠려 침대 안으로 파고들었다.
비드웰은 즉시 걸음을 멈췄다.
"안녕하십니까, 부인. 잠시 얘기를 나누고 싶어 왔습니다."
"남편은 어디 있나요?"
여자가 외쳤다.

"메이슨? 어디 갔어요?"

"나 여기 있어!"

배로우가 비드웰과 윈스턴 뒤에 서서 대답했다.

"다 괜찮아. 무서워할 것 없어."

"날 잠들게 하지 말아요, 메이슨! 그러지 않겠다고 약속해요!"

"약속할게."

메이슨이 비드웰을 힐긋 쳐다보았다.

"이게 다 무슨 난리요?"

비드웰이 메이슨에게 물었다.

"부인이 잠드는 걸 두려워하는 거요?"

"네, 아내는 잠이 들면 그걸 볼까……."

"말하지 마!"

앨리스 배로우의 목소리가 떨리면서 애원하듯 다시 높아졌다.

"날 사랑한다면 더 이상 말하지 마요!"

소녀가 울기 시작했고, 소년은 여전히 아빠의 다리에 매달려 있었다. 배로우는 비드웰의 얼굴을 똑바로 보았다.

"아내의 병이 심합니다. 이틀이나 잠을 자지 않았어요. 어둠을 견디질 못합니다. 낮에 지는 그림자조차도요."

"이렇게 또 시작되는군."

윈스턴이 조용히 말했다.

"조용히 하게!"

비드웰이 매섭게 말했다. 그는 레이스로 가장자리를 두른 손수건을 재킷의 주머니에서 꺼내 뺨과 이마의 땀을 닦았다.

"그래도 나는 부인과 얘기를 해야겠소. 부인, 좀 들어가도 될까요?"

"안 돼요!"

여자가 축축한 시트를 겁에 질린 눈 위로 끌어 올렸다.

"저리 가요!"

"고맙습니다."

비드웰이 여자에게로 다가가 침대 옆에 섰다. 그러고는 두 손으로 모자를 잡고 여자를 내려다보았다. 윈스턴이 뒤따라와서 비드웰 옆에 섰다. 메이슨 배로우는 옆방에서 우는 소녀를 달랬다.

비드웰이 말했다.

"부인, 그 꿈 얘기는 이제 그만 퍼뜨리셔야 합니다. 부인이 캐스 스웨인 부인에게 얘기하셨다지요. 내가 부탁드릴 것은……."

"캐스는 내 친구라서 말한 거예요!"

여자가 시트 뒤에서 말했다.

"다른 친구들에게도 얘기했어요! 왜 안 되나요? 그 사람들도 자기 목숨을 소중히 여긴다면 내가 알고 있는 것을 알아야 해요!"

"부인이 알고 계신 게 뭐길래 그러십니까?"

여자는 시트를 치우고 도전적으로 비드웰을 노려보았다. 겁에 질린 눈은 젖어 있었지만, 턱은 비드웰을 향해 무기처럼 치켜 올라가 있었다.

"이 마을에 사는 사람은 누구든지 죽는다는 거죠."

"그건 일 실링의 값어치도 없는 얘깁니다. 어느 마을에 살든 사람은 결국 죽게 되니까."

"악마의 손에 의해서는 아니잖아요! 지옥불의 고문 때문은 아니잖아요! 오오, 악마가 내게 말해줬어요. 내게 보여줬어요! 무덤을 지나 나한테 다가와서, 표지에 적힌 이름들을 보여줬어요!"

여자의 목 혈관들이 팽팽해지고, 볼품없게 뻗은 갈색 머리가 젖어들었다. 그녀는 고뇌에 찬 목소리로 소리쳤다.

"악마가 캐스 스웨인의 표지를 보여줬어요! 존의 것도요! 그리고 내 아이들의 이름도 보여줬어요!"

여자의 목소리가 갈라지고, 눈물이 뺨을 타고 흘러내렸다.

"내 아이들이 죽어서 땅 속에 누워 있었어요! 오, 선하신 예수님!"

여자는 끔찍하고 고통스러운 신음 소리를 내면서, 시트를 다시 얼굴까지 끌어 올리고 눈을 감았다.

촛불과 관솔불의 연기에 습기까지 더해져 방 안은 찜통이나 다름없었다. 숨을 들이마시는 것조차 상당히 고된 일이었다. 멀리서 천둥이 울렸다. 또 다른 폭풍이 다가오고 있었다. 앨리스 배로우의 환상에 대응해야 했지만, 아무리 애를 써도 비드웰은 적절한 대꾸를 찾을 수 없었다. 거대한 악은 분명히 이 마을을 장악하고 있었고, 흐린 날씨와 캄캄한 밤을 틈타 마치 독버섯처럼 자라나고 있었다. 이 악은 파운트로열 주민들의 꿈에 침입하여 그들을 광란으로 몰아갔다. 비드웰은 윈스턴의 말이 정확하다는 것을 알았다. 정말로 이렇게 또 시작되는 것이었다.

"용기를 내십시오."

비드웰의 목소리는 힘이 없었다.

여자는 눈을 떴다. 부은 두 눈은 거의 붉은색에 가까웠다.

"용기?"

여자는 믿을 수 없다는 듯 되뇌었다.

"악마에 대항해서 용기를? 악마는 내게 표지로 가득 찬 묘지를 보여줬어요! 한 걸음을 내디딜 때마다 무덤에 걸려 넘어질 정도였다고요! 아주 고요한 마을이었어요. 사람들은 모두 떠나거나……

죽었어요. 악마가 내게 말했어요. 내 바로 옆에 서서. 숨소리가 들릴 정도였어요."

여자는 고개를 끄덕였다. 시선은 비드웰에게 똑바로 고정되어 있었다.

"이곳에 사는 사람들은 누구나 지옥 불에 타 죽을 거예요. 악마가 내게 그렇게 말했어요. 내 귀에 대고 직접. 지옥 불에 탈 거라고. 영원히. 고요한 마을이었어요. 고요한. 그는 이렇게 말했어요. '쉬, 앨리스.' 그는 말했어요. '쉬…… 내 목소리를 들어라. 여기를 봐라. 그리고 내가 누구인지 보아라.'"

여자는 눈을 깜박였다. 멍한 눈에 초점이 조금 돌아오긴 했지만, 여전히 정신은 산산조각 난 채로 보였다.

"난 봤어요. 그리고 난 알아요."

"이해합니다."

비드웰은 최후의 상황에 이른 사람으로서는 최대한 차분하고 합리적인 태도를 유지하려 애썼다.

"하지만 우리는 책임감 있게 행동해야 합니다. 이웃에게 공포심을 주려고 안달을 부려서는 안 됩니다."

"공포심을 주려는 게 아니에요!"

여자가 날카롭게 말했다.

"내가 본 진실을 말하고 싶은 거예요! 이 마을은 저주받았어요! 당신도 알고, 나도 알고, 분별력 있는 모든 영혼들이 알아요!"

여자는 촛불 하나를 뚫어지게 보았다. 다른 방에 있는 어린 소녀는 아직도 흐느끼고 있었다. 앨리스 배로우는 조금 힘이 들어간 목소리로 말했다.

"쉿, 멜리사. 이제 그만. 쉿."

비드웰은 또다시 할 말이 없어졌다. 그는 손가락이 아플 정도로 삼각 모자를 힘주어 쥐었다. 멀리서 울리던 천둥이 이제는 더 가까이에서 메아리쳤고, 목 뒤에서 땀이 등줄기를 타고 흘러내렸다. 찜통 같은 방이 그를 포위하고 공기를 빼앗는 듯했다. 이곳에서 나가야 했다. 비드웰은 갑자기 돌아섰다. 그는 윈스턴과 부딪히며 거의 윈스턴을 쓰러뜨릴 뻔하고는, 문 쪽으로 두 걸음을 걸어갔다.

"악마의 얼굴을 봤어요."

여자가 말했다. 비드웰은 벽돌담에 부딪힌 것처럼 그 자리에 멈췄다.

"악마의 얼굴을 봤어요. 나에게 보여줬어요."

여자가 되뇌었다.

비드웰은 나머지 말을 기다렸다. 여자는 꼿꼿이 앉아 있었다. 시트는 옆에 떨어져 있었고, 끔찍한 분노의 빛이 얼굴에 서려 있었다.

"악마는 당신 얼굴을 하고 있었어요."

여자는 반쯤 미친 것 같은 잔인한 웃음을 짓고 있었다.

"가면을 쓰고 있었죠. 당신 얼굴을 하고, 내 아이들이 죽어서 땅에 누워 있는 것을 보여주었어요."

마치 소리를 내면 영혼이 산산이 부서질까 두렵다는 듯이 여자가 손을 들어 올려 입을 막았다.

"진정하세요, 부인."

비드웰의 목소리가 떨렸다.

"현실로 돌아와야 합니다. 지옥의 환상은 옆으로 치워두세요."

"우리는 모두 지옥에서 불탈 거예요! 악마가 마음만 먹으면!"

여자가 쏘아붙였다.

"그는 그 여자가 자유의 몸이 되기를 원해요. 그게 그가 원하는 거예요! 그 여자가 자유가 되길 원하고, 우리가 모두 떠나길 원해요!"

"더 이상 듣지 않겠소."

비드웰이 여자에게서 돌아서서 방을 떠났다.

"그 여자를 놓아주길 바란다고요!"

여자가 외쳤다.

"그 여자와 함께 있게 될 때까지 우리를 놔주지 않을 거예요!"

비드웰은 계속 걸어서 현관문으로 나갔다. 윈스턴이 그 뒤를 따랐다.

"비드웰 씨! 비드웰 씨!"

배로우가 두 사람의 뒤를 따라 집을 나왔다. 비드웰은 걸음을 멈추고, 침착한 표정을 보여주려고 무진 애를 썼다.

"죄송합니다. 아내는 결례를 범할 뜻은 아니었습니다."

"신경 쓰지 않습니다. 부인은 심각한 상태니까요."

"네, 하지만…… 일이 이런 지경이라, 이곳을 떠난대도 이해해주셨으면 합니다."

어둡게 부풀어 오른 구름에서 가는 보슬비가 떨어지기 시작했다. 비드웰은 삼각 모자를 머리에 눌러썼다.

"마음대로 하시오, 배로우. 내가 당신 주인은 아니니까."

"네, 비드웰 씨."

배로우는 아랫입술을 깨물며, 용기를 쥐어짜 마음속에 있는 말을 꺼냈다.

"이곳은 좋은 마을이었습니다. 예전에는 그랬죠, 예전엔……."

그는 어깨를 으쓱했다.

"그런데 이젠 모든 게 바뀌었어요. 죄송합니다. 여기 더 머물 수는 없어요."

"그럼 떠나요!"

비드웰은 결국 무너졌다. 분노와 좌절이 검은 담즙처럼 쏟아져 나왔다.

"누가 당신을 여기 묶어두기라도 했소? 가요! 다른 사람들과 함께 겁에 질린 개처럼 달아나라고! 난 아니야! 신께 맹세코! 나는 이곳에 뿌리를 내릴 것이고, 어떤 환영도 날 이곳에서 쫓아내지……"

종이 울렸다. 묵직한 종소리였다. 한 번, 그리고 두 번, 세 번. 하모니 거리 성문 망루의 종소리였다. 종은 계속해서 울렸다. 감시탑의 파수꾼이 파운트로열을 향해 오는 사람을 발견했다는 뜻이었다.

"……쫓아내지 못해!"

비드웰이 단호한 결의로 말을 끝맺었다. 그는 인디언을 방어하기 위해 굳게 잠긴 성문이 서 있는 방향을 바라보았다. 새로운 희망이 마음속에서 샘솟았다.

"에드워드, 저건 분명 찰스타운에서 판사가 왔다고 알리는 소리일 거야! 그래! 그럴 거야! 따라오게!"

메이슨 배로우에게는 다른 말을 남기지 않고, 비드웰은 사거리를 향해 걷기 시작했다.

"서둘러!"

비드웰은 뒤쫓아오는 윈스턴에게 소리쳤다. 비가 제법 거세졌지만, 노아의 홍수 이래 최악의 호우도 이 행복한 날에 판사를 직접 맞이하려는 비드웰을 막을 수는 없었다. 종소리에 흥분한 개들이 짖어대기 시작했다. 활짝 웃는 비드웰과 숨을 몰아쉬는 윈스턴이 하모니 거리를 따라 북쪽으로 향하는 동안 한 무리의 개들이 카니발 광대의 뒤를 바짝 쫓듯 빙글빙글 돌며 두 사람의 뒤를 쫓았다.

성문에 도착한 비드웰과 윈스턴은 비와 땀에 젖어서 황소처럼 숨을 몰아쉬었다. 주민 여남은 명이 집에서 나와 한곳에 모여 있었다. 마을 밖에서 오는 방문객을 보기란 여간 드문 일이 아니었기 때문이다. 망루 위에서 맬컴 제닝스가 종치는 것을 멈췄다. 에사이 폴링과 제임스 리드가 성문의 빗장을 들어 올릴 준비를 했다.

"잠깐만!"

비드웰이 구경꾼들을 헤치며 외쳤다.

"자리 좀 내주시오!"

비드웰은 기대감에 몸을 떨며 성문으로 다가갔다. 그러고는 4.5미터 사다리 끝의 망루 위에 있는 제닝스를 올려다보았다.

"백인들인가?"

"네."

제닝스가 대답했다. 그는 키가 크고 마른 남자로 정수리에는 제멋대로 뻗은 짙은 갈색 머리가 나 있었고, 치아는 다섯 개 정도 남았지만 눈만큼은 매의 눈처럼 매서웠다.

"두 사람입니다. 그러니까 그게…… 백인인 것 같습니다."

비드웰은 그 말이 정확히 무슨 의미인지 제대로 이해할 수 없었다. 하지만 그렇다고 이런 중요한 순간에 지체하고 싶지는 않았다.

"아주 좋아! 문을 열게!"

비드웰이 폴링과 리드에게 말했다. 빗장이 걸쇠에서 들렸다. 리드가 나무 손잡이 두 개를 잡고 문을 당겨 열었다.

비드웰은 자신을 구원해줄 이를 반겨 맞이하기 위해 팔을 벌리고 한 걸음 앞으로 나섰다. 하지만 얼마 지나지 않아, 손님을 맞이

하려던 반가운 발걸음이 갑자기 멈췄다.
 두 남자가 앞에 서 있었다. 덩치 큰 사람은 대머리였고, 호리호리한 사람은 검은 머리카락이 짧게 깎여 있었다. 하지만 둘 중 누구도 비드웰이 기대하던 사람은 아니었다.
 비드웰은 그들이 백인일 거라고 추측했다. 하지만 진흙을 뒤집어쓰고 있어 확실치는 않았다. 나이가 더 많아 보이는 덩치 큰 남자는 진흙이 묻은 외투를 입고 있었는데 원래는 검은색인 것 같았다. 그는 맨발이었고, 비쩍 마른 다리에는 짐승의 배설물이 덕지덕지 붙어 있었다. 젊은 남자는 잠옷 같은 것을 입고 있었다. 최근에 그 차림으로 땅바닥을 심하게 구른 모양이었다. 젊은 남자는 신발은 신고 있었지만 그 신발도 꾀죄죄했다.
 이 난리통에 흥분한 개들이 방금 도착한 두 사람을 향해 심하게 으르렁거리며 짖어대기 시작했다. 두 사람은 깨끗하게 차려 입은 군중의 모습에 멍해진 것 같았다.
 "거지들이야."
 비드웰이 말했다. 목소리가 너무 조용해서 위태롭게 들렸다. 황무지 위로 천둥이 울렸다. 마치 신이 그를 비웃는 소리 같았다. 손님을 맞이하기 위해 활짝 벌렸던 팔이 무겁게 떨어졌다.
 "거지들이 왔어."
 비드웰은 큰 소리로 말하고, 신과 함께 웃기 시작했다. 처음에는 부드럽게 웃었지만 웃음소리는 점점 더 커지고 커지면서 억제할 수가 없게 되었다. 목이 아파왔고 눈에는 눈물이 고였다. 웃음을 그치고 싶은 마음이 간절했지만, 그리고 실제로도 기를 쓰고 웃음을 멈추려 노력했지만, 비드웰은 바보 같은 어린애의 손에서 빙글빙글 도는 물맴이가 된 것처럼 이 웃음을 통제할 수 없음을 깨달았다.

"거지들!"

비드웰은 숨을 씩씩거리며 외쳤다.

"내가…… 이 거지들을…… 보려고 그렇게 뛰어와서……!"

"이보시오."

몸집이 큰 남자가 맨발로 한 발 앞으로 나섰다. 진흙이 묻은 얼굴에 분노의 표정이 스쳐 지나갔다.

"이봐요!"

비드웰은 고개를 흔들며 계속 웃어댔다. 그의 웃음에는 흐느낌도 어느 정도 섞여 있었던 것 같다. 비드웰은 여행자들에게 물러나라는 손짓을 했다.

아이작 우드워드는 깊은 숨을 들이마셨다. 지난밤의 물 지옥만으로는 충분치 않았다는 듯, 이 멋지게 차려입은 남자까지 여기에서 그의 정신력을 시험하고 있었다. 마침내 우드워드의 정신력은 무너졌다. 우드워드는 법정에서나 쓰는 크고 날카로운 목소리로 우렁차게 외쳤다.

"이봐요!"

순간 주위가 조용해졌다. 심지어 개들도 입을 다물었다.

"나는 찰스타운에서 온 치안판사 우드워드요."

비드웰이 이 말을 들었다. 그는 숨을 들이켜고, 마지막 웃음에 사레가 들려 기침을 하고는, 놀라 휘둥그레진 눈으로 그 자리에 서서 자신을 치안판사라고 소개한 반쯤 벌거벗은 진흙덩어리를 바라보았다.

말벌에 쏘인 것처럼, 비드웰의 머릿속에 한 가지 생각이 퍼뜩 스쳤다. **그자들이 누굴 보낸다면 아마 저 위의 정신병원에서 미치광이를 하나 뽑아서 보낼걸!**

비드웰은 아주 가까운 곳에서 울리는 신음 소리를 들었다. 눈꺼풀이 떨렸다. 이 세상, 폭풍우, 신의 목소리, 저 너머 초록빛의 황무지, 거지들과 치안판사들, 사과의 해충, 독수리 날개의 그림자와도 같은 폐허와 잔해들…… 이 모든 것이 그의 주위를 빙빙 돌았다. 비드웰은 뒤로 물러서면서 무언가 기댈 수 있는 것을 찾았다.

아무것도 없었다. 비드웰은 하모니 거리 위로 쓰러졌다. 머릿속은 차가운 회색 안개로 가득 찼고, 그는 그 안개에 부드럽게 안겨 잠이 들었다.

5

노크 소리가 들렸다.

"판사님, 비드웰 시장님께서 손님들이 도착했다고 알려드리라고 하십니다."

"곧 가겠소."

우드워드는 가정부의 스코틀랜드 악센트를 의식하면서 대답했다. 그는 지난번 노크 소리를 들었을 때를, 그의 인생이 거의 꺼질 뻔했던 그 순간을 떠올렸다. 황금 줄무늬가 새겨진 조끼를 입은 그 비열한 놈을 상상만 해도 방금 입은 깨끗한 파란색 셔츠의 단추를 채우는 손이 더듬거렸다.

"젠장!"

우드워드는 벽거울에 비친 자신의 모습에 대고 말했다.

"판사님?"

네틀즈 부인이 문 뒤에서 물었다.

"곧 가겠다고 말했습니다."

그는 다시 가정부에게 말했다.

"알겠습니다."

가정부는 무거운 몸을 움직이며 복도를 따라 매튜가 머무는 방으로 향했다.

우드워드는 셔츠의 단추를 다 채웠다. 셔츠 소매는 조금 짧고 배 둘레는 조금 끼었다. 그 옷은 그와 매튜를 위해 집주인이 모아다준 것이었다. 비드웰은 실신했다 깨어난 뒤 그들에게 무슨 일이 일어 났는지를 알게 되었다. 비드웰은 신의 섭리가 가까이 왔음을 깨닫고, 너그러운 마음으로 그들이 묵을 방 두 칸을 내어주고, 몸에 맞을 만한 옷들을 모아주고, 방금 날을 세운 면도기와 뜨거운 목욕물을 준비해주었다. 우드워드는 자신의 살갗에서 진흙을 모두 긁어내는 일이 영원토록 불가능하지 않을까 두려웠지만, 거친 스펀지와 팔꿈치에 바르는 오일을 넉넉히 쓴 끝에 드디어 마지막 진흙 조각까지 말끔히 떼어낼 수 있었다.

우드워드는 검은 바지를 먼저 입었다. 이 옷도 약간 끼지만 입을 만했다. 그리고 흰 양말과 앞코가 사각인 검은 신발도 신었다. 셔츠 위로는 진주색 실크 조끼를 입었다. 비드웰이 자신의 옷장에서 꺼내어 직접 빌려준 조끼였다. 우드워드는 다시 한 번 거울을 들여다보면서, 검버섯이 난 대머리를 드러낸 채 새로운 사람들을 만나야 하는 자신의 처지를 한탄했다. 가발은 대단히 개인적인 물건이라 누군가에게 가발을 빌린다는 건 그야말로 있을 수 없는 일이었다. 어쩔 수 없지. 적어도 머리는 목 위에 달려 있으니 말이다. 솔직히 말하자면 우드워드는 여전히 피곤했기 때문에 비드웰이 마련한 저녁 정찬의 주빈이 되기보다는 아침까지 잠을 자고 싶었다. 하지만 목욕을 마치고 세 시간 정도 잠을 잤으니 이 정도로 만족하고, 네 개의 기둥이 달린 멋진 깃털 매트리스 위에 다시 몸을 쭉 뻗고 누울 수 있게 되기를 기다려야 했다.

마지막으로 우드워드는 입을 벌려 치아 상태를 확인했다. 목이 약간 건조한 느낌이 들었지만 한 모금의 럼주 말고는 목을 달래줄 만한 것이 없었다. 그는 럼주를 마신 뒤 샌달우드 비누와 레몬 오일 쉐이빙 로션의 향기를 풍기며 촛불이 일렁이는 복도로 나갔다.

아래층으로 내려간 우드워드는 사람들의 목소리를 따라 나무로 벽을 댄 넓은 방으로 향했다. 방은 현관 앞 대기실 바로 옆에 있었다. 방 안에 있는 의자와 가구들은 모임을 위해 옆으로 치워져 사람들이 움직일 수 있는 공간이 마련되어 있었고, 흰 돌로 만든 난로에서는 장작불이 우아하게 타오르며 비 오는 밤을 쾌적하게 만들어주고 있었다. 머리 위에 걸린 사슴뿔 샹들리에에서는 열 개 남짓한 촛불이 뿔 사이사이에 꽂혀 밝게 빛났다. 호화로운 가발을 쓰고 짙은 포트와인 색깔의 벨벳 옷을 입은 비드웰이 그곳에 서 있었다. 그는 다른 두 명의 신사와 대화를 나누던 중이었는데, 우드워드가 방에 들어서자 대화를 중단했다.

"아, 판사님이 오셨군! 판사님, 잘 쉬셨습니까?"

"충분치는 않았습니다."

우드워드가 솔직히 말했다.

"어젯밤에 겪은 고초가 아직 풀리질 않았습니다."

"판사님이 놀랄 만한 이야기를 해주셨어요!"

비드웰이 다른 신사들에게 말했다.

"판사님과 서기가 이곳으로 오는 길에 여관에서 거의 살해당할 뻔했다는 겁니다! 그 악당 놈은 분명히 살인에 능숙한 것 같다더군요. 제 말이 맞습니까, 판사님?"

비드웰은 눈썹을 치켜세우며 우드워드에게 이야기를 이어받으라고 재촉했다.

"그랬습니다. 제 서기가 우리 목숨을 구했습니다. 그리고 우리 목숨이 지금 우리가 기진 전부죠. 어쩌다 보니 소지품을 전부 버려야 했거든요. 비드웰 씨, 저는 정말이지 내일이 기대됩니다."

"판사님이 내게 민병대를 그곳으로 보내서 판사님의 물건들을 회수해달라고 요청했어요. 또한 그자를 체포해서 정의를 실현해줄 것도요."

비드웰이 다른 두 사람에게 설명했다.

"저도 함께 가겠습니다."

우드워드가 말했다.

"그자의 얼굴에 철퇴가 떨어지는 순간을 볼 기회를 놓칠 수는 없지요."

"윌 쇼컴 말씀입니까?"

두 신사 중 삼십 대 초반으로 보이는 젊은 사람이 눈살을 찌푸리며 말했다.

"전에 그 여관에 들렀던 적이 있습니다. 찰스타운에 가는 길에요! 저도 그 남자 성격이 좀 의심스럽다 싶었습니다만."

"그런 의심을 품을 만도 하지요. 게다가 그자는 두 주 전 이곳으로 오던 치안판사를 살해했습니다. 다이먼 킹스베리라는 분이었어요."

"제가 이분들을 소개해드리겠습니다."

비드웰이 말했다.

"아이작 우드워드 판사님, 이쪽은 니콜라스 페인입니다."

비드웰은 젊은 남자를 향해 고개를 끄덕였고, 우드워드는 페인이 내민 손을 잡았다.

"그리고 이분은 일라이어스 개릭입니다."

우드워드는 개릭과도 악수를 했다.

"페인은 우리 민병대의 대장입니다. 이 친구가 아침에 쇼컴을 잡으러 가는 원정대를 이끌 겁니다. 그렇지, 니콜라스?"

"제 의무죠."

페인이 말했다. 하지만 번득이는 회색빛 눈으로 보아 자기가 없는 자리에서 원정 계획을 세운 데 분개하고 있는 게 분명했다.

"모시게 되어서 기쁩니다, 판사님."

"개릭 씨는 우리 마을에서 가장 큰 농장의 주인입니다. 저와 운명을 같이한 첫 번째 분이기도 하고요."

"그랬지요. 마을이 생긴 첫 달에 저희 집을 지었지요."

개릭이 말했다.

"아! 판사님의 서기가 왔군요!"

비드웰이 방문 쪽을 흘긋 보았다. 매튜가 발이 꼭 끼는 신발을 신고 방 안으로 들어왔다.

"안녕하세요, 여러분."

매튜가 힘없이 미소를 지었다. 그는 여전히 지쳐 있어서 연회를 즐길 기분이 아니었다.

"늦어서 죄송합니다."

"죄송할 필요 없다네!"

비드웰이 매튜에게 손짓을 했다.

"지금 자네의 어젯밤 모험에 대해 듣고 있던 중이야."

"저라면 그걸 '사고'라고 부르겠습니다. 다시는 경험하고 싶지 않은 일이었죠."

매튜가 말했다.

"신사분들, 이쪽은 판사님의 서기 매튜 코빗 군입니다."

비드웰이 말했다. 그는 매튜를 페인과 개릭에게 소개했고, 그들은 또다시 서로 악수를 교환했다.

"지금 판사님께 우리 민병대 대장인 페인 씨가 내일 민병대를 이끌고…… 쇼컴을 체포하러 아침에 떠날 거라고 얘기한 참이야."

페인이 말을 가로막았다.

"긴 여행이 될 테니, 아침 해가 뜨자마자 출발해야 할 겁니다."

"그런 만족을 위해서라면 기꺼이 아침 일찍 일어나야죠."

우드워드가 말했다.

"좋습니다. 같이 갈 사람을 한두 명 정도 더 찾아보죠. 총이 필요할 겁니다. 아니면 혹시 쇼컴이 순순히 항복을 할 가능성도 있을까요?"

"총이 꼭 필요할 겁니다."

우드워드가 말했다.

대화는 다른 내용으로 이어졌고, 그중에서도 특히 찰스타운에 관한 얘기가 오갔다. 흰 셔츠에 색 바랜 바지를 입고 흰 양말을 신은 매튜는 덕분에 페인과 개릭을 잽싸게 훑어볼 기회를 잡았다. 민병대 대장은 다부지게 생긴 남자로, 키는 178센티미터 정도 되어 보였다. 매튜는 그의 나이가 대략 서른 살에 가까우리라고 생각했다. 페인은 모래 빛깔의 긴 머리를 검은 끈으로 묶어 등 뒤로 늘어뜨리고 있었다. 길고 날렵한 콧대와 콧날, 회색빛 눈, 굵은 금색 눈썹이 조화를 이룬 얼굴이었다. 매튜는 페인의 체격이나 군더더기 없는 동작으로 미루어, 그가 허튼짓을 하지 않는 사람이고 격렬한 행동에 능숙하며 아마도 말을 잘 다루는 훌륭한 기수일 거라고 짐작했다. 옷차림은 그리 세련된 편이 아니었다. 간편한 회색 셔츠와 흔한 가죽조끼, 짙은 갈색 바지를 입고 있었고, 회색 각반을 대고 그 위에 갈색 부츠를 신고 있었다.

개릭은 말하기보다는 주로 듣는 쪽이었는데, 매튜의 눈에는 오십 대의 황혼녘에 접어드는 토호(土豪) 같아 보였다. 비쩍 말라 뼈가 앙상했으며, 수척한 뺨은 지난여름 강렬했던 햇볕의 영향으로 거무스레하게 그을어 있었다. 갈색 눈은 푹 꺼졌고, 왼쪽 눈썹을 가로지르는 작은 흉터가 빗금처럼 나 있었다. 포마드를 발라 번들거리는 회색 머리는 뒤쪽까지 반듯하게 빗어 넘겨져 있었다. 크림색 코듀로이 바지와 파란색 셔츠 위에 오래 입어 닳은 조끼를 입었는데, 예전에 매튜가 잘못 먹고 탈이 났던 상한 치즈 같은 옅은 누런색이었다. 천천히 눈을 껌벅거리는 모습, 강한 억양이 밴 말투, 고심해서 어휘를 고르는 태도로 미루어 볼 때 그가 세상의 소금 같은 사람임은 분명했지만, 다른 양념에 대해서는 상당히 제한적인 태도를 보이리라는 생각이 들었다.

어린 흑인 하녀가 붉은 포도주가 찰랑거리는 포도주 잔을 백랍 쟁반에 받쳐 들고 들어왔다. 우드워드는 진짜 유리로 세공한 포도주 잔에 감명을 받았다. 이런 진귀한 물건을 거친 식민지 땅에서 보기란 드문 일이었다. 비드웰은 모두에게 잔을 들도록 권했다. 이들 중 판사와 그의 서기만큼 감사해하며 포도주를 목으로 넘긴 사람은 없었다.

감미로운 종소리가 현관 입구에서 울리며 손님이 도착했음을 알렸다. 두 신사가 네틀즈 부인의 안내를 받으며 방에 들어섰고, 부인은 다시 일을 하기 위해 부엌으로 돌아갔다. 우드워드와 매튜는 이미 에드워드 윈스턴과는 인사를 나누었지만, 그와 함께 들어온 남자, 상아 손잡이가 달린 비틀린 지팡이에 몸을 의지하며 다리를 저는 남자는 처음 보는 사람이었다.

"마을의 학교 선생님인 앨런 존스톤 씨입니다."

비드웰이 소개했다.

"존스톤 선생이 우리 마을의 일원이 된 건 큰 행운입니다. 옥스퍼드에서 받은 교육의 혜택을 우리 마을에 전해주셨거든요."

"옥스퍼드라고요?"

우드워드가 남자와 악수를 나누었다.

"저도 옥스퍼드를 나왔습니다."

"그렇습니까? 어느 칼리지인지 여쭤봐도 될까요?"

존스톤의 우아한 목소리는 나지막하고 조용했지만 힘이 있어서 학생들을 집중시키는 데 중요한 역할을 하리라고 우드워드는 생각했다.

"크라이스트처치입니다. 선생님은요?"

"올소울즈입니다."

"아아, 참으로 영광스러운 날들이었죠."

우드워드가 말했다. 하지만 우드워드의 시선은 비드웰을 향해 있었다. 선생의 모습이 여간 이상하지가 않았기 때문이다. 존스톤은 흰색 파우더를 얼굴에 뒤집어쓰다시피 했고, 뽑아서 다듬은 눈썹은 몹시 가늘었다.

"체커스 술집에서 에일 잔 바닥을 탐구하며 보내던 수많은 밤이 기억나는군요."

"저는 골든크로스 쪽을 더 좋아했지요."

존스톤이 희미하게 미소 지으며 말했다.

"그곳 에일은 학생들의 기쁨이었습니다. 아주 독하면서도 값은 쌌거든요."

"이 자리에 진정한 학자를 모신 것 같습니다."

우드워드가 미소로 화답했다.

"올소울즈 칼리지라고 하셨죠? 말라드 경이 내년에도 술에 취해 있을지 기대되는군요."

"취해 있겠지요. 저는 확신합니다."

옥스퍼드 동문들의 대화가 이어지는 동안, 매튜는 앨런 존스톤을 간단히 살펴보았다. 마르고 키가 큰 학교 선생은 검은 줄무늬가 있는 짙은 회색 겉옷과 주름 잡힌 흰 셔츠를 입고, 검은색 삼각 모자를 쓰고 있었다. 흰색 가발은 단순한 모양이었고, 재킷의 가슴 주머니에는 레이스가 달린 흰색 손수건이 꽂혀 있었다. 얼굴에 칠한 파우더와 튀어나온 두 광대뼈를 강조하는 빨간 점 때문에 나이를 짐작하기는 어려웠지만, 매튜는 그가 사십 대에서 오십 대 사이일 것이라고 생각했다. 존스톤의 길다란 코는 귀족적이었고 콧구멍은 살짝 퍼져 있었으며, 가늘게 뜬 짙은 푸른색 눈은 친절해 보이지는 않았지만 무언가 표정을 담고 있었다. 높은 이마는 지적인 인상을 주었다. 매튜는 잽싸게 아래쪽으로 시선을 내려 흰 양말과 광이 나는 검은 부츠, 그리고 오른쪽 무릎이 있어야 할 자리에 나 있는 기괴한 모양의 혹을 보았다. 다시 고개를 든 매튜는 존스톤이 자신의 얼굴을 바라보는 것을 깨닫고 얼굴이 화끈 달아올랐다.

"자네가 관심을 갖는 이것은 말이지, 젊은이."

존스톤이 세심하게 뽑아 다듬은 눈썹을 치켜세우며 말했다.

"태어날 때부터 이런 모양이었다네."

"아……. 죄송합니다. 저는…… 그럴 뜻은……."

"쯧쯧."

존스톤이 손을 뻗어 매튜의 어깨를 다독였다.

"관찰하는 자세는 훌륭한 영혼을 가졌다는 표지라네. 그 특질을 잘 연마하게. 하지만 응용할 때는 너무 직접적으로 하지 말고 은밀하게 하게나."

"네, 선생님."

매튜는 땅 밑으로 꺼져버리고 싶었다.

"제 서기는 때로 머리보다 눈이 더 커질 때가 있답니다."

우드워드가 사과의 뜻을 담아 말했다. 우드워드도 존스톤의 기형을 눈치채고 있었다.

"큰 게 작은 것보다 낫지요. 하지만 지금 이 마을에서는 눈과 머리를 적당히 쓰는 것이 지혜롭습니다."

존스톤이 대답했다. 존스톤은 와인을 한 모금 마셨고, 우드워드는 그의 현명함에 고개를 끄덕였다.

"마침 이런 얘기를 나누고 있고, 판사님의 방문 목적이기도 하니, 그 여자를 보셨는지 여쭤도 되겠습니까?"

존스톤의 질문에 비드웰이 재빠르게 끼어들어 대답했다.

"아니, 아직이네. 그 여자를 보러 가시기 전에 판사님께서 특별한 이야기를 듣고 싶어 하시리라 생각하네만."

"특별한 이야기? 특이한 이야기가 아니라?"

존스톤이 물었다. 이 말에 윈스턴과 페인은 불편한 미소를 지었지만 비드웰은 가볍게 웃어넘겼다.

"옥스퍼드 동문끼리니까 말인데, 저는 판사님의 신을 신어보기를 바라서는 안 되겠습니다(다른 사람의 신을 신어보는 것은 그 사람의 처지가 되어본다는 의미이다-옮긴이)."

존스톤이 우드워드에게 말했다.

"만일 선생이 제 신을 신으신다면……."

우드워드가 존스톤과의 재치 넘치는 논쟁을 즐기며 말했다.

"……선생은 옥스퍼드 사람이 아닐 겁니다. 교수대에 오르기를 기다리는 사람이겠죠."

존스톤의 눈이 조금 커졌다.

"뭐라고요?"

"제 신발은 지금 살인자의 수중에 있으니까요."

우드워드는 쇼컴의 여관에서 있었던 일을 좀 더 상세하게 묘사했다. 재난 이야기는 호기심 많은 나방들을 꾀는 촛불처럼 청중을 끌어들였고, 그 이야기에 어떤 가치가 있든 점점 불꽃은 커지기 시작했다. 이야기가 진행되면서 우드워드가 애초부터 쇼컴이 '사악한 의도를 품은 악당'임을 확신했었다거나, 쇼컴이 등에 칼을 꽂기 전에 스스로를 지키기로 결심했다는 등으로 내용을 확장시키자 매튜는 상당히 흥미로워졌다.

이런 식으로 과거가 재편되는 동안 초인종이 또다시 울렸다. 네틀즈 부인이 새로 온 손님을 사람들에게 안내했다. 이 신사는 마르고 왜소한 남자로, 창고의 홰 위에 앉은 밴텀 부엉이를 연상시켰다. 그의 얼굴은 창백하게 오므린 입술과 갈고리처럼 휘어진 코 때문에 정말로 부엉이 같은 인상을 주었다. 둥근 안경알 뒤로 옅은 푸른색의 큰 눈이 이리저리 움직였고, 아치 모양의 갈색 눈썹은 미간 주름 위에 높이 자리 잡고 있었다. 평범한 검은 웃옷과 소매에 주름이 잡힌 파란 셔츠를 입었고, 긴 부츠를 신고 있었다. 어깨 너머로 늘어뜨린 긴 머리는 갈색이었고, 관자놀이 부근에만 회색 머리가 나 있었다. 머리에는 검은색 삼각 모자를 쓰고 있었다.

"이쪽은 벤자민 쉴즈입니다. 의사죠."

비드웰이 말했다.

"어떻게 지냈나, 벤?"

"별로 좋지 않았어요."

쉴즈가 말했다. 체격에 어울리지 않게 목소리가 컸다.

"늦어서 죄송합니다. 체스터의 집에서 바로 오는 길이라서요."
"체스터 부인은 좀 어때요?"
윈스턴이 물었다.
"죽었어요."
쉴즈가 삼각 모자를 벗어 네틀즈 부인에게 건네주었다. 부인은 그때까지 쉴즈 뒤에 검은 벽처럼 서 있었다.
"슬픈 얘기지만, 부인이 사망한 지 채 한 시간도 안 되었습니다. 이 축축한 공기 때문이에요! 습기 때문에 폐가 막히고 피가 탁해진다니까요. 뭐든 대책을 곧 마련하지 못하면 이 마을에 있는 삽들이 아주 바빠질 겁니다. 아, 안녕하세요!"
쉴즈는 앞으로 걸어 나와 우드워드에게 악수를 청했다.
"우리가 기다려왔던 판사님이시군요. 마침내 오시다니, 하느님 감사합니다!"
"찰스타운 의회에서 듣기로는……."
우드워드가 쉴즈와 악수를 나누며 말했다. 의사의 손은 매우 차갑고 축축했다.
"……제가 이 상황에 말려든 세 번째 판사라더군요. 첫 번째 분은 이 마을로 떠나기 전, 지난 3월에 전염병으로 세상을 떴죠. 그리고 두 번째는…… 음, 킹스베리 판사의 운명은 어젯밤까지는 몰랐습니다. 이쪽은 제 서기인 매튜 코빗입니다."
"만나서 반가워요, 젊은이."
쉴즈가 매튜와 악수를 했다.
"판사님, 저는 판사님이 세 번째든 열세 번째든, 아니면 서른세 번째든 상관 안 합니다! 우리는 단지 이 상황이 해결되기를 원합니다. 그것도 빠를수록 좋습니다."

쉴즈는 안경테 너머로 눈을 빛내며 말을 맺었다. 그러더니 방 안으로 서서히 밀려들어오는 냄새에 코를 킁킁거렸다.
"아, 구운 고기로군! 오늘 저녁 메뉴는 뭡니까?"
"말린 후추를 뿌린 토솀보이즈일세."
비드웰이 말했다. 방금 전보다는 풀이 죽어 있었다. 그는 도커스 체스터가 세상을 떠났다는 소식에 마음이 아팠다. 그녀는 당당하고 나이 지긋한 부인이었고, 남편 티모시는 파운트로열의 재봉사였다. 정말이지, 옷감의 올이 풀려나가는 것 같았다. 의사가 한 삽 얘기 때문에 비드웰은 앨리스 배로우의 꿈이 떠올라 심기가 불편해졌다.
"곧 식사를 준비하겠습니다."
네틀즈 부인이 말하고는 의사의 삼각 모자를 들고 방을 떠났다.
쉴즈는 난로로 다가가 손을 녹였다.
"불쌍한 체스터 부인."
누군가가 화제를 전환해보려 하기도 전에 쉴즈가 다시 말했다.
"좋은 분이었는데. 판사님, 우리 마을을 살펴보실 기회가 있었습니까?"
"아니오, 아직."
"서두르시는 게 좋을 겁니다. 이런 사망률이라면, '파운트로열'은 '평범한 무덤'이라고 이름을 바꿔 달게 될 거예요."
"벤!"
비드웰이 의도한 것보다 좀 더 날카롭게 목소리가 나왔다.
"그런 말을 하는 데 무슨 특별한 목적이 있으리라고는 생각지 않네. 그렇지?"
"아닐 겁니다."

쉴즈는 죽은 도커스 체스터의 냉기를 떨쳐내려는 듯 두 손을 모아 비벼댔다.

"하지만 불행하게도 제 말에는 진실이 담겨 있어요. 아, 이런 문제는 판사님이 직접 충분히 알아내실 수 있겠죠. 우리는 판사님께서 빨리 상황을 파악하시도록 도와드려야 하고요."

쉴즈는 근처에 서 있던 존스톤을 바라보았다.

"앨런 선생님, 그거 다 드신 건가요?"

쉴즈는 대답을 기다리지도 않고 반쯤 찬 포도주 잔을 존스톤의 손에서 빼앗아 벌컥벌컥 마셨다. 그러더니 악의 어린 눈으로 우드워드를 바라보았다.

"저는 환자들을 묻으려고 의사가 된 게 아닙니다. 하지만 요즘엔 장의사 간판을 내걸어야 할 지경이에요. 지난주에 둘이 갔어요. 그중 하나는 리처드슨네 꼬마였고요. 신이여, 그 아이를 돌보소서. 오늘은 도커스 체스터가 갔습니다. 다음 주에는 또 누구를 보내야 할까요?"

"그런 얘기는 별로 좋지 않아. 좀 자제하게."

비드웰이 엄한 목소리로 말했다.

"자제라."

쉴즈는 고개를 끄덕이고 유리잔에 얕게 담긴 붉은 포도주를 응시했다.

"로버트, 저는 너무 오랫동안 자제해왔어요. 이제는 자제하는 것도 지칩니다."

"날씨 때문이에요."

윈스턴이 말했다.

"분명히 이 비는 곧 지나갈 거고, 그러면 우리도……."

"날씨 때문이 아니오!"

쉴즈가 뾰족한 턱을 반항하듯 추어올리며 말을 가로막았다.

"지금 이곳에 있는 '영적 기운' 때문이지. 이곳에 악이 있어요."

쉴즈는 포도주를 전부 마셨다.

"어둠의 악과 똑같은 악이 한낮에도 존재한다고요."

쉴즈의 입술이 젖어 있었다.

"이 병은 퍼지고 있습니다. 영혼의 병, 육신의 병. 이 둘은 연결되어 있어요. 하나가 다른 하나를 통제하는 겁니다. 저는 체스터 부인의 영혼의 병이 어떻게 육신의 건강을 해치는지를 똑똑히 봤어요. 그걸 보고 있었지만 제가 할 수 있는 일은, 젠장, 아무것도 없었다고요. 이제 티모시의 영혼까지 전염되어서 망가졌어요. 티모시가 죽음에 이르기까지 얼마나 남았을까요?"

"실례지만, 쉴즈 선생."

비드웰이 한마디 하기 전에 개릭이 입을 열었다.

"병이 퍼지고 있다는 얘기는…… 그 얘기는……."

개릭은 하고 싶은 말을 정확히 하기 위해 잠시 주저했다.

"그 말은…… 전염병이 곧 돌 거라는 얘기요?"

"말조심하게, 벤자민."

존스톤이 나지막한 목소리로 주의를 주었다.

"아니, 의사 선생의 말은 그게 아닙니다!"

비드웰이 열을 올리며 말했다.

"쉴즈 선생은 지금 체스터 부인이 죽어서 제정신이 아닙니다. 그뿐이에요! 개릭 씨에게 전염병 얘기가 아니었다고 말해주게, 벤."

쉴즈는 잠시 머뭇거렸다. 매튜는 쉴즈가 사실은 파운트로열에 이미 전염병이 퍼져 있다고 말하려는 줄 알았다. 하지만 그 대신 쉴즈는 근심 어린 긴 한숨을 내뱉었다.

"전염병 얘기가 아닙니다. 적어도, 물리적인 힘에 의한 전염병은 아니에요."

"여기 이 훌륭한 의사 선생께서 하려던 말씀은, 내 생각에……."

존스톤이 개릭에게 말했다.

"이 마을이 현재 겪고 있는 영적인…… 음…… 취약성이 우리 모두의 건강에 영향을 미친다는 것이지요."

"마녀가 우리를 병들게 한다는 뜻이군요."

개릭이 웅얼거리듯 말했다.

비드웰은 댐이 무너지기 전에 범람하는 물을 막아야겠다고 결심했다. 부유한 농부지만 농업과 관련 없는 일에 대해서는 지적 능력이 떨어지는 개릭이 자신의 생각을 사람들 앞에서 계속 뇌까리기 전에 대화의 주제를 바꿔야 했다.

"과거는 이제 접고 미래를 내다봅시다, 신사분들! 일라이어스, 우리의 구원은 여기 판사님의 손에 달려 있습니다. 우리는 하느님과 법을 믿고, 이런 소모적인 잡설을 자제해야 합니다."

개릭은 통역을 부탁하는 눈길로 존스톤을 바라보았다.

"비드웰 씨 말씀은 걱정하지 말라는 거요."

존스톤이 말했다.

"그리고 나도 같은 생각이오. 판사님이 우리 문제를 해결해주실 테니까."

"저를 너무 신뢰하시는군요."

우드워드는 사람들의 시선에 숨이 막히는 듯한 부담감을 느꼈다.

"제가 여러분의 기대를 만족시킬 수 있기를 바랍니다."

"그러셔야죠."

쉴즈는 빈 잔을 옆으로 치웠다.

"이 정착지의 운명은 판사님의 손에 달렸습니다."

네틀즈 부인이 문 앞에 나타나 말했다.

"여러분, 식사 준비가 되었습니다."

연회장은 부엌 옆에 자리 잡고 있었다. 짙은 색 목재로 지은 벽에 태피스트리 장식이 걸려 있고, 마차만큼 큰 자연석 벽난로가 있는, 그야말로 경이로운 방이었다. 난로 위에는 웅장한 수사슴의 머리가 걸려 있고 그 양옆으로는 머스킷 총과 피스톨 컬렉션이 전시되어 있었다. 우드워드도 매튜도 해안 습지대에 이런 대저택이 있으리라고는 전혀 예상하지 못했다. 두 사람은 영국의 성채에 비길 만한 저택에 할 말을 잃었다. 거대한 사각 테이블 위 천장에는 테이블만큼이나 거대한 샹들리에가 굵은 선박용 쇠사슬에 걸려 매달려 있었고, 바닥에 깔린 양탄자는 선지처럼 붉었다. 식탁에는 음식을 담은 그릇들이 잔뜩 놓여 있고, 메인 요리인 토셈보이즈는 식탁 가운데에서 육즙을 흘리며 아직도 지글지글 소리를 내고 있었다.

"판사님, 여기 제 옆에 앉으시죠."

비드웰이 말했다. 매튜가 보기에 비드웰은 권력자로서의 자신의 지위를 즐기고 있었고, 흔치 않은 부를 누리는 사람이기도 했다. 비드웰은 손님들의 자리를 미리 다 정해놓았다. 개릭과 쉴즈 사이에 낀 매튜는 교회 의자를 닮은 긴 의자에 앉았다. 어린 흑인 하녀가 나무 술잔을 들고 부엌문으로 들어왔다. 우드워드는 인디언 에일의 맛을 떠올리며 머뭇머뭇 한 모금을 마셨는데, 잔에 든 것은 호수에서 갓 길어온 차가운 물이었다.

"감사 기도를 올릴까요?"

비드웰이 토셈보이즈를 칼로 가르기 전에 물었다.

"존스톤 씨, 기도를 맡아주시겠습니까?"

"물론이죠."

사람들이 고개를 숙이자, 존스톤은 풍성한 식탁에 감사하고, 판사를 안전하게 파운트로열에 도착하게 하신 신의 지혜를 찬양하고, 그것이 신의 뜻이라면 이 비를 멈추게 해주십사 하는 기도를 올렸다. 존스톤이 기도하는 동안에도 저 멀리에서 천둥이 울리며 또 다른 폭풍이 다가오고 있음을 알려주었다. 매튜가 듣기에는 존스톤이 이를 악물고 "아멘"이라고 말하는 것 같았다.

"듭시다."

비드웰이 말했다.

촛불 아래에서 칼이 번쩍이더니 구운 토셈보이즈에 꽂혔다. (토셈보이즈라는 이름은 최근에는 잘 쓰지 않는 말인데, 닭을 사냥하는 개들 중 어떤 개가 가장 많은 닭을 '토스'할 것인지 맞추는 도박을 기억하는 사냥꾼들 사이에서만 명맥을 유지하고 있다.) 비드웰의 손님들은 손과 치아를 이용해 기백이 넘치는 모습으로 고기를 뜯기 시작했다. 곡물이 섞인 묵직한 조나킨 빵 덩어리는 탄 맛이 났고, 배 속에 교회 벽돌처럼 가라앉아 있다가 기름진 육즙을 흡수해주는 역할을 했다. 김이 오르는 콩과 삶은 감자를 담은 접시가 놓이고, 지금까지 먹은 것들을 씻어 내릴 수 있도록 아름답게 만들어진 은 술통에 향기로운 럼주가 담겨 들어왔다.

빗방울이 지붕 위를 세차게 두드리기 시작했다. 곧 연회장 안에 반갑지 않은 한 떼의 손님이 침입했다. 커다란 쇠등에와 이보다 더 성가신 모기들이었다. 그것들은 귓전에서 앵앵대며 살갗을 물어 간지러운 상처를 남겼다. 무례한 모기들을 때려잡느라 종종 대화가 중단되곤 했는데, 그때마다 비드웰은 술통에서 술을 따라 판사에게 권했다. 비드웰이 목청을 가다듬자, 우드워드는 이제 문제의 핵심에 접근할 때임을 알아차렸다.

"이곳 상황에 대해 얼마나 알고 계시는지 여쭤봐야 할 것 같군요, 판사님."

비드웰이 말했다. 그의 뺨에서 닭기름이 번들거렸다.

"의회에서 말해준 대로만 알고 있습니다. 간단히 말하자면, 마녀라는 죄목으로 기소된 여자가 감옥에 갇혀 있다는 정도죠."

비드웰이 고개를 끄덕였다. 그는 접시에 놓인 뼈를 집어 들고 빨았다.

"그 여자 이름은 레이첼 호워스입니다. 영국인과 포르투갈인 혼혈이죠. 지난 1월에, 그 여자 남편인 대니얼 호워스가 밭에서 목이 잘려 죽은 채 발견되었습니다."

"머리가 거의 목에서 떨어져나가 있었어요."

쉴즈가 덧붙였다.

비드웰은 이야기를 계속했다.

"몸에 다른 상처들도 있었습니다. 짐승 이빨이나 앞발에 의해 난 상처였습니다. 얼굴과 팔과 손에도 상처가 있었고요."

비드웰은 접시로 다시 손을 뻗어 아직 살점이 조금 붙은 다른 뼈를 집어 들었다.

"대니얼을 죽인 것이 무엇이든…… 아주 흉포한 놈이었습니다. 점잖게 말하자면 말이죠. 하지만 그런 식으로 죽은 사람이 대니얼만이 아니었습니다."

"성공회 신부님인 벌튼 그로브 씨도 당했죠."

존스톤이 은 술통에 손을 뻗으며 말했다.

"지난 11월에 비슷한 모습으로 죽었습니다. 사모님이 예배당에서 신부님의 시신을 찾았어요. 아, 미망인이라고 해야겠군요. 미망인은 그 일이 있은 후 곧 마을을 떠났습니다."

"이해합니다."

우드워드가 말했다.

"그럼 지금은 이곳에 신부님이 계십니까?"

"아니요."

비드웰이 말했다.

"제가 가끔 가서 설교를 하곤 합니다. 쉴즈 선생과 존스톤 선생, 그리고 다른 몇몇 분들이 돌아가면서 하지요. 한동안 이곳에 독일인들을 위한 루터 교회가 있었지만, 그곳 목사님은 영어가 능숙하지 않았거든요. 그분은 지난여름에 떠나셨습니다."

"독일인들이라고요?"

"그렇습니다. 한때는 독일인들과 네덜란드 가족들이 꽤 많이 이곳에 살았습니다. 지금도 아직…… 어……."

비드웰은 윈스턴에게 도움을 청했다.

"얼마나 남아 있지?"

"독일인 가족이 일곱 집 있습니다."

윈스턴이 대답했다. 그는 손을 휘저어 얼굴 앞을 맴도는 모기를 쫓았다.

"네덜란드 가족이 두 집 있고요."

"에드워드는 이곳의 관리인입니다."

비드웰이 우드워드에게 설명했다.

"에드워드가 모든 회계 업무를 맡고 있습니다. 런던에 있는 제 조선소를 위해서도 일하고 있고요."

"회사 이름이 뭡니까?"

우드워드가 물었다.

"오로라입니다. 아마 제 배 중 한 척을 타고 이곳으로 오셨을 겁니다."

"그럴지도 모르죠. 상업 지구의 중심에서는 꽤 멀리 떨어져 계시네요. 안 그렇습니까?"

"그렇게 멀지는 않습니다. 제 두 아들이 책임을 맡고 있고, 아내와 딸도 런던에 남아 있습니다. 젊은 직원들을 믿고 할 일을 맡겨두었고요. 그러는 동안 저도 부지런히 제 회사의 미래를 위해 일하고 있습니다."

"파운트로열에서요? 어떻게?"

비드웰은 의기양양한 표정으로 가볍게 미소를 지었다.

"보시면 아시겠지만, 저는 이 지역의 남쪽 정착지 대부분을 소유하고 있습니다. 스페인 식민지가 여기서 그리 멀지 않은 곳에, 저 아래 플로리다 지역에 있다는 건 아시지요?"

비드웰은 쉴즈에게 손짓으로 럼주 통을 건네 달라는 신호를 보냈다.

"인도 제국과 식민지 사이의 무역 거점 도시로서 찰스타운과 겨룰 만한…… 아니, 찰스타운을 능가할 도시를 이곳 파운트로열에 세우는 것이 제 목표입니다. 때가 되면 그런 무역상의 이점을 누리기 위해 제 회사를 이곳으로 옮길 겁니다. 스페인이 그들의 탐욕을 북쪽 영토에 두지 않는다는 걸 국왕께서 아시게 된다면, 앞으로 이곳에 군대가 들어올 것으로 기대하고 있습니다."

비드웰은 술잔을 들고 기세 좋게 술을 마셨다.

"파운트로열에 해군 기지를 세워야 하는 또 다른 이유는, 인도 제국에서 오는 화물선을 상습적으로 공격하는 해적선들을 물리치기 위해서입니다. 그런 해군용 선박을 누가 건조해야 하겠습니까?"

비드웰은 우드워드의 답을 기다리며 고개를 한쪽으로 기울였다.

"물론 비드웰 씨겠지요."

"그렇습니다. 그 말은 결국 부두, 창고, 목재 하치장, 장교들을 위한 사택 같은 것들도 지어야 한다는 뜻이 되지요. 어떻습니까. 이 그림에서 수익이 눈에 보이지 않습니까?"

"보이는군요."

우드워드가 말했다.

"그렇다면 찰스타운과 이곳 사이의 길도 좀 더 개량하시겠군요?"

"때가 되면 찰스타운의 의원들이 길을 만들 겁니다. 오, 그 사람들과 절충안을 논의할 수도 있겠죠."

비드웰은 어깨를 으쓱했다.

"하지만 항만 도시와 해군 기지로서 파운트로열이 더 나은 조건을 갖추고 있다는 건 누가 봐도 분명하고, 찰스타운 사람들도 제가 보내주는 무역 물품이 필요할 겁니다."

우드워드는 속으로 조용히 투덜거렸다.

"야심이 대단하시군요. 의원들도 이미 비드웰 씨의 계획을 알고 있겠지요. 이곳에 치안판사가 오기까지 그토록 오래 걸린 데에는 그런 이유도 한몫했을 겁니다."

"그렇겠지요. 하지만 선박 사업에서 찰스타운을 제외시킬 생각은 없습니다. 저는 그저 기회를 포착한 것뿐입니다. 왜 찰스타운을 지을 때 최대한 남쪽으로 자리를 잡아 도시를 세우지 않았는지 모르겠더군요. 그곳에 있는 강 때문일지도 모르죠. 신선한 물이 필요하니까요. 하지만 보시다시피 이곳 호수도 우리에게 필요한 물을 충분히 공급해줍니다. 인도 제국에서 오는 목마른 선원들을 위해 물통을 그득그득 채우기에 충분할 만큼이요. 그건 확실합니다!"

"저…… 비드웰 씨?"

매튜가 오른쪽 뺨 위의 모기 물린 자국을 긁으며 말했다.

"계획이 그렇게 확실한데…… 왜 부두와 하치장 공사를 여태 시작하지 않으셨나요?"

비드웰은 곁눈질로 윈스턴을 보았다. 초조한 눈빛처럼 보였다.

"왜냐하면……."

비드웰은 냉랭한 시선으로 매튜를 바라보았다.

"먼저 해야 할 일이 있기 때문이지."

비드웰은 뼈가 담긴 접시를 옆으로 치우고 팔짱을 꼈다.

"배를 짓는 것도 마찬가지야, 젊은이. 배를 지을 때 돛대부터 세우지 않고 용골부터 시작하지 않나. 부두 공사를 착수하기 전에 먼저 이 늪지에서 물을 빼고 필요한 것들을 갖추는 데에만 몇 년이 걸릴 텐데, 그러려면 파운트로열이 자급자족할 수 있어야 하네. 그 말은 농부들이(이 말을 하면서 비드웰은 개릭을 보며 고개를 끄덕였다) 충분한 양의 곡물을 생산할 수 있어야 하고, 신발 수선공, 재단사, 대장장이 같은 여러 장인들이 모두 각자의 일을 해서 번창해야 한다는 거야. 그리고 튼튼한 학교 건물과 교회가 있어야 하고, 주민들의 목적의식이 투철해야 하고 치안도 유지되어야 하지. 인구도 해마다 증가해야 하고."

비드웰은 이 말을 마치고 잠시 숨을 고르더니, 접시의 뼈들이 마치 불에 타버린 건물의 골조인 듯 바라보았다.

"안타깝지만 사실을 얘기해야 할 것 같군요."

우울한 침묵이 잠시 동안 흐른 후, 비드웰이 말했다.

"하지만 이런 조건들 중 충족된 건 거의 없습니다. 아, 농부들은 이런 최악의 날씨 속에서도 최선을 다하고 있어요. 하지만 힘든 싸움입니다. 주요 곡물인 옥수수, 콩, 감자는 충분하고 사냥감도 풍부합니다. 하지만 목화나 담배 같은 상업용 작물을 생산하는 문제에 있어서는…… 아직 성공적이지 않습니다. 인구는 빠르게 감소하고 있지요. 질병과……."

다시 한 번 비드웰은 머뭇거렸다. 그는 고통스럽게 숨을 들이마셨다.

"……마녀에 대한 공포로 인해."

비드웰은 우드워드의 눈을 바라보았다.

"이곳에 마을을 건설하는 일은 제 열정적인 꿈입니다. 이 마을에 항구 도시를 짓는다면 제 소유물 중 최고의 자랑이 될 것입니다. 사실을 말하자면 판사님, 저는 이 꿈이 현실이 되는 것을 보기 위해 재산을 모두 쏟아부었습니다. 저는 지금까지 실패한 적이 없었습니다. 단 한 번도."

비드웰은 마치 운명의 일격에 대항하기라도 하듯 턱을 조금 치켜들었다. 그 턱에는 커다랗고 붉은 벌레 물린 자국이 있었다.

"나는 이곳에서도 실패하지 않을 겁니다."

비드웰은 단호한 목소리로 말했다. 그리고 이번에는 식탁에 앉은 사람들을 둘러보았다.

"나는 실패를 거부해요. 내 몸에 마지막 피 한 방울이 남을 그날까지, 빌어먹을 마녀도, 마법사도, 두건을 뒤집어쓴 병신도 절대 파운트로열을 파괴할 수 없을 거요! 내가 여러분 앞에서 하는 맹셉니다!"

"비드웰 씨와 뜻을 같이하겠습니다."

페인이 말했다.

"그 여자 때문에 도망치지 않겠습니다. 그 여자가 악마의 궁둥이를 핥는다고 해도요."

"그보다는 거시기를 빠는 거겠죠. 안 그래요, 일라이어스?"

쉴즈가 말했다. 발음이 약간 뭉개진 것으로 보아, 와인과 럼주가 뒤섞여 그를 무장해제시킨 모양이었다.

우드워드와 매튜는 개릭을 쳐다보았다. 개릭의 그을린 얼굴은 붉게 달아올라 있었다.

"음, 그랬지요."

개릭이 동의했다.

"그 마녀가 무릎을 꿇고, 자기 주인을 그런 식으로 섬기는 모습을 보았습니다."

"잠시만요."

우드워드는 심장을 한 대 얻어맞은 듯한 충격을 느꼈다.

"지금 그 말은…… 그런 일을 실제로 '목격했다'는 말씀입니까?"

"봤어요."

주저하지 않고 대답이 나왔다.

"레이첼 호워스가 무릎을 꿇고 맨땅 위에서 그러는 것을 봤어요. 악마가 여자 앞에 서 있었고, 손은 엉덩이 위에 얹어놓고요. 그 여자가 그것을……."

개릭은 입을 다물고 불편한 듯 의자 위에서 몸을 움찔거렸다.

"계속해요. 정확하게 뭘 봤는지 판사님께 말씀드려요."

비드웰이 재촉했다.

"그것…… 그것은…… 엄청나게 컸어요."

개릭이 말을 이으려고 애를 썼다.

"그리고…… 검고 빛이 났어요. 꼭 달팽이처럼, 축축해 보였지요. 그리고…… 가장 최악인 건…… 그게…… 그게……."

개릭은 도움을 청하려 처음에는 존스톤을, 다음엔 쉴즈를 바라보았지만, 두 사람 모두 접시만 내려다보고 있었다. 개릭은 다시 우드워드를 보면서 이야기를 계속하려 애를 썼다.

"……가시로 덮여 있었어요."

이 말을 하고 나서 개릭은 곧바로 고개를 떨구었다.

"가시라."

우드워드는 조금 어지러웠다. 럼주 때문인지 아니면 이 진술의 효과 때문인지는 알 수 없었다.

"개릭 씨? 악마의 얼굴은 어떻게 생겼나요?"

매튜가 앞으로 몸을 기울이며 물었다.

"얼굴?"

"네, 얼굴을 보셨겠지요?"

"글쎄……."

개릭은 눈을 내리뜬 채 이마를 찌푸렸다.

"그때 무척 겁이 나서, 얼굴은 제대로 보지 못한 것 같습니다."

"이런 우라질!"

쉴즈가 거칠게 웃으며 말했다.

"웬 여자가 가시로 뒤덮인 한 뼘이 넘는 시커먼 거시기를 빠는데, 그 위에 달린 얼굴 같은 게 눈에 들어오겠어?"

"그거야 모르죠. 저는 한 번도 그래본 적이 없어서."

매튜가 차분하게 대답했다.

"그것이 망토를 입고 머리에 두건을 쓰고 있었다고 했지요. 그렇게 말하지 않았던가요, 일라이어스?"

비드웰이 계속 개릭을 재촉했다.

"그랬지요. 검은 망토였고, 앞에 금색 단추가 달려 있었어요. 달빛에 반짝이는 단추가 보였지요."

개릭이 다시 한 번 입을 다물고는 침을 꿀꺽 삼켰다. 눈빛은 그가 목격했던 장면을 회상하느라 흐리멍덩해졌다.

"얼굴이 있어야 할 곳에는…… 그냥 어두웠어요. 그게 답니다. 구멍처럼 들여다볼 수는 있는데 바닥은 보이지 않는 그런……. 무서워서 바지를 적실 뻔했지요. 거기 서서 그 둘을 보고 있었어요. 둘은 창고 바로 옆에 있었는데, 갑자기 악마가 나를 봤는지 내 이름을 부르더군요. 나를 아는 것처럼 불렀어요. '일라이어스 개릭, 네가 보고 있는 것이 마음에 드나?'"

개릭은 떨리는 손가락을 들어 입술을 문질렀다.

"나는…… 달아나고 싶었어요. 그러려고 했지요. 하지만 그가 나를 붙들고 내 입을 열게 만들었어요. '네'라고 말하게 만들었어요. 그러더니 그자는…… 웃었어요. 그리고 나를 보내주었습니다. 나는 집으로 달아났지만, 너무 무서워서 베카를 깨울 수가 없었어요. 아내에게 말하지 못했어요……. 아내에게 말하는 건 생각만 해도 견딜 수가 없었으니까. 하지만 페인 씨에게 갔고, 페인 씨가 저를 비드웰 씨에게 데리고 갔죠."

"그럼 당신이 본 그 여자가…… 음……, 악마에게 봉사하던 그 여자가 레이첼 호워스라고 확신하십니까?"

우드워드가 물었다.

"네, 판사님. 확실합니다. 제 농장 바로 옆이 호워스네 땅입니다.

그날 밤 저는 속이 좀 불편해서 자리에서 일어나 토하러 밖에 나갔지요. 그때 누가 호위스네 옥수수 밭을 가로질러 걸어가는 걸 봤어요. 제스 메이나드가 대니얼의 시체를 발견한 곳 근처였어요. 저는 그게 좀 이상해서, 누가 등잔도 들지 않고 어두운 곳을 걸어가는 게 이상해서, 울타리를 넘어 뒤를 쫓아갔습니다. 창고 뒤로 갔을 때, 거기에서 그 장면을 본 겁니다."

"그럼 여자의 얼굴은 보셨나요?"

매튜가 물었다.

"또 얼굴 타령이군!"

쉴즈가 비웃었다.

"그 여자의 머리카락을 봤소."

개릭의 이야기는 계속되었다.

"음…… 그게…… 제가 그곳에 막 도착했을 때, 그 여자는 벌거벗고 있었어요."

"여자가 나체였다고요?"

우드워드는 충동적으로 술통에 손을 뻗었다. 실망스럽게도 통에는 한 잔 분량의 술밖에 남아 있지 않았다.

"나체, 네, 그렇습니다, 판사님."

개릭이 고개를 끄덕였다.

"그 여자가 맞습니다. 레이첼 호위스, 그 마녀요."

개릭은 우드워드를 보던 시선을 비드웰에게 돌렸다가 다시 우드워드를 쳐다보았다.

"그 여자가 아니면 누구였겠습니까?"

"그렇고말고요."

비드웰이 단호하게 말했다.

"판사님, 마귀 들린 자들이 어떤지 알고 계십니까?"

"압니다."

"마녀는 그로브 신부님과 자기 남편이 살해되는 데 일조했습니다. 그 여자는 몸에 표징이 있고, 주기도문도 읊지 못합니다. 악마의 눈을 가지고 있어요. 그리고, 이게 가장 강력한 단서인데, 그 여자가 희생자들에게 주문을 걸기 위해 만든 짚 인형들을 그 여자 집 부엌 바닥 널빤지 밑에서 발견했어요. 레이첼 호워스는 분명히 마녀고, 그 여자와 검은 거시기 달린 그 여자 주인이 이 마을을 거의 파괴할 뻔했던 겁니다."

"주인 나리?"

부엌 문 쪽에서 목소리가 들렸다. 광을 낸 흑단처럼 살갗이 새까만 남자가 연회장을 들여다보고 있었다. 이런 토론 직후에 새까만 사람이 등장하자 우드워드와 매튜는 소스라치게 놀랐다.

"아, 구드! 들어와서 네 재주를 좀 부려봐라!"

흑인이 방으로 들어왔다. 그는 삼베로 싼 어떤 물건과 나무 상자를 들고 있었다. 매튜는 남자를 쳐다보았다. 남자는 백발에다 늙었지만 강한 의지력으로 활기차게 움직였다. 그는 나무 상자를 방 한 구석에 놓았다. 거친 옷감으로 만든 짙은 회색 옷에 가느다란 회색 줄무늬들이 새겨져 있는 걸 보니 비를 맞으며 상당한 거리를 걸어온 것 같았다. 남자는 삼베 포장을 풀고, 밀 색깔의 바이올린과 활을 꺼냈다. 그러더니 나무 상자 위에 올라서서 고개를 기울이고 바이올린의 줄을 퉁기며 조율을 하기 시작했다. 그러는 동안 흑인 하녀 두 명이 들어와 접시를 치웠고, 세 번째 하녀가 불이 붙은 양초를 들고 들어왔다.

비드웰은 금색 코담뱃갑을 웃옷에서 꺼냈다. 그는 상자를 열고 두 손가락으로 담배를 집어 양 콧구멍에 집어넣었다. 비드웰이 코담배를 들이마신 뒤 말했다.

"자, 이제 그 여자는 찰스타운으로 이송되지 않고 이곳에서 교수형을 당하게 되겠지요. 그 여자가 목을 매달고 영원히 사라지는 모습을 이곳 주민들에게 보여주면 아주 좋을 겁니다. 판사님, 그 악당 여관 주인으로부터 소유물을 회수하실 수 있도록 내일 하루를 드리겠습니다. 하지만 모레에는 판결을 내려주실 수 있겠지요?"

"글쎄요……."

우드워드는 식탁을 둘러보았다. 쉴즈는 코담배를 집어 자신만의 의식을 진행하고 있었고, 존스톤과 개릭은 하녀가 들고 온 촛불로 파이프에 불을 붙이고 있었다. 존스톤의 파이프는 부드러운 장미나무 가지로 만든 것이었고, 개릭의 것은 옥수숫대였다. 페인은 가죽 물부리를 조끼에서 꺼냈다. 윈스턴만이 판사를 집중해서 보고 있었다.

"글쎄요."

우드워드가 다시 말했다.

"저는…… 잘 모르겠는데, 만일……."

"비드웰 씨, 남은 닭고기를 집에 있는 아내에게 가져다줘도 괜찮을까요? 아내가 좋아할 겁니다."

하녀가 개릭의 접시에 손을 뻗는데, 개릭이 말했다.

"물론 되고말고요. 나오미, 이 닭고기를 가져가서 싸드려라. 거기 있는 콩과 감자도 함께 포장하고. 바닐라 케이크도 같이. 우리 집의 훌륭한 디저트가 곧 나올 겁니다, 신사분들."

코담배 때문에 아직도 눈물이 고인 채로, 비드웰은 판사를 바라보았다.

"내일모레 마녀에 대한 판결을 내려주시겠습니까, 판사님?"

"저…… 그럴 수는 없습니다."

우드워드는 뒷덜미가 끔찍하게 간지러워 목 뒤로 손을 뻗었다. 거대한 벌레에 물린 자국이 적어도 두 군데는 있었다.

"그래요? 그럼 하루가 더 필요하십니까?"

"아니요."

우드워드가 말했다. 비드웰의 눈에서 불꽃이 튀었다.

"저는 법을 신봉하는 종입니다. 저는 마녀, 그러니까 그 여자와 얘기를 해봐야 하고, 그 여자의 반대 측 증인과 그 여자에게 유리한 증언을 해줄 증인들도 만나봐야 합니다."

"그 여자를 편들어줄 사람은 이 마을엔 없어요!"

윈스턴이 다소 큰 소리로 말했다. 그도 역시 럼주에 취해 흔들리고 있었다.

"딱 하나 있을 수도 있겠지만, 그자를 증인으로 세우는 게 달가울 리 없겠죠!"

"그뿐이 아닙니다."

페인이 가는 갈색 원통형 가죽 물부리를 입에서 떼었다.

"그 여자와 그 여자 주인이 벌인 성찬례를 목격한 사람들은 대부분 이미 떠났어요."

페인은 원통형 물부리를 입에 물고 촛불을 향해 고개를 숙여, 그 끝을 불꽃에 가져다댔다. 푸른 연기가 입술 사이에서 뿜어져 나왔다.

"증인이라면 아마 두어 명 남았겠지만, 그게 다예요."

"그 여자는 저주받은 마녀요. 내 눈으로 직접 봤어요!"

개릭이 강한 어조로 우드워드에게 말했다.

"니콜라스가 그 인형들을 찾았고요! 나도 제임스 리드와 켈빈 보나드와 함께 그곳에 있었어요. 니콜라스가 인형들을 꺼내는 걸 봤다고요! 그 여자는 주기도문도 읊지 못하고, 몸에 악마의 표징도 있어요! 그 여자를 목매다는 데 뭐가 더 필요합니까?"

"정말 뭐가 더 필요합니까?"

쉴즈의 코가 코담배 가루로 얼룩졌다. 옷깃에도 담배 가루가 떨어져 있었다.

"어이, 이봐요! 그 여자를 하루라도 빨리 밧줄에 매달아야 우리도……."

끼이이익. 꼬리를 짓밟힌 고양이가 내지르는 비명 같은 소리가 들려왔다. 너무 크고 불쾌한 나머지 사람들은 모두 앉은 자리에서 펄쩍 뛰어올랐고, 하녀 중 하나는 접시를 떨어뜨렸다. 정적이 흐르는 가운데 지붕을 두드리는 빗소리만이 간간이 들렸다.

"죄송합니다."

구드가 아래를 내려다보며 말했다. 활은 진동하는 현 위에 멈춰 있었다.

"음정이 틀렸습니다."

구드는 대답을 기다리지 않고 활을 내렸다가 다시 본격적으로, 이번에는 조용하게, 그리고 풍부한 선율로 음악을 연주하기 시작했다. 버터스카치처럼 달콤한 선율이 연기가 자욱한 방 안에 부드럽게 퍼졌다. 구드는 눈을 감고 음악을 연주하며 자신의 음악과 어우러지기 시작했다.

존스톤은 목청을 가다듬으며 파이프를 입에서 뗐다.

"판사님 말씀이 옳소, 로버트. 만일 그 여자를 교수형에 처한다면 법률에 의거해서 진행해야지. 증인들을 부르고 진술하게 해요.

판사님이 호위스 부인을 면담하고, 그 여자가 마녀인지 아닌지 직접 판단하도록 하고."

"바보짓이에요!"

개릭이 노려보았다.

"그 여자가 나쁜 짓을 하도록 시간을 더 주는 거라고요!"

"일라이어스, 우리는 야만인이 아닙니다."

존스톤이 부드러운 목소리로 말했다.

"우리는 이곳에 활기찬 도시를 건설하려는 겁니다. 따라서 지금 우리가 하는 행동이 이곳의 미래를 더럽히지 않도록 더욱 이성적으로 굴어야 합니다."

존스톤은 파이프 줄기를 다시 입에 밀어 넣고 한 모금 빨았다. 구드는 선율과 박자에 대해 자신이 아는 것을 경이롭게 펼쳐 보이고 있었다.

"판사님이 이 상황을 통제하도록 하는 편이 좋지 않겠습니까?"

존스톤이 말했다.

"얼마나 걸리겠습니까? 일주일? 그쯤이면 적당하겠지요?"

존스톤은 우드워드를 바라보며 답을 기다렸다.

"적당합니다."

우드워드가 이 상황을 정리해준 존스톤에게 감사의 뜻을 담아 목례를 했다.

비드웰은 뭔가 말을 하려고 했다. 그의 얼굴은 분노와 벌레 물린 자국 때문에 엉망이었지만, 이 문제를 다시 생각하며 입을 다물었다. 그는 코담뱃갑을 파헤치며 다시 한 번 코담배를 탐닉했다.

"젠장, 존스톤 말이 맞소."

비드웰이 조용히 말했다. 그러고는 요란스럽게 코담뱃갑을 닫았다.

"우리는 흥분한 폭도가 되려는 건 아니오. 그랬다간 그 검은색 거시기를 단 악당 놈이 우리에게 마지막으로 비웃음을 날리겠지."

바이올린 선율은 흔들리지 않았다. 구드의 눈은 여전히 감겨 있었다.

"좋아요. 그럼."

우드워드가 판결을 내릴 때 망치를 사용하는 것처럼, 비드웰은 식탁 가장자리를 손바닥으로 내리쳤다.

"마녀와 증인들을 면담하는 데 일주일을 드리겠습니다."

"받아들이지요."

우드워드는 그런 끔찍한 임무를 떠밀리듯 맡게 된 것에 대해 빈정대지 않고 대답했다.

이 작은 의지의 경합이 벌어지는 동안, 매튜는 니콜라스 페인을 유심히 보고 있었다. 특히 페인이 단단하게 만 나뭇잎에 불을 붙여 담배를 피우는 방법에 흥미를 느꼈다. 매튜는 이런 것을 이전에 딱 두 번 봤다. 영국의 코담배 애연가들과 파이프 사용자들 사이에서는 이런 방식을 보기가 대단히 드물었기 때문이다. 이것은, 매튜가 알기로는 '스페인식' 흡연 방식이었다.

페인은 담배를 한 모금 빨고 무거운 공기에 푸른 연기를 내뿜고는 갑자기 고개를 돌려 매튜의 얼굴을 똑바로 바라보았다.

"자네 눈이 점점 커지는 것 같은데, 젊은이. 지금 뭘 보는 건가?"

"어……."

매튜는 시선을 피하고 싶은 충동을 억눌렀다. 매튜는 왜 자기가 그것을 눈여겨보아야 한다고 생각했는지 알 수 없었지만, 이 문제를 굳이 꺼내지 말아야겠다고 결정했다.

"아무것도 아닙니다. 죄송합니다."

페인은 연기가 피어오르는 막대기를 아래로 내렸다. 매튜는 그것의 이름이 '시가'였던 것 같다고 생각했다. 페인은 비드웰을 쳐다보았다.

"내일 해 뜰 무렵에 원정을 가려면, 함께 갈 사람을 두어 명 더 구하는 것이 좋겠습니다."

페인이 일어섰다.

"저녁 식사에 초대해주셔서 감사합니다. 판사님, 내일 아침 공용 마구간에서 뵙죠. 마구간은 인더스트리 거리 대장간 뒤에 있습니다. 그럼 모두들 안녕히 계십쇼."

페인은 고개를 까딱하며 인사했고, 비드웰과 쉴즈를 제외한 다른 사람들은 예의를 차려 자리에서 일어섰다. 페인은 '시가'를 입에 물고 성큼성큼 걸어 연회장을 나섰다.

"니콜라스가 좀 불편해 보이는군요."

페인이 나간 후 존스톤이 말했다. 그는 비틀어진 무릎을 붙들고 힘겹게 다시 자리에 앉았다.

"지금 이 상황이 우리 모두를 짓누르고 있어요."

"그렇소. 하지만 어두운 밤이 끝나고 새벽이 다가왔어요."

비드웰이 어깨 너머를 돌아봤다.

"구드!"

구드가 즉시 연주를 멈추고 바이올린을 내렸다.

"호수에 거북이가 좀 더 있나?"

"네, 주인님. 큰 놈들이 좀 있습니다."

구드의 목소리는 바이올린 소리만큼이나 그윽했다.

"내일 한 마리 잡아와. 판사님, 내일 저녁에는 거북 수프를 대접

하겠습니다. 입에 맞으시겠습니까?"

"아주 좋습니다."

우드워드가 벌레에 물려 커다랗게 부푼 자국을 긁으며 말했다.

"내일 사냥 파티가 잘되도록 기도해야겠습니다. 이 마을에서 교수형을 집행하길 원하시면, 돌아오자마자 바로 기꺼이 쇼컴에게 판결을 내리지요."

"그거 굉장하겠군요!"

비드웰의 눈이 빛났다.

"그래요! 주민들에게 정의의 바퀴가 진짜로 돌아간다는 것을 보여주는 겁니다! 정찬에 앞서 멋진 애피타이저가 될 겁니다! 구드, 좀 즐거운 음악으로 연주해봐!"

구드는 바이올린을 들어 올려 다른 곡조를 연주하기 시작했다. 앞서 연주했던 음악보다 더 빠르고 사랑스러운 멜로디였지만, 매튜는 그 멜로디에서 즐거움보다는 희미한 우수를 느꼈다. 구드는 다시 눈을 감고, 주위 환경으로부터 스스로를 차단했다.

바닐라 케이크가 새 술통과 함께 들어왔다. 레이첼 호워스의 이야기는 줄어들고, 파운트로열에 대한 비드웰의 계획 이야기가 늘었다. 매튜는 점점 힘이 빠졌고, 벌레 물린 자국 열두어 군데가 가려웠으며, 자기 방의 아늑한 침대가 그리웠다. 머리 위 샹들리에에 꽂힌 양초들이 도막이 되어 타고 있었다. 개릭이 인사를 하고 돌아갔고, 바로 그 뒤를 따라 존스톤이 떠났다. 쉴즈는 새로 들여온 럼주를 꽤 마시더니, 고개를 식탁 위에 떨구고 그렇게 일행들에게 작별을 고했다. 구드는 비드웰에게 물러가라는 명을 받자 바깥 날씨에 대비하여 삼베로 바이올린을 꼼꼼히 잘 쌌다. 윈스턴도 고개를 뒤로 젖히고 입을 벌린 채 의자에 앉아 졸기 시작했다. 우드워드는 눈꺼풀이 몹시 무거워지고 입이 벌어졌다. 마침내 비드웰이 일어서서 하품을 하며 기지개를 켰다.
"저도 이제 물러나겠습니다. 두 분 다 안녕히 주무십시오."
"그래야지요. 감사합니다."
"필요하신 게 있으면 네틀즈 부인이 마련해줄 겁니다. 내일 일은 다 잘될 겁니다."
비드웰은 방을 나서려다가, 문턱 위에서 걸음을 멈췄다.
"판사님, 부디 위험을 무릅쓰지는 마십시오. 페인이 피스톨을 가져갈 겁니다. 힘든 일은 페인과 그의 부하들이 하게 두세요. 판사님께는 더 고귀한 임무가 있으니까요. 아시겠습니까?"
"그러죠."
"그럼 안녕히 주무세요, 신사분들."
비드웰은 연회장을 나갔고, 곧이어 계단을 오르는 발소리가 들렸다.
우드워드는 쉴즈와 윈스턴을 바라보고 그들이 깊이 잠들었다는 걸 확인한 뒤 매튜에게 말했다.
"세뇌시키는 데에는 어전(御前) 공연만 한 게 없구나. 안 그러냐? 한 번도 만나본 적 없는 여자의 운명을 결정하는 데 일주일이라니. 뉴게이트 교도소의 냉혈한 살인마한테도 그보다는 더 줄 텐데. 음……."
우드워드가 일어섰다. 시야가 흐릿했다.
"나는 자러 간다. 잘 자거라."
"안녕히 주무세요, 판사님."
우드워드가 터덜터덜 걸어 나가자, 매튜는 의자에서 일어나 쉴즈의 손 가까이에 있는 빈 술잔을 집었다. 그는 그 안을 들여다보고 쇼컴이 금화를 떨어뜨렸던 술잔을 떠올렸다. 인디언에게서 얻은 스페인 주화. 인디언이 스페인 주화를 가지고 뭘 하고 있었을까? 이 의문은 하루 종일 매튜의 신경을 맴돌았고, 답을 찾아보라고 끊임없이 부추겼다. 무언가가 더 있었다. 매튜가 법정 서기 업무와 마녀 사건에 온전히 집중하기 전에 해결해야 할 무언가가 여전히 있었다. 아마 쇼컴의 목을 올가미에 걸기 전에 그에게 힌트를 좀 더 달라고 해볼 수도 있겠지.

내일은 분명 재미있는 하루가 될 것이다. 매튜는 술잔을 식탁 위에 올려두고, 힘없이 계단을 올라 방으로 향했다. 몇 분 후 매튜는 빌린 옷을 입고 잠이 들었다.

6

 판사와 그의 서기가 맨 처음 쇼컴의 끔찍한 작은 여관으로 가게 된 것은 신의 섭리였고, 이번에 돌아온 것은 필연이었다.
 거기에, 진흙이 질척거리는 길가에 그곳이 있었다. 우드워드는 점점 가까워지는 여관 건물을 보면서 아랫배가 팽팽해지는 것을 느꼈다. 우드워드와 매튜는 맬컴 제닝스가 모는 마차를 타고 있었다. 맬컴 제닝스는 매 같은 눈을 가졌지만 입안에 치아가 좀 부족한 남자였다. 마차의 왼쪽에서는 니콜라스 페인이 밤색 종마를 능숙하게 몰았고, 오른쪽에서는 세 번째 민병대원인 던컨 타일러가 검은 말을 타고 있었다. 던컨 타일러는 나이 지긋한 남자로, 회색빛 수염에 얼굴에는 주름이 가득했지만 자세가 곧고 맡은 임무에 열심이었다. 파운트로열에서 출발한 지 세 시간 정도가 흘렀다. 새벽 전에 비가 그쳤음에도 여전히 구름 낀 하늘은 옅은 회색빛을 띠고 있었다. 짓누르는 듯한 축축한 열기가 달아오르면서 진흙 구렁에서 김이 피어오르기 시작했다. 사람들의 셔츠는 모두 땀에 젖었고, 말들은 성질 사납게 고집을 부렸다.
 여관까지 아직 50미터 정도가 남았을 때, 페인이 손을 들어 제닝스에게 마차를 멈추라고 신호를 보냈다.
 "여기서 기다려요."

페인이 제닝스에게 명령했다. 페인과 타일러는 말을 타고 여관의 문 쪽으로 향했다. 페인이 말을 멈추고 말에서 내렸다. 그러고는 바퀴식 방아쇠가 달린 피스톨을 안장 주머니에서 꺼내고, 스패너로 총을 조이고 장전을 했다. 타일러는 말에서 내려 미리 준비해둔 피스톨을 들고, 민병대장을 따라 현관으로 올라섰다.

매튜와 판사는 페인이 주먹으로 문을 두드리는 모습을 지켜보았다.

"쇼컴! 문 열어!"

대답이 없었다. 매튜는 언제라도 흉측하면서도 날카로운 피스톨 소리가 날 것에 대비했다. 문이 열려 있었는지 페인이 주먹으로 두드리자 삐걱 소리를 내며 몇 센티미터가량 문이 뒤로 밀렸다. 안에는 불빛이 없었다.

"쇼컴! 제 발로 나오는 게 좋을 거야!"

페인이 경계하며 외쳤지만 여전히 아무 대답이 없었다.

"꽁무니를 뺀 것 같은데요."

제닝스가 양손의 관절이 하얗게 되도록 고삐를 꽉 쥔 채 말했다.

페인은 한 발을 문에 대고 걷어차 문을 활짝 열었다.

"조심하시오."

우드워드가 숨을 몰아쉬었다.

페인과 타일러가 여관으로 들어섰다. 밖에 있던 매튜와 우드워드는 비명과 총성이 들리기를 기다렸다. 하지만 그런 일은 일어나지 않았다. 페인이 다시 나타났다. 그는 피스톨을 아래로 내리고 제닝스에게 마차와 승객들을 데려오라고 손짓했다.

"그자들은 어디 있습니까? 그들을 찾았습니까?"

우드워드가 마차에서 내리며 물었다.

"아니요. 이곳을 떠난 것 같습니다."

"빌어먹을!"

우드워드의 얼굴이 분노로 달아올랐다.

"교활한 악당 같으니! 잠깐만요. 창고를 뒤져봅시다!"

"던컨! 우린 창고로 가볼게요!"

페인이 여관 안에 대고 소리쳤다. 페인이 진흙을 헤치며 먼저 나섰고, 매튜는 혹시라도 창고나 숲에서 총을 쏘는 사람이 있지 않을까 싶어 적절한 거리를 두고 페인의 뒤를 따랐다. 매튜는 이곳이 꽤 많이 바뀌었음을 곧 알아챘다. 활짝 열린 울타리 안에는 말들이 보이지 않았다. 돼지들도 함께 사라졌다. 수탉, 암탉, 병아리들도 없었다. 창고 문이 조금 열려 있었고, 문에 거는 빗장은 근처 진흙 위에 놓여 있었다. 페인이 다시 피스톨을 들어 올렸다.

"거기 밖으로 나와! 쏘겠다!"

페인은 입구를 향해 소리쳤다.

하지만 여전히 아무 대답이 없었다. 페인은 날카롭게 뒤를 돌아보며 매튜에게 그 자리에 있으라는 경고의 눈빛을 보냈다. 그러고 나서 그는 앞으로 걸어 나가 창고 문을 활짝 열어젖혔다. 페인은 갑작스런 움직임에 대비해 피스톨을 겨누고 안을 들여다보았다. 그리고 숨을 들이마시며 자세를 가다듬고 안으로 들어섰다.

매튜는 밖에서 기다렸다. 심장이 쿵쾅거렸다. 곧 페인이 피스톨을 내린 채 밖으로 나왔다.

"저 안엔 아무도 없습니다. 마차가 두 대 있는데 말은 없어요."

그럼 그자들은 무사히 달아난 거구나. 아마 쇼컴은 자신이 노리던 희생자들이 파운트로열에 도착할 것이며, 그와 동시에 자신의 시대도 끝장났다는 것을 깨달았으리라.

"쇼컴이 시체를 묻어둔 곳을 보여드릴게요."

매튜는 페인을 창고 뒤 숲 쪽으로 안내했다. 창고 뒤편, 물을 흠뻑 머금은 땅이 내려앉으며 쇼컴의 악랄한 소행을 보여주었던 그곳에, 구름 같은 파리 떼가 소름 끼치는 잔해 위를 소용돌이치며 날고 있었다. 페인은 냄새를 막으려 한 손으로 입과 코를 막고 뼈들이 묻힌 웅덩이를 향해 다가갔지만, 잽싸게 한번 휙 훑어보고 다시 뒤로 물러섰다.

"그래, 무슨 일인지 알겠다."

페인의 얼굴은 창백하게 질려 있었다.

매튜와 페인은 여관으로 돌아왔다. 타일러가 창문을 전부 열어놓아서 쇼컴의 초라한 영토 구석구석에 햇빛이 비쳐 들었다. 햇빛이 들자, 방마다 잔치를 벌이던 쥐들이 날카로운 분노의 절규를 내지르며 쥐구멍으로 달아났다. 덩치가 커다란 쥐 한 마리가 남아서 이빨을 드러냈다. 타일러가 오른쪽 부츠로 일격을 가해 먼저 녀석의 뼈를 부러뜨리지 않았다면 그 쥐는 사람들을 공격했을 것이다. 제닝스는 흐뭇하게 이곳저곳을 돌아다니며 등잔, 나무 그릇, 숟가락, 칼, 식기 등 집에 가져갈 수 있는 물건들을 주워 모았다. 매튜는 우드워드가 그들이 탈출했던 방에 서 있는 모습을 보았다. 햇빛이 산산조각 난 문과 쇼컴의 피가 얼룩진 갈색 바닥을 비췄다.

"없어. 다 사라졌어."

우드워드가 우울하게 말했다.

정말 그랬다. 그들의 짐, 트렁크 두 개와 가발 상자, 매튜의 펜, 잉크병, 노트가 들어 있던 작은 가방이 모두 사라졌다.

"내 조끼."

우드워드는 짚단 위에 쓰러지기 직전이었다. 하지만 거의 기절

할 듯한 상태였음에도 쥐들이 거주했던 명백한 흔적을 보고 그렇게 하지는 않았다.

"그 짐승 같은 쇼컴이 내 조끼를 가져갔다, 매튜."

우드워드는 매튜의 얼굴을 바라보았다. 매튜는 우드워드의 눈에 영혼 깊은 곳에서부터 우러나오는 분노가 깃든 것을 보았다.

"다시는 찾지 못할 거야. 다시는."

"그냥 옷일 뿐이잖아요."

매튜가 말했다. 그리고 그 즉시 자신이 해서는 안 될 말을 했다는 걸 깨달았다. 우드워드가 그 말에 얻어맞기라도 한 듯 움찔했던 것이다.

"아니야."

우드워드는 천천히 고개를 저었다. 그는 엄청난 슬픔에 잠긴 듯 어깨를 웅크리고 일어섰다.

"그건 내 인생이었어."

"판사님?"

페인이 불렀다. 그는 우드워드가 일어나 대답하기 전에 방을 들여다보았다.

"그자들이 멀리 가지는 못했을 겁니다. 불 위에 아직 장작이 남아 있어요. 물건들은 찾으셨습니까?"

"못 찾았소. 그자들이 가져갔소."

"아, 저런. 값나가는 물건이 있었습니까?"

"아주 가치 있는 거요. 쇼컴이 전부 가져갔소."

"이상한 일이에요."

매튜가 잠시 생각한 뒤에 말했다. 그는 열린 창문으로 가서 창고 쪽을 바라보았다.

"여기엔 말이 없어요. 하지만 쇼컴은 마차 두 대를 남겨놓고 갔어요. 그중 하나는 우리 것이죠. 쇼컴은 우리 짐을 다 챙기고 돼지와 닭까지 챙겼으면서, 등잔은 남겨뒀어요. 좋은 등잔은 거의 암탉만큼의 값어치가 있는 데도요. 안 그래요?"

"아이, 이봐! 내가 찾은 것 좀 봐!"

거실에서 행복한 외침이 들렸다. 페인이 뛰어 나갔고, 그 뒤를 우드워드와 매튜가 뒤따랐다.

전리품을 담을 삼베 자루를 찾던 제닝스가 나무 술잔을 들고 있었다. 그의 입술은 젖어 있었고 눈은 빛났다.

"럼이야!"

제닝스가 말했다.

"여기 식탁 위에 떡하니 놓여 있었어요! 근처에 술병도 있을 텐데. 가기 전에 그걸 찾아서……."

"잠깐만요."

매튜는 제닝스에게 다가가 술잔을 받아 들었다. 그러고는 아무 말 없이 바로 옆에 있던 식탁 위에 술잔을 뒤집었다.

"맙소사, 꼬마야!"

안에 든 술이 쏟아지자 제닝스가 악을 썼다.

"너 미쳤……."

쨍그랑!

황금 주화가 잔 바닥에 고인 탁한 갈색 액체와 함께 떨어졌다. 매튜는 주화를 집어 자세히 살펴보았다. 하지만 그는 그것이 무엇인지 이미 알고 있었다.

"스페인 금화예요."

매튜가 말했다.

"쇼컴이 저에게 죽은 인디언의 몸에서 이 주화를 찾았다고 말해 줬어요. 그자가 이걸 술잔에 떨어뜨리는 것을 봤고요."

"어디 좀 보자!"

페인이 손을 내밀자 매튜가 주화를 건네주었다. 페인은 창가로 다가가서 금화를 세밀하게 관찰했다. 타일러가 페인 옆에 서서 어깨너머로 금화를 들여다보았다.

"네 말이 맞다. 이건 스페인 주화야. 쇼컴이 이 주화를 죽은 인디언에게서 찾았다고 했단 말이지?"

페인이 물었다.

"그 사람이 그렇게 말했어요."

"이상하구나. 인디언이 스페인 금화를 왜 가지고 있었을까?"

"쇼컴이 말하기를……."

매튜는 갑자기 말을 멈췄다. '스페인 염탐꾼이 이 근방에 있다고 했어요.' 매튜는 이렇게 말하려다가 페인이 어젯밤 저녁 만찬에서 시가에 불을 붙이던 모습이 떠올랐다. 그렇게 담배를 피우는 것은 스페인식이다. 그런 식으로 담배를 피우는 것을 페인은 누구에게서 배웠을까?

매튜는 또 쇼컴이 스페인 염탐꾼에 대해 했던 말을 떠올렸다. **젠장, 그자는 어쩌면 파운트로열에서 목사 행세를 하면서 지낼지도 몰라!**

"말하기를 뭐?"

페인의 목소리는 조용하면서도 절제되어 있었다. 그는 금화를 주먹에 꼭 쥐었다.

"쇼컴이…… 말하기를……."

매튜는 열심히 머리를 굴리며 머뭇거렸다. 뿌연 불빛으로는 페인의 실루엣만 보여서, 그 얼굴에서 어떠한 감정도 읽어낼 수 없었다.

"그자는…… 인디언이 해적의 금을 발견한 것 같다고 했어요."
매튜는 자신 없는 목소리로 말을 맺었다.
"해적의 금?"
제닝스가 술에 취해 코를 훌쩍이며 말했다.
"어디서? 이 동네에서?"
"진정해요, 맬컴."
페인이 경고했다.
"동전 한 닢 가지고 보물이라고 할 수는 없어. 우리는 지금껏 해적과 문제를 겪은 적이 없었고, 그러기를 바라지도 않아."
페인은 고개를 한쪽으로 기울였다. 골똘히 뭔가를 생각하는 것 같았다.
"쇼컴이 틀렸어."
페인이 말했다.
"제정신인 블랙 플래거라면 자기 노획물을 인디언들의 황무지에 묻진 않겠지. 보통은 찾기 쉬운 곳에 숨기겠지만, 이 불쌍한 해적은 어쩌다 보니 숨겨놓은 보물을 저 야만인들에게 들킨 걸 거야."
"저도 그렇게 생각해요."
매튜가 대답했다. 자기의 속임수를 덮은 무덤을 더 깊이 파고 싶지는 않았다.
"그래도…… 인디언이 도대체 이걸 어떻게 손에 넣을 수 있었을까? 난파선이 파도에 휩쓸려 오거나 하지 않았다면. 흥미롭지 않습니까, 판사님?"
"다른 가능성도 있습니다."
우드워드가 조심스럽게 의견을 내놓았다.
"스페인 사람이 그 주화를 인디언에게 주었을 가능성이죠. 저 아래 플로리다에서요."

"아니요. 이 부근의 인디언들은 그렇게 멀리까지 가지 않아요. 플로리다에 사는 다른 부족들이 머리 가죽을 벗겨낼 테니까요."

"더 이상한 건 쇼컴이 동전을 술잔에 남겨놨다는 거예요."

매튜는 이 이야기를 다른 방향으로 돌리고 싶었다.

"달아나느라 엄청 바빴나 보지."

제닝스가 말했다.

"하지만 우리 짐과 돼지와 닭들을 챙길 시간은 있었는데요? 그게 아닐 거예요."

매튜는 방 안을 둘러보았다. 아무것도 어지럽혀진 것은 없었다. 식탁도 뒤집히지 않았고, 핏자국이나 폭력의 흔적도 없었다. 난로는 여전히 따뜻했고, 주전자는 아직도 재에 묻혀 있었다. 쇼컴 패거리들에게 무슨 일이 있었는지 알 수 있는 단서는 없었다. 매튜는 소녀에 대해 생각했다. 그 소녀에게도 무슨 일이 있었을까?

"모르겠어요."

매튜는 소리 내서 말했다.

"하지만 쇼컴이 그 금화를 절대 남겨두었을 리 없다는 건 알아요. 일반적인 상황이었다면요."

페인은 나지막하게 투덜거렸다. 그는 손가락으로 금화를 잠시 만지작거리더니 매튜에게 건네주었다.

"이 금화는 네가 갖는 게 맞을 것 같다. 아마 쇼컴에 대한 복수가 되겠지."

"우리의 목적은 복수가 아니라 정의요. 그리고 오늘은 정의가 눈을 감은 날이라고 말해야 할 것 같군요."

우드워드가 퉁명스럽게 말했다.

"그러게요. 쇼컴이 이곳에 다시 돌아올 것 같지는 않네요."

페인은 허리를 굽혀 바닥에 굴러다니는 양초 도막을 집었다.

"오늘 밤 여기 남아 불침번을 서면 좋겠지만, 산 채로 잡아먹히고 싶은 생각은 없어요."

페인은 심기가 불편한 쥐들이 찍찍거리며 돌아다니는 방을 둘러보았다.

"린치 정도는 되어야 이런 곳에 머물 수 있을 겁니다."

"누구요?"

우드워드가 물었다.

"귀넷 린치라고, 파운트로열의 쥐 잡는 사람입니다. 린치도 이런 저주받은 돼지우리 같은 곳에서 하룻밤 지내면 밤새 두 다리를 물어뜯길 겁니다."

페인은 양초 도막을 어두운 방구석으로 던졌다. 커다란 덩어리가 양초를 피해 종종거리며 달아났.

"창고에 마구들이 있더군요. 던컨, 나랑 창고에 가서 우리 말을 판사님의 마차에 맵시다. 마차를 몰고 가야 하니까요. 괜찮겠지요, 판사님?"

"물론이지요."

"좋습니다. 그럼 이제 여기 수색은 끝내겠습니다."

페인과 타일러는 밖으로 나가 피스톨을 허공에 대고 쏘았다. 피스톨의 장전 장치는 한번 감기면 똬리를 튼 독사만큼이나 위험하기 때문이다. 타일러의 피스톨은 바로 발사되었지만, 페인의 것은 불꽃이 몇 번 튀고 털털거리는 소리가 난 뒤에야 발사되었다.

삼십 분 만에 마차와 말이 준비되었다. 우드워드가 고삐를 잡은 첫 번째 마차가 앞장서고, 질척거리는 길을 따라 파운트로열로 향했다. 매튜는 널빤지를 깔고 우드워드 옆자리에 불편하게 앉았고, 페인과 타일러는 맬컴 제닝스의 마차에 탔다. 매튜는 출발하기 전에 고개를 돌려 쇼컴의 여관을 돌아보며 며칠이 지나면, 아니, 몇 주가 흐르고 나면 이곳이 어떻게 변할지 상상해보았다. 아마 사람의 발길이 끊긴 채 설치류들의 천국이 되겠지. 그 어린 소녀, 주인의 범죄와는 아무 상관없어 보이던 그 소녀의 모습이 또다시 매튜의 머릿속에 떠올랐다. 그리고 왜 신은 그렇게도 잔인한지 새삼 궁금해졌다. 하지만 이미 소녀는 비운을 맞이했고, 운명이 늘 그렇듯 더 이상은 할 수 있는 일이 없었다. 여기까지 생각이 미치자 매튜는 과거로부터 시선을 돌려 미래를 바라보았다.

매튜와 우드워드는 파운트로열에 도착한 이래로 처음으로 단둘이 있게 되었다. 그날 아침 비드웰의 저택에서 공용마구간까지 갈 때는 네틀즈 부인의 명령으로 흑인 소년이 동행했기 때문이다. 따라서 매튜에게는 지금이 어젯밤 만찬에 온 손님들에 대한 얘기를, 옆에서 엿듣는 사람 없이 은밀하게 할 수 있는 기회였다.

하지만 자유 발언 기회를 먼저 잡은 사람은 우드워드였다.

"페인에 대해 어떻게 생각하느냐, 매튜?"

"자기가 해야 할 일을 잘 아는 것 같은데요."

"그렇지. 뿐만 아니라…… 그 사람이 말했던 것 말이다. '블랙 플래거'…… 재미있어."

"뭐가요?"

"몇 년 전 뉴욕에서 말이다……. 아마 그때가 1693년인가 그랬을 텐데……. 그때 해적 행위로 기소된 남자에 관한 사건을 맡고 있었지. 그 사건이 기억에 남는 이유가, 그 남자는 교육을 받은 사람이었거든. 목재상이었는데 채권자들 때문에 사업이 망하고 말았지. 아내와 두 아이들은 전염병에 걸려 죽었고. 그 남자는 그런 인생을 살 거라고 생각되던 사람이 아니었다. 내 기억으로는…… 그 남자가 자기 동지들을 '블랙 플래거'라고 불렀어. 그전까지는 그 말을 들어본 적이 없었다."

우드워드는 하늘을 힐긋 올려다보고, 저 짙은 회색 구름에서 또 한 번 폭우가 쏟아지기까지 얼마나 남았을지 가늠해보았다.

"그 이후로도 그 말을 들어본 적이 없고. 아까 페인이 말했을 때까지는."

우드워드는 앞에 놓인 길을 다시 바라보았다.

"분명한 건, 그 말은 그냥 자부심 정도가 아닌 존경심을 담은 말이었다는 거다. 한 조직의 단원이 다른 단원에 대해 말할 때."

"지금 그 말씀의 의미는 페인 씨가……."

"내 말에는 아무 의미도 없다."

우드워드가 매튜의 말을 가로막았다.

"나는 그저 흥미롭다고 했을 뿐이고, 그게 다야."

우드워드는 자신의 태도를 강조하기 위해 잠시 멈췄다. 그러더니 무심코 말했다.

"페인의 배경에 대해 좀 더 알았으면 싶은데. 물론 그냥 흥미 차원에서 말이다."

"그 목재상은 어떻게 됐나요?"

"전직 목재상이지."

우드워드가 말했다.

"그 남자는 해적질뿐만 아니라 공해상에서 살인도 저질렀어. 어쩌다가 그렇게 타락했는지는 모르지만 아무튼 유죄였지. 그 남자의 영혼 때문에 마음이 아팠지만, 교수형에 처하는 것 말고는 다른 길이 없었다. 그렇게 끝나버렸지."

"어젯밤 손님들에 대해 어떻게 생각하시는지 여쭤보려고 했어요."

매튜가 말했다.

"먼저 존스톤 씨에 대해 이야기해보죠. 그분이 얼굴에 바른 파우더는 어땠어요?"

"그런 게 지금 유럽에서 유행이긴 한데, 식민지에서는 별로 못 봤다. 그래도 그의 그런 모습에 대해서는 한 가지 설명할 방법이 있어."

"뭔데요?"

"그는 옥스퍼드를 다녔다고 했지? 올소울즈 칼리지. 음, 그 칼리지는 영적 즐거움의 추구와는 거리가 먼 젊은 멋쟁이들과 도박꾼들의 놀이터로 명성을 날렸지. 올소울즈 중에서도 가장 방탕한 인간들은 헬파이어 클럽이라는 조직에 모였어. 꽤 오래된 모임이었는데, 칼리지 학생 중에서도 극소수의 부유한 집안 출신이나 천박한 감성의 소유자들만 받아들이는 모임이었어. 헬파이어 클럽 회원들 사이에 관례가 있는데, 외설적인 만찬을 벌인 다음 날 아침에는 흰 재를 바르는 거야."

우드워드는 매튜를 흘깃 보고는 다시 길에 정신을 집중했다.

"좀 특이한 유사종교의 의미가 있었던 듯하다. 얼굴을 씻으며 죄를 정화한다든가 뭐 그런 뜻이었을 거야. 불행히도 심장에는 재를 칠할 수 없으니까. 하지만 존스톤은 그저 단순히 유럽에서 유행한다는 얘기를 듣고 그걸 흉내 내고 싶었겠지. 그렇다 해도 왜 그런 걸 굳이 이런 황무지에서 따라하려는지 모르겠다만."

매튜는 아무 말도 하지 않았지만 속으로 끔찍한 여관의 저녁 식사 자리에서도 정장 차림을 고수하던 판사를 떠올리고 있었다.

"특이하긴 해."

우드워드가 생각에 잠겨 혼잣말을 했다.

"존스톤이 헬파이어 클럽의 회원이었다면…… 물론 몇 가지 특징이 있긴 해도 꼭 그렇다는 건 아니다마는. 그는 왜 옥스퍼드를 떠난 지 한참 지난 지금까지 그런 관례를 이어가고 싶어 하는 걸까? 나도 대학생 시절에는 소매 끝에 녹색 술이 달랑거리는 빨간 재킷을 입곤 했지만, 그런 옷을 오늘날까지 입는다는 건 꿈도 꾸지 않는다."

우드워드는 고개를 저었다.

"아니. 존스톤은 그저 유럽의 유행을 따른 걸 거야. 물론 그가 낮에도 파우더를 바르지는 않을 거다. 그런 건 밤에만 하는 행동이니까."

"그분은 지적인 사람으로 보였는데요."

매튜가 말했다.

"왜 옥스퍼드에서 교육을 받은 사람이 파운트로열 같은 정착지에 오겠다고 했는지 모르겠어요. 그런 사람이라면 좀 더 문명화된 환경을 좋아할 것 같은데."

"그 말이 맞다. 하지만 그건 파운트로열에 있는 다른 사람들도 마찬가지지. 말이 나와서 말인데, 제정신을 가진 사람이라면 왜 세상 끝에 놓인 것 같은 이런 곳에서 살겠다고 나서겠니? 그런데 그 사람들은 그랬거든. 하긴, 그런 사람들이 없었다면 뉴욕이나 보스턴도, 필라델피아나 찰스타운도 없었을 테지. 쉴즈를 예로 들어보자. 분명히 도시에서 탄탄한 기반을 갖춘 개업의였을 텐데, 무엇 때문에 그걸 포기하고 개척자 마을에서 고된 일을 떠맡기로 결심했을까? 비드웰이 엄청난 보수를 제공했을까? 아니면 직업적 의무에 대한 고귀한 정신 때문에? 아니면 전혀 다른 이유로?"

우드워드는 다시 한 번 위를 올려다보았다. 구름자락을 배경으로 느리고 우아하게 원을 그리며 배회하는 매가 눈에 들어왔다. 아마도 땅 위의 토끼나 다람쥐 같은 희생물을 찾고 있는 듯했다.

"내가 보기에 쉴즈는 불행한 사람 같아."

우드워드는 목을 가다듬었다. 오늘 아침 일어났을 때부터 목이 약간 붓고 간질거려서, 따뜻한 소금물로 입안을 헹구어 목을 진정시켜놓은 상태였다.

"그자는 자신의 슬픔을 독한 술로 달래고 싶어 하는 것 같더구나. 거기다 파운트로열의 사망률도 치솟고 있으니 의사의 우울증을 달래는 데 도움이 안 되겠지. 그래도…… 쉴즈가 일을 할 때만큼은 술에 너무 의존하지 않아야 할 텐데."

매가 허공을 돌다가 먹잇감을 발견하고 갑자기 아래로 힘차게 내려왔다. 그 모습을 본 우드워드는 이 혼란스러운 대재앙의 세상에서는 죽음이 항상 가까이에 있다는 생각을 했다.

그 생각은 또 다른 죽음에 관한 생각으로 이어졌다. 우드워드는 마음속으로 침대 기둥의 철제 프레임을 감고 있는 작은 손가락을 보았다. 그 관절이, 그토록 완벽하고 그토록 연약한 관절들이 얼마나 끔찍이 힘을 주었는지 전부 하얗게 질려 있었다.

우드워드는 눈을 질끈 감았다. 그 소리가 다시 그에게 거의 와 닿았다. 그는 그 소리를 견딜 수가 없었다. 그토록 오래전에, 멀고먼 곳으로부터 들려오는 소리인데도. 그는 왼쪽의 짙은 초록 덤불에서 승리감에 도취된 매의 째지는 소리와 어느 작은 짐승의 가벼운 비명을 들은 것 같았다.

"판사님?"

우드워드가 눈을 떴다. 매튜가 그를 보고 있었다.

"괜찮으세요?"

"그래."

우드워드가 말했다.

"조금 피곤한가 보다. 곧 괜찮아질 거야."

"제가 고삐를 잡을게요."

"그럴 필요 없다."

우드워드는 말들의 엉덩이를 찰싹 치며 자신이 통제권을 잡고 있음을 보여주었다.

"고삐를 넘겨도 피곤하긴 마찬가지일 거야. 게다가 적어도 지금은 파운트로열이 별로 멀지 않다는 걸 아니까."

"네, 판사님."

잠시 뒤 매튜는 바지 주머니에 손을 넣어 주머니에 넣어두었던 금화를 꺼냈다. 그는 금화를 손바닥에 올려놓고 동전에 있는 흔적들을 살펴보았다.

"페인 씨에게 거짓말을 했어요."

매튜가 말했다.

"이 동전에 관해서요. 쇼컴이 이걸 인디언의 시체에서 찾았다고 한 건 맞아요……. 하지만 저한테는 이 근처에 스페인 염탐꾼이 있어서 충성을 요구하는 대가로 인디언들에게 주었을 거라고 말했어요."

"뭐라고? 그럼 해적의 금 얘기는 없었다는 거냐?"

"네, 판사님. 제가 지어낸 얘기였어요. 페인 씨가 어제 저녁 식사 후에 담배를 피우는 걸 봤는데, '시가'라고 불리는 담배를 피웠거든요. 그건⋯⋯."
 "스페인 풍습이지. 맞다."
 우드워드가 고개를 끄덕였다. 그는 눈을 가늘게 떴다. 새로운 정보에 흥미를 느꼈다는 신호였다.
 "흠, 그래. 네가 왜 그랬는지 이해가 간다. 내가 아는 영국인 중 그렇게 담배를 피우는 사람은 거의 없어. 나도 어젯밤에 그게 궁금했지만 아무 말도 하지 않았다. 페인이 어떻게 그런 방법을 알게 되었는지 궁금하긴 해."
 "네, 판사님. 쇼컴도 스페인 염탐꾼이 영국인일 거라고 말했어요. 아니면 적어도 겉보기에는 영국인일 거라고요. 그리고 아마 파운트로열에 살고 있을 거라고도 했어요."
 "궁금하구나. 염탐꾼의 목적이 도대체 뭐란 말이냐? 아!"
 우드워드는 자신의 질문에 직접 답을 했다.
 "물론! 파운트로열의 진행 상황을 보고하기 위해서겠지. 아직까지는 비드웰의 어리석은 짓으로 끝날 가능성이 높지만. 그런데 거기에서 인디언들이 맡은 역할은 뭘까? 스페인 금화로 길들여져야 할 이유가 뭐지?"
 매튜는 이미 이 문제를 생각하면서 한 가지 가설을 세웠고, 지금 그 생각을 말하기로 했다. 그는 의견을 내놓는데 한 번도 주저한 적이 없었다.
 "비드웰이 파운트로열을 세우려는 목적 중에는 스페인 사람들을 감시하는 요새로 쓰려는 의도도 있어요. 그들이 이미 플로리다보다 훨씬 가까운 곳까지 올라와 있을 가능성이 있죠."
 "인디언들과 같이 살고 있다는 말이냐?"
 매튜가 고개를 끄덕였다.

"아마 소규모의 탐험대일 거예요. 인디언들과 같이 지내고 있지 않다면, 환심을 살 수 있을 만한 가까운 곳에 머물고 있겠죠."

우드워드는 이 이야기에 충격을 받아 세게 고삐를 잡아당길 뻔했다.

"맙소사! 그게 만일 사실이라면, 그 말이 사실이 될 가능성이 조금이라도 있다면 비드웰에게 그 사실을 알려야 해! 만일 스페인 사람들이 인디언들을 선동해서 파운트로열을 공격한다면, 그자들은 손가락 하나 까딱하지 않고 파운트로열을 전부 무너뜨릴 수 있을 거다!"

"네, 판사님. 하지만 제 생각엔 비드웰 씨가 지금은 그렇게까지 놀랄 것 같지 않은데요."

"왜? 그 사람도 알고 싶어 할 텐데?"

"물론 그렇겠지요."

매튜는 조용히 말했다.

"하지만 지금으로선 이 가설을 세운 건 판사님과 저뿐이에요. 그리고 가설은 증명하기 전까지는 가설일 뿐이죠."

"그 금화가 증거로 충분치 않다고 생각하는 거냐?"

"네, 페인 씨가 말했듯이 동전 한 닢을 가지고 보물이라고 할 수는 없어요. 그리고 그게 스페인 병사들이 저 밖의 황무지에서 야영을 하고 있다는 증거가 될 수도 없고요. 하지만 이런 가설이 비드웰 씨의 입에서 흘러나와 주민들 귀에 들어간다면, 그때야말로 파운트로열은 종말을 맞이할 거예요."

"그럼 아무것도 하지 말자는 거냐?"

우드워드가 다소 날카롭게 물었다.

"먼저, 보고 들어야 한다는 거죠."

매튜가 말했다.

"페인 씨의 행동을 최대한 신중하게 조사하고 관찰하자는 거예요. 염탐꾼이 실제로 있다면 그자는 이 마녀 사건과 관련해서 상황이 어떻게 흘러가는지 지켜보겠죠. 아무튼 악마가 어슬렁거리고 있다면 파운트로열은 저절로 기세가 꺾여 무너질 테니까요."

"지독한 노릇이구나!"

판사가 코를 킁킁거렸다.

"그렇게 말을 꺼내놓고 아무것도 하지 말자고 하다니!"

"지금은 때가 아니에요. 게다가 판사님과 저는 좀 더 중요한 레이첼 호워스 건을 처리해야 하니까요."

우드워드는 답을 하려다가 입을 다물었다. 마차 바퀴는 진흙을 헤치며 계속 굴러갔고, 두 마리의 말은 느리지만 꾸준히 속도를 냈다. 심사숙고 끝에 우드워드는 다시 목청을 가다듬었다.

"레이첼 호워스."

우드워드가 말했다.

"내일 있을 그 여자와의 면담을 고대한다고는 말 못 하겠다. 개릭의 이야기를 듣고는 어떤 생각이 들었느냐?"

"정말 이상해요."

"내가 볼 땐 최대한 절제를 한 표현이었어. 그런 얘기는 여태껏 들어본 적이 없었던 것 같다. 아니, 정말로 들어본 적이 없어. 믿을 만한 얘길까?"

"제가 지금까지 본 최고의 거짓말쟁이가 아니라면, 본인은 그 얘기를 믿고 있어요."

"그렇다면 그는 누군가를, 아니면 무엇인가를 창고 뒤에서 본 거야. 그렇지? 하지만 그가 묘사한 그 행동은……. 모든 성스러운 것의 이름을 걸고, 도대체 어떻게 여자가 그런 행동을 할 수 있을까?"

"지금 우리가 성스러운 상황을 다루는 것 같지는 않은데요."

매튜가 우드워드에게 일깨워주었다.

"그래. 물론 아니지. 살인 사건이 두 건 있어. 신부가 첫 번째였다는 게 합리적이겠다. 악마로서는 하느님의 칼을 휘두르는 사람을 가장 먼저 파괴하려고 애쓰겠지."

"네, 맞아요, 판사님. 하지만 이번 경우에는 사탄의 칼날 쪽이 힘이 더 셌던 모양이네요."

"벼락에 맞아 더 높은 법정으로 불려가기 전에, 그런 신성모독적인 발언은 삼가라."

우드워드가 경고했다.

매튜는 길 너머 어렴풋이 김이 피어오르는 초록빛 황무지로 시선을 돌렸다. 하지만 그의 마음은 다른 곳으로, 이 마녀 사건의 진실을 찾는 것으로 향했다. 신성모독적인 생각이었다. 그리고 매튜는 그런 생각을 하는 것만으로도 영원한 저주를 받을 수 있다는 걸 알았다. 하지만 가끔씩 매튜는 분노와 잔인함으로 가득 찬 이 세속적인 세상을 정말로 신이 다스리고 있는지 궁금해하지 않을 수 없었다. 상처 입고 무능한 주님의 피조물들에게 신부가 여호와의 자비를 대여섯 시간씩 구걸하는 엄숙한 안식일의 미사에 참석하면, 매튜는 다른 사람들과 마찬가지로 성가도 부르고 상투적인 말도 늘어놓을 수 있었다. 하지만 매튜는 살면서 정말로 신이 존재한다는 증거는 거의 보지 못한 반면 사탄의 흔적은 수도 없이 보았다. 깨끗한 흰 셔츠를 입고 도자기 그릇에 담긴 음식을 먹으면서 신을 찬양하기란 쉬운 일이다. 고아원의 더러운 매트리스에 누워, 자정

넘어 교장실에 불려 갔다 온 소년의 날카로운 비명 소리를 들으면서 신을 찬양하는 것보다는 훨씬 쉬울 것이다.

때로 그는 엄마 아빠의 꿈을 꾸었다. 자주는 아니고 가끔. 꿈에서는 두 개의 형체가 보이는데, 그 형체가 엄마 아빠라는 것은 알았지만 얼굴은 확실히 보이지 않았다. 그림자는 항상 너무 짙었다. 어차피 얼굴을 볼 수 있다고 해도 엄마 아빠를 알아보지는 못할 터였다. 엄마는 그가 세 살 때 패혈증으로 죽었고, 무뚝뚝하지만 근면했던 아빠는 매사추세츠에서 열심히 농사를 지으며 혼자 아들을 키우기 위해 최선을 다했지만, 말에 머리를 채여 죽고 말았다. 그때 매튜는 여섯 살이었다. 그리고 그렇게 날뛰던 운명의 말발굽으로 인해, 매튜는 자신의 정신력을 다지고 시험하는 순례의 길로 떠밀리게 되었다. 첫 순례지는 맨해튼에서 돼지 농장을 운영하는 삼촌과 숙모의 지저분한 작은 오두막집이었다. 삼촌 부부는 대부분의 시간을 술에 취해 인사불성으로 지냈다. 여덟 살, 아홉 살 난 바보 같은 두 사촌들은 매튜를 괴롭힘의 대상으로 여기고 날마다 그를 집 뒤편의 돼지 배설물 더미에 던지곤 했다. 그리하여 매튜는 일곱 살의 나이에 남쪽으로 가는 건초 마차 뒤에 몸을 던져, 건초 더미에 파묻힌 채 가장 가까운 친척의 포근한 품을 떠나게 되었다.

그 후 사 개월 여 동안 뉴욕의 부둣가에서 그날그날 먹고사는 생활이 이어졌다. 부랑아들 무리에 섞여 근처 상인들에게 구걸을 했고, 정말 배가 고플 때는 도둑질을 했다. 매튜는 굳은 빵 부스러기를 얻기 위해 싸워야 했고, 싸움에서 코가 깨져 피를 흘리면서도 먹을 것을 손에 움켜쥐고 달아날 때의 왕이 된 듯한 기분도 알게 됐다. 그의 인생 속 이 한 장면은 부두의 상인이 경찰에 신고를 하고,

관리들이 매튜와 다른 부랑아들이 머물던 해안의 난파선을 덮치면서 끝을 맺었다. 그물에 잡힌 아이들은 발버둥을 치고 침을 뱉으며 겁에 질린 포악한 어린 짐승들처럼 끌려갔다.

검은 마차는 상인들에게 배운 더러운 말을 내뱉는 아이들을 싣고 도시의 먼지 깔린 도로 위를 달려갔다. 건방진 범죄자들 무리를 싣고 달리는 마차의 마부는 채찍을 휘두르고 종을 울려 거리를 걷는 시민들에게 경고를 보냈다. 마차는 어느 건물 앞에서 멈췄다. 벽은 검댕으로 칙칙했고 비에 젖어 번들거려 마치 배고파 쪼그리고 앉은 노란 눈 도마뱀처럼 보였다. 매튜와 다른 아이들은 우악스럽게 마차에서 끌어 내려져 철문 안으로 떠밀려 들어갔다. 철문이 닫히고 빗장이 제자리에 걸리는 그 끔찍한 소리는 이후 매튜의 기억에 영원히 남았다. 매튜는 아치를 지나 또 다른 문을 열고 강당으로 들어섰다. 성 요한 소년의 집의 냉랭한 품 안에 들어서는 순간이었다.

그 음울한 건물에서의 첫날은 거친 비누로 피부를 북북 문지르고, 따끔거리는 소독제에 몸을 담가 이와 벼룩을 죽이고, 머리를 박박 깎고, 손톱을 자르고, 나이 많은 소년들이 강제로 시키는 양치질을 하느라 시간이 다 갔다. 이 소년들이 '동무'라고 불린다는 것을 나중에 알게 되었다. 동무들은 왼손이 쪼그라든 열일곱 살 소년 해리슨의 매서운 감시를 받았다. 그 뒤 매튜는 옷깃이 뻣뻣한 회색 옷을 입고 앞코가 네모난 수수한 신발을 신고 어느 방으로 들여보내졌다. 날카로운 푸른 눈에 화환처럼 머리 가장자리로만 흰머리가 나 있는 노인이 책상 앞에 앉아 매튜를 기다리고 있었다. 책상 위에는 깃털 펜, 장부 책, 잉크병이 놓여 있었다.

방 안에는 노인과 매튜뿐이었다. 매튜는 그곳을 둘러보았다. 책꽂이와, 거리가 내다보이는 창문이 보였다. 매튜는 창 쪽으로 곧장 다가가서 창밖의 회색 불빛을 바라보았다. 자욱한 안개 너머로 항구에 정박 중인 배의 돛대가 보였다. 그것은 금속 창틀에 아홉 개의 정사각형 모양으로 다시 틀이 둘러진 매우 이상한 창문이었다. 창문이 열려 있었지만, 매튜가 다가가 바깥세상을 향해 손을 뻗자 손은 보이지 않는 표면에 가로막혔다. 매튜는 손바닥을 사각형 중 하나에 대고 눌렀지만, 그것은 뒤로 밀리지 않았다. 바깥세상은 환히 보이고 창문은 열려 있었는데, 무언가 괴상한 힘이 손바닥이 지나는 것을 막고 있었다.

"'유리'라는 거란다."

책상 앞에 앉은 남자가 조용히 말했다.

매튜는 다른 손도 들어 열 손가락 전부를 그 이상하고 새로운 마술에 밀어붙였다. 이것이 그의 이해를 넘어서는 무언가라는 것을 깨닫자, 매튜의 심장이 거세게 뛰기 시작했다. 어떻게 창문이 열려 있는 동시에 닫혀 있을 수 있단 말인가?

"이름이 뭐니?"

남자가 물었다. 매튜는 신경도 쓰지 않았다. 그는 신비로운 창문을 탐구하는 데 도취되어 있었다.

"나는 스탠튼 교장이다."

남자가 여전히 나지막한 목소리로 말했다.

"몇 살인지 말할 수 있니?"

매튜는 창에 얼굴을 대고 코를 눌러보았다. 내뿜는 숨이 매튜의 눈앞에서 피어올랐다.

"힘든 시간을 보냈겠지. 어떻게 지내왔는지 얘기해줄 수 있겠니?"

매튜는 손가락으로 또다시 창문을 부지런히 문지르며 탐구했다. 생각에 잠긴 매튜는 눈썹을 찡그렸다.

"부모님은 어디 계시니?"

스탠튼이 물었다.

"죽었어요."

대답하지 말아야겠다는 생각이 떠오르기도 전에 대답이 불쑥 튀어나왔다.

"네 성(姓)은 뭐냐?"

매튜는 손가락 관절로 창문을 톡톡 두드렸다.

"이건 어디서 난 거예요?"

스탠튼은 잠시 멈추고, 소년을 바라보며 고개를 옆으로 기울였다. 그러더니 그는 검버섯이 핀 가는 손가락을 뻗어 책상 위의 안경을 집어 들고 얼굴에 썼다.

"유리장이가 만든 거다."

"유리장이? 그게 뭐예요?"

"유리를 만들어 창틀에 끼우는 일을 하는 사람이지."

매튜는 무슨 말인지 알 수 없어 고개를 저었다.

"식민지에는 들어온 지 얼마 안 되는 기술이야. 흥미롭니?"

"이런 건 본 적이 없어요. 열려 있기도 하고 닫혀 있기도 한 창문이요."

"그래, 네 말이 맞다."

교장은 살며시 미소를 지었다. 강마른 인상이 한결 부드러워 보였다.

"너는 호기심을 가지고 있구나."

"난 가진 거 없어요."

매튜가 단호하게 말했다.

"그 개새끼들이 다 빼앗아가서 이제 우리는 가진 게 아무것도 없어요. 아무도요."

"오늘 오후에 너희 무리 아이들 여섯 명을 만났다. 그 유리창에 관심을 보인 건 너뿐이야. 너는 호기심이 있는 아이 같구나."

매튜는 어깨를 으쓱했다. 그는 방광이 차오르는 것을 느끼자 옷의 앞자락을 들추고 벽에다 소변을 보았다.

"보아하니 너는 짐승처럼 사는 법을 익힌 것 같구나. 배운 것들 중 어떤 것들은 잊어야 한다. 양동이 없이, 그리고 신사답지 않게 남들이 보는 곳에서 실례를 하면 그 벌로 체벌 교관에게 회초리를 두 대 맞을 거야. 불경한 말을 해도 회초리 두 대고."

스탠튼의 목소리는 엄해졌고, 안경알 뒤의 눈도 매서워졌다.

"이곳에 온 지 얼마 안 됐으니, 이런 나쁜 버릇에 대해 한 번은 눈감아주겠다. 하지만 네가 더럽힌 곳은 네가 직접 청소해야 해. 다음에도 이런 일을 하면 그 즉시 회초리를 맞을 거다. 그리고 미리 말해두지만, 체벌 교관은 자기가 맡은 일을 아주 잘한단다. 내 말 알겠지?"

매튜는 다시 어깨를 으쓱하면서 노인의 불만을 묵살해버리려고 했다. 하지만 자신을 쏘아보는 날카로운 시선을 느끼면서, 대답을 하지 않으면 좋지 않은 일이 닥칠 거라고 생각했다. 그는 고개를 끄덕이고 교장에게 등을 돌려 다시 창문의 유리에 온전히 정신을 집중했다. 그리고 손가락으로 유리를 문지르면서 울퉁불퉁한 표면의 감촉을 느꼈다.

"몇 살이냐? 일곱 살? 여덟 살?"

스탠튼이 물었다.

"그 중간쯤요."

"읽고 쓸 줄은 아니?"

"숫자는 조금 알아요. 손가락 열 개, 발가락 열 개. 그래서 스무 개. 곱절은 마흔. 그 곱절은……."

매튜는 그 곱절이 무엇인지 생각해보았다. 아빠가 전에 기초적인 산수는 가르쳐주었고, 말의 발길질에 채이던 순간에 그들은 알파벳을 공부하고 있었다.

"……마흔에 마흔."

매튜가 말했다.

"그리고 에이, 비, 씨, 디, 이, 에프, 지, 에이치, 아이, 제이, 엔, 엘, 오, 피, 케이도 알아요."

"기초 단계구나. 부모님이 이름을 지어주셨을 텐데?"

매튜는 망설였다. 교장에게 이름을 말한다는 것은 그에게 자신을 다룰 수 있는 어떤 힘을 내주는 것과도 같았다. 매튜는 아직 그럴 준비가 되어 있지 않았다.

"여기 이 창문요. 비가 들이치나요?"

"아니, 그렇지 않아. 바람이 부는 날엔 빛은 들이지만 바람은 되돌려 보낸단다. 그래서 책을 읽을 빛은 충분하지만 책이나 종이들이 날아갈 염려는 없단다."

"와, 이런 우라질! 다음엔 또 뭘 만들어낼까?"

매튜는 진심으로 경이로워하며 말했다.

"말조심해라, 어린 친구."

스탠튼이 경고했지만, 그 목소리엔 희미하게 즐거운 기색이 배어 있었다.

"다음에 또 불경스러운 말을 하면 네 몸에 물집이 잡히게 될 거다. 자, 네가 이걸 알고 기억해줬으면 좋겠다. 나는 네 친구가 되고 싶다. 하지만 우리가 친구가 될지 앙숙, 아니 적이 될지는 네 선택에 달렸어. 여기 소년의 집에는 일곱 살부터 열일곱 살까지 예순여덟 명의 아이들이 있어. 내가 너를 옆에 끼고 돌볼 시간이나 여유는 없다. 그렇다고 나쁜 태도나 문제를 일으키는 것을 간과하지는 않아. 회초리로 고칠 수 없는 것은 통에 가두어 다스려야지."

스탠튼은 말에 실린 무게가 충분히 전달되도록 잠시 멈췄다.

"네 나이에 맞게 공부도 하고 일도 하게 될 거다. 읽고 쓰는 법과 계산하는 법도 배우게 될 거야. 안식일에는 교회에 가고 성경도 배워야 한다. 어린 신사처럼 행동하는 법도 배우고. 하지만."

스탠튼은 부드러운 목소리로 덧붙였다.

"이곳은 감옥이 아니고, 나는 간수가 아니야. 이곳의 제일 중요한 목표는 네가 이곳을 떠날 수 있도록 준비시키는 거다."

"언제요?"

매튜가 물었다.

"때가 되면. 하지만 준비가 되기 전엔 안 돼."

스탠튼은 깃털 펜을 잉크병에서 뽑아 펼쳐놓은 장부 책 위에 쓸 준비를 했다.

"이제 네 이름을 알고 싶구나."

매튜는 다시 한 번 주의를 창문의 유리로 돌렸다.

"이거 어떻게 만드는 건지 알고 싶어요."

매튜가 말했다.

"이거 만드는 거 되게 어렵겠죠? 그죠?"

"그렇게 어렵지 않단다."

스탠튼이 잠시 매튜를 바라보다가 말했다.

"얘야. 내가 한 가지 제안을 하마. 유리장이의 작업장이 여기에서 멀지 않은 곳에 있어. 네 이름이 뭔지, 어떻게 살아왔는지를 얘기해주면, 네가 그 물건에 그토록 관심이 많으니 내가 유리장이를 불러 설명해달라고 하겠다. 괜찮은 제안 같으냐?"

매튜는 이 말을 생각해보았다. 이 남자는 매튜의 내면에 있는 불꽃을 일으키게 하는 무언가를 주려고 했다. 바로 지식이었다.

"좋아요."

매튜는 고개를 끄덕였다.

"제 이름은 매튜 코빗(Matthew Corbett)이에요. 이름에 t가 두 개, 성에 t가 두 개요."

스탠튼 교장은 그 이름을 장부 책에 작지만 분명하게 적어 넣었다. 그로 인해 매튜의 삶은 이전의 진흙탕 같은 길에서 완전히 벗어나게 되었다.

책을 주고 끈기 있게 북돋아주자, 매튜는 학습이 빠른 아이인 것이 드러났다. 스탠튼은 약속을 지켜 유리장이를 데려와 유리 창문을 조립하는 방법을 매튜에게 설명해주도록 했다. 그것이 효과가 좋아서 그 이후에도 고아원 담장 너머에서 정직하고 성실하게 일하는 사람들, 신발 만드는 사람, 돛 만드는 사람, 대장장이 같은 도시의 시민들이 초대되었다. 스탠튼은 교장이 되기 전에는 성직자였고, 신앙심이 깊고 경건하며 양심이 바른 사람이었다. 그러나 자신이 맡은 책무에 대해서는 높은 목표와 기대치를 세우고 있었다. 몇 차례의 회초리 형벌을 겪으면서 매튜의 거친 언어 습관은 교정되었고 태도도 좋아졌다. 일 년이 지나자 읽기와 쓰기가 아주 능숙해져서, 스탠튼은 매튜에게 라틴어를 가르치기로 결정했다. 그것은 고아원의 소년들 중에서도 두 명에게만 허락된 영예였으며, 스탠튼의 도서실에 있는 수많은 책들을 열 수 있는 열쇠이기도 했다. 매튜는 이 년간 집중적으로 라틴어, 영어, 산수를 익히며 다른 학생들보다 훨씬 앞서나갔고, 날카로우면서도 완벽한 집중력을 얻게 되었다.

나쁜 인생은 아니었다. 매튜는 매일매일 주어지는 작업을 마치고 나면 열렬한 신앙심과도 같은 열정으로 학업에 열중했다. 같이 고아원에 들어온 소년들 중 몇몇은 기술자의 도제가 되어 그곳을 떠났고 새로운 소년들이 들어오기도 했지만, 매튜는 외롭고도 초연한 별로 그곳에 남아 그가 가진 빛을 오직 자신을 괴롭히는 다양한 문제들의 해답을 찾는 데에만 집중시켰다. 매튜가 열두 살이 되었을 때, 이제는 예순넷이 되어 중풍을 앓게 된 스탠튼은 매튜에게 프랑스어를 가르치기 시작했다. 그 과정은 매튜의 지적 도전 정신을 상승시킬 뿐만 아니라 스탠튼 자신에게도 대단히 매혹적인 작업이었다.

사고를 훈련하고 행동을 제어하는 것은 매튜의 인생의 목적이 되었다. 다른 아이들이 셔플보드(판 위에 원반들을 놓고 긴 막대를 이용하여 삼각 점수판에 밀어 넣는 게임-옮긴이)나 크리켓을 하면서 노는 동안, 매튜는 라틴어로 쓴 천문학책을 파고들거나 필기 실력을 향상시키기 위해 프랑스 소설을 베끼곤 했다. 지성에 대한 매튜의 헌신은 영혼의 욕망에 매인 예속 상태에 가까워져서 스탠튼 교장을 걱정시키기에 이르렀고, 결국 교장은 매튜에게 책은 그만 읽고 게임에 참여하거나 나가서 운동을 하라고 독려했다. 하지만 여전히 매튜는 다른 소년들과 외따로 지냈고, 친구들이 즐기는 난리법석과는 어울리지 않는 말쑥한 소년으로 자랐다. 친구들과 함께 있을 때에도 그는 늘 혼자였다.

매튜가 열네 살 생일을 맞이했을 때 스탠튼 교장은 소년들과 고아원의 직원들이 깜짝 놀랄 만한 선언을 했다. 지난밤 꿈에 빛나는 흰옷을 입은 그리스도께서 나타나 그에게 고아원에서의 사명은 끝났다고 말했다는 것이다. 그에게 새로 주어진 사명은 고아원을 떠나 서부 개척지로 가서 인디언들에게 신의 구원을 가르치는 것이었다. 꿈이 너무나도 생생하고 강렬한 탓에 불복한다는 생각은 머리에 떠오르지조차 않았다. 스탠튼에게 있어 그것은 천국행을 보장하는 영광의 호출이었다.

예순넷의 나이에 심한 중풍을 앓는 스탠튼은 떠나기 전에 자신의 도서실을 고아원에 기증했고, 삼십 년 이상 일하면서 모은 돈도 고아원의 기금으로 남겨두었다. 스탠튼은 매튜에게 흰 종이로 포장한 작은 상자를 주면서 다음 날 아침 자신이 마차에 오르기 전까지 열어보지 말라고 했다. 다음 날, 자신이 맡았던 모든 아이들의 앞날을 축복해준 스탠튼 교장은 성경을 유일한 방패이자 동반자 삼아, 미래의 고삐를 쥐고 허드슨 강을 건너 그만의 약속의 땅으로 데려다줄 배를 타러 떠났다.

고아원 예배당에 홀로 남은 매튜는 상자의 포장을 풀고 뚜껑을 열어보았다. 그 안에는 손바닥만 한 크기의 판유리가 들어 있었다. 유리장이가 특별히 만든 것이었다. 매튜는 스탠튼 교장이 그에게 남긴 것이 무엇인지 알았다. 그것은 세상을 분명하게 보는 관점이었다.

얼마 지나지 않아 고아원은 에벤 오즐리라는 이름의 새 교장을 맞이했다. 매튜가 보기에 그는 투실투실하고 턱살이 축 늘어진 완전한 비열함 그 자체였다. 오즐리는 신속하게 스탠튼의 직원들을 모두 내보내고 자기가 부리던 악당과 폭력배들을 불러들였다. 회초리는 유례없을 정도로 심하게 휘둘러졌고, 통에 가두는 형벌은 사소한 규칙 위반에도 흔히 사용되는 공포의 체벌이 되었다. 밤이 되어 기숙사의 불이 꺼지면 어린 소년들은 오즐리의 방으로 불려 갔다. 그 방 안에서 일어나는 일은 입 밖에 내서는 안 되는 일이었다. 한 아이는 그 행위에 수치심을 느껴 예배당 종탑에 목을 맸다.

다행히도 이제 곧 열다섯 살이 되는 매튜는 오즐리의 주의를 끌기에는 너무 나이가 많았다. 교장은 그를 혼자 있게 내버려두었고, 매튜는 어느 때보다도 더 공부에 파묻혔다. 오즐리는 스탠튼이 갖고 있던 질서와 청결 감각과는 거리가 멀었다. 고아원은 곧 돼지우리가 되었고, 점점 더 대담해지는 쥐들은 저녁 식사 시간에 접시에 담긴 음식을 집어 갈 정도였다. 몇몇 아이들은 달아났다. 그중 몇몇은 잡혀왔고, 심한 매질을 당한 뒤 굶어 죽지 않을 만큼의 음식을 받았다. 몇몇은 죽어서 대충 만든 소나무 관에 담겨 예배당 뒤편의 묘지에 묻혔다. 매튜는 책을 읽고 라틴어와 프랑스어를 공부하면서, 마음 깊은 곳에서부터 언젠가 어떠한 방법을 써서라도 썩은 나뭇조각을 쇄목기로 갈아버리듯 에벤 오즐리에게 정의를 실현하겠노라고 다짐했다.

그러던 어느 날, 한 남자가 고아원에 찾아와서 서기 일을 가르칠 소년을 찾는다고 했다. 나이가 많고 교육을 잘 받은 소년 다섯 명이 마당에 한 줄로 섰고, 남자는 줄을 따라 걸으며 소년들에게 이것저것을 물었다. 남자가 매튜 앞에 이르자, 매튜는 소년들 중에서는 처음으로 남자에게 질문을 던졌다.

"선생님, 선생님의 직업이 무엇인지 여쭤봐도 되겠습니까?"
"나는 치안판사다."

아이작 우드워드가 말했다. 매튜는 오즐리를 홀긋 보았다. 오즐리는 근처에 서서 입가에 긴장된 미소를 짓고 있었지만, 눈은 냉랭하고 아무 감정이 없었다.

"너에 대해 말해봐라, 젊은 친구."

우드워드가 말했다.

소년의 집을 떠날 시간이었다. 매튜는 그것을 알았다. 세상을 보는 시야가 더 넓어지려고 하는 참이었지만, 매튜는 이곳을 보는 시야와 이곳에서 배운 것을 절대 잊지 않을 것이다. 매튜는 다소 슬픈 듯한 치안판사의 눈을 똑바로 바라보며 말했다.

"제 과거는 판사님께 별로 흥미로운 얘기가 아닐 겁니다. 제 생각에 판사님께서 관심을 가지실 만한 부분은 현재와 미래의 제 유용성일 겁니다. 그 점에 관해서 말씀드리자면, 저는 라틴어를 말할 줄 알고 쓸 줄도 압니다. 프랑스어도 유창하게 합니다. 법에 대해서는 아는 것이 없지만, 저는 빨리 배웁니다. 글씨는 바르게 쓰고, 집중력도 좋으며, 나쁜 언어를 쓰지도……."

"자기 일에만 몰두하고 자만심에 찬 아이입니다."

오즐리가 끼어들었다.

"제가 교장 선생님께 적합하지 않다는 건 확실합니다."

오즐리가 간신히 분노를 억누르며 뻣뻣해지는 걸 보고 싶지 않았던 매튜는, 여전히 우드워드의 눈을 바라보았다. 한 소년이 간신히 터지려는 웃음을 참았다.

"다시 말씀드리지만 저는 나쁜 언어를 쓰는 습관이 없습니다. 저는 알 필요가 있는 것은 뭐든 배울 준비가 되어 있습니다. 그리고 유능한 서기가 될 것입니다. 저를 여기에서 데리고 나가주시겠습니까, 판사님?"

"이 아이는 판사님의 요구 사항에 맞지 않아요!"

오즐리가 다시 말했다.

"이 아이는 문제만 일으키는 데다가 거짓말쟁이입니다! 코빗, 너는 탈락이다."

"기다리시오."

치안판사가 말했다.

"이 아이가 적합하지 않다면, 왜 이 아이를 여기에 세워놓은 거요?"

오즐리의 달덩이 같은 얼굴이 붉어졌다.

"어…… 그건…… 왜냐하면, 그게…… 저는……."

"네가 쓴 글씨를 좀 보고 싶구나."

우드워드가 매튜에게 말했다.

"한번 써봐라……. 음…… 주기도문이 좋겠다. 네가 그 정도 학자라면 라틴어로 쓸 수 있겠지."

우드워드가 오즐리에게 말했다.

"준비해주시겠소?"

"네, 판사님. 집무실에 노트와 펜이 있습니다."

오즐리는 매튜를 노려보았다. 그 시선이 칼이었다면 매튜의 눈 사이에 박혔을 것이다. 오즐리는 다른 아이들을 돌려보내고 판사에게 집무실로 가는 길을 안내했다.

매튜의 글씨를 본 판사는 매튜의 가치에 만족했고, 매튜를 데려가는 데 필요한 서류가 오고 갔다. 우드워드는 지금은 다른 곳에 일이 있어 가야 하니, 다음 날 아침에 다시 와서 매튜를 데려가겠다고 했다.

"이 젊은 친구가 오늘 밤에 무사히 지내기를 바라오."

우드워드가 교장에게 말했다.

"이제 이 아이는 내 책임이니, 이 아이가 밤사이에 안 좋은 일을 당하는 것은 원치 않습니다."

"걱정하실 필요 없습니다, 판사님."

오즐리가 다소 차갑게 대답했다.

"하지만 돌아오실 때까지 숙식을 제공해야 하니 1기니를 받겠습니다. 이제 이 아이는 판사님 책임이니까요."

"알겠소."

21실링의 가치를 지닌 금으로 만든 1기니 주화가, 터무니없이 엄청난 금액이, 우드워드의 지갑에서 나와 오즐리가 내민 손 위로 옮겨갔다. 이로써 합의가 이루어졌고 매튜의 안전이 보장되었다.

하지만 저녁 식사 시간에 오즐리의 폭력배 부하가 식당에 들어섰다. 남자가 매튜에게 다가가는 동안 주위에는 정적이 깔렸다. 남자는 매튜의 어깨를 잡았다.

"따라와."

그의 명령에 따르는 것 말고는 다른 방법이 없었다.

오즐리는 교장실 안에서, 행복했던 시절 스탠튼이 사용했던 책상 앞에 앉아 있었다. 방 안은 지저분했고, 창문의 판유리도 검댕으로 뒤덮여 있었다. 오즐리는 연도가 길고 굽은 파이프를 등잔에 가져다대어 불을 붙이며 자신의 부하에게 말했다.

"나가게."

남자가 방을 나가자, 오즐리는 앉은 채 파이프를 피우며 작은 눈으로 매튜를 쳐다보았다.

"저녁밥이 식겠습니다."

매튜가 매질을 감수하고 말했다.

"그래, 넌 네가 그렇게 똑똑하다고 생각하지. 안 그러냐?"

오즐리가 파이프를 입에서 떼고 연기를 코로 뿜어댔다.

"우라지게도 영리하다고 말이야. 하지만 실제로 너는 스스로 영리하다고 생각하는 그 근처에도 못 미쳐."

"제가 대답하기를 원하십니까, 아니면 그냥 조용히 있기를 원하십니까?"

"입 닥쳐. 그냥 거기 서서 듣기만 해. 이제 판사의 피후견인이 되어 이곳을 나가게 되었으니 어떻게든 나를 골탕 먹여야겠다고 생각하고 있겠지. 어때, 내 말이 틀리냐? 내가 그동안 그 판사의 이목을 집중시킬 만한 짓을 저질렀다고 생각하고 있겠지?"

"교장 선생님, 잠자리에서 읽으실 만한 논리학 책을 추천해드릴까요?"

매튜가 말했다.

"논리학? 뭔 소리를 하는 거야?"

"저에게 입 닥치라고 말씀하시고선, 대답을 해야 하는 질문을 하시니 말입니다."

"입 닥치라니까, 이 꼬마 악마야!"

오즐리는 화가 치밀어 벌떡 일어섰다.

"내 말 똑바로 들어! 내가 속한 위원회에서는 내게 내키는 대로 이곳을 운영할 전권을 위임했어! 질서 유지와 징벌도 내 마음대로 한다는 내용을 포함해서!"

자제력이 무너지고 있음을 깨달은 오즐리는 다시 의자에 편히 기대어 앉아 파이프에서 피어오르는 푸른 연기 사이로 매튜를 응시했다.

"누구도 내가 직무에 태만했다거나 지나친 방법을 썼다는 사실을 입증할 수 없어."

오즐리는 간결하게 말했다.

"그 이유는 아주 간단해. 나는 그러지 않았거든. 내가 이곳에서 한 행동들은 모두 맡은 바 직무를 다하기 위한 것들이었어. 네 생각은 어때? 동의하냐, 아니면 반대냐?"

"이제 제가 말해도 됩니까?"

"그래."

"교장 선생님의 체벌에 대해서는 크게 신경 쓰지 않습니다. 하지만 그중 일부 역겨운 쾌락을 위한 행위는 염려가 됩니다."

매튜가 말했다.

"제가 염려하는 부분은 교장 선생님이 기숙사 불이 꺼진 후에 하시는 일에 관한 것입니다."

"네가 말하는 그 일이란 게 뭐냐? 사고만 치고 다니는 제멋대로이고 고집불통인 놈들을 개인적으로 상담하는 것 말이냐? 그런 놈들을 통제하고 올바른 방향으로 이끌려는 노력? 네가 말하는 게 그거냐?"

"제가 말하려는 걸 분명히 이해하시리라고 생각합니다."

오즐리는 짧고 단호하게 웃었다.

"넌 아무것도 모른다. 부적절한 행동을 네 눈으로 직접 목격한 적이 있어? 없지? 오, 하긴, 그런 이야기를 어디서 들었나 보구나. 물론 그랬겠지. 다들 나를 경멸하니까. 그게 이유다. 너는 나를 경멸하지. 왜냐하면 내가 네 주인이고, 난폭한 개들은 목줄을 매는 걸 못 견디거든. 그런 데다가 지금, 너는 네가 우라지게도 똑똑하다고 생각하니까, 검은 법복을 입은 수다쟁이들이 하는 식으로다가 나를 엿 먹여야겠다고 생각하고 있겠지. 하지만 네가 왜 그렇게 하지 못하는지 그 이유를 말해주마."

오즐리는 일부러 느릿느릿 파이프의 볼에 담배를 채워 넣어 다지고 다시 불을 붙였다. 그동안 매튜는 기다렸다.

"너의 의견은……."

오즐리가 매섭게 말했다.

"……입증하기가 매우 어려워. 아까도 말했지만 위원회는 나에게 전권을 위임했어. 내가 좀 심하게 체벌을 한 건 알고 있다. 어쩌면 너무 심했을지도 몰라. 아마 그래서 네가 나를 모함하려고 하는 거겠지. 그럼 다른 아이들은? 글쎄다……. 나는 이 자리가 좋다. 그리고 이곳에 앞으로도 몇 년은 더 머물 생각이야. 네가 이곳을 나간다고 해서 다른 아이들, 그러니까 네 친구들, 너와 함께 자라난 아이들도 너처럼 곧 이곳을 떠나게 되는 건 아니야. 앞으로의 네 행동이 그 아이들의 안락한 생활에 영향을 끼치게 될 거다."

오즐리는 파이프를 입에서 떼고, 고개를 위로 들어 천장을 향해 연기를 뿜어냈다.

"여기엔 어린 친구들이 아주 많아."

오즐리가 말했다.

"너보다 훨씬 어린아이들이지. 아이들을 우리에게 보내려 애쓰는 병원과 교회가 얼마나 많은지 알고 있냐? 이곳에 빈 침대가 있는지 문의를 받지 않고 넘어가는 날이 하루도 없을 정도다. 수많은 어린아이들을 되돌려보내야 하지. 그러니, 너도 알겠지만, 새로운 아이들은 언제나 공급될 거야."

오즐리는 매튜에게 차가운 미소를 날렸다.

"내가 충고 한마디 해주랴?"

매튜는 아무 말도 하지 않았다.

"넌 행운인 줄 알아라."

오즐리가 말을 이었다.

"진짜 세상에 대한 공부를 더 많이 한 거라고 생각해. 판사에게 최선을 다해 봉사하고, 쾌활하고 착하게 굴면서 오래오래 행복하게 살아라."

그는 굵은 손가락을 쳐들고 매튜의 시선을 집중시켰다.

"그리고 절대, 절대로, 이길 가망이 없는 싸움은 시작도 하지 마. 내 말 알아들었어?"

매튜는 망설였다. 그는 마음속으로 이 문제를 똑바로도 보고 여러 각도로 돌려도 보고, 투사를 하고 전개를 하고, 이쪽저쪽으로 회전시켜 보고, 어딘가에 있을 느슨해질지도 모르는 헐거운 못을 찾느라 흔들어도 보고, 약한 고리를 찾기 위해 사슬처럼 죽 늘여도 보면서, 단 하나의 녹슨 허점을 찾아 깨뜨릴 수 있기를 바라며 열심히 생각을 굴렸다.

"내 말 알겠느냐고?"

오즐리가 약간 힘을 주어 말했다.

매튜가 할 수 있는 대답은 하나뿐이었다. 적어도 그 순간에는.

"네, 교장 선생님."

그는 가라앉은 목소리로 대답했다.

"좋아. 이제 식당으로 돌아가도 좋다."

매튜는 교장실을 나와서 식당으로 되돌아갔다. 음식은 차갑고 무척 맛이 없었다. 그날 밤 매튜는 친구들에게 작별을 고하고 기숙사의 자기 침대로 기어 올라갔지만 잠을 이룰 수가 없었다. 기쁨에 잠겨야 할 시간에 그는 반성과 후회에 잠겼다. 동이 트자 매튜는 옷을 차려입고 기다렸다. 곧 정문의 초인종이 울렸고, 직원이 매튜를 데리고 나가 마당에서 기다리고 있는 치안판사 우드워드에게 인계

했다.

판사의 마차가 움직이자, 매튜는 고개를 돌려 소년의 집과 창가에서 자신을 바라보는 오즐리를 보았다. 매튜는 칼날의 끝이 자신의 목을 겨누고 있는 것을 느꼈다. 그는 창가에서 시선을 거두고 그 대신 무릎 위에 꼭 쥔 채로 놓여 있는 자신의 두 주먹을 내려다보았다.

"풀이 죽은 것 같구나, 젊은 친구. 무슨 문제라도 있느냐?"
판사가 말했다.
"네, 판사님. 그렇습니다."
매튜는 인정했다. 그는 창가의 오즐리를 생각했고, 자신을 고아원에서 먼 곳으로 데리고 가는 회전하는 마차 바퀴를 생각했고, 뒤에 남겨진 소년들을 생각했고, 오즐리가 그들에게 내릴 끔찍한 체벌을 생각했다. 지금은 오즐리가 힘을 가지고 있었다. **이곳에 앞으로도 몇 년은 더 머물 생각이야.** 교장은 그렇게 말했다. 그렇다면 매튜는 교장을 어디에서 찾아야 하는지 알고 있는 셈이다.

"네 문제에 대해서 말하고 싶으냐?"
우드워드가 물었다.
"아닙니다. 이건 제 문제이고, 저만의 문제입니다. 해결할 방법을 찾겠습니다. 반드시."
"뭐라고?"
매튜는 판사의 얼굴을 쳐다보았다. 가발도, 삼각 모자도 없는 우드워드, 매튜를 고아원에서 데리고 나오던 날 이후로 훨씬 늙어버린 우드워드였다. 가지가 무성한 나무들 사이로 가느다란 비가 내리고, 두 사람 앞에 놓인 진흙 길 위로는 김이 피어올랐다. 앞에서 페인이 모는 마차가 달리고 있었다.

판사가 물었다.

"방금 뭐라고 했느냐, 매튜?"

반드시. 그렇게 말한 것 같았다.

과거에서 현재로 돌아오는 데 조금 시간이 걸렸다.

"속으로 생각한 게 입 밖으로 나왔나 봐요."

매튜가 말하고는 입을 다물었다.

이윽고 파운트로열의 요새 같은 담장이 저 앞 안개 속에서 솟아올랐다. 감시탑을 지키는 사람이 종을 울리기 시작했고, 빗장이 들리고 문이 열렸다. 그렇게 그들은 마녀의 마을로 돌아왔다.

7

 수탉 울음소리와 함께 날이 밝았다.
 먹구름이 낀 냉랭한 날씨였다. 태양은 그저 동쪽 수평선에 걸린 망령에 불과했다. 파운트로열이 환히 보이는 매튜의 방 창밖으로 비드웰의 마구간과 그 옆에 있는 노예들의 판잣집, 감시탑, 그리고 그 너머로 늪지를 향해 뻗어나간 울창한 소나무 숲이 보였다. 음울한 경치였다. 끝 모를 습기 때문에 뼈마디는 쑤셔댔고, 게다가 간밤에 모기 한 마리가 모기장을 뚫고 들어온 바람에 편안히 잘 수도 없었다. 하지만 날은 밝았고, 매튜의 기대감은 점점 더 고조되었다.
 주위가 어슴푸레해서 매튜는 양초에 불을 붙인 다음 누군가 복도에 놓아둔 면도칼, 비누, 물 한 바가지를 가지고 면도를 했다. 그러고 나서 비드웰이 제공한 몇 벌 안 되는 옷 중에 검은 바지, 흰 양말, 크림색 셔츠를 차려입었다. 그가 촛불을 불어 껐을 때 문에서 노크 소리가 들렸다.
 "아침 식사가 준비되었어요, 코빗 씨."
 네틀즈 부인이었다.
 "지금 나가요."
 매튜는 문을 열었다. 덩치가 크고 턱이 네모난 여자가 검은 옷을 입고 문 앞에 서 있었다. 부인은 등잔을 들고 있었다. 등잔의 노란 불빛과 그 불빛이 만드는 그림자 때문에 부인의 근엄한 얼굴이 음산해 보였다.

"판사님은 일어나셨나요?"

"벌써 아래층에 계세요."

네틀즈 부인이 말했다. 단단히 빗질해 이마 뒤로 넘긴 기름진 갈색 머리를 보니 꽤 깐깐하겠다는 생각이 들었다.

"다들 감사 기도를 올리기 전에 코빗 씨를 기다리고 있어요."

"알겠어요."

매튜는 문을 닫고 네틀즈 부인을 따라 복도를 걸어갔다. 묵직한 부인의 발걸음 때문에 바닥이 삐걱거렸다. 계단에 다다르기 전에 부인이 갑자기 걸음을 멈춰서 그녀와 매튜는 거의 부딪힐 뻔했다. 부인은 뒤따르던 매튜를 향해 몸을 돌리고 등잔을 들어 그의 얼굴을 비췄다.

"왜 그러세요?"

매튜가 물었다.

"제가 편하게 말해도 되겠어요?"

네틀즈 부인이 조용히 말했다.

"그리고 지금 제가 하는 말을 다른 데서 하지 않을 거라고 믿어도 될까요?"

매튜는 부인의 표정을 가늠하려고 애썼지만, 불빛이 너무 강해 눈이 부셨다. 매튜는 고개를 끄덕였다.

"오늘은 위험한 날이에요."

네틀즈 부인이 거의 속삭이듯 말했다.

"코빗 씨와 판사님은 엄청난 위험에 처했어요."

"어떤 위험이요?"

"거짓말과 신성모독에 사로잡힐 위험. 코빗 씨는 정상적인 생각을 가진 젊은이 같지만, 아직 이 마을도 이해 못 하고 여기에서 무슨 일이 일어나는지도 몰라요. 때가 되면 알게 되겠지요. 그때까지 영혼이 더럽혀지지 않는다면."

"뭐에 더럽혀지나요? 마녀를 말하는 건가요?"

"마녀."

네틀즈 부인의 그 말은 좀 더 씁쓸하게 들렸다.

"아니, 난 지금 레이첼 호워스에 대해 말하는 게 아녜요. 그 여자에 대해 뭘 들었건, 그 여자를 어떻게 생각하건, 그 여자는 당신의 적이 아니에요. 그 여자는 희생자예요. 오히려 그 여자는 당신의 도움이 필요해요."

"어떻게요?"

"사람들은 그 여자를 목매달 준비가 되어 있어요."

네틀즈 부인이 속삭였다.

"할 수만 있다면 오늘 아침에라도 당장 목을 매달걸요. 하지만 그 여자는 그런 일을 당할 사람이 아니에요. 그 여자가 필요로 하는 건 진실의 수호자예요. 모두가 그 여자에게 등을 돌릴 때 누군가 그 여자의 결백을 입증해줄 사람."

"부인, 저는 그냥 서기일 뿐이에요. 저는 그럴 힘이……."

"당신이 그런 힘을 가진 유일한 사람이에요."

네틀즈 부인이 매튜의 말을 가로막았다.

"판사님은 고랑을 똑바로만 파는 그런 유형의 사람이죠, 그렇죠? 이곳의 밭고랑은 지독하게도 구불구불하다고요!"

"그래서 부인은 호워스 부인이 마녀가 아니라고 주장하시는 건가요? 그 여자의 남편이 잔인하게 살해당했고, 인형이 그 여자의 집에서 발견됐고, 그 여자가 주기도문을 말하지 못하고, 몸에는 악마의 표징이 있는데도요?"

"거짓말이 거짓말을 낳았어요. 나는 코빗 씨가 교육을 받은 사람이라고 생각해요. 마녀를 믿어요?"

"악마 신앙을 연구한 좋은 책이 몇 권 있지요."

매튜가 말했다.

"책 따위는 집어치워요! 나는 '당신이' 믿는지를 묻는 거예요."

매튜는 망설였다. 한 번도 생각해본 적이 없는 질문이었다. 물론 그는 칠 년 전에 있었던 세일럼 사건(1692년 매사추세츠 세일럼에서 있었던 마녀 재판 사건으로 재판을 통해 스물다섯 명이 마녀로 몰려 목숨을 잃었다-옮긴이)을 알고 있었다. 매튜는 코튼 매더(미국 회중파 교회 목사이자 역사가-옮긴이)의 《기억해야 할 신의 섭리》와 리처드 백스터(영국의 청교도파 목사이자 저술가-옮긴이)의 《영적 세계의 확실성》을 읽었는데, 두 책 모두 마녀와 악귀 들리는 현상을 기정사실로 단정했다. 하지만 그는 존 웹스터(영국의 목사이자 외과의사, 화학자-옮긴이)의 《마녀로 추정되는 사례들》과 존 웨그스태프의 《마녀 논란에 제기하는 의문들》 같은 책도 읽었다. 이 두 권의 책은 '마법'이란 의도적인 사기이며 '마녀'는 제정신이 아닌 사람이므로 교수형에 처하는 것이 아니라 정신병원에 가둬야 한다는 내용을 담고 있었다. 매튜는 그 양극단 사이에 있었다.

"모르겠어요."

매튜가 말했다.

"내 말 명심해요. 사탄이 파운트로열을 거닐고 있어요. 하지만 레이첼 호워스는 그 옆에 있지 않아요. 이곳에는 보고 싶지 않은 것들이 넘쳐나요. 그리고 그것이 신의 진실이에요."

"부인이 그렇게 믿는다면, 왜 비드웰 씨에게 말하지 않으세요?"

"뭐라고요? 그랬다간 나도 마귀 들렸다고 생각할 텐데? 레이첼 호워스 편을 드는 사람은 남자건 여자건 올가미에 걸릴……."

"네틀즈 부인!"

계단 아래쪽에서 부르는 소리가 들렸다.

"코빗 군은 어디 있소? 다들 기다리고 있는데!"

비드웰은 상당히 짜증이 난 것 같았다.

"부탁해요!"

네틀즈 부인은 다급하게 매튜에게 속삭였다.

"지금 한 얘기에 대해선 아무 말 말아주세요. 제발!"

"알았어요."

매튜가 말했다.

"지금 갑니다!"

네틀즈 부인이 다시 계단을 내려가며 말했다.

"죄송합니다. 젊은 손님이 늦게 일어나셔서."

아침 식사로 얇게 자른 햄, 옥수수죽, 비스킷과 마을에서 채취한 꿀이 식탁에 올라왔고, 함께 마실 노란색 차가 컵에 담겨 있었다. 매튜는 어제저녁에 먹은 거북 수프와 거북 스테이크, 옥수수빵 때문에 아직도 배가 불러서 조금만 먹었다. 우드워드는 간밤에 잠을 제대로 자지 못한 데다가 목이 붓고 코가 막혀 있어서, 차만 잔뜩 마시고 레몬 조각만 빨았다. 하지만 대저택의 주인은 배가 고파 죽을 지경인지 햄을 끝도 없이 먹고 죽을 한 그릇 가득 담아 먹은 후, 접시에 담긴 비스킷도 모두 먹어치웠다.

마침내 비드웰이 의자에 등을 기대어 숨을 내쉬며 불룩해진 배를 두드렸다.

"아, 근사한 아침 식사였어!"

비드웰의 시선이 대학살의 현장에서 살아남은 주인 없는 영혼에 꽂혔다.

"판사님, 그 비스킷 다 드실 겁니까?"

"아뇨."

"그럼 제가 실례해도 될까요?"

비드웰은 우드워드의 대답이 떨어지기도 전에 비스킷을 집어 입에 밀어 넣었다. 우드워드는 힘겹게 침을 삼켰다. 목이 몹시 아팠다. 그는 간신히 시큼한 차를 한 잔 더 마셨다.

"판사님, 괜찮으세요?"

매튜가 물었다. 판사의 창백한 안색과 눈 아래 드리워진 짙은 그늘을 그냥 지나치기가 어려웠다.

"어젯밤에 잠을 제대로 못 잤다. 이곳의 모기가 나를 무척 좋아하는 것 같구나."

"타르 비누요."

비드웰이 말했다.

"오늘 밤에 그걸로 목욕을 해보십시오. 타르 비누를 쓰면 모기가 달아납니다. 음…… 전부는 아니고 일부지만요."

"저는 여태껏 찰스타운의 모기들이 특히 탐욕스럽다고 생각했습니다. 그런데 이곳의 모기는 적수가 없는 것 같군요."

우드워드가 오른손 손등에 붉게 부어오른 곳을 긁었다. 이미 오늘 아침에도 열두어 군데 정도 물려 괴로워하던 중이었다.

"익숙해지셔야 합니다. 그 외에는 다른 수가 없어요. 타르 비누가 도움이 좀 될 겁니다."

"그렇다면 타르 비누칠을 고대하는 수밖에요."

우드워드는 면도할 때 거울을 봐서 자신이 다소 야위어 보인다는 것을 알고 있었다. 빌린 옷을 차려입은 그의 모습은 비참해 보였다. 시골뜨기 농부에게야 자랑스러운 옷이겠지만, 우드워드의 우아한 취향에는 영 어울리지 않았다. 게다가 가발마저 없으니 벌거벗은 듯한 기분이었고 머리 위의 검버섯도 한없이 신경이 쓰였다. 여태까지 살면서 지금처럼 늙었다는 기분이 든 적이 없었다. 운명의 죄수가 된 것 같았다. 가발이 없으니 얼굴 피부 전체가 두개골에서 벗겨져 흘러내리는 것 같았고, 치아는 깨지고 상한 것 같았다. 우드워드는 자신이 도시의 세련된 지성인이라기보다는 시골뜨기 호박처럼 보일까봐 두려웠다. 부어오른 목과 막힌 코는 그를 더 괴롭혔다. 여느 아침 같았으면 뜨거운 럼주 한 잔과 찜질 수건을 들고 침대로 돌아갔겠지만, 오늘 아침에는 중요한 일을 앞두고 있었다. 우드워드는 매튜가 아직도 자신을 바라보고 있음을 깨달았다. 그 시선이 거슬렸다.

"곧 나아질 거다."

우드워드가 매튜에게 말했다.

매튜는 아무 말도 하지 않았다. 너무 걱정하는 것처럼 보여서 판사를 당혹스럽게 하고 싶지 않았다. 그는 자기 잔에 차를 더 따르면서, 이런 늪지대의 습한 공기에 맨머리를 드러내고 앉아 있는 것이 우드워드의 건강에 확실히 좋지 않을 거라는 생각을 했다. 매튜의 머릿속 다른 한편에는 방금 전 네틀즈 부인과 나눈 대화가 남아 있었다. 부인이 자신이 말하는 문제에 엄청난 열의를 보였다는 건 부인할 수 없는 사실이었다. 하지만 혹시 매튜의 의혹을 푸는 것이 아니라 시야를 흐리게 만드는 것이 그녀의 목적은 아니었을까? 네틀즈 부인이 마귀 들렸다면 그녀도 레이첼 호워스의 주인을 섬기고 있을 것이다. 그 주인이 매튜를 이용해 판사의 판단력을 흐리게 하려는 것은 아닐까? 매튜는 막연히, 그가 예전에 읽은 책의 저자들이 제시한 마녀에 관한 다양한 의견들을 떠올렸다. 매튜는 네틀즈 부인에게 진실을 얘기한 것이었다. 솔직히 말해서 그는 자신이 무엇을 믿는지 알지 못했다.

하지만 매튜는 더 이상 생각에 잠길 시간이 없었다. 갑자기 네틀즈 부인이 식당 문 앞에 나타났던 것이다.

"시장님?"

네틀즈 부인이 비드웰을 향해 말했다.

"마차가 준비됐습니다."

네틀즈 부인의 표정은 다시 엄숙해졌고, 매튜 쪽으로는 눈길도 주지 않았다.

"좋소!"

비드웰이 일어섰다.

"신사분들, 가실까요?"

첫날 저녁때 바이올린을 연주했고 둘째 날 거북을 잡았던 나이 지긋한 흑인 노예 구드가 말고삐를 잡고 있었다. 비드웰과 우드워드 그리고 매튜가 차례로 마차에 올랐고, 그들은 사납게 요동치는 구름 아래 저택을 떠나 피스 거리를 따라 호수를 지나쳤다. 시민들 몇 명이 나와 있었지만 많은 수는 아니었다. 미약한 햇빛 때문에 아침은 우울한 빛을 띠었다. 매튜는 이 버림받은 마을이 점점 생기를 잃어가고 있음을 확연히 느꼈다.

마차는 쓸모없는 해시계를 끼고 동쪽으로 방향을 틀어 트루스 거리로 접어들었다. 감옥이 가까워지면서 비드웰은 점점 신경질적으로 변했고, 점차 고조되는 긴장을 해소하기 위해 평소의 두 배나

되는 코담배를 콧구멍에 욱여넣었다. 구드는 트루스 거리의 진창에서 뒹굴고 있는 돼지들을 피해 마차를 몰아 곧 음침하고 창문도 없는 감옥의 나무 벽 앞에서 고삐를 당겼다. 두 남자가 그들을 기다리고 있었다. 하나는 니콜라스 페인이었고, 다른 하나는 다부진 체격에 술통 같은 가슴을 가진 거인으로 키가 180센티미터는 되어 보였다. 거인은 삼각 모자를 썼는데, 그 아래로 보이는 머리카락은 불타는 듯한 빨간색이었고 다소 단정치 못하게 기른 수염도 똑같은 색이었다.

비드웰은 마차에서 내리면서 판사와 매튜, 그리고 빨간 수염의 거인을 소개했다.

"이쪽은 한니발 그린입니다. 이곳 간수죠."

우드워드는 붉은 털이 난 남자와 악수를 하면서, 자기 손가락이 마른 가지처럼 뚝 부러지지는 않을까 걱정이 되었다. 그린의 푹 꺼진 눈은 무슨 색인지 알아보기 힘든 짙은 색이었고, 누구든 자신을 불쾌하게 만들기만 하면 해치워버리겠다는 결의 말고는 아무런 감정도 보이지 않았다.

비드웰은 길게 심호흡을 했다.

"들어갈까요?"

그린은 말없이 사슴 가죽 조끼의 주머니에서 가죽끈에 달린 열쇠 두 개를 꺼내 감옥 문 자물쇠에 밀어 넣었다. 날카로운 소리가 나면서 자물쇠가 열리자, 그린이 문을 감은 쇠사슬을 풀고 문을 열었다. 곧 감옥 안의 어두운 내부가 드러났다.

"잠깐만요."

그린은 웅얼거리며 안으로 들어갔다. 거친 널빤지를 깐 복도를 걸어가는 발소리가 크게 울렸다.

어두침침한 감옥 안을 들여다보면서 판사와 서기는 호기심이 끓어올랐다. 젖은 짚단과 땀, 배설물이 한데 뒤엉긴 들척지근하면서도 씁쓸한 냄새가 얼굴에 확 끼치면서, 이런 답답하고 습한 공간에 갇힌다는 것이 어떤 느낌인지 한순간에 다가왔다. 그린이 곧 등잔을 들고 되돌아왔다. 등잔 유리에 앉은 뿌연 먼지 때문에 불빛은 보잘것없었다.

"들어오십시오."

그린이 말했다. 비드웰은 다시 한 번 코담배를 흡입하고는 길을 안내했다.

그리 넓은 공간은 아니었다. 입구를 지나자 철창을 친 방이 양쪽으로 두 개씩, 전부 네 개가 복도를 가운데 두고 자리 잡고 있었다. 바닥은 건초로 덮여 있었다. 매튜는 이곳이 감옥으로 개조되기 전에는 작은 마구간이었을 거라고 추측했다.

"하느님, 감사합니다! 드디어 오셨군요!"

오른쪽에서 남자의 목소리가 들렸다.

"저를 잊어버리신 줄 알았어요!"

그린은 그쪽으로는 신경도 쓰지 않았다. 그는 손을 뻗어 천장에 매달린 쇠사슬을 잡고 힘껏 당겼다. 톱니바퀴가 구르는 소리와 함께 천창이 열리면서, 신선한 공기와 희미한 빛이 흘러들어왔다.

뿌연 회색 햇빛이었지만 더러운 등불보다는 훨씬 나아서, 그 덕에 오른쪽 감방에 서 있는 남자를 볼 수 있었다. 손으로 철창을 잡고, 회색 수염이 난 얼굴을 철창에 내고 누르는 모양새가 마치 사유를 쟁취하기 위해 스스로를 이떻게든 쥐어짜려는 것 같았다. 그는 매튜보다 기껏해야 대여섯 살 정도 더 많아 보였고, 몸집은 통통했다. 팔뚝에는 털이 수북했고, 황소처럼 목이 굵었으며, 빗질하지 않은 검은 머리가 이마를 덮고 있었다. 회색 눈은 둥글납작한 주먹코 양옆에서 빛났고, 코와 뺨은 얽은 자국으로 덮여 있었다.

"이제 집에 갈 준비가 됐어요!"

죄수가 소리쳤다.

"그 여자는 여기 뒤쪽 감방에 있습니다."

비드웰이 젊은 남자를 무시하고 판사에게 말했다.

"이봐요! 비드웰 씨!"

남자가 고함을 질렀다.

"이런 씨팔! 집에 갈 준비가 됐다니까……."

쾅! 그린의 주먹이 철창을 잡고 있던 남자의 손을 내리쳤다. 죄수는 고통에 찬 비명을 지르며 뒤로 떨어져나가 아픈 손가락을 가슴 위로 움켜잡았다.

"존경심을 담아 말하라고. 아니면 아예 말을 말든가. 알았어?"

그린이 말했다.

"아아, 손이 부러질 뻔했어!"

"놀스, 자네는 하루 낮하고 밤이 더 남았어."

비드웰이 죄수에게 말했다.

"내일 아침에 풀려날 거야. 그보다 일 분도 일찍은 안 돼."

"잠깐만요! 제발!"

놀스는 다소 비굴한 자세로 다시 철창으로 다가왔다.

"여기서는 하루도 더 못 견딥니다! 신 앞에서 맹세할 수도 있어요! 여기 못 있어요! 쥐새끼들을 보세요! 아주 끔찍해요! 내 음식도 다 먹어치우고, 내 목에 자꾸 달라붙어서 격투를 벌인다고요! 제 죗값은 다 치르지 않았나요?"

"자네 형기는 사흘 낮과 사흘 밤이야. 따라시, 아직 죗값을 다 치른 것이 아니네."

"잠깐만요, 잠깐만!"

놀스가 비드웰과 사람들이 다른 곳으로 옮겨가기 전에 다급히 소리쳤다.

"쥐 떼만 무서운 게 아닙니다! 저 여자요."

마지막 말은 속삭임이었다. 놀스는 고개를 돌려 복도 왼쪽 끝 방을 뚫어져라 보았다. 그는 사나운 눈을 크게 떴다.

"저 여자가 저를 죽일까봐 두려워요!"

"저 여자가 자네를 협박했나?"

"아뇨. 하지만…… 그러니까…… 무슨 소리가 납니다."

"어떤?"

비드웰은 관심을 가지고 놀스의 이야기에 귀를 기울였다.

"어젯밤에…… 어두운 데서…… 저 여자가 뭔가에게 말을 하고 있었어요."

놀스는 얼굴을 철창에 대고 속삭였다.

"대부분은 못 들었는데…… '주인님'이라고 하는 건 들었어요. 네, 들었어요. '주인님'이라고, 세 번인가 네 번인가 말했어요. 그러더니 막 웃어젖히면서…… 오, 구세주 그리스도님, 저는 그런 웃음소리는 다시는 듣고 싶지 않아요. 완전히 사악함 그 자체였다니까요."

"그러고 나서 무슨 일이 있었나?"

"그러니까 그게…… 여자가 뭐라고 좀 더 말을 했어요. 뭐한테 말한 건지는 모르겠고요. 그냥 달에게 겁을 주려고 주절거리는 것처럼."

그는 혀로 입술을 핥았다. 그러고는 눈을 깜박이며 우드워드와 매튜를 번갈아 보더니 다시 비드웰에게 시선을 돌렸다.
"그러더니…… 저쪽에서 불꽃이 일더라고요. 불이 난 것처럼. 하지만 차가운 파란색이었어요. 네, 차가운 파란색. 저 여자 감방에서 타오르고 있었어요. 저는 뒤로 물러서서 바닥에 누워버렸어요. 그게 뭔지 보고 싶지 않았거든요."
"계속하게."
놀스가 잠시 숨을 고르자 비드웰이 재촉했다.
"그게요……. 뭔가 홍얼거리는 소리랑 윙윙거리는 소리가 났어요. 그래서 봤는데 꼭 파리처럼 보이는 게 저 여자 감방에서 나오더라고요. 파란 것은 타오르면서 공기에 불꽃을 일으켰어요. 그러더니 쏜살같이 이쪽으로 날아와서 제 머리 위에서 빙빙 돌았죠. 그래서 그걸 손으로 잡으려고 했는데, 솔직히 말하자면 진짜로 만지고 싶지는 않았어요. 그게 계속 빙빙 돌며 날기에, 저쪽 구석으로 기어가서 그걸 쫓아버리려고 건초를 좀 던졌어요. 좀 있으니까 그게 밖으로 날아가버렸어요."
"가버려? 어디로?"
"몰라요. 그냥 사라졌어요."
비드웰은 엄숙하게 판사를 보았다.
"이제 우리가 뭘 상대하고 있는지 아시겠습니까? 저 마녀의 주인은 변신을 할 수 있는 겁니다. 이 세상에서 찾아볼 수 없는 형체로요."
"네, 맞습니다. 맞아요!"
놀스가 말했다.
"여기에서 저 여자와 함께 있으려니, 정말이지 죽도록 무섭습니다! 내가 어젯밤에 본 것 때문에 저 여자가 날 죽일지도 몰라요!"

"제가 한 가지 여쭤봐도 될까요?"

매튜가 나섰고, 비드웰은 고개를 끄덕였다.

"이 남자는 무슨 잘못을 저질렀나요?"

"양탄자 터는 막대기로 자기 아내를 지독하게 두들겨 팼지."

비드웰이 말했다.

"쉴즈 선생이 그 여자를 돌보고 있어. 이번이 두 번째라 이곳에 가두도록 명한 걸세."

"첫 번째 죄목은 뭐였습니까?"

"같은 거였네."

"여편네는 거짓말쟁이에다가 바가지도 심해요!"

놀스가 단호하게 말했다.

"그년은 입을 다물어야 할 때를 모른다니까요! 내가 장담하는데, 그년이 한번 지껄이기 시작하면 성인(聖人)이라도 도끼를 들어 그년 머리를 쪼갤 겁니다!"

놀스는 다시 한 번 비드웰을 바라보았다.

"이제 여기서 내보내주실 건가요? 저 좀 살려주세요!"

"글쎄……"

비드웰은 도움을 청하기 위해 우드워드를 바라보았다.

"리처드 놀스는 훌륭한 기독교 신자입니다. 저는 이 친구를 마녀의 수중에 두고 싶지는 않습니다. 이 문제에 대해서 어떻게 생각하십니까, 판사님?"

"이 사람 부인은 회복이 되었습니까?"

"아직 쉴즈 선생의 진료소에 누워 있습니다. 팔이 부러지고 등에도 멍이 잔뜩 들었거든요. 하지만…… 아무튼, 판사님……. 그 여자는 이 남자의 소유잖습니까. 혼인 서약에 의해서요."

"한 가지 좋은 생각이 있어요."

매튜가 곤란한 결정을 내려야 하는 우드워드를 구원해주었다.

"놀스 씨는 간밤에 건초 한 줌으로 악마를 무찔렀으니, 양탄자 터는 막대기라면 분명히 지옥의 악마도 물리칠 수 있을 겁니다. 스스로를 방어할 수 있도록 양탄자 터는 막대기를 가져다드리면 어떨까요?"

비드웰이 천천히 눈을 깜박였다.

"젊은이, 지금 농담하는 건가?"

"아닙니다. 이 남자가 그런 무기를 다루는 데 능숙한 것 같아서요. 아닌가요?"

"이건 무슨 말똥 같은 소리야?"

놀스가 다시 고함지르듯 말했다.

"난 여기서 나가고 싶다고! 지금 당장!"

"만일 마녀가 오늘 밤 이자를 쳐서 죽인다면, 난 이자의 피를 내 손에 묻히고 싶지 않습니다."

비드웰이 그린의 말에 고개를 끄덕였다.

"풀어주게."

"비드웰 씨?"

간수가 열쇠를 찾는 동안 매튜가 말했다.

"만일 마녀가 오늘 밤 놀스 씨를 쳐서 죽인다면, 다른 증인들을 불러 증언을 들을 이유가 없어질 거라고 생각합니다."

"그 말이 맞아요."

매튜 옆에 서 있던 페인이 말했다.

"그런 짓을 했다간 마녀의 목에 곧장 밧줄을 거는 거죠!"

"잠깐 멈추게."

그린이 자물쇠에 열쇠를 꽂으려 할 때 비드웰이 그린의 팔을 잡았다.

"당신들 제정신이야? 날 내보내주지 않으면 저 여자가 오늘 밤 날 죽일 거라니까!"

놀스가 고함을 질렀다.

매튜가 말했다.

"그러지 않을 겁니다. 그건 저 여자에게 조금도 이익이 되지 않거든요."

"너!"

놀스가 매튜를 매서운 눈으로 노려보았다.

"네가 누군지는 모르겠지만, 내가 여기서 나가면 조심하는 게 좋을 거다!"

"그렇게 입을 놀리다간 형기가 길어질 것이네."

우드워드가 경고했다.

"나는 치안판사일세. 이 젊은이는 내 서기이고."

비드웰도 나섰다.

"놀스, 말조심해! 내일 아침에 그토록 바라는 자유를 맞이하고 싶다면!"

"네놈들 다 벼락이나 맞아라!"

놀스가 외쳤다. 그러고는 몸을 돌려 양동이를 집어 들었다. 양동이 위에는 악마가 아닌 평범한 파리 몇 마리가 원을 그리고 있었다. 놀스는 분노로 얼굴이 보랏빛이 되어, 양동이에 든 것을 자신의 박해자들에게 던지려는 자세를 취했다.

"놀스!"

그린의 쩌렁쩌렁한 목소리가 감옥의 벽들을 흔들었다.

"그러기만 해봐! 네놈 이를 모두 박살내줄 테니!"

양동이가 허공에서 멈췄다. 머리끝까지 화가 치밀긴 했지만, 놀스는 그 대가가 너무 비싸다는 것을 깨달았다. 그는 멈춰 서서 몸을 떨었다. 얼굴은 거울도 깨뜨릴 만큼 비웃음으로 뒤틀려 있었다. 놀스는 마침내 양동이를 건초 더미 위에 내려놓았다.

"내일 아침엔 자유야."

비드웰이 말했다.

"자네가 원한다면…… 양탄자 먼지 터는 막대기를 가져다주겠네. 그걸로……."

놀스가 매몰차게 웃었다.

"그런 건 저기 비쩍 마른 강아지한테나 주죠. 그걸로 자기 궁둥이나 때리라지! 가요. 당신들한테 더 이상 할 말 없어요."

놀스는 의자에 앉아 얼굴을 벽 쪽으로 돌려버렸다.

"좋아. 이제 호워스 부인을 만나러 가지."

비드웰은 그린에게 눈짓을 했다.

그들은 복도를 따라 왼쪽 마지막 감방 앞에 이르렀다. 그곳에 갇힌 죄수는 아무 소리도 내지 않았고 움직이지도 않았다. 거친 회색 천에 둘러싸인 형체가 두건을 뒤집어쓰고 건초 더미 위에 몸을 웅크린 채 누워 있었다.

비드웰이 굳은 목소리로 말했다.

"문 열게."

그린이 가죽끈에 걸린 두 번째 열쇠를 꺼냈다. 모든 감방의 문을 열 수 있는 열쇠 같았다. 열쇠가 돌아가고 자물쇠가 철컹 소리를 내자, 그린은 창살문을 당겨 열었다.

"부인, 일어나시오."

비드웰이 말했다.

형체는 움직이지 않았다.

"내 말 들려요? 일어나라고 했소!"

여전히, 아무런 반응이 없었다.

"날 시험하는 겁니다."

비드웰이 단호하게 입술을 깨물며 중얼거렸다. 그러더니 더 큰 소리로 외쳤다.

"일어나시오, 부인. 아니면 여기 그린이 들어가서 강제로 일으킬까요?"

마침내 그 형체가 움직였다. 느리고 우아한 움직임이었다. 우드워드는 그 모습이 똬리를 푸는 독사처럼 치명적으로 우아하다고 생각했다. 형체가 일어서더니 반대쪽 벽에 기대어 섰다. 머리 위로는 두건을 푹 덮어쓰고 팔과 다리는 회색 참회복에 가려져 있었다.

"손님이 왔소."

비드웰이 말했다.

"치안판사이신 아이작 우드워드 씨와 서기 매튜 코빗 군이오. 판사님이 부인에게 몇 가지 질문을 하시려 합니다."

아무 반응이 없었다.

"진행하시지요, 판사님."

우드워드가 감방 문 쪽으로 한 발 다가섰다. 그는 감방 안의 비품들을 살펴보았다. 용변 처리용 양동이는 놀스의 방에 있던 것과 같았고, 물이 담긴 양동이는 그보다 조금 작았다. 나무 의자가 있고 그 위에 놓인 나무 쟁반에 빵 조각과 닭 뼈 같은 것이 담겨 있었다.

"호워스 부인?"

우드워드가 말했다.

"나는 부인의 주변에서 일어난 일에 관해 사실 관계 확인을 하러 왔습니다. 심문에 응하시겠습니까?"

두건을 뒤집어쓴 여인은 아무 반응도 없었다.

우드워드는 재빨리 비드웰을 쳐다보았고, 비드웰은 계속하라는 의미로 고개를 끄덕였다. 판사는 그린과 페인이 옆에 서 있는 것을 눈치챘다. 아마 여자가 자신에게 덤벼들면 제지하려는 것이리라. 매튜는 아주 흥미롭다는 듯 창살을 잡고 바라보고 있었다. 우드워드가 말했다.

"호위스 부인, 주기도문을 외워보시겠습니까?"

다시, 아무 반응도 없었다. 아무 말도, 고갯짓도, 심지어는 저주도.

"주기도문을 아십니까?"

"당연히 알겠죠!"

페인이 말했다.

"하지만 그걸 읊었다간 저 여자 혀가 불타버릴 겁니다!"

"조용히 해주시오."

우드워드가 페인을 제지하기 위해 손을 들었다.

"부인, 이 일에는 부인의 협조가 필요합니다. 주기도문을 외우지 않는다면 그것을 말하지 못하는 것이라고 간주될 수 있습니다. 이것이 얼마나 중요한 사안인지 이해하지 못하는 겁니까?"

"올가미야 이해하겠지, 아무렴!"

비드웰이 말했다.

우드워드는 잠시 말을 멈추고 생각을 정리했다.

"침묵은 유죄를 뜻합니다, 부인."

우드워드는 말을 이었다.

"내가 하는 말을 잘 듣길 바랍니다. 이곳에서는 올가미라든지 목을 매단다는 얘기가 많이 오가고 있습니다. 지금 어떤 죄목으로 이곳에 왔는지 본인도 알고 있겠지요. 이곳과 비슷한 식민지에서 수많은 마녀들이 교수형을 당해 죽음을 맞이했습니다……. 하지만 현재 부인은 부인이 속한 법에 따라 남편을 살해한 혐의로 기소된 것이므로, 소역죄(아내가 남편을 살해하는 것 또는 종이 주인을 살해하는 것에 대한 죄-옮긴이)에 해당되기도 합니다. 이에 대한 처벌은 교수형이 아니라 화형입니다. 따라서 내 질문에 대답을 않는다면 어떤 방식으로든 좋을 게 없습니다."

마치 회색 옷을 씌운 동상에게 말을 하는 것 같았다.

"말이 안 통하는군요! 저 여자가 진술을 거부하면 다 소용없는 짓입니다!"

우드워드는 비드웰에게 항의했다.

"그러면 이제 화형대를 준비할까요?"

"판사님, 제가 저 여자에게 질문을 해봐도 될까요?"

매튜가 말했다.

"그래, 해봐라!"

우드워드가 말했다. 이 모든 것에 넌더리가 났다.

"호워스 부인?"

매튜는 최대한 나지막하고 위협적이지 않은 목소리로 말했다. 하지만 그의 심장은 거세게 뛰고 있었다.

"부인은 마녀인가요?"

비드웰이 잘못 조율한 트럼펫 같은 소리로 갑자기 신경질적인 웃음을 터뜨렸다.

"무슨 그따위 바보 같은 질문이 다 있어! 당연히 마녀지! 아니라면 왜 지금 이런 난리법석을 떨겠어?"

"비드웰 씨?"

매튜가 비드웰을 날카롭게 노려보았다.

"저는 저 여자에게 물어본 겁니다. 비드웰 씨가 아니고요. 저 여자를 대신해서 답해주시지 않았으면 합니다."

"이 무례한 꼬마 같으니라고!"

비드웰의 늘어진 턱살에 피가 몰렸다.

"네가 조금만 더 컸어도, 그 버릇없는 입놀림을 그냥……"

"나는……"

여자가 말했다. 사람들의 주의를 끌기에 충분히 큰 목소리였다. 비드웰은 곧바로 입을 다물었다.

"……나는…… 마녀라고 비난받고 있어요."

여자가 말했다. 다른 말은 없었다.

매튜의 심장은 이제 전속력으로 달리고 있었다. 그는 목청을 가다듬었다.

"부인도 스스로를 마녀라고 생각하십니까?"

긴 침묵이 흘렀다. 매튜는 여자가 대답하지 않을 것이라 생각했다. 그 순간 두건을 뒤집어쓴 머리가 옆으로 조금 갸웃했다.

"누군가 내 남편을 데려갔어요. 집과 땅도 가져갔어요."

여자의 목소리는 힘은 없었지만 단호했다. 어린 여자의 목소리였다. 매튜가 예상했던 나이 든 노파의 목소리는 아니었다.

"내 결백도 빼앗겼어요. 그리고 내 영혼도 파괴당했어요. 내가 그쪽 질문에 대답하기 전에, 내 질문에 대답해봐요. 이제 나에겐 뭐가 남았나요?"

"목소리. 그리고 진실에 대한 이해."

"진실?"

여자의 목소리는 날카로웠다.

"이 마을에서 진실은 유령이 되었어요. 오래전에 세상을 떠났어요."

"저거, 저거, 들어봐요! 저 여자가 유령 얘기를 꺼냈어!"

비드웰이 걷잡을 수 없이 흥분한 목소리로 소리쳤다.

쉿! 매튜는 한마디 쏘아붙이려다가 간신히 참았다.

"부인, 부인은 사탄과 대화하시나요?"

여자는 길게 숨을 들이마시고는 다시 내쉬었다.

"아니요."

"마술의 주문에 사용하기 위해 인형을 만들지 않았습니까?"

주도권을 잡아야겠다고 판단한 우드워드가 질문을 던졌다.

여자는 대답하지 않았다. 우드워드는 이 여자가 실질적으로 진술을 하고 있지만, 무엇 때문인지는 몰라도 매튜하고만 얘기하고 있다는 사실을 깨닫고는 마음이 불편해졌다. 그는 서기를 바라보았다. 매튜도 그와 마찬가지로 여자의 행동에 혼란스러워 하고 있었다. 매튜는 어깨를 으쓱해 보였다.

"인형을…… 만드셨습니까?"

매튜가 물었다.

비드웰은 과장되게 코웃음을 쳤지만 매튜는 신경 쓰지 않았다.

"내가 하지 않았어요."

여자가 대답했다.

"그럼 어떻게 저 여자의 집 바닥 밑에서 그것들을 찾을 수 있었을까요? 내가 직접 찾았는데요!"

페인이 말했다.

"호워스 부인, 부인은 부인의 집에서 인형들을 발견한 사실을 알고 있습니까?"

"아뇨."

여자가 말했다.

"이건 무슨 바보들의 법정인가!"

비드웰의 인내심이 한계에 달했다.

"당연히 저 여자야 자기가 한 짓들을 부인하겠지! 그럼 저 여자가 자기 죄를 고백할 거라고 기대했단 말이야?"

매튜는 민병대장에게 시선을 돌렸다.

"페인 씨는 왜 호워스 부인의 집 바닥 밑을 수색해야겠다고 생각하셨나요?"

"카라 그룬왈드가 꿈에서 인형이 숨겨진 곳 근처를 봤다고 했어. 정확히 그 부근은 아니었지만, 마녀가 부엌 바닥 아래 뭔가 중요한 것을 숨기고 있다고 하더군. 그래서 사람들을 몇 명 데려가서 헐거운 바닥 널빤지 아래에서 인형들을 찾은 거야."

"인형을 찾으러 갔을 때 호워스 부인은 그곳에 있었나요?"

"아니. 저 여자는 그때 이곳 감방에 갇혀 있었지."

"카라 그룬왈드라는 부인이 어디를 찾아야 할지 말해주었다는 거요? 계시를 받아서?"

우드워드가 물었다.

"그렇습니다."

"그렇다면 그룬왈드 부인과도 얘기를 나눠봐야 되겠군요."

"불가능합니다."

비드웰이 말했다.

"그 부인은 남편과 네 아이들과 함께 두 달 전에 파운트로열을 떠났으니까요!"

매튜는 눈살을 찌푸리며 턱을 문질렀다.

"그 인형들이 발견되기 전에 호워스 부인의 집은 얼마 동안이나 비어 있었나요?"

"음…… 두 주 정도일걸."

이번엔 페인이 눈살을 찌푸릴 차례였다.

"일을 어떤 방향으로 진행시키는 건가, 젊은 친구?"

"아직 특별한 방향은 없어요."

매튜가 희미하게 미소를 지어 보였다.

"지금은 나침반을 시험해보는 것뿐이에요."

"판사님, 저는 이 서기가 하고 있는 우스꽝스러운 행위에 항의합니다! 서기는 이런 질문을 하는 사람이 아닙니다!"

비드웰이 거의 으르렁거리듯 말을 뱉어냈다.

"서기의 임무는 나를 돕는 것이오."

우드워드가 말했다. 비드웰이 암시하는 내용이 그의 신경을 날카롭게 했다.

"우리 모두가 이 상황에 대한 진실을 찾고 싶어 하니, 나의 정통한 대리인이 그 과정에 보탬이 된다면 대단히 환영할 만한 일입니다. 적어도 나에겐 그렇소."

"진실은 이미 유리처럼 명백합니다, 판사님!"

비드웰이 반박했다.

"이 마녀를 죽여야지요. 화형이든 교수형이든 익사형이든 간에, 끝장을 내야 합니다!"

"내가 보기엔 아직 답해야 할 질문이 많은 것 같습니다."

우드워드가 변함없는 어조로 말했다.

"저 여자가 마녀라는 증거를 원하는 겁니까? 그럼 보여드리죠. 어차피 저 여자는 한마디도 하지 않을 겁니다! 그린, 저 여자 옷을 벗겨!"

우락부락한 거인 간수가 감방에 들어섰다. 그러자 곧바로 회색 옷을 뒤집어쓴 형체는 물러서서 스스로를 눌러박듯 벽에 바싹 붙어 섰다. 그린은 망설이지 않았다. 단 두 걸음 만에 여자에게 다가갔고 손을 뻗어 옷자락을 움켜쥐었다.

갑자기 여자의 오른손이 뻗어 나와 손바닥으로 그린의 가슴을 밀어 저지했다.

"안 돼."

여자가 말했다. 그 목소리에 담긴 힘에 그린은 잠시 주춤했다.

"계속해, 그린! 벗겨!"

비드웰이 외쳤다.

"안 된다고 했어!"

여자가 말했다. 여자의 왼손이 옷자락 사이에서 뻗어 나오더니 갑자기 손가락으로 옷에 달린 나무 단추를 풀기 시작했다. 간수는 여자가 스스로 옷을 벗는 쪽을 선택했다는 것을 깨닫고, 뒤로 물러나 방을 나왔다.

여자의 손가락은 민첩했다. 단추가 모두 풀렸다. 그런 다음 여자는 똑바로 서서, 얼굴과 머리에서 두건을 젖히고, 잽싸게 어깨를 움츠려 옷을 벗었다. 초라한 옷이 건초 위로 미끄러져 떨어졌다.

레이첼 호워스가 세상 앞에 벌거벗은 채 서 있었다.

"자, 됐어?"

여자의 눈에는 반항의 기운이 서려 있었다.

"여기 마녀가 있다."

매튜는 거의 쓰러질 지경이었다. 그는 지금껏 살면서 한 번도 발가벗은 여자를 본 적이 없었다. 게다가 이 여자는…… 이국적인 미인이라고밖에 달리 표현할 길이 없었다.

그녀는 쪼글쪼글한 노파와는 거리가 멀었다. 나이는 아마 스물다섯쯤 되었을 것이다. 원래부터 그랬는지 아니면 감옥의 식단 때문인지, 그녀의 몸은 갈비뼈가 드러나 보일 정도로 야위어 있었다. 포르투갈 인의 혈통 때문인지 살결은 거무스름한 마호가니빛이었다. 길고 숱 많은 머리칼은 칠흑같이 검었지만 대단히 지저분했다. 매튜는 짙은 젖꼭지가 달린 그녀의 가슴을 볼 수밖에 없었다. 부끄러움으로 얼굴이 붉게 달아올랐지만 눈은 술 취한 뱃사람의 눈처럼 제멋대로 움직였다. 그곳에서 간신히 눈을 돌리자, 매튜는 곧장 그녀의 가냘픈 허벅지 사이 곱슬곱슬한 검은 털로 덮인 비밀스러운 삼각형에 시선을 빼앗겼다. 위험할 정도로 머리가 빙빙 돌았다. 매튜는 여자의 얼굴을 보았고, 더욱 정신을 차리지 못했다.

여자는 건초 더미를 보고 있었다. 그녀의 눈은, 기이하면서도 특이한 금빛에 가까운 옅은 호박색 눈은 건초를 불태워버리는 게 아닐까 싶을 만큼 강렬했다. 옴폭 들어간 자국이 있는 턱과 하트 모양의 얼굴은 매우 아름다웠다. 매튜는 이런 심각한 상황이 아니었다면 그녀가 어떻게 보였을지 혼자 상상에 빠졌다. 그의 심장은 전속력으로 달리다가, 이제는 고삐가 풀려버렸다. 이렇게 아름다운 여인이 벌거벗고 있는 광경을 보는 것은 대단히 견디기 힘든 일이었다. 그녀의 일부는 깊은 내상을 입어 금방이라도 깨질 것 같았지만, 그녀의 얼굴은 매튜가 일찍이 본 적 없는 내적인 강인함을 담고 있었다. 이런 비열한 방식으로 이런 여자를 보는 것이 매튜에게는 상처가 되었다. 그는 시선을 다른 곳에 두려고 애썼지만, 레이첼 호위스는 이 세상의 중심 같았고 여자를 보지 않고 달리 볼 것은 아무것도 없었다.

"자! 여길 보시오!"

비드웰은 여자에게로 다가가 거칠게 왼쪽 가슴을 잡아 들췄다. 비드웰은 그 아래 작은 갈색 반점을 가리켰다.

"바로 이겁니다. 여기 또 있어요!"

비드웰은 검지로 여자의 오른쪽 무릎 바로 위에 있는 두 번째 표징을 눌렀다.

"뒤로 돌아!"

비드웰은 여자에게 말했다. 그녀는 순순히 따랐고, 얼굴에는 아무 감정도 담겨 있지 않았다.

"세 번째 표징입니다. 여기요!"

비드웰은 손가락을 왼쪽 엉덩이 위 검은색 반점 위에 놓았다. 다른 것보다 조금 크긴 했지만 많이 크진 않았다.

"이게 모두 악마의 표징입니다! 여기 있는 이 세 번째 것은 이 여자 주인의 각인인 것 같군요! 자, 가까이서 보세요!"

비드웰은 우드워드에게 소리쳤다. 우드워드도 매튜와 마찬가지로 이 눈을 뗄 수 없는 나체의 존재로 인해 힘든 시간을 보내고 있었다. 판사는 비드웰이 가리키는 반점을 잘 살펴보기 위해 앞으로 다가섰다.

"보이죠? 바로 여기입니다! 여기에도 있죠?"

비드웰이 말했다.

"여기 이 반점들은 악마의 머리에서 자라는 뿔처럼 보이지 않습니까?"

"나는…… 글쎄…… 그런 것 같군요."

우드워드는 대답하고, 예의를 지켜 점잖게 뒤로 몇 걸음 물러섰다.

"오른쪽 팔에 저건 쥐에게 물린 상처 같은데요."

매튜가 턱을 치켜들며 말했다. 팔꿈치 근처에 작은 피딱지가 두 개 앉은 것을 봐두었던 참이었다.

"나도 알아. 어깨에도 있어."

비드웰이 여자의 어깨에 난 상처를 만졌다. 곪은 상처 주변은 회색을 띠었다. 여자는 움찔했지만 소리를 내지는 않았다.

"쥐가 당신에게 눈독을 들이는 거요?"

여자는 대답하지 않았다. 아니면 대답할 필요를 못 느꼈거나. 쥐들이 그녀를 방문한다는 건 아무튼 분명한 사실이었다.

"자다가 쥐에게 잡아먹히게 둘 수는 없으니까 린치를 보내 쥐를 잡도록 하겠소. 옷을 입어요."

비드웰은 여자에게서 물러났고 여자는 곧바로 몸을 굽혀 옷을 주워 입었다. 다시 옷으로 몸을 감싼 여자는 처음에 그랬듯이 건초 위에 몸을 웅크리고 모로 누웠다.

"이제 다 보셨겠죠!"

비드웰이 말했다.

"저 여자는 주기도문도 읊지 못하고, 희생자들에게 마술을 걸기 위해 인형들을 만들었고, 몸에 악마의 표징도 있습니다. 저 여자와 저 여자의 주인만이 알고 있는 어떤 불경스런 이유로, 벌튼 그로브와 대니얼 호위스를 직접 죽였거나 그들을 죽음으로 내몰았습니다. 또한 서 여자와 저 여자의 소름 끼치는 일족은 최근에 우리가 겪었던 화재 사건들에 책임이 있습니다. 저 여자는 사람들이 환영과 악령을 보게 만들었고, 분명 파운트로열의 과수원과 밭에도 저주를 내렸습니다."

비드웰은 손으로 허리를 짚고 가슴을 앞으로 내밀었다.

"저 여자의 목적은 파운트로열을 파괴하는 겁니다. 그리고 그러기 위해 대단히 엄청난 일을 저질렀어요! 여기에 무슨 말이 더 필요할까요?"

"질문이 하나 있습니다."

매튜가 말했다. 비드웰이 눈에 띄게 움찔했다.

"만일 저 여자가 정말로 그런 엄청나고 불경스러운 힘을 행사했다면……."

"만일이 아니야!"

비드웰이 외쳤다. 뒤에 서 있던 페인도 고개를 끄덕였다.

"……그렇다면 왜……."

매튜가 말을 이었다.

"왜 저 여자는 단순히 손가락을 대는 것만으로 쥐들을 죽이지 못했을까요?"

"뭐라고?"

"쥐 말입니다. 왜 저 여자는 쥐에 물렸을까요?"

"좋은 지적이다."

우드워드가 동의했다.

"저 여자가 그런 악마의 무리에 합류했다면, 왜 저 흔한 쥐들이 몸을 무는 것을 허락했겠습니까?"

"그건…… 왜냐하면……."

비드웰은 그린과 페인에게 도움을 청하는 시선을 보냈다.

민병대장이 구원에 나섰다.

"왜냐하면 그건 속임수니까요."

페인은 힘차게 말했다.

"놀스는 쥐에게 공격당했는데 마녀는 멀쩡하다면 이상하다고 생각하지 않겠습니까? 아, 저 여자는 자기가 무슨 짓을 하는지 잘 알고 있습니다, 신사분들!"

페인은 매튜를 똑바로 바라보았다.

"저 여자는 자네의 눈을 멀게 하려는 거야, 젊은이. 저 여자의 악의는 철저히 계획된 거야. 만일 저 여자의 살갗에 쥐에 물린 자국이 있다면, 그것은 저 여자의 의지에 의한 것이고 불경스러운 축복에 의한 거라고."

우드워드가 고개를 끄덕였다.

"네, 그 말에도 일리가 있군요."

"그렇다면 저 여자가 마녀라는 사실에 이견이 없는 것이지요?"

비드웰이 추궁했다.

매튜가 말했다.

"비드웰 씨, 이건 신중하게 고려해야 할 사안입니다."

"무슨 빌어먹을 고려? 저 여자가 아니면 누가 내 마을을 더럽힐 수 있었겠어? 달리 누가 저 여자의 남편과 신부님을 죽일 수 있었겠어? 이봐, 꼬마. 뻔히 눈에 보이는 사실이잖아!"

"사실이 아닙니다. 주장이죠."

"날 몰아붙이는 거냐? 이곳의 주인은 나라는 걸 기억해!"

"제가 그 주장들을 사실로 간주하기를 거부한다면 제 옷을 빼앗고 숲으로 돌려보내실 겁니까?"

"제발, 진정들 하세요!"

판사가 말했다.

"이렇게 해서는 아무 결론도 안 납니다."

"제 말이 그 말입니다!"

비드웰이 김을 내뿜었다.

"판사님의 서기는 판사님이 이곳에서 행사하시려고 가져온 무기를 무디게 만들기로 작정했나 봅니다!"

"그 무기란 어떤 것입니까?"

화끈거리는 목과 감옥의 눅눅한 공기가 연합해서 우드워드를 격앙시켰다. 우드워드는 스스로 자제력을 잃어가는 것을 느꼈다.

비드웰의 얼굴이 홍당무처럼 붉어졌다.

"물론 법을 말하는 겁니다!"

"내 말 잘 들으시오."

판사의 목소리는 차분했지만 감정을 억제하는 듯했다. 그 목소리에 실린 힘이 성질 나쁜 개를 움켜쥔 손처럼 비드웰을 붙들었다.

"내 서기와 나는 이곳에 진실을 찾기 위해 온 것입니다. 법의 특권을 도구처럼 이용하기 위해 온 게 아닙니다."

비드웰은 판사를 노려보았지만 아무 말도 하지 않았다.

"비드웰 씨가 파운트로열의 주인일지는 모르겠지만, 나는 그보다 더 넓은 범위를 다스립니다. 호웃스 부인이 마녀인지 아닌지는 내가 결정하고, 부인의 운명도 내가 결정합니다. 누구도 내 등을 떠밀어서 판결을 재촉할 수는 없습니다. 이 점을 받아들이셔야 할 겁니다. 만약 이를 받아들이시는 데 문제가 있다면, 매튜와 나는 기꺼이 다른 숙소를 구하겠습니다."

"그럼 제가 이 상황을 제대로 이해하도록 해주십시오! 누가 판사고 누가 서기입니까?"

비드웰이 말했다.

우드워드는 정말로 하고 싶은 말을 참기 위해 이를 악물었다.

"신선한 공기를 마셔야겠다."

우드워드는 매튜에게 말했다.

"비드웰 씨의 저택까지 함께 걸어가겠느냐?"

"네, 판사님."

"이게 끝입니까?"

페인이 물었다.

"마녀를 더 심문하지 않으십니까?"

"오늘은 아니오."

우드워드가 웅크리고 누운 여자 쪽을 손으로 가리켰다.

"저 여자는 대화를 나눌 기분이 아닌 것 같소. 그리고 내 기분도 마찬가지고! 매튜, 따라오너라!"

우드워드는 몸을 돌려 문으로 향했다.

"저 여자의 혀를 풀려면 달군 쇠막대기가 있어야 해요! 저 여자한테 필요한 건 바로 그거요!"

두 사람이 감방 복도를 따라 걸어 나가는 동안 비드웰이 등 뒤에 대고 소리를 질렀다. 놀스는 코웃음을 치며 두 사람이 지나갈 때 침을 뱉었다. 레이첼 호워스 때문에 여전히 정신이 혼미하긴 했지만, 매튜는 자신이 이 동네에서 호감을 얻지 못할 것이며 특히 앞으로 생겨날 적들에 주의해야 하리라는 사실을 깨달았다.

8

 감옥을 나서니 습한 공기와 구름에 가린 햇빛이 천국의 숨결과 빛처럼 느껴졌다. 마차의 마부 자리에 앉은 구드는 나뭇조각을 깎아 작은 칼을 만들고 있었다. 우드워드는 마차를 무시하고 호수 방향으로 걷기 시작했다. 매튜가 그 뒤를 바짝 쫓았다.
 "저자가 내 화를 돋우는구나!"
 우드워드가 말했다.
 "나는 법을 섬기는 종일 수는 있지만, 저 남자의 노예는 아니다. 너도 마찬가지고!"
 "아니고말고요. 제 말은, 판사님 말이 옳다는 겁니다."
 매튜는 우드워드의 뒤에서 간격을 유지하며 걸었다.
 "비드웰 씨의 태도가 무척 짜증이 나긴 하지만, 어쨌든 비드웰 씨가 하는 걱정은 이해가 갑니다."
 "그래? 너는 대단히 너그러운 영혼이로구나!"
 "이 정도 돈을 파운트로열에 쏟아부었는데, 투자한 것을 거의 날리게 생겼다면 저도 마녀의 처형을 간절히 바라겠지요."
 "투자 따윈 악마한테나 줘버리라지!"
 "네, 판사님. 비드웰 씨가 두려워하는 게 바로 그거예요."
 매튜가 말했다.

우드워드는 속도를 늦추더니 걸음을 멈췄다. 그는 얼굴에 난 땀을 소맷자락으로 닦고, 불길해 보이는 하늘을 한번 올려다보고는 매튜를 보았다.

"이래서 네가 나에게 소중하다는 거다."

우드워드가 말했다. 분노는 사그라졌다.

"한 번 보는 것만으로 너는 전체 그림을 보지. 그림의 틀, 못, 그림이 걸린 벽까지."

"저는 그저 있는 것을 볼 뿐입니다."

"그래. 그리고 오늘, 분명히 우리는 호워스 부인을 조금 많이 본 것 같구나. 그 여자는…… 내가 생각했던 것보다는 어렸다. 무척 예쁘고. 아마 다른 상황이었다면 사랑스럽다고 말할 수도 있었을 것 같구나. 그 여자가 옷을 벗었을 때 나는…… 글쎄다. 나는 여자 피고인을 많이 다뤄보지는 않았어. 낯선 사람들 앞에서 기꺼이 옷을 벗고 서 있는 여자는 한 번도 본 적이 없다."

"기꺼이는 아니죠."

매튜가 말했다.

"그 여자는 강제로 옷을 벗길 걸 알았기 때문에 직접 벗는 쪽을 택했던 겁니다."

"그래, 그 여자에 대해 더 하고 싶은 말이 있느냐?"

"그 여자는 스스로를 통제하기를 원해요. 적어도 비드웰 씨에 의해 통제되는 것은 거부하죠."

"흠."

우드워드는 다시 트루스 거리를 따라 걷기 시작했고, 매튜는 판사의 옆에서 나란히 걸었다. 마을은 여전히 조용했고, 주민들은 그들의 일상을 보내고 있었다. 여자 둘이 길을 건너갔고, 그중 한 여자는 커다란 바구니를 들고 있었다. 한 남자가 건초 한 무더기와 통을 몇 개 실은 달구지를 몰고 지나갔다.
"궁금한 게 있다⋯⋯. 네틀즈 부인과 무슨 모의를 하고 있느냐?"
판사가 말했다.
"네?"
"그렇게 순진무구한 얼굴로 놀라는 척하는 건 다른 사람들에겐 얼마든지 통하겠지만 나한테는 안 통한다. 난 너를 너무 잘 알아. 너는 늦잠을 자는 법이 없지. 특히 오늘 같은 날은 네가 기대감에 부풀어 일찍 일어났을 법하다. 그런데 네틀즈 부인은 왜 자기 주인한테 그렇게 말했을까?"
"저는⋯⋯ 부인의 신뢰를 배신하지 않겠다고 약속했습니다."
우드워드는 또다시 걸음을 멈췄고, 이번에는 매튜를 꿰뚫어보는 듯한 시선으로 노려보았다.
"호워스 부인과 관계된 것이라면 나도 알아야 한다. 내 서기로서 나에게 진실을 알리는 것은 너의 의무이기도 해."
"네, 판사님. 저도 압니다. 하지만⋯⋯."
"그 여자와의 약속은 네 소관이야. 하지만 내가 알아야 할 것은 나에게 말해야 해."
우드워드가 말했다.
"부인은 비드웰 씨에게 말하지 말아달라고 부탁했습니다."
"그자에겐 말하지 않을 거야. 이제 말해라."
"간단히 말씀드리자면, 네틀즈 부인은 판사님과 제가 열린 마음으로 이 사건에 접근해줄 것을 당부했습니다. 네틀즈 부인은 호워스 부인이 억울하게 기소되었다고 생각하더군요."

"그 여자가 왜 자기가 그렇게 생각하는지는 말했느냐?"

"아니요. 다만 우리 영혼이 더럽혀질까봐 두렵다고 했습니다."

우드워드는 트루스 거리 건너 소들이 풀을 뜯고 있는 작은 농장을 바라보았다. 밀짚모자를 쓴 여자가 콩밭에 무릎을 꿇고 앉아 잡초를 뽑고 있었고, 남자는 농장 지붕 널빤지에 못을 박고 있었다. 그 근처 담장 너머에는 버려진 집이 한 채 서 있고, 덤불숲이 되어버린 밭이 있었다. 까마귀 세 마리가 황량한 집의 지붕에 앉아서, 마치 검은 옷을 입은 세 명의 판사들처럼 우드워드를 내려다보았다. 아마 이웃집 주인들이 떠나기를 기다리는 듯했다.

"너도 알겠지만……."

우드워드가 조용히 말했다.

"……만일 레이첼 호워스가 마녀라면, 우리의 관념을 뛰어넘는 엄청난 힘을 가지고 있을 거다."

"네틀즈 부인이 자기가 한 얘기를 비드웰 씨에게 하지 말라고 부탁한 이유가, 그 말을 하면 비드웰 씨는 부인이 마녀의 영향을 받았다고 생각할 거라더군요."

"흠."

우드워드는 생각에 잠겼다.

"독은 여러 모양의 잔에 담겨서 올 수 있다, 매튜. 나라면 내가 선택한 잔에 든 것을 조심할 거야. 자, 걷자꾸나."

그들은 다시 걷기 시작했다.

"놀스의 이야기를 듣고는 무슨 생각이 들었느냐?"

"말도 안 되는 소리죠. 그자는 감옥에서 나가고 싶을 뿐이에요."

"여자의 몸에 있던 악마의 표징은?"

"결정적인 건 아닙니다. 그런 자국은 사람들에게 흔하게 있으니까요."

매튜는 우드워드의 정수리에 난 반점에 대해서는 굳이 말하지 않았다.

"인정한다. 그럼 그 인형들에 대해서는?"

"판사님이 직접 보셔야 할 것 같습니다."

"동의해. 그룬왈드 부인을 만날 수 없다는 게 아쉽구나."

"만날 수 있는 증인들의 목록을 비드웰 씨에게 부탁하는 게 좋겠습니다. 그러고 나서 그들을 심문할 장소를 확보하셔야 합니다. 비드웰 씨가 간섭하지 못하는 곳으로요."

"그래."

우드워드가 고개를 끄덕이고 매튜를 곁눈질했다.

"물론 호워스 부인도 다시 심문해야지. 상세하게. 그 여자는 네 질문은 받아들이는 것 같은데 다른 사람들한테는 입을 다물더구나. 왜 그런 것 같으냐?"

"저도 모르겠습니다."

우드워드는 몇 걸음 걸은 뒤 다시 입을 열었다.

"네틀즈 부인이 오늘 아침에 너에게 그런 말을 했다는 걸 그 여자가 알 수도 있을까? 그리고 너의 질문에만 대답을 함으로써…… 어떻게 말해야 하나…… 너의 호의를 산다고 해야 할까?"

"저는 서기일 뿐입니다. 저에게는……."

"영향력이 없다?"

우드워드가 매튜의 말을 가로막았다.

"내 말의 요점은 알겠지?"

"네, 판사님. 압니다."

매튜는 마지못해 인정했다.

"그 여자가 주기도문을 외우지 않았다는 것도 아주 중요한 점이야. 안 하는 건지 못 하는 건지 모르겠다만. 할 수 있다면 왜 안 하려는 걸까? 거기에 대해 무슨 의견이 있느냐?"

"없습니다."

"다른 분명한 증거가 없다면 페인이 말한 것처럼 그 여자의 혀가 거룩하신 아버지를 언급함으로써 불타버릴까봐겠지. 이전에 마녀 재판에서도 그런 일이 있었어. 피고가 기도문을 읊으려고 시도한 순간 경련을 일으키며 극도로 고통스러워하더니 법정 바닥에 쓰러졌었다."

"마녀로 기소된 자 중 기도문을 읊고 무죄로 풀려난 경우가 있었습니까?"

"거기까진 모르겠구나. 나는 이쪽 일의 전문가가 아니니까. 하지만 어떤 마녀는 아무 문제없이, 악마의 보호를 받아 전혀 해를 입지 않고 신의 이름을 입에 담기도 해. 이건 법정 기록문에서 읽은 내용들이다. 하지만 호워스 부인이 기도문을 읊을 수 있다면, 기도문 전부를 경건한 태도로 읊고, 그러면서도 기절하거나 고통의 비명을 지르지 않는다면, 그 여자에게 상당히 도움이 되겠지."

판사는 눈살을 찌푸리며 그들 머리 위를 배회하는 까마귀를 올려다보았다. 그 모습을 보자 악마는 여러 형태를 취할 수 있으니, 말하는 내용과 말하는 장소를 조심해야겠다는 생각이 들었다.

"오늘 호워스 부인이 자백 비슷한 것을 했다는 걸 눈치챘겠지?"

"네, 판사님."

매튜는 판사가 무슨 말을 하는지 이해했다.

"옷을 벗을 때 그렇게 말했죠. '여기 마녀가 있다.'"

"정확하다. 그게 자백이 아니면 뭐가 자백이겠느냐. 오늘 오후에라도 마음만 먹으면 화형대를 설치하고 불을 지르라고 명령을 내릴 수 있어."

우드워드는 잠시 말을 멈췄다. 그동안 그들은 파운트로열의 교차로에 가까워져 있었다.

"내가 그렇게 하면 안 되는 이유를 말해보아라."

"아직 증인 심문을 하지 않으셨으니까요. 호워스 부인은 비드웰의 강요 없이 진술을 할 권리가 있습니다. 그리고……."

매튜는 망설였다.

"……저는 그 여자가 왜 자기 남편을 죽였는지 알고 싶습니다."

"그건……."

나도 마찬가지다. 우드워드는 그렇게 말하려고 했다. 하지만 말을 내뱉기 전에 째지는 듯한 여자 목소리가 우드워드의 말을 가로막았다.

"판사님! 우드워드 판사님!"

그 목소리가 너무 날카롭고 특이해서 우드워드는 순간 까마귀가 그의 이름을 부른 줄로 착각했다. 그래서 위를 올려다보면 악마가 그의 머리에 발톱을 박으려 내려오는 모습을 보게 되리라고 생각했다. 하지만 그때 파운트로열 교차로 광장을 허둥지둥 달려오는 여자가 시야에 들어왔다. 그 여자는 푸른색 드레스를 입고, 푸른 체크무늬 앞치마와 흰 보닛을 쓰고, 집에서 쓰는 양초와 비누 조각 같은 것을 담은 바구니를 들고 있었다. 여자가 다가오자 판사와 매튜는 걸음을 멈췄다.

"무슨 일입니까, 부인?"

우드워드가 물었다.

그녀는 환한 미소를 띠며 살짝 무릎을 굽혀 인사했다.

"실례를 용서하세요. 하지만 판사님이 저쪽에서 걸어오시는 걸 보고 인사를 드려야겠다고 생각했답니다. 저는 루크리셔 본이에요. 제 남편은 스튜어트라고, 저쪽에서 목공소를 운영해요."

그녀는 턱으로 인더스트리 거리 쪽을 가리켰다.

"만나서 반갑습니다. 이쪽은 제 서기인 매튜……."

"코빗 씨죠. 알고 있어요. 아, 두 신사분들 얘기를 이 근방에서 얼마나 많이 한다고요. 검 한 자루만 가지고 그 미친 여관 주인과 살인자 일당을 어떻게 물리쳤는지 말이에요! 마을 사람들 사이에서 인기 있는 무용담이랍니다!"

매튜는 터지는 웃음을 애써 눌러 참아야 했다. 그날 밤 쇼컴의 여관에서 도망친 이야기가 파운트로열의 주민들에게 전해지면서 율리시스가 키클롭스에 맞서 싸운 기념비적인 전투로 변한 것 같았다.

"글쎄요."

우드워드가 무의식적으로 가슴을 조금 부풀리며 말했다.

"그 악당 무리를 벗어나기 위해 있는 대로 지혜를 발휘했지요."

매튜는 고개를 숙여 땅바닥을 열심히 들여다보았다.

"정말 흥미진진했겠어요!"

본 부인이 숨도 쉬지 않고 말을 이었다. 우드워드는 이미 그녀를 관찰하고 있었다. 상당히 보기 좋은 외모에 나이는 대략 서른 즈음 되어 보였고, 푸른색의 투명한 눈과 친근한 태도를 가진 여자였다. 보닛 아래로 곱슬곱슬한 옅은 갈색 머리카락이 보였고, 얼굴은 흐르는 세월과 고단한 개척지 생활 때문에 주름이 잡히긴 했어도 춥고 어두운 밤의 따스한 등불처럼 기분 좋은 구석이 있었다.

"게다가 그런 보물도 찾으셨고요!"

우드워드의 미소가 흔들렸다.

"보물이라고요?"

"네, 판사님이 찾으신 금화 자루 말이에요! 스페인 금화였다면서요? 괜찮아요, 판사님. 촌뜨기 시골 여자한테는 그렇게 부끄러워하지 않으셔도 돼요!"

매튜의 심장이 울대 근처까지 올라와 뛰고 있었다.

"한 가지 여쭤봐도 될까요?"

매튜는 본 부인이 고개를 끄덕일 때까지 기다렸다.

"그 금화 자루 얘기는 누구한테 들으셨나요?"

"그게……. 저는 세실리아 셈즈한테 들었어요. 세실리아는 조안 발투어한테 들었고요. 하지만 모두 다 알고 있답니다, 코빗 씨! 아!"

본 부인의 눈이 커졌다. 그녀는 손가락을 입술로 가져갔다.

"비밀인 건가요?"

"잘못된 얘기를 전해 들으신 것 같습니다."

우드워드가 말했다.

"제 서기가 스페인 금화를 한 개 찾았습니다. 자루가 아니고요."

"하지만 세실리아가 지에게 참말이라고 약속했는데요! 세실리아는 거짓말을 전할 사람이 아니에요!"

"이 경우에는 친구분도 잘못 아신 겁니다. 안타깝게도."

우드워드가 덧붙였다.

"하지만 왜…… 저는 이해가……."

그녀는 말을 멈추고, 다 알고 있다는 듯한 미소를 만면에 지어 보였다. 본 부인의 눈은 기쁨으로 빛났다.

"아아, 알겠어요! 비밀이 샌 거로군요! 맞죠?"

"무슨 말씀이신지?"

"저는 믿으셔도 돼요, 판사님! 아무에게도 말하지 않겠어요!"

"말하고 말고 할 것이 없습니다. 우리가 금화 한 자루를 찾았는데 그걸 숨기려 한다고 생각하시는 거라면, 부인께서는 정말 잘못 알고 계신 겁니다."

금화는 매튜의 바지 주머니 안에 있었고, 그것을 꺼내 본 부인에게 보여줄 수도 있었지만, 그런다고 딱히 좋을 것도 없을 뿐더러 오히려 사람들의 입에 오르내리게 될 터였다.

"정말 한 개만 찾은 거였어요."

매튜가 본 부인에게 말했다.

그녀는 계속 미소를 짓고 있었다.

"네, 물론 그러셨겠죠. 누가 저에게 묻는다면 저도 그렇게 말할게요."

본 부인은 희망에 찬 시선으로 판사를 바라보았다.

"마녀는 언제 목을 매달게 되나요, 판사님?"

"글쎄요. 그건……."

"미리 알았으면 좋겠어요. 그래야 사람들에게 팔 파이를 만들어 두죠. 그 광경을 보러 사람들이 엄청나게 많이 모일 거예요. 아마 마을 사람들 전체가 나오겠죠. 교수대는 언제 세워질까요?"

우드워드가 본 부인과 부인이 던진 매정한 질문이 이루는 부조화의 충격에서 벗어나는 데는 시간이 조금 걸렸다.

"저는 정말 모릅니다, 본 부인. 하지만 지금으로서는 교수대를 세울 계획이 없습니다."

"네?"

부인의 미소가 차츰 엷어지면서 큐피드의 활 모양을 한 입술 양 끝에 살짝 주름이 잡혔다.

"저는 판사님이 이곳에 형 집행을 하러 오신 줄 알았어요."

"부인뿐만 아니라 다른 분들도 분명히 그렇게 생각하셨겠지요. 하지만 저는 이곳에 정의를 실현하러 온 겁니다."

"알겠어요. 그러니까 판사님 말씀은 형이 집행될 건데, 며칠 정도 늦어질 거란 얘기네요?"

이번엔 우드워드가 땅바닥을 들여다볼 차례였다.

"마녀는 목을 매달아야 해요."

본 부인은 단호하게 말했다. 애초의 상냥함은 심술궂은 무언가로 변해 있었다.

"이 마을과 마을 사람들 모두를 위해서, 그 여자는 최대한 빨리 처형되어야 해요. 제 말은, 정의가 실현되는 대로 말이죠. 그게 언제쯤이 될지 아시나요?"

"아뇨, 모릅니다."

"하지만…… 판사님 소관이시잖아요. 아닌가요? 분명히 판사님도 마녀를 살려둬서 우리에게 더 오래 저주를 퍼붓도록 하고 싶지는 않으시겠죠?"

"판사님!"

피스 거리로 접어들던 비드웰의 마차가 우드워드와 매튜 근처에 멈춰 섰다. 비드웰은 양손으로 삼각 모자를 벗어 들었다. 우드워드는 그것을 사과의 동작으로 받아들였다.

"안녕하십니까, 본 부인! 부인과 가족 모두 잘 지내시지요?"

"방금 레이첼 호워스가 곧바로 처형당하지 않을 거란 얘기를 듣고 기분이 상당히 언짢아졌어요."

본 부인이 대답했다. 그녀의 어여쁜 얼굴은 혐오감으로 찡그려져 있었다.

"판사님에게 무슨 문제가 생긴 건가요? 마녀가 벌써 이분의 관심을 끈 건가요?"

비드웰은 이 일촉즉발의 순간에 기름을 끼얹지 않기로 결심했다.

"우드워드 판사님은 상황을 잘 통제하고 계십니다, 부인. 이분은 사려 깊고 공정한 태도로 일을 처리하시는 겁니다. 판사님, 잠시 얘기를 나눌 수 있을까요?"

"안녕히 가십시오, 본 부인."

우드워드가 말했다. 본 부인은 분개한 듯 투덜거리며, 날렵한 코를 하늘로 쳐들고 가던 방향으로 걸어갔다. 우드워드는 마차로 다가갔다.

"무슨 일입니까?"

비드웰은 삼각 모자의 테를 움켜쥔 채 모자를 바라보았다.

"저는…… 진심으로 사과드립니다, 판사님. 가끔 제가 혀를 성급하게 놀리는 때가 있지요."

비드웰은 판사의 반응을 살피기 위해 재빨리 고개를 들어 우드워드의 얼굴을 보고, 다시 시선을 내리깔았다.

"상심하게 해드려 대단히 죄송합니다. 저도 이 상황이 우리 모두에게 대단히 어렵다는 걸 잘 압니다. 하지만 판사님도 이곳에서의 제 책임을 이해하시겠지요?"

"이해합니다. 비드웰 씨도 제 책임을 이해하고 존중해주시리라 믿습니다."

"물론입니다."

"그렇다면 사과를 받아들이지요. 비드웰 씨가 처한 곤경을 최대한 빨리 해결해드리고자 최선의 노력을 다할 것임을 알아주셨으면 합니다. 법의 테두리와 필요성 안에서요."

"그 이상 바랄 것이 없습니다."

비드웰은 삼각 모자를 다시 쓰고, 이 불쾌한 사죄의 과정이 결론을 맺은 것에 드러내놓고 안도의 한숨을 내쉬었다.

"판사님과 판사님의 서기에게 마차에 타시라고 권해도 되겠습니까?"

"기꺼이 받아들이겠습니다. 오늘 아침은 끔찍하게도 습하군요."

우드워드 역시 무거운 분위기가 사라진 것에 고마움을 느꼈다. 집주인과 마찰이 생기면 여러모로 견디기 힘든 법이다. 우드워드가 마차의 발판을 딛고 올라서자 비드웰은 우드워드를 위해 문을 열어주었다. 그러고 나서 다시 편히 앉아 매튜를 바라보았다. 매튜는 그 자리에서 꼼짝도 않고 서 있었다.

"자네는 안 타는 건가?"

"네, 비드웰 씨."

"제 사과는 판사님의 서기에게도 해당됩니다."

비드웰은 매튜는 거들떠보지도 않고 우드워드를 향해 말했다. 이제는 사과의 말에서 썩은 치즈 맛이 났다.

"저는 걷겠습니다."

판사가 전쟁 중인 두 세력 사이에서 냉랭한 답변을 전달하는 외교관의 입장이 되기 전에 매튜가 말했다.

"잠시 생각할 시간을 갖고 싶어서요. 마을도 돌아보고 싶고요."

"그렇다면 걷도록 하시게."

비드웰이 목소리를 높여 구드에게 명령을 내렸다.

"구드! 출발해!"

그 즉시 구드는 고삐를 내리쳤고, 마차는 매튜를 남겨둔 채 출발했다. 마차는 왼쪽으로 방향을 틀이, 진흙 묻은 뼈를 두고 으르렁거리는 꾀죄죄한 세 마리의 개들을 지나 피스 거리로 달려갔다. 매튜는 그중에서 다른 두 마리보다 훨씬 작은 세 번째 개를 흥미롭게 바라보았다. 그 개는 마차 바퀴 뒤를 쫓아가면서 뼈다귀를 잽싸게 낚아채 다른 경쟁자들이 넋을 놓고 바라보는 동안 맹렬한 속도로 달아나버렸다.

혼자 남은 매튜는 다시 걷기 시작했다. 특별히 갈 곳도 없었고 서두를 일도 없었다. 그는 교차로를 건너 인더스트리 거리를 따라 서쪽으로 걸어갔다. 밭과 농가를 지나고 팻말이 붙은 울타리와 창고를 지나면서, 몇몇 주민들과 인사를 주고받았다. 그들은 각각 자신들이 맡은 일을 하고 있거나 어딘가를 향해 걸어가는 중이었다. 우람한 참나무들이 이곳저곳의 지붕과 마당 위에 가지를 드리우고 있었다. 그루터기들이 많은 것으로 보아 이 땅을 일구는 데 엄청난 노력을 들였음을 알 수 있었다. 그렇게 베어진 나무들은 파운트로 열을 지키는 담장으로 훌륭한 역할을 담당하고 있었다. 분명한 사실은 이 마을을 현재 상태가 되도록 만들기가 쉽지 않았으리라는 것이다. 불과 얼마 전까지만 해도 바다 늪지 언저리의 울창한 삼림이었던 곳이 순전히 인간의 의지만으로 사람이 살 수 있는 땅으로 바뀐 것에, 매튜는 대단히 감명을 받았다. 수많은 주택과 잘 일군 밭, 초록의 목장과 정원을 보고 있노라니 길들여지지 않은 대지를 다스리고자 하는 인간의 소망을 실감하게 되었다.

"안녕하시오!"

부서진 울타리를 고치고 있던 남자가 인사를 했다.

"안녕하세요."

매튜가 대답했다.

"판사님이 곧 마녀를 여기에서 치워버리실 거라고 들었소."

남자가 하던 일을 잠시 접고 일어섰다.
"그 문제는 지금 고려 중입니다."
매튜가 할 수 있는 말은 고작 이 정도였다.
"고려 정도로는 안 되지! 얼른 그 여자를 목매달아서 우리가 밤에 푹 잘 수 있게 되어야지요!"
"네, 그 말씀은 판사님께 꼭 전해드리도록 하겠습니다."
매튜는 계속 서쪽을 향해 걸었다. 다른 말을 더 하지 않을까 싶었지만, 남자는 다시 하던 일로 돌아갔다.

사람들은 그 여자를 목매달 준비가 되어 있어요. 네틀즈 부인은 그렇게 말했다. **할 수만 있다면 오늘 아침에라도 당장 목을 매달걸요.**

매튜는 회색 옷에 싸여 건초 위에 웅크리고 있던 그 여자를 생각했다.

그 여자에게 필요한 건 진실의 수호자예요.

매튜는 그녀가 일어서던 모습을 떠올렸다. 그 느리고 우아한 움직임에 그의 심장이 점점 더 거세게 뛰던 것을 떠올렸다.

누군가 그 여자의 결백을 입증해줄 사람……. 매튜는 회색 옷이 열리고, 그 아래에 있던 것이 서서히 드러나던 모습을 생각했다. 그는 여자의 야위고 탄탄한 몸을, 까마귀처럼 검은 머리칼을, 하트 모양 얼굴과 기묘한 황금빛 눈동자를 생각했다……. **모두가 그 여자에게 등을 돌릴 때, 누군가 그 여자의 결백을 입증해줄 사람.**

매튜는 생각을 멈췄다. 생각들이 그를 괴롭혔다. 멀리서 천둥이 음울하게 으르렁거리는 소리를 듣던 매튜는 자신의 피뢰침이 섰다는 것을 깨닫고 쓴웃음을 지었다. 이건 혐오스럽고 부끄러운 일이다. 그 여자는 과부다. 그러나 그녀는 여자고, 그는 남자다. 여자들이 옆을 지나치거나 할 때면 매튜의 피뢰침이 종종 서곤 하는데, 그럴 때는 그것을 가라앉히기 위해 성경 구절을 라틴어로 암송하거나 복잡한 수학 문제를 머릿속으로 풀거나 자연의 패턴들을 관찰하곤 했다. 보통은 한 번에 한 가지 정도면 충분했다. 하지만 지금은 〈신명기〉도 기하학도 효과가 없었다. 그래서 그는 돛대 방향을 가장 가까이에 있는 우람한 참나무 쪽으로 잡았고, 나무 아래에 앉아 풀이나 구름 같은 것들을 관찰하면서 자신의 열정을 해소하기로 했다.

파운트로열 사람들에게 꼭 필요할 생명의 선물인 비가 다가오고 있었다. 석탄 색깔의 진회색 구름이 옅은 회색 구름과 대조를 이루고, 공기 중에서는 물의 냄새가 났다. 비구름이 곧 마을 위로 다가올 것이다. 매튜는 그 비가 말도 안 되는 자신의 생각을 씻어갈 것이라는 생각에 반가운 마음이 들었다. 그건 정말로, 말도 안 되는 것이었다. 벗은 여자를 보았다고 그토록 신경 쓰이고 불편해지다니. 그는 중요한 임무를 맡은 치안판사의 서기였고, 그것도 신뢰받는 서기였으니, 맡은 바 직무와 책임에 따라 이런 생각의 죄악을 딛고 서야 했다.

매튜는 폭풍 구름이 빠르게 다가오는 모습을 지켜보았다. 근처 목장에서 소들이 울기 시작했다. 말을 탄 남자가 지나쳐 갔다. 말은 눈에 보일 정도로 흥분한 상태였고 조금은 호전적이었다. 비 냄새가 점점 더 강하게 풍겼고, 곧이어 큰북을 두드리는 소리처럼 천둥이 울렸다. 여전히 그 자리에 머물러 있던 매튜는 더 나은 피난처를 찾아야 할지 고민하기 시작했다. 바람이 불어 참나무 가지가 머리 위에서 흔들렸다. 결국 매튜는 자리에서 일어나 인더스트리 거리를 따라 동쪽을 향해 걷기 시작했다.

번개가 하늘을 갈랐다. 굵은 빗방울이 매튜의 등을 때렸다. 매튜는 머지않아 푹 젖으리라는 생각에 걸음을 재촉했다. 빗줄기는 점점 사나워졌고, 바람도 한층 거세게 불어댔다. 매튜가 아직 교차로에 도착하지도 못했는데, 요란한 소리가 나더니 양동이의 밑이 빠진 것처럼 엄청난 비가 쏟아져 내리면서 앞이 보이지 않게 되었다. 순식간에 잉어처럼 젖어버릴 지경이었다. 날카롭게 불어대는 바람은 매튜의 머리를 진흙에 처박을 기세였다. 빗방울이 얼굴을 때려대는 가운데, 매튜는 절박한 심정으로 주위를 둘러보다가 열린 문을 하나 발견했다. 들어가도 되느냐고 허락을 구할 시간이 없었다. 매튜는 피난처로 뛰어 들어갔다. 그곳은 작은 창고였다. 매튜는 안으로 들어가 바람이 몰아치는 입구에서 한 발 옆으로 피해, 뼈다귀를 쫓던 잡종개처럼 몸에서 빗물을 털어냈다.

　매튜는 이곳에 한동안 갇혀 있어야 하리라고 생각했다. 벽에는 등잔이 하나 걸려 있었고, 양초가 환하게 빛나고 있었다. 누군가가 방금 전까지 이곳에 있었던 것 같은데, 그 사람이 지금 어디에 있는지는 알 수 없었다. 창고 안은 칸막이로 막은 좁은 공간이 네 군데 있었고, 그중 두 군데에 말이 한 마리씩 있었다. 말 두 마리가 매튜를 보았고, 한 마리는 인사를 하려는지 목 깊은 곳에서 우르릉거리는 소리를 냈다. 매튜는 까칠하게 자란 젖은 머리를 손으로 훑으며 문에서 안전한 거리만큼 떨어져 앉아 밖의 폭우를 바라보았다.

　잘 지어진 창고였다. 빗방울이 지붕에서 몇 줄기 떨어져 내리기는 했지만 성가실 정도는 아니었다. 매튜는 쉴 자리를 찾다가 먼 벽쪽에 쌓여 있는 건초 더미를 발견했다. 그는 그쪽으로 가서 바닥에 앉아 다리를 쭉 뻗고 폭풍이 그치기를 기다렸다. 말 한 마리가 그에게 지금 뭐 하는 거냐고 묻듯 히힝거렸다. 매튜는 이 창고의 주인이 누구든 간에 그가 지금 이곳에 있는 것을 문제 삼지 않아주기를 바랐다. 비드웰의 저택까지 푹 젖은 채로 가고 싶지 않았다. 말들이 천둥소리와 번개에 놀라 펄쩍 뛰며 울었다. 비는 여전히 쏟아져 내렸고, 오히려 아까보다 더 심해진 것 같았다. 매튜는 불행히도 이곳에 예상보다 더 오래 머물러야 할 것 같다고 생각했다.

빗방울이 매튜의 정수리를 두드렸다. 고개를 드는 순간 두 눈 사이에 빗방울이 떨어졌다. 비가 새는 곳 바로 아래에 앉아 있었던 것이다. 매튜는 왼쪽으로 50센티미터 정도 벽 쪽으로 옮겨 앉았고, 다시 한 번 다리를 앞으로 쭉 뻗으며 뒤로 기댔다.

그러자 새로운 불편함이 느껴졌다. 무언가가 척추를 눌렀다. 매튜는 손을 뒤로 뻗어 건초 더미 안을 뒤졌다. 그러자 거친 마대 자루의 표면이 손가락에 닿았다. 무슨 포대 같은데. 매튜는 손가락을 움직이며 생각했다. 포대. 건초에 묻힌 포대.

매튜는 손을 끌어당겼다. 그 포대에 무엇이 들어 있든지 그건 매튜가 상관할 바가 아니었다. 그것은 개인 소유의 물건이었다. 타인이 소유한 건초 더미를 뒤지지 않을 만큼의 품위는 지켜야 했다. 그렇지 않은가?

매튜는 그 자리에 잠시 앉아서 비를 바라보았다. 빗줄기가 조금 약해진 것 같기도 하고 아닌 것 같기도 했다. 매튜가 아까까지 앉아 있던 자리에는 여전히 빗물이 떨어지고 있었다. 그는 뒤로 물러나 앉아 거의 무의식적으로 건초 더미에 손을 집어넣어 포대의 표면을 다시 한 번 만져보았다. 그러고 나서 다시 손을 끄집어냈다. 개인 소유물이야. 매튜는 스스로에게 말했다. 그냥 내버려둬.

하지만 한 가지 의문이 떠올랐다. 실제로 이것은 개인 소유물이다. 그럼 왜 그 주인은 이 마대 자루를 건초 더미 아래에 숨겨야겠다고 생각했을까? 그렇다면 당연히 다음 의문이 떠오른다. 그렇게 숨겨야만 하는 마대 자루 안에 든 물건은 무엇일까?

"내 알 바 아니야."

매튜는 소리 내어 말했다. 그렇게 하면 스스로를 납득시킬 수 있는 것처럼.

그때 매튜는 네틀즈 부인의 말이 떠올랐다. **사탄이 파운트로열을 거닐고 있어요. 하지만 레이첼 호워스는 그 옆에 있지 않아요. 이곳에는 보고 싶지 않은 것들이 넘쳐나요. 그리고 그것이 신의 진실이에요.**

매튜는 혹시 마대 자루에 네틀즈 부인이 말했던, 보고 싶지 않은 것들 중 하나가 들어 있지는 않은지 궁금해졌다.

만일 그렇다면, 그것은 이 마녀 사건과 관계가 있지 않은가? 그리고 그렇다면, 그는 우드워드 판사의 대리인으로서 그것을 조사할 의무가 있지 않은가?

아마 그럴 것이다. 그리고 또, 그렇지 않을 수도 있다. 매튜는 호기심과 개인 소유물에 대한 존중 사이에서 꼼짝하지 못했다. 또다시 시간이 흐르는 동안 깊은 생각에 잠긴 매튜의 얼굴에서는 주름이 떠나지 않았다. 결국 그는 결심했다. 먼저 자루를 볼 수 있게 건초를 치우고, 그 후에 어떻게 할지 결정하기로.

건초를 치우자 드러난 포대는 단순한 진갈색의 곡물 자루였다. 하지만 손으로 만져보니 포대 안의 내용물이 곡물이 아님을 알 수 있었다. 원형의 물체가 만져졌는데 나무나 금속으로 만든 것 같았다. 좀 더 알아볼 필요가 있었다. 매튜가 안에 든 것을 쏟아보려고 자루를 잡고 들어 올렸지만, 자루는 상당히 무거웠다. 어깨에 힘이 들어갔다. 이제 이 미스터리를 해결하는 데 주저했던 마음은 알고 싶은 욕망의 공격 앞에 무릎을 꿇었다. 매튜는 힘주어 자루를 들어 올렸고 전체 길이의 반 정도를 들어 올리는 데 성공했다. 그러자 또 다른 둥근 물체가 느껴졌고, 무언가 알 수 없는 물체의 주름과 접힌 자국도 느껴졌다. 매튜는 그 물건을 단단히 잡고, 다른 쪽 끝이 보이도록 끌어내려 했다.

말 한 마리가 갑자기 콧소리를 내며 콧김을 내뿜었다. 매튜는 목덜미의 잔털이 쭈뼛 서는 것을 느꼈다. 그리고 바로 그 순간 누군가가 막 창고에 들어섰다.

매튜는 고개를 돌리려 했다. 막 고개를 돌리려는데, 바닥에서 뿌드득하고 울리는 부츠 소리가 들렸다. 그리고 누군가의 손이 매튜의 목덜미를 잡고 다른 한 손이 매튜의 오른팔 팔꿈치 바로 위를 잡았다. 잘 알아들을 수 없는 고함 소리가 들렸는데, 신의 이름이 들어간 저주의 말 같았다. 그리고 바로 다음 순간 매튜는 번쩍 들어 올려졌고 무시무시한 힘으로 허공에 던져졌다. 바닥에 안전하게 떨어지기 위해 자세를 잡을 시간도 없었다. 허공을 나는 동안 매튜의 오른쪽 어깨가 나무 기둥을 스쳤고 곧이어 비어 있는 칸막이의 문과 충돌했다. 순식간에 폐에서 공기가 다 빠져나갔고, 매튜는 바닥에 떨어졌다. 온몸의 뼈들이 모두 흩어진 듯 삐걱거리고, 퍼티(유리창을 접합하는 데 쓰는 접착제-옮긴이)처럼 물렁거렸다.

매튜는 숨을 고르려고 애썼다. 그때 매튜를 공격한 사람이 매튜에게 다시 다가왔다. 그는 한 손으로 매튜의 셔츠를 잡고 잡아당기면서 다른 한 손으로 매튜의 목을 조였다. 그 악력이 엄청나서 매튜는 눈알이 튀어나가지 않을까 두려워졌다.

"이 도둑놈 새끼!"

남자가 고함을 지르며 몸을 거칠게 뒤틀어 다시 한 번 매튜를 집어 던졌다. 이번에는 창고 전체가 흔들리고 틈새의 묵은 먼지가 터져 날릴 정도로 세게 벽에 부딪혔다. 놀라서 정신이 나간 매튜는 자신이 혀를 깨문 사실을 깨달았다. 몽롱한 정신으로 바닥에 떨어질 때 입안에서 씁쓸한 피 맛이 났다.

남자가 매튜를 쫓아왔다.

"죽여버릴 거야, 이 뱀 같은 새끼!"

그는 분노를 터뜨리며 매튜의 머리를 향해 부츠 신은 발을 그대로 날렸다. 매튜는 순간적으로 지금 움직이지 않으면 두개골이 부서질 것을 깨닫고, 팔로 발길질을 막는 동시에 허우적대며 앞으로 기어나갔다. 남자의 발은 매튜의 오른쪽 견갑골 위에 떨어졌다. 매튜의 피 묻은 입술에서 고통의 비명이 터져 나왔다. 매튜는 남자가 다시 자세를 잡고 발길질을 날리기 전에 일어서려 미친 듯이 애를 썼다. 그리고 간신히 휘청거리며 일어났다. 무릎이 풀렸지만 오지 의지의 힘만으로 무릎에 힘을 주어 버텼고, 자신을 공격한 남자를 바라보며 벽에 등을 기대어 섰다.

등불의 불빛으로 매튜는 남자를 알아볼 수 있었다. 어제 아침, 매튜와 판사가 대장간 뒤에 있는 공용마구간에서 페인을 만났을 때 봤던 남자였다. 대장장이였고, 그의 영업장에 걸린 간판에 있던 이름은 세스 헤이즐턴이었다. 땅딸막하고 배가 불룩한 중년 남자로, 머리카락은 젖은 회색이었고, 얼굴에 거칠고 듬성듬성한 회색 수염이 나 있었다. 그의 얼굴은 풍화된 바위처럼 울퉁불퉁했고 코는 벼랑 끝처럼 휘어 있었다. 순간 남자의 짙고 푸른 눈이 분노로 빛나고, 울퉁불퉁한 혈관이 굵은 목에 두드러져 일어섰다. 그는 판사의 서기인 매튜를 알아본 듯 잠시 공격을 멈췄다. 하지만 잠시뿐이었다. 그의 얼굴은 다시금 달아올랐고, 분노와 노여움이 뒤섞인 고함을 내지르며 다시 앞으로 돌진했다.

매튜는 필요한 상황에서는 몸이 빨랐다. 그는 헤이즐턴이 휘두르는 주먹을 가늠하고 주먹 아래로 잽싸게 몸을 피한 뒤, 출구를 향해 달렸다. 하지만 대장장이도 필요한 경우에는 발이 빨랐다. 남자는 뚱뚱한 사냥개처럼 매튜 뒤로 뛰어오르며, 강철로 단련시킨 주먹으로 매튜의 어깨를 잡았다. 매튜의 몸이 뒤로 빙글 돌고, 두 손이 매튜의 목을 붙잡았다. 매튜는 땅에서 들어 올려져 다시 한 번 벽으로 내동댕이쳐졌다. 그 힘에 척추가 부러질 뻔했다. 남자의 손이 매튜의 목을 조르기 시작했다.

매튜는 자신을 죽이려는 손을 풀려고 애를 썼다. 하지만 아무리 애를 써도 허사였다. 헤이즐턴의 땀투성이 얼굴이 매튜의 얼굴 바로 위로 압박해 들어왔다. 남자의 눈은 자신이 우세한 이 전투에서 오는 흥분과 열기로 인해 번들거렸다. 손가락들이 매튜의 목에 깊이 박혔다. 매튜는 숨을 쉴 수가 없었고, 그의 눈앞에서 검은 나방들이 춤을 추기 시작했다. 그 순간 기이하게도 말 한 마리가 애처롭게 우는 소리와 다른 한 마리가 칸막이 안에서 발길질을 하는 소리가 들려왔다.

매튜는 자신이 죽어가고 있음을 알았다. 몇 초 안에 암흑이 그를 덮을 것이고 그는 바로 이곳에서 대장장이의 강력한 손아귀에 죽게 될 것이다.

지금이 바로 구조를 받아야 할 순간이라고 매튜는 생각했다. 지금이 바로 누군가 들어와서 헤이즐턴을 그에게서 떼어놓을 순간이다. 하지만 매튜는 그런 일이 일어나지 않으리라는 것을 알았다. 그렇다. 이 애석한 날에 그의 운명에 뛰어들 사마리아인은 없다.

등잔. 등잔이 어디 있었지?

등잔은 매튜의 오른쪽에, 여전히 벽에 걸려 있었다. 매튜는 간신히 고개를 젖혀 몇 미터 떨어진 곳에 있는 등잔을 찾았다. 그는 손을 뻗어보았다. 매튜는 팔이 긴 편이었지만 등잔은 손에 닿을락 말락한 곳에 놓여 있었다. 절박함이 몇 센티미터 정도 더 팔을 뻗을 수 있는 힘을 주었다. 뜨거운 등잔을 간신히 못에서 떼어낸 매튜는 최대한 세게 등잔으로 헤이즐턴의 얼굴 옆면을 내리쳤다.

  다듬지 않은 양철 모서리가 제 역할을 해냈다. 대장장이의 눈가에서부터 윗입술까지 피부가 길게 갈라지면서, 붉은 물결이 수염 사이로 쏟아져 내렸다. 헤이즐턴은 고통이 덮치자 눈을 깜박거렸다. 잠시 동안 매튜는 남자의 분노가 얼굴을 지켜야겠다는 욕구보다 더 거세지 않을까 두려웠다. 하지만 헤이즐턴은 크게 울부짖고 휘청거리며 뒤로 물러났고, 잡고 있던 매튜의 목을 놓고 그 손으로 흐르는 피를 멈추게 하려고 얼굴을 눌렀다.

  매튜는 공기를 폐로 밀어 넣었다. 머리가 빙빙 돌았다. 그는 반은 뛰고 반은 발을 헛디디면서 창고의 열린 문 쪽으로 달아났다. 비가 여전히 내렸지만 아까 내리던 폭우에 비하면 아무것도 아니었다. 매튜는 대장장이가 쫓아오는지 뒤를 볼 엄두를 내지 못했다. 뒤를 돌아보았다간 분명히 걸음이 느려질 것이기 때문이었다. 매튜는 창고 밖으로 나섰다. 비가 사정없이 몸을 두드리고 바람이 휘감을 듯 불고 왼발이 그루터기에 걸려 거의 나자빠질 뻔했지만, 매튜는 다시 균형을 잡고 비바람 속으로 뛰어 들어갔고, 비드웰의 저택이 있는 곳을 향해 달렸다. 교차로에 도착해서야 그는 속도를 늦추고 어깨 너머로 뒤를 돌아보았다. 만일 대장장이가 뒤따라왔다고 해도 매튜가 그를 훨씬 앞선 것이 틀림없었다.

  그래도 매튜는 지체할 생각이 없었다. 그는 입에 고인 피를 진흙 구렁에 뱉고, 고개를 뒤로 젖히고 입을 벌려 빗물로 입안을 헹군 뒤 그것도 뱉었다. 등과 어깨에 멍이 심히게 든 것 같았다. 그의 목은 헤이즐턴의 손가락에 무참히 공격을 당했다. 판사에게 들려줄 엄청난 이야깃거리가 생긴 것이다. 게다가 살아서 그 이야기를 들려줄 수 있게 되다니, 우라지게도 운이 좋았다. 매튜는 다시 최대한 빠른 걸음으로 비드웰의 집을 향해 걷기 시작했다.

그의 마음속에는 여전히 두 가지 의문이 남아 있었다. 그 자루 안에는 무엇이 들어 있었는가? 그리고 그게 무엇이길래 사람을 죽이려 하면서까지 지키려고 했을까?

9

"말도 안 되는 얘기야!"

매튜가 이야기를 마치자 비드웰이 말했다.

"헤이즐턴이 곡물 자루 때문에 자네 목을 졸랐다는 말인가?"

"그냥 곡물 자루가 아니었습니다."

매튜는 저택 거실의 편안한 의자에 앉아 있었다. 멍이 든 등에는 베개를 괴고 네틀즈 부인이 가져다준 럼주가 담긴 은컵은 옆 테이블에 올려두었다.

"그 안에 뭔가가 있었어요."

매튜는 부은 목으로 말했다. 손거울로 대장장이의 손가락이 목에 푸르스름하게 남긴 자국을 확인한 뒤였다.

"제게 보여주고 싶지 않은 무언가요."

"세스 헤이즐턴이 머리가 조금 이상하긴 해요."

팔짱을 낀 네틀즈 부인이 으스스하면서도 음울한 눈빛을 하고 말했다.

"작년에 아내가 죽기 전부터 좀 이상했어요. 그 이후로 더 상태가 안 좋아졌지요."

"아무튼 네가 죽지 않은 걸 신께 감사해야겠다!"

우드위드는 매튜의 맞은편 의자에 앉아 있었다. 표정에는 깊은 안도와 염려가 동시에 떠올라 있었다.

"그리고 네가 그자를 죽이지 않은 것도 감사해야 할 일이다. 행여 죽였다면 지옥에 떨어져 죗값을 치러야 했을 테니까. 네가 개인 소유물을 무단으로 만진 것은 알고 있지?"

"네, 판사님."

"폭풍우가 몰아치는 중에 쉴 곳을 찾으려던 것은 이해한다. 하지만 도대체 어쩌자고 그자가 숨겨놓은 물건을 뒤질 생각을 했느냐? 특별한 이유가 있었던 거냐?"

"아뇨, 그렇지는 않습니다."

매튜가 우울한 목소리로 말했다.

"그런 이유가 있을 리 없지! 그리고 네가 그 남자 얼굴을 가격해서 피를 흘리게 했다고 했지?"

우드워드는 이 일로 인해 굴려야 할 법의 바퀴의 무게를 느끼며 움찔했다.

"마지막으로 본 게 그 남자가 일어서 있는 모습이었다고?"

"네, 판사님."

"그자가 널 쫓아오지는 않았고?"

매튜는 고개를 저었다.

"아닌 것 같습니다."

매튜는 럼주로 손을 뻗어 그것을 조금 마셨다. 매튜는 판사의 생각이 어떤 방향으로 진행되고 있는지 알고 있었다. 깨문 혀는 크게 부풀어 올라 입안을 가득 채우고 있었는데, 술기운에 활활 불타서 고맙게도 삼킴이 사라졌다.

"그렇다면 그 남자는 네가 떠난 뒤에 쓰러졌겠구나."

우드워드는 고개를 들어 옆에 앉아 있던 비드웰을 바라보았다.

"그자가 심하게 부상을 당해 창고에 누워 있을지도 모르겠군요. 지금 바로 찾아가보는 게 좋겠습니다."

"헤이즐턴은 소금에 말린 독수리처럼 질겨요. 얼굴을 좀 긁어놓았다고 끝장나지는 않을걸요."

네틀즈 부인이 말했다.

"좀 긁은 정도가 아니라서……. 제 말은, 작은 상처는 아니었어요. 뺨을 심하게 베어놓았거든요."

매튜가 말했다.

"그럼 뭘 기대했겠어요?"

네틀즈 부인이 턱을 내밀었다.

"코빗 씨 목을 죽일 듯이 졸랐는데 그 정도 방어도 못 해요? 저에게 물으신다면, 그렇게 당해도 싸다고 하겠어요!"

"그렇다 해도 가봐야 합니다."

우드워드가 일어섰다. 기분이 영 엉망이었다. 목은 부어서 침을 삼킬 때마다 아팠다. 이 집을 나가 부슬부슬 내리는 비를 맞으며 걸어야 한다는 것이 영 내키지 않았지만, 이것은 대단히 심각한 문제였다.

비드웰 역시 사태의 심각성을 파악했다. 하지만 그가 가장 먼저 한 생각은 마을에 대장장이가 사라지면 상당히 어려운 지경에 처하리라는 점이었다.

"네틀즈 부인, 구드에게 마차를 준비하라고 해요."

"네, 알겠습니다."

네틀즈 부인이 집 뒤쪽을 향해 걸음을 옮겼다. 하지만 부인이 몇 걸음 채 떼기도 전에 현관문의 종이 울리며 손님이 왔음을 알렸다. 부인은 서둘러 가서 문을 열고…… 충격을 받았다.

그곳에는 대장장이가 서 있었다. 눈은 푹 꺼지고 얼굴은 회색빛인 데다가, 피에 젖은 천을 왼쪽 뺨에 대고 가죽끈으로 머리를 한 바퀴 둘러 묶고 있었다. 그는 뒤에 말과 마차를 세워두고, 품에는 진갈색의 마대 자루를 안고 있었다.

"누구요?"

비드웰이 현관 쪽으로 나가다가 갑자기 걸음을 멈췄다.

"오, 하느님! 자네로군! 지금 막 자네를 보러 가려던 참이네!"

"네, 그런데 내가 왔네요. 그놈은 어디 있소?"

헤이즐턴이 말했다. 목소리는 부상의 고통으로 인해 거칠어져 있었다.

"거실에 있네."

비드웰이 말했다.

헤이즐턴은 안내도 받지 않고 문턱을 넘어 네틀즈 부인을 스치며 집 안으로 들어갔다. 네틀즈 부인은 남자의 몸에서 나는 체취와 피비린내에 코를 찡그렸다. 대장장이가 진흙 묻은 부츠로 바닥을 쿵쿵 울리며 거실에 들어서자 매튜는 럼주를 마시다 사레가 들릴 뻔했다. 우드워드는 덩치가 큰 야수 같은 개의 공격을 앞둔 고양이처럼 머리카락이 쭈뼛 서는 것을 느꼈다.

"자, 이걸 보려고 숨어들어왔지?"

헤이즐턴이 자루를 매튜의 발 앞에 던졌다.

매튜는 아픈 등을 신경 쓰며 조심해서 자리에서 일어섰다.

"어서 열어봐."

헤이즐턴이 말했다.

"열어보고 싶어 했잖아. 열어봐."

매튜는 입을 간신히 움직였다.

"죄송합니다, 헤이즐턴 씨. 헤이즐턴 씨의 사적인 공간을 침범해서는 안 되는……."

"씨부렁거리지 말고 보라니까."

헤이즐턴이 몸을 굽혀 바느질로 막은 자루의 한쪽 끝을 들고, 안의 내용물을 바닥에 쏟기 시작했다. 현관에 있던 비드웰과 네틀즈 부인이 뒤늦게 들어왔다. 그들은 헤이즐턴이 그토록 맹렬하게 싸워가며 지키고자 했던 것을 목격했다.

옷가지들과 잔뜩 흠집이 나고 닳아빠진 신발 두 켤레가 자루에서 나왔다. 여자 옷이었다. 검은 드레스, 푸른색 앞치마, 누레진 블라우스 몇 벌, 그리고 한때는 펑퍼짐한 엉덩이에 맞았을 누덕누덕 기운 치마들이었다. 장식 없는 작은 나무 상자도 자루에서 굴러 나와 매튜의 왼쪽 신발에 부딪쳤다.

"소피의 옷이야."

대장장이가 말했다.

"마누라 물건들이라고. 그 상자도 열어봐."

매튜는 머뭇거렸다. 기분이 정말이지 개떡 같았다.

"어서, 열어보라니까!"

헤이즐턴이 명령했다. 매튜는 상자를 집어 뚜껑을 열었다. 상자 안에는 상아로 만든 머리핀 네 개, 금으로 무늬를 새긴 빗, 작은 호박을 물린 은반지, 그리고 복잡한 밧줄 무늬가 새겨진 은반지가 있었다.

"마누라 장신구요."

대장장이가 말했다.

"결혼반지도 있고. 마누라가 저 세상으로 갔을 때, 이것들을 그냥 버릴 수가 없었어요. 그렇다고 집에 둘 수도 없었고."

남자는 피에 젖은 천을 손으로 눌렀다.

"그래서 자루에 넣어 창고에 안전하게 보관해둔 거요."

멍든 헤이즐턴의 눈이 분노에 젖어 매튜를 노려보았다.

"거기라면 누구도 뒤져보지 않을 줄 알았지. 그랬는데 들어가 보니 저놈이 거기 앉아서 뒤지고 있더라고."

헤이즐턴은 우드워드에게 시선을 돌렸다.

"당신이 치안판사요? 법을 지키겠다고 맹세한 사람 맞소?"

"그렇소."

"그렇다면 보상을 받아야 되겠소. 이 개자식이 내 창고에 멋대로 들어와서 내 마누라 물건을 마구 뒤졌단 말입니다. 난 잘못한 게 없어요. 내가 내 물건을 숨겨두든 말든 다른 사람은 상관없지 않소."

헤이즐턴은 비드웰의 대꾸를 바라며 비드웰을 쳐다보았다.

"아까는 내가 좀 제정신이 아니었소. 저 꼬마를 죽이려고 했던 것 말요. 하지만 저 새끼가 소피의 물건을 훔치려 한다고 생각하니 안 그럴 수가 있나. 내가 잘못한 겁니까?"

"아니, 그렇지 않아."

비드웰은 마지못해 인정했다.

"저 꼬마가……."

헤이즐턴은 피 묻은 손가락을 들어 비난하듯 매튜를 가리켰다.

"내 얼굴을 이렇게 베어놨소. 눈을 멀게 하려고 했다고. 이것 때문에 일을 못하게 생겼어요. 확실해. 이런 상처를 입으면 완전히 나을 때까지 용광로가 뿜어내는 열기를 견디지 못할 거라고요. 이제 말씀해보세요, 비드웰 씨, 판사님. 나한테 무슨 보상을 해줄 건지."

비드웰은 바닥만 내려다보았다. 우드워드는 손가락으로 입 주위를 어루만지며 자신이 해야 할 말을 생각했다. 매튜는 소피 헤이즐턴의 장신구 상자 뚜껑을 닫았다. 마침내 판사는 입을 열었다.
"헤이즐턴 씨, 적절한 보상이 무엇이라고 생각합니까?"
"내 채찍에 맡긴다면, 내가 갈겨주겠소."
대장장이가 말했다.
"저 꼬마 등짝이 활짝 쪼개지도록 내리칠 거야."
"저 아이는 이미 등에 부상을 입었습니다. 그리고 한동안 당신 손가락 자국을 목에 달고 다녀야 하고요."
우드워드가 말했다.
"딴소리하지 마십쇼! 난 저 자식을 채찍으로 갈기고 싶다고요!"
"날 어려운 상황에 몰아넣는군요. 내가 데리고 있는 서기에게 판결을 내리라니."
판사가 말하고는 다시 입을 굳게 다물었다.
"그럼 누가 판결을 해요? 그리고, 저 꼬마가 판사님 서기가 아니었으면 어떻게 판결했겠소?"
대장장이의 말에 우드워드는 재빨리 매튜를 힐긋 보고 다시 고개를 돌렸다. 매튜는 우드워드의 양심의 고뇌를 알고 있었지만, 동시에 그가 궁극적으로는 옳은 일을 하리라는 것도 알았다.
우드워드가 들릴락 말락 한 목소리로 말했다.
"그럼 채찍 한 대를."
"다섯!"
대장장이가 우렁차게 외쳤다.
"덧붙여 감옥에서 일주일!"
우드워드는 긴 한숨을 내쉬고 바닥을 내려다보았다.
"채찍 두 대와 구류 오 일."
"안 돼요! 이걸 봐요!"

헤이즐턴이 피 묻은 붕대를 얼굴에서 떼어 상처를 드러냈다. 보라색으로 팬 상처가 너무 흉측해서 비드웰은 움찔했고 네틀즈 부인마저 눈을 돌렸다.

"저 자식이 나한테 한 짓을 보라고요! 이 흉터가 평생 가지 않을 것 같소? 채찍 세 대랑 오 일!"

이 상황에 멍해진 매튜는 다시 의자에 주저앉았다. 그는 럼주로 손을 뻗어 잔을 비웠다.

"채찍 세 대."

우드워드가 힘없이 말했다. 관자놀이에서 맥박이 거세게 뛰었다.

"그리고 구류 삼 일."

우드워드는 헤이즐턴의 눈빛에 맞서 그를 노려보았다.

"이것이 내 판결이며 여기에 추가할 것도 없고 번복할 것도 없습니다. 저 아이는 아침 6시에 감옥에 들어갈 것이며 셋째 날 아침 6시에 채찍형을 받을 것이오. 그린 씨가 형을 집행하겠지요?"

우드워드는 비드웰을 바라보았고, 비드웰은 고개를 끄덕였다.

"그럼 좋습니다. 영국 국왕과 이곳의 주지사가 명한 치안판사로서, 판결을 내리는 바입니다."

대장장이가 우드워드를 노려보았다. 거울에 비친 상(像)마저도 겁먹을 정도로 사나운 표정이었다. 하지만 그는 곧 천을 다시 상처에 대고 말했다.

"공평하신 판사님으로서 그렇게 하셔야 맞죠. 저 쥐새끼 같은 놈은 지옥에나 떨어져야 한다는 게 내가 하고픈 말입니다."

"판결은 내렸습니다."

우드워드의 얼굴이 붉으락푸르락 달아올랐다.

"이제 의사에게 가보기를 권합니다."

"그 죽음의 의사한테 날 만지게 하라고요? 그렇게는 못 하지! 하지만 가긴 가겠소. 여긴 무슨 돼지우리 같은 냄새가 나네."

그는 재빨리 옷들을 포대에 넣기 시작했다. 테이블 위에 매튜가 올려두었던 장신구 상자를 마지막으로 집어넣은 헤이즐턴은 울퉁불퉁한 굵은 팔에 자루를 걸치고 반항적인 눈길로 우드워드를 본 다음 비드웰을, 그리고 다시 우드워드를 바라보았다.

"자기 마누라를 추억하려다 부상을 당하다니, 이 무슨 개떡 같은 세상인지. 법은 채찍질도 제대로 하지 않을 테고!"

"채찍형은 정확하고 분명하게 실행될 것이오. 세 번."

우드워드가 냉랭하게 말했다.

"그렇게 말씀하셨지. 그 자리에 나도 갈 거요. 꼭 기억해요!"

헤이즐턴은 몸을 돌려 거실을 나서려고 했다.

"헤이즐턴 씨?"

매튜가 갑자기 헤이즐턴을 불러세웠다. 대장장이는 걸음을 멈추고 음산한 눈으로 자신의 적을 노려보았다.

매튜는 의자에서 일어섰다.

"저는…… 제가 저지른 행동에 대해 대단히 죄송스럽게 생각합니다. 제가 정말로 잘못한 일이고, 용서를 구합니다."

"네 등짝이 벌어지는 걸 보고 나면 용서해줄 수 있을 거다."

"헤이즐턴 씨의 감정은 이해합니다. 그리고 저는 벌을 받아 마땅합니다."

"그보다 더하지."

헤이즐턴이 말했다.

"그렇습니다. 하지만…… 한 가지만 부탁을 드려도 될까요?"

"뭐?"

"그 자루를 제가 마차까지 옮겨드려도 될까요?"

헤이즐턴의 보기 흉한 얼굴이 잔뜩 찌푸려졌다.

"옮겨준다고? 왜?"

"작은 반성의 표시입니다."

매튜가 헤이즐턴에게 두 걸음 다가가서 손을 내밀었다.

"그리고 저는, 제가 벌을 받고 나면 헤이즐턴 씨가 이 사건은 잊고 털어버리시기를 바랍니다."

헤이즐턴은 대답하지 않았지만, 매튜는 그의 머릿속이 바쁘게 돌아가고 있다는 걸 알았다. 가늘어진 눈으로 보아 그는 자신이 결정해야 하는 것이 무엇인지 알고 있었다. 행동은 야수 같고 얼굴은 소처럼 우직했지만, 헤이즐턴은 교활한 여우였다.

"저 꼬마는 제대로 미쳤군요."

헤이즐턴이 우드워드에게 말했다.

"내가 당신이라면 저놈을 밤에 풀어두지 않겠소."

이 말을 남기고 대장장이는 등을 돌려 거실을 나섰고, 현관문을 지나 부슬부슬 내리는 빗속으로 나갔다. 네틀즈 부인이 그 뒤를 따라가 다소 세게 현관문을 닫은 다음 거실로 돌아왔다.

"음, 정의가 실현되었군."

우드워드는 갑자기 늙어 기력이 쇠한 듯 의자에 주저앉았다.

"이 상황이 참으로 유감스럽습니다. 하지만 제 의견을 말씀드리자면, 저는 채찍 다섯 대를 생각했습니다."

비드웰은 매튜를 보며 고개를 젓고 말을 이었다.

"남의 재산에 손을 대다니! 이봐, 젊은 친구, 자네는 돌아다니는 곳마다 문제를 만드는 걸 즐기는 것 같군."

"잘못했다고 아까 말씀드렸습니다. 원하신다면 한 번 더 해드리지요. 제가 맞아야 할 채찍은 맞겠습니다. 하지만 아셔야 할 게 있습니다, 비드웰 씨, 헤이즐턴은 자기가 우리 모두를 속였다고 생각하고 있어요."

"뭐?"

비드웰이 상한 음식을 먹은 것처럼 얼굴을 찡그렸다.

"이건 또 무슨 꿍꿍이냐?"

"간단히 말씀드리면, 헤이즐턴이 자루 안에 든 것이라고 보여준 것은 건초 아래 숨겨져 있을 때 들어 있던 물건들이 아니었어요."

침묵이 흘렀다. 잠시 뒤 우드워드가 입을 열었다.

"지금 무슨 말을 하는 거냐, 매튜?"

"제가 창고에서 쏟으려고 했을 때 그 자루는 옷 몇 벌이나 신발이 든 것보다 훨씬 무거웠어요. 헤이즐턴은 제가 자루의 무게를 확인하려는 걸 알고 자루를 못 만지게 한 거예요."

"이제 그만해라!"

비드웰이 조끼 주머니에서 코담배 상자를 꺼냈다.

"헤이즐턴을 오늘 하루 그만큼 괴롭혔으면 충분하지 않냐? 나라면 이제부터는 그자 근처에도 가지 않겠다!"

"……헤이즐턴을 만난 지는 사십 분 정도밖에 되지 않았어요."

매튜가 말을 이었다.

"그 시간 동안 원래 자루에 든 것을 비우고 옷가지로 바꿨거나, 아니면 아예 비슷한 다른 자루를 찾았겠죠."

비드웰은 코담배를 조금 집어 들이마시고 눈물이 고인 눈을 깜박거렸다.

"너는 멈출 줄을 모르는구나."

"원하시는 대로 생각하십시오. 하지만 저는 제가 찾았던 원래 자루에 옷가지보다는 좀 더 중요한 무언가가 있었다고 생각합니다. 헤이즐턴은 제가 사람들에게 이 일을 이야기할 것을 알았고, 그자가 무엇을 숨겼는지, 그리고 왜 그것을 사람을 죽일 뻔하면서까지 숨기려는지 의심할 것도 알았어요. 그래서 그자는 얼굴에 붕대를 감고 가짜 자루를 가지고 이곳에 온 겁니다. 사람들이 창고 수색을 시작하기 전에요."

"네 가설일 뿐이다."

비드웰은 코담배 냄새를 맡더니 딸깍 소리가 나게 상자를 닫았다.

"그래봤자 네가 채찍을 맞고 감옥에 갇혀야 한다는 사실은 변하지 않아. 판사님이 그렇게 판결하셨고, 네틀즈 부인과 내가 증인이다."

"네, 제가 증인이죠."

네틀즈 부인이 싸늘한 목소리로 말했다.

"하지만 헤이즐턴은 좀 이상한 사람이에요, 시장님. 그리고 제가 알기로 헤이즐턴은 소피가 죽기 전에 마치 다리가 세 개 달린 말처럼 소피를 다루었어요. 그런데 왜 그 사람이 이제 와서 자기 아내와의 추억을 소중히 여기겠어요? 기껏해야 잘 두었다가 시간이 좀 지나면 팔려고 했겠죠."

"고맙소, 네틀즈 부인."

비드웰이 비꼬는 투로 말했다.

"보아하니 파운트로열에 '가설 나무'가 튼실하게 뿌리를 박고 서 있는 것 같군."

"이 사건의 진실이 무엇이든 간에……."

판사가 말했다.

"……변치 않는 점은 매튜가 감옥에서 삼 일을 보내고 채찍을 맞으리라는 점이오. 대장장이의 소유물은 다시는 침범당하지 않을 것입니다. 하지만 비드웰 씨, 좀 전에 비드웰 씨라면 채찍 다섯 대를 내렸을 거라는 말씀에 대해서, 레이첼 호위스의 재판 진행은 매튜가 죗값을 치르고 회복이 된 이후로 연기되어야 함을 일깨워드리고 싶습니다."

비드웰은 입을 반쯤 벌린 채 동상처럼 몇 초 동안 서 있었다. 우드워드는 또 다른 폭풍이 파운트로열의 주인으로부터 몰아닥칠 것을 예상하면서, 차분한 어조를 유지하며 말을 이어나갔다.

"아시겠지만 증인들을 심문할 때는 기록을 할 서기가 있어야 합니다. 제 질문에 대한 답변들을 기록해야 하니까요. 매튜는 제가 쉽게 읽을 수 있는 기호를 고안해서 사용해왔습니다. 서기가 없다면 심문 일정을 잡는 것은 무의미합니다. 따라서, 이 아이가 비드웰 씨의 감옥에서 보내는 시간과 채찍에 맞은 상처가 회복되는 시간을 감안하셔야 할 겁니다."

"하느님 맙소사!"

비드웰이 소리를 질렀다.

"이봐요! 지금 무슨 소리를 하는 거요? 내일 증인들을 심문하지 않겠다고요?"

"최소한 닷새입니다."

"이런 빌어먹을! 그러면 재판이 시작되기도 전에 이 마을은 완전히 시들어서 바람에 날려갈 겁니다!"

"내 서기는……."

판사가 말했다.

"……정의를 실현하는 절차에 있어 없어서는 안 되는 존재입니다. 매튜는 감옥에서 구술을 받아 적을 수 없고, 게다가 등에 채찍을 맞아 상처가 있는 채로는 일에 집중할 수 없을 겁니다."

"그럼, 감옥에서 기록을 하면 어떨까요?"

비드웰은 굵은 눈썹을 치켜세웠다.

"제가 드린 목록에 증인이 세 명 있습니다. 집무실을 감옥에 세우고 증인들을 그곳에 데리고 가서 진술하게 하면 안 되겠습니까? 제가 법을 이해하기로는, 피고가 배석한 가운데 증인들이 진술을 하게 되어 있는 걸로 아는데요. 제 말이 맞지요?"

"맞습니다."

"그럼 됐네요! 증인들이야 예배당에서건 감옥에서건 어디서나 증언을 할 수 있습니다! 판사님의 서기를 위해 책상과 필기구들을 들여놓으면 형을 치르는 동안 일을 할 수 있겠죠!"

비드웰은 흥분해서 눈을 빛냈다.

"어떻게 생각하십니까?"

우드워드는 매튜를 바라보았다.

"가능하긴 합니다. 그렇게 하면 확실히 일의 진행 속도는 빨라지겠지요. 너도 동의하느냐?"

매튜는 이에 대해 생각해보았다. 그는 네틀즈 부인의 시선을 느꼈다.

"감옥 안이 너무 어두운데요."

매튜가 말했다.

비드웰이 조급하게 손을 내저었다.

"필요하다면 파운트로열에 있는 등잔과 양초를 모조리 가져다주마! 윈스턴한테 깃딜 펜과 잉크, 종이도 잔뜩 있어!"

매튜는 턱을 문지르며 계속 생각했다. 그는 비드웰이 분을 바른 스패니얼처럼 무릎 위에서 방방 뛰는 모습을 다소 즐기고 있었다.

"한 가지 알려줄 게 있다."

비드웰이 조용히 말했다. 그의 목소리에 다시 어느 정도 위엄이 깃들면서, 자신이 누구의 개도 아니라는 사실을 드러냈다.

"그린에게는 채찍이 세 개 있어. 하나는 생가죽 채찍이고, 두 번째는 아홉 가닥짜리 채찍이야. 세 번째 것은 가죽술로 만든 것이지. 형벌에 대한 판결은 판사님이 내리지만, 파운트로열의 주인, 그러니까 말하자면 관리자로서 도구를 선택하는 것은 내 권한이다."

비드웰은 매튜가 이 상황을 완전히 이해할 수 있도록 잠시 말을 멈췄다.

"일반적으로 이런 폭력 사건에 대해서는 그린에게 생가죽 채찍을 쓰도록 명하지."

비드웰은 교활한 미소를 슬쩍 날렸다.

"하지만 네가 감옥에 갇혀 있는 동안 내 마을 주민들을 위해 이른바 이 고결한 업무를 수행한다면, 나는 기꺼이 가죽술 채찍을 권하도록 하겠다."

매튜의 장고(長考)는 곧 결론을 맺었다.

"설득력 있는 주장을 하시는군요."

매튜가 말했다.

"주민들을 위해 봉사할 수 있다면 저도 기쁘겠습니다."

"훌륭해!"

비드웰은 기뻐서 거의 손뼉을 칠 뻔했다. 그는 네틀즈 부인이 갑자기 몸을 돌려 거실을 떠난 것을 눈치채지 못했다.

"그렇다면 첫 번째 증인에게 통보를 해야겠구나. 첫 번째를 누구로 할까요, 판사님?"

우드워드는 주머니에 손을 넣어 세 명의 이름이 적힌 종이를 꺼냈다. 감옥에서 돌아왔을 때 비드웰은 우드워드의 요청에 따라 증인 목록을 작성해주었다.

"가장 나이 많은 사람을 먼저 만나겠습니다. 제러마이어 버크너 씨. 그다음엔 일라이어스 개릭 씨를 만나고 마지막으로 어린 소녀, 바이올렛 애덤스를 만나지요. 이 어린아이가 감옥에서 심문을 받는 건 유감이지만 달리 방법이 없으니."

"하인을 보내 증인들에게 모두 알리라고 하겠습니다."

비드웰이 말했다.

"아침 6시에 판사님의 서기가 감옥에 들어가게 되니, 버크너 씨는 7시 전에 도착하도록 하면 되겠지요?"

"네. 매튜가 쓸 책상과 필기구가 마련되고, 내가 심문을 편히 주재할 자리를 준비해주신다면요."

"준비하겠습니다. 그럼, 이제 조금 진전이 있는 거지요? 안 그렇습니까?"

비드웰의 환한 미소에 샹들리에의 불빛이 퇴색될 지경이었다.

"인형은 누가 가지고 있습니까?"

우드워드는 비드웰의 감정을 공유하지 않으려 냉정하고 침착한 태도를 유지했다.

"니콜라스 페인이 가지고 있습니다. 걱정하지 마십시오. 안전하게 보관하고 있으니까요."

"세 명의 증인을 만나본 뒤 인형을 직접 보고 페인 씨와 그에 관련된 얘기를 했으면 합니다."

"제가 준비하겠습니다. 뭐 또 필요하신 것은 없습니까?"

"있습니다."

우드워드는 재빨리 매튜를 본 후 다시 비드웰에게 시선을 돌렸다.

"비드웰 씨는 심문에 들어오지 않았으면 합니다."

들떠 있던 비드웰의 기분이 곧바로 축 늘어졌다.

"왜 안 됩니까? 저는 그곳에 있을 권리가 있는데요!"

"그 부분은 논란의 여지가 있습니다. 비드웰 씨가 그곳에 계시면 증인들에게 지나친 영향을 미칠 수 있고, 호워스 부인의 진술에도 분명히 영향을 미칠 겁니다. 따라서, 모두에게 공평하기 위해 내 법정에 방청객을 들이지 않기를 원합니다. 그린이 있어야 한다는 사실은 이해합니다. 그린이 감방 열쇠를 가지고 있으니까요. 그러나 심문을 마치고 감방을 잠가달라는 요청이 있기까지 그린은 감옥 입구에 앉아 있어야 합니다."

비드웰이 투덜거렸다.

"마녀가 판사님에게 오물이 든 양동이를 집어던지면 그린을 좀 더 가까이에 두지 않은 걸 후회하실 겁니다!"

"호워스 부인에게는 어떠한 형태로든 법 집행을 방해한다면 포박을 당하고 재갈을 물게 되리라는 사실을 설명할 겁니다. 그렇게 하고 싶지는 않습니다만. 증인 심문이 모두 끝나면 호워스 부인도 자신의 혐의에 대해 변명을 할 기회가 주어질 겁니다."

비드웰은 다시 한 번 항의하려 했지만, 마녀를 화형대에 더 가까이 보내는 데 협조하는 셈치고 내버려두기로 했다.

"판사님이 저를 어떻게 생각하시는지는 모르겠지만, 저는 공정한 사람입니다. 재판을 하시는 데 필요하다면 저는 일주일 동안 찰스타운에 가 있겠습니다!"

"그러실 필요는 없습니다. 하지만 협조에는 감사드립니다."

"네틀즈 부인! 아니, 이 여자가 어딜 갔지?"

"부엌에 간 것 같은데요."

매튜가 말했다.

"하인을 보내 증인들에게 통보하겠습니다."

비드웰이 거실을 나서며 말했다.

"이 시련이 모두 끝나면 행복한 날이 오겠죠. 확실합니다!"

비드웰은 네틀즈 부인을 찾아 부엌으로 갔다. 비드웰이 나가자, 판사는 손으로 이마를 짚고 냉랭한 시선으로 매튜를 바라보았다.

"그런 식으로 남의 사적인 공간을 침범하다니, 뭐에 씌기라도 한 거냐? 어떤 결과가 발생할지 생각을 안 해봤단 말이냐?"

"네, 판사님. 안 했습니다. 했어야 하는데…… 제 호기심이 분별력보다 더 강했습니다."

"너의 호기심."

우드워드는 차가운 목소리로 말했다.

"그건 독한 술 같은 거다, 매튜. 너무 넘치면 이성을 넘어서 취하게 돼. 글쎄다. 아무튼 감옥에서 뉘우칠 시간이 있겠지. 그리고 네가 헤이즐턴에게 입힌 상처에 비하면 채찍 세 대는 솔직히 처벌로는 약한 편이다."

우드워드는 우울한 표정으로 고개를 저었다.

"믿을 수가 없구나! 내가 데리고 있는 서기에게 구류형과 채찍형을 내리다니! 하느님, 제게 이토록 무거운 짐을 지우시다니요!"

"헤이즐턴이 원래 그 자루 안에 들어 있던 것과 다른 것을 보여주었다고 주장하기에 지금이 썩 적절한 때는 아닌 것 같네요."

"당연하지!"

우드워드는 고통스럽게 침을 삼키고 일어섰다. 기력이 떨어지고 열도 약간 있는 것 같았다. 물론 습기 때문일 것이다. 이 습한 공기가 그의 피를 더럽히고 있었다.

"네 가설은 증명할 길이 없다. 게다가 그 문제가 정말로 중요하다고 생각지도 않고. 넌 그렇게 생각하느냐?"

"네, 판사님. 저는 정말로 중요하다고 생각합니다."

매튜의 대답은 단호했다.

"내가 중요하지 않다고 했으니 중요하지 않아! 그 남자가 뼈가 튀어나오도록 네 등을 채찍으로 갈기고 싶어 하는 게 당연해! 알아듣겠느냐? 그자의 창고, 그자의 자루, 그자의 일에서 이제 손 떼!"

매튜는 대답하지 않았다. 그는 시선을 바닥에 고정시키고, 판사의 분노가 잦아들기를 기다렸다.

"게다가……."

우드워드는 잠시 후에 조금 부드러워진 목소리로 말했다.

"……이 사건에는 네 도움이 필요하다. 네가 감옥에 갇히고 채찍에 맞아 앓아눕는 건 일을 진행하는 데에도 도움이 되지 않아."

우드워드의 눈썹에 땀이 맺혔다. 그는 거의 기절하기 직전이었다. 이제 잠자리에 들어야 했다.

"나는 쉬러 올라간다."

매튜가 곧장 의자에서 일어났다.

"몸이 안 좋으시죠?"

"목이 좀 부었구나. 기력도 없고. 이 축축한 공기에 익숙해지면 한결 나아지겠지."

"쉴즈 선생님을 보러 가실 건가요?"

"아니! 맙소사, 아니야. 그냥 낯선 기후에 익숙해지면 될 일이다. 그뿐이야. 목소리도 아껴야겠구나."

우드워드는 계단으로 가기 전에 잠시 주저했다.

"매튜, 부탁이니 오늘 남은 시간만이라도 네 수사를 좀 자제하려

무나. 약속할 수 있겠니?"

"네, 판사님."

"좋다."

우드워드는 몸을 돌려 떠났다.

그날의 남은 시간이 흘러갔다. 밖에서는 비가 변덕스럽게 내렸다. 매튜는 작은 도서실을 찾았다. 그곳에는 신세계의 식물과 동물, 유럽 역사, 잘 알려진 영국 희곡들, 그리고 조선업에 관한 책들이 선반 몇 개에 걸쳐 꽂혀 있었다. 그중 조선업 책들만 읽어서 닳은 흔적이 나 있었다. 흰색과 검은색 나무로 만든 체스판과 체스말도 있었는데, 체스판을 사이에 두고 두 개의 의자가 서로 마주 보고 있었다. 벽에는 파운트로열의 지도가 걸려 있었다. 자세히 들여다보니 비드웰이 마을의 미래 모습을 구상한 지도였다. 우아한 거리와 잘 정돈된 집들, 퀼트처럼 구획을 나눈 거대한 농장들, 쭉 뻗어나간 과수원, 정밀하게 배치된 해군 기지와 부두.

매튜는 스페인 역사에 관한 책을 골랐다. 책을 펼치니 가죽 제본이 피스톨의 폭발음 같은 소리를 냈다. 그는 늦은 점심까지 책을 읽었고, 식사 시간이 되자 식당에서 보리와 쌀로 만든 수프와 옥수수빵을 먹었다. 비드웰은 식탁에 나타나지 않았고, 위층에 갔다 온 하녀 아이는 판사님이 식사를 거르겠다고 말씀하셨다고 전했다. 그래서 매튜는 혼자 점심을 먹었다. 우드워드의 건강이 조금씩 신경 쓰이기 시작했다. 식사를 마친 후, 매튜는 도서실로 돌아와 다시 책을 읽었다.

매튜는 네틀즈 부인의 모습이 보이지 않는다는 사실을 깨달았다. 아마 비드웰의 심부름을 하느라 바쁘거나 매튜를 신뢰한 것을 후회하며 그를 피하는 것이리라. 부인의 사견으로 인해 오로지 사실에만 기초해야 하는 판단이 흐려질 수 있으니, 매튜로서는 다행스러운 일이었다. 레이첼 호워스가 옷을 펼치는 장면이 몇 번이고 매튜를 덮쳤고, 아름답지만 매서운 그녀의 눈빛도 떠올랐다. 갑자기 매튜는 내일 놀스가 풀려나면 앞으로 사흘 동안 자신이 그 여자의 유일한 감방 동료가 된다는 데 생각이 미쳤다. 그 후엔 물론, 가죽술 채찍의 키스가 기다리고 있다. 매튜는 스페인 역사책을 프랑스어로 번역하기 시작했다.

어둠이 내리고, 저택의 등불이 밝혀지고, 저녁 식탁에 닭고기 파이가 올랐다. 비드웰과 우드워드 모두 저녁 식사에는 참석했다. 비드웰은 활기차 보였고 우드워드는 의무감 때문에 자리에 나온 것 같았다. 이들과 함께 모기 일행도 식사에 참석해서 사람들의 귓가에서 앵앵거리며 주린 배를 채우기 위해 최선을 다했다. 저택의 주인은 술을 한 병 따 잔에 따르면서, 우드워드의 '탁월한 능력'과 '항구 도시의 밝은 전망'을 축하하자며 건배를 하고 또 했다. 우드워드는 몸 상태가 말이 아니어서 이런 과장된 찬사를 받을 기분이 전혀 아니었지만, 계속되는 헛소리를 극기로 견디며 가끔씩 럼주를 홀짝이고 음식을 집어 들었다. 그러나 결국 평소 자기 몫의 삼 분의 일 정도밖에 먹지 못했다. 우드워드의 안색이 눈에 띄게 좋지 않았지만 비드웰은 그의 건강에 대해서는 묻지 않았다. 매튜는 비드웰이 마녀 재판이 더 지체되는 것이 두려워서 그런다고 짐작했다.

디저트로 나온 커스터드를 우드워드가 건드리는 시늉만 했을 때, 매튜는 결국 말하고 말았다.

"판사님, 아무래도 쉴즈 선생님을 보러 가셔야 할 것 같습니다."

"쓸데없는 소리 마라!"

우드워드가 쉰 목소리로 말했다.

"그냥 늪지대의 공기 때문이라니까!"

"이런 말씀드려도 될지 모르겠지만, 지금 판사님 모습이 영 안 좋아 보입니다."

"이게 원래 내 모습이야!"

아픈 목과 부어오른 비강과 모기 떼 때문에, 판사는 날선 신경의 가장자리에 이르렀다.

"가발과 조끼를 도둑맞은 대머리 늙은이지! 아첨해줘서 고맙구나, 매튜! 하지만 네 개인적인 의견은 자제해줬으면 좋겠다!"

"판사님, 제가 하려는 말은······."

"아, 제가 보기엔 판사님 모습은 충분히 훌륭한데요."

비드웰이 경직된 거짓 미소를 지으며 끼어들었다.

"늪지대 공기에 익숙해지셔야지요. 하지만 질 좋은 럼주 한 모금이면 못 고칠 것이 없습니다. 안 그렇습니까?"

우드워드는 더 이상 품위 있는 척하고 싶지 않았다.

"안 그렇소. 럼주로 고쳐지기는커녕 목이 더 부어오르고 있어요."

"하지만 몸 상태는 괜찮지 않습니까? 제 말씀은, 직무를 수행하시기에는 충분히 좋지 않느냐는 말입니다."

"물론 그렇습니다! 날씨가 안 좋아서 약간 의기소침해진 것뿐······."

"이렇게 비가 오는데 누군들 안 그렇겠습니까?"

비드웰은 신경질적인 웃음을 터뜨렸다.

"······지금까지 일하면서 몸이 안 좋아 의무를 이행하지 못했던 적은 없었고, 이번에도 그 기록에 흠을 내지는 않을 겁니다."

우드워드는 매튜를 매서운 눈으로 쏘아보았다.

"목이 좀 부었고 피곤할 뿐이다. 그게 다야."

"그래도 쉴즈 선생님을 보러 가셨으면 좋겠습니다."

"빌어먹을, 매튜!"

우드워드가 순간 폭발했다.

"너랑 나 중에 누가 아버지냐?"

우드워드의 얼굴이 붉어졌다.

"내 말은…… 누가 후견인이냐는 말이다."

우드워드는 매튜에게서 시선을 거두고 식탁 가장자리를 잡은 손가락을 쳐다보았다. 방 안에 정적이 흘렀다.

"용서하십시오. 말이 잘못 나왔습니다. 당연히 나는 내 서기의 후견인입니다. 아버지가 아니라."

아직도 우드워드의 뺨은 붉게 달아올라 있었다.

"피곤해서 분별력이 좀 떨어지는군요. 방으로 가서 쉬어야겠습니다."

우드워드가 자리에서 일어섰고 매튜와 비드웰도 경의를 표하기 위해 같이 일어섰다.

"5시에 깨워주십시오."

우드워드는 비드웰에게 말했다. 그리고 매튜에게도 말했다.

"일찍 잠자리에 드는 게 좋을 거다. 감옥은 편히 쉴 수 있는 공간이 아니니까. 그럼 다들 안녕히 주무십시오."

그런 다음 판사는 꼿꼿이 몸을 펴고 최대한 품위 있는 자세로 방을 나섰다.

매튜와 비드웰이 다시 각자의 자리에 앉자 다시 한 번 방 안에는 침묵이 흘렀다. 비드웰은 서둘러 커스터드를 먹어치우고 마지막 남은 럼주 한 모금을 마신 뒤, 싸늘하게 말했다.

"나도 내 방으로 가겠다. 잘 자라."

그러고는 그는 매튜와 음식들을 남겨두고 식당을 떠났다.

매튜는 판사의 충고를 따르는 것이 현명하리라고 생각했다. 그래서 그는 방으로 돌아가 잠옷으로 갈아입고 모기장을 친 침대로 기어 올라갔다. 창문의 닫힌 덧문 너머 먼 곳으로부터 여자의 노랫소리와 함께 아주 빠른 속도로 바이올린을 켜는 소리가 들려왔다. 노예들이 무리지어 사는 곳 같았다. 바이올린을 연주하는 사람은 분명 구드일 것이다. 도착한 첫날 밤에 들은 연주보다 훨씬 더 편안한 분위기였다. 유쾌하면서도 생동감이 넘치는 음악 덕에 매튜는 감옥과 레이첼 호워스, 그를 기다리는 가죽술 채찍에 대한 생각을 잊을 수 있었다. 그래서 매튜는 모기장을 들추고 침대에서 나와 창의 덧문을 열고 음악을 들었다.

노예들의 판잣집이 옹기종기 모여 있는 작은 구역에 불이 환하게 밝혀져 있었다. 구드의 바이올린 선율이 달라졌고, 위풍당당한 목소리를 가진 여자는 다른 노래를 부르기 시작했다. 매튜는 노래 가사를 전혀 알아들을 수가 없었다. 아마 아프리카 지역의 방언인 모양이었다. 탬버린이 리듬을 타고, 좀 더 깊은 소리를 내는 북이 엇박자를 타기 시작했다. 여자의 목소리가 높아졌다가 낮아지고, 곡조를 따라 배회하고 희롱하면서, 다시 원래 곡조로 돌아왔다. 매튜는 팔꿈치를 창틀에 괴고 하늘을 올려다보았다. 구름이 너무 짙어 달이나 별은 보이지 않았지만, 적어도 오후를 우중충하게 만들던 부슬비는 멈춰 있었다.

매튜는 음악을 들으며 그 순간을 즐겼다.

너랑 나 둘 중에 누가 아버지냐? 판사가 그렇게 이상한 말을 하다니. 물론 몸이 좋지 않고, 생각도 흐트러져 있었으리라. 그래도…… 그렇게 이상한 말을 하다니.

매튜는 한 번도 판사를 아버지로 생각해본 적이 없었다. 판사는 그의 후견인이었고, 혹은 멘토였다. 하지만 아버지? 아니다. 매튜가 판사에게 전혀 친밀감을 느끼지 않는다는 말은 아니다. 어쨌든 두 사람은 오 년간 함께 일하고 함께 생활해왔다. 그러나 만약 매튜가 맡은 일을 만족스럽게 해내지 못했다면, 매튜는 그렇게 오랫동안 판사 밑에서 지내지 못했을 것이다.

그렇다. 그것이 둘 사이의 합의였다. 고용주와 피고용인. 매튜는 우드워드가 자신을 필요로 하는 동안에는 계속 자신의 의무를 다할 생각이었고, 그 후에는 혼자서 법률 공부를 할 수 있기를 바랐다. 우드워드도 매튜에게 이 분야에 종사하기로 결심한다면 언젠가 판사가 될 수 있으리라고 말했다.

아버지? 아니다. 오 년을 함께 지냈지만 매튜는 판사에 대해 모르는 것이 무척 많았다. 런던에서의 과거는 어땠는지, 그리고 왜 이곳 식민지에 오게 되었는지. 악몽을 꿀 때 가끔 언급하곤 하는 신비의 여인 '앤'에 대해서는 왜 얘기하기를 거부하는지. 그리고 그 황금 줄무늬가 새겨진 조끼는 왜 그토록 애지중지하는지.

아버지라면 그런 이야기들을 아들에게 해줄 것이다. 비록 그 아들이 빈민구호소에서 데려온 아들이라 하더라도. 그러나 그런 사적인 이야기들은 고용주가 고용인과 상의할 내용은 아니다.

음악은 최고조에 이르렀다. 매튜는 밤의 장막에 가려진 늪지와 바다를 바라보았다. 잠시 뒤 매튜는 덧문을 닫고, 침대로 돌아가 잠이 오기를 기다렸다.

매튜가 불쾌한 두려움에 놀라 잠이 깼을 때, 그는 무엇 때문에 잠이 깼는지 곧 알 수 있었다. 저 멀리에서 우렁찬 천둥소리가 들려왔다. 천둥소리가 멀어지자 파운트로열 전역에서 개들이 으르렁거리며 짖어대기 시작했다. 매튜는 몸을 뒤척여 다시금 잠의 신이 다스리는 나라로 돌아가려 했고, 그쪽으로 천천히 방향을 잡아가던 차에 두 번째 천둥소리가 바로 머리 위에서 치는 것처럼 크게 울렸다. 매튜는 불안한 마음에 일어나 앉아 다음 천둥소리를 기다렸다. 창문의 닫힌 덧문 틈으로 번쩍이는 번개가 보였고, 곧 헤파이스토스가 망치를 내리친 것처럼 집 전체가 흔들렸다.

　매튜는 일어섰다. 멍이 든 등이 뻣뻣했다. 그는 폭풍을 보기 위해 창문을 열었다. 자정과 새벽 사이인 것 같은데, 몇 시인지는 정확히 알 수 없었다. 노예들이 사는 구역의 불은 모두 꺼졌다. 비는 아직 내리지 않았지만, 바람은 늪지를 둘러선 숲을 매섭게 강타하고 있었다. 다시 번개가 치고, 천둥이 울리고, 천둥소리에 대한 응답으로 개들이 짖어댔다.

　매튜는 파운트로열이 악마에게 맞설 수 있는 유일한 방법은 신께서 물로 씻어내는 것뿐이라는 생각이 들었다. 그때 무언가가 매튜의 주의를 끌었다. 무언가가 은밀하게, 흑인들의 판잣집 사이에서 움직였다. 매튜는 어둠에 파묻힌 그곳을 노려보았다. 다음 순간 다시 번개가 머리 위에서 번쩍였다. 그 격렬한 빛에 매튜는 어느 집의 모퉁이에서 튀어나와 잰걸음으로 파운트로열 쪽을 향하는 무언가를 볼 수 있었다. 그러더니 다시 어둠이 파도처럼 밀려들었다. 매튜는 그 형체가 남자 같다는 느낌이 들었다. 아니면 적어도 남자같이 걷는 사람이었다. 그자는 어두운 색의 옷을 입고 몬머스 모자를 쓰고 있었다. 오른손에 무언가를 들고 있었던가? 아마도. 하지만 정확하진 않았다. 또한 그 사람이 백인인지 흑인인지 판단하기도 불가능했다. 번개가 다시 번쩍였을 때 그 사람은 매튜의 방 창문에서는 더 이상 보이지 않았다.

매튜는 덧문을 닫고 걸쇠를 걸었다. 정말 이상했다. 이런 인적 없는 시간에 누군가가 노예 구역을 몰래 돌아다니고 있다. 그것도 남의 눈에 드러나지 않도록 주의하면서. 확실히 그래 보였다. 정말, 정말 이상한 일이다.

그렇다면, 이것은 매튜가 관여해야 하는 일일까, 아닐까? 양쪽 입장에서 모두 각자의 주장을 할 수 있을 터였다. 자기가 원하는 시간에 자기가 원하는 장소를 돌아다니는 것은 법에 저촉되는 행위가 아니다. 그렇지만…… 파운트로열에서 무언가를 숨기고 싶어 하는 사람이 대장장이만은 아닌 모양이었다.

아직 폭우는 쏟아지지 않았지만, 천둥은 계속 요란하게 쾅쾅 울렸다. 거기에 이 새로운 호기심까지 겹쳐 매튜는 완전히 잠이 깨버렸다. 매튜는 유황성냥을 부싯돌에 그어 등잔을 밝히고, 도기 주전자에 든 물을 한 컵 따라 마셨다. 매튜는 이미 파운트로열에서 가장 좋은 것은 물이라는 결론을 내리고 있었다. 물을 마신 뒤 매튜는 도서실에 가서 잠을 청하기에 좋은 책을 집어와야겠다고 결심하고는, 등잔을 들고 복도로 나섰다.

집은 조용했다. 조용하다고 매튜는 생각했다. 그때 근처 어딘가에서 말소리가 희미하게 들렸다. 매튜는 걸음을 멈추고 소리를 들었다. 천둥이 한 번 더 왔다 갔고, 주위는 조용해졌다. 그러더니 다시 말소리가 시작되었고, 매튜는 그 소리가 나는 곳을 찾으려 귀를 기울였다.

아는 목소리였다. 두꺼운 문을 통과하면서 소리가 작아졌지만 매튜가 알아들을 수 있는 목소리였다. 판사의 목소리. 깊은 잠에 빠진 판사가 자신의 악령들과 대화를 나누고 있었다.

매튜는 우드워드의 방으로 다가갔다. 목소리가 잦아들더니 코 고는 소리로 바뀌었다. 단단한 목재를 자르는 톱날도 부끄럽게 만들 만한 우렁찬 소리였다. 천둥이 큰 소리로 터질 듯 울리자, 자연의 불협화음과 맞서 겨루겠다는 듯 코 고는 소리도 커졌다. 매튜는 진심으로 우드워드의 건강이 염려가 되었다. 판사는 아파서 일을 쉰 적이 한 번도 없었지만, 사실 그 정도로 몸이 안 좋은 적도 없었다. 이번만큼은 의사의 도움을 받아야 한다고 매튜는 생각했다.

코 고는 소리가 갑자기 멈췄다. 잠시 침묵이 흐르고, 문 안쪽에서 신음 소리가 들려왔다.

"앤."

판사가 말하고 있었다.

"앤, 저 애가 저렇게…… 저렇게……."

매튜는 판사의 잠꼬대를 엿들었다. 그래서는 안 된다는 건 알고 있었다. 하지만 이건 어떤 의미로는 판사의 내적 고뇌를 푸는 열쇠였다.

"괴로워해…… 괴로워해……."

판사가 빠르게, 짧은 숨을 내쉬었다.

"앤, 어떡하지? 어떡하지? 오, 하느님…… 하느님……."

"무슨 일이야?"

목소리가 매튜의 귓가에서 너무 가깝게 울리는 바람에 매튜는 거의 천장까지 껑충 뛰어오를 뻔했다. 그는 놀라서 입을 벌린 채 뒤를 돌아보았다. 로버트 비드웰이 붉은 실크 잠옷을 입고 등잔을 들고 서 있었다.

매튜가 다시 말을 할 수 있게 되기까지는 조금 시간이 걸렸다. 그 사이 천둥이 한 번 더 강하게 쳤다.

"판사님이……"
매튜는 용케 입을 뗐다.
"판사님이 힘든 시간을 보내고 계십니다."
"판사님은 집이 떠나가도록 코를 고시던데! 나는 폭풍이 몰아쳐도 끄떡없이 잘 수 있어. 하지만 저 코 고는 소리는 내 두개골을 뚫고 들어올 지경이야!"
비드웰이 그렇게 말하는 동안 판사의 코골이가 다시 시작되었다. 지금까지 한 번도 이렇게 크고 불쾌한 소리가 났던 적이 없었다. 매튜는 이 소리가 판사의 건강 상태와 관련이 있으리라고 생각했다.
"내 침실이 바로 이 옆에 있다고. 정말이지 눈도 못 붙이겠다!"
비드웰은 우드워드의 방 문 손잡이에 손을 뻗었다.
"비드웰 씨?"
매튜가 비드웰의 손목을 잡았다.
"판사님을 그냥 두세요. 어차피 판사님은 다시 코를 고실 겁니다. 내일 일을 하시려면 충분히 휴식을 취하셔야 해요."
"내 휴식은 어쩌고?"
"비드웰 씨는 판사님처럼 증인들을 심문하실 일이 없잖습니까."
비드웰이 떫은 표정을 지었다. 풍성하고 값비싼 가발이 없으니 그의 모습은 초라했다. 비드웰의 모랫빛 머리칼은 짧게 바짝 깎여 있었다. 비드웰은 매튜의 손에서 손목을 빼냈다.
"내 집에 이류 시민이 있다니!"
비드웰이 씩씩거렸다.
"이해해주셔서 감사합니다."
"이해는 개뿔!"

우드워드가 웅얼거리며 신음하는 소리가 문 뒤에서 들리자 비드웰은 움찔했다.

"아파하고 있어……."

판사가 말했다.

"하느님…… 저 애가……."

그의 목소리는 다시 한 번 천둥소리에 파묻혔다.

비드웰은 이를 악물고 숨을 내쉬었다.

"저렇게 심하게 괴로워할 정도면 쉴즈 선생을 찾아가보는 게 좋겠다."

"잠꼬대를 하시는 거예요."

매튜가 설명했다.

"저게 꿈이라고? 하기는. 파운트로열에서 악마 꿈을 꾸는 사람이 한둘은 아니지! 사탄이 나쁜 씨앗을 심듯이 사람들 마음속에 악몽을 심어놨거든!"

"새로운 일은 아닙니다. 저런 식으로 잠꼬대하시는 걸 여러 번 들었어요."

"그렇다면 네가 진심으로 불쌍하구나!"

비드웰은 거칠게 깎은 머리를 손으로 한번 훑었다. 매튜는 호화로운 가발 하나가 외모에 얼마나 지대한 영향을 미치는지 새삼 깨달았다.

"그런데 여기서 뭐 하는 거냐? 판사님 때문에 깬 거냐?"

"아뇨. 천둥소리 때문에 깼어요. 창밖을 내다보다가……."

매튜는 망설였다. 내다보다가 뭘? 매튜는 스스로에게 물었다. 남자 아니면 여자? 흑인 아니면 백인? 무언가를 들고 있었나, 아니었나? 그 얘기를 하면 비드웰은 자신을 거짓말쟁이로 여길 것이다.

매튜는 그 이야기를 흘려보내기로 결심했다.

"……폭풍이 다가오는 것을 봤어요."

"하!"

비드웰이 웃었다.

"이봐, 서기! 너는 네가 스스로 생각하는 것보다는 영리하지 못하구나!"

"네?"

"네 방 창문은 바다 쪽으로 나 있어. 폭풍은 서쪽에서 다가오고 있고."

"오, 그렇다면 제가 실수했군요."

매튜가 말했다. 그때 다시 천둥이 치자 비드웰이 으르렁거렸다.

"제기랄! 이러니 누가 잘 수 있겠어?"

"저는 못 자겠어요. 사실은 도서실에 가서 읽을 걸 가져오려던 참이었습니다."

"책을 읽는다고? 지금 시간이 몇 시인 줄 알아? 3시가 다 됐어!"

"시간이 늦어서 독서를 하지 못했던 적은 없습니다."

매튜에게 갑자기 한 가지 생각이 떠올랐다.

"아…… 비드웰 씨도 잠이 안 오시면, 저를 상대해주시면 어떨까요?"

"무슨 상대?"

"체스요. 체스판과 말이 있는 것을 봤어요. 게임을 할 줄 아시나요?"

"물론이지! 그것도 아주 잘해!"

비드웰이 턱을 내밀었다.

"정말입니까? 저를 이길 수 있을 정도로요?"

"충분히."

비드웰이 희미하게 미소를 지었다.

"널 박살내서 가루로 만들어 바람에 날려버릴 정도로."

"한번 보고 싶군요."

"그럼 보여주마! 앞장서라, 이 콧대 높은 서기야!"

닫힌 창문 너머로 끊임없이 폭풍이 몰아쳤다. 도서실에 들어간 두 사람은 등잔을 낮게 걸어 체스판 위로 빛을 비췄다. 비드웰은 자신이 흰 말을 잡겠다고 했다. 그는 자리에 앉자 맹렬한 기세로 폰을 밀었다.

"자! 네 머리를 원하는 첫 번째 병사다!"

매튜는 나이트를 움직였다.

"그러려면 먼 길을 헤매야 할 겁니다."

다른 폰이 전장에 뛰어들었다.

"나는 전문가에게 체스를 배웠어. 그러니 네가 너무 빨리 지게 되더라도 놀라지 말거라."

"그렇다면 제가 불리하네요."

매튜가 체스판을 유심히 들여다보았다.

"저는 독학했으니까요."

"이 체스판으로 그로브 신부님과 수도 없이 체스를 뒀지. 사실 이건 그분 거야. 이렇게 뜸 들이고 나서 별것도 아닌 수를 두려는 건 아니겠지?"

"아뇨. 그렇게 오래 기다리게 하진 않습니다."

매튜가 말했다. 그의 다음 수는 일 분쯤 뒤에 나왔다. 열두 수만에 비드웰의 퀸은 비숍과 룩 사이에 잡혀 꼼짝도 못하게 되었다.

"얼른 해, 그럼! 퀸을 잡아! 젠장!"

비드웰이 말했다.

매튜는 퀸을 잡았다. 비드웰이 체스판을 들여다볼 차례였다.

"그로브 신부님이 비드웰 씨를 가르쳤다고 하셨죠? 그분은 신부님인 동시에 체스의 달인이기도 하셨나 보죠?"

매튜가 물었다.

"지금 놀리는 거냐?"

비드웰의 목소리가 날카로워졌다.

"아뇨, 놀리려는 게 아닙니다. 정말로 궁금해서 여쭤본 거예요."

비드웰은 말이 없었다. 그의 눈은 수를 찾고 있었지만, 킹이 곧 매튜가 맨 처음 움직였던 바로 그 나이트에게 잡히게 생겼음을 깨달았다.

"그로브 신부님은 체스의 달인은 아니었어."

비드웰이 말했다.

"하지만 게임을 즐겼지. 지혜로운 분이었어. 만일 그분이 무언가에 통달했었다면 그건 라틴어였다."

"라틴어요?"

"그래. 그분은 언어를 사랑했어. 어느 정도였냐면, 말을 움직이면서 항상 라틴어로 말했었지. 내 신경을 긁으려는 목적도 조금은 있었던 것 같지만 난 절대 화내지 않았어. 아! 여기 내 구세주가 있구나!"

비드웰은 나이트를 막기 위해 비숍을 움직였다.

"음…… 그걸 움직이시면…… 제 퀸으로 킹을 체크할 수 있게 되는데요."

매튜의 말에 비드웰의 손이 허공에서 멈췄다.

"알고 있었어! 내가 장님인 줄 알아?"

비드웰이 쏘아붙였다. 그는 재빨리 손의 방향을 바꿔 나이트를 매튜의 킹 쪽으로 움직였다.

이에 매튜는 즉시 기다리던 폰으로 나이트를 죽였다.

"그로브 신부님은 적이 있었나요?"

"그래. 사탄이 그분의 적이었다. 물론 마녀도."

비드웰은 눈살을 찌푸리며 턱을 문질렀다.

"저 꼬마 악당을 놓치다니, 안경이 있어야겠어!"

"신부님은 이곳에 언제부터 계셨나요?"

"처음부터. 첫째 달에 이곳에 오셨지."

"어디에서 오셨는데요?"

"찰스타운. 윈스턴과 페인이 필요한 물품을 사러 가는 길에 그분을 만났어."

비드웰은 매튜의 얼굴을 쳐다보았다.

"체스 게임을 하는 거냐, 판사 놀이를 하는 거냐?"

"비드웰 씨 차례예요."

"그래, 여기 있다!"

비드웰은 룩을 내려놓으면서 매튜의 두 번째 나이트를 잡았다. 룩은 매튜의 퀸의 칼날에 죽었다.

"페인 씨는 어디에서 왔는데요?"

"내가 주민들을 모집하는 플래카드를 찰스타운에 걸었을 때 그걸 보고 왔다. 최초의 주민들은 대부분 그곳에서 왔어. 왜 묻는 거냐?"

"궁금해서요."

매튜는 체스판에서 눈을 떼지 않은 채 말했다.

"페인 씨는 이전에 선원이었나요?"

"그래. 젊었을 때 영국 범선에서 1등 항해사로 일했다지. 배와 바다 얘기를 여러 번 했다."

비드웰은 눈을 가늘게 떴다.

"그런 건 왜 묻는데?"

"페인 씨가…… 선원들이 아는 걸 알고 있어서 놀랐어요. 범선이라는 게 정확히 뭔가요?"

"배지! 당연한 거 아니냐?"

"아, 네."

매튜는 공손하게, 잠깐 동안 미소를 지었다.

"그런데 어떤 종류의 배인가요?"

"가로돛과 세로돛을 가진 배야. 빠른 배지. 연안 무역에 쓴다. 그리고 속도가 빨라서 안타깝게도 악랄한 목적으로 사용되기도 하고."

매튜는 눈썹을 치켜세웠다.

"네?"

"해적질과 사나포선용으로 말이다."

비드웰이 말했다.

"해적들은 범선을 주로 이용해. 범선은 입항이 까다로운 항구에도 쉽게 드나들 수 있거든. 음, 내 해군 기지가 완성되면 그런 개자식들을 추적해서 껍질을 벗겨버릴 거야."

비드웰의 손이 순간적으로 움직여 남아 있는 룩을 이용해 퀸과 비숍 사이에 있던 매튜의 퀸을 위협했다.

"체크."

매튜가 이에 맞서 폰을 비드웰의 킹 옆으로 움직이며 말했다.

"자, 그렇다면!"

비드웰의 킹이 폰을 죽였다.

"체크."

매튜가 퀸을 공격 위치로 옮기며 말했다.

"그렇게 쉽게는 안 되지!"

비드웰이 폰을 퀸의 길 앞에 놓았다.

"메이트."

매튜가 첫 번째 나이트를 집어 폰을 처치했다.

"잠깐!"

비드웰은 고함을 지르며 미친 듯이 체스판을 노려보았다.

비드웰은 체스판을 그리 오래 살펴볼 수 없었다. 밖에서 종이 요란하게 울렸기 때문이다. 고함 소리가 덧문을 뚫고 들어왔다. 그 무시무시한 단어는 비드웰의 심장에 칼날처럼 꽂히며 그를 공포에 떨게 했다.

"불이야! 불이야!"

비드웰은 벌떡 일어나 덧문을 열어젖혔다. 밤의 어둠에 대비되는 거대한 불꽃이 바람에 이리저리 흔들리며 오렌지색 불티들을 흩날리고 있었다.

"불이야! 불이야!"

이 외침과 함께 감시탑에서 위험을 알리는 경고의 종이 끊임없이 울렸다.

비드웰이 울부짖었다.

"오, 하느님! 감옥 쪽 같은데!"

10

 누군가 양동이를 재촉하며 고함을 질렀다. 마차가 물을 가득 채운 물통 두 개를 싣고 다가오자, 즉시 한 남자가 마차 뒤로 올라가 들고 있던 양동이에 물을 채우기 시작했다. 그러더니 몸을 재게 놀려 물이 담긴 양동이를 줄지어 선 남자들에게 넘겨주고 불이 난 곳까지 전달되도록 했다. 하지만 매튜나 다른 구경꾼들이 보기에 양동이 물은 바람에 이리저리 번지는 불과는 상대가 되지 않았다. 건물 대부분은 이미 불꽃에 잡아먹혔고, 어떻게 손쓰지 못할 지경에 이른 상태였다.
 매튜가 보기엔 파운트로열의 주민들 거의 전부가 파수꾼이 외치는 소리에 잠을 깨서 불 끄는 걸 돕거나 불구경을 하러 트루스 거리에 나온 것 같았다. 그들 중 대부분은 매튜와 비드웰처럼 잠옷용 셔츠 차림에 바지를 허둥지둥 꿰어 입고, 여자들은 잠옷 위에 가운이나 망토를 걸치고 현장에 나왔다. 매튜는 위층으로 올라가 바지를 입고 우드워드를 깨우러 갔지만, 문에 닿기도 전에 코 고는 소리가 어마어마하게 크게 들렸다. 군중의 외침도 경고의 종소리도 우드워드의 잠을 뚫지 못했던 것이다. 아마도 방 창문의 덧문이 닫혀 있어 바깥의 소리가 방 안에서 울리는 우드워드의 코골이 랩소디를 이기지 못했으리라. 매튜는 우드워드의 방문을 두드리는 데 시간을 허비하는 대신 계단을 내려가 비드웰을 따라가기로 결심했다.

열기가 격해졌고, 바람은 미친 듯이 불꽃을 휘저었다. 아이러니의 절정이었다. 천둥이 여전히 우르릉거리고 바다 위쪽에서 번개가 번쩍거렸지만, 이번 폭풍의 구름은 파운트로열 위에서는 열리지 않았다. 비드웰은 이 대화재를 잠재울 폭우를 기대했지만, 그의 기대가 이루어질 것 같지는 않았다. 전날 아침 매튜와 우드워드가 대화를 나누기 위해 멈춰 섰을 때 세 마리의 까마귀가 지붕 위에 앉아 있던, 바로 그 버려진 저택이 종말을 맞이하고 있었다.

하지만 불이 번질 위험은 별로 없었다. 소방수들도 분명히 그 사실을 알았다. 그래서 두 줄 세 줄로 서지 않고 한 줄로만 서서 물을 날랐다. 어제 내린 폭우로 인해 불난 집의 울타리 맞은편 집은 흠뻑 젖어 있었고, 감옥을 포함한 다른 건물들은 날아다니는 불잉걸로부터 충분히 안전한 거리만큼 떨어져 있었다. 겉보기에는 무시무시한 불이었고 불이 난 집을 재빠르게 집어삼키고 있었지만, 다른 곳으로 번질 일은 없었다.

여기까지 생각이 미치자 매튜는 생각에 잠겼다. 모든 것이 완전히 젖어 있었다. 그렇다면 이 불은 어떻게 시작됐을까? 벼락이 쳤나? 벼락이라 하더라도 이렇게 흠뻑 젖은 나무를 태울 만한 힘이 있을 것 같지는 않았다. 아니, 불은 집 안에서 시작되었어야 한다. 그렇다면 어떻게?

"저 집도 가는구나."

매튜의 오른쪽에 서 있던 남자가 말했다.

매튜는 그 사람을 힐긋 보았다. 키가 크고 마른 남자가 갈색 망토를 입고 양털로 짠 모자를 쓰고 있었다. 그 남자의 얼굴을 알아보는 데 몇 초가 걸렸다. 길고 귀족적인 코에 볼록한 이마, 속내를 드러내지 않는 짙은 푸른색의 작은 눈. 하얀 가발과 얼굴에 바르는 분과 볼연지가 없으니 존스톤 선생은, 적어도 그냥 힐긋 보았을 때는, 완전히 다른 사람 같았다. 존스톤은 상아 손잡이가 달린 비틀린 지팡이에 몸을 기대고 서 있었다. 불꽃 때문에 얼굴이 불그스레했다.

"윌리엄 브라이어슨의 집이었다네. 저 집 아들 둘이 학교에 다녔었지."

"그 가족은 언제 떠났는데요?"

"아, 윌리엄은 떠나지 않았어. 저기 보이는 묘지에 누워 있다네. 하지만 미망인은 아이들을 데리고 떠났어……. 작년 초였던 것 같은데."

존스톤은 고개를 돌려 매튜를 바라보았다.

"판사님이 내일 증인 심문을 시작하신다지?"

"네."

"윈스턴에게 들었지. 자네와 세스 헤이즐턴 사이에 문제가 생겼다는 얘기도 들었네."

매튜는 고개를 끄덕였다.

"이 마을에서는 소문이 엄청나게 돌아다닌다네."

존스톤이 말했다.

"모두가 모두의 일을 알고 있어. 그나저나 자네는 비밀에 발이 걸려 넘어진 것 같은데. 맞나?"

"누가 그런 말을 했습니까?"

"윈스턴이지. 비드웰은 윈스턴에게 모든 걸 다 털어놓거든. 윈스턴은 오후에 날 찾아오곤 해. 그러면 올포스(카드 게임의 일종-옮긴이)를 좀 하거나 체스를 한두 판 두면서 마을의 현재 상황에 대해 모조리 알게 되는 거라네."

존스톤은 다시 불타는 집을 바라보았다. 비드웰은 화재 현장에 물통을 더 많이 가져오라고 고함을 질러대고 있었지만, 소방수들의 기력은 계속 떨어지고 있었다.

"구류 삼 일에 채찍 세 대를 맞게 될 거라던데."

"맞습니다."

"증인 심문은 감옥에서 한다고? 참 기발한 방법이야."

"비드웰 씨의 제안이었습니다."

존스톤은 얼굴에 감정의 그림자를 드리우지 않은 채 말했다.

"비드웰은 동전 한 닢에도 벌벌 떠는 악당일세, 젊은이. 그는 자신을 이타적인 신사로 포장하며 이 식민지가 안전하게 정착할 미래를 걱정하고 있지만, 사실 그의 목적은 오로지 주머니를 두둑하게 채우려는 것뿐이야. 바로 그 때문에 무슨 일이 있어도 레이첼 호워스를 처형할 것이고."

"비드웰 씨는 그 여자가 마녀라고 생각하던데요."

매튜는 잠시 말을 멈췄다.

"선생님 생각은 아닌가요?"

존스톤이 희미하게 미소를 지었다.

"자네는?"

"앞으로 지켜봐야겠죠."

"아, 외교적인 행동인가. 오늘날 같은 시대에는 그런 게 필요하지. 하지만 나는 좀 더 정직한 대답을 원하네."

매튜는 무엇을 더 보여줘야 할지 몰라 입을 다물었다.

"판사님은 어디 계신가?"

존스톤이 주위를 둘러보며 말했다.

"집에서 주무시는 걸 보고 나왔습니다. 잠이 잘 깨지 않으세요."

"그런 것 같군. 음, 그분이 이 자리에 없으니 자네가 레이첼 호위스를 어떻게 생각하는지 솔직한 생각을 듣고 싶네."

"그건 제 위치에 반하는 일입니다, 선생님."

존스톤은 잠시 생각에 잠기더니 고개를 끄덕였다. 그는 머리를 한쪽으로 기울이고 뚫어져라 불을 바라보았다.

"고맙네. 자네는 이미 내가 알아야 할 것을 말해주었어. 나는 자네가 교육을 잘 받은 젊은이고, 케케묵은 사고방식의 속박으로부터 자유롭다고 생각하네. 자네는 마법에 대해서 의심을 품고 있어. 나처럼 말일세. 레이첼 호위스가 감옥에 간 이유는 몇 가지가 있겠지만, 그중에서 가장 중요한 건 그 여자의 빼어난 미모가 이 마을 뚱뚱한 소들의 감정을 상하게 만든다는 것이야. 포르투갈 혈통도 그 여자에게는 낙인이지. 스페인 사람에 아주 가까우니까. 거기에 대니얼 호위스가 비드웰처럼 매력 없는 사람이라는 점도 한몫했어. 그는 틀림없이 여기에 적이 있었어."

"그럼 뭡니까?"

매튜는 주위를 둘러보며 근처 엿들을 만한 거리에 다른 사람이 없는지를 확인했다.

"선생님은 누군가 다른 사람이 그를 죽였다고 생각하시나요?"

"그래, 사탄이 아니라 남자가. 아니면 남자처럼 힘이 센 여자일 수도 있겠지. 그런 사람이 주위에 좀 있어."

"하지만 개릭 씨는 호위스 부인이…… 무언가와…… 창고 뒤에 있는 걸 봤다고 했는데요."

"개릭은 좀 깜박깜박한다네."

존스톤이 조용히 말했다.

"나라면 그 사람의 눈이 멀쩡한지 보겠어. 아니면 정신 상태가 온전한지를 보겠네."

"그럼 왜 저녁 식사 때는 그런 말씀을 안 하셨습니까?"

"그랬다간 레이첼 호위스의 감방 동기가 되어 있었겠지. 그런 명예는 받아들이고 싶지 않아."

"여긴 즐거운 지옥이군요."

누군가 존스톤 뒤쪽에서 말했다. 왜소한 체격의 쉴즈가 잠옷을 입고 긴 머리는 풀어헤친 채 걸어오고 있었다. 타원형 안경알 뒤의 창백한 푸른 눈이 크게 빛났다.

"저렇게 물을 낭비할 필요가 없을 텐데!"

"안녕하신가, 벤자민."

존스톤이 가볍게 고개를 까닥했다.

"침대에 머물러 있을 거라고 생각했는데. 이런 화재는 요즘 아주 흔해서 말이야."

"저도 같은 말씀을 드리고 싶군요. 그래도 이런 게 여물지 못하는 곡식 낟알을 들여다보는 것보다야 흥미진진하지요."

쉴즈는 매튜를 뚫어지게 바라보았다.

"어이, 젊은 친구. 어제 문제를 일으켰다면서."

"작은 문제요."

매튜가 말했다.

"구류 삼 일에 채찍 세 대는 심각하진 않지만 그렇다고 아주 작은 것도 아니야. 걱정 마. 자네 등에 상처가 나면 약을 발라줄 테니까. 판사님은 어디 계시지?"

"주무신다네."

존스톤이 매튜가 대답하기 전에 말했다.

"합리적인 분이지. 저런 버려진 집에 난 화재에 흥미를 못 느끼신 거야."

"네. 하기야 그분은 도시 사람이니까 이런 아수라장에서도 자는 법을 습득하셨겠죠."

쉴즈는 불을 보았다. 불은 걷잡을 수 없는 지경에 이르러 있었다. 비드웰은 아직도 고함을 지르며 명령을 내리는 중이었다. 소방수들을 다그치고는 있었지만, 이제 비드웰도 그리 다급해 보이지는 않았다. 니콜라스 페인이 비드웰과 상의하는 모습이 매튜의 눈에 들어왔다. 비드웰은 건성으로 자기 집 방향을 가리켰고, 그러자 페인은 다시 구경꾼들 속으로 사라지면서 매튜의 시야에서 벗어났다. 네틀즈 부인도 나와 있었다. 부인은 길고 검은 옷으로 몸을 감싸고 있었다. 감옥 간수인 거인 그린은 한쪽에 물러서서 옥수숫대로 만든 파이프를 피우고 있었다. 개릭도 대단히 걱정스러운 얼굴을 하고 서 있었다. 에드워드 윈스턴은 회색 셔츠와 급히 입은 듯한 쭈글쭈글한 갈색 바지를 입고 개릭 옆에 서 있었다. 윈스턴은 어깨 너머로 뒤를 흘금흘금 보다가 매튜와 몇 초 정도 눈이 마주쳤다. 곧 그도 군중 속으로 사라졌다.

"나는 자러 가야겠네."

존스톤이 말했다.

"이 습기 때문에 무릎이 쑤셔 죽을 지경이야."

"원하시면 바르는 약을 좀 드릴게요."

쉴즈가 말했다.

"자네의 그 약! 매튜, 만일 내 무릎에 쓰는 것과 같은 돼지기름 연고를 자네 등에 발라야 한다면, 진심으로 애도의 뜻을 표하네. 코에 빨래집게를 집고 있는 편이 좋을 거야."

존스톤은 절룩거리며 걸어가다가 다시 멈췄다.

"내가 한 말을 잘 생각해보게, 젊은 친구."

존스톤이 말했다.

"형기를 마치고 나면, 그 문제에 대해서 자네와 좀 더 얘기하고 싶군."

"뭡니까? 제가 알면 안 되는 비밀인가요?"

쉴즈가 물었다.

"비밀은 아니야, 벤자민. 난 그저 이 젊은 친구의 교양을 좀 심화시켜주고 싶을 뿐이야. 그럼 잘 자게."

존스톤은 몸을 돌려 지팡이를 앞세우고 구경꾼들이 있는 방향으로 걸어갔다.

"음, 나도 잠자리로 돌아가야겠어. 환자가 죽는 것을 지켜보느라 길고 힘든 하루를 보냈거든."

쉴즈가 한숨을 내쉬며 말했다. 그는 일그러진 미소를 지었다.

"이런 게 신세계의 삶이지."

쉴즈가 떠나고 나서 몇 분 뒤, 활활 타오르던 지붕이 무너졌다. 불꽃이 허공으로 솟구치며 회오리바람을 타고 끊임없이 회전했다. 비드웰은 이제 더 이상 명령을 내리지 않았고, 그저 힘없이 팔을 늘어뜨리고 뒤로 물러서 있을 뿐이었다. 소방수 하나가 마지막 양동이의 물을 뿌리고 뒤로 물러났을 때, 앞 벽 전체가 갑자기 무너져 내렸다.

"악마가 우리에게 말하고 있어!"

한 남자가 소리쳤다. 비드웰이 순간 고개를 번쩍 들었다. 그는 눈 아랫부분이 거무스름해진 채 쥐를 찾는 매처럼 누가 소리를 쳤는지 주위를 살펴보았다.

"사탄이야. 사탄이 전부 불에 타버리기 전에 우리더러 이 저주받은 마을을 떠나라고 하는 거야!"

수척한 얼굴의 빨강머리 여자가 울음을 터뜨리며 외쳤다.

"닐 캘러웨이 말이 맞아! 사탄이 우리에게 떠나라고 경고하는 거야!"

"그만해요!"

비드웰의 목소리에 천둥소리가 무색해질 지경이었다.

"그런 소리는 더 이상 듣지 않겠소!"

"듣든지 말든지, 당신 맘대로 해!"

매튜의 왼쪽으로 몇 발짝 떨어진 곳에 서 있던 다른 남자가 소리쳤다.

"이젠 질렸어! 관 속에 드러눕기 전에 마누라와 아이들을 데리고 떠나야겠어!"

"아니, 못 떠나!"

비드웰이 되받아쳤다. 불빛에 실루엣이 비치자 비드웰이야말로 악마처럼 보였다.

"커터, 바보짓 말게!"

"악마가 떠나라고 하는데 머물러 있는 사람이 바보지!"

커터가 외쳤다.

"동이 트자마자 노라와 짐을 쌀 거야!"

커터가 불에 비쳐 번득이는 눈으로 군중들의 기색을 살폈다.

"제정신인 사람들은 모두 짐을 싸도록 해요! 이 마을은 이제 더 이상 살 만한 곳이 못 돼요. 그 암캐 같은 년과 그년의 주인이 우리가 떠나길 원하니까!"

이 말에 반응이 나타났다. 수많은 사람들이 이에 동의하며 고함을 질렀고, 아주 극소수의 사람들만이 커터를 저지하려고 소리를 질렀다. 비드웰은 너그럽게 팔을 뻗었다.
"내 말 들어요!"
비드웰이 외쳤다.
"판사님이 바로 오늘 심문을 시작하십니다! 내가 내 영혼을 걸고 약속하는데, 마녀는 곧 처형되어 곧 우리 인생에서 사라질 것이오!"
매튜는 아무 말도 하지 않았지만, 방금 비드웰이 자신의 영혼을 위험에 빠뜨렸다는 생각이 들었다.
"나한테는 하루도 너무 길어!"
커터는 이제 무대 위의 배우처럼 군중 역할을 맡아 연기하고 있었다.
"아니! 난 동이 트면 여길 떠날 거야! 불타 죽거나 병에 걸려 죽기 전에!"
"조용! 조용히!"
비드웰이 사악한 단어의 잔재를 없애려 애쓰며 다시 소리쳤다.
"이곳에 전염병은 없소!"
"묘지에 막 묻은 시체들을 다시 파내고 있잖아요!"
여자가 거의 비명에 가까운 소리로 외쳤다.
"의사가 내린 처방이 아무 소용이 없었으니까, 그 사람들이 왜 죽었는지 알아내려는 거잖아요!"

이렇게 추한 장면이 연출되고 비드웰이 군중을 통제하기 위해 고군분투하는 동안, 아이작 우드워드는 식은땀을 흘리며 잠에서 깼다. 그의 목은 활활 타오르고 있었다. 그는 침대에 누워 모기장 너머 천장을 응시했다. 한 마리의 침입자가 회색빛 뺨을 무는 것은 모기장도 막아주지 못했다. 일상적이지만 잔인한 방문자, 그 악몽의 세세한 내용이 아직도 그의 마음에 목판에 새긴 그림처럼 생생하게 남아 있었다. 철제 침대 프레임을 거머쥔 작은 손가락들이 보이고, 부드러우면서도 끔찍한 헐떡임이 들렸다. '앤.' 그의 목소리가 말했다. '오, 하느님, 저 애가……'

빛! 이상한 빛이 방 안에 있었다.

우드워드는 이제 그것이 무엇인지 알았다. 그것은 악몽의 일부가 아니었다. 그는 자신이 잠의 보랏빛 경계를 지나 다시 온전한 현실 세계로 돌아왔음을 알았다. 그 이상한 빛은 실제였다. 그 불그레한 주황빛은 허공으로 치솟으며 온몸을 비틀었다. 우드워드는 그 빛이 닫힌 덧문 사이로 새어 들어오고 있다는 사실을 깨달았다. 아침의 태양은(아침의 태양이라는 게 존재한다면!) 저렇게 술에 취한 것처럼 보이지 않는다. 이제는 냄새도 났다. 우드워드는 이것 때문에 자신이 잠에서 깼다고 생각했다. 매캐한 연기 냄새.

여전히 미궁에 빠진 채, 우드워드는 침대에서 일어나 창문을 열었다. 트루스 거리 아래쪽으로 불길에 휩싸인 집이 보였다. 감옥이 위험할 정도로 바짝 붙어 있군. 우드워드는 생각했다. 하지만 불이 난 곳은 감옥의 건너편이었다. 환등 같은 불빛을 통해 구경꾼 무리가 보였고, 불티가 튀는 소리와 사람들의 고함 소리가 회오리바람에 실려 왔다. 고함 소리는 놀라움보다는 분노 때문에 높아진 것 같았다. 우드워드는 이 모든 일이 얼마나 지속된 건지 알 수가 없었다. 정말로 죽은 듯이 잔 모양이었다. 우드워드는 유황성냥으로 등잔에 불을 붙이고 방을 나가, 복도 맞은편 매튜의 방으로 향했다.

방문을 노크하려고 손을 들었을 때, 방 안에서 부드럽게 딸깍 하는 소리가 났다.

빗장 소리였다. 매튜가 문을 잠갔거나 연 것이 틀림없었다.

우드워드가 노크를 했다.

"매튜! 밖에 불이 났다. 알고 있었니?"

답이 없었다.

"매튜? 문 열어라!"

여전히 아무 대답도 없었다.

"괜찮은 거냐?"

목이 쉰 사람이 하기엔 섬세한 질문이라고 우드워드는 생각했다. 그의 목소리는 꼭 피 묻은 뼈를 톱질하는 소리 같았다.

매튜는 대답도 하지 않았고, 문을 열지도 않았다. 우드워드는 문 손잡이를 돌리려다가 잠시 주저했다. 이건 매튜답지 않았다. 하지만…… 이 아이는 곧 감옥에 가야 할 신세인데, 지금 이 아이의 감정이 어떤지, 무슨 짓을 할지 누가 예측할 수 있겠는가? 하지만 그렇다고 해도 왜 대답조차 안 하는 걸까?

"매튜, 난 아래층으로 내려가겠다. 비드웰 씨가 깨어 있는지 알고 있니?"

우드워드는 기다렸다. 그러고 나서 조금 과장된 어조로 말했다.

"적어도 내 질문에는 대답해야 한다고 생각하는데. 안 그러냐?"

하지만 아무런 대답이 없었다.

"마음대로 해라!"

우드워드는 몸을 돌려 계단을 향해 조용히 걸어갔다. 매튜가 하기에는 이상하고 무례한 행동이었다. 이 젊은 친구는 언제나 예의는 지켰다. 어쩌면 저 방 안에서 우울한 기분에 잠겨 세상에 분노하고 있을지도 모른다. 우드워드는 걸음을 멈췄다. 문을 열 때까지 계속 두드려야겠다! 우드워드는 결심했다. 저 아이의 마음이 그렇게 어둡다면 첫 번째 증인이 와도 서기 일을 제대로 할 수 없을 테니, 문을 두드려 열어야겠다! 우드워드는 다시 몸을 틀어 왔던 길을 되짚어갔다.

뒤에서 손이 뻗어 나와 우드워드가 들고 있던 등잔을 포악하게 낚아챘다. 촛불이 꺼졌다. 누군가의 어깨가 우드워드의 몸을 한쪽으로 거세게 밀쳤고, 우드워드는 소리를 지르다가 발을 헛디디고 나동그라졌다. 그것은 우드워드를 지나쳐 갔다. 어두운 계단을 뛰어 내려가는 발소리가 들렸다. 얼이 빠졌지만 우드워드는 자신이 무슨 일을 당했는지 알았다. 우드워드는 소리를 질렀다.

"도와줘요! 도둑! 도둑이야!"

화재 현장에 있던 매튜는 비드웰의 집으로 돌아갈 시간이 되었다고 생각했다. 여전히 사방에서 비난의 고함 소리가 날아다녔고 비드웰은 이 모든 불화와 논쟁에 애써 대답하느라고 목이 쉬어 있었다. 매튜가 그 자리를 떠야겠다고 생각한 또 다른 이유는 얼굴에 붕대를 감은 세스 헤이즐턴이 사람들 틈에 서서 소란을 지켜보고 있었기 때문이다. 갑자기 매튜의 마음 한구석 사악한 부분에서, 지금 바로 대장장이의 창고로 달려가 그곳 어딘가에 숨겨져 있을 원래의 자루를 찾아보라고 속삭였다. 하지만 자신의 살갗을 위해 곧 생각을 접고 그 자리를 떠나려 몸을 돌렸다.

그러다 오른쪽 뒤에 서 있던 남자와 부딪혔다.

"이런, 이런!"

남자가 소리쳤다. 런던 뒷골목의 억양이 말에 묻어 나왔다.

"조심해, 이 빙충아."

"죄송합니다."

바로 그다음 순간에 든 생각은 이 남자에게 묻어 있는 건 억양뿐이 아니라는 것이었다. 매튜는 코를 찡그리고 남자를 잘 보기 위해 뒤로 물러섰다.

그는 키가 작고 땅딸막한 두꺼비 같은 남자였다. 적어도 그것이 매튜에게 처음 든 인상이었다. 남자의 피부마저도 두꺼비 같은 회색빛이었는데, 곧 매튜는 그것이 때의 색깔이라는 것을 알아차렸다. 이 더러운 주민은 대략 사십 대 초반으로 보였고, 헝클어진 갈색 머리의 위쪽 정수리 부분에는 머리카락이 없었다. 둥근 얼굴에는 회색 수염이 몇 가닥 나 있었다. 그가 입은 헐렁한 옷은 아무리 봐도 술에 취한 침모가 듬성듬성 넝마를 기워 만든 것처럼 보였다. 남자의 외모나 냄새는 상당히 역겹고 불쾌했지만, 한 가지 특징만은 매튜의 주의를 끌었다. 그 더러운 두꺼비는 시선을 뗄 수 없는 투명한 회색 눈을 가지고 있었다. 마치 1월 어느 날 아침에 보는 얼음의 흰 그림자 같았다. 그의 눈동자는 빗질을 해주어야 할 것 같은 숱 많은 눈썹 아래에서 용광로처럼 형형히 불타올랐다. 갑자기 남자의 콧구멍이 커지고, 다소 투박하게 생긴 코가 평평해지더니 바닥을 내려다보았다.

"움직이지 마."

그가 말했다. 큰 소리는 아니었지만 고함만큼이나 거부할 수 없는 힘을 담고 있었다. 그는 긴 나무 막대기를 쥔 오른팔을 들었다. 그리고 다음 순간 그것을 갑자기 내리꽂더니, 누런 이를 한껏 드러내고 웃으며 막대기 끝에 꽂힌 것을 매튜의 얼굴 앞에 들이밀었다.

칼날 끝에 찔린 깃은 고통에 몸부림치는 김은 쥐였다.

"이 녀석들은 사람 근처에 있길 좋아하거든."

남자가 말했다.

매튜는 아래를 내려다보았다. 이제야 매튜는 어두운 물체들이 사방팔방으로 종종걸음을 치면서 신발과 부츠 그리고 맨발 사이사이를 돌아다니는 것을 보았다.

"이렇게 사람이 많으면 부스러기를 좀 얻을 수 있겠거니 생각하는 거야."

남자의 사슴 가죽 장갑에는 방금 전의 처형으로 튄 액체가 묻어 있었다. 그는 자유로운 왼손으로 허리에 차고 있던 긴 갈색 자루의 가죽끈을 능숙하게 풀고, 막대기 끝의 칼날과 그 끝에 꽂혀 몸부림치는 쥐를 자루 안에 넣었다. 그러고는 자루를 바닥에 내려놓고 손을 한 번 비틀었는데, 그러자 칼날만 자루에서 빠져나왔다. 자루는 한눈에 보기에도 엄청난 양의 사체로 불룩해져 있었다. 그중 적어도 한 마리는 아직 죽지 않았는지 여전히 꿈틀거렸다.

매튜는 자신이 방금 쥐잡이꾼 귀넷 린치의 숭고한 업무 수행을 목격했음을 깨달았다.

"누군가는 이 짓을 해야지."

린치가 매튜의 표정을 읽고 말했다.

"마을에 판사는 없어도 살 수 있어. 하지만 쥐잡이꾼이 없는 마을은 살 곳이 못 된다고. '선생님.'"

린치는 과장되게 고개를 숙이며 인사를 한 뒤, 불룩한 자루가 매튜의 엉덩이를 스치도록 휘두르며 매튜를 지나쳐 걸어갔다.

이제 정말로 갈 시간이었다. 불이 난 집은 활활 타오르는 잉걸불의 무더기가 되어 불티를 쏟아냈다. 나이 든 여자가 레이첼 호워스를 감옥에서 끌어내 양의 피를 묻힌 도끼날로 참수해야 한다고 소리를 지르기 시작했다. 매튜는 비드웰이 이지러지는 불꽃을 바라보며 서 있는 모습을 보았다. 어깨가 축 늘어진 파운트로열의 주인은, 진실로 그의 기반을 잃어버린 듯이 보였다.

매튜는 저택으로 돌아가면서 자기 발을 내려다보았다. 동시에 등 뒤를 돌아보며 세스 헤이즐턴이 자신을 뒤쫓지 않는다는 것을 확인했다.

매튜가 돌아왔을 때 거실에는 수많은 등잔이 불을 밝히고 있었고, 네틀즈 부인이 판사와 함께 있었다. 우드워드는 거실에서 가장 편한 의자에 앉아 고개를 뒤로 젖힌 채 눈을 감고 있었고, 이마에는 습포가 올려져 있었다. 순간 매튜는 무언가 대단히 심각한 일이 일어났음을 짐작했다.

"무슨 일이에요?"

우드워드가 즉시 눈을 뜨고, 똑바로 일어나 앉았다.

"내가 습격을 당했다, 매튜!"

비록 목소리는 잠기고 힘이 없었지만, 그는 단호하게 말했다.

"너인 줄 알았는데, 그자에게 당했어!"

"저인 줄 아셨다고요?"

"누군가 코빗 씨의 방 안에 있었어요."

네틀즈 부인이 습포를 우드워드의 이마에서 떼어, 옆에 있는 물그릇에 담가 적셨다.

"판사님은 코빗 씨의 방문이 잠기는 소리를 들으셨답니다."

"제 방에서요?"

매튜는 자신이 어리둥절해하는 것처럼 보인다는 것을 알고 있었다. 사실이 그랬다.

"그게 누구였는데요?"

우드워드는 고개를 저었다. 네틀즈 부인은 습포를 다시 우드워드의 이마에 올려놓았다.

"얼굴을 못 봤어."

우드워드가 말했다.

"아주 순식간의 일이었거든. 그자는 내 손에 든 등잔을 쳤고, 어깨를 거의 부서뜨릴 뻔했어. 그자가 계단을 달려 내려가는 소리를 들었는데…… 그리고 나서 사라졌다."

"방금 전에 그랬나요?"

"기껏해야 이십 분이나 됐을까요."

네틀즈 부인이 말했다.

"저는 화재 현장에서 막 돌아온 참이었어요. 그때 판사님이 '도둑이야'라고 외치는 소리를 들었어요."

"그자가 뭘 훔쳐 갔다는 뜻인가요?"

"모르겠다."

우드워드가 손을 올려 습포를 잡고 이마를 눌렀다.

"그 순간에 내가 생각할 수 있는 건 그뿐이었어. 그자는 도둑이고 네 방을 털려고 했던 거라고."

"음, 그렇다면 그자는 상당히 실망했겠는데요. 지금 제가 가진 거라곤 전부 빌린 것밖에 없는데."

그때 총알처럼 매튜의 머리를 스치는 생각이 있었다.

"하나만 빼고요."

매튜는 등잔을 집어 들고 서둘러 계단을 올라갔다. 방은 깔끔하게 정돈되어 있었고 침입자의 흔적은 없었다. 한 곳만 빼고. 그리고 그 한 곳이 바로 매튜가 의심했던 곳이었다.

잠자리에 들기 전에 매튜는 금화를 옷장 위에 올려두었었다. 그 금화가 사라지고 없었다. 이 방 안에서 금화를 다시 찾을 수 있을 거라는 생각은 들지 않았다.

실제로 도둑이었던 거야. 매튜는 행여 금빛으로 반짝거리는 것이 있을까 싶어 바닥을 잠시 훑었지만 있을 리가 없었다.

"젠장."

그는 작은 소리로 욕을 뱉었다.

"뭐 잃어버린 게 있어요?"

매튜가 거실로 돌아오자 네틀즈 부인이 물었다.

"네. 금화요."

"오, 주님! 비드웰 시장님이 돈을 침대 옆 상자에 보관하는데! 올라가서 그것도 살펴봐야겠어요!"

네틀즈 부인은 등잔을 들고 매튜가 일찍이 상상도 못했던 속도로 계단을 올라갔다.

매튜는 판사 옆에 섰다. 우드워드는 안색이 창백했고 숨소리도 굉장히 거칠었다.

"몸이 영 안 좋으시군요."

"그런 일을 겪고 몸이 좋을 사람이 어디 있겠느냐? 구드가 럼주를 가지러 갔다. 곧 나아질 거야."

"그 일 때문만이 아니잖아요. 판사님 건강이 몹시 염려가 돼요."

우드워드는 눈을 감고 고개를 다시 뒤로 젖혔다.

"날씨 때문에 그래. 말했잖니. 이 늪지대의 공기가……."

"아뇨."

매튜가 우드워드의 말을 막았다.

"늪지대의 공기는 아무것도 아니에요. 이곳 하인을 시켜서 쉴즈 씨를 모셔오도록 해야겠어요."

"아니, 아니, 아니!"

우드워드는 마치 그 생각이 귀찮은 벌레라도 되는 것처럼 손을 휘저었다.

"난 할 일이 있어. 그리고 그 일을 할 거다!"

"일은 하실 수 있어요. 하지만 쉴즈 씨에게 판사님 상태를 보여 줄 필요가 있다고요. 토닉을 처방해 줄지도 모르잖아요."

"판사님?"

구드가 서인도제도의 토닉을 담은 잔을 쟁반에 받쳐 들고 들어 왔다. 우드워드는 그것을 받아 두 모금을 삼켰다. 토닉이 목구멍을 면도날처럼 훑고 내려가는 느낌이었다.

네틀즈 부인이 거실로 돌아왔다.

"다 제자리에 있네요. 적어도 그 돈 상자에는 손을 대지 않았어요. 아마 비드웰 시장님의 방으로 가기 전에 판사님을 보고 놀랐나 봐요."

"누군가가…… 화재 때문에 사람들의 정신이 그쪽으로 팔린 틈에…… 서두르지 않고 도둑질을 할 수 있다고 생각한 모양이야."

우드워드는 과감하게 또 한 번 잔을 들었다. 고통이 심했지만 참을 만했다.

"비드웰 씨가 가진 것을 부러워하는 사람들이 있어. 확실히."

"도둑이 등잔을 들고 있었나요?"

매튜가 판사에게 물었다.

"아니. 말했잖니……. 내 손에 들고 있던 등잔을 내리쳤다고. 상당히 세게."

우드워드 옆에 서 있던 구드가 갑자기 입을 열었다.

"제가 볼 땐 이 집을 잘 아는 사람 같습니다요."

사람들의 시선이 구드에게 쏠렸다.

"제 말씀은…… 그게 누군지는 몰라도 어두운 데서 계단을 오르내려야 하는 걸 알았단 것입죠. 붙잡을 난간이 없으니, 발을 잘못 디디면 그냥 목이 부러질 수도 있거든요."

"그리고 판사님은 그자가 계단을 뛰어 내려가는 소리를 들으셨다고 하셨죠?"

매튜는 다시 판사를 쳐다보았다.

"그래. 확실하다."

"나리, 제가 하나만 여쭤봐도 되겠습니까……. 행여 없어진 물건은 없으신가요?"

구드가 매튜에게 물었다.

"하나 없어진 게 있어요. 제 방에 있던 스페인 금화예요."

"금화요."

구드가 눈썹을 찌푸렸다.

"음…… 하나만 더 여쭤봐도 되겠습니까?"

구드는 잠시 말을 멈췄다.

"네, 물어보세요."

"저…… 그 동전은 어디에서 나셨습니까?"

"찰스타운에서 오는 길에 여관이 있었는데, 그곳 주인이 가지고 있던 거예요."

매튜는 흑인 노예의 주름이 점점 깊어지자 당혹스러워졌다.

"왜요?"

"아무것도 아닙니다, 나리."

즉시 구드의 얼굴이 펴졌다.

"아무것도 아니에요. 그냥 그런 일에 호기심이 있어서요. 늙은이의 무례함을 용서하십시오, 나리."

"이해합니다."

매튜가 이해한다는 것은, 구드가 지금 말하는 것보다 이 사건에 대해 더 많이 알고 있지만 지금은 그것을 캘 때가 아니라는 뜻이었다.

"제가 더 해드릴 일이 있습니까, 부인?"

구드가 네틀즈 부인에게 묻자, 부인은 그에게 가도 좋다고 말했다. 구드는 나이에 비해서는 다소 잰 동작으로 거실을 나갔다.

곧이어 비드웰이 돌아왔다. 땀에 젖은 얼굴에 검댕이 묻어 얼룩덜룩했다. 당당하던 태도는 군중의 불만 때문에 초라하게 위축되어 있었다. 그는 비록 뼛속까지 피곤하고 깊은 실의에 빠져 있었지만, 그래도 네틀즈 부인, 우드워드, 매튜가 모여 있는 것을 보고 무슨 일이 있었다는 것을 즉시 알아챌 만큼은 눈치가 날카로웠다.

"도둑이 들었습니다."

비드웰이 입을 떼기도 전에 네틀즈 부인이 말했다.

"웬 남자가 코빗 씨의 방에 있었어요. 그자가 판사님을 내리치고 달아났습니다."

"어깨가 거의 부서질 뻔했소."

우드워드가 덧붙였다.

"도둑? 얼굴은 보셨습니까? 뭘 가져갔는데요?"

"얼굴은 보지 못했습니다. 하지만 그자가 매튜의 금화를 훔쳐 갔습니다."

"쇼컴의 여관에서 찾은 그 금화?"

비드웰은 그들이 원정에서 돌아온 후에 페인에게서 그 얘기를 들어 알고 있었다.

매튜가 고개를 끄덕였다.

"네."

"놀랄 일도 아니야!"

비드웰은 물이 담긴 대야에 손을 담그고 얼굴에 묻은 검댕을 씻었다.

"그 동전 한 닢이 보물 상자로 변해서 일파만파 소문이 퍼지고 있다는 걸 알고 있었습니다! 어느 불쌍한 농부가 한몫 잡아보겠다고 감히 여기 와서 그걸 집어 달아난 것이겠지요!"

"비드웰 씨?"

매튜가 말했다.

"구드의 생각인데, 오늘 침입한 자는 이 집에 자주 드나들던 사람일 거랍니다. 그렇기에 촛불의 도움 없이도 계단을 오르내릴 수 있었던 거지요. 비드웰 씨는 불쌍한 농부들을 손님으로 초대한 적이 있으셨나요?"

"아니. 아, 개릭 씨는 물론 예외야. 하지만 개릭 씨는 이곳에 두 번밖에 안 와 봤고, 그 두 번 모두 저녁 식사 때였어."

비드웰은 다시 손에 물을 가득 담아 올려 얼굴을 씻었다. 매튜가 말하려는 내용이 비드웰의 머릿속에 그제야 전해졌다.

"그 말은 도둑이 내가 잘 아는 사람이라는 뜻인가?"

"가능한 얘기죠. 제 방 안에는 등잔이 없었습니다. 그 남자는 어두울 때 들어왔고, 불빛이 필요 없을 정도로 이 저택에 대해 잘 알고 있었습니다."

"그럼 하인인가?"

비드웰은 네틀즈 부인을 바라보았다.

"내 침실을 살펴보았소?"

"네, 시장님. 돈 상자에는 손을 안 댔어요. 서재도 살펴봤는데, 제가 보기에는 없어진 것이 없었습니다. 그리고…… 제 생각을 말

쓸드리자면…… 하인들은 돈 상자가 어디에 있는지 잘 압니다. 그 안에 네덜란드 주화가 상당히 많이 들어 있지요. 제 말 이해하시겠어요?"

네틀즈 부인이 눈썹을 치켜세웠다.

"비드웰 씨?"

매튜가 말했다. 그는 어느 정도 결론에 도달해 있었다.

"이 집에 들어온 것이 누구든 간에, 이전에도 온 적이 있고 아마 여러 번 왔었을 겁니다. 제 생각에 그자는 특별히 제 금화를 원했던 것 같습니다. 그자는 제가 방에 없으리라는 걸 알았습니다. 그자는 또한 판사님이 깊이 잠들어 있다는 것도 알았습니다. 왜냐하면 제가 그자에게 말했으니까요."

"자네가?"

"네, 비드웰 씨. 다만 이 가설에는 결함이 있습니다. 존스톤 선생님은 계단을 뛰어내려올 수 없으니까요."

비드웰은 입을 떡 벌린 채 매튜를 쳐다보았다. 곧 그 열린 입에서 당나귀의 울음소리 같은 웃음이 터져 나왔다.

"이제야 네 진정한 지적 능력을 보여주는구나, 꼬마야!"

비드웰이 아주 신이 나서 말했다.

"존스톤 선생이 도둑이라고! 그런 생각일랑 네 깨진 파이프에 담아 연기로 날려버려라! 존스톤 선생은 계단을 기어서 올라가는 것도 불가능해. 달려 내려오는 게 문제가 아니란 말이다! 혹시 잊어버린 것 같아서 말해주는데, 존스톤 선생의 무릎은 불구다!"

"저도 비틀어진 무릎처럼 생긴 것은 보았습니다."

매튜가 차분하게 말했다.

"하지만 그 무릎의 실제 모습은 본 적이 없습니다."

"맙소사! 어쩌면 저렇게 자신만만할까!"
비드웰이 잔인하게 웃었다.
"이 마을에 올 때 제정신을 어디 흘리고 온 거 아니냐?"
"전 단지 제가 존스톤 선생님에게 판사님이 방에서 주무시고 계신 걸 알려드렸다고 말하는 겁니다, 비드웰 씨."
"이런 빌어먹을! 나도 니콜라스 페인에게 같은 얘기를 했어. 페인이 판사님이 어디 있느냐고 묻길래!"
"그리고 윈스턴 씨도 저에게 물었어요."
네틀즈 부인이 말했다.
"그래서 저도 윈스턴 씨에게 판사님이 아직 주무시는 것 같다고 말해주었고요."
"네틀즈 부인도 알고 있었구나!"
비드웰이 소리를 질렀다.
"네틀즈 부인이라면 남자 하나쯤은 거뜬히 쓰러뜨릴 수 있다고 생각하는데. 네 생각은 어떠냐?"
비드웰은 자신이 무슨 말을 했는지 깨닫고 곧 얼굴이 붉어졌다.
"무례하고자 한 건 아니오, 네틀즈 부인."
"괜찮습니다. 언젠가 한 번 지금은 세상을 뜬 남편을 창문 밖으로 던진 적이 있지요."
"자, 봤지?"
비드웰은 고개를 돌려 우드워드를 바라보았다.
"판사님, 이 아이가 판사님이 구하실 수 있는 가장 유능한 서기라면, 저는 법조계에 동정을 표합니다!"
"매튜는 충분히 유능합니다."
판사의 대답은 다소 냉랭했다.

"가끔 마차를 말 앞에 맬 때가 있긴 하지만요."

"지금 같은 경우에는 마차에 바퀴도 없네요!"

비드웰은 이 모든 일에 넌더리가 난다는 듯 고개를 저었다.

"아, 내가 새해가 오는 걸 볼 때까지 살아 있을 수 있다면 기적일 거야! 지금 드시는 게 뭡니까?"

"럼입니다."

우드워드가 대답했다.

"한 사람에게 좋은 럼이라면 두 사람에게도 좋겠죠!"

비드웰은 우드워드 옆에 놓인 술잔을 들어 남은 술을 벌컥벌컥 마셨다.

"한 사람 더 있어요."

매튜가 말했다. 비드웰이 새해를 볼 때까지 살아야겠다는 말을 했을 때 생각난 것이었다.

"쉴즈 씨요."

"그래? 그 사람이 왜? 그 의사가 존스톤 선생과 여기에서 도둑질이라도 했다고?"

"쉴즈 씨도 판사님이 계신 곳을 물었고, 존스톤 씨가 제가 말했던 내용을 전했어요. 쉴즈 씨는 존스톤 씨가 자리를 뜬 직후에 실례하겠다며 물러났고요."

"오, 그럼 이제 도둑 떼가 되는구나! 학교 선생, 의사 쉴즈, 페인, 윈스턴 그리고 네틀즈 부인까지! 무시무시한 5인조인데!"

"비웃으려거든 맘껏 비웃으세요. 하지만 저는 그 다섯 명중 하나가 이 집에 들어와 제 금화를 훔쳐 갔다고 생각해요."

"난 아냐!"

네틀즈 부인이 날카롭게 소리쳤다.

"그게 나라는 건 아니겠죠?"

"물론 부인이라는 얘기요!"

비드웰이 말했다.

"절름발이가 어둠 속에서 계단을 뛰어 내려갔다는데 누군들 의심하지 않겠소!"

"의사 선생은 아니었다."

우드워드가 멍든 어깨에 손을 올리며 말했다.

"나를 치고 달아난 남자는 제법 몸집이 컸어. 못해도 키가 180센티미터는 됐을 거다. 상당히 거인이었어. 그리고 몸놀림이 마치 뱀처럼 잽싸더구나."

"네, 판사님."

매튜는 슬며시 미소를 지었다.

"그리고 우리는 칼을 든 쇼컴을 촛불로 물리쳤죠. 기억나세요?"

우드워드는 매튜가 무슨 말을 하는지 이해하고는 고개를 조금 끄덕였다. 비드웰은 술잔을 가까운 탁자 위에 거칠게 내려놓았다.

"난 이제 조금이라도 눈을 붙이러 올라가야겠어. 잘 수 있을지는 모르겠지만!"

비드웰은 매튜를 정면으로 노려보았다.

"동이 트려면 두 시간 정도 남았다. 내일 아침 형을 치를 준비가 되어 있길 바란다."

"그럴 겁니다."

비드웰은 등잔을 집어 들고 계단을 향해 힘없이 걸어갔다. 그러더니 갑자기 걸음을 멈추고 뒤를 돌아보았다. 얼굴이 불빛에 누렇게 떠 보였다.

"그 금화에 대해 내가 알아야 할 내용이 있나?"

매튜는 우드워드와 나눴던 대화를 떠올렸다. 인디언들의 마을 근처에 스페인 병사들이 진을 치고 있을지도 모른다는 얘기였다. 하지만 비드웰이 짜증이 나 있는 지금은 그 이야기를 논할 때가 아니었다.

"그러니까 내 말은, 누가 그런 금화 한 닢 때문에 남의 집에 침입하는 위험을 무릅쓰겠느냐는 말이다."

"저도 모릅니다."

매튜가 말했다.

"몰라? 만족할 만한 가설이 없어?"

"지금으로서는 그렇습니다."

"내가 보기에 너는 지금 네가 하는 말보다 더 많은 것을 알고 있어. 하지만 그냥 넘어가마. 지금은 너와 싸울 기분이 아니니까. 그럼 모두 안녕히 주무십시오."

비드웰은 계단을 올라갔고, 네틀즈 부인은 두 사람에게 냉랭하게 밤 인사를 하고 자기 할 일을 하러 돌아갔다. 딱딱하게 굳은 표정으로 보아 도둑 혐의를 받은 것이 상당한 상처가 된 듯했다.

우드워드는 매튜와 단둘이 남을 때까지 기다렸다. 우드워드가 조용히 웃었다.

"물론 넌 생각이 있겠지. 안 그러냐? 너는 태양 아래 모든 것에 대해 생각이 있잖느냐."

"제가 모든 것들의 이유에 대해서 알고자 하는 욕구가 강렬하다는 말씀이라면, 그렇습니다."

"모든 것들의 이유라."

우드워드가 되뇌었다. 그의 목소리에는 씁쓸한 여운이 있었다.

"모든 것들의 이유를 아는 것 때문에 사람이 죽을 수도 있다, 매튜."

우드워드는 손으로 목을 주무르기 시작했다.

"때로는 질문을 많이 하지 않는 것이 최선일 때가 있어. 아직도 그걸 배우지 못했단 말이냐?"

"제 천성이 그렇지를 못합니다, 판사님."

매튜가 대답했다. 매튜는 지금 우드워드가 한 말이 우드워드가 런던에서 보낸 과거와 연관이 있음을 분명하게 느꼈다.

"넌 젊다. 난 늙었고. 그게 제일 중요한 거지."

우드워드는 길고 고통스러운 한숨을 내쉬었다.

"아무튼 알겠다. 네가 무슨 생각을 하는지 말해다오."

"오늘 밤 손님이 찾아왔습니다."

매튜가 조용히 말했다.

"스페인 염탐꾼 중 한 명이죠."

우드워드는 대답 대신 뺨에 난 모기 물린 자국을 긁었다.

"그 금화는 인디언 마을 부근에 스페인 인들이 있다는 증거가 됩니다. 그것이 어디든 간에요."

매튜가 목소리를 낮추고 계속 말을 이었다.

"그 염탐꾼은 금화가 눈에 띄지 않게 치워야겠다고 생각했는지도 모릅니다."

"하지만 악영향만 끼쳤지. 비드웰이 그 금화에 대해 알게 되었으니까. 아마 마을 사람들 전부가 알게 될 거다."

"네, 판사님. 비드웰 씨라면 그렇게 말하겠죠. 하지만 배에 구멍이 하나 나면 일단 무조건 막아야 하거든요. 이미 선체에 물이 얼마나 들어찼는지는 상관없이요. 아마 염탐꾼은 제가 그걸 어디에 빠트렸을 거라고 생각하길 바랐을 거예요. 금화를 눈앞에서 제거하면 비드웰의 관심 대상에서도 제거될 테니까요."

"그리고 물론, 그 염탐꾼은 네가 의심을 하리라곤 생각하지 않았 겠지."

"그렇습니다."

"그럼 어떻게 하는 게 좋을까?"

"글쎄요……. 일단 제가 형을 치르면서 증인들의 답변을 기록해 야겠지요. 그러고 나서 최대한 꿋꿋하게 채찍을 맞고요. 사람들 앞에서 질질 짜거나 바지를 적시지 않아야 할 텐데요. 판사님은 쉴즈 선생님을 찾아가셔서 토닉을 받아 오셔야겠죠."

"매튜, 그 문제는 이미 내가……."

"판사님은 편찮으세요."

매튜가 단호하게 말했다.

"도움을 받지 않으시면 악화될지도 몰라요. 이 문제에 대해서만 큼은 물러서지 않겠습니다."

화가 난 우드워드가 신음 소리를 냈다. 그는 이 젊은이가 게 껍데기를 물고 놓지 않는 부둣가의 개처럼 집요해질 수 있다는 것을 알고 있었다.

"알았다. 가보도록 하마."

우드워드가 마침내 동의했다.

"내일요."

"그래, 그래. 내일."

"쉴즈 선생님을 방문하시는 데에는 두 가지 목적이 있습니다."

매튜가 말했다.

"첫 번째는, 판사님의 건강을 위해서고요. 두 번째는, 질문을 좀 해주셨으면 하는데요. 물론 교묘하게 하셔야죠. 페인 씨와 윈스턴 씨, 그리고 존스턴 선생님에 대해 알아보셨으면 합니다."

"그 학교 선생? 그 사람일 리가 없다, 매튜! 그 사람 무릎을 봐라!"

"쉴즈 선생님이 그 무릎을 제대로 진찰했던 적이 있는지를 알고 싶어요."

"옥스퍼드 동문을 도둑으로 지목하는 거냐? 무례하구나."

우드워드는 턱을 치켜들었다.

"저는 아무도 지목하지 않았습니다, 판사님. 하지만 존스톤 씨의 과거를 알고 싶어요. 윈스턴 씨와 페인 씨의 과거를 알고 싶은 것처럼."

"그럼 쉴즈 선생의 과거는 어떠냐?"

"그분 과거도 마찬가지예요. 제 생각에 그분은 자기 과거에 대해 별로 솔직하지 않은 것 같아요. 그래서 다른 곳에서도 얘기를 들어 봐야 할 것 같고요."

"무슨 말인지는 알겠다."

우드워드가 천천히 자리에서 일어섰다.

"하지만 우리가 이곳에 온 목적을 잊어서는 안 돼. 우리는 마녀 사건을 최우선으로 여겨야 한다. 스페인 염탐꾼이 아니라."

"마녀로 기소된 여자죠."

매튜가 말했다. 자기가 한 말이 너무 버릇없게 들려서 그는 태도를 누그러뜨렸다.

"알겠습니다."

"그래."

판사는 고개를 끄덕였다. 그의 눈꺼풀이 내려오고 있었다.

"잘 자라."

"안녕히 주무십시오."

판사가 방을 나가려 걸음을 옮겼다. 그때 매튜는 충동적으로 다음 말을 내뱉고 말았다.
 "판사님, 꿈속에서 앤을 부르실 때 그토록 고통스러워하는 사람은 누구인가요?"
 우드워드는 벽에 부딪치기라도 한 것처럼 걸음을 멈췄다. 그는 굳은 듯이 그 자리에 서 있었다.
 "어쩌다 보니 들을 수밖에 없었어요. 하지만 전부터 늘 들어왔던 거예요."
 답이 없었다.
 "주제넘게 굴어서 죄송합니다. 꼭 여쭤봐야만 했어요."
 "아니, 물어볼 필요 없는 것이었다."
 우드워드는 정확히 그 자리에 그대로, 매튜에게 등을 돌린 채 서서 굳은 목소리로 말했다.
 "그건 네가 내버려둬야만 하는 문제다. 매튜, 내 말 잘 들어라. 그냥 내버려둬."
 매튜는 더 이상 입을 열지 않았다. 매튜는 판사가 허리를 꼿꼿이 세우고 거실을 걸어 나가는 모습을 지켜보았다.
 그리고 그 밤은, 더 이상의 질문과 대답 없이 저물어갔다.

11

　로버트 비드웰이 고집스럽게 방문을 두드리는 소리에 매튜는 잠에서 깼다. 그리고 작지만 중요한 기적 하나가 찾아왔음을 알았다. 해가 뜬 것이다.

　빛은 약했고, 질투심 많은 하늘이 금방이라도 구름으로 가릴 듯 위태로웠지만, 해가 그곳에 있었다. 이른 아침의 햇빛, 어렴풋한 황금색 광채를 받은 파운트로열의 수탉들이 웅장하고 멋진 트럼펫 같은 울음소리를 선사했다. 면도를 하고 옷을 입는 동안 매튜는 서로 목청을 돋우는 수탉 오케스트라의 향연을 들었다. 그러는 내내 시선은 스페인 금화가 놓여 있던 옷장 위에 쏠려 있었다. 매튜는 누가 이 방을 건너와 금화를 훔쳐 갔는지 너무나도 궁금했다. 하지만 오늘은 더 중요한 일이 기다리고 있었다. 그는 금화 사건과 염탐꾼 문제를 접어두고, 온전히 자신의 일에 집중해야 했다. 어쨌든 그것이 그의 존재 이유인 것이다.

　매튜는 아침 식사로 차려진 달걀과 튀긴 감자, 옥수수빵으로 배를 채웠고, 입가심으로 향이 짙은 갈색 차를 마셨다. 식사 시간에 늦게 나타난 우드워드는 눈이 부어 있었고 숨 쉬는 것도 힘들어 보였다. 간밤에 잠을 전혀 자지 못했거나 악몽 때문에 푹 쉬지 못한 것 같았다. 매튜가 입을 열기도 전에 우드워드는 손을 들어 매튜를 제지하고 갈라진 목소리로 말했다.

"오늘 쉴즈 선생을 방문하겠다고 약속했으니 그렇게 하겠다. 버크너 씨를 심문하고 나서 바로."

"오늘 증인을 한 명만 심문하시는 건 아니겠지요? 내일이 안식일이니까요."

식탁의 상석에 앉아 있던 비드웰이 물었다. 그의 접시는 이미 깨끗이 비워진 상태였다. 간밤의 사건으로 무척 피곤할 텐데도 비드웰은 말끔히 면도를 하고 깨끗이 씻은 다음 황갈색 옷을 제대로 차려입었다. 사치스러워 보이는 곱슬머리 가발이 어깨까지 드리워져 있었다.

"오늘 아침에 버크너 씨를 만나겠습니다."

우드워드는 매튜 맞은편에 앉았다.

"그러고 나서 쉴즈 선생을 찾아갈 겁니다. 일을 계속할 수 있으면 오후에 개릭 씨를 만나도록 하지요."

"좋습니다. 이제 뭔가 슬슬 움직이기 시작하는군요. 만족스럽습니다."

"저도 이제 좀 움직이게 되어 기쁩니다."

우드워드가 말했다.

"그동안 이 시골 음식들이 제 몸에 꽉 들어차 있었거든요."

우드워드는 하녀가 그를 위해 준비한 음식들을 옆으로 밀어놓았다. 그는 대신 초록색 도자기 찻주전자에 손을 뻗어 잔에 차를 따르고, 요란하게 소리를 내며 차를 마셨다.

"곧 좋아지실 겁니다. 태양은 모든 병을 치유한답니다."

"감사합니다, 비드웰 씨. 하지만 저는 상투적인 이야기는 원하지 않습니다. 우리가 감옥에 도착했을 때 필요한 것들은 다 준비가 되어 있겠지요?"

"윈스턴과 그린에게 필요한 것들을 준비하라고 일렀습니다. 그렇게 무뚝뚝하게 구실 필요 없습니다, 판사님. 오늘은 파운트로열의 역사에서 위대한 날로 기록될 겁니다."

"살인 사건이 관련되어 있는 한 어떠한 날도 위대해질 수 없습니다."

우드워드는 두 잔째 차를 따라 마셨다.

떠날 시간이 되었다. 구드는 이미 현관 앞에 대기 중이었다. 비드웰은 두 사람 모두에게 '즐거운 사냥'이 되기를 바란다고 말했다. 우드워드는 집을 나서자마자 체력이 떨어지는 것을 느꼈다. 뼈는 쑤셨고 피부는 축축했으며, 목은 지옥의 불타는 유황이 끓는 듯했다. 그가 할 수 있는 일이라고는 숨을 들이마시는 것뿐이었는데 코가 꽉 막혀서 그나마도 쉽지 않았다. 하지만 그는 계속 전진해야만 했고, 그저 쉴즈가 나중에 그의 불편함을 달래주기만을 바랄 수밖에 없었다.

구름이 움직이면서 축복받은 태양을 가렸다. 구드가 고삐를 잡자 마차 바퀴가 구르기 시작했다. 마차는 두 여자가 물을 긷고 있는 호수 옆을 지나갔다. 순간 태양이 구름을 벗어나 땅 위로 빛을 내려 보냈다. 갑자기 찬란하고 아름다운 햇빛이 비치자 호수가 금빛으로 물들었다. 호수 주위 참나무들의 초록빛 우듬지도 금빛 햇살에 비쳐 금박을 입은 듯 빛이 났다. 그 순간 매튜는 파운트로열이 주민들에게 주는 영향력을 깨달았다. 야생에서 다듬어진 땅. 울타리를 치고 길을 들이고, 땀과 눈물로 세례를 주고, 오로지 인간의 의지와 근육만으로 만들어진 유용한 땅. 이 황무지를 통제하겠다는 욕망, 도끼날과 삽으로 형태를 갖추겠다는 이 욕망은 꿈인 동시에 저주였다. 수많은 사람들이 이 마을을 짓다가 세상을 떠났다. 이곳이 항구도시가 될 때까지 더 많은 사람들이 죽을 것이다. 하지만 이 땅의 유혹과 도전을 누가 거부할 수 있겠는가?

예전에 읽은 어느 철학책에서 인간의 묵상, 평화, 경건함은 모두 신의 것이며, 전진하여 정복하고, 산산이 부수고 재건하고, 의문을 던지고 잡을 수 없는 희망 너머로 손을 뻗는 인간의 욕구는 악마의 것이라고 했던 내용이 생각났다.

그 철학에 따른다면 실제로 파운트로열에는 악마의 힘이 작용하는 것 같았다. 그리고 실제로 매튜의 안에서 작용하는 것도 악마다. '왜'라는 의문은 금단의 열매를 맺는 나무 안에 뿌리박혀 있기 때문이다. 하지만 그런 의문이 없다면 이곳은, 이 세상은 과연 어떻게 될까? 그리고 하느님이 허락하신 것 이상을 바라는 인간의 본능과 욕구(누군가는 그것이 악마가 뿌린 씨앗이라고 하겠지만)가 없는 곳이 이 세상에 어디 있겠는가?

구름이 움직이면서 또다시 해가 갑자기 사라졌다. 매튜가 하늘을 올려다보니 회색 하늘 사이로 간간히 푸른색 조각이 보였지만, 그것도 점점 엷어지고 작아지고 있었다. 곧이어 회색 구름은 다시 한 번 하늘을 장악했다.

"태양의 치유 능력에 대한 기대는 이쯤에서 접어둬야겠구나."

우드워드가 말했다.

어젯밤 불에 탄 건물의 잔해에서는 아직도 연기가 피어오르고 있었다. 트루스 거리에 매캐한 탄내가 여전히 진동을 했다. 구드는 말들의 속도를 늦추고 감옥 앞에서 고삐를 잡아당겼다. 그린과 에드워드 윈스턴이 감옥 밖에서 그들을 기다리고 있었다.

"필요하신 건 모두 준비해놓았습니다. 제 책상과 성경도 가져다

두었고요."

윈스턴은 판사의 기분을 맞추려 안달했다.

그린이 사람들을 모두 안으로 들여보냈다. 매튜는 놀스가 풀려나 감방이 빈 것을 보고 안도했다. 천창이 열려 있어서 희미한 회색빛이 안으로 비쳐들었다. 그린은 등잔을 몇 개 가져다 벽에 걸린 고리에 걸었다. 끝 감방의 한구석에, 그 여자가 옷을 덮고 짚 위에 옹송그린 채 누워 있었다.

"이곳이 네가 있을 곳이다."

그린은 놀스가 있던 방의 맞은편 감방 문을 열었다. 깨끗한 짚이 바닥에 깔려 있었다. 구석에는 양동이가 두 개 놓여 있었는데, 하나는 비어 있고 다른 하나에는 깨끗한 물이 찰랑거렸다. 방의 한가운데에는 책상과 의자가 있었고, 책상 위에는 증인 선서용으로 쓸 성경이 놓여 있었다. 의자에는 편안해 보이는 푸른색 쿠션이, 책상 앞에는 증인이 앉을 걸상이 있었다. 판사의 자리 오른쪽에 조금 작은 책상과 의자가 또 하나씩 놓여 있었는데, 학교에서 가지고 온 것 같았다. 그 위에는 압지와 네모난 나무 상자가 놓여 있었다. 매튜는 감방 안에 들어가자마자 맨 먼저 상자의 뚜껑을 열어보았다. 누르스름한 두꺼운 종이 묶음과 검은색 잉크병, 펜촉 세 개, 작은 붓 그리고 필기구의 잉크를 닦을 때 쓰는 네모나고 거친 갈색 천 조각이 들어 있었다.

"만족스러우십니까?"

매튜가 도구들을 점검하고 판사가 쿠션을 손바닥으로 눌러 단단함을 시험해보는 동안 감방 문턱에서 기다리고 있던 윈스턴이 물었다.

"그런 것 같소."

우드워드가 말했다.

"한 가지 더 청할 게 있습니다. 차를 한 주전자 가져다주면 고맙겠소."

"네, 판사님. 그렇게 하겠습니다."

"큰 주전자로 부탁합니다. 컵은 세 개 마련해주시고요."

"알겠습니다. 페인이 제러마이어 버크너 씨를 데리러 갔습니다. 곧 올 겁니다."

"좋아요."

여전히 이런 환경이 마뜩치 않은 우드워드는 자리에 앉기를 주저했다. 이런 곳에서 일해보기는 처음이었다. 짚이 부스럭대는 소리가 나서 우드워드와 매튜는 고개를 돌렸다. 레이첼 호워스가 자리에서 일어나는 모습이 보였다. 그녀는 머리와 얼굴을 두건으로 감싼 채 자기 감방의 한복판에 섰다.

"놀라지 마시오. 법정이 곧 열리려는 거니까."

윈스턴이 말했다.

여자는 침묵을 지켰다. 하지만 매튜는 그녀가 무슨 일이 일어나는지 제대로 파악하고 있다고 느꼈다.

"방해하면 안 돼. 알았어?"

그린이 경고했다.

"그랬다간 네년을 밧줄로 묶어서 재갈을 물릴 거다. 비드웰 시장님이 권한을 주셨거든!"

여자는 비웃으며 말했다.

"날 만지는 게 겁나지 않아? 그랬다간 널 개구리로 만들어서 밟아버릴 수도 있는데!"

"들었죠?"

그린의 눈이 휘둥그레졌다. 그는 우드워드를 보다가 윈스턴을, 그리고 다시 우드워드를 보았다.

"저 여자가 날 협박했어요!"

"진정해요."

우드워드가 말했다.

"저 여자는 그냥 말을 한 겁니다. 그 이상의 의미는 없소."

우드워드는 목소리를 높여 여자에게 말했다.

"부인, 그런 식으로 능력을 주장하는 것은 현재 부인이 처한 상황에 도움이 되지 않아요."

"상황? 무슨 상황?"

어느새 여자는 두건을 뒤로 벗어버리고, 강렬하면서도 아름다운 얼굴을 전부 드러내고 있었다. 검은 머리카락은 거칠게 뒤엉켜 있었고, 호박색 눈은 이글거렸다.

"내 상황엔 이미 희망이 없어! 이보다 더 나빠질 수가 있을까."

"함부로 입 놀리지 마!"

그린이 외쳤다. 하지만 매튜가 보기에 그린은 부족한 용기를 보충하기 위해 목소리를 높이는 것 같았다.

"아니, 괜찮소."

판사는 창살로 다가가 창살 너머로 여자의 얼굴을 바라보았다.

"내 법정에서 부인의 생각을 얘기할 수는 있습니다. 물론 합리적인 범위 내에서요."

"여긴 합리 같은 건 없어! 그리고 이건 법정이 아니야!"

"법정이 맞습니다. 내가 그렇게 선포했으니까요. 그리고 합리성에 관해 말하자면, 그것을 찾기 위해 내가 이곳에 온 것입니다. 지금부터 부인의 행동에 대해 몇 가지를 알고 있다는 증인들을 심문할 겁니다. 그리고 부인은 심문이 진행되는 동안 조롱을 하려는 시도는 하지 않는 편이 이로울 겁니다."

"조롱."

여자는 다시 웃었다. 하지만 그녀 안의 불길이 판사의 차분한 어조로 인해 어느 정도는 가라앉은 듯했다.

"왜 그냥 내가 유죄라고 선언하지 않아요? 올가미를 목에 걸거나 화형대에 세우거나, 어떤 것이든. 이 마을에선 공정한 재판을 받을 수 없어요."

"그 반대요. 나는 부인이 법 앞에 공정한 재판을 받도록 하겠다고 맹세합니다. 우리가 이곳에서 법정을 여는 이유는 내 서기가 구류 삼 일형을 받아서······."

"오?"

여자의 시선이 매튜를 향했다.

"사악한 마법이라도 부렸나 보죠?"

"구류 삼 일은······."

우드워드가 다시 말했다. 판사는 자리를 옮겨 여자와 매튜 사이에 섰다.

"······부인과 상관없는 범죄 때문입니다. 만일 내가 이번 재판의 공정성을 신경 쓰지 않았다면 부인을 다른 곳으로 옮겨 가둬둘 수도 있었습니다. 하지만 영국 법에 따라 나는 부인이 법정에 참석해서 부인에 대한 기소 내용을 듣기를 원합니다. 그렇지만 그렇다고 해서······."

우드워드는 자신의 말을 강조하기 위해 손가락을 들어 보였다.

"······부인이 심문 도중에 말을 하는 번거로움을 겪어야 한다는 뜻은 아닙니다."

우드워드는 잠시 말을 멈추고, 찐득한 가래가 낀 거친 목을 가다듬었다. 오늘 하루를 버티려면 차가 필요할 터였다.

"부인이 말할 때가 올 겁니다. 반박이나 설명을 할 수도 있고, 스스로를 방어할 기회도 주어질 겁니다. 만일 심문을 방해하기로 마음먹는다면, 포박을 당하고 재갈을 물리게 될 것입니다. 부인이 진술할 차례가 되었을 때 자기 방어의 목적으로 묵비권을 선택한다면 그것은 부인의 권리입니다. 자, 이해했습니까?"

여자는 아무 말 없이 우드워드를 바라보다가 잠시 후 물었다.

"당신 정말 판사예요?"

"그렇소."

"어디에서 오셨어요?"

여자의 눈이 의심 많은 고양이처럼 가늘어졌다.

"찰스타운에서. 하지만 원래는 런던의 법정에서 수년간 일했습니다."

"마녀를 재판한 일이 있으신가요?"

"없소. 하지만 살인 사건은 경험이 많아요."

우드워드는 희미하게 미소를 지었다.

"내가 아는 법학자들은 다들 마녀 재판을 경험하고 책을 쓰거나 강의를 했지요."

"판사님도 그렇게 되고 싶으세요?"

"부인, 나는 진실을 찾길 원합니다. 그게 내가 바라는 바요."

"그럼 비드웰은 어디 있어요? 그자는 안 들어와요?"

"안 옵니다. 내가 그에게 거리를 유지하라고 명했소."

여자는 고개를 한쪽으로 갸웃했다. 눈은 여전히 조금 가늘게 뜨고 있었지만, 우드워드는 마지막 말로 인해 여자 안의 불길이 꺼졌음을 알 수 있었다.

"실례합니다."

윈스턴이 판사의 주의를 끌기 위해 말했다.

"저는 가서 차를 가져오겠습니다. 말씀드린 대로 페인이 버크너 씨와 함께 곧 도착할 겁니다. 잔은 세 개라고 말씀하셨죠?"

"세 개요. 나와 서기, 증인용으로 하나씩. 잠시만. 네 개로 합시다. 호워스 부인한테도 한 잔 드리게."

"여긴 감옥입니다! 사교 클럽이 아니라고요!"

그린이 항의했다.

"오늘은 법정이오."

우드워드가 말했다.

"내 법정이지. 그러니 그 문제는 내가 원하는 대로 결정할 거요. 오늘이 끝날 무렵에는 다시 감옥이 되겠지요. 컵은 네 개 가져다주시오, 윈스턴 씨."

윈스턴이 두말없이 자리를 떴지만, 그린은 불만의 표시로 붉은 머리를 설레설레 저었다. 판사는 그린에게 더 이상 신경 쓰지 않고 책상 앞 의자에 앉았다. 매튜도 서기석에 앉았다. 매튜는 종이를 꺼내 앞에 펼쳐놓았다. 그러고 나서 안료가 섞이도록 잉크병을 잘 흔든 뒤 뚜껑을 열었다. 그는 깃털 펜을 집어 펜촉을 잉크에 담그고, 필기구의 감촉을 느끼기 위해 원을 몇 개 그려보았다. 펜촉들은 다 비슷비슷해 보이지만, 어떤 것은 다른 것보다 필기에 훨씬 더 적합한 것이 있다. 매튜는 단박에 이 펜촉이 상태가 썩 좋지 않음을 알았다. 펜촉 끝이 너무 두껍고 완벽하게 반으로 갈라지지 않아서 잉크가 부드럽게 흐르지 않고 한곳에서 뭉치거나 걸렸다. 그는 펜촉을 두 동강 내어 바닥에 던져버리고 두 번째 펜촉을 집었다. 이번

것은 좀 나았다. 끝이 깔끔하고 잉크가 충분히 잘 흘렀다. 하지만 모양이 휘어 있어서 한 시간 정도 일을 하면 손이 마비될 터였다.

"끔찍하네."

하지만 매튜는 세 번째 펜촉을 시험하기 전에는 두 번째 것을 부러뜨리지 않기로 했다. 그가 평소에 쓰던 펜촉들은 쇼컴의 여관에서 잃어버렸다. 그 펜촉들은 정밀하게 잘 만든 것으로, 아주 가벼운 터치만으로도 훌륭히 글씨를 쓸 수 있는 준마처럼 세련된 도구였다. 매튜는 잃어버린 펜촉들이 그리웠다. 세 번째 펜촉을 시험해보니 최악이었다. 가운데 깨진 부분이 있어 잉크가 깃털로 줄줄 샜다. 그는 즉시 세 번째 것을 부러뜨리고, 자신의 손을 마비시킬 펜촉과 함께 일할 준비를 했다.

"필기구가 손에 안 맞느냐?"

매튜가 거친 종이 위에 라틴어, 프랑스어, 영어로 몇 줄을 쓰는 연습을 하는 동안 우드워드가 물었다.

"주어진 것을 받아들이는 게 최선이겠죠."

매튜는 종이 위에 잉크 얼룩을 남기면서 손으로 누르는 힘을 줄여나갔다.

"이걸로 어떻게든 될 겁니다. 제가 길을 잘 들이면요."

잠시 뒤 니콜라스 페인이 첫 번째 증인과 함께 감옥에 들어왔다. 제러마이어 버크너는 지팡이를 짚고서도 불안정하게 느릿느릿 걸었다. 회색을 지나 흰색에 가까운 수염은 가슴까지 내려왔고, 눈처럼 새하얀 머리카락은 몇 가닥만이 남아 노쇠한 어깨까지 드리워져 있었다. 그는 헐렁한 갈색 바지와 색이 바랜 붉은색 체크무늬 셔츠를 입고 있었다. 우드워드와 매튜는 노인에 대한 공경의 표시로 자리에서 일어섰고, 페인은 버크너가 문턱을 넘는 것을 도왔다. 눈물이 고인 버크너의 갈색 눈이 레이첼 호워스의 존재를 의식했다. 그는 살짝 뒤로 물러서는가 싶더니 페인의 도움을 받아 걸상에 앉았다.

"난 괜찮소."

버크너의 말은 말이라기보다는 헐떡거리는 숨소리에 가까웠다.

"네, 어르신."

페인이 말했다.

"우드워드 판사님이 어르신을 보호해줄 겁니다. 저는 밖에서 기다리고 있다가 일이 끝나면 집으로 모시고 가겠습니다."

"나는 괜찮소."

노인은 고개를 끄덕였다. 하지만 그의 시선은 옆 감방에 있는 사람에게 다시 돌아갔다.

"전 어디에 있을까요, 판사님?"

그린이 다분히 빈정대는 말투로 물었다.

"밖에서 기다려요. 필요하면 부르겠습니다."

두 남자가 나가고, 버크너는 걸상에 앉아서 지팡이로 자세를 바로잡았다. 그는 소심하게 침을 꿀꺽 삼키고, 옹이가 진 손가락들을 까딱거렸다. 수척한 얼굴은 나이 때문에 생긴 검버섯으로 얼룩덜룩했다.

"준비됐느냐?"

우드워드가 매튜에게 물었고, 매튜는 펜촉을 잉크에 담그고 고개를 끄덕였다. 맨 먼저 우드워드는 자리에서 일어나 버크너에게 성경을 내밀고, 오른손을 성경 위에 올려 신 앞에서 진실을 말할 것을 선서하게 했다. 버크너는 그대로 따랐고, 우드워드는 성경을 옆으로 치운 뒤 다시 자리에 앉았다.

"기록을 위해 이름과 나이를 말씀해주십시오."

"제러마이어 버크너요. 오는 8월이 되면 예순여덟 살이 됩니다."

"감사합니다. 버크너 씨, 파운트로열의 주민으로 사신 지 얼마나 되셨습니까?"

"처음부터 있었지요. 그러니까, 오 년 됐습니다."

"직업이 농부가 맞습니까?"

"농부였지요. 내 아들이 같이 살자고 하면서 페이션스와 나를 이곳에 데려왔어요. 아들놈이 농사를 좀 지었지요. 썩 잘하지는 못했습니다. 이 년 전엔가, 아들놈이 며느리와 손자들을 데리고 떠났소. 곧 자리를 잡고, 와서 우리를 데려간다고 했지요."

"알겠습니다. 감사합니다."

우드워드가 말했다.

"그러니까 버크너 씨와 부인은 농장을 소유하고 계시죠? 어느 거리에 있습니까?"

"인더스트리 거리요."

"그럼 수입은 어떻게 생깁니까?"

버크너는 혀로 입술을 축였다.

"페이션스와 나는 이웃들의 사랑과 친절로 살아가고 있습니다, 판사님. 우리 농장은 별로 가치가 없어요. 그냥 머리 위에 지붕이 있는 정도지요. 하지만 에즈라가 우리를 데리러 오면 전부 다 갚아줄 거요. 그것도 성경을 두고 맹세합니다. 아들애가 쓴 편지를 찰스타운에서 배달원이 가지고 와요. 그 아이는 버지니아로 가는 길에 좋은 땅을 찾고 있다고 했어요."

"알겠습니다. 버크너 씨가 호워스 부인에 대해 고발할 것이 있다고 하신 것 같은데요?"

"음……."
버크너는 창살 너머 옆 감방을 흘깃 보았다.
"버크너 씨?"
우드워드가 단호하게 말했다.
"다른 데를 보지 마시고 저를 보십시오. 고발할 것이 있으면 지금 하시면 됩니다."
매튜는 잠시 침묵이 흐르는 동안 펜을 들고 기다렸다. 종이 위에는 지금까지 나왔던 말들이 축약된 단어, 약어, 그리고 그가 직접 만든 알파벳 모양의 코드로 모두 기록되어 있었다.
버크너는 바닥을 보았다. 관자놀이의 푸른 혈관이 펄떡거렸다. 무진 애를 쓴 끝에 그는 입을 열어 말하기 시작했다.
"저 여자…… 마녀…… 저 여자가 내게 왔습니다. 밤에요. 나에게 왔는데…… 옷을 다 벗고, 그래요. 목에…… 뱀을 둘둘 감고 있었어요. 검은 뱀인데, 눈은 노랬고. 저 여자처럼. 여자는 내 침대 발치에 똑바로 서 있었고, 페이션스는 내 옆에서 자고 있었습니다."
"레이첼 호워스를 말씀하시는 겁니까?"
"바로 그 여자요."
"받아 적었느냐?"
우드워드가 매튜에게 물었지만, 굳이 그럴 필요는 없었다. 판사는 서기의 능력을 잘 알고 있었다. 매튜는 그저 우울하게 고개를 끄덕이고 다시 한 번 펜촉을 잉크병에 담갔다.
"제가 말해도 되나요?"
레이첼이 날카롭게 물었다.
"아니, 안 됩니다!"
대답은 더 날카로웠다.

"아까 분명히 말했소. 내 법정을 방해해서는 안 됩니다!"
"내가 하고 싶은 말은 단지……."
"부인!"
우드워드가 소리쳤다. 그리고 그의 부은 목은 그에 따른 대가를 치렀다.
"한마디만 더 하면 재갈을 물리겠습니다!"
매튜는 이 모든 말들도 역시 받아 적었다. 매튜는 펜촉 끝을 글자의 마지막 획 위에 올려둔 채 여자를 바라보았다. 그러고는 조용히 말했다.
"지금은 말씀을 안 하시는 편이 현명합니다. 말 들으세요."
여자는 판사의 의지를 시험하기 위해 다시 입을 벌렸지만, 하려던 말을 하지는 않았다. 우드워드는 주먹을 꼭 쥐어 무릎 위에 올려놓고 입을 꾹 다문 채 기다렸다. 레이첼 호워스는 천천히 입을 다물고 자기 의자에 다시 앉았다.
우드워드는 다시 버크너에게 집중했다.
"그 사건은 언제 일어났습니까? 대니얼 호워스가 죽기 전입니까, 아니면 후입니까?"
"죽고 난 다음이었습니다. 대니얼이 죽은 지 일주일 아니면 두 주 정도 됐던 것 같군요. 그러니까 2월 초의 일이지요."
"좋습니다. 그럼 그 일에 대해 기억하시는 내용을 분명히, 정확하게 말씀해주십시오."
"네."
버크너는 잠시 고개를 숙이고 생각을 정리할 시간을 가졌다.
"그게…… 내가 예전만큼 기억력이 좋지는 못한데, 그래도 이런 일은 잊어버릴 수가 없어요. 나와 페이션스는 여느 때와 같이 밤에 잠자리에 들었지요. 아내가 불을 껐고. 그러고 나서…… 시간이 얼마나 지났는지는 모르겠는데…… 내 이름을 부르는 소리를 들었어요. 눈을 떴지요. 사방이 캄캄했고, 고요했어요. 나는 다시 소리가 날 때까지 기다렸지요. 그냥 고요했어요. 꼭 온 세상에 내 숨소리 말고 다른 소리는 전혀 없는 것 같았소. 그러다가…… 다시 내 이름을 부르는 소리를 들었고, 침대 발치를 보았는데 그 여자가 있었습니다."

"캄캄했는데 무슨 불빛으로 보았습니까?"

우드워드가 물었다.

"글쎄요. 나도 그걸 열심히 생각해봤는데 모르겠더라고요. 밤이 엄청나게 추워서 창문은 닫아놓았으니까 달빛도 없었지요. 그렇지만 그 여자는 거기 있었소. 정말로요. 내가 봤소. 지금 판사님을 보는 것처럼 똑똑히 봤어요."

"그 여자가 레이첼 호워스였다고 확신하십니까?"

"확신해요."

우드워드가 책상 위에 펼친 손을 바라보며 고개를 끄덕였다.

"또 무슨 일이 있었는지 알려주시겠습니까?"

"정신이 반쯤 나갈 정도로 무서웠지요."

버크너가 말했다.

"누구라도 그랬을 거요. 나는 페이션스를 깨우려고 했는데, 그때 그 여자가, 마녀가, 그러지 말라고 했습니다. 그 여자 말이 만일 페이션스를 깨우면 후회하게 될 거라고 했어요."

"부인께서는 호워스 부인의 말소리에 잠이 깨지 않으셨습니까?"

"네, 판사님. 나도 그게 좀 이상했어요. 하지만 아주 말이 안 되는 것도 아닙니다. 페이션스는 항상 깊이 잠들거든요. 또 한 가지 생각할 수 있는 건 마녀가 페이션스에게 주문을 걸었을지도 모른다는 겁니다."

매튜는 여자가 화를 내며 나지막하게 으르렁거리는 소리를 들었다. 매튜는 고개를 들어 여자를 보고 싶은 충동을 느꼈지만, 펜촉을 다루려면 완전한 집중이 필요했다.

"알겠습니다. 그러고 나서 무슨 일이 있었습니까?"

"마녀가…… 자기가 온 걸 비밀로 하라고 말했소. 만일 내가 누구한테든 이 이야기를 하면 그 얘기를 들은 사람들을 그 자리에서 죽여버리겠다고. 그리고 나더러 이틀 뒤에, 우리 집 뒤에 있는 과수원에서 자기를 만나야 한다고 했습니다. 거기에 자정에서 2시 사이에 가 있으면 나를 찾겠다고 말했어요."

"호워스 부인은 나체였다고 말씀하셨죠?"

"네, 판사님. 실오라기 하나 걸치지 않았었습니다."

"하지만 목에는 뱀을 두르고 있었고요?"

"네, 판사님. 검은 뱀이었소. 눈은 노랗고."

"잠자리에 드시기 전에 문과 창문은 모두 닫으셨습니까?"

버크너는 고개를 끄덕였다.

"그랬지요. 전엔 안 그랬는데…… 그런데…… 그로브 신부님이 그렇게 돌아가시고 대니얼도 그렇게 되고 해서…… 페이션스가 해지고 나면 문을 잠가야 마음을 놓아서요."

"그렇다면 버크너 씨의 말씀은 레이첼 호워스가 버크너 씨의 집에 들어갈 수 있는 방법은 이 세상의 방법으로는 없었다는 거군요?"

"글쎄요……. 나는 그 여자가 간 뒤 등잔에 불을 켜고 빗장들을 살펴봤지요. 전부 다 잠겨 있었습니다. 페이션스가 일어나서 지금 뭐 하는 거냐고 묻더라고요. 나는 거짓말을 해야 했소. 개가 짖어서 잠이 깼다고요. 아내는 다시 잠이 들었지만 나는 눈도 붙이지 못했습니다."

"이해합니다."

우드워드가 말했다.

"그럼 이 얘기를 해보지요. 호워스 부인이 정확히 어떻게 버크너 씨의 집을 나갔습니까?"

"모릅니다, 판사님."

"그래요? 부인이 나가는 걸 못 보셨습니까?"

"그 여자는 어디에서 자기를 만날지를 말하고 나서 바로…… 그냥 없어졌어요. 서서히 사라지거나 어쩌거나 한 게 아니고, 마치 유령처럼요. 저기 있었는데 그다음엔 없는 겁니다."

"그리고 버크너 씨는 곧바로 등잔을 켜셨고요?"

"그런 것 같습니다. 일이 분 정도 지났을지도 몰라요. 그 여자가 떠나고 난 다음에 내가 뭘 했는지는 좀 안개 속 같습니다. 내 생각엔 나도 주문에 걸렸던 것 같소."

"저…… 판사님?"

갑자기 들리는 소리에 매튜는 펄쩍 뛰었다. 매튜가 어떻게 해보기도 전에 펜촉이 제멋대로 노트를 가로질렀다.

"무슨 일이오?"

우드워드가 감옥의 입구를 쳐다보며 매섭게 물었다.

"차를 가져왔습니다, 판사님."

윈스턴이 덮개가 있는 고리버들 바구니를 들고 있었다. 그는 감방 안으로 들어와서 바구니를 판사의 책상 위에 올려놓고 덮개를 열었다. 그 안에는 흰 도기 찻주전자와 찻잔 네 개가 들어 있었다.

세 개는 주전자와 같은 흰색 도기였지만, 네 번째 것은 어두운 적갈색이었다.

"루크리셔 본 부인이 보냈습니다."

윈스턴이 말했다.

"본 부인은 파이와 케이크, 차를 집에서 만들어서 팔고 있습니다. 바로 저 위 하모니 거리에서요. 하지만 고맙게도 차는 무료로 제공해주었습니다. 그런데 얘기는 해야 할 것 같아서, 마녀도 함께 차를 마실 거라고 본 부인에게 말했더니, 본 부인이 호워스 부인에게는 짙은 색 잔을 주고 다 쓰고 난 다음에는 조각내어 깨뜨려달라고 부탁했습니다."

"그렇게 하지요. 고맙소."

"제가 더 해드릴 일이 있을까요? 판사님께서 원하시는 일은 전부 해드리라고 비드웰 시장님이 명하셨는데요."

"아니, 다른 건 없습니다. 가도 좋아요. 도와줘서 고맙소."

"네, 판사님. 아…… 한 가지 더 있습니다. 본 부인은 호워스 부인이 직접 잔을 깨뜨리길 원했습니다. 그러고 나서 판사님이 그 조각을 모아 가져다주셨으면 좋겠다고 했습니다."

우드워드가 눈살을 찌푸렸다.

"왜 그래야 하는지 물어봐도 됩니까?"

"저도 모릅니다, 판사님. 하지만 그렇게 부탁했습니다."

"잘 알겠소."

우드워드는 윈스턴이 물러가기를 기다렸다가 바구니에서 찻주전자를 꺼내 자기 잔에 차를 따랐다. 그는 목의 통증을 가라앉히기 위해 거의 한 잔을 전부 들이켰다.

"차 드시겠습니까?"

우드워드는 버크너에게 제안했지만 버크너는 거절했다. 매튜는 종이에 차를 흘리지 않도록 조심하면서 잔을 받았다.

"호워스 부인, 부인께 차를 권하지 않으면 무례한 행동이겠지요."
우드워드가 말했다.

"루크리셔 본이 끓였다고요? 그럼 독이 들었을지도 모르잖아요."
여자가 시무룩하게 답했다.

"독이 들었을지도 모르는 것을 내가 벌써 조금 마셨고, 맛이 상당히 좋습니다. 분명히 말하지만 이런 맛을 본 지 꽤 오래되었을 거요."
우드워드는 짙은 색 찻잔에 차를 따라서 매튜에게 건네주었다.

"창살 너머로 이걸 전해주거라."

매튜는 찻잔을 건네주기 위해 자리에서 일어섰고, 여자는 앉아 있던 의자에서 일어나 다가왔다. 순간 매튜는 자신이 여자와 얼굴을 맞대고 있다는 것을 깨달았다. 눈을 뗄 수 없게 만드는 호박색 눈이 꽂힐 듯 매튜를 바라보았다. 숱 많은 검은 곱슬머리가 이마 위에 드리워져 있었고, 감옥 안의 습한 열기 때문에 작은 땀방울이 그녀의 윗입술 위에서 반짝거렸다. 매튜는 그녀의 맥박이 목의 계곡에서 뛰는 것을 보았다.

매튜는 찻잔을 밀어 넣었다. 찻잔이 창살에 꼭 맞았지만, 창살을 살짝 긁으면서 통과했다. 손을 뻗어 찻잔을 받는 여자의 손가락이 매튜의 손가락에 닿았다. 그녀 몸의 열기가 마치 들불처럼 매튜의 살을 뚫고 타올라 손의 신경을 따라 번지는 것 같았다. 그는 찻잔을 내주고 팔을 뒤로 뺐다. 자신의 표정이 어땠는지 매튜는 알지 못했지만 여자는 그를 호기심 어린 눈으로 계속 쳐다보았다. 그는 그녀에게 등을 돌리고 자기 자리로 돌아왔다.

"계속합시다."

매튜가 다시 자리를 잡고 앉자 우드워드가 말했다.

"매튜, 마지막 질문과 답을 읽어다오."

"질문은 이렇습니다. '그리고 버크너 씨는 곧바로 등잔을 켜셨고요?' 버크너 씨의 대답은 이렇습니다. '그런 것 같습니다. 일이 분 정도 지났을지도 몰라요. 그 여자가 떠나고 난 다음에 내가 뭘 했는지는 좀 안개 속 같습니다. 내 생각엔 나도 주문에 걸렸던 것 같소.'"

"좋아. 버크너 씨, 그날이 저물기 전에 무슨 일이 있었는지 부인에게 말씀하셨습니까?"

"아니, 판사님. 말 안 했어요. 그랬다간 마녀의 저주 때문에 마누라가 그 자리에서 죽을까봐 겁이 났었거든요. 아무에게도 얘기하지 않았습니다."

"그 후 이튿날 밤에, 정해진 시간에 과수원에 나가셨습니까?"

"그래요. 자정에서 2시 사이에, 마녀가 명한 대로요. 나는 최대한 천천히 그리고 조용히 침대에서 빠져나왔소. 페이션스를 깨우고 싶지 않아서요."

"과수원에 가셨을 때, 무슨 일이 있었습니까?"

우드워드는 새로 따른 차를 한 모금 마시고 버크너의 대답을 기다렸다.

이 질문을 받자 제러마이어 버크너는 괴로워했다. 버크너는 불편한 듯 걸상을 움직이고 아랫입술을 깨물었다.

"판사님, 나는…… 얘기 안 했으면 좋겠습니다."

마침내 버크너가 말했다.

"호워스 부인과 관련이 있다면 말씀하셔야 합니다."

버크너는 다시 한 번 걸상을 움직이고 입술을 깨물었지만 아무 말도 하지 않았다.

"성경에 손을 얹고 맹세하셨다는 사실을 상기시켜드려야겠군요."

우드워드가 말했다.

"또한, 이곳은 찰스타운의 여느 법정과 똑같은 효력을 갖는 법정임을 알려드립니다. 만일 안전이 염려되신다면, 이 창살은 아주 견고하며 호워스 부인은 이곳까지 손을 뻗지 못합니다."

"우리 집 벽도 단단했어요. 그래도 저 여자는 그걸 뚫고 들어왔잖소. 안 그래요?"

버크너가 중얼거렸다.

"이곳에 자유 의지를 가지고 진술하러 오셨지요?"

"네, 판사님. 그렇습니다."

"제 질문들에 답을 하지 않는다면 진술을 완성하지 못한 채 가시게 됩니다. 저는 과수원에서 무슨 일이 있었는지 알아야 합니다."

"오, 주님."

버크너가 나지막하게 중얼거렸다. 그것은 강한 애원이었다. 그는 고개를 떨어뜨리고 바닥을 내려다보았다. 다시 고개를 들었을 때는 땀에 젖은 뺨이 등불에 비쳐 번들거렸다.

"과수원으로 걸어 들어갔어요."

버크너가 입을 열었다.

"추운 밤이었어요. 고요했고. 나는 걸어갔습니다. 그리고 곧바로…… 여자가 웃는 소리가 들렸고, 다른 소리도 났습니다. 그 소리는 꼭…… 꼭 짐승 소리 같았는데…… 끙끙거리는 소리였어요."

버크너는 입을 다물었고, 다시 고개를 떨구었다.

"계속하십시오."

우드워드가 말했다.

"그래서…… 그 소리가 나는 곳을 따라갔어요. 소리를 따라 점점 더 안으로 들어갔지요. 잠깐 걸음을 멈추고 집을 돌아본 기억이 납니다. 엄청나게 멀리 떨어진 것처럼 보였어요. 그리고 나서 다시 걸어갔소. 여자를 찾으려고요. 몇 분 안 돼서 찾았습니다."

버크너는 잠시 멈추고, 나머지 이야기를 위해 억지로 기운을 북돋우려는 듯 깊은 숨을 들이마셨다.

"그 여자가 등을 바닥에 대고 누워 있었어요. 사과나무 아래에. 다리를 활짝 벌리고 누워서, 몸의 가운데를 쪼개려는 것 같았소. 그리고 그 여자 위에 있는…… 그것이 보였어요. 그것은 마치 못을 박는 것처럼, 자기 몸을 아래로 박을 때마다 끙끙거리는 소리를 냈어요. 그리고 여자는 눈을 감고 웃고 있었습니다."

"그것?"

우드워드가 말했다.

"그것은 무엇이었습니까?"

버크너는 판사의 눈을 똑바로 쳐다보았다. 턱이 축 늘어지고 이마에서는 땀이 번들거렸다.

"그건 그러니까…… 사람을 닮았는데, 그런데…… 피부가 가죽 같았고 검었어요. 얼굴은 보지 못했소……. 보고 싶지 않았습니다. 어쨌든 그건 컸어요. 내가 지금껏 본 적 없는 짐승이었지요. 그것이 여자를 계속해서 마구 내리찍었어요. 여자 다리는 양옆으로 벌려져 있었고, 그 짐승은 위에서 여자를 내리눌렀습니다. 그것의 등이 움직이는 걸 봤어요. ……척추인지 아니면 그 비슷한 게 등뼈 아래위로 나 있었어요. 그러다 갑자기 그것이 고개를 옆으로 휙휙 돌리면서 끔찍한 신음 소리를 냈고, 여자도 같이 울었습니다. 그것이 여자에게서 떨어져 일어섰는데…… 키가 한 2미터나 2.5미터는 되어 보였어요. 나는…….”

버크너는 망설였다. 그의 눈은 기억을 되살리느라 흐릿해졌다.

"그 여자는 온통 피범벅이었어요. 그, 여자의 그 부분이 말요. 그 짐승은 가버렸고, 그러더니…… 그러더니 또 다른 것이 과수원 쪽에서 나와서 여자 옆에 무릎을 꿇었습니다.”

"그건 무엇이었습니까?”

우드워드는 찻잔을 두 손으로 꽉 잡았다. 손바닥이 축축했다.

"모르겠소. 머리는 백발인데 얼굴은 아이 얼굴이었어요. 꼭 난쟁이 같았습니다. 피부는 온통 회색이었고 죽은 생선처럼 쪼글쪼글했어요. 그것이 여자 옆에 무릎을 꿇고 앉았습니다. 고개를 아래로 내렸는데, 곧…… 곧 징그럽게 생긴 긴 혀가 입에서 미끄러져 나와서는…….”

버크너는 눈을 꼭 감고 머리를 흔들었다.

"말 못합니다. 더는 말 못해요.”

우드워드는 차를 마시고 찻잔을 내려놓으며 레이첼 호워스 쪽으로 고개를 돌리고 싶은 마음을 억눌렀다. 매튜는 긴장한 채 필기를 계속할 준비를 갖추고 있었다. 우드워드는 조용히 말했다.

"말씀하셔야 합니다.”

버크너는 흐느낌 같은 소리를 냈다. 가슴이 떨리고 있었다. 그는 고통스럽게 말했다.

"그 장면이 계속 생각나요. 난 죽어서 지옥에 갈 겁니다!”

"버크너 씨는 지금 신실한 기독교인답게 행동하시는 겁니다. 버크너 씨는 이 죄악을 목격하셨을 뿐 참여하지 않으셨습니다. 그러니 계속 말씀하십시오."

버크너는 손으로 입을 훔쳤다. 그의 안색은 창백했고 눈 밑으로는 짙은 그림자가 드리워져 있었다.

"그 난쟁이 같은 것은…… 어린아이처럼 생겼소. 머리는 희었어요. 타락한 천사, 나는 그런 생각이 들었습니다. 갱도로 들어가면 모든 것이 다 쪼그라들어 보이잖소. 내가 봤습니다……. 혀가 나오는 걸 봤어요……. 그 혀는 젖어서 번들거렸소. 꼭 날고기처럼. 그러더니…… 그 혀가 여자 '안으로' 들어갔어요. 피 묻은 그곳으로. 여자는 허우적대면서 비명을 질렀고, 혀는 여자 안에서 이리저리 움직였어요. 나는 얼굴을 숨기고 싶었는데, 손도 들어 올리지 못하겠더라고. 그 자리에 서서 볼 수밖에 없었습니다. 마치…… 누군가가 날 지켜보게 만드는 것 같았어요. 나는 얼굴을 숨기고 하느님께 저것들을 눈앞에서 치워달라고 하고 싶었는데도."

버크너의 목소리가 갈라졌다. 그 순간 우드워드는 노인이 흐느끼면서 무너지지 않을까 두려웠다. 하지만 버크너는 다시 입을 열었다.

"그것이…… 혀를 다시 꺼냈는데…… 온통 피가 묻어 있었소. 피를 뚝뚝 흘리고 있었습니다. 그리고 여자는 갓 결혼한 새 신부처럼 활짝 웃고 있었어요."

"매튜?"

우드워드는 목이 조이는 바람에 꽤나 힘들여 말을 뱉어야 했다.

"다 받아 적었느냐?"

"그러지 못했다면 제가 귀머거리였겠죠."

매튜가 간결하게 말했다.

"그래, 물론이다. 이번 일은 너의 서기 경험에서 한계를 넘어서는 일이 되겠다. 분명히."

우드워드는 소매로 얼굴의 땀을 훔쳤다.

"이 사건은 나에게도 새로운 문을 열어주는구나. 알았다면 그 문이 열리지 않기를 바랐을 것 같지만."

"그리고 세 번째 것도 있었어요."

버크너가 말했다.

"그건 남자와 여자가 한 몸에 있었소."

우드워드와 매튜는 움직이지도 말을 하지도 않았다. 정적이 흐르는 가운데 버크너의 거친 숨소리만 들렸다. 열린 천창을 통해 저 멀리서 까마귀 우는 소리가 들렸다. 매튜는 펜촉을 잉크병에 담그고 기다렸다.

"이번 심문에서는 돌멩이란 돌멩이는 전부 다 들춰보는군요. 그 아래 무엇이 똬리를 틀고 있든지 상관없이. 세 번째 존재에 대해서 말씀해주십시오, 버크너 씨."

12

 버크너의 눈은 이제 번들거렸다. 그 눈빛으로 머릿속의 환영을 다 불살라버린 듯했다.

 "난쟁이가 가고 난 다음에, 그것이 과수원에서 나왔어요."

 버크너가 말했다.

 "처음에는 그게 벌거벗은 여자인 줄 알았습니다. 여느 여자들보다 크고 엄청나게 마르긴 했지만. 그 여자는…… 그것은…… 머리카락이 길고 어두운 색이었는데, 갈색이었는지 검은색이었는지는 잘 모르겠고, 젖꼭지도 달려 있었어요. 분명히 보였습니다. 그러고 나서 그것의 몸에 또 뭐가 붙어 있는 걸 보고, 휘청거리다가 자빠질 뻔했소."

 버크너는 머리를 앞으로 내밀었다. 목에 핏줄이 서 있었다.

 "불알과 막대기가 여자의 거시기가 있어야 할 그곳에 달려 있었어요. 그 막대기는 서 있었고요. 마녀가 그것을 보더니 사악한 미소를 지어서 내 심장이 얼어버리는 줄 알았습니다. 그것이 여자 옆에 드러누웠고, 그러더니 그 여자가…… 그 여자가 그것의 막대기를 핥기 시작했소."

 "'그 여자'라 함은 누구를 말씀하시는 겁니까?"

 우드워드가 물었다.

"저 여자요. 저 감방에 있는 여자. 마녀, 레이첼 호워스요."

"알겠습니다."

우드워드는 다시 얼굴에 흐르는 땀을 닦았다. 감방의 벽이 그를 죄어오는 것 같았다. 단 하나 위안이 되는 열린 천창으로, 우드워드는 네모난 회색 구름을 쳐다보았다.

"계속하십시오."

"그러고 나서 거기서…… 또 다시 추악한 죄악이 벌어졌습니다. 마녀가 손과 무릎을 짚고 엎드려서, 여자의 뒷부분이 보였소. 그러더니 반은 남자이고 반은 여자인 그것이 막대기를 손으로 잡고 여자 위에 쪼그리고 앉았어요. 나는…… 어떠한 기독교인도 일찍이 목격하지 못했던 것을 보았습니다. 정말로 나는, 그 광경을 보기 전까지 나는 괜찮았어요. 지금은 아니야. 페이션스에게 물어봐요. 아내가 얘기해줄 겁니다. 나는 이제 전혀 괜찮지가 않아요."

"그 생물, 그러니까 반은 남자고 반은 여자인 것이, 호워스 부인에게 성기를 삽입했습니까?"

"그래요. 그 생물이 막대기를 뒤에서 꽂아 넣었소."

"그 부분은 빨리 진행하도록 하지요."

우드워드가 말했다. 얼굴이 핼쑥했다.

"추후로 진행된 일이 더 있습니까?"

"추…… 뭐라고요?"

"추후. 그러니까 그 생물체가 그…….''

판사는 적절한 단어를 찾느라 잠시 말을 멈췄다.

"……그 일을 끝낸 뒤 무슨 일이 더 있었습니까?"

"여자에게서 떨어지더니 걸어가버렸소. 마녀는 일어서서 옷을 주워 입더군요. 그때 갑자기 내 이름을 부르는 소리가 들렸어요. 바로 내 귓가에서. 그래서 누군지 보려고 고개를 돌렸습니다."

"그래서, 그 사람을 보았습니까?"

"글쎄……, 나는 너무 무서웠습니다. 내 뒤에 한 남자가 서 있었소……. 하지만 남자는 얼굴이 없는 것 같았어요. 입만 빼고. 그 남자는 입은 있었소……. 그건 기억합니다. 그 남자가 이렇게 말했어요. '제러마이어 버크너, 집으로 뛰어가라.' 그게 답니다. 난 그 남자가 시키는 대로 했던 게 분명해요. 왜냐하면 내 기억으로 그다음에 나는 침대에 누워서, 땀에 젖어 몸을 떨고 있었으니까. 페이션스는 깊이 잠들어 있었소. 주문에 걸렸던 거겠지. 곧 수탉이 우는 소리가 들렸고, 나는 밤의 악마들이 지나갔다는 것을 알았지요."

"그럼 그날 아침에, 무슨 일이 있었는지를 부인에게 말씀하셨습니까?"

"아뇨, 안 했습니다. 그런 얘기를 마누라에게 하기가 부끄러웠어요. 또, 마녀가 마누라를 죽일까봐 겁이 나기도 했고. 일라이어스 개릭이 하는 이야기를 들은 다음에도 누구에게도 얘기하지 않았어요. 그런데 레스터 크레인이 나한테 스티븐 던튼도 그런 비슷한 일을 봤다고 말해주더군요. 그 세 마리 짐승과 마녀를. 다만 그것들이 그 사악한 짓거리를 저지른 장소는 던튼의 농장 바로 옆, 예전에 풀 가족이 살던 집 안이라고 했소. 그래도 나는 입을 다물고 있었어요."

"그럼 보신 걸 얘기해야겠다고 결심하신 계기는 뭡니까? 그리고 누구에게 말씀하셨습니까?"

우드워드가 물었다.

"그건…… 사람들이 마녀의 집에서 인형을 찾았을 때였소. 곧장 비드웰 씨한테 가서 전부 말했지."

"던튼 씨와 얘기를 해봐야겠다. 이것도 기록해두거라."
우드워드가 매튜에게 말했다.
"그건 불가능합니다."
버크너가 말했다.
"던튼은 가족들을 데리고 떠났어요. 두 달 전에. 던튼의 집은 그 이후 불에 타 무너졌소. 레스터 크레인도 그 무렵에 자식들을 데리고 허둥지둥 떠났지요."
우드워드는 잠시 말을 멈추고 생각을 가다듬었다.
"대니얼 호워스를 아셨습니까?"
"네, 판사님."
"어떤 사람이었습니까?"
"그냥, 젊은 사람이었소. 아마 마흔에서 마흔 다섯 살 정도였을 겁니다. 덩치가 큰 남자였지요. 악마가 마수를 뻗어 그 사람을 쓰러 뜨린 거요. 내 말이 틀림없어요!"
"호워스 씨와 호워스 부인이 함께 있는 걸 보신 적이 있습니까?"
"아뇨. 대니얼은 늘 혼자 있었소. 사교적인 사람은 아니었지."
"그럼 부인은 어땠습니까? 부인은 사교적이었습니까?"
"글쎄요……. 잘은 모르겠소. 대니얼과 저 여자가 여기 온 지는 한 삼 년 되는 것 같아요. 니데커라는 네덜란드 사람한테서 산, 상당히 넓은 땅을 가지고 있었지요. 니데커의 아내는 아이를 낳다가 죽었는데, 아이도 사산되어서 니데커는 여기서 아예 떠나버렸거든요. 대니얼은 항상 조용했소. 무슨 일에도 도움을 필요로 하지 않는, 그런 사람이었소."
버크너는 어깨를 으쓱했다.
"여자는…… 글쎄요. 아마 사교적이 되려고 노력했던 것 같습니다. 그런데 그게 분란만 일으켰지요."

"분란이요? 무슨 분란 말입니까?"

"저 여자를 봐요, 판사님. 그런 얘기를 듣고 나서도 쳐다볼 수 있다면. 저 여자는 검둥이와 스페인 사람 사이에서 난 튀기요. 저런 여자와 교회 의자에 같이 앉으실 수 있겠습니까?"

"교회에 다녔다고요?"

우드워드가 눈썹을 치켜세웠다.

"마녀가 되기 전에."

버크너가 설명했다.

"안식일에 두 번인가 세 번밖에 나오지 않았지만요. 아무도 저 여자 근처에는 앉으려고 하지 않았지요. 포르투갈 것들은 냄새가 나니까."

"그러니까, 호워스 부인은 교회에서 환영받지 못했군요. 맞습니까?"

"저 여자야 자기 하고 싶은 대로 할 수 있었지요. 저 여자가 우리 주님의 집에 들어오는 걸 막는 사람은 아무도 없었소. 하지만 저 여자가 마지막으로 나타났을 때가 생각나는데, 그때 누군가가, 그 누군가가 누구인지는 알지만 말하지는 않겠소. 아무튼 누군가가 저 여자에게 썩은 달걀을 던졌어요. 그게 얼굴 옆쪽에 맞았지. 그런데 저 여자가 어떻게 했는지 압니까?"

"어떻게 했는데요?"

"썩은 달걀 냄새를 있는 대로 풍기며 교회 의자에 앉았소. 달걀이 머리에 온통 엉겨 있었는데도, 그로브 신부님이 마지막 축도와 아멘을 하실 때까지 네 시간이 넘도록 움직이지 않았어요. 물론, 신부님이 좀 서두르시긴 했지요. 냄새가 교회 안에 진동을 했으니까."

매튜는 옆 감방에서 기척을 느꼈다. 그는 마지막 줄을 다 쓰고 고개를 들었다. 그곳에는 레이첼 호워스가 서 있었다. 창살 바로 옆에서 이를 악물고 있는 그녀의 얼굴에는 표독함만이 떠올라 있었다. 그녀는 오른팔을 들어 앞으로 휘두르려는 참이었다. 그 난폭한 동작에 매튜가 소리를 질렀다.

"판사님!"

그 비명만으로도 우드워드는 머리 위에 몇 가닥 남지 않은 머리카락을 잃을 뻔했다. 우드워드가 고개를 돌렸고, 버크너는 상황을 잘못 이해하고 공포의 비명을 지르며 사탄의 불꽃일 거라 짐작한 것으로부터 얼굴을 보호하려고 손을 처들었다.

여자가 창살에 일격을 날리자, '쨍그랑!' 하는 큰 소리가 났다. 짙은 적갈색 도기 조각들이 짚 더미 위로 떨어졌다. 매튜는 여자가 오른손에 잔의 손잡이를 쥐고 있는 것을 보았다. 나머지 부분은 부딪혀 산산조각이 났다.

"차 다 마셨어요."

레이첼이 말했다. 그녀는 깨진 찻잔의 제일 큰 조각을 매튜의 감방 안에 떨어뜨렸다.

"루크리셔 본이 이렇게 해서 돌려달라고 했잖아요. 아닌가요?"

"그렇습니다. 고맙다, 매튜. 네 덕에 바지에 실례를 할 뻔했구나. 저 조각들을 모아가지고 오너라."

판사는 소맷자락으로 얼굴을 닦고 거칠게 뛰는 심장을 애써 다스렸다. 매튜는 무릎을 꿇고 몸을 굽혀 여자의 감방 안으로 손을 뻗어 조각들을 모두 주워 모았다. 여자는 매튜 위에 서 있었다. 처음부터도 위협적인 존재였지만 그녀는 이제, 농부 버크너의 이야기 때문에, 명석한 이성을 지닌 매튜에게조차 절대적으로 두려운 존재가 되어 있었다.

"잠깐."

매튜가 몸을 일으키려는데 여자가 말했다. 그녀의 손이 아래로 내려오더니 매튜가 놓친 작은 조각을 집어 내밀었다.

"이것도 가져가요."

그녀는 매튜가 뻗은 손바닥 위에 조각을 올려놓았다. 매튜는 즉시 손을 창살 밖으로 뺐다.

우드워드는 찻잔 조각들을 본 부인의 바구니에 집어넣었다.

"계속합시다. 비록 내 마음도 이 깨진 찻잔처럼 어지럽지만."

우드워드는 두 손으로 관자놀이를 문질렀다.

"매튜, 증인에게 질문할 것이 있느냐?"

"네, 판사님. 있습니다."

매튜는 기다렸다는 듯 대답했다. 그러고 나서 자신의 질문을 적을 준비를 했다.

"버크너 씨, 그 지팡이를 짚으신 지는 얼마나 되셨습니까?"

"지팡이? 아…… 한 팔구 년 됐소. 뼈가 약해서요."

"그날 밤 과수원에서 버크너 씨는 무척 두려우셨을 겁니다. 공포심은 사람의 다리를 강하게 하지요. 그런데 버크너 씨 뒤에 서 있던 사람이 '제러마이어, 집으로 뛰어가라'라고 말했을 때, 실제로 뛰어가셨습니까?"

"모르겠소. 하지만 그랬을 거요. 내 침대로 돌아왔으니까."

"뛰신 것은 기억이 안 나십니까? 다리가 아픈 것도요?"

"네, 기억 안 납니다."

버크너가 말했다.

"어떤 문으로 집에 들어가셨습니까?"

"어떤 문? 글쎄…… 뒷문이었던 것 같은데."

"어떤 문인지 기억 못 하십니까?"

"문이 두 개뿐이오."

버크너가 코웃음을 치며 말했다.

"앞에 하나, 뒤에 하나. 그때 집 뒤편에 있었으니까 뒷문으로 들어갔겠지요."

"그날 밤은 추웠습니까?"

매튜가 펜촉을 잉크병에 다시 담그며 물었다.

"말했지만 그땐 2월이었소."

"네, 맞습니다. 하지만 제 질문은 이겁니다. 그날 밤은 추웠습니까?"

"분명히 그랬겠지요. 추웠겠지. 2월 밤인데!"

"그날이 추웠는지 아닌지 정확하게 모르시는군요? 그날이 추웠다는 걸 기억 못 하십니까?"

"지금 내가 재판을 받는 거요?"

버크너는 판사를 바라보며 도움을 청했다.

"이 사람이 도대체 지금 뭘 하려는 겁니까?"

"이 질문에 특별한 의도가 있느냐, 매튜?"

"네, 판사님. 있습니다. 좀 더 기다려주시면요."

"알았다."

우드워드가 고개를 끄덕였다.

"하지만 버크너 씨는 증인이라는 사실을 기억해라. 피고가 아니고."

"버크너 씨, 추운 2월 밤에 밖에 나가려고 침대에서 일어나셨을 때, 외출복을 입으려고 잠시 지체하셨겠지요?"

"외출복? 그게 뭐요?"

"외투요."

매튜가 말했다.

"망토, 모자, 장갑. 최소한 신발은 신으셨겠지요?"

버크너가 노려보았다.

"그게…… 물론 신발을 신었지!"

"그럼 외투는요?"

"그래, 외투도 입었던 것 같아! 날 바보 취급하는 거요?"

"아뇨, 버크너 씨. 그럴 리가요. 하지만 그런 사소한 부분에 대해서는 별로 확실하지 않으신 것 같습니다. 그럼 이 얘기를 해보지요. 침대에 누워서 수탉이 우는 소리를 들으셨을 때, 신발과 외투는 여전히 걸치고 계셨습니까?"

"뭐?"

"아까 진술하실 때 버크너 씨는 침대에 누워 있었고, 땀을 흘리며 몸을 떨고 계셨다고 했습니다. 잠깐이라도, 침대에 눕기 전에, 신발과 외투를 벗기 위해 멈추신 적이 있습니까?"

"그래요."

확신이 없는 목소리였다.

"그랬을 거요."

"기억이 안 나십니까?"

"무서웠으니까. 말했잖소. 죽도록 무서웠다고!"

"지팡이는 어떻습니까? 나가실 때 지팡이는 가지고 가셨나요?"

"그랬지. 그게 없으면 거의 걸을 수가 없으니."

"과수원에서 돌아오셨을 때 지팡이는 어디에 두셨습니까?"

"나는…… 그걸……."

버크너는 입 주변으로 손가락을 가져갔다.

"그건…… 침대 옆 구석에 둔 것 같소. 언제나 거기에 두니까."

"그럼 아침이 밝았을 때 지팡이가 그곳에 있었습니까?"

"그래요. 바로 그 구석에 있었소."

"외투와 신발은 어디에 두셨습니까?"

"나는…… 외투를 벗어서, 그걸 내려두고 신발은…… 침대 발치에 놨던 것 같소."

"다음번에 외투와 신발을 걸치실 때 그것들이 그 자리에 있었습니까?"

"잠깐만……."

버크너의 이마에 깊은 주름이 잡혔다.

"아니, 외투는 앞문 옆의 고리에 걸어두었던 것 같소. 거기에 있었어요."

"앞문 옆에요? 버크너 씨는 뒷문으로 들어오셨다고 했었는데요? 집 안에 등불이 있었습니까, 아니면 어두웠습니까?"

"어두웠소. 불빛은 본 기억이 안 나요."

"지금 말씀대로라면 버크너 씨는 악마의 사악한 행위를 목격하셔서 죽도록 두려우셨는데, 그럼에도 집의 뒷문으로 들어오셔서 어둠을 뚫고 앞문까지 가셔서 외투를 고리에 거셨다는 겁니까?"

매튜는 버크너가 대답하기 전에 손가락을 들었다.

"아! 밖에 나갔다 오신 걸 부인에게 알리고 싶지 않으셔서 그러셨겠군요. 제 말이 맞습니까?"

"그래, 그래요."

버크너는 힘차게 고개를 끄덕였다.

"분명히 그래서 그랬을 거요."

"선생님, 만일 그렇게 하시기로 생각하셨다면, 왜 외투를 벗어서 침대 발치에 놓아두셨다고 생각하셨습니까? 실제로 외투를 어디에 두셨는지 잘 기억나시지 않나요?"

"주문에 걸렸던 거요! 그랬을 겁니다. 내가 말했듯이, 그 일을 보고 나서 내 머리는 정상이 아니었다고요."

"버크너 씨?"

매튜는 버크너의 눈을 똑바로 쳐다보았다.

"선생님은 우리에게 불빛이 없으면 볼 수 없었을 광경에 대해 놀랄 만큼 세세하게 묘사해주셨습니다. 그런데 왜 과수원에서 있었던 일의 이전과 이후의 일에 대해서는 그토록 확신이 없으십니까?"

버크너의 얼굴이 굳었다.

"지금 내가 거짓말을 한다고 생각하는 거지. 안 그렇소?"

"버크너 씨."

우드워드가 말했다.

"아무도 그런 말을 한 적은 없습니다."

"말할 필요도 없지! 나한테 하는 그 빌어먹을 질문들만 봐도 다 알 수 있으니까! 외투니 신발이니, 지팡이를 들었느니 말았느니! 난 정직한 사람이오. 누구에게든 물어보시오!"

"선생님, 진정하십시오. 그렇게 화를 내실 일이 아닙니다."

"난 거짓말쟁이가 아니라고!"

버크너가 힘껏 소리를 질렀다. 그는 절룩거리며 일어서서 레이첼 호워스를 가리켰다.

"저기 저 마녀가 지옥에서 온 세 악마들과 함께 있는 걸 내가 봤소! 분명히 저 여자였어! 절대 잘못 보지 않았어! 저 여자는 시커먼

뱃속까지 사악하다고! 만일 내가 거짓말을 한다고 생각한다면 당신들도 주문에 걸린 거야!"

"선생님."

우드워드가 남자를 달래려 애쓰며 조용히 말했다.

"부탁드립니다. 앉으셔서⋯⋯."

"아니, 됐어! 날 거짓말쟁이라고 부를 순 없어! 당신이 판사라고 해도! 신께서는 내가 진실을 말한다는 걸 아시오! 그리고 신만이 판결을 내리실 수 있소!"

"천국에서는 그렇지요."

우드워드는 마지막 말에 조금 상처를 받았다.

"하지만 지상의 법정에서는, 정의는 인간의 책임입니다."

"정의가 실현되려면, 마녀는 내일이 다 가기 전에 죽어야 해!"

버크너의 입가에서는 흰 침이 흘렀고, 눈은 커졌다.

"아니면 당신은 마을을 죽이고 마녀는 살리기로 결정한 거요?"

"아직 여쭤봐야 할 질문이 더 있습니다, 선생님."

우드워드는 걸상을 가리켰다.

"착석하지 않으시겠습니까?"

"이제 할 만큼 했어! 더는 대답하지 않을 거요!"

버크너는 갑자기 몸을 돌려 지팡이에 몸을 한껏 의지한 채 감방 밖으로 나갔다.

우드워드도 일어섰다.

"버크너 씨! 부탁입니다! 조금만 더요!"

하지만 우드워드의 애원은 헛수고였다. 버크너는 감방을 나가 감옥 밖으로 나가버렸다.

"곧 돌아올 겁니다. 비드웰 씨가 설득할 거예요. 두세 가지만 더 물어보면 됐는데."

매튜가 말했다.

우드워드가 매튜를 어두운 눈으로 바라보았다.

"저 사람에게 그렇게 꼬치꼬치 캐물은 건 무슨 의도였느냐?"

"저는 꼬치꼬치 캐물었다고 생각하지 않습니다, 판사님. 사실관계를 분명히 따진 것이죠."

"너는 저 사람을 비난하고 있었어, 매튜! 저 사람에게 거짓말쟁이라고 말한 것이나 다름없다!"

"아닙니다, 판사님."

매튜는 차분하게 대답했다.

"저는 그런 말을 한 적 없습니다. 저는 단지 왜 버크너 씨가 어떤 일은 그토록 자세히 기억하면서도 다른 일은 제대로 기억을 못하는지 알고 싶었을 뿐이에요. 버크너 씨가 어떤 공포를 경험했든지 외투와 신발을 걸치고 벗은 일 정도는 기억할 줄 알았어요."

"저 사람은 거짓말쟁이가 아니야!"

우드워드가 단언했다.

"아마 혼란스러웠을 거다. 당연히 겁에 질렸을 테고. 하지만 나는 버크너 씨가 그런 환상을 만들어낼 만한 사람이라고는 생각지 않는다. 네 생각은 그렇지 않은 거냐? 내 말은……. 오, 하느님. 만일 버크너 씨가 그런 이야기를 지어냈다면, 그자의 영혼이 모든 구원의 손길을 벗어나 깊이 병들었다는 것이 두렵구나!"

웃음소리가 들렸다. 매튜와 우드워드는 옆 감방을 바라보았다. 레이첼 호워스가 거친 벽에 등을 기대고 의자에 앉아서 고개를 위로 젖힌 채 웃고 있었다.

"부인은 이게 재밌습니까?"

우드워드가 물었다.

"아뇨."

여자가 대답했다.

"슬퍼요. 하지만 눈물이 다 말라버려서 울지 못하니 대신 웃어야겠어요."

"웃든 울든 마음대로 하시오. 이것은 확고한 증거요."

"증거?"

다시 한 번 여자가 웃었다.

"무슨 증거요? 노인네가 주절거린 정신 나간 이야기? 아, 그 노인네가 한 얘기 중에 진실이 있긴 했어요."

"그렇다면 부인은 악마와의 교합을 인정하는 겁니까?"

"아니요. 내가 안식일에 교회를 세 번쯤 나갔던 걸 인정한다는 말이에요. 그리고 세 번째 갔을 때 썩은 달걀을 머리카락에 묻히고 앉아 있던 것도요. 하지만 집으로 달아나거나, 상처 입은 어린아이처럼 훌쩍거리는 모습을 보여줘서 그들을 기쁘게 하고 싶지 않았어요. 그게 버크너의 이야기 중 유일한 진실이에요."

"물론 부인은 과수원에서의 사건은 부인하겠죠. 인정하리라고는 기대도 안 했습니다."

"그럼 이딴 건 왜 하는 건데요?"

여자는 호박색 눈으로 판사를 바라보았다.

"내가 그런 마녀라면 왜 버크너를 골라서 내…… 부도덕한 행동을 보라고 했겠어요? 왜 그런 일을 남몰래 하지 않았겠느냐고요?"

"나는 모릅니다, 부인. 왜 그러지 않았습니까?"

"버크너의 말에 따르면, 나는 분명히 잠겨 있는 문을 통과할 수 있어요. 그럼 왜 나는 여태 이 감방 안에 갇혀 있을까요?"

"이 감옥을 떠나면 부인이 마녀라는 사실을 인정하는 게 될 테니까요."

"버크너한테 신성을 모독하는 장면을 보여주는 것도 내가 마녀임을 인정하는 게 아닌가요?"

여자는 고개를 저었다.

"내가 진짜 마녀라면, 그보다는 똑똑하게 굴걸요."

"음, 내가 볼 때 부인은 충분히 똑똑합니다. 게다가 부인이 밤에 이 감방을 나가서, 내키는 대로 당신의 주인과 배회하지 않는다고 누가 장담할 수 있겠습니까? 아마도 부인은 신을 두려워하는 사람들이라면 감히 생각지도 못할 악령의 세상에서 살고 있겠지요."

"내일 아침에 당신 서기한테 물어보세요."

레이첼이 말했다.

"내가 과연 벽을 통과할 능력이 있는지 오늘 밤이면 알게 될 테니까요."

"매튜가 이곳에 있는 동안 부인이 그런 능력을 과시할지 의심스럽습니다."

우드워드가 방어했다.

"다시 말하지만, 그런 행위는 부인의 유죄를 인정하는 것이며, 그 즉시 부인을 화형대의 말뚝으로 보낼 겁니다."

여자는 갑자기 벌떡 일어섰다.

"당신도 다른 사람들과 마찬가지로 미쳤어! 당신은 정말로, 오늘 그런 얘기를 듣고 나서도 내가 화형을 당하지 않을 거라고 생각해? 나한테 불리한 증언을 할 사람들, 거짓말쟁이들이 아직 더 있어. 나도 알아. 하지만 누가 나한테 유리한 증언을 하겠어? 아무도 없어. 아, 그 사람들은 나를 마녀라고 부르기 전부터 나를 미워했어. 그래서 나를 마녀로 몰아세우는 거야. 날 더 미워할 수 있도록!"

"그들이 부인을 마녀로 만들었다고요? 마녀가 아닌데 어떻게 마녀로 만들 수가 있습니까?"

"내 말 잘 들어요, 판사님. 누군가 그로브 신부님과 내 남편을 죽였고, 그러고 나서 날 세일럼 남쪽 지역에서 가장 사악한 마녀로 만들었어요. 누군가 인형을 만들어 내 집에 숨겼고요. 누군가가 나에 대한 더러운 거짓말들을 퍼뜨렸고, 이제 사람들은 자기 진짜 마음도 모르게 되었다고요!"

"나는 버크너 씨를 믿습니다."

우드워드가 말했다.

"이전에도 여러 법정에서 거짓말을 하는 사람들을 본 적이 있어요. 그런 사람들은 자기가 빠져나오지 못할 거미줄을 칩니다. 버크너 씨가 몇 가지 사소한 점에서 혼란스러워하고 있을지는 모릅니다. 아마 나이도 많고 그날 밤에 그런 경험을 했으니 그렇겠지요. 하지만 그 사람은 거짓말은 하지 않았습니다."

"그 노인네가 거짓말을 안 하는 거라면 정신병원에 보내야죠. 아니면 다른 진짜 마녀한테 저주를 받은 거예요. 난 누명을 썼고요. 난 그 사람 집이든 과수원이든 발도 들여놓은 적 없어요. 신 앞에서 맹세해요."

"말조심하시오, 부인! 성스러운 불의 번개가 당신의 게임을 끝낼 거요."

"화형대 말뚝에서 죽는 것보다 그쪽이 더 빠르다면, 그거야 환영이죠."

"이 모든 것을 간단히 끝낼 방법이 있어요, 호워스 부인."

매튜가 말했다.

"주기도문을 암송하면 판사님께서 부인의 사건을 다른 각도에서 고려하실 거예요."

"고맙지만 내가 직접 말하겠다!"

우드워드가 말했다.

"오늘 들은 얘기로 미루어, 주기도문을 암송하더라도 그건 이 여자의 주인이 마련한 속임수일 거라는 생각이 드는구나!"

"그럼 그렇게 생각하시든가요."

레이첼이 말했다.

"이 마을에서 아무런 의미도 갖지 못하는 그런 것을 읊는 건 내가 거부할 테니까요. 낮이나 밤이나 주기도문을 지껄이는 것들이 내가 불에 탈 때 제일 먼저 웃어댈 놈들이에요. 루크리셔 본처럼. 아, 그 여자는 완벽한 기독교인의 모범이죠! 그 여자는 십자가에 못 박히신 그리스도에게 식초를 주면서 꿀이라고 할 사람이에요!"

"그 부인은 친절하게도 당신에게 차를 제공해주었소. 그 차에 식초 같은 건 들어 있지 않았는데."

"당신은 그 여자를 나만큼은 몰라요. 난 그 여자가 왜 잔을 깨서 돌려달라고 했는지 알아요. 가서 직접 물어봐요. 그럼 알게 될 테니."

우드워드는 찻주전자와 남은 잔들을 분주하게 바구니에 챙겨 넣었다.

"오늘은 여기까지 해야겠다, 매튜. 이제 쉴즈 선생을 보러 가마. 월요일 아침에 심문을 재개하도록 하지."

"판사님, 다음 증인으로 버크너 부인을 부르셨으면 합니다. 제가 묻고 싶은 질문이 좀 있어요."

"그러냐?"

우드워드가 동작을 멈췄다. 그의 뺨은 불꽃처럼 달아올랐다.

"이 법정을 주재하는 게 누구냐? 너냐, 나냐?"

"물론 판사님이십니다."

"그럼 다음 증인을 결정하는 건 내가 할 일이 아니냐? 그리고 나는 버크너 부인에게 궁금한 점이 전혀 없기 때문에, 개릭 씨를 월요일 아침에 법정으로 데려올 생각이다."

"판사님이 이 법정의 주재자이신 건 압니다. 다른 법정에서와 마찬가지로요."

매튜가 살짝 고개를 숙이며 말했다.

"하지만 버크너 부인에게 그 기간 동안의 남편의 정신 상태에 대해 묻지 않으면······."

"버크너 부인은 그냥 둬."

우드워드가 말을 잘랐다.

"그 부인은 남편이 진술한 두 사건이 진행될 동안 자고 있었다. 그리고 버크너 씨는 자기가 본 걸 아내에게 전혀 얘기하지 않았어. 신실한 기독교 신자인 부인을, 호워스 부인이 있는 이 감옥으로 불러와야겠느냐?"

"그 부인은 다른 어떤 법정에도 불려올 수 있습니다."

"그건 판사의 재량이다. 내 생각에는 그 부인이 덧붙일 내용은 아무것도 없어. 게다가 소환을 받는 것만으로도 충분히 괴로울 수 있다."

"판사님."

매튜가 조용히 말했다.

"아내는 남편을 압니다. 저는 버크너 씨가······ 그러니까 말하자면······ 이전에 환각이라든가 뭐 그런 걸 겪은 적이 있었는지 알고 싶습니다."

"만일 그 사람이 목격한 장면이 환각이었다고 주장하고 싶은 거라면, 그 환각을 다른 사람과도 공유하고 있다는 점을 기억해라. 스티븐 던튼, 그게 그 남자 이름이었던가?"

"네, 판사님. 하지만 던튼 씨는 더 이상 이곳에 없기 때문에, 우리는 오직 버크너 씨의 진술만 확보하고 있는 상황입니다."

"성경에 맹세한 진술이야. 이성적인 태도로 말했고. 내가 듣고자 했던 만큼 속이 뒤틀릴 정도로 자세히 말해주었어. 그의 진술은 내겐 충분히 훌륭하다."

"하지만 저에겐 충분히 훌륭하지 않아요."

매튜가 말했다. 다듬어지지 않은 생각이 미처 자제하기도 전에 입에서 튀어나왔다. 만일 우드워드의 이가 틀니였다면 바닥에 떨어졌을 것이다. 판사와 서기가 서로 노려보는 가운데 주위는 고요했다.

우드워드의 목은 부어오르고 코는 막혀 있었다. 그리고 습하고 답답한 열기에 뼈마디가 쑤셔댔다. 그는 방금 신뢰할 만한 증인으로부터 강렬하면서도 경악할 만한 이야기를 들었다. 그 이야기는 한 여인을, 설혹 사악한 마녀라고 해도 어쨌든 지금은 인간으로 존재하는 한 여인을 화형대 말뚝으로 더 가까이 떠미는 그런 이야기였다. 우드워드는 뼛속까지 아팠고, 그의 어깨에 얹힌 짐에 매튜의 뻔뻔함까지 더해져 이제 쓰러질 지경이었다.

"네 신분을 잊었구나."

우드워드가 쉰 목소리로 말했다.

"넌 서기다. 판사가 아니고. 심지어 변호사도 아니야. 앞으로 네가 그렇게 되고 싶어 하는 것 같긴 하다만. 네 의무는 질문이 아니라 필기를 하는 거다. 필기는 대단히 잘하지만, 지금 한 질문 때문에 네 장점이 가려지는구나."

매튜는 뺨을 붉히는 것 외에는 달리 대답할 방법이 없었다. 그는 자신이 도에 지나친 말을 했으며 침묵을 지키는 편이 나았다는 걸 깨달았다.

"이번 일은 주위 환경과 엉망인 날씨 탓으로 치마."

우드워드가 말했다.

"그러니 이 일은 신사답게 흘려버리는 거다. 동의하느냐?"

"네, 판사님."

매튜가 말했다. 하지만 그는 여전히 버크너의 아내를 심문해야 마땅하다고, 아니, 반드시 그렇게 해야 한다고 생각했다.

"그럼 좋다."

우드워드는 떠날 채비를 하며 바구니를 집어 들었다.

"그린에게 너를 저쪽 감방으로 옮겨달라고 부탁하마."

우드워드는 반대편 감방을 향해 고개를 까딱했다.

"네가 호워스 부인과 이렇게 가까이 있는 것이 영 마뜩치 않구나."

"저…… 전 그냥 여기 있고 싶습니다, 판사님."

매튜가 재빨리 대꾸했다.

"책상이 있는 편이 좋아서요."

"왜? 필요하지도 않을 텐데."

"이게…… 있으면 이곳이 감옥이 아닌 것처럼 느껴지거든요."

"오, 그렇구나. 알겠다. 그럼 호워스 부인을 옮겨달라고 하마."

"그러실 필요 없습니다, 판사님."

매튜가 말했다.

"감방 하나를 두고 붙어 있든 떨어져 있든 큰 상관은 없지 않을까요. 저 여자가 정말로 마법을 쓴다면요. 그리고 저에겐 이게 있는 걸요."

매튜는 가죽으로 장정된 성경을 들어 보였다.

"이것이 저를 지켜줄 만큼 강력하지 않다면 어떤 것도 절 지켜주지 못하겠죠."

판사는 잠시 가만히 매튜를 보다가 레이첼 호워스를, 그리고 다시 매튜를 보았다. 이 모든 상황이, 매튜가 이 비참한 곳에서 사악하다고 알려진 여자와 함께 갇혀 있는 이 상황이 그의 신경을 갉아먹고 있었다. 죽음처럼 어두운 밤에 매튜가 무엇을 목격할지 누가 알겠는가? 우드워드는 직접 이 아이에게 판결을 내렸다. 하지만 달리 어떤 선택이 있었겠는가? 우드워드는 자신이 직접 옆 감방에서 밤을 지내며 호워스 부인의 행동을 감시해볼까도 생각해봤다. 하지만 그랬다간 비드웰과 마을 사람들이 겉보기와는 달리 우드워드가 일처리 능력이 부족한 사람이라고 얕볼 게 뻔했다.

그의 심연 깊은 곳에서, 사람들이 볼 수 없는, 빛이 드리우지 않는 저 깊숙한 곳에서, 그는 두려움을 느꼈다. 레이첼 호워스가 두려웠고, 그녀가 매튜에게 할지도 모를 일이 두려웠다. 또한 일단 이 악마의 정부를 매튜와 단둘이 남겨두고 떠나면, 매튜가 더 이상 예전 같지 않을 것 같아 두려웠다. 마녀의 기쁨은 순결한 것을 파괴하는 데 있지 않던가?

"저는 괜찮을 겁니다."

매튜는 우드워드의 고뇌에 찬 표정에서 이런 생각을 어느 정도 읽고 말했다.

"쉴즈 선생님을 찾아가셔서 토닉을 좀 달라고 하세요."

우드워드는 고개를 끄덕였지만, 여전히 발걸음이 떨어지질 않았다. 하지만 떠날 시간이었다.

"오늘 오후에 널 보러 오마. 뭘 좀 가져다주랴? 비드웰의 도서실에서 책이라도?"

"네, 그게 좋겠네요. 아무 책이라도 좋습니다."

"곧 음식이 들어올 거다. 식사가 만족스럽지 않으면, 내가 뭐라도 좀……."

"식사는 아무래도 괜찮아요. 쉴즈 선생님이나 꼭 찾아가세요."

"그렇게 하마."

우드워드는 여자를 쳐다보았다. 여자는 다시 자기 의자에 앉아 있었다.

"내 서기한테 무슨 짓을 하든 전부 감시 대상이 될 거요, 부인."

우드워드는 단호하게 말했다.

"분명히 충고하겠는데 이 아이에게 거리를 두시오."

"내 행동은 걱정할 필요 없어요."

여자가 대답했다.

"하지만 여기 있는 쥐들한테는 그 분명한 충고가 안 먹힐걸요."

우드워드가 할 수 있는 일은 더 이상 없었다. 매튜는 이제 혼자 힘으로 이곳에서의 일을 감당해야 했고, 주 하느님이 그와 함께 계실 것이었다. 우드워드는 바구니를 손에 들고 감옥을 나섰다. 곧이어 그린이 들어와 매튜의 감방 문을 잠갔다. 그러고 나서 그린도 물러갔다.

매튜는 창살 옆에 서서 열려 있는 천창을 올려다보았다. 그의 손가락은 쇠창살을 잡고 있었다. 감방 문이 잠기는 소리가 고아원의 철문이 삐걱거리는 소리를 연상시켰다. 그러자 속이 울렁거렸다.

"자유를 잃었다는 걸 느낄 때까지 그리 오래 걸리지 않을 거예요. 며칠 동안 여기 있어야 하죠?"

레이첼이 물었다.

"사흘이요."

"길기도 해라!"

여자는 경멸하듯 말하고는 귀에 거슬릴 정도로 거칠게 웃었다.

"전 감옥에 있어본 적이 한 번도 없어요. 적어도, 창살의 이쪽 편에 있어본 적은요."

"나도 그랬어요. 낮에는 그렇게 나쁘지 않아요. 하지만 밤엔 다르죠."

"사흘이니까. 견딜 수 있어요."

매튜가 되뇌었다.

"이게 무슨 바보짓이람?"

여자의 목소리가 날카로워졌다.

"당신이 날 염탐하러 여기 들어온 걸 내가 모를 것 같아요?"

"아녜요. 전 여기에…… 대장장이를 다치게 해서 들어온 거예요."

"오, 그러셨어요! 자 그럼, 오늘 밤 당신한테 주문을 걸려면 뭘 해야 할까요? 까마귀가 되어서 감방에서 감방으로 돌아다닐까요? 사탄이 바이올린을 켜는 동안 허공에서 춤이라도 출까요? 아! 당신을 치즈로 변하게 해서 쥐들이 갉아먹게 해야 되겠네! 그러면 당신 판사가 감명받을까요?"

"분명 그럴 겁니다."

매튜가 차분하게 대답했다.

"하지만 그러면 우리 둘 모두에게 좋을 게 없어요. 제가 새벽이 오기 전에 바스러지면 당신은 정오에 재가 될 테니까요."

"언제가 됐든 어느 날 정오에 나는 재가 될 거예요. 그게 내일이 아니란 법이 있나요?"

매튜는 창살 너머로 레이첼 호워스를 쳐다보았다. 여자는 무릎을 끌어안은 채 앉아 있었다.

"마을 사람들 전부가 당신을 마녀라고 생각하는 건 아니에요."

"안 그런 사람이 누군데요?"

"적어도 한 사람. 이름을 말할 수는 없어요. 그 사람의 신뢰를 저버릴 수 없거든요."

"한 사람."

여자는 가늘게 미소를 지었다.

"그 한 사람이 판사는 아니겠죠?"

"아니에요."

"그럼? 당신?"

"전 이 문제에 대해서는 열린 마음을 가지고 있어요."

"판사는 그렇지 않고요?"

"우드워드 판사님은……."

매튜가 말했다.

"……명예와 신념을 지키시는 분이에요. 오늘 그분이 보이신 반응과는 상관없이, 그분은 양쪽 의견을 다 들어보고 균형을 유지하실 겁니다. 부인도 아직은 발밑에 불이 붙지 않았다는 걸 알잖아요. 사실 버크너 씨의 이야기를 들으면 판사님께서 횃불에 불을 붙일 명분은 충분히 있다고 생각합니다."

"버크너!"

레이첼은 침을 뱉듯 말했다.

"그자는 돌았어. 난 그 사람 집이고 과수원이고 어디에도 간 적 없어요. 그 사람을 잘 알지도 못해요. 한 열 마디나 나눴을까."

매튜는 책상으로 다가가 종이 무더기를 차곡차곡 쌓아 깔끔하게 정리했다.

"버크너 씨는 당신을 아주 잘 아는 것 같던데요. 어제 당신의 모습을 보니, 당신은 옷을 벗고 마을을 활보하는 성향을 타고난 게 아닐까 싶은 생각이 들었어요."

"난 남편을 위해서만 옷을 벗어요."

여자가 말했다.

"다른 사람을 위해서는 아녜요. 마을 사람들 앞에서는 물론 아니고……. 버크너가 상상하는 사악한 짓거리를 위해서도 아니고."

"그럼 뭡니까? 전부 노인의 상상이라고요?"

"네! 물론이에요."

매튜는 종이를 한 장 찾아 그것을 읽었다.

"과수원 사건에 관해서, 버크너 씨는 다음과 같이 말했습니다. '일라이어스 개릭이 하는 이야기를 들은 다음에도 누구에게도 얘기하지 않았어요. 그런데 레스터 크레인이 나한테 스티븐 던튼도 그런 비슷한 일을 봤다고 말해주더군. 그 세 마리 짐승과 마녀를. 다만 그것들이 그 사악한 짓거리를 저지른 장소는 던튼의 농장 바로 옆, 예전에 풀 가족이 살던 집 안이라고 했소.'"

매튜는 여자를 바라보았다.

"두 사람이 각기 다른 시간에 각기 다른 두 장소에서 본 것이 어떻게 상상일 수 있을까요?"

여자는 대답하지 않았다. 똑바로 앞을 보는 그녀의 표정이 더 어두워졌다.

"개릭 씨가 월요일 아침에 진술을 하면 당신이 설 화형대의 장작더미에 장작개비가 더 올라가게 될 거예요. 그가 무슨 말을 할지 짐작하고 있어요?"

매튜가 물었지만 답이 없었다.

"짐작하고 있겠죠. 그다음엔 바로 바이올렛 애덤스라는 아이의 얘기를 들을 거예요. 그 아이는 무슨 말을 할지 모르겠어요. 당신은 알아요?"

침묵만이 질문에 대한 유일한 답이었다.

"무슨 내용이든 간에, 아이의 입에서 나오는 내용은 두 배로 더 강력할 거예요. 판사님은 어린아이들의 진술에 대단히 민감하세요. 그 아이가 말하는 동안에는 입을 다물고 계시는 편이 좋을 거예요."

"그 계집애가 무슨 거짓말을 지껄이든 상관없이?"

레이첼이 여전히 멍하게 앞을 보며 물었다.

"비밀의 장소에서 303명의 악마와 뒹구는 당신을 봤다고 해도요. 입을 꼭 다물고 계세요."

"당신이 알아야 할 게 있어요."

레이첼이 말했다.

"그 아이의 엄마가 교회 앞에서 그 향기로운 선물을 내 머리에 던진 사람이에요. 콘스탄스 애덤스는 나에 대한 감정을 결코 숨기지 않았죠."

레이첼이 고개를 돌려 매튜의 눈을 바라보았다.

"당신은 판사의 서기이고, 그의 법에 따르기로 서약을 했죠. 만일 당신이 판사의 염탐꾼으로 온 게 아니라면, 왜 내가 뭘 말하고 말하지 않는지에 그렇게 관심이 있는 거예요?"

매튜는 종이 정리를 끝내고는 종이를 상자에 넣고 뚜껑을 닫았다. 그러는 동안 매튜는 천천히 대답을 생각해냈다.

"나는 퍼즐에 관심이 많아요."

매튜는 여자의 시선을 회피했다.

"모든 조각이 완벽하게 들어맞을 때에만 만족스러워요. 이 경우에는…… 너무 많은 조각들이 제자리가 아닌 곳에 억지로 놓여 가장자리가 들쭉날쭉해요. 빠진 조각도 찾아야 하죠. 어떤 조각들은 제 위치에 놓인 것 같기도 해요……. 하지만 그런 조각들은, 적어도 내가 볼 때는 모양 자체가 잘못됐죠. 그것이 흥미로워요."

긴 정적이 뒤따랐다. 그동안 매튜는 펜촉을 닦았다.

"내가 마녀라고 생각해요?"

레이첼이 날카롭게 물었다.

"나는……."

매튜는 심사숙고한 끝에 대답했다.

"……대단히 영리하고 악랄한 것이 이 마을에 군림하는 것 같아요. 그게 악마인지 인간인지는 모르겠지만 아주 사악해 보이고요. 더 이상은 나도 모르겠어요."

"나도 그래요."

여자가 말했다.

"하지만 그게 누구든, 또는 무엇이든, 내 남편의 목을 잘랐고 나를 그런 추잡한 짓거리로 덮어씌웠어요. 그 때문에 나는 화형을 당하게 될 거예요."

매튜는 그녀의 말을 부인하지 못했다. 화형식은 아주 가까워 보였다.

거짓말이 거짓말을 낳았어요.

네틀즈 부인이 말했다.

그 여자가 필요한 건 진실의 수호자예요.

이곳엔 진실이 드무니 수호하는 사람도 드물겠지. 매튜는 서기였고, 그게 다였다. 판사도 아니고, 변호사도 아니고…… 수호자는 더더욱 아니었다.

하지만 한 가지만은 확실했다. 매튜의 생각은 버크너 씨의 그 구역질나는 진술과 판사의 단호한 반응을 본 뒤 더 분명해졌다. 이 심문의 결과로 인해, 우드워드는 레이첼 호워스를 조속히 죽음에 이르게 하도록 강압을 받을 게 뻔했다. 이 여자는 판결문이 낭독된 뒤 며칠 내에 뼈까지 송두리째 타버리게 될 것이다. 누가 그 죽음의 판결을 기록할 것인가?

물론 매튜다. 이전에도 몇 번 그런 적이 있었다. 아무것도 새로울 것은 없다.

다만 이번 경우엔, 그는 맞지 않는 조각을 들고 생각에 잠긴 채 자신의 무덤에 들어가, 잃어버린 '왜' 때문에 영원히 괴로워하게 될 것이었다.

매튜는 펜촉을 닦아 잉크병과 함께 상자에 넣은 뒤, 다음에 쓸 수 있도록 상자를 책상 서랍에 넣었다. 윈스턴이 감옥으로 가져오기 전에 말끔히 청소해서 책상 서랍은 완전히 비어 있었다.

매튜는 그린이 들여놓은 깨끗한 새 짚 더미 위에서 몸을 쭉 뻗었다. 그는 눈을 감고 쉬려고 애썼다. 잠시 후 매튜는 자신이 자신의 방과 레이첼의 감방을 가로막는 창살로부터 최대한 멀리 떨어져 기대 누웠다는 것과, 오른손으로 성경을 가슴에 안고 있다는 사실을 깨달았다.

13

하모니 거리에 서 있는 쉴즈의 진료소는 분필로 칠한 듯한 하얀 건물이었다. 쉴즈의 진료소에 도착할 무렵, 우드워드는 안개구름 속을 걷는 느낌이었다. 이 몽롱하고 뿌연 느낌은 그의 몸만 고통스럽게 하는 것이 아니라, 정신적인 부담으로도 작용했다.

우드워드는 방금 루크리셔 본의 집에 들른 참이었다. 열여섯 살 정도 되어 보이는 사랑스러운 금발 여자아이가 우드워드를 맞이했다. 루크리셔 본의 딸 셰리스 본이었다. 찻주전자와 찻잔이 든 바구니를 돌려주면서, 우드워드는 본 부인에게 왜 적갈색 잔을 레이첼 호워스에게 깨뜨려달라고 부탁했는지 물었다.

"판사님도 이해하실 거예요. 교양 있는 도시분이시니까요."

본 부인이 말했다.

"이제 그 찻잔은 이전보다 더 가치 있어졌다는 걸요."

"가치?"

우드워드가 물었다.

"깨진 조각이 어떻게 찻잔일 때보다 더 가치가 있다는 말씀이가요?"

"그 여자가 깨뜨렸으니까요."

우드워드는 대답을 듣고 더 혼란스러워졌다. 그 감정이 표정에 나타났는지 본 부인이 설명을 해주었다.

"마녀가 화형을 당하고 나면 파운트로열은 다시 평온해지겠죠. 마을 사람들은 우리가 굳건히 이겨낸 끔찍했던 괴로움의 징표를 소유하고 싶어질 거예요."

본 부인은 미소를 지었다. 우드워드는 그 미소를 소름 끼친다고밖에 달리 표현할 길이 없었다.

"물론 시간은 좀 걸리겠죠. 하지만 조금 설명을 곁들이면 이 깨진 찻잔 조각은 행운의 부적으로 팔리게 될 거예요."

"뭐라고요?"

그 순간 우드워드는 안개가 그의 머리 주위로 드리워지는 것을 느꼈다.

"최대한 핏빛에 가까운 색을 찾았어요."

본 부인은 사기꾼이 얼간이를 상대할 때와 같은 말투로 말했다.

"마녀의 핏빛이죠. 아니면 마녀의 주홍빛 눈물이라고 해야 할까요? 어떤 이름으로 할지 아직 마음을 못 정했어요. 이건 상상력의 문제니까요. 이해하시겠죠?"

"저는…… 상상력이 부인만큼 발달하지 못한 것 같습니다."

굵은 매듭이 우드워드의 목에 걸린 것 같았다.

"이렇게 바로 가져다주셔서 감사드려요. 적절한 때에, 마녀가 깨뜨린 이 찻잔 조각들을 마녀를 처형한 판사님이 직접 가져다주셨다고 광고할 수 있을 거예요."

본 부인이 살짝 눈살을 찌푸렸다.

"아, 그런데…… 그 짚으로 만든 인형은 어떻게 되었나요?"

"짚으로 만든 인형?"

우드워드가 되뇌었다.

"네, 그 인형들은 마녀가 죽고 난 뒤에는 필요 없겠죠?"
"실례합니다. 이제 가봐야겠습니다."
우드워드가 말했다.

그는 그렇게 회색빛 하늘 아래, 머릿속에는 안개가 가득 낀 채로 쉴즈의 진료소 문 앞에 다다랐다. 문 위에는 붉은색, 흰색, 파란색이 칠해진 간판이 걸려 있어 이곳이 의사이자 이발사인 벤자민 쉴즈의 집임을 말해주었다. 우드워드는 초인종 줄을 잡아당기고 기다렸다. 그러자 약간 뚱뚱하고 얼굴이 넙데데한, 흑갈색 곱슬머리의 여자가 문을 열었다. 우드워드는 자신을 소개하고 쉴즈 선생을 볼 수 있는지 물었다. 곧 우드워드는 휑한 거실로 안내되었다. 거실에서 제일 먼저 눈에 띈 것은 노란 카나리아 두 마리가 있는 금빛 새장이었다. 베이지색 드레스에 앞치마를 입은 넉넉한 몸집의 여자는 방의 다른 문으로 나갔고, 우드워드는 새들과 함께 방에 남았다.

하지만 몇 분이 지나기도 전에 문이 다시 열리고 의사가 나타났다. 쉴즈는 소매를 걷어 올린 흰 셔츠에 와인색 조끼를 걸치고 먹색 바지를 입고 있었다. 그리고 둥근 안경을 끼고 긴 머리는 어깨까지 늘어뜨린 모습이었다.

"판사님!"
쉴즈가 손을 내밀었다.
"이렇게 방문해주시다니 기쁩니다!"
"제가 선생의 기쁨을 위해 방문한 것이라면 좋았겠습니다만."
우드워드가 대답했다. 푹 쉬어 있었던 목소리는 이제 깨지기 직전의 상태였다.
"안타깝게도 몸이 좋지 않아서 왔습니다."
"입을 벌려보세요. 머리를 뒤로 조금 젖히시고요."

쉴즈는 우드워드의 입안을 들여다보았다.

"맙소사."

쉴즈가 간단히 살펴본 뒤 말했다.

"목이 상당히 부어 있고 염증도 있어요. 꽤 아프셨겠는데요."

"그래요, 상당히 아픕니다."

"그러실 겁니다. 이리 오세요. 좀 더 자세히 봐야겠어요."

두 사람은 복도로 나가서 대야와 의자, 면도칼을 가는 가죽띠가 있는 이발소 방을 하나 지나고, 침대 세 개가 놓인 두 번째 방을 지났다. 오른팔에 석고붕대를 감고 무기력한 얼굴에는 얼룩덜룩 멍이 든 젊은 여자가 침대에 누워 있었는데, 우드워드에게 문을 열어줬던 여자가 그녀에게 수프를 떠먹이고 있었다. 우드워드는 그 젊은 여자가 분노의 카펫 먼지떨이에 희생당한 놀스의 불행한 아내라는 걸 눈치챘다.

복도를 한참 더 가서야 세 번째 방의 문이 열렸다.

"이쪽으로 앉으세요."

쉴즈는 창문 가까이에 놓인 하나뿐인 의자를 가리켰다. 판사는 의자에 앉았다. 쉴즈는 창문의 덧문을 열어 희뿌연 빛이 방 안으로 들어오도록 했다.

"제 영혼은 새벽이면 솟아난답니다."

쉴즈는 몸을 돌려 검사할 준비를 했다.

"그러다가 다시 땅으로 떨어지고 이맘때는 진창에서 구르는 중이지요."

"저도 마찬가집니다. 이 신세계에 태양이 하루 종일 비치는 날은 이제 다시는 없는 걸까요?"

"논란의 여지가 있는 질문 같군요."

우드워드는 자신이 누운 방을 살펴보았다. 의사의 서재 겸 진료실 같았다. 방 한편에는 오래된 책상과 의자가 있었고, 그 옆에는 두께로 보나 엄숙한 분위기의 장정으로 보나 의학서적인 듯한 책들이 책꽂이에 꽂혀 있었다. 그 맞은편에는 쉴즈의 허리 높이쯤 되는 긴 작업대가 놓여 있었다. 작업대 위에는 상아 손잡이가 달린 서랍이 여남은 개쯤 작업대의 끝에서 끝까지 놓여 있었고, 유리 세공인의 악몽에나 등장할 것 같은 기이한 모양의 유리병, 비커, 단지와 눈금자와 그 밖의 도구들도 함께 놓여 있었다. 벽에도 선반이 있어서 병과 단지들이 놓여 있었는데, 대부분 탁한 색의 액체와 약이 담겨 있었다.

쉴즈는 대야에 손을 담그고 비누로 손을 문질러 씻었다.

"최근에 이렇게 되셨나요? 아니면 파운트로열에 오기 전부터 불편하셨나요?"

"얼마 안 됐습니다. 처음엔 가볍게 쓰라리더니 이제는…… 뭘 삼키기가 힘들군요."

쉴즈는 수건으로 손을 닦고 작업대의 서랍을 열었다.

"흠, 목구멍 안으로 들어가야 되겠습니다."

쉴즈가 다시 우드워드 쪽으로 몸을 돌렸다. 쉴즈의 손에 가지치기를 할 때나 쓸 법한 가위가 들려 있는 것을 보고 우드워드는 깜짝 놀랐다.

"아, 제 말은, 목 안을 들여다보겠다는 뜻이었어요."

쉴즈는 우드워드의 놀란 표정을 보고 가볍게 미소 지었다.

쉴즈는 가위로 양초를 자르더니, 무시무시한 가위는 한옆에 치워두었다. 그러고는 양초 도막을 작은 촛대에 꽂은 뒤 거울을 그 뒤에 고정해 불빛이 더 환해지도록 했다. 그는 성냥으로 초에 불을 붙이고, 다른 도구를 서랍에서 더 꺼낸 다음 환자 앞에 의자를 놓았다.

"입을 크게 벌리세요."

우드워드는 입을 벌렸다. 쉴즈는 초를 판사의 입에 가까이 가져다대고 입안을 들여다보았다.

"상당히 쓰라리겠습니다. 숨 쉬는 것도 힘드십니까?"

"무척 힘듭니다."

"머리를 뒤로 젖히세요. 코를 좀 보겠습니다."

쉴즈는 커다란 코의 내부를 들여다보면서 신음했다.

"이야, 여기도 엄청나게 부었어요. 오른쪽이 왼쪽보다 더 심합니다. 기도는 양쪽 다 심각하고요. 다시 입을 벌려보세요."

우드워드가 입을 벌리자 쉴즈는 이번엔 긴 금속 탐침 끝에 작은 솜뭉치를 끼워 집어넣었다.

"삼키지 마세요."

솜조각이 우드워드의 목 안쪽을 문질렀다. 고통이 너무 심해 눈을 질끈 감고 토하거나 소리를 지르고픈 충동을 억눌러야만 했다. 마침내 탐침이 나왔고, 우드워드는 눈물이 그렁그렁한 눈으로 솜에 묻어 있는 누르스름한 액체를 보았다.

"예전에도 이런 걸 본 적이 있어요. 정도는 다양했지만요."

쉴즈가 말했다.

"판사님 상태는 중간 정도 됩니다. 이런 병은 늪지대 주위에 살면 치러야 하는 대가예요. 악취 나는 공기와 축축한 습기를 견뎌야 하는 거죠. 이런 기구로 배농을 하면 목이 심하게 아픕니다."

쉴즈는 일어서서 탐침을 내려놓고, 누런 액체가 묻은 솜을 작업대 위에 올려두었다.

"목에 토닉을 좀 바르면 통증이 가라앉을 겁니다. 호흡을 편하게 하는 치료법도 있어요."

쉴즈는 말하면서 탐침 끝의 더러워진 솜을 빼내고 깨끗한 솜을 다시 끼웠다.

"하느님 감사합니다! 드디어 구원을 만났군요! 오늘 하루 종일 심문을 하며 말을 하려니 아주 고문이었거든요!"

"아, 심문."

쉴즈는 벽의 선반에서 병을 하나 골라 뚜껑을 열었다.

"제러마이어 버크너가 첫 번째 증인이었죠? 윈스턴 씨가 말해주더군요."

"맞아요."

"그 사람 얘기는 알고 있어요."

쉴즈는 병과 탐침을 들고 다시 의자로 돌아왔다. 하지만 이번에는 양초와 거울은 가져오지 않았다.

"가발 받침대에 걸린 머리털마저도 쭈뼛 서게 만들 정도죠?"

"그보다 더 구역질나는 얘기는 들어본 적이 없소."

"입 벌리세요."

쉴즈는 솜을 병에 담가 진갈색 액체를 묻혔다.

"조금 따갑지만 쓰라림이 가실 거예요."

쉴즈는 탐침을 목 안으로 집어넣었고 우드워드는 마음의 준비를 했다.

"이제 가만히 계세요."

약물이 묻은 솜이 목에 닿았다. 우드워드는 찌르는 듯한 고통 때문에 탐침을 꽉 물 뻔했다. 눈물이 새로이 눈에서 솟아오르고, 주먹이 꼭 쥐어졌다. 우드워드는 연기만 안 날 뿐이지 지금 이 고통은 화형대에서 불에 타는 고통과 비슷하다고 생각했다.

"가만 계세요. 가만요."

의사는 솜을 병에 담그려고 잠시 멈췄다. 고통과의 싸움이 다시 시작되었고, 우드워드는 이 고통에서 벗어나려고 자신도 모르게 목을 이리저리 비틀었다. 교수형 당하는 것과도 비슷하군. 우드워드는 자조적인 기분이 들었다.

하지만 잠시 뒤에, 끔찍한 고통이 차츰 가라앉기 시작했다. 쉴즈는 계속해서 솜을 병에 담가 그 액체를 우드워드의 목구멍 안쪽에 발랐다.

"이제는 좀 편안해졌을 겁니다. 그렇죠?"

쉴즈의 말에 우드워드는 고개를 끄덕였다. 눈물이 뺨을 타고 흘러내렸다.

"제가 직접 조제한 약입니다. 기나피, 레몬 껍질, 아편을 초밀제(식초와 꿀을 써서 만든 약제-옮긴이)에 넣고 졸였어요. 환자들한테 써봤는데 결과가 아주 좋았답니다. 여기에 상표를 붙여볼까도 생각하고 있어요."

쉴즈는 토닉을 목에 조금 더 발랐다. 그러고는 우드워드의 목을 잘 처치한 것에 만족스러운 미소를 지으며 뒤로 물러나 앉았다.

"자! 내 환자들이 모두 판사님처럼만 얌전히 있어주면 좋겠군요! 아, 잠시만요!"

쉴즈는 자리에서 일어나 서랍에서 리넨 수건을 들고 왔다.

"이게 필요하실 겁니다."

"고맙소."

우드워드가 컥컥거렸다. 그는 수건으로 눈물을 닦았다.

"앞으로 이삼일 지켜볼 텐데 상태가 더 안 좋아지면 토닉을 좀 더 세게 써야 할 겁니다. 하지만 내일 저녁까지는 기분이 좋아지실 거예요. 일라이어스 개릭이 다음 증인이죠?"

"네."

"개릭은 이미 얘기를 했잖습니까. 왜 그 사람을 또 만나시는 거죠?"

"그의 진술을 기록해야 합니다."

쉴즈가 안경 너머로 우드워드를 바라보았다. 아무리 봐도 외양간 올빼미를 닮은 모습이었다.

"미리 말씀드리는데 계속 말을 하시면 목이 더 안 좋아질 겁니다. 무조건 쉬셔야 해요."

"개릭 씨는 월요일에 보기로 했어요. 안식일에 쉬면 되겠지요."

"월요일 아침도 너무 일러요. 적어도 일주일 동안은 말씀을 하시지 않는 것을 권합니다."

"그렇게는 못합니다! 말을 안 하고 어떻게 판사 일을 합니까?"

"그렇긴 하지만, 아무튼 충고는 드리는 겁니다."

쉴즈는 다시 작업대로 가서 탐침을 놓고 파란색 도자기 단지를 열었다.

"이 치료제가 호흡기 쪽에 도움을 줄 겁니다."

쉴즈는 단지를 들고 우드워드에게 돌아왔다.

"하나 집으세요."

우드워드는 단지 안을 들여다보았다. 길이가 6, 7센티미터로 보이는 작은 갈색 막대기가 열 개 남짓 들어 있었다.

"이건 뭡니까?"

"식물성 치료제입니다. 대마로 만든 거예요. 제가 직접 길러서 잎을 말려 만들었습니다. 이런 형편없는 기후에서는 여러 포기 중 한 포기 정도만 살아남는 것 같습니다. 해보시면 상당히 괜찮은 약이라는 걸 알게 되실 겁니다."

우드워드는 막대기를 하나 집어 들었다. 다소 미끈거리는 질감이었다. 우드워드는 그것을 씹으려고 입안에 밀어 넣었다.

"아뇨, 아뇨! 피우는 겁니다. 파이프를 피우는 것처럼요."

"피워요?"

"네. 한 가지 다른 점이 있긴 합니다. 연기를 폐 안으로 깊숙이 빨아들여서 머금고 있다가, 천천히 내뱉는 겁니다."

쉴즈는 촛불을 가져왔다.

"입술 사이에 물고 빨아들이세요."

우드워드는 순순히 의사의 말을 따랐다. 쉴즈는 가볍게 비튼 막대기 끝에 촛불의 불꽃을 가져다댔다. 푸르스름한 가는 연기가 피어올랐다.

"연기를 마셔요. 그렇게 하지 않으면 아무 소용없어요."

쉴즈가 지시했다.

우드워드는 최대한 깊이 들이마셨다. 쓴 맛이 나는 연기에 폐가 후끈거렸고, 그러더니 한바탕 기침이 터져 나와 또다시 눈물이 솟았다. 우드워드는 몸을 굽히고 눈물을 흘리며 기침을 했다.

"첫 몇 모금이 어려워요."

쉴즈가 말했다.

"자, 어떻게 하는지 보여드릴게요."

쉴즈는 의자에 앉아 대마 막대기를 하나 골라 들고 끝에 불을 붙였다. 그러더니 익숙하게 한 모금 들이마셨다. 잠시 뒤, 그는 입으로 연기를 뿜어냈다.

"보셨죠? 연습이 약간 필요해요."

하지만 우드워드는 쉴즈의 눈도 눈물로 반짝이는 것을 눈치챘다. 우드워드는 다시 시도해보았고, 다시 극심한 기침 발작의 공격을 받았다.

쉴즈가 말했다.

"연기를 너무 많이 들이마시는 것 같네요. 조금 들이마시는 편이 더 좋아요."

"이 치료법을 계속해야 합니까?"

"네, 숨 쉬기가 훨씬 편안해질 겁니다."

쉴즈는 다시 한 모금을 빨아들인 뒤, 턱을 위로 치켜들고 천장을 향해 연기를 뿜어냈다.

우드워드는 세 번째로 시도해보았다. 기침이 그렇게 심하지 않았다. 네 번째는 기침을 두 번 했을 뿐이었다. 여섯 번째에는, 머리를 짓누르는 압력이 조금 줄어드는 것처럼 느껴졌다.

쉴즈는 자기 것을 거의 반쯤 피웠다. 그는 타오르는 막대의 끝을 보다가, 우드워드를 똑바로 쳐다보았다.

"아시겠지만요, 판사님."

쉴즈가 긴 침묵 끝에 말했다.

"판사님은 아주 좋은 분이십니다."

"왜 그렇게 생각하십니까?"

"로버트 비드웰의 허풍과 엄포를 불평 없이 받아들이시니 좋은 분임에 틀림없습니다. 분명 성자에 가까운 분이시겠지요."

"그렇지 않아요. 나는 그냥 공무원일 뿐입니다."

"아, 공무원 이상이죠! 판사님은 법률에 능하신 분입니다. 그것만으로도 비드웰을 능가하신다고요. 비드웰은 판사님만이 제공할 수 있는 것을 간절히 원하고 있거든요."

"나도 선생에게 같은 얘기를 할 수 있을 것 같은데요."

우드워드는 깊이 연기를 들이마시고 잠시 머금고 있다가 다시 내뱉었다. 그의 눈에는 피어오르는 연기가, 흩어졌다가 다시 합쳐지고 다시 흩어지는 아름다운 만화경의 움직임처럼 보였다.

"선생은 치유의 달인이군요."

"그렇다면 좋겠지요!"

쉴즈는 공허한 미소를 짓더니, 허리를 앞으로 숙여 음모라도 누설하듯 속삭였다.

"대부분의 시간 동안, 저는 제가 무슨 짓을 하고 있는 건지 도통 모르겠어요."

"오, 농담이겠죠!"

"아닙니다."

쉴즈는 다시 연기를 내뿜었고 연기는 그의 입에서 실처럼 풀려 나왔다.

"한심하지만 사실입니다."

"내 생각엔 선생의 정직함이 고삐를 잃어버린 것 같군요. 그러니까 내 말은……."

우드워드는 적당한 말을 고르기 위해 잠시 입을 다물었다. 머리를 짓누르던 압력이 줄어들면서 그와 동시에 어휘들도 머리에서 떨어져 나간 것 같았다.

"……선생의 겸손함이 굴레를 벗어난 것 같다는 겁니다."

"이곳에서 의사로 산다는 건…… 이런 마을에, 이런 시대에…… 상당히 우울한 직업입니다, 판사님. 한번은 죽은 제 환자들을 보러 묘지를 산책했어요. 거기 가니 무덤 사이에 진료소를 차리는 편이 낫겠단 생각이 들더군요. 그러면 별로 돌아다니지 않아도 될 테니까요."

쉴즈는 입에 물고 있던 대마 막대기를 다소 거칠게 잡아 뽑았다. 입에서 뿜어져 나오는 연기의 양은 엄청났다. 안경 너머로 붉어진 그의 눈이 슬퍼 보였다.

"물론 늪 때문이죠. 인간은 이런 독한 공기를 들이마시며 살면 안 되는 존재예요. 우리 영혼에 부담을 주고 기를 약하게 합니다. 거기에 끝없이 내리는 비에 마녀의 존재까지⋯⋯. 비드웰의 마을이 번창하는 모습은 제가 살아 있는 동안에는 보지 못할 겁니다. 사람들은 매일 이곳을 떠나고 있어요⋯⋯. 어떤 핑계를 대서든."

쉴즈는 고개를 흔들었다.

"파운트로열은 운이 다했어요."

"정말로 그렇게 생각한다면, 왜 부인을 데리고 떠나지 않습니까?"

"부인이요?"

"네."

우드워드는 무겁게 눈을 깜박였다. 기도는 한결 뚫린 것 같았지만 그의 마음에는 안개가 낀 것 같았다.

"나를 맞이한 분 말입니다. 그분이 부인 아닙니까?"

"아, 휴센 부인 말씀이시군요. 간호사입니다. 제 아내와 두 아들은, 아니 아들 하나는 보스턴에 살고 있어요. 아내는 침모입니다. 아들은 둘 있었지요. 한 아이는⋯⋯."

쉴즈가 연기를 빨아들이자 우드워드는 자신도 같이 피워야겠다고 생각했다.

"⋯⋯큰 아이는 필라델피아의 우편 수송로에서 강도 손에 죽었어요. 그게⋯⋯ 음⋯⋯ 팔 년 전인가 봅니다. 하지만 그 상처는 아직도 시간의 약을 거부하고 있지요. 자식을, 나이가 몇 살이건, 그런 식으로 품에서 떠나보내는 건······."

그의 목소리가 점점 잦아들었다. 쉴즈는 푸른 연기가 뭉게뭉게 천장을 향해 피어오르는 모양을 바라보았다.

"죄송합니다."

쉴즈는 서둘러 말하고 손을 들어 눈가를 비볐다.

"얘기가 딴 데로 새버렸군요."

"혹시······ 왜 부인을 보스턴에 남겨두셨는지 여쭤봐도 될까요?"

우드워드가 조심스럽게 말했다.

"그럼 여기 와서 살라는 말씀입니까? 하느님 맙소사! 절대 그럴 순 없죠! 그럼요, 아내는 보스턴에 있는 편이 더 나아요. 그곳은 의료 시설도 현대식이에요. 늪지와 웅덩이도 잘 정비해놓았고, 공기가 습해도 여기처럼 살벌하지는 않아요."

쉴즈는 잽싸게 대마를 한 모금 들이마시고 연기를 천천히 뿜었다.

"마찬가지로, 윈스턴도 자기 가족을 영국에 남겨놓았고 비드웰도 부인이 항해를 하는 건 꿈도 꾸지 않습니다. 자기 회사의 배에 태우는 것조차도요! 아시겠지만 존스톤 선생의 부인도 이곳을 끔찍이도 싫어해서 영국으로 돌아갔고, 다시 돌아오기를 거부하고 있어요. 그 여자를 비난하시겠습니까? 이곳은 여자가 살 곳이 아니에요. 그건 확실하죠!"

안개가 그의 마음을 빠르게 뒤덮긴 했지만, 우드워드는 쉴즈에게 물어보려 했던 것을 용케 기억해냈다.

"존스톤 선생에 관한 말인데······."

우드워드가 입을 열었다. 그의 혀는 뻣뻣했고 고양이털로 뒤덮인 것 같았다.

"물어볼 게 있습니다. 정말 이상하게 들릴 거라는 건 압니다만…… 존스톤 씨의 불구인 무릎을 제대로 보신 적이 있습니까?"

"무릎을요? 아뇨, 본 적 없습니다. 그래야 할 것 같지도 않고요. 기형은 제 관심 분야가 아니어서요. 그분이 불편하다고 해서 붕대와 연고를 판 적은 있죠."

쉴즈가 눈살을 찌푸렸다.

"왜 그런 걸 물으십니까?"

"호기심이 생겨서요."

그 호기심은 우드워드의 것이라기보다는 매튜의 것이었지만.

"음…… 그럼 존스톤 씨가…… 예를 들면…… 계단을 뛰어오르거나 뛰어내려오거나 하는 건…… 불가능하겠지요?"

쉴즈는 혹시 이 사람이 정신이 나간 건 아닌가 하는 표정으로 판사를 빤히 쳐다보았다.

"아마 불가능할 거라고 생각하지만 말입니다."

우드워드가 황급히 덧붙였다.

"당연히 불가능하고말고요. 글쎄요. 계단을 한 번에 하나씩 올라가는 건 가능할 겁니다. 하지만 그러기도 꽤 힘들 텐데요."

대답하면서 쉴즈는 고개를 갸웃하고 부엉이 같은 눈을 빛냈다.

"왜 그런 걸 물으십니까, 아이작? 아이작이라고 불러도 괜찮겠지요?"

"물론입니다. 그럼 나도 벤자민이라고 불러도 될까요?"

"그럼요. 자 그럼, 친애하는 아이작, 존스톤 씨의 무릎에 관해서는 왜 물으시죠?"

"오늘 새벽에 비드웰 씨 저택에 도둑이 들었습니다."

우드워드가 고개를 앞으로 내밀고 말했다. 연기가 그와 의사 사이에서 물결치며 흘렀다.

"그 도둑이 누군지는 몰라도, 내 서기의 방에서 금화를 훔쳐 갔어요……."

"아, 그래요."

쉴즈가 고개를 끄덕였다.

"그 유명한 금화. 맬컴 제닝스가 종기를 째러 왔을 때 그 얘기를 해주었지요."

"내가 복도에서 그 도둑과 우연히 마주쳤습니다."

우드워드가 계속했다.

"덩치가 크고 힘이 황소 같았어요. 최선을 다해서 그자와 싸웠지만, 그자가 뒤에서 날 붙잡아서 내가 불리했지요."

그의 기억 속에서는 일이 정말로 이렇게 일어난 것 같았다. 누가 아니랄 수 있겠는가?

"모든 일이 순식간에 일어났어요."

우드워드가 말했다.

"그자의 얼굴은 못 봤습니다. 그자가 내 손에 든 등잔을 쳐서 떨어뜨리고는 계단을 뛰어내려갔거든요. 물론 존스톤 씨의 무릎이 불구인 건 압니다. 하지만…… 내 서기가 선생이 존스톤 씨의 무릎을 진찰한 적이 있는지, 그리고 그런 행동이 가능한지를 알고 싶어 하더군요."

쉴즈가 웃었다.

"진담은 아니겠죠! 앨런 존스톤이 도둑이라니! 파운트로열을 통틀어서 존스톤 씨만큼 도둑과 거리가 먼 사람도 없습니다! 그 사람은 부유한 집안 출신이라고요!"

"저도 그렇게 생각했습니다. 옥스퍼드 올소울즈 칼리지를 다녔다니까요. 하지만 아무도 모르는 법이지요."

"예전에 그 사람의 금 회중시계도 본 적이 있어요. 이니셜이 새겨져 있던데요. 남자 손톱만 한 루비가 박힌 금반지도 있어요!"

쉴즈는 다소 경박하게 다시 웃었다.

"도둑이라니! 아뇨, 그가 계단을 뛰어가는 건 가능하지 않을 겁니다. 그 사람이 지팡이를 짚는 걸 판사님도 봤잖아요."

"봤죠. 하지만 내 서기의 생각은…… 이해하세요. 그 아이는 아직 어리고 상상력이 제멋대로라서요. 아무튼 그 아이 생각은 존스톤 씨의 무릎이 기형인 것처럼 보이지만, 실은…… 여기부터는 매튜의 생각입니다. 선생이나 내 무릎처럼 아주 정상이라는 겁니다."

쉴즈는 눈을 깜박이며 연기를 한 모금 빨고는, 다시 눈을 깜박거리고 즐거운 듯 활짝 미소를 지었다.

"지금 농담하시는 거죠?"

우드워드는 어깨를 으쓱했다.

"매튜는 대단히 진지합니다. 그래서 내가 이렇게 물어봐야 했던 겁니다."

쉴즈의 미소가 흔들렸다.

"이건…… 지금껏 제가 들어본 말 중에 가장 터무니없는 얘깁니다! 그 사람 무릎은 양말 위로도 볼 수 있어요! 그 사람은 파운트로열에 삼 년이나 살았어요! 도대체 그가 그런 위장을 해서 뭘 얻겠습니까?"

"글쎄요. 다시 얘기하지만, 매튜는 대단히 지적인 젊은이라는 걸 알아주셔야 합니다. 하지만 때로는 그 아이의 마음이 상식에 의해 규제되지 않을 때도 있답니다."

"그런 것 같네요!"

쉴즈는 대마를 조금 더 피웠고, 판사도 같이 피웠다. 우드워드는 이제 몸이 아주 좋아진 느낌이었고, 목의 통증도 거의 사라졌으며 기도는 훨씬 깨끗해진 것 같았다. 연기가 움직이는 모양이 그를 황홀하게 만들었으며, 방 안으로 흘러드는 빛은 회색빛 실크 같았다.

"앨런에 대해서 흥미로워하실 만한 얘기를 해드리죠."

쉴즈가 갑자기 이야기를 시작했다.

"그 사람 아내에 관한 얘기예요."

쉴즈는 목소리를 조금 낮췄다.

"이름은 매거릿이고요. 그 여자는…… 어떻게 얘기해야 하나…… 성격이 좀 특이했어요."

"어떻게요?"

"아름답긴 합니다. 그 점은 틀림없어요. 그런데…… 머리가 좀 이상했어요. 그 여자가 성질부리는 모습을 직접 본 적은 없습니다만, 믿을 만한 정보에 따르면 손에 잡히는 건 모조리 던져버리는 상당한 골칫덩이였다고 합니다. 윈스턴이 어느 날 밤에 비드웰의 집에서 봤다더군요. 화가 난 그 여자가 닭고기 접시를 벽에다 던져 깨뜨려버렸다고 했어요. 그뿐이 아닙니다."

쉴즈는 대마 연기를 내뿜으면서 자기가 한 말의 여운을 남겼다. 대마는 이제 손가락 사이에서 타들어가기 시작했다.

"잠시만요."

쉴즈는 자리에서 일어나 작업대로 가서, 아까 솜을 끼웠던 탐침 끝에 대마 꽁초를 끼워 가지고 돌아왔다. 쉴즈가 다시 자리에 앉았을 때 그의 눈에는 짓궂은 기색이 역력했다.

"존스톤 부인과 저기 병실에 있는 불쌍한 여자의 남편이……."

쉴즈는 다른 방이 있는 쪽으로 고갯짓을 했다.

"……그 두 사람이 수차례 밀회를 나눴죠."

"놀스와 존스톤 부인이?"

"네, 게다가 상당히 대담했던 걸로 기억해요. 다들 무슨 일이 일어나는지 알고 있었어요. 놀스의 부인도 포함해서요. 결국 누군가가 앨런에게 말했는데, 제 생각엔 앨런이 놀라지도 않았던 것 같아요. 글쎄요. 매거릿은 어쨌든 파운트로열을 혐오했어요. 그걸 숨기지도 않았고요. 그래서 앨런은 친정에 가서 살라고 아내를 영국으로 보낸 겁니다. 그 여자도 꽤 부유한 집안 출신이거든요. 아버지가 옷감 사업을 한다고 들었어요. 그 여자는 좀 제멋대로 자란 것 같아요. 몇 달 뒤에 앨런이 이곳으로 돌아왔고, 그 사건은 잊혔지요."

"간음은 중대한 범죄입니다."

우드워드가 말했다.

"존스톤 씨는 처벌을 원하지 않았나요?"

"솔직히 말해서 그는 아내에게서 벗어난 것에 안도감을 느낀 것 같아요. 그 여자는 그의 명성에 흠집을 내는 존재였고, 정숙하지도 않았죠. 그에 비해 앨런은 조용하고 사려 깊은 남자고 보통은 남들과도 잘 어울리지 않아요. 유머 감각은 좀 신랄한 편이지만."

"헌신적인 교사가 틀림없군요. 그렇게 빨리 파운트로열에 돌아오다니."

"정말 그렇습니다. 그는 이곳에서 아이들뿐만 아니라 글을 읽을 줄 모르는 농부들도 가르치고 있어요. 물론 비드웰이 주는 보수로는 먹고살기에도 빠듯하지만, 말했듯이 자기 돈이 있거든요."

우드워드는 한 번 더 대마를 빨아들이며 고개를 끄덕였다. 대마는 아주 잘 탔고, 우드워드는 손가락 사이에서 그 열기를 느꼈다. 이제 그는 온몸이 아주 따뜻해졌으며 땀도 났다. 좋은 현상이었다.

땀을 흘리며 나쁜 기운을 몸 밖으로 내보내고 있는 것이다. 우드워드는 눈꺼풀이 무거워지는 것을 느꼈고, 그리 애쓰지 않고도 곧장 자리에 누워 잠을 잘 수 있을 것 같았다.

"윈스턴 씨는 어떻습니까?"

우드워드가 물었다.

"뭐가요?"

"그 사람에 대해서는 뭘 알고 있습니까?"

쉴즈는 이 사이로 연기를 내뿜으며 웃었다.

"제가 지금 증인대에 선 겁니까, 판사님?"

"아뇨, 지금은 판사 행세를 하려는 게 아닙니다. 이곳 사람들에 대해서 더 자세히 알고 싶을 뿐입니다."

"그렇군요."

쉴즈가 대답했다. 하지만 말투로 보아 쉴즈는 재판이 진행 중이라고 여기는 게 확실했다. 한동안 생각한 끝에, 쉴즈가 말했다.

"에드워드 윈스턴은 충직한 노새죠. 윈스턴이 런던에서 비드웰의 사무실 관리자로 일했던 건 아시죠? 윈스턴은 뛰어난 관리자이며 조직 운영에 능하고, 회계도 담당합니다. 그도 남들과는 잘 어울리지 않죠. 사람들과 함께 있으면 조금 불편해하는 것 같아요. 하지만 광대들을 데려오자고 한 건 그의 아이디어였어요."

"광대?"

"네, 배우 말이에요. 비드웰은 연극을 아주 좋아하거든요. 지난 삼 년 동안 여름마다 유랑 극단이 와서 도덕극을 상연했어요. 덕분에 이곳 황무지에서 약간의 문화와 문명을 체험할 수 있었죠. 적어도 마을 사람들은 해마다 기다릴 것이 하나 생긴 거예요. 극단은 7월 중순쯤 옵니다. 판사님이 그 사람들 공연을 못 보시는 건 안타까운 일이에요."

쉴즈는 마지막 연기를 뿜어내고 대마를 다 태웠다는 걸 알았다.

"하긴, 파운트로열이 7월 중순까지 이곳에 남아 있을지도 장담할 수 없겠지요."

"니콜라스 페인은 어떻습니까? 그 사람을 잘 아십니까?"

우드워드가 물었다.

"니콜라스 페인."

쉴즈는 가볍게 미소를 지었다.

"네, 그 사람에 대해서는 아주 잘 압니다."

"아주 능력 있는 사람처럼 보이더군요."

우드워드는 페인이 했던 말을 떠올렸다. **블랙 플래거.**

"그 사람 과거에 대해서는 얼마나 아십니까?"

"뭔가 있다는 건 알죠. 제 말은, 과거 말입니다."

"아리송한 표현이네요."

"니콜라스는 다른 사람들과 잘 안 어울리죠. 그는 그야말로 만능입니다. 선원으로 몇 년간 일했다고 알고 있습니다. 하지만 자기 과거에 대해서는 그리 자세히 얘기해주지 않아요."

"결혼은 했습니까? 가족이 있나요?"

"했었죠, 젊었을 때. 아내는 병에 걸려 죽었는데, 발작에 시달리다가 죽었다고 하더군요."

우드워드는 대마 꽁초를 들어 올려 마지막 한 모금을 피우려던 참이었다. 그 순간, 그의 손이 얼어붙었다.

"발작?"

우드워드는 힘겹게 침을 삼켰다.

"어떤 종류의 발작이었습니까?"

"경기였겠지요."

쉴즈는 어깨를 으쓱했다.

"아마 열병의 일종이었을 겁니다. 페스트였거나요. 하지만 오래 전 일이고, 페인은 틀림없이 그 일에 대해 얘기하려 들지 않을 겁니다. 분명히 그럴 거라는 걸 저는 알아요."

"페스트."

우드워드가 되뇌었다. 멍한 표정이었지만, 씁쓸한 연기가 나는 치료제 때문만은 아니었다.

"아이작?"

쉴즈는 우드워드의 공허한 시선을 눈치채고, 그의 옷소매를 건드렸다.

"왜 그러세요?"

"아, 용서하시오."

우드워드는 눈을 깜박이고 손짓으로 연기를 얼굴에서 떨쳐낸 뒤, 다시 현실로 돌아왔다.

"잠시 생각에 잠겼을 뿐입니다."

쉴즈는 고개를 끄덕였다. 음흉한 미소가 입가에서 뒤틀렸다.

"그래요. 저에 대해선 누구한테 물어보나 생각하셨죠. 안 그래요?"

"아닙니다. 정말로 다른 생각을 했어요."

"하지만 저에 대해 조사하실 계획도 세우고 있겠지요. 그렇죠? 지금까지 존스톤 선생, 윈스턴, 페인에 대해 한껏 의혹을 부풀렸으니 그래야 공평하죠. 아, 이미 끝내셨을 수도 있겠군요! 잠시만요."

쉴즈는 다 탄 꽁초를 우드워드의 손에서 빼내 그것을 자신의 꽁초와 함께 작은 백랍 단지에 넣고 경첩이 달린 뚜껑을 닫았다.

"이제 좀 나아지셨습니까?"

"네, 상당히."

"좋아요. 말씀드린 대로 판사님의 체질에 따라 이 치료법을 반복할지도 모릅니다. 지켜보자고요."

쉴즈가 일어섰다.

"이제 반 군디의 주점으로 모시고 가서 그 집의 훌륭한 진한 사과주를 대접하게 해주십시오. 거기에 요깃거리도 좀 있어요. 전 상당히 배가 고프거든요. 같이 가시겠습니까?"

"그야 영광이죠."

우드워드는 의자에서 일어났지만 그의 다리가 그를 배신했다. 머리는 빙빙 돌았고 이상한 불빛이 눈앞에서 춤을 추는 듯했다. 하지만 목의 통증은 거의 사라졌고, 숨 쉬는 것도 기적이라 할 만큼 편안해졌다. 우드워드는 의사의 치료제가 확실히 놀랍다고 생각했다.

"가끔 그 연기가 몸의 균형을 잡는 데 영향을 미치곤 해요."

쉴즈가 말했다.

"자, 제 팔을 잡고 주점으로 가십시다!"

"주점, 주점!"

우드워드가 말했다.

"내 왕국이 주점에 있으리니!"

이 말이 너무나 우스워서 우드워드는 자기 농담에 웃기 시작했다. 하지만 그 웃음소리는 약간 크고 거칠었는데, 한껏 마음이 가벼워진 상태에서도 그는 자신이 무엇을 숨기려고 하는지 알고 있었다.

14

 빛이 사라지면서 쥐들은 점점 더 대담해졌다.
 쥐들이 찍찍대는 소리와 부스럭대는 소리는 오후 내내 들렸지만, 모습을 드러내진 않았다. 매튜는 쥐들이 점심 식사와 저녁 식사를 공격하려 나타나지 않아서 안심했다. 메뉴는 멀건 쇠고기 국물과 검은 빵 두 조각으로, 간소하지만 배를 든든히 채워주는 음식이었다. 하지만 그린이 천창을 닫고 불 켜진 등잔 하나만을 남겨놓고 떠나자 쥐들은 구석의 구멍에서 나와 감방을 장악해버렸다.
 "손가락 조심해요."
 레이첼이 의자에 앉아 매튜에게 말했다.
 "치려고 하면 놈들이 물 거예요. 만일 오늘 밤에 놈들이 몸 위로 기어 다니면, 그냥 죽은 듯 가만있는 게 제일 좋아요. 그럼 냄새만 맡고 말 거예요."
 "당신 어깨를 문 놈도 냄새만 맡았던 건가요?"
 매튜가 벽에 등을 기대고 서서 물었다.
 "아뇨. 내가 그놈을 물 양동이에서 치우려고 했었어요. 그랬더니 고양이처럼 뛰어오르더라고요. 그 일로 내가 무슨 짓을 하든 놈들은 물을 차지한다는 사실을 배웠죠."
 매튜는 그린이 방금 전에 큰 물통에서 채워온, 물이 든 양동이를 집어 들고 양껏 물을 마셨다. 이 정도면 오늘 밤의 갈증을 달래기에 충분하리라고 생각했다. 그러고 나서 매튜는 양동이를 반대쪽 구석에, 자신의 잠자리에서 최대한 먼 곳에 내려놓았다.

"그린은 이틀에 한 번씩 물을 채워줘요."

레이첼이 매튜를 바라보며 말했다.

"정말 목이 마르면 쥐들이 마시고 난 물도 거리낌 없이 마시게 될걸요."

매튜에게는 또 다른 진퇴양난의 상황이 남아 있었다. 그것은 물 양동이와 쥐보다 더 심각한 문제였다. 그린은 볼일을 볼 때 쓰라고 깨끗한 양동이도 하나 놓아두었다. 매튜는 곧, 여자의 눈앞에서 바지를 내리고 양동이를 이용해야만 한다는 사실을 깨달았다. 그리고 그와 마찬가지로, 여자도 가림막이나 어둠의 도움 없이 그녀의 양동이를 이용할 것이다. 매튜는 최소한의 사생활을 보장받을 수만 있다면 자신의 벌에 채찍 두 대 정도는 추가해도 견딜 수 있으리라 생각했다. 하지만 그렇게 되지 않았다.

갑자기 시커먼 물체가 감방 벽 틈새에서 쏜살같이 튀어나오더니 양동이를 향해 곧장 달려갔다. 크기가 매튜의 손바닥만 하고 검은 털과 붉은 눈을 가진 그 쥐는, 가뿐하게 양동이의 옆면을 타고 기어올라 앞발로 양동이를 움켜쥔 채 몸을 숙여 물을 핥았다. 두 번째 놈이 뒤따랐고, 그 뒤를 세 번째 놈이 쫓아왔다. 쥐들은 잠시 물 마시는 것을 멈추고 마치 공용 빨래터에서 빨래하는 여인들이 소문을 쑥덕이는 것처럼 서로 수다를 떨더니, 다시 대열을 흐트러뜨리고 구멍으로 달음질쳐갔다.

아주 긴 밤이 될 것 같았다.

그날 오후에 우드워드가 비드웰의 도서실에서 호의로 가져다준 책이 몇 권 있었지만, 불빛이 너무 약해서 밤에는 읽을 수가 없었다. 우드워드는 쉴즈 선생과 흥미로운 대화를 나누었다면서 매튜가 자유의 몸이 되면 자세히 얘기해주겠다고 했다. 빛이 어두워 읽고 쓸 수도 없는 곳에서, 종종거리고 돌아다니며 통나무를 갉아대는 쥐 떼와 함께 있으려니, 벽과 창살들이 그를 더욱 옥죄는 것처럼 느껴졌다. 매튜는 레이첼 호워스 앞에서 예의를 지키지 못하고 수치스런 모습을 보이게 될까 두려웠다. 물론 그건 사실 신경 쓰지 않아도 되는 일이었다. 그 여자는 살인죄로, 매튜보다 더 나쁜 죄목으로 기소된 사람이니까. 그럼에도 매튜는 그 여자 앞에서 지금처럼 가냘픈 버드나무가 아니라 굳건한 참나무처럼 보이기를 원했다.

감옥 안은 후텁지근했다. 레이첼은 손을 둥글게 모아 양동이에서 물을 떠내 얼굴과 뺨과 이마에 묻은 소금기 섞인 땀을 씻어내고 목 안을 헹구었다. 쥐 두 마리가 감방 구석에서 찍찍거리며 싸우고 있었지만 그녀는 관심도 없었다.

"여기 얼마나 오래 있었어요?"

매튜가 자기 의자 위에 앉아 무릎을 끌어안고 물었다.

"지금이 5월 둘째 주죠?"

"그래요."

"3월 3일에 여기 들어왔어요."

매튜는 그 생각만으로도 몸이 움찔했다. 이 여자가 무슨 짓을 했는지는 모르겠지만, 그녀는 매튜보다 더 강인한 사람이었다.

"이런 걸 날마다 어떻게 견뎌요?"

여자는 목 안을 다 헹구고 대답했다.

"견디는 것 말고 달리 선택이 있나요? 겁에 질려 횡설수설하는 바보가 될 수도 있겠죠. 감정을 주체 못 하고 무릎을 꿇고 앉아 고귀하신 비드웰의 신발에 대고 내가 마법을 부리노라고 털어놓을 수도 있겠죠. 그렇지만 꼭 그런 식으로 죽음을 맞이해야 하나요?"

"비드웰 씨 앞에서 주기도문을 읊으면 되잖아요. 그럼 자비를 구할 수 있을 거예요."

"아뇨."

여자는 강렬한 호박색 눈으로 매튜를 바라보았다.

"그렇지 않아요. 말했지만, 난 이 마을에서 더 이상 아무런 의미도 가지지 않는 것을 읊조리고 싶지 않아요. 그리고 내가 주기도문을 읊는다고 해도 나에 대한 사람들의 마음이 돌아서지는 않을 거예요."

여자는 다시 손을 모아 물을 떠 올려, 이번에는 거친 갈기 같은 검은 머리카락에 물을 축였다.

"판사님의 말을 들었잖아요. 내가 주기도문을 읊는다 해도 그건 날 구하기 위한 악마의 속임수일 거라고."

매튜는 고개를 끄덕였다.

"그래요, 당신 말이 맞아요. 비드웰 씨와 다른 사람들은 당신에 대해 이미 마음을 굳혔어요. 어떤 것도 그걸 흔들지 못할 거예요."

"하나만 빼고요."

여자가 단호하게 말했다.

"신부님과 내 남편을 진짜로 죽인 사람을 찾는 거죠. 그리고 누가 나에게 이런 사악한 일을 덮어씌웠는가 하는 것도."

"진범을 찾는 건 반쪽짜리 답일 뿐이에요. 나머지 반은 증거를 제시하는 거겠죠. 증거가 없으면 진범을 찾아도 허사예요."

매튜가 다시 입을 다물자 쥐들이 내는 소리가 더욱 크게 들렸다. 그래서 매튜는 머리를 계속 회전시키기 위해 대화를 더 나누기로 했다.

"그런 범죄를 누가 저질렀을까요? 뭐 짐작 가는 거 있어요?"

"아뇨."

"남편이 누군가를 화나게 했나요? 누굴 속인 적이 있나요? 아니면……."

"대니얼의 문제가 아니에요."

여자가 매튜의 말을 끊었다.

"이건 내 문제예요. 내가 이 익살극의 제물로 선택된 이유는 교회에서 괴롭힘을 당했던 것과 같은 이유예요. 우리 어머니는 포르투갈 사람이고, 아버지는 아일랜드 흑인이었어요. 난 엄마의 피부색과 눈을 물려받았죠. 그 사람들은 나를 비둘기 무리 안의 까마귀라고 점찍은 거예요. 이 마을에서 나만 피부색이 이러니까요. 이렇게 다른데…… 날 남들과 다르게 쳐다보지 않을 사람이 누가 있겠어요? 날 두려움의 대상으로 여기지 않을 사람이 누가 있겠어요?"

매튜는 다른 이유도 떠올렸다. 그녀의 이국적인 아름다움. 매튜는 레이첼 호워스보다 더 아름다운 여자가 일찍이 파운트로열에 발을 들여놓은 적이 있었을까 의심스러웠다. 그녀의 거무스름한 피부색은 분명 창백한 백인들의 사회에서, 전부는 아니더라도 많은 이들이 못마땅해하는 대상이 되었을 것이다. 하지만 바로 그 피부색은 금지된 과일의 먹음직스러운 과육이기도 했다. 매튜는 지금까지 살아오면서 그녀 같은 존재를 본 적이 없었다. 그녀는 괴로워하는 인간이라기보다는 스스로를 자랑스러워하는 짐승처럼 보였다. 그런 성향은 남자의 욕정에 불을 지피는 원인이 되었으리라. 아니면 다른 여자의 불꽃 튀는 질투심에 부채질을 하거나.

"당신에게 불리한 증거는……."

매튜는 재빨리 생각을 가다듬고는 말했다.

"……당신에게 불리하다고 생각되는 증거는 압도적이에요. 버크너의 이야기는 여기저기 허점이 많아요. 하지만 그 사람은 오늘 자기가 한 얘기가 사실이라고 믿고 있어요. 일라이어스 개릭도 마찬가지고요. 그 사람은 당신이…… 그러니까…… 사탄과 아주 친밀한 관계를 맺는 것을 목격했다고 굳게 믿고 있어요."

"거짓말이에요."

"그 말엔 동의할 수 없네요. 그 사람들이 거짓말하는 것 같진 않아요."

"그럼 당신은 내가 마녀라고 믿는군요?"

"난 내가 뭘 믿는지 모르겠어요."

매튜가 말했다.

"인형을 예로 들어볼까요. 인형들은 당신 집 부엌 바닥 아래에서 발견되었어요. 이름이 카라……."

"그룬왈드."

레이첼이 말했다.

"그 일이 있기 한참 전에, 그 여자는 자기 남편이 나에게 말을 걸었다고 남편 귀를 꼬집은 적이 있었죠."

"그룬왈드 부인은 꿈에서 인형이 있는 곳을 봤다고 했어요."

매튜가 말을 이었다.

"거기에 대해선 어떻게 설명하겠어요?"

"간단하죠. 그 여자가 인형을 만들고 거기에 직접 가져다놓은 거예요."

"만일 그 여자가 그렇게 당신을 미워했다면, 왜 그 여자는 파운트로열을 떠났을까요? 왜 이곳에 남아 판사님 앞에서 진술을 하지 않았을까요? 왜 여기 남아 당신이 처형되는 모습을 보며 자신의 증오를 만족시키지 않았을까요?"

이 말에 레이첼은 바닥을 응시했다. 그녀는 고개를 저었다.

매튜가 말했다.

"만일 내가 인형을 만들어서 숨긴 사람이라면 나는 당신이 이 세상을 떠나는 날, 사람들 속에 있을 거예요. 네, 나는 그룬왈드 부인이 그 인형을 만들었다고는 생각지 않아요."

"니콜라스 페인."

레이첼이 갑자기 말하고 매튜를 바라보았다.

"3월 그날 아침에 우리 집 문을 부수고 들어온 세 남자 중 하나예요. 그자들이 나를 밧줄로 묶고, 마차 뒤칸에 던져 넣었어요. 그 사람은 인형을 찾은 사람들 중 하나이기도 해요."

"당신을 체포한 나머지 두 명은 누구였어요?"

"한니발 그린하고 애론 윈덤이요. 그날 새벽은 절대 잊지 못해요. 그들이 날 침대에서 끌고 나왔고, 내가 비명을 지르자 그린이 비명을 멈추게 하려고 내 목을 팔로 감았어요. 난 윈덤의 얼굴에 침을 뱉었고 그 덕에 따귀를 맞았죠."

"페인, 개릭, 제임스 리드 그리고 켈빈 보나드가 인형을 발견했어요."

매튜는 그와 우드워드가 도착했던 날 밤에 개릭이 했던 이야기를 되짚으며 말했다.

"페인이나 그 사람들 중에서 인형을 만들어 거기 숨길 만한 이유가 있는 사람이 있나요?"

"아뇨."

"그럼 됐어요."

검은 물체가 방을 가로질러 달려갔다. 매튜는 쥐가 양동이의 가장자리를 타고 올라가 물을 마시는 것을 보았다.

"만약 페인이 무슨 이유로든 인형을 만들고 바닥 널빤지 아래에 그걸 숨겼다고 해봐요. 그렇다면 그 위치를 꿈에서 본 사람이 왜 그룬왈드 부인이어야 했을까요? 페인이 그토록 당신에게 불리한 진짜 증거를 제시하고 싶어 했다면, 왜 그것이 페인 자신이 아니었을까요?"

매튜는 자기가 던진 질문을 곰곰이 생각하고 자기의 답을 내놓았다.

"페인이 혹시…… 그룬왈드 부인과 관계를 맺고 있었던 건 아닐까요?"

"그렇진 않을걸요."

레이첼이 대답했다.

"카라 그룬왈드는 돼지처럼 뚱뚱하고 천연두 때문에 코의 반이 얽어 있었어요."

매튜는 좀 더 생각해보았다.

"음, 그룬왈드 부인이 인형을 만들고 당신이 누명을 쓸 거라는 걸 알았다면, 파운트로열을 떠나야 할 이유가 없었겠네요. 그걸 만든 사람이 누구든 그자는 아직 여기 있는 게 확실해요. 속임수를 쓰려고 그 정도의 노력을 들이는 사람이라면 그게 남자든 여자든 간에, 당신이 죽는 모습을 직접 보는 만족을 느끼고 싶을 거예요."

매튜는 창살 너머로 여자를 흘깃 보았다.

"제가 한 말을 용서해주세요."

레이첼은 한참 동안 아무 말도 하지 않았다. 그 사이 쥐들은 끊임없이 벽 근처에서 찍찍거리며 종종거리고 돌아다녔다.

"있잖아요, 정말 당신이 나를 염탐하러 여기 온 게 아니라는 걸 믿기 시작했어요."

"그러셔야죠. 난 이곳에 불행히도 죄를 짓고 온 거라니까요."

"대장장이가 관련되었다고 했었나요?"

"그 사람의 창고에 허락 없이 들어갔어요."

매튜가 설명했다.

"헤이즐턴이 날 공격해서 내가 얼굴을 때렸고, 그 사람은 처벌을 원했어요. 그래서 구류 3일과 채찍 세 대를 받았죠."

"세스 헤이즐턴은 정말 이상한 남자예요. 그 사람이 당신을 공격했다는 건 전혀 놀랍지 않네요. 그런데 왜 그랬대요?"

"그가 창고 안에 숨겨놓은 자루를 내가 발견했는데, 그는 그게 드러나는 걸 원치 않았어요. 그 사람 말에 따르면, 자기 아내의 소지품이 그 안에 가득 들어 있었대요. 하지만 난 뭔가 다른 것이었다고 생각해요."

"뭔데요?"

매튜는 고개를 저었다.

"몰라요. 하지만 알아낼 거예요."

"당신, 몇 살이에요?"

그녀가 갑자기 물었다.

"스무 살이요."

"언제나 그렇게 호기심이 많아요?"

"네, 언제나."

"내가 오늘 보니 판사는 당신 호기심을 그렇게 인정해주지 않는 것 같던데."

"그분은 진실을 인정해요. 때로 우리는 다른 경로를 통해 같은 진실에 도달하곤 하죠."

"만일 판사가 나에게 불리한 주장들을 믿기로 한다면, 그는 황무지에서 길을 잃게 될 거예요."

여자가 말했다.

"한번 말해보세요. 왜 서기인 당신이 법을 공부한 판사보다 나를 더 무죄라고 생각하고 있는지 말이에요."

매튜는 대답을 하기 전에 이 부분에 대해 생각해보았다.

"아마 내가 여태껏 마녀를 한 번도 본 적이 없기 때문일 거예요."

"그럼 판사는 봤고요?"

"마녀 재판을 해보신 적은 없지만, 마녀 재판을 했던 판사들을 아세요. 또 그분은 세일럼의 재판에 깊은 인상을 받으신 것 같아요. 그때 나는 겨우 열세 살이었고, 빈민구호소에 있었죠."

매튜는 턱을 한쪽 무릎 위에 올려놓았다.

"판사님은 영국 법의 모든 축적된 지식을 섭렵하고 계세요."

매튜가 말했다.

"그 지식 중에 어떤 건 중세의 믿음에 기초를 둔 것도 있어요. 나는 하찮은 서기이고 그런 지식을 아직 제대로 접해보질 못해서, 그런 개념을 강하게 가지고 있지 않아요. 그래도, 아마 당신도 느꼈겠지만, 우드워드 판사님은 사실 진보적인 법학자예요. 만일 그분이 중세의 사고방식에 완전히 젖어 있는 분이라면, 당신은 지금쯤 불타고 있을걸요."

"그럼 그 사람은 뭘 기다리는 거예요? 어쨌든 결국 내가 불에 탈 거라면, 증인들의 얘기는 왜 듣는 거예요?"

"판사님은 당신에게 당신의 죄목에 대해서 변론할 기회를 주고 싶으신 거예요. 그것이 정당한 절차죠."

"절차 같은 소리 하고 있네! 염병!"

레이첼이 쏘아붙이며 벌떡 일어섰다.

"염병할 죄목! 다 거짓말이야!"

"신성모독은 지금 당신의 처지에 도움이 되지 않아요. 자제하시는 편이 좋아요."

매튜가 차분하게 말했다.

"그럼 내 처지에 뭐가 도움이 되는데요?"

여자는 창살로 다가오며 물었다.

"무릎을 꿇고 앉아서 내가 저지르지도 않은 죄에 대해 자비를 구걸할까요? 남편 땅과 내 소유물을 전부 내놓고 다시는 파운트로열의 주민들에게 마법을 걸지 않겠다고 맹세할까요? 말해봐요! 내 목숨을 구하기 위해서 내가 할 수 있는 일이 뭐예요?"

좋은 질문이었다. 사실 너무 좋은 질문이라 매튜는 대답을 할 수가 없었다. 그가 할 수 있는 최선의 대답은 이랬다.

"그래도 희망이 좀 있어요."

"아, 희망!"

레이첼이 씁쓸하게 말했다. 그녀는 손으로 창살을 쥐고 있었다.

"아마 당신은 염탐꾼은 아닐지도 몰라요. 하지만 당신은 거짓말쟁이고 당신 스스로도 그걸 알아요. 나에겐 희망이 없어요. 내 집에서 끌려나왔던 그날 아침 이후로 희망 같은 건 있었던 적이 없어요. 나는 저지르지도 않은 죄 때문에 처형당할 거고, 내 남편을 죽인 자는 자유롭게 살겠죠. 여기에 무슨 희망이 있나요?"

"어이, 거기! 조용히 해!"

한니발 그린이 입구에서 쩌렁쩌렁 울리는 소리로 말했다. 등잔을 들고 감옥으로 들어오는 그의 뒤로 지저분한 누더기를 걸친 사람이 터덜터덜 따라왔다. 어젯밤 불이 난 집 앞에서 봤던 남자였다. 귀넷 린치는 한 손에 쥐가 든 자루를 들고, 소가죽 가방을 어깨에 걸치고 한 손에는 칼을 들고 있었다.

"손님을 데려왔다. 벽의 구멍 속을 좀 치워줄 거야."

그린이 웅얼거렸다.

레이첼은 대답하지 않았다. 그녀는 입을 꼭 다문 채 자기 의자로 돌아가 앉았고, 머리와 얼굴을 다시 두건으로 덮었다.

"어느 쪽부터 할 텐가?"

그린이 쥐잡이꾼에게 물었다. 린치는 매튜의 감방 맞은편을 가리켰다. 린치는 빈 감방에 들어가더니 발로 바닥에 깔린 더러운 짚을 옆으로 밀어 작은 원을 만들었다. 그러고는 바지 주머니에 손을 넣어 마른 옥수수 알갱이를 여남은 개 꺼내 원을 따라 뿌렸다. 다시 린치의 손이 주머니 안으로 들어갔고, 이번에는 꽤 많은 양의 감자 조각을 옥수수와 함께 뿌렸다. 그는 소가죽 가방에서 나무 단지를 꺼냈고, 그 안에서 갈색 가루를 꺼내 원을 가로지르며 한 줄로 뿌리고, 짚 더미 위와 감방 벽 아래쪽에도 뿌렸다.

"내가 있어야 하나?"

그린이 묻자 린치는 고개를 흔들었다.

"좀 걸릴 겁니다."

"자, 열쇠 줄게. 다 끝나면 잠가. 등잔 가지고 나오는 것 잊지 말고."

그린은 열쇠를 넘겨준 뒤 서둘러 밖으로 나갔다. 린치는 갈색 가루를 짚 위에 좀 더 뿌리고 벽의 구석과 원 사이에 길을 만들었다.

"그게 뭐예요? 독약 같은 건가요?"

매튜가 물었다.

"대부분은 고운 설탕이지. 아편도 약간 섞었어. 쥐들을 어질어질하게 만들어서 좀 느려지게 하는 거야."

린치는 대답한 뒤, 나무 단지의 뚜껑을 덮고 다시 소가죽 가방 안에 집어넣었다.

"왜? 내 일자리를 넘보려고?"

"아뇨."

린치는 웃었다. 그는 쥐들이 찍찍거리는 소리와 종종거리는 발소리를 듣고 있었다. 쥐들은 그들에게 주어진 성찬의 향기를 맡았다. 린치는 사슴 가죽 장갑을 끼고, 부드럽고 익숙한 솜씨로 칼끝에 꽂아놓았던 나뭇조각을 뽑았다. 그러고는 가방에서 작은 낫처럼 휜 칼날이 다섯 개 달린 무시무시한 도구를 꺼내, 그것을 칼자루 끝에 비틀어 박아 넣었다. 린치는 금속 클립 두 개를 홈에 꽂아 그 흉측한 다섯 개의 칼날을 칼자루에 고정시켰다. 그는 그것을 자랑스러운 눈으로 바라보았다.

"이런 거 본 적 있냐, 꼬마야?"

린치가 물었다.

"이걸로 두세 마리 정도를 한 번에 잡을 수 있지. 내가 직접 고안했다."

"예술적인 도구네요."

"유용한 도구지. 헤이즐턴이 날 위해서 만들었어. 그는 한번 일할 마음만 생기면 훌륭한 발명가가 되거든."

린치는 부스럭대는 소리가 나는 구석 쪽으로 고개를 기울였다.

"자, 들어봐라! 최후의 만찬을 먹으려고 싸우고들 있지!"

린치는 더 활짝 웃었다.

"어이, 마녀! 불에 타 죽기 전에 나랑 한번 뒹굴어볼 텐가?"

여자는 그의 질문에 대답하지 않았고, 심지어는 움직이지도 않았다.

"꼬마야. 저 여자한테 가까이 가서 네 막대기를 꺼내봐라. 잘 빨아줄 거다."

린치는 매튜의 얼굴이 붉게 달아오른 것을 보고 웃더니 감방의 의자를 당겨서 깨끗이 치워둔 원 옆에 가져다놓았다. 그러고는 감방 밖으로 나가 벽에 걸린 등잔을 떼어 돌아왔다. 그는 등잔을 원에서부터 수십 센티미터 떨어진 곳에 놓은 다음, 두 개의 클립으로 고정시킨 다섯 날의 칼을 들고 의자에 다리를 꼬고 앉았다.

"오래 안 걸릴 거야. 저 달콤한 어리석음의 맛에 푹 빠지게 될 테니까."

매튜는 어둑한 촛불에 비쳐 빛나는 쥐잡이꾼의 창백한 회색 눈을 보았다. 그 두 눈은 인간의 것이라기보다는 오히려 얼음장처럼 차가운 유령의 눈 같았다. 린치가 낮고 부드럽게, 노래를 부르는 것처럼 읊조리기 시작했다.

"나와라, 나와라, 귀여운 아가들아. 나와라, 나와라, 와서 사탕 먹어라."

린치는 그 문구를 두 번 반복했다. 반복할 때마다 말소리는 더욱 부드러워지고 말이라기보다는 노래 같아졌다.

얼마 지나지 않아 정말로, 커다란 검은 쥐가 죽음의 원 안에 들어왔다. 쥐는 감자 조각 냄새를 맡더니 꼬리를 실룩거렸다. 그러더니 옥수수 알갱이를 이빨로 물고 어둠 속으로 달아났다.

"나와라, 나와라."

린치가 속삭이듯 노래를 불렀다. 그는 원을 노려보면서 쥐들이 시야에 들어오기를 기다렸다.

"나와라, 나와라, 와서 사탕 먹어라."

다른 쥐가 나타나서 옥수수 알갱이를 물고 달아났다. 그러나 원 안으로 들어온 세 번째 쥐는 움직임이 조금 느려졌다. 설탕에 섞은 아편의 효과가 쥐에게 나타나고 있었다. 이 둔한 쥐는 잠깐 감자 조각을 씹더니, 뒷발로 서서 마치 천상의 빛이라도 되는 듯 촛불을 바라보았다.

린치는 무척 빨랐다. 칼이 안 보일 정도로 휙 움직여 쥐를 찌르는 동안 째지는 듯한 찍 소리밖에 나지 않았다. 그 즉시 린치는 그 작은 짐승의 목을 비틀고, 사체를 칼날에서 빼내더니 자루 안에 집어던졌다. 이 모든 동작이 불과 몇 초 사이에 일어났다. 린치는 다시 칼을 들고 부드럽게 노래를 불렀다.

"나와라, 나와라, 귀여운 아가들아. 나와라, 나와라, 와서 사탕 먹어라……."

일 분 동안 매튜는 두 번의 처형과 아슬아슬한 실패를 목격했다. 린치가 속이 메스껍지는 않을까 하는 생각이 들었다. 하지만 그는 확실히 자기 일에 능숙했다.

원 안으로 들어오는 쥐들은 이제 눈에 띄게 무기력해졌다. 설탕과 아편의 성찬은 틀림없이 쥐들에게서 생존 본능의 대부분을 앗아갔다. 일부는 린치의 칼날을 피해 달아날 힘이 아직 남아 있었지만, 대부분은 꼬리를 돌리기도 전에 죽어나갔다. 몇 마리는 너무 정신이 없었는지 칼날에 꽂힐 때 찍 소리도 내지 못했다.

스무 마리 남짓 죽고 나니 상당한 양의 쥐 피가 원 안에 고였다. 그럼에도 여전히 쥐들은 원으로 들어왔다. 행여 그런 환대를 받을 조짐을 파악하고 겁을 먹기엔 약에 너무 취해 있었던 것이다. 이따금 린치는 부드러운 곡조의 짤막한 노래를 읊조렸다. 워낙 손쉬운 대학살이라 그런 노래를 부르는 것은 호흡을 낭비하는 일로 보였다. 칼날을 내리꽂을 때 목표를 놓치는 건 드문 일이었다. 쥐잡이꾼은 한 번에 두 마리씩 죽였다.

사십 분 정도가 지났을 때, 쥐의 숫자가 줄기 시작했다. 린치가 감옥 안의 쥐를 거의 다 잡았거나, 아니면 마침내 피와 대학살의 냄새가 린치가 말한 '달콤한 어리석음'의 마비 효과를 뚫고 쥐들에게 경고를 전할 만큼 진해진 모양이었다. 쥐잡이꾼도 학살에 지친 것 같아 보였다. 이제 장갑은 피투성이가 되었고 자루는 불룩해졌다.

작은 회색 쥐 한 마리가 곤드레만드레 취한 듯 비틀거리며 원 안으로 들어왔다. 역겨운 장면임에도 불구하고 린치의 속도와 신속 정확함에 흥미를 느껴 계속 그를 지켜보고 있던 매튜는, 그 작은 쥐가 옥수수 알갱이를 야금거리며 먹다가 갑자기 맹렬하게 자기 꼬리를 쫓기 시작하는 걸 보았다. 쥐는 계속해서 미친 듯이 원을 그렸고, 린치의 칼날은 내리칠 때를 기다리며 멈춰 있었다. 마침내 쥐는 꼬리잡기를 포기하고 지친 듯 배를 깔고 엎드렸다. 매튜는 칼이 번개처럼 내려치고 칼날이 깊이 꽂힐 것을 기대했으나, 린치는 손을 그대로 든 채였다.

쥐잡이꾼은 희미하게 긴 한숨을 쉬었다.

"너도 보다시피……."

그는 조용히 말했다.

"이것들은 그렇게 나쁜 짐승들은 아니야. 다른 놈들처럼 먹이를 찾으려는 것뿐이지. 먹고살려고. 이놈들은 배를 타고 여기까지 건너왔어. 사람들이 그런 것처럼. 이놈들은 영리한 동물이야. 사람들이 어디 있는지 알고, 어디를 가면 음식을 찾을지 알지. 그래, 이놈들은 그렇게 나쁜 놈들이 아니야."

린치는 몸을 앞으로 기울여 바닥에 뿌린 아편 넣은 설탕을 손가락으로 훔쳤다. 그러더니 그 손가락을 쥐의 입에 대고 눌렀다. 쥐가 그것을 먹었는지 안 먹었는지는 알 수 없었지만, 어쨌든 도망치기에 쥐는 너무 둔해져 있었다.

"자, 이걸 잘 봐."

린치가 말했다. 그는 손을 뻗어 등잔을 집더니 그것을 천천히, 물결 모양의 원을 그리며 회색 쥐의 머리 위에서 움직이기 시작했다. 쥐는 관심 없다는 듯 감자 조각 옆에서 몸을 쭉 뻗고 가만히 누워 있었다. 매튜는 쥐가 꼬리를 움찔대면서, 밤의 극장에서 원을 그리는 불가사의한 불빛을 향해 머리를 치켜드는 것을 보았다. 일 분이 흘렀다. 린치는 속도를 늦추거나 더 빠르게 하지 않고 등잔을 계속해서 빙글빙글 돌렸다. 촛불이 쥐의 눈에 비쳐 붉게 빛났고, 쥐잡이꾼의 눈은 얼음처럼 희게 빛났다.

린치가 속삭였다.

"일어나, 예쁜아. 자, 자, 예쁜아."

쥐의 꼬리가 움찔거리고 눈은 불빛을 좇았지만, 여전히 널브러진 채였다.

"일어나, 일어나."

린치가 또다시 노래 부르듯 읊조렸다.

"일어나, 예쁜아. 일어나."

불빛이 계속해서 둥근 원을 그렸다. 린치는 고개를 쥐 쪽으로 숙였다. 일에 몰두한 린치의 덥수룩한 눈썹들이 서로 맞닿았다.

"일어나, 일어나."

린치의 말에 강한 어조가 섞였다.

"일어나, 일어나."

갑자기 쥐가 몸을 한번 부르르 떨더니 뒷다리로 일어섰다. 쥐는 꼬리로 균형을 잡으면서 불빛을 따라 원을 그리기 시작했다. 마치 작은 개가 뼈를 구걸하는 것 같았다. 매튜는 이 경이로운 광경을 지켜보면서, 쥐가 촛불에 완전히 홀렸다는 것을 깨달았다. 쥐의 시선은 똑바로 촛불로 향해 있었고, 짤막한 앞발은 이 이상하고도 아름다운 불빛과의 일치를 원하는 것처럼 허공을 저었다. 저 쥐가, 설탕 섞은 아편 덕분에 지금 불빛의 중심에서 무엇을 보고 있는지 누가 알겠는가?

"날 위해 춤추렴."

린치가 속삭였다.

"빙빙 돌아라."

린치는 등잔을 조금 빠르게 돌렸고, 어쩌면 매튜의 상상인지도 모르겠지만, 쥐도 같이 빠르게 도는 것 같았다. 어쩌면 쥐가 린치의 명령을 듣는 무용수가 된 듯도 했다. 뒷다리는 후들대며 금방이라도 무너질 것 같았지만, 쥐는 여전히 불빛과의 합일을 갈구하고 있었다.

"예쁜, 예쁜 아가."

린치가 말했다. 목소리가 안개처럼 부드럽게 뺨에 와 닿았다. 그러더니 그는 서두르지 않고 다소 체념하듯, 칼날을 내리찍었다. 두 개의 칼날이 쥐의 배를 뚫었고 쥐는 몸이 뻣뻣이 굳은 채 비명을 질렀다. 쥐는 죽음의 고통을 맞은 형제자매들이 그러했듯 이빨을 드러내고 악물었다. 린치는 등잔을 옆으로 치우고 오른손으로 잽싸게 쥐의 목을 비튼 뒤, 피 묻은 사체를 다른 사체들이 들어 있는 자루에 집어넣었다.

"어땠어?"

린치가 활짝 웃으며 칭찬을 기대하고 매튜에게 물었다.

"대단히 인상적이네요."

매튜가 말했다.

"파트너의 목숨만 보장된다면, 서커스에서 일해도 되겠어요."

린치는 웃었다. 그는 검은 얼룩이 묻은 천을 가방에서 꺼내어 다섯 개의 칼날을 닦기 시작했다. 처형이 끝난 것이다.

"전에 서커스에서 일했어."

린치는 피를 닦으며 말했다.

"구 년 전인가 십 년 전, 영국에 있을 때. 쥐들을 데리고 공연을 했지. 작은 옷을 입혀서 지금 본 것처럼 춤을 추게 하는 거야. 에일이나 럼, 아님 그보다 좀 더 센 술을 먹이면 쥐들은 촛불을 보면서 자기들이 하느님을 보고 있다고 생각해. 내 말은, 쥐들의 하느님 말이야."

"서커스는 왜 그만뒀어요?"

"서커스 단장이 개새끼라서 잘 지내지 못했어. 그 작자한테 돈을 어마어마하게 벌어줬는데, 월급은 쥐꼬리니. 아무튼 뭐, 전염병도 돌아서 관객들이 뼈만 앙상해지기도 했고."

린치는 어깨를 으쓱했다.

"먹고살기에 더 나은 일을 찾은 거지."

"쥐 잡는 일이요?"

매튜는 이 말을 하면서 자신의 역겨움을 드러냈다는 것을 깨달았다.

"해로운 동물을 퇴치하는 건 돈벌이가 돼."

린치가 대답했다.

"내가 말했듯이, 마을에는 쥐잡이꾼이 있어야 해. 내가 이 세상에서 제대로 알고 있는 게 있다면 바로 쥐야. 사람들도 그렇게 생각하지. 내가 쥐들과 함께 시간을 보내면 사람들이 행복해해."

린치는 쥐의 사체로 가득 찬 무거운 자루를 흔들며 덧붙였다.

"죽은 것들이라고 해도."

"유쾌한 태도로군요."

매튜가 말했다.

린치가 자루를 허리띠에 달고 일어섰다. 그는 피 묻은 장갑을 소가죽 가방에 다시 집어넣고 가방 끈을 어깨에 걸쳤다.

"여기 온 지 거의 이 년이 되었어."

린치가 말했다.

"그 정도면 이곳이 좋은 마을이라는 걸 알기엔 충분한 시간이지. 하지만 저 마녀가 살아 있는 동안 이 마을은 기회를 잡지 못했어."

린치는 감방에 있는 레이첼을 향해 고갯짓을 했다.

"월요일 아침에는 저 여자를 밖으로 끌고 나가서 끝장을 봐야 해. 저 여자의 비극도 끝내고 남은 우리도 비극에서 풀려나고."

"저 여자가 당신에게 무슨 짓이라도 했나요?"

"아니, 나에겐 아니야. 하지만 저 여자가 무슨 짓을 했는지는 잘 알아. 끝장이 날 때까지 무슨 짓을 할지도 알지."

린치는 오른손에 칼을, 왼손에 등잔을 들었다.

"내가 너라면, 꼬마야. 오늘 밤에 등 뒤를 조심할 거다."

"염려해주셔서 감사하네요."

"원 별말씀을."

린치는 인사하는 시늉을 했다. 그러고는 몸을 일으키면서 눈을 가늘게 뜨고 감방 안을 둘러보았다.

"여기는 꽤 치운 것 같다. 몇 마리가 좀 더 숨어 있을지도 모르지만 걱정할 정도는 아닐 거다. 그럼 꼬마랑 마녀, 잘 자라."

린치는 등잔을 든 채 감방을 걸어 나갔다.

"잠깐만요!"

매튜가 창살을 붙들고 말했다.

"그 촛불은 두고 나가시면 안 돼요?"

"뭐, 이 양초 도막? 한 시간도 못 탈 텐데. 게다가 이 초 없이 어떻게 문을 잠그라는 거냐? 아니, 이건 가지고 가야 돼."

다른 말 없이 린치는 감옥을 나갔고, 감옥은 완전히 암흑에 잠겼다. 밖에서 린치가 문을 잠그느라 쇠사슬이 찰가닥거리는 소리가 났다. 그리고 나서는 끔찍한 정적이 흘렀다.

매튜는 그 자리에 그대로, 여전히 창살을 붙든 채 일이 분 정도 더 서 있었다. 그는 린치나 다른 사람이 등잔을 들고 돌아오기를 고대하며 감옥 문 쪽을 바라보았다. 어둠은 잔인할 정도로 끔찍했다. 매튜는 쥐의 피 냄새를 맡을 수 있었다. 신경이 도끼에 난도질당한 밧줄처럼 너덜거렸다.

"말했잖아요."

레이첼이 조용하고 차분한 목소리로 말했다.

"어둠이 문제예요. 저 사람들은 밤에 여기에 등잔을 두고 가는 법이 절대 없어요. 미리 알고 있었어야죠."

"네."

매튜의 목소리는 가라앉아 있었다.

"알고 있었어야 했는데."

매튜는 여자가 의자에서 일어서는 소리를 들었다. 여자는 짚더미 쪽으로 걸어갔고 겉옷이 사르락거리는 소리와 함께 양동이를 바닥에 끄는 소리가 났다. 곧 쪼르륵 물이 흐르는 소리가 들렸다.

문제 하나는 해결되었군. 매튜는 우울하게 생각했다.

그는 어둠을 견뎌야 했다. 견딜 수 있는 수준을 넘어선 어둠이었지만, 어쨌든 견뎌야 했다. 마음을 짓누르는 압력을 이기지 못하면 소리를 지르거나 흐느껴 울 것 같았다. 그렇게 해서 좋을 것이 뭐 있겠는가? 레이첼 호워스가 석 달을 견뎠다면 그도 삼 일 밤을 견딜 수 있을 것이다. 분명 할 수 있을 것이다.

매튜의 뒤쪽 통나무 벽에서 찍찍대는 소리와 종종거리는 소리가 들렸다. 매튜는 이제 자신의 정신력을 시험할 밤이 찾아왔으며, 정신력이 무너지면 그가 지게 되리라는 사실을 깨달았다.

불현듯 레이첼의 목소리가 두 사람 사이를 가로막는 창살 너머에서 들려왔다.

"가능하면 자려고 해봐요. 거기 그렇게 밤새 서 있어봤자 소용없어요."

마침내 매튜는 창살을 쥐었던 손을 풀고, 마지못해 짚을 깔아놓은 자리로 갔다. 물론 빛이 사라지기 전에 마련해둔 것이었다. 매튜는 무릎을 꿇고 주위를 더듬어 쥐가 자기를 공격하려고 기다리고 있지는 않은지 확인했다. 그곳에는 아무것도 없었지만, 소리만큼은 신경에 거슬릴 정도로 가까이에서 들렸다. 매튜는 모로 누워 몸을 단단한 공 모양으로 웅크리고 팔로 무릎을 감쌌다. 새벽까지는 영원의 시간이 남은 것 같았다.

매튜는 여자가 짚 위에 눕는 소리를 들었다. 그러더니 정적이 흐르고, 쥐가 내는 소리만 들렸다. 매튜는 이를 악물고 눈을 질끈 감았다. 아마 그가 절망어린 소리를 냈던 것 같다. 한숨, 신음, 그런 것을. 그러나 확실하지는 않았다.

"매튜라고 불러도 돼요?"

레이첼이 물었다.

이건 적절하지 않다. 절대 적절하지 않다. 그는 판사의 서기이고 여자는 피의자다. 안 된다, 이런 친밀함은 적절하지 않다.

"네."

매튜의 목소리는 짓눌려서 거의 갈라질 것 같았다.

"잘 자요, 매튜."

"잘 자요."

매튜는 레이첼이라고 덧붙일 뻔했지만, 그 이름이 튀어나오기 전에 입을 굳게 다물었다. 그러나 속으로는 그 이름을 불렀다.

매튜는 기다렸고, 귀를 기울였다. 무슨 소리를 듣기 위해서였는지는 알 수 없었다. 마녀의 지시를 받는, 빛을 발하는 파리의 윙윙거리는 소리였을까. 음란한 목적으로 방문한 악마의 냉혹한 웃음소리였을까. 아니면 까마귀가 어둠 속에서 날개를 펄럭이는 소리였을까. 어떤 소리도 들리지 않았다. 살아남은 쥐들의 은밀한 소음과 잠시 뒤, 잠이 든 레이첼 호워스의 부드러운 숨소리만 들렸다.

저 여자가 필요한 건 진실의 수호자다.

매튜는 생각했다. 자신이 아니면 누가 이 마을에서 진실을 수호하는 사람이 될 수 있을 것인가. 하지만 증거가…… 증거로 보이는 것들이…… 너무 확고하다.

확고하건 아니건, 질문이 너무 많다. '왜'가 너무 많아서 머릿속에서 정리를 할 수도 없을 지경이었다.

한 가지는 확실하다. 만일 여자가 마녀가 아니라면, 파운트로열의 누군가가, 아마도 한 명 이상의 사람들이, 이 여자를 마녀로 몰기 위해 엄청나면서도 사악한 노력을 들이고 있다. 다시 한 번 의문이 생겼다. **왜?**

마음은 두려웠지만, 그의 몸은 점점 풀어졌다. 잠이 가까이 다가오는 것을 느꼈다. 그는 머릿속에서 제러마이어 버크너의 진술을 되새기며 잠과 싸웠다. 하지만 마침내 잠이 승리를 거뒀고, 매튜는 레이첼과 함께 망각의 나라로 향했다.

15

 안식일 아침 성공회 예배에서 로버트 비드웰의 설교 주제는 '하느님의 능력'이었고, 두 시간이 넘도록(비드웰은 잠시 쉬면서 물을 한 잔 마시고 새 힘을 얻었다) 계속되었다. 우드워드는 무거운 납덩이가 잡아당기는 듯 눈꺼풀이 처지는 것을 느꼈다. 상당히 민감한 상황이었다. 우드워드는 앞자리에 앉아 있었고, 그 영예의 자리에서 신자들의 주시와 쑥덕거림의 대상이 되었기 때문이다. 그의 몸 상태가 좋았다면 크게 걱정스러운 일이 아니었을 테지만, 간밤에 잠도 제대로 못 자고 목까지 심하게 부어오른 터라, 우드워드는 이런 곤란한 자리에 있기보다 차라리 수레바퀴 고문대가 나을 것 같다는 생각을 했다.
 비드웰은 일대일로 마주 앉으면 달변가이자 원기왕성한 사람이었지만, 설교대에 서면 그야말로 우왕좌왕하는 건달이었다. 설익은 명제들을 긴 문장으로 푹 고아서 늘어놓는 사이, 신도들은 밀폐된 더운 교회 안에서 뜸질을 해야 했다. 더 치명적인 것은 비드웰이 성경을 제대로 알지 못한다는 사실이었다. 우드워드가 보기에 비드웰은 어린아이들이 세례 받을 나이에 암기할 만한 구절을 끊임없이 잘못 인용하고 있었다. 비드웰은 신도들에게 파운트로열의 미래와 안녕을 기원하는 기도를 함께하자고 몇 번이나 청했고, 이것은 대여섯 번의 아멘으로 이어지며 진실로 고된 노동이 되었다. 사람들은 고개를 꾸벅거렸고 여기저기서 나지막이 코 고는 소리가 들렸는데, 누구든 감히 조는 사람은 그린이 죄인의 뺨을 치기 위해 들고 있는 막대기 끝의 장갑에 얻어맞았다. 그린은 이곳에서도 간수 노릇을 했다.

마침내 비드웰이 자신의 의무를 다하고 자리에 앉았다. 다음으로 존스톤이 일어나 성경을 팔 아래 끼고 설교대로 절룩거리며 걸어갔고, 하느님이 우리 가운데 와주시기를 기도하자고 청했다. 기도는 아마 십 분가량 계속되었던 것 같다. 하지만 적어도 존스톤의 목소리는 억양이 살아 있고 특색이 있어서 우드워드는, 물론 의지가 필요하긴 했지만, 장갑을 피할 수 있었다.

우드워드는 동이 틀 무렵에 일어났다. 퀭한 눈과 회색빛 피부의 병색 짙은 남자가 면도용 거울 너머에서 그를 마주 보고 있었다. 우드워드는 입을 크게 벌리고 거울로 입안을 비추어 보았다. 목구멍은 화산이 터진 불모지 같았다. 또다시 기도가 부어 있었고, 그로써 쉴즈 선생의 치료제는 치유제라기보다는 진기한 기호품에 불과했음이 증명되었다. 우드워드는 비드웰에게 안식일 미사가 시작되기 전에 매튜를 볼 수 있겠느냐고 물었다. 그리고 어젯밤 쥐잡이꾼이 쓰고 돌려준 열쇠를 받으러 그린의 집으로 갔다.

최악의 상황을 두려워했었지만, 우드워드는 곧 그의 서기가 거친 짚 더미 위에서 자신이 저택에서 쉰 것보다 더 잘 쉬었음을 알게 되었다. 매튜는 확실히 자신만의 시련을 겪긴 했지만, 오늘 아침에 물이 든 양동이에서 익사한 쥐를 발견한 것을 빼고는 특별히 괴로운 일은 없었다. 옆 감방의 레이첼 호워스는 여전히 옷을 덮어쓴 채 움직이지 않았다. 비드웰의 존재에 대한 신랄한 응대였을 것이다.

매튜는 우드워드가 두려워했던 것처럼 검은 고양이나 바실리스크로 변하는 일 없이 첫날 밤을 무사히 넘겼고, 특별히 다른 황홀경을 겪은 것 같지도 않았다. 우드워드는 오후에 다시 들르겠다고 약속했고, 옷을 뒤집어쓰고 있는 사악한 여자 옆에 서기를 남겨둔 채 마지못해 감옥을 떠났다.

우드워드는 존스톤이 설교를 하러 설교대에 섰을 때 건조한 먼지 냄새를 풍기는 수백 가지 케케묵은 설교를 예상했지만, 존스톤은 신도들 앞에서 여유가 있었고 따라서 비드웰이 설교할 때보다 더 많은 사람들이 경청했다. 사실 존스톤은 상당히 훌륭한 연설가였다. 그의 설교 주제는 '불가사의한 하느님의 시련에 대한 믿음'이었다. 한 시간여 동안 존스톤은 숙련된 솜씨로 자신의 주제를 지금 파운트로열의 주민들이 직면하고 있는 상황과 비교해가며 이야기를 풀어나갔다. 우드워드가 보기에 존스톤은 남들 앞에서 이야기하는 것을 즐겼다. 존스톤은 손으로 크게 제스처를 취하며 강조하려는 성경 구절을 눈앞에서 그려 보였다. 존스톤이 설교를 진행하는 동안 고개를 꾸벅거리거나 코를 고는 신도는 없었고, 설교의 마침 기도는 짧고 간결했으며, 마지막 '아멘'은 마침표처럼 전달되었다. 비드웰이 자리에서 일어나 존스톤의 설교에 몇 마디를 더 보탰다. 존스톤이 자신의 인기를 가로챘다고 느낀 모양이었다. 그런 다음 비드웰은 주점 주인인 페터 반 군디에게 예배를 끝내는 기도를 요청했고, 신도들이 사우나 같은 교회를 빠져나가자 마침내 그린이 장갑이 달린 막대기를 구석에 내려놓았다.

교회 밖, 우윳빛 하늘 아래 공기는 무겁고 습했다. 파운트로열의 울타리 너머로는 안개가 낮게 걸려 있었고 키 큰 나무 꼭대기에는 흰 수의가 걸쳐져 있었다. 지저귀는 새도 없었다. 우드워드가 비드웰을 따라 구드가 대기하고 있는 마차로 가는데, 누군가 그의 옷소매를 잡아당겨 걸음을 방해했다. 뒤를 돌아보니 루크리셔 본이 다른 여자들이 입은 것처럼 어두운 톤의 안식일 정장을 입고 그곳에 서 있었다. 하지만 그녀의 상의에는 레이스 장식이 달려 있었고, 우드워드의 눈에는 그것이 약간 호화로워 보였다. 그녀 뒤에는 금발 머리 딸 셰리스가 마찬가지로 검은 옷을 입고 서 있었고, 키 작은 호리호리한 남자가 공허한 미소에 공허한 눈빛을 하고 서 있었다.

"판사님, 사건은 어떻게 되어가고 있나요?"

본 부인이 물었다.

"진행 중입니다."

우드워드가 대답했다. 목쉰 개구리 같은 소리가 났다.

"맙소사! 소금으로 목을 헹구셔야 할 것 같은데요."

"날씨 때문이오. 나랑 맞지 않아서."

"정말 안됐군요. 그럼 본론을 말씀드리자면 저는, 그러니까 저와 제 남편은, 목요일 저녁 식사에 초대를 하고 싶어요."

"목요일? 그때까지 몸이 어떨지 기다려봐야 할 것 같은데요."

"아, 제 말을 오해하셨군요!"

본 부인은 우드워드에게 환하게 미소를 지었다.

"저는 판사님의 '서기'를 초대하고 싶은 거예요. 그분 형기가 화요일 아침에 끝난다고 들었어요. 그때 채찍형을 받을 거라면서요. 제 말이 맞죠?"

"네, 부인. 맞습니다."

"그럼 목요일 저녁에는 참석할 수 있겠죠. 6시로 할까요?"

"제가 매튜를 대신해 말할 수는 없습니다. 하지만 말은 전해 드리지요."

"그래주시면 정말 감사하겠어요."

본 부인은 살짝 무릎을 굽혀 인사했다.

"그럼 안녕히 가세요."

"안녕히 가십시오."

본 부인은 남편의 팔을 잡아끌었다. 충격적인 모습이었다. 특히 안식일에는 더욱 그랬다. 그들의 딸은 몇 걸음 뒤에서 두 사람을 뒤따랐다. 우드워드는 자신을 기다리는 마차로 향했고, 비드웰의 맞은편에 앉아 쿠션을 댄 좌석에 몸을 기댔다. 구드가 고삐를 가볍게 내리쳤다.

"미사가 흥미로우셨습니까, 판사님?"

비드웰이 물었다.

"네, 대단히."

"그렇게 말씀하시니 기쁩니다. 내 설교가 다소 지적인 측면이 있는 것 같아서 걱정했거든요. 이곳 주민들 대부분은, 뭐 판사님도 이제 아시겠지만, 소박한 게 매력이잖아요. 설교가 그들에게 너무 과하지는 않았겠지요? 그랬나요?"

"아뇨, 아닌 것 같은데요."

비드웰이 고개를 끄덕였다. 그의 손은 무릎 위에 포개져 있었다.

"존스톤 선생은 머리 회전은 빠르지만, 말할 때는 요점을 짚기보다는 항상 에둘러서 말하는 경향이 있어요. 그렇지 않습니까?"

"네."

우드워드는 비드웰이 듣고 싶어 하는 말이 뭔지 눈치채고 대답했다.

"존스톤 씨는 머리 회전이 빠르더군요."

"일전에 그 사람한테 말한 적이 있어요. 그러니까 일종의 제안을 한 거죠. 메시지를 추상적인 관념으로 전하지 말고 좀 더 현실에 기반을 둔 내용으로 해야 한다고요. 하지만 존스톤은 자신만의 설교 방법을 유지하더군요. 가끔 지겨울 때는 있지만, 나는 그의 이야기를 쫓아가려고 노력합니다."

"음."

우드워드는 신음으로 대답했다.

"아마 판사님은 생각하셨겠지요. 학교 선생이니까 의사소통에도 능할 거라고. 하지만 내가 볼 땐 그의 재능은 다른 쪽에 있는 것 같습니다. 물론 도둑질은 아니고요."

비드웰은 가볍게 웃고는 주름진 소매 끝을 반듯이 펴는 데 신경을 집중했다.

바퀴가 삐거덕거리는 소리와 함께 다른 소리가 들려왔다. 정문의 감시탑에서 종이 울리기 시작한 것이었다.

"구드, 멈춰!"

비드웰이 명령했다. 구드가 말들을 다스리는 동안 비드웰은 탑 쪽을 보았다.

"누가 왔나 봅니다."

비드웰은 눈살을 찌푸렸다.

"올 만한 사람이 없는데. 구드, 성문으로 가주게!"

"네, 나리."

구드는 말을 몰아 방향을 틀었다.

이날 오후, 맬컴 제닝스는 다시 감시탑 위에 올라가 있었다. 이미 주민들이 누가 방문했는지 보려고 성문에 몰려들어 있었다. 제닝스는 저 아래 거리에서 멈춘 비드웰의 마차를 보고, 난간 위로 몸을 굽혀 소리쳤다.

"유개마차입니다! 젊은 남자가 마차를 몰고 있어요!"

비드웰이 턱을 긁었다.

"음, 도대체 누굴까? 광대들은 아닐 텐데. 그 사람들이 올 때는 아직 안 됐으니까."

비드웰은 밀짚모자를 쓰고 파이프 담배를 피우는 비쩍 마른 남자에게 신호를 보냈다.

"스웨인, 문 열게! 거기, 홀리스는 스웨인이 문 여는 걸 도와줘!"

스웨인과 홀리스는 빗장 통나무를 들어 올리고 문을 당겨 열었다. 문이 활짝 열리자 제닝스가 말했던 유개마차가 요란한 소리를 내며 문턱을 넘어왔다. 얼룩무늬 말과 갈색에 흰 털이 섞인 말이 마차를 끌고 있었는데, 숨이 얼마 남지 않은 듯 보여 여물통까지 갈 수나 있을까 싶었다. 마차는 성문 안으로 들어섰다. 마부는 낡은 갈색 벙거지 모자 아래로 구경꾼들을 살펴보았다. 그의 시선이 가장 가까운 곳에 서 있는 존 스웨인에게 향했다.

"파운트로열?"

마부가 물었다.

"그렇소."

스웨인이 대답했다. 비드웰이 그 젊은이에게 누구냐고 물어보려 하는데, 갑자기 마차를 덮은 천막이 휙 열리면서 또 다른 남자가 불쑥 튀어나왔다. 검은 옷을 입고 검은 삼각 모자를 쓴 그 남자는, 마부 옆 널빤지 좌석에 서서 손을 허리에 올리고 건방진 황제처럼 눈을 가늘게 뜨고 주위를 둘러보았다.

"마침내!"

천둥 같은 목소리에 말들이 펄쩍 뛰었다.

"악마의 마을이로구나!"

비드웰은 우렁차고도 장엄한 이 선포를 듣고 공포에 질렸다. 얼굴이 붉어진 비드웰이 곧장 마차에서 일어섰다.

"누구십니까?"

방금 도착한 남자는 턱이 길었고, 수척한 얼굴은 깊이 팬 주름 때문에 조각조각 기운 보자기 같았다. 남자의 검은 눈이 비드웰에게 향했다.

"그대는 누구인가?"

"내 이름은 로버트 비드웰이오. 파운트로열의 설립자이자 이곳의 시장직을 맡고 있소."

"그렇다면, 그대의 시련의 시간에 대해 나의 위로를 전하는 바오."

남자는 모자를 벗고, 가발이라고 보기에는 너무 헝클어진 숱 많은 흰머리를 드러냈다.

"나는 하느님께서 내게 주신 이름으로 알려져 있소. 엑소더스 예루살렘. 이곳까지 먼 길을 여행했다오."

"뭣 때문에요?"

"물어볼 필요가 있소? 전지전능하신 하느님께서 나를 이곳으로 보내셨소. 하느님의 명령을 수행하도록."

그는 모자를 머리에 다시 썼다. 예의를 차리기 위한 쇼가 끝난 것이다.

"하느님께서는 나를 이 마을로 보내시면서, 마녀를 죽음에 이르도록 벌하고 지옥의 악마들과 전투를 벌이라 하셨소!"

비드웰은 무릎에 힘이 빠지는 것을 느꼈다. 그와 우드워드는, 자신들이 문을 열어 떠돌이 목사를 들여놓았음을 깨달았다. 그리고 이자는 복수의 피에 흠뻑 젖어 있었다.

"우리는 이곳 상황을 잘 통제하고 있습니다. 그러니까…… 예루살렘 씨. 잘 통제하고 있다고요."

비드웰이 말했다.

"이분은 찰스타운에서 오신 우드워드 판사님입니다."

비드웰은 손가락으로 우드워드를 가리켰다.

"마녀 재판이 이미 진행 중입니다."

"재판?"

예루살렘이 이 말을 듣더니 으르렁거렸다. 그는 모여 있는 주민들의 얼굴을 훑어보았다.

"그대는 그 여자가 마녀라는 것을 모른단 말이오?"

"우리는 알아요! 그 여자가 우리 마을에 저주를 내린 것도 압니다!"

아서 도슨이 외쳤다.

이 말에 분노와 불만의 목소리가 터져 나오면서 합창이 되었다. 우드워드는 목사가 실내악의 달콤한 후렴구를 듣는 것처럼 미소 짓고 있다는 것을 알아차렸다.

"그렇다면 왜 재판이 필요하오?"

예루살렘이 물었다. 그의 목소리는 갈수록 도리깨 내리치는 소리와 비슷해졌다.

"그 여자는 감옥에 갇혀 있소? 하지만 그 여자가 살아 있는 동안 무슨 악행을 저지를지 누가 안단 말이오?"

"잠깐만!"

비드웰이 사람들을 진정시키기 위해 두 팔을 휘두르며 소리를 질렀다.

"마녀는 처형될 겁니다. 법의 힘에 의해서!"

"어리석은 인간!"

인간 대포 예루살렘은 자신의 폐를 힘껏 폭발시켰다.

"하느님의 법보다 더 강한 법은 없거늘! 그대는 하느님의 법이 타락한 아담의 법보다 위대하다는 것을 부인하는 거요?"

"아뇨, 부인하지 않습니다! 하지만……."

"그렇다면 그대는 타락한 아담의 법에 의지하는 것이오? 그 법이 악마에 의해 더럽혀졌다는 것을 알면서도?"

"아닙니다! 내 말은…… 우리는 이 일을 올바른 방향으로 처리해야 합니다!"

"그러면 악마를 그대의 마을에서 일 분이라도 더 살게 하는 것이, 그대의 생각에는 올바른 방향이란 말이오?"

예루살렘은 씩 웃고는 고개를 저었다.

"그대도 엉망이 되었구려. 그대의 마을과 함께!"

그는 다시 한 번 사람들에게 시선을 돌렸다. 아까보다 더 많은 사람들이 모여 웅성거리고 있었다.

"내가 말하노니 하느님께서는 법을 세운 이들 중 가장 진실하고 가장 순수하신 분이오. 하느님께서 마법에 관해 뭐라 말씀하셨소? 그대는 마녀를 살려두어서는 아니 됩니다!"

"그 말이 맞아요! 하느님께서는 마녀를 죽이라고 말씀하셨어요!"

조지 바토우가 외쳤다.

"하느님은 인간의 더럽혀진 법 위에서 지체하거나 기다리라고 말씀하시지 않소!"

예루살렘이 단호하게 말했다.

"그리고 누구든 그런 어리석음을 섬기는 자는 유황 구덩이에서 파멸을 맞이할 것이오!"

"저자가 사람들을 부추기고 있어요!"

비드웰이 우드워드에게 말했다.

"잠깐만, 주민 여러분! 내 말 좀……."

하지만 더 이상 말을 잇지 못했다.

"하느님이 심판하시는 때는 내일이 아니오! 모레도 아니오! 바로 지금이오!"

예루살렘이 외쳤다. 그는 마차 뒤로 가더니 도끼를 들고 다시 나타났다.

"내가 그대들의 마녀를 제거해주겠소. 그런 다음 그대들의 집과 가족을 축복해달라고 하느님께 기도하겠소! 그대들 중 누가 나를 우리의 원수에게 인도하겠소?"

도끼를 보자 우드워드의 심장이 거세게 뛰기 시작했다. 우드워드는 벌떡 일어서서 소리를 질렀다.

"안 돼! 나는 이런……."

법정에 대한 모독을 용납할 수 없어! 우드워드는 소리치려 했다. 하지만 고뇌에 잠긴 그의 목소리는 흩어졌고, 그는 말문이 막힌 채 버려졌다. 대여섯 명의 남자가 목사를 감옥으로 안내하겠다며 소리를 질렀다. 스물대여섯으로 늘어난 사람들은 우드워드가 보기에 분노에 사로잡혀 피를 보고 싶어 하는 것 같았다. 예루살렘은 손에 도끼를 들고 마차에서 내려왔고, 인간 사냥개 무리에 둘러싸여 하모니 거리를 따라 감옥을 향해 걸어갔다. 그의 길고 가는 다리는 독거미처럼 빠르게 움직였다.

"감옥에는 못 들어갈 거다, 이 바보들! 열쇠는 내가 갖고 있어!"

비드웰이 코웃음 쳤다.

우드워드가 쉰 목소리로 말했다.

"도끼가 열쇠 역할을 하겠죠!"

우드워드는 비드웰의 표정을 보았다. 아마도 현 상태에 만족한 의기양양함이었거나, 아니면 예루살렘의 도끼날이 법의 불꽃보다 마녀의 목숨을 훨씬 신속하게 끝장낼 거란 깨달음이었으리라. 그것이 무엇이었든 간에 다음 순간 비드웰은 군중 편에 서기로 결정을 내린 듯했다.

"저들을 말려봐요!"

우드워드가 외쳤다. 뺨이 땀으로 번들거렸다.

"저도 해봤습니다, 판사님. 판사님도 제가 애쓰는 걸 보셨잖습니까."

우드워드는 비드웰에게 얼굴을 바짝 들이댔다.

"만일 그 여자가 죽는다면 저기 있는 사람들 모두를 살인죄로 기소하겠소!"

"그렇게 하기는 어려울 것 같은데요."

비드웰이 자리에 앉았다. 그는 목사의 마차를 슬쩍 보았다. 중년으로 보이는 호리호리한 체격의 검은 머리 여자가 안에서 나와 젊은 마부와 얘기를 나누고 있었다.

"이 문제는 제 손을 떠난 것 같습니다."

"내 손에서는 아직 떠나지 않았소!"

우드워드는 마차에서 내렸다. 피가 끓었다. 우드워드가 목사와 사람들을 막 쫓아가려는데, 그를 붙잡는 목소리가 있었다.

"저, 판사님?"

우드워드는 구드를 쳐다보았다.

구드는 마부석 옆 가죽 주머니에 항상 넣고 다니는 가는 채찍을 내밀었다.

"난폭한 짐승들을 대비한 보호용입니다."

우드워드는 채찍을 받아 들고 역겨운 시선으로 비드웰을 한번 보고 나서, 한시가 급하다는 것을 깨닫고 몸을 돌려 예루살렘 목사와 사람들의 뒤를 쫓았다. 그는 뻐근한 뼈마디로 낼 수 있는 최대 속도로 달려갔다.

예루살렘은 긴 다리로 성큼성큼 걸어서 이미 하모니 거리 절반쯤까지 가 있었다. 길을 가는 동안 모닥불에 나방이 이끌리듯 몇 사람이 더 달려들었다. 예루살렘이 트루스 거리로 접어들 무렵 그를 따르는 무리는 남자, 여자, 아이, 개 네 마리 그리고 사람들에게 짓밟히는 걸 피하려 종종걸음 치는 작은 돼지 한 마리까지 모두 마흔여섯으로 불어나 있었다. 고함을 지르는 사람들과 짖어대는 개들의 무리가 복수심에 불타 거리를 행진하자, 닭들이 깃털을 날리며 푸드덕거리며 꽥꽥거렸다. 맨 앞에서는 엑소더스 예루살렘이 뾰족한 턱을 전함의 뱃머리처럼 앞으로 내밀고 도끼를 영광스러운 횃불처럼 휘두르고 있었다.

매튜와 레이첼은 감옥 안에서 사람들이 다가오는 소리를 듣고 있었다. 매튜는 의자에서 일어나 창살로 다가갔지만, 레이첼은 자리에 앉은 채 그대로 있었다. 여자는 눈을 감고, 땀에 젖은 얼굴을 살짝 뒤로 젖혔다.

"무슨 일이 일어났나 봐요!"

매튜의 목소리가 갈라졌다. 그 소란이 무엇을 뜻하는지 짐작했기 때문이었다. 파운트로열 주민들이 감옥을 공격하려는 것이었다.

"예상했어야 했는데."

레이첼의 목소리는 차분했지만 떨리고 있었다.

"저 사람들이 어느 안식일에 날 죽일 거라는 걸 말예요."

엑소더스 예루살렘은 감옥 입구를 막고 있는 쇠사슬을 살펴보더니 도끼를 높이 치켜들었다. 도끼가 쇠사슬에 닿자 사슬의 고리들은 단단히 저항했지만 불꽃이 말벌처럼 튀었다. 다시 예루살렘은 도끼를 높이 쳐들고 엄청난 힘으로 내리쳤다. 쇠사슬은 여전히 그대로였지만 고리 두 개가 심각한 손상을 입었다. 예루살렘은 자세를 가다듬고 다시 어마어마한 힘으로 도끼를 휘둘렀다. 다시 한 번 불꽃이 튀었다. 고리 한 개가 다른 고리들로부터 거의 떨어지기 직전이라서 다음 일격이 네 번째이자 아마도 마지막이 될 것 같았다. 예루살렘이 도끼를 치켜든 순간, 갑자기 사람들 틈에서 누군가가 튀어나와 지팡이를 들어 올려 예루살렘의 팔을 막았다.

"이게 무슨 짓입니까?"

존스톤이 물었다. 그는 와인색 교회 예복을 입고 검은 삼각 모자를 쓰고 있었다.

"당신이 누군지는 모르겠소만, 도끼를 치우시오."

"나도 그대가 누구인지 모르오."

예루살렘이 말했다.

"하지만 만일 그대가 나와 저 마녀 사이에 선다면, 그대는 전능하신 하느님께 이에 대해서 설명해야 하오!"

"그를 말려요, 존스톤!"

우드워드가 숨이 턱까지 찬 채 달려와 사람들을 밀어냈다.

"그자가 여자를 죽이려고 해요!"

"맞아요!"

군중 앞에 서 있던 아서 도슨이 외쳤다.

"이제 여자를 죽일 시간이에요!"

"죽여라!"

도슨 옆에 서 있던 다른 남자가 외쳤다.

"이제 더 이상 꾸물거리지 않을 거야!"

사람들은 더 큰 함성과 외침으로 마녀의 죽음을 요구하며 이에 화답했다. 예루살렘이 큰 소리로 말했다.

"백성들이 말했다!"

예루살렘은 앞의 세 번보다 더욱 맹렬하게 도끼를 내리찍었다. 이번에는 쇠사슬이 끊어졌다. 불편한 무릎으로 절름거리던 존스톤은 도끼를 빼앗으려고 목사의 팔을 잡았다. 우드워드는 다른 방향에서 그를 공격해 역시 도끼를 빼앗으려 애썼다. 갑자기 누군가 우드워드의 목을 뒤에서 잡아 목사에게서 떼어내려 했다. 누군가는 존스톤의 어깨를 주먹으로 때렸다. 판사는 옆으로 몸을 비틀며 채찍을 휘둘렀지만, 사람들은 곧 앞으로 밀려들었고 그중 몇 사람이 우드워드가 다시 채찍을 휘두르기 전에 우드워드를 덮쳤다. 주먹이 그의 갈비뼈를 때렸고, 누군가의 손이 뒤에서 셔츠를 잡아 찢으려 했다. 사람들이 물결처럼 밀려와 우드워드를 땅에서 들어 올린 다음 사람들의 신발 아래 바닥으로 던졌다. 어디에선가 퍽퍽 내리치는 소리가 났다. 곧 우드워드는 존스톤이 사방으로 지팡이를 휘둘러 때리는 소리라는 것을 깨달았다.

"가자! 감옥으로 들어가자!"

누군가가 소리쳤다. 우드워드가 다시 일어서려고 애쓰는 사이 부츠 하나가 우드워드의 손목을 아슬아슬하게 비껴갔다.

"뒤로 물러서!"

어디선가 남자의 외침이 들려왔다.

"뒤로 물러서라고!"

말이 히힝거리는 소리가 들리더니, 곧바로 귀에 거슬리는 피스톨의 총성이 울렸다. 사람들은 이 권위 있는 소리에 뒤로 물러났고, 마침내 우드워드는 몸을 일으킬 공간을 확보했다.

우드워드는 바닥에 쓰러진 존스톤을 보았다. 존스톤은 예루살렘이 감옥에 들어가는 것을 몸으로 막고 있었다. 그의 삼각 모자는 찌그러진 채 옆에 놓여 있었고, 목사는 그의 위에 서 있었다. 예루살렘의 모자도 엉망으로 두들겨 맞았지만 도끼는 여전히 그의 손에 들려 있었다.

"이런 빌어먹을! 부끄럽지도 않나!"

피스톨의 연기가 니콜라스 페인의 머리 위로 피어올랐다. 그는 자신의 밤색 말을 타고 분노한 군중의 한가운데에 서 있었다. 페인은 방금 쏜 피스톨을 하늘 높이 치켜들고 있었다.

"이 난장판은 다 뭡니까?"

"난장판이 아니야, 니콜라스!"

나이 많은 남자가 말했다. 던컨 타일러였다.

"이제 정신을 차리고 마녀를 죽일 때가 온 거야!"

"목사가 그렇게 해준대요!"

도슨이 말했다.

"저 도끼 한 방이면 우리는 마녀에게서 풀려나는 거라고요!"

"아니야!"

존스톤은 그렇게 말하며 모자를 주워 들고 일어서려 애썼지만 쉽지 않았다. 우드워드가 허리를 숙여 옥스퍼드 동문이 일어서는 것을 도와주었다.

"우리는 문명인답게 법을 준수하기로 동의했잖습니까!"

존스톤이 지팡이로 균형을 잡은 뒤 말했다.

페인이 경멸하는 눈빛으로 예루살렘을 바라보았다.

"그래서, 당신이 목사요?"

"엑소더스 예루살렘이오. 그대의 마을을 올바른 길로 인도하라는 하느님의 부르심을 받았소. 그대는 그것을 바라지 않는 거요?"

"내가 바라는 건 당신이 도끼를 내려놓는 거야. 아니면 내가 당신의 그 빌어먹을 대가리를 쏴버릴 테니까."

페인이 말했다.

"아, 여기에 귀신 들린 사람이 또 있군!"

예루살렘이 소리쳤다. 그는 사람들을 훑어보았다.

"이자는 하느님의 사람을 협박하고 사탄의 창녀를 보호하고 있소!"

"내가 지금 보고 있는 놈은 적합한 권한도 없이 파운트로열의 감옥에 침입하려는 얼간이야. 그리고 이 상황에 대한 책임은 나에게 있어."

페인이 대답했다. 우드워드의 눈에는 경탄하리만치 절제와 위엄을 갖춘 모습이었다.

"다시 말하는데 그 도끼 내려놔."

"니콜라스!"

타일러가 페인의 바지 자락을 잡으며 말했다.

"저 사람이 할 일을 하게 내버려두게!"

"나에게는 하느님의 권능이 함께하신다! 어떠한 악마도 정의에 맞서지 못할 것이다!"

목사가 우렁차게 외쳤다.

"저자를 말리게, 니콜라스! 이건 정의가 아니고 살인이야!"

존스톤이 애원했다.

페인은 말을 움직여 타일러의 손에서 빠져나왔다. 페인은 그와 예루살렘 사이에 서 있던 사람들을 헤치고 단검 날 같은 예루살렘의 코 1미터 앞까지 다가갔다. 페인은 몸을 앞으로 수그렸다. 안장이 삐걱거리는 소리가 났다.

"목사님."

페인이 조용히 말했다.

"목사님께 하는 내 다음 말은 당신 묘비에 새겨질 거요."

페인의 이 성스러운 약속이 잠시 여운을 남긴 뒤, 두 사람은 눈싸움이라도 하듯 서로를 노려보았다.

"판사님, 목사님의 도끼를 받아주시겠습니까?"

"그러지요."

우드워드는 쉰 목소리로 말하고, 조심스럽게 손을 내밀었다. 그러면서 만일 예루살렘이 자신에게 도끼를 휘두르면 옆으로 뛸 준비를 했다.

예루살렘은 움직이지 않았다. 우드워드는 회색 수염이 난 목사의 턱이 움찔거리는 것을 보았다. 비웃는 것 같기도 하고, 조롱하는 것 같기도 한 미소가 목사의 얼굴에 번졌다. 그 미소는 분노의 표정보다 더 섬뜩했다.

"그대에게 찬사를 보내오."

예루살렘이 도끼를 옆으로 돌려 안개가 땅에 내려앉듯 나무 손잡이를 우드워드의 손에 부드럽게 쥐여주며 말했다.

"집에 돌아가요, 모두! 이제 구경거리는 없어요!"

페인이 사람들에게 소리쳤다.

"하나만 묻겠어, 니콜라스 페인!"

타일러 옆에 서 있던 제임스 리드가 외쳤다.

"자네와 내가 그 여자 집 바닥 밑에서 인형들을 발견했어! 자네도 그 여자가 이 마을에 무슨 짓을 했는지 잘 알지! 자네도 목사가 말한 것처럼 귀신이 들린 거야? 그런 것 같은데. 그 여자를 죽이려는 도끼를 치운 걸 보면!"

"제임스, 자네가 내 친구가 아니었다면 벌써 쓰러뜨려 눕혔을 거야!"

페인이 되받아쳤다.

"내 말 들어요. 모두들!"

페인은 말의 옆구리를 차 방향을 돌려 주민들을 마주 보고 섰다. 이제 사람들은 거의 예순 명 가까이 늘어나 있었다.

"그래요. 나는 마녀가 우리에게 무슨 짓을 했는지 압니다! 하지만 이것도 알지요. 잘 새겨들어요. 레이첼 호워스가 죽을 때, 물론 곧 그렇게 될 겁니다. 저 여자의 사악한 생은 법의 법령에 따른 횃불에 의해 끝을 볼 것이오! 목사의 도끼에 의해서가 아니라!"

페인은 누구든 할 말 있으면 해보라는 듯 잠시 말을 멈췄다. 몇몇이 건성으로 외치는 소리가 들렸지만, 불꽃이 사그라지듯 소리가 점점 줄더니 사라졌다.

"나도 파운트로열을 위해 저 여자가 죽어야 한다고 믿습니다."

페인이 말을 이어갔다.

"저 여자가 살아 있는 한, 더 큰 문제가 생길 위험이 있어요. 당신들 중 누군가는 저 여자가 불에 타기 전에 이곳을 떠나고 싶을 겁니다. 그건 그 사람의 권리이고 선택입니다. 하지만…… 잠깐 내 말 들어요!"

누군가 야유를 보내자 페인이 소리쳤고, 곧 조용해졌다.

"우리는 이곳에 마을 이상의 것을 세우고 있습니다. 그걸 모르십니까?"

페인이 말했다.

"우리는 스스로 새로운 삶을 짓고 있습니다. 언젠가 도시가 될 이곳에서요! 법원도 갖추고 판사도 영구히 거주하는 도시 말입니다!"

페인은 끝에서 끝으로 무리를 훑어보았다.

"여러분은 나중에 파운트로열에서 열렸던 최초의 재판이 목사의 도끼에 더럽혀졌다고 말하기를 원합니까? 내가 한마디 해드리죠. 나는 정의로 뭉쳤다는 사람들을 이전에도 많이 봤습니다. 그리고 그건 개도 역겨워할 광경이었어요! 이런 행위가 우리가 앞으로 세울 법원의 주춧돌이 되기를 원하는 겁니까?"

"법원은 없어!"

리드가 소리쳤다.

"마을도 도시도 없어! 저 여자가 죽지 않으면 아무것도 없이 그저 엉망이 될 뿐이야!"

"저 여자가 이곳에 끌려나와 맞아 죽어도 엉망이 되기는 마찬가지야!"

페인이 격하게 대답했다.

"제일 먼저 엉망이 되는 건 우리 명예라고! 나는 사람들이 지는 것도 봤고, 한번 진 사람은 바람 앞의 허수아비처럼 스러지는 것도 봤습니다! 우리는 우드워드 판사님이 재판을 진행하고 판결을 내리도록 합의했어요. 이제 와서 그 임무를 아르테미스 예루살렘에게 넘길 수는 없습니다!"

"엑소더스 예루살렘이오!"

저 목사는 놀랄 만한 자질을 타고났구나. 우드워드는 생각했다.

예루살렘은 별로 애쓰지 않고도 천둥 같은 소리를 냈다.

"여러분에게 상기시켜 주겠소."

예루살렘이 외쳤다.

"악마의 혀는 은으로 만들어졌다는 것을!"

"당신!"

페인이 예루살렘에게 소리를 질렀다.

"그…… 주둥이…… 닥쳐."

"내 주둥이를 조심하는 게 좋을 거요. 아니면 그대는 바닥이 없는 구멍에서 스러질 테니까!"

"내 생각엔 당신 구멍도 바닥이 없는 것 같은데!"

존스톤이 말했다.

"아니면 당신 밑구멍이 자기가 머리인 줄 착각하고 있거나!"

우드워드는 이 말이 셰익스피어 공연 무대에서나 볼 수 있는 농담임을, 더 이상의 최적의 타이밍과 최고의 장소는 없을 것임을 깨달았다. 그 효과는 분명했다. 목사는 되받아칠 말을 찾느라 헤맸고, 턱은 움직였지만 아무 말도 하지 못했다. 그와 동시에, 좀 전까지 소리를 질러대던 몇몇 사람들에게서 웃음이 터졌다. 그 웃음은 사람들에게로 전해지면서 진지한 분위기를 깨뜨렸고, 모든 사람들이 웃은 것은 아니지만 전체적인 분위기는 눈에 띄게 바뀌었다.

그 자신에게는 다행스럽게, 엑소더스 예루살렘은 위엄을 지키며 물러서야 할 때를 알았다. 그는 더 이상 사람들에게 애원하지 않고, 대신 가느다란 팔을 가슴 위에 엇갈려놓고 바닥을 노려보았다.

"집에 가세요! 오후의 여흥거리는 끝났습니다!"

곧이어 페인이 사람들에게 외쳤다.

시선이 교환되고, 말들이 오가고, 사람들은 열기가 식었음을 깨달았다. 적어도 오늘은 그렇다고, 우드워드는 생각했다. 무리는 흩어지기 시작했다. 비드웰은 다리를 꼬고 한 팔을 좌석 등받이에 올려놓은 채 자기 마차에 앉아 있었다. 레이첼 호워스가 오늘 오후에 죽지 않을 것이 분명해지자, 비드웰은 마차에서 내려와 감옥을 향해 다가왔다.

"고맙네, 니콜라스."

존스톤이 페인에게 말했다.

"그대로 두었다면 무슨 일이 일어났을지 모르네."

"어이, 이봐."

페인이 목사를 부르자, 예루살렘은 페인을 바라보았다.

"정말로 저 안에 들어가서 여자를 죽일 생각이었나?"

"해야 할 일을 할 생각이었소."

목사의 원래 목소리는 훨씬 차분했다.

"무슨 할 일? 소란을 일으키는 일?"

"주민들은 엑소더스 예루살렘이 도착한 것을 알았소. 지금은 그걸로 충분하오."

"배우의 열연으로 우리의 명예를 지킨 것 같군요."

존스톤이 그렇게 말하고, 다가오는 비드웰을 향해 소리쳤다.

"로버트, 여기 만나봐야 할 사람이 있어."

"이미 만났네."

비드웰은 끊어진 쇠사슬을 보며 눈살을 찌푸렸다.

"헤이즐터에게 이어달라고 부탁해야겠군. 다친 게 좀 나았으려나."

비드웰의 시선이 목사에게 꽂혔다.

"파운트로열의 기물을 망가뜨린 건 중대한 범죄입니다, 목사님.

그 대가로 1기니를 청구해야겠소."

"애석하게도, 나는 하느님의 가난한 순례자일 뿐이니."

예루살렘이 어깨를 으쓱하며 대답했다.

"우리 주님께서는 먹을 것과 입을 것, 잠자리를 마련해주시나, 영국 화폐는 한 닢도 주지 않으신다오."

"그럼 거지란 말입니까!"

"오, 거지는 아니지. 나는 말하자면 예언자요. 내가 이곳에 머무는 것이 대단히 중요한 일임을 예감하고 있소."

"여기 머문다고요? 그럴 순 없지!"

비드웰이 말했다.

"니콜라스, 이 사람을 성문까지 안내해주고, 마차가 떠나는 것을……"

"잠시만."

예루살렘이 길고 가느다란 손가락을 들어 올렸다.

"나는 찰스타운에서 그대의 곤경을 전해 듣고 이곳까지 여행해 왔소. 그곳에서는 길거리에서도 마녀 이야기를 하고 다닌다오. 찰스타운의 시의회에서 나를 찾아와 말하기를 그대들에게 목사가 필요하다고 했소."

"시의회? 찰스타운의?"

비드웰의 미간에 주름이 잡혔다.

"그 사람들이 우리에게 성직자가 없다는 걸 어떻게 알지?"

"그 사람들은 그로브 신부님이 살해당한 것을 아닐까."

존스톤이 말했다.

"니콜라스와 에드워드 편에 보낸 판사 요청서에 모두 적지 않았는가."

"그렇긴 하지만, 그 편지는 지난 3월에 보냈다고. 의회에서 작년 11월에 살해당한 성직자를 대체할 사람을 우리가 못 찾았다고 생각한단 말인가?"

비드웰의 주름이 더 깊어졌다.

"내가 볼 땐 누군가 우리 일에 대해서 입을 가볍게 놀린 듯한데."

"그래서 여기에 목사가 있소, 없소?"

예루살렘이 물었다.

"없어요. 하지만 지금은 필요 없습니다."

"아, 그대들에게 목사가 필요 없다는 사실은 아주 명백하오."

예루살렘이 가늘게 미소를 지었다.

"마녀가 감옥에 있고 사탄이 마을에 있으니, 어떤 사악함이 창궐할지는 하느님만이 아시오. 그래, 그대들은 목사가 필요 없소. 그대들에게는 다음에 올 것이 필요하오."

괴기스럽게 주름진 얼굴 가운데에서 두꺼운 눈꺼풀에 덮여 빛나는 두 눈이 비드웰을 찌를 듯 바라보았다.

"저기 말에 올라탄 친구가 법이니 법원이니 도시니 하는 얘기를 깔끔하게 정리했지요. 그럼 이거 한 가지만 물어봅시다. 죽은 자를 위한 예식이나 갓 태어난 아기를 위한 예식에서는 누가 말을 하오?"

"누구든 원하는 사람이 하지!"

페인이 대답했다.

"그런데 누구든 원하는 사람이 그대의 감옥으로 들어가서 도끼를 휘두를 수는 없단 말이오? 마녀의 목숨이 기독교 신자인 그대 이웃의 장례와 어린 아기의 구원보다 더 값어치 있단 말이오? 그대들은 죽은 이와 갓난아기를 정당한 축복의 절차도 없이 어두운 절망의 길로 떠나보내오? 부끄러운 줄 아시오!"

"마녀가 죽은 뒤에 성직자를 찾을 겁니다!"

비드웰이 말했다.

"하지만 내 마을에 들어온 지 오 분 만에 폭동을 일으키는 자는 받아들이지 않을 겁니다! 니콜라스, 이자에게 나가는 길을……."

"그대는 쓰디쓴 눈물을 흘릴 것이다."

예루살렘이 너무 차분하게 말해서 비드웰은 움찔했다.

"그대는 마녀의 힘이 무덤에서도 일어난다는 것을 모르는가?"

"무덤에서? 뭐라고 지껄이는 거야?"

"그대가 마녀를 죽인 후 정당한 정화 의식 없이 묻는다면, 그대는 그대 스스로도 알아듣지 못할 말을 주절거리게 될 것이오. 죽음에 대한 공포에 젖어, 라고 나는 덧붙이겠소."

"정화 의식? 그런 건 한 번도 들어본 적 없어!"

존스톤이 말했다.

"그대가 목사요? 그대가 마녀, 악마, 밤의 악령들을 경험해본 적 있소? 나는 엘리자베스 스토캠, 마조리 발라드, 새러 존스 같은 사악한 마녀들의 무덤에서, 그리고 악명 높은 마법사인 앤드류 스폴딩과 존 켄트에 대해서도 의식을 치른 적이 있소. 그렇게 함으로써 그들을 지옥의 심연에 가두고 봉인을 한 것이오. 그들은 그곳에서 영원한 지옥불에 희롱당하며 즐거워하고 있겠지. 하지만 이런 의식이 없으면, 신사분들, 그대의 마녀는 무덤에서 달아나 환영으로, 지옥의 개로 다시 나타나 사악한 짓을 계속하는 것이오. 그렇지 않으면……."

예루살렘은 다시 어깨를 으쓱했다.

"누가 알겠소? 사탄은 창조적인 정신을 가지고 있으니."

"창조적인 정신을 가진 게 사탄만은 아닌 것 같은데."

존스톤이 말했다.

"잠깐!"

비드웰의 얼굴에 땀이 한 꺼풀 덮이며 번들거렸다.

"지금 당신 말은 마녀가 처형되더라도 여전히 마녀를 제거하지 못한다는 말이오?"

"정화 의식 없이는 안 되지."

예루살렘이 엄숙하게 말했다.

"말도 안 되는 소리를 하는군!"

존스톤이 비웃으며 비드웰에게 말했다.

"이자를 즉시 마을에서 내쫓게!"

고뇌에 찬 표정으로 보아 비드웰은 진퇴양난에 빠진 것이 분명했다.

"그런 의식은 들어본 적이 없어."

비드웰이 말했다.

"하지만 그렇다고 해서 그게 존재하지 않는다는 말은 아니겠지. 판사님 의견은 어떻습니까?"

"저 남자는 문제를 일으키러 이곳에 왔습니다."

우드워드가 쉰 목소리로 말했다.

"저자는 화약고의 불씨 같은 존재입니다."

"동의합니다!"

페인이 말했다.

"네, 네. 나도 동의합니다. 하지만 만일 그런 의식이 마녀의 환영을 무덤에 가두기 위해 정말로 필요하다면 어쩝니까?"

비드웰이 물었다.

"그건 분명한 사실이오."

예루살렘이 말했다.

"내가 그대라면, 가능한 한 모든 예방 조치를 취하겠소."

비드웰은 주머니에서 손수건을 꺼내 얼굴에 흐르는 땀을 훔쳤다. 마침내 비드웰이 말했다.

"빌어먹을! 저자가 머무는 것도 떠나는 것도 마뜩치 않으니!"

"내가 이곳을 떠나야 한다면, 그대에게뿐만 아니라 모든 것에 화가 미칠 거요."

예루살렘은 배우처럼 극적으로 손을 휘저어가며 파운트로열의 풍경을 가리켰다.

"그대는 이곳에 대단히 쾌적한 마을을 세웠소. 이곳을 세울 때 들었을 그 노고는 명백하오. 오, 저 성벽을 지을 때는 말로 다 할 수 없는 노력을 들였을 것이며, 이곳 길은 찰스타운의 거리보다 훨씬 더 아름답게 잘 깔렸소. 묘지도 잘 다듬어진 것을 보았소. 이곳을 꾸미는 데 든 모든 노력과 모든 영혼들이 무(無)로 돌아간다면, 하느님께 슬픔을 안겨드리는 것이오."

"이제 설교대에서 내려오시오, 목사님."

존스톤이 말했다.

"로버트, 난 여전히 저자가 떠나야 한다고 말하겠네."

"생각을 좀 해봐야겠어. 하느님의 편에서 실수를 저지르는 편이 하느님께 맞서는 것보단 나으니까."

"그대가 생각할 동안…… 나의 원수를 만나도 되겠소?"

예루살렘이 말했다.

"아니! 절대 안 돼!"

우드워드가 말했다.

"판사."

예루살렘이 부드럽게 말했다.

"그대의 목소리로 보아, 마녀가 그대의 육신을 병들게 했다는 걸 알 수 있소. 마녀가 그대의 판단력도 병들게 만든 것이오?"

예루살렘은 다시 비드웰을 쳐다보았다.

"그 여자를 만나게 해주기를 청하오. 그래야 마귀가 그녀의 영혼에 얼마나 깊이 침입했는지 알 수 있지요."

우드워드는 비드웰이 미적거리는 것 같다고 생각했다. 파운트로열의 영주는 목사 편으로 넘어가기 직전의 순간에 처해 있었다.

"좋아요. 해로운 일은 없을 거란 생각이 드는군."

비드웰이 말했다.

"내 생각은 달라!"

우드워드가 항의했다. 하지만 비드웰은 우드워드를 지나쳐 감옥 문을 열었다. 예루살렘은 고개를 가볍게 숙여 비드웰에게 감사를 표하고 안으로 걸어 들어갔다. 묵직한 발소리가 바닥을 울렸다.

즉시 우드워드는 목사가 무슨 짓을 하든 말리겠다는 일념으로 예루살렘의 뒤를 따랐다. 비드웰도 따라 들어왔고 존스톤도 그 뒤를 따랐다. 페인은 이 일에 흥미가 다한 듯 말 위에 머물러 있었다. 침침한 감옥 안에는 지붕의 천창을 통해 흘러드는 뿌연 햇빛만이 유일한 빛이었다. 우드워드가 그날 아침 직접 연 천창이었다.

매튜와 레이첼은 그 소동과 페인의 연설과 문밖에서 이야기를 나누는 남자들의 목소리를 모두 들었다. 그래서 무슨 일이 일어날지도 알고 있었다. 엑소더스 예루살렘은 먼저 매튜의 감방 앞에서 걸음을 멈추고 창살 안을 들여다보았다.

"그대는 누구인가?"

"내 서기요."

우드워드가 말했다. 목소리가 거의 꺼질 듯했다.

"마녀를 지켜보라고 이곳에 두신 거요?"

"나는……."

매튜가 말했다.

"……유감스러운 행위를 저질러서 3일형을 받고 이곳에 있는 겁니다."

"뭐라고?"

예루살렘이 불만스러운 듯 입술을 오므렸다.

"판사의 서기가 범죄자가 되었다고? 이것 역시 마녀의 소행이군요. 재판을 위태롭게 하기 위한."

매튜가 대답하기도 전에, 예루살렘의 시선은 다른 감방 쪽으로 돌아갔고 곧 레이첼에게로 향했다. 레이첼은 의자에 앉아 있었다. 망토를 뒤집어썼지만 얼굴은 드러낸 채였다.

긴 침묵이 흘렀다.

"아, 그렇군."

예루살렘이 마침내 말했다.

"저 여자에게서 죄악의 깊은 웅덩이가 보이는군."

레이첼은 아무 말도 하지 않았지만 그의 시선을 되받았다.

"저 여자가 노려보는 것을 보시오."

예루살렘이 말했다.

"내 심장을 바짝 태워버리고 싶은 열망으로 뜨거운 불꽃같이 타오르는구려. 나를 까마귀 날개에 태워 지옥으로 데려가면 그대는 기뻐하겠는가, 여인이여? 아니면 내 눈에 못을 박고 내 혀를 두 쪽으로 가르면 만족하겠는가?"

여자는 대답 대신 짚으로 시선을 돌리는 쪽을 택했다.

"저 봐! 봤소? 여자 안의 악마가 내 앞에서 두려움에 떠는 거요. 그래서 내 얼굴을 쳐다보는 걸 더 이상 견디지 못하는 거요."

"뒤의 말은 맞아요."

레이첼이 말했다.

"비웃는 것인가! 그대는 영리한 마녀요."

예루살렘은 매튜의 감방을 떠나 옆 감방의 창살 앞에 섰다.

"그대의 이름은 무엇인가?"

"영리한 마녀. 방금 당신이 지어줬잖아요."

여자가 대답했다.

"여자의 이름은 레이첼 호워스입니다."

비드웰이 목사 옆에 서서 말했다.

"말할 필요도 없겠지만, 저 여자는 대단히 비협조적입니다."

"그들은 언제나 그러하오."

예루살렘은 길고 가느다란 손가락으로 창살을 잡았다.

"내가 말했듯이, 나는 마녀들에 대한 경험이 많소. 나는 그들의 심장을 먹어치우고 영혼을 어둠에 물들인 악마를 잘 압니다. 물론, 잘 알고말고."

예루살렘은 고개를 끄덕였다. 그의 시선은 레이첼에게 고정되어 있었다.

"이 여자가 살인을 두 건 저질렀소?"

"네, 먼저 성공회 신부님을 죽였고 그다음으로 남편을 죽였어요."

비드웰이 대답했다.

"아니, 그대는 틀렸소. 신부님이 피를 흘렸을 때 이미 사탄이 이 마녀의 남편이 된 것이오. 이 여자는 그대의 곡물과 주민들의 마음에도 마술을 걸었겠지?"

"그래요."

"추측이에요."

매튜가 말했다.

"아직 증명된 건 없어요."

예루살렘이 날카롭게 매튜를 바라보았다.

"무슨 소리인가?"

"증거를 아직 다 수집하지 않았어요. 그러니 호워스 부인에 대한 기소는 아직 증명되지 않았어요."

"지금 호워스 부인이라고 말했나?"

예루살렘이 가볍게 차가운 미소를 지었다.

"그대는 이 마녀를 존중하는가?"

우드워드가 용케 끼어들었다.

"내 서기는 진보적인 생각을 가졌소."

"그대의 서기는 병든 생각을 가진 것이오. 이 마녀의 힘에 의해 쇠약해진 것이오. 이 사람을 여기에, 이렇게 가까운 곳에 두는 것은 대단히 위험하오. 이자를 가둘 만한 다른 곳은 없소?"

"없어요."

비드웰이 말했다.

"그럼 마녀를 다른 곳에 가둬야겠군. 완전한 독방에."

"거기에는 항의해야겠군요."

매튜가 잽싸게 말했다.

"이곳에서 재판이 진행되니, 증인에게 질문하는 동안 이곳에 있는 것은 호워스 부인의 권리입니다."

예루살렘은 입을 다물고 매튜를 바라보았다. 그러고는 말했다.

"신사분들, 안타깝게도 우리는 이 젊은이의 영혼이 타락한 것을 목격하였소. 영혼이 깨끗한 기독교인은 마녀의 권리를 보호하지 않소."

예루살렘은 다음 말을 잇기 전에 잠시 말을 멈추고 이 말의 여운을 남겼다.

"조금이라도 더 많은 사람들을 지옥으로 끌어들이는 것이 마녀의 사악한 소망이오. 구세계(유럽-옮긴이)에서는 온 마을이 잿더미가 되고 그곳 주민들이 교수형에 처해지기도 했지요. 단 하나의 마녀 때문에 그들 모두가 타락했기 때문이오."

"그럴지도 모르죠. 하지만 여기는 신세계인데요."

매튜가 대답했다.

"구세계이거나 신세계이거나, 하느님과 사탄 사이의 영적 전쟁은 여전히 같소. 중간 지대란 없소. 그대는 이편의 기독교 병사이거나 아니면…… 저편의 악마의 졸개인 것이오. 그대는 어느 쪽에 서 있는가?"

멋진 덫이다. 매튜는 깨달았다. 그는 또한 레이첼에게 씌워진 복잡하면서도 뒤틀린 논리를 처음으로 깨달았다.

"내가 만일 진실의 편에 서 있다고 한다면 나는 병사가 되는 건가요, 아니면 졸개가 되는 건가요?"

예루살렘은 조용히 웃었다.

"자, 신사분들, 지금 그대들은 타락한 아담의 시작을 보고 있소. 독사를 모방하기 위해 처음에는 생각을, 그다음에는 말을, 그리고 마지막으로는 실행을 하는 것이오. 젊은이, 조심하게. 약삭빠른 술책으로 처형을 피할 수는 없다네."

"이제 그만해! 내 서기가 재판을 받는 게 아니오!"

우드워드가 거친 소리로 말했다.

"그대의 서기는 더 이상 진실로 그대의 사람이 아닐 수도 있소."

예루살렘은 다시 한 번 레이첼에게로 시선을 돌렸다.

"마녀!"

예루살렘의 목소리에 다시 천둥소리가 돌아왔다.

"그대는 이 젊은이의 여린 영혼에 주문을 걸길 원했는가?"

"나는 어떤 영혼에도 주문 같은 건 걸고 싶지 않아요. 여리건 말건."

여자가 대답했다.

"시간이 말해줄 것이다. 오, 그대는 거짓과 쾌락으로 가득 찬 천박한 창녀로다! 하지만 지금 감옥에 갇혀 있지. 안 그런가? 그리고 매일 저녁의 황혼은 그대의 죄가 뿌리 뽑힐 때까지 하루가 더 지났다는 것을 보여주고 있네!"

예루살렘은 비드웰을 보았다.

"이 여자는 쉽게 교수대로 향하지는 않겠소. 그건 확실하오."

"처형 방식은 화형으로 할 겁니다. 판사님이 그렇게 결정하셨습니다."

비드웰이 예루살렘에게 말했다.

"아아, 화형."

예루살렘은 화형이 마치 인생의 향유라도 되는 것처럼 숭배의 감정을 담아 말했다.

"그래요. 그게 적합할 것이오. 그러나 여전히 한 줌의 재라 해도 정화 의식은 필요하지."

예루살렘은 레이첼에게 또다시 차가운 미소를 보냈다.

"나의 원수여. 그대의 얼굴은 마을마다 바뀌지만, 그대는 언제나 같구나."

그러더니 다시 비드웰에게 말했다.

"이제 볼만큼 봤소. 내 여동생과 조카가 나를 기다리고 있소. 이 마을의 빈 땅에 캠프를 만들어도 되겠소?"

"그래요. 허락하겠습니다."

비드웰은 약간 주저하며 말했다.

"난 반댈세!"

존스톤이 말했다.

"내가 자네를 설득하기 위해 할 수 있는 말이 없는 건가, 로버트?"

"내 생각엔 판사만큼이나 이 목사도 필요한 것 같네."

"저자가 또 한 번 폭동을 일으키면 생각이 달라질걸! 그럼 잘 있게!"

좌절한 존스톤은 화를 내며, 지팡이의 도움을 받아 다리를 절룩거리며 감옥을 나갔다.

"존스톤 씨는 다시 올 겁니다."

비드웰이 목사에게 말했다.

"존스톤은 우리 마을의 학교 선생이지요. 분별 있는 사람이기도 하고요."

"그대의 학교 선생은 이 젊은이처럼 잘못된 길로 이끌리지는 않을 거라 믿습니다. 그렇다면 나는 그대의 처분에 따르겠소."

"좋아요. 그럼 나와 함께 갑시다. 하지만 여기에서⋯⋯ 더 이상의⋯⋯ 소란은 일어나지 않겠지요?"

"소란은 내가 일으킨 것이 아니오. 나는 이곳을 구하러 왔소."

비드웰은 예루살렘에게 몸짓으로 감옥을 나갈 것을 전했고, 그 뒤를 따랐다. 문 앞에 이르자 비드웰은 우드워드를 돌아보았다.

"판사님, 판사님도 마차를 타시려면 저와 함께 가시지요."

우드워드는 고개를 끄덕였다. 그는 슬픈 눈으로 매튜를 바라보며 작게 말했다.

"나는 쉬어야 한다. 그러니 내일 아침까지는 오지 못할 거다. 괜찮겠느냐?"

"저는 괜찮습니다. 쉴즈 선생님에게 토닉을 좀 더 달라고 하셔야겠어요."

"그럴 생각이다."

우드워드는 우울한 눈으로 레이첼을 바라보았다.

"부인?"

우드워드가 말했다.

"내 목소리가 약하고 내 몸이 피폐해졌다고 해서 이 재판을 최선을 다해 진행하지 않는다고 생각지는 마시오. 다음 증인도 일정에 따라 심문할 겁니다."

우드워드는 문 쪽으로 두 걸음 정도 가다가 다시 주저했다.

"매튜, 너의 영혼을 잘 돌봐라. 내 몸처럼 쇠약해지지 않도록."

그 말은 고뇌에 찬 속삭임에 가까웠다.

우드워드는 다시 몸을 돌려 비드웰을 따라 나갔다.

매튜는 의자에 앉았다. 엑소더스 예루살렘의 도착은 부싯깃 통에 대단히 불이 잘 붙는 물질을 보탠 것이나 마찬가지였다. 하지만 매튜는 그보다 악화되어가기만 하는 우드워드의 건강이 더 염려되었다. 우드워드는 의사의 보살핌을 받으며 쉬어야만 했다. 이 고약한 감옥에서 시간을 보내서는 절대로 안 되었다. 하지만 우드워드의 자존심과 의무감은 이 재판을 지체하지 않고 끝내는 쪽을 택할 것이었다. 매튜는 우드워드의 목소리나 정신력이 이처럼 약해진 것을 본 적이 없었기에 두려웠다.

"판사님이……."

레이첼이 갑자기 입을 열었다.

"많이 아프군요. 그렇죠?"

"그런 것 같아요."

"그분을 오래 모셨나요?"

"오 년 간요. 어렸을 때 그분을 만났어요. 저 스스로 무언가를 해낼 수 있는 굉장한 기회를 주셨죠."

레이첼이 고개를 끄덕였다.

"좀 더 말해도 돼요?"

레이첼이 물었다.

"원한다면."

"판사님이 당신을 볼 때…… 그건 아버지가 아들을 보는 눈빛이었어요."

"나는 그분의 서기예요. 그 이상은 아녜요."

매튜는 무뚝뚝하게 대답했다. 그는 두 손을 포개고 고개를 숙였다. 심장 근처에서 텅 빈 듯한 아픔이 느껴졌다.

"그 이상은 아녜요."

매튜는 다시 말했다.

16

 월요일 새벽 4시 반쯤 되었을 때, 로버트 비드웰의 저택에 불이 켜졌다. 곧이어 흑인 하녀가 집에서 뛰어 나와 추적거리는 비를 맞으며 빠른 걸음으로 하모니 거리의 진료소로 향했다. 급한 볼일이었으므로 하녀는 지체하지 않고 의사 집의 초인종을 울렸다. 쉴즈는 십오 분 만에 옷을 차려입고 왕진 가방에 필요한 도구들을 모두 챙긴 뒤 서둘러 빗속을 뚫고 비드웰의 저택으로 달려갔다. 눈까지 푹 눌러쓴 삼각 모자의 가장자리에서 빗물이 뚝뚝 떨어졌.
 네틀즈 부인이 의사를 집 안으로 맞아들였다. 비드웰은 실크 잠옷을 입은 채 깊은 수심에 잠긴 표정을 하고 거실에 있었다.
 "하느님, 감사합니다!"
 쉴즈가 문턱을 넘자 비드웰이 말했다.
 "2층일세! 서둘러!"
 네틀즈 부인이 염소처럼 빠른 걸음으로 계단을 올랐다. 옆에서 보면 체구가 작은 의사를 검은 치마 끝에 달고 가는 것 같았다. 우드워드의 방, 닫힌 문 앞에 닿기도 전에 쉴즈는 우드워드가 숨을 헐떡이는 소리를 들을 수 있었다.
 "냄비에 뜨거운 물을 담아오세요! 천도 가져오시고!"
 쉴즈는 네틀즈 부인에게 명령을 내렸고, 부인은 하녀에게 이 명령을 전했다. 네틀즈 부인이 문을 열자 쉴즈가 방 안으로 들어섰다. 세 개의 등잔이 침대 주위에서 불을 밝히고 있었다. 쉴즈는 그중 하나를 집어 들고 불빛을 우드워드의 얼굴에 비췄다. 그러고는 눈앞의 광경에 자신도 모르게 몸을 움찔했다.

우드워드의 얼굴은 낡은 양피지처럼 누르죽죽했다. 눈 밑이 푹 꺼져 있었고, 숨 쉬는 고통 때문에 물기에 젖은 눈은 희멀갰다. 하지만 숨도 제대로 쉬지 못했다. 딱딱하게 굳은 점액이 코를 막고 있었고, 거품이 된 침이 입가에 모여 턱이 번들거렸다. 우드워드는 뺨과 이마에 땀방울이 맺힌 채 흠뻑 젖은 시트를 손으로 움켜쥐고 있었다.

"진정하세요."

그것이 쉴즈가 처음으로 내뱉은 말이었다.

"괜찮아질 겁니다."

우드워드는 부르르 몸을 떨었다. 눈은 열에 들떠 있었다. 그는 손을 뻗어 쉴즈의 외투 소매를 잡았다.

"숨을 못 쉬겠어."

우드워드는 헐떡였다.

"도와주시오."

"그럴게요. 네틀즈 부인, 이 등잔 좀 잡아주세요."

쉴즈는 등잔을 부인에게 넘기고 재빨리 외투와 삼각 모자를 벗었다. 그리고 가죽 가방을 침대 옆에 있는 의자 위에 올려놓았다.

"판사님이 소리 지르는 걸 들었네."

비드웰이 어느새 방 안에 들어와 문가에 서 있었다.

"그리 오래되지 않았어. 판사님이 아프다는 걸 알자마자 하녀 아이를 자네에게 보낸 걸세."

쉴즈는 가방에서 작은 파란색 병과 숟가락을 꺼냈다. 그는 병을 잘 흔들고 끈끈한 진갈색 액체를 숟가락에 따랐다.

"잘하셨어요. 판사님, 이걸 좀 드세요."

쉴즈는 액체를 우드워드의 입에 붓고, 다시 숟가락에 액체를 따른 다음 투약을 반복했다. 공황 상태에 이른 우드워드는 아무 맛도 냄새도 느끼지 못했지만 무언가 진한 액체가 목구멍을 고통스럽게 미끄러져 지나가는 것은 느꼈다.

우드워드의 허파가 공기를 구하려 애쓰면서 부풀어 올랐고, 손가락은 다시 한 번 시트를 거머쥐었다.

"내가…… 내가 죽는 거요?"

"아뇨! 절대 아니죠! 이제 편히 누우세요. 네틀즈 부인, 그 등잔 좀 다시 주시겠어요?"

쉴즈는 부인에게서 등잔을 받아 우드워드의 입안으로 불빛을 비쳤다.

"입을 최대한 크게 벌리세요, 판사님."

우드워드는 입을 벌렸다. 입을 벌리는 것만으로도 힘에 겨워서 눈물이 났다. 쉴즈는 등잔을 판사의 얼굴에 최대한 가까이 대고 목 안을 들여다보았다.

가장 먼저 냄새가 났다. 쉴즈는 역겹고도 들척지근한 역병의 냄새를 알고 있었다. 판사의 숨에서 그 냄새가 났다. 어느 정도 예상은 했지만 불빛을 비추니 상황이 훨씬 더 나빴다. 우드워드의 목 안쪽은 붉은색이었다. 핏빛의 붉은색, 펄펄 끓는 지옥 동굴의 붉은색이었다. 그 아래쪽은 식도를 거의 막아버릴 정도로 엄청나게 부어 있었고, 누런 고름이 든 흉측한 수포들과 수포가 터진 누런 자국들이 줄무늬를 이루고 있었다. 마치 기생충에 감염된 날고기를 들여다보는 것 같았다. 쉴즈는 이 정도 상태라면 고통이 그야말로 어마어마하리라는 걸 잘 알고 있었다.

쉴즈는 긴장된 목소리로 말했다.

"네틀즈 부인, 얼른 가서 뜨거운 물을 좀 가져다주세요. 소금 두 줌도 컵에 담아 가져오고요."

"네, 선생님."

네틀즈 부인이 방을 나갔다.

"자, 편하게 계세요."

우드워드가 숨을 쉬기 위해 신음하자 쉴즈가 말했다.

"곧바로 기도의 붓기를 가라앉힐 거예요."

쉴즈는 우드워드를 위로하기 위해 손으로 우드워드의 어깨를 잡았다.

"벤, 판사님은 살아나겠지?"

비드웰이 침대로 다가왔다.

"그럼요!"

쉴즈는 우드워드의 젖은 눈이 비드웰을 향하는 것을 보았다.

"심각하긴 하지만 치료할 수 있어요. 돌아가실까봐 걱정할 필요는 없습니다."

쉴즈는 안경테 너머로 비드웰을 바라보았다.

"하지만 한동안 누워서 쉬셔야 할 거예요."

"'한동안'이란 무슨 뜻인가? 정확히 얼마나 오랫동안?"

"모르죠. 아마 일주일 정도. 어쩌면 두 주."

쉴즈는 어깨를 으쓱했다.

"환자의 건강 상태에 달렸어요."

"두 주?"

비드웰은 경악했다.

"그럼 두 주 동안 재판을 진행하지 못한다는 말인가?"

"그래요. 목소리를 낮추세요. 판사님을 불편하게 해서 좋을 게 없으니까."

"그럴 순 없어! 판사는 재판을 끝내야 하고 레이첼 호워스에게 화형 판결을 내려야 해!"

"불가능해요. 증인에게 질문을 하는 건 고사하고 의자에 똑바로 앉지도 못할 겁니다."

비드웰은 쉴즈에게 얼굴을 들이밀었다. 그의 뺨에 붉은 핏기가 소용돌이쳤다.

"그럼 가능하게 해!"

비록 목에는 불이 붙은 것 같고 허파는 공기가 모자라 헐떡였으며, 뼈와 근육은 중세 고문 도구로 잡아 늘이는 것처럼 아프고 귀 안의 압력이 높아 주위 소리가 작게 들렸지만, 우드워드는 자신에 대해 오가는 말을 의식하지 못할 정도는 아니었다.

"일할 수 있어!"

우드워드는 힘없이 외치며 몸을 일으켰다.

"자꾸 그런 말을 하시면 섬망 증세를 의심할 겁니다. 그냥 진정하시고 누워 계세요."

쉴즈는 우드워드에게 단호히 말했다. 비드웰은 의사의 팔을 잡았다.

"잠깐 나 좀 보세."

비드웰은 쉴즈를 이끌고 방의 한쪽 구석으로 가 판사에게 등을 지고 섰다. 목소리는 낮췄지만, 들이는 힘을 보면 고함을 치는 것이나 다를 바 없었다.

"벤, 내 말 잘 듣게! 우리에게는 저자를 침대에 두 주나 눕혀둘 만한 여유가 없어! 일주일도 안 돼! 지난밤에 불이 난 뒤로 세 집이 더 떠난 걸 알고 있나? 그중 하나가 프랭클린 레이놀즈 집안이었어. 마녀 때문에 자기 농장을 버리고 떠나는 일은 없을 거라고 프랭클린이 장담했던 거 자네도 알지! 그런 사람이 메러디스가 떠나자고 계속 보채니 결국 떠나고 말았어! 그 사람은 마지막 남은 담배 경작자였다고! 그게 무슨 의미인지 아나?"

"알아요."

쉴즈가 말했다.

"그렇다고 해서 우드워드 판사님의 상태가 위중하다는 사실이 변하지는 않습니다."

"우리는 지금 거의 최악의 상태야. 돛대는 부러지기 직전이고. 두 주가 지나면 여긴 유령 마을이 될 거야! 게다가 찰스타운의 그 개새끼들이 마녀 이야기를 계속 퍼뜨리는데, 누가 여기 와서 살려고 들겠는가?"

"나도 같은 심정이에요, 로버트. 하지만……."

"저자에게 뭘 좀 주게."

비드웰이 말했다.

"네?"

"저자가 일어설 수 있게 뭘 좀 주라고. 재판을 끝낼 수 있을 만큼 센 걸 좀 먹여. 자네의 마술 가방 안에는 사람을 침대에서 벌떡 일으키게 만드는 약이 있을 거 아닌가!"

"난 의사입니다. 마술사가 아니고."

"내 말뜻 알잖나. 저 사람을 일으킬 정도로 충분히 센 약을 주게."

"흥분제 같은 건 없어요. 아편은 좀 있지만 그건 진정제고요. 게다가 아까 토닉에 이미 아편을 섞어서 줬어요."

"벤, 제발 부탁이네. 저 남자를 일으켜 세워. 무슨 수를 써서라도!"

"난 내가 할 수 있는 일만 할 수 있습니다."

"자넨 훨씬 많은 것을 할 수 있어."

비드웰은 의사의 얼굴에 자기 얼굴을 바짝 들이밀었다.

"자네 부인에게 돈을 얼마나 보내고 싶은가?"

"네?"

"자네 부인 말이야. 보스턴에서 침모 일을 하는. 자네 부인은 분명 돈이 필요하겠지? 그리고 반 군디 주점의 장부에도 상당히 달아놓은 걸로 아는데. 자네 빚을 탕감하고 럼에 대한 갈증을 원 없이 풀게 해줄 수 있다면, 나는 무척 기쁘겠네. 내게 좋은 친구가 되어주게, 벤. 그러면 나도 자네의 좋은 친구가 되어줄 테니."

"나는…… 그저……."

"판사가 우리에게 뭔가, 벤? 도구야. 그게 전부야! 그냥 도구. 특별한 목적을 위해 이곳에 온 거지. 삽이나 도끼처럼."

문이 열리는 소리가 들렸다. 비드웰은 소금이 든 컵을 가지고 들어오는 네틀즈 부인을 흘긋 돌아보았다. 그 뒤를 따라 하녀가 김이 나는 뜨거운 물과 깨끗한 흰 천을 가지고 들어왔다.

"부인에게 보낼 돈과 마음껏 마실 수 있는 럼."

비드웰이 사나운 눈빛으로 의사에게 속삭였다.

"자네가 할 일은 저 도구를 쓸 수 있게 만드는 것이네."

쉴즈는 대답이 입술 끝까지 나왔지만, 그 말을 내뱉기 전에 잠시 멈췄다. 그는 천천히 눈을 깜박였다. 관자놀이에서 맥박이 뛰었다.

쉴즈는 힘없이 말했다.

"나는…… 환자를 좀 봐야겠습니다."

비드웰은 뒤로 물러서 길을 내주었다.

"냄비를 잘 잡아."

쉴즈가 하녀에게 말했다. 방금 전까지 끓여서 손을 델 정도로 뜨거웠다. 쉴즈는 컵을 받아 소금을 물에 풀고 물이 뿌옇게 될 때까지 숟가락으로 잘 저었다. 쉴즈의 손이 푸른 약병 근처에서 머뭇거렸다. 눈을 찌푸렸지만, 그것을 본 사람은 비드웰뿐이었다. 결국 쉴즈는 병을 집어 내용물을 거의 전부 컵에 부었다. 그는 혼합물을 다시 잘 젓고, 컵을 우드워드의 입가로 가져갔다.

"마셔요."

우드워드는 그 액체를 받아 삼켰다. 뜨거운 소금물이 황폐한 살덩어리와 부풀어 오른 수포에 닿자, 그 뒤에 일어난 일은 결코 아름답다고 할 수가 없었다. 우드워드는 목이 찢기는 고통 때문에 눈이 멀었다. 우드워드가 경련을 하며 기괴한 비명을 내지르는 바람에 비드웰은 첫닭이 울기 전에 주민들이 모두 잠에서 깰까봐 두려웠다. 하녀는 뒤로 펄쩍 물러서다가 냄비에 든 물을 엎지를 뻔했고, 건장한 네틀즈 부인마저도 놀란 가슴을 진정시켜야만 했다.

우드워드의 뺨에 눈물이 흘러내렸다. 그는 몸서리를 치며 붉어진 눈으로 쉴즈를 바라보았다.

"미안합니다. 하지만 더 마셔야 해요."

쉴즈가 말했다.

"못해."

우드워드가 속삭였다.

"소금이 제 역할을 할 겁니다. 물론 고통스러워요. 하지만 그렇게까지 심하지는 않을 겁니다. 자, 내 손을 꽉 잡아요. 비드웰 씨, 판사님의 손을 잡아주겠어요?"

"내가? 내가 왜?"

"부탁합니다."

쉴즈가 짜증 섞인 말투로 말했다. 비드웰은 상당히 주저하면서 우드워드의 손을 잡았다.

쉴즈가 우드워드에게 말했다.

"자, 소금물을 목 안에 최대한 오래 머금고 있어야 합니다. 목 안의 염증을 태워버릴 수 있게요. 준비됐습니까?"

우드워드는 숨을 헐떡였다. 그는 눈을 질끈 감았다가 다시 눈을 뜨고 흐릿한 세상을 바라보았다. 다른 길이 없다는 것을 깨닫고, 우드워드는 고개를 끄덕이고 입을 벌렸다.

쉴즈는 아편이 섞인 소금물을 우드워드의 백태가 낀 혀 위로 조금 더 들이부었다. 소금이 목 안의 염증에 다시 닿자 우드워드는 신음을 하며 몸을 떨었지만, 인간이 견딜 수 있는 한 오래 그것을 목 안에 머금었다. 땀이 그의 얼굴과 머리 위에서 번들거렸다.

"아주 좋아요."

우드워드가 소금물을 삼키자 쉴즈가 말했다. 그는 컵을 옆으로 치우고 천을 뜨거운 물에 담갔다가 바로 꺼내 짜고 우드워드의 얼굴 위에 올려놓았다. 우드워드는 몸을 떨었지만, 살에 닿는 뜨거운 천의 느낌은 방금 그가 견딘 것에 비하면 별것도 아니었다. 쉴즈는 열과 마찰의 조합으로 부비강의 통로를 열기 위해 천 아래로 우드워드의 뺨을 힘껏 주무르기 시작했다. 손가락으로 계속해서 뺨을 주무르며 우드워드의 코를 막고 있는 굳어가는 점액을 공격했다. 천의 열기가 전달되자 기도를 막고 있던 장애물이 부드러워졌고, 쉴즈는 덩어리 대부분을 떼어내는 데 성공했다. 쉴즈는 코 양옆을 중심으로 다시 주무르기 시작했다. 잠시 뒤 그는 천을 우드워드의 얼굴에서 떼어내어 냄비에 든 뜨거운 물에 다시 넣었다가 꺼내 짠 다음, 다시 한 번 우드워드의 얼굴 위에 둘렀다. 그리고 얼굴 아래로 염증이 심한 부위와 부어 있는 곳을 계속해서 손가락으로 세게 눌렀다.

통증 때문에 머리는 여전히 어지러웠지만, 우드워드는 갑자기 다시 코로 숨을 쉴 수 있게 되었음을 깨달았다. 기도가 천천히 열리고 있었다. 목은 감각이 없었지만 아까보다는 숨쉬기가 훨씬 나아졌다. 우드워드는 코와 입으로 숨을 들이마시면서 천의 뜨거운 김도 함께 들이마셨다.

"나아졌어요!"

쉴즈가 쉬지 않고 손가락을 움직이며 말했다.

"부은 걸 좀 가라앉힌 것 같습니다."

"신이 자네를 축복하기를!"

비드웰이 탄성을 질렀다.

"영광은 신께서 받으셔야죠."

쉴즈가 비드웰에게 말했다.

"판사님의 피는 이 늪지대의 사악한 기운에 더럽혀졌어요. 피가 진득해져서 목과 부비강을 막은 겁니다."

쉴즈는 우드워드의 얼굴에서 천을 떼어냈다. 그의 얼굴은 삶은 햄처럼 분홍색이 되어 있었다. 쉴즈는 천을 냄비에 집어넣었다.

"숨 쉬기가 좀 편해지셨죠?"

"그렇소."

우드워드는 가냘프게 그르렁거리는 목소리로 대답했다.

"아주 좋아요. 너는 냄비를 옆에 두고 내가 하던 대로 계속해라."

쉴즈가 하녀에게 지시하자 하녀는 즉시 그 말을 따랐다.

"판사님, 이런 상태가 언제든 다시 찾아올 가능성이 있어요. 피가 걸쭉해져서 조직 세포에 영향을 주는 한, 기도가 또다시 막히겠지요. 그러니……."

쉴즈는 잠시 말을 멈추고 가방에서 작은 백랍 접시를 꺼냈다. 접시 안쪽에는 부피를 표시하는 동심원들이 새겨져 있었다. 쉴즈는 또 가방 안에서 가죽 칼집을 꺼내어 열고, 거북 등껍데기로 만든 얇고 네모난 도구들도 여러 개 펼쳐놓았다. 그는 그중 하나를 골라 거북 등껍데기 손잡이 안에 접혀 있던 길이가 5센티미터쯤 되는 작은 칼날을 폈다.

"피를 좀 빼야겠습니다."

쉴즈가 말했다.

"언제 마지막으로 피를 뺐나요?"

"몇 년 됐소. 열병에 걸렸을 때."

"촛불 좀."

쉴즈가 말했다. 네틀즈 부인이 등잔을 열고 불이 붙은 심지를 내밀었다. 의사는 메스의 칼날을 불꽃에 집어넣었다.

"왼쪽 귀 뒤에 상처를 낼 겁니다."

쉴즈가 우드워드에게 말했다.

"머리를 침대 밖으로 내미셔야 합니다. 비드웰 씨, 좀 도와주세요."

비드웰은 하녀와 함께 우드워드의 몸을 돌려 머리를 침대 밖으로 놓았다. 그러고 나서 비드웰은 문가로 물러섰다. 피를 보면 속이 메스꺼워지는 터라 저녁으로 먹은 젤리처럼 만든 장어와 굴을 배

속에 고이 간직하기 위해서였다.

"이걸 물고 있는 게 좋을 겁니다."

쉴즈는 우드워드의 오른손에 향이 나는 사사프라스 뿌리 조각을 쥐여주었다. 거기에 누군가의 잇자국이 나 있는 것을 보았지만, 그래도 이를 악무는 것보다는 나았다. 우드워드는 사사프라스 조각을 입안에 넣고 이로 단단히 물었다.

칼이 준비되었다. 쉴즈는 우드워드의 머리 옆에 서서 절개할 부위인 왼쪽 귀뿌리에 메스를 가져다대고 백랍 접시를 그 아래 놓았다.

"시트를 잡고 주먹을 꽉 쥐시는 게 가장 좋아요."

쉴즈가 알려주었다. 그러고는 조용히 덧붙였다.

"힘내십시오, 판사님."

첫 번째 절개가 시작되었다.

뜨거운 메스가 살갗에 닿는 순간 우드워드는 몸이 뻣뻣이 굳으면서 사사프라스 뿌리를 깨물었다. 다행히도 첫 번째 절개는 신속하게 이루어졌다. 피가 접시 위로 방울방울 떨어지기 시작하자, 쉴즈는 두 번째 절개를 했고 곧이어 세 번째 절개를 했다. 붉은 방울들은 더 빠르게 떨어져 내렸다. 쉴즈는 메스를 다시 거북 등껍데기 케이스에 접어 넣었다.

"이제 최악은 지나갔어요."

쉴즈는 우드워드에게 말했다. 쉴즈는 피를 받는 접시를 상처 아래에 받쳐 들고 나무뿌리를 우드워드의 입에서 꺼내어 주머니에 집어넣었다.

이제 할 수 있는 일은 기다리는 것뿐이었다. 점점 넓어져가는 접시 바닥의 웅덩이 위로 피가 방울져 떨어지는 소리가 우드워드의 귀에 끔찍이도 크게 들렸다. 그는 눈을 감은 채 마음도 닫으려고 애썼다. 그때까지도 문가에 서 있던 비드웰은 속이 메스꺼움에도 불구하고 홀린 듯 매료되어 모든 과정을 지켜보았다. 피를 빼는 과정은 새로울 게 없었다. 그 자신도 몇 년 전 위경련으로 고통스러웠을 때 피를 빼본 적이 있었다.

쉴즈는 우드워드의 귀 뒤를 손가락으로 눌러 상처가 계속 열려 있게 했다. 잠시 뒤 쉴즈가 말했다.

"네틀즈 부인, 냄비에 찬물을 담아 오시고 천도 좀 더 가져다주세요. 그리고 럼주 한 잔이 판사님에게 도움이 될 겁니다."

네틀즈 부인은 하녀에게 쉴즈의 명령을 전했다. 피는 붉은 연못 위로 끊임없이 방울방울 떨어져 내렸다.

비드웰이 목청을 가다듬었다.

"판사님? 제 말 들리십니까?"

"듣고 있어요."

쉴즈가 말했다.

"좀 그냥 내버려둬요. 판사님은 쉬셔야 해요."

"뭐 하나만 물어보고 싶은데."

우드워드는 눈을 뜨고 천장을 올려다보았다. 갈색 얼룩이 보였다.

"말해요."

우드워드가 거친 목소리로 말했다.

"뭐라고 하는 건가?"

비드웰이 침대로 다가오며 물었다.

"물어보라고 하십니다."

쉴즈가 비드웰에게 말했다. 접시에는 생명의 액체가 60밀리리터 정도 고여 있었다.

"좋아요. 제가 궁금한 건 이겁니다, 판사님. 오늘 재판은 몇 시에 시작하실 수 있겠습니까?"

우드워드의 눈이 쉴즈의 얼굴을 찾았다.

"몇 시가 좋을까요?"

비드웰은 침대 옆에 서서, 떨어지는 핏방울을 외면한 채 물었다.

"오늘 오후면 괜찮겠습니까?"

우드워드는 힘겹게 침을 삼켰다. 목의 생생한 통증이 맹렬하게 되살아났다.

"나는…… 모르겠소…… 할 수 있을지……."

"솔직히……."

쉴즈가 입을 열었다.

"……다시 업무에 복귀하실 생각을 하시는 게 좋습니다. 침대에 너무 오래 누워 있으면 좋을 게 없거든요."

쉴즈는 비드웰을 흘깃 쳐다보았고, 우드워드는 의사의 안경에 반사된 비드웰의 얼굴을 보았다.

"혈액순환이 정체되면 안 되겠죠. 그런 측면에서도 두뇌 활동을 적절히 하시는 편이 더 나을 겁니다."

"그래요! 내 말이 그 말입니다!"

비드웰이 말했다.

"하지만……."

쉴즈가 다시 말했다.

"……습기에 대한 아무런 보호 장비도 없이 그런 냄새나는 감옥에 앉아 계시는 건 권하지 않겠습니다. 비드웰 씨, 판사님에게 맞는 외투가 있나요?"

"없으면 찾아보겠네."

"좋아요. 저는 가서 판사님을 위한 연고를 준비하겠습니다. 목과 가슴, 등에 넉넉히 발라야 해요. 셔츠와 외투에 지워지지 않는 얼룩이 남을 테니까 옷들은 그냥 버릴 각오를 하세요. 연고를 바른 뒤에는 목에 스카프를 두르셔야 합니다."

쉴즈는 네틀즈 부인을 쳐다보았다.

"판사님은 수프와 죽을 드셔야 합니다. 내 허락이 있기 전까지 고형식은 안 돼요. 아시겠습니까?"

"네, 선생님."

"일라이어스 개릭에게 하인을 보내서 감옥에…… 몇 시쯤이 좋겠나, 벤?"

비드웰이 순진무구하게 물었다. 쉴즈는 대답 대신 그릇에 고이는 피만 물끄러미 바라보았다.

"몇 시라고, 벤?"

비드웰이 눈썹을 치켜세웠다. 우드워드는 쉴즈가 무거운 한숨을 내쉬는 소리를 들었다. 마침내 쉴즈가 대답했다.

"2시면 충분할 겁니다. 물론, 판사님이 다시 일을 하고 싶은 마음이 드셔야겠지만."

"그럼 지금부터 아홉 시간 남았군!"

비드웰의 목소리에는 기뻐 어쩔 줄 몰라 하는 기색이 역력했다.

"푹 쉬시고 나면 그때쯤에는 재판을 진행할 준비가 되시겠지요, 판사님?"

"잘 모르겠소. 기분이 정말 안 좋은데."

"지금은 물론 그러시겠지만 몇 시간 주무시고 나면 기적이 일어날 겁니다! 그렇지 않나, 벤?"

"오늘 중으로는 기력을 회복하실 겁니다. 그래요."

쉴즈가 건성으로 말했다. 비드웰은 활짝 웃었다.

"바로 그거야! 나는 이제 여길 나가서 뭔가 건설적인 일을 해야겠네."

우드워드는 몸이 아프고 마음은 어지러웠지만, 비드웰이 자신의 건강에 관해서 가장 염려하는 것이 무엇인지는 정확히 알았다. 우드워드는 빨리 재판을 속개해서 판결을 내릴수록, 그만큼 빨리 이 늪 구덩이를 벗어나 찰스타운으로 돌아갈 수 있다는 생각이 들었다.

"좋아요."

우드워드는 간신히 말했다.

"할 수 있다면, 2시에 개릭 씨를 만나겠소."

"훌륭해요!"

비드웰은 기쁨에 겨워 거의 손뼉을 칠 뻔했다. 쉴즈는 그렇게 드러내놓고 판사의 몸 상태를 무시하는 비드웰을 날카로운 눈빛으로 노려보았지만, 비드웰은 신경도 쓰지 않았다.

"일라이어스가 제시간에 감옥에 도착할 수 있도록 말해놓겠습니다."

하녀가 찬물을 담은 냄비와 천 그리고 럼주가 담긴 잔을 가지고 방으로 돌아왔다. 접시에 피가 거의 120밀리리터까지 고였을 때, 쉴즈가 말했다.

"네틀즈 부인, 판사님을 일으켜 앉히게 도와주세요."

두 사람은 함께 우드워드를 일으켜 앉혔다.

"판사님, 머리를 앞으로 숙이세요."

쉴즈는 새 천을 물에 담갔다가 절개 부위 위에 대고 꼭 눌렀다.

"가방 안에 갈색 병이 있다. 그걸 가져와서 열어주렴."

쉴즈가 하녀에게 말했다. 쉴즈는 병에서 찐득한 호박색 연고를 떠냈다. 꿀, 송유(松油), 돼지기름을 섞은 것이었다. 쉴즈는 그 연고를 상처 위에 발랐다. 그는 이 과정을 반복했고, 그렇게 하면서 상처의 가장자리를 봉합했다.

우드워드는 머리가 몽롱했다. 구역질이 났지만, 더 이상 신경 쓰지 않아도 될 만큼 숨 쉬기는 한결 편해졌다.

"이걸 마셔요."

쉴즈가 럼이 든 잔을 우드워드의 입술에 대주었다. 우드워드는 럼을 세 모금 만에 다 마셨다. 술이 목구멍을 타고 넘어가면서 다시 목에 불이 붙었지만, 럼을 마시고 나니 기분이 한결 좋아졌다.

"이제 좀 주무세요. 저는 가서 바로 연고를 만들겠습니다."

쉴즈는 피가 담긴 접시를 하녀에게 주었다.

"이걸 버리고 와라."

하녀는 팔을 멀리 뻗어 접시를 잡았다. 쉴즈는 메스를 가죽 칼집에 집어넣었다.

"오늘 밤에도 피를 빼야 합니다. 상태가 더 나빠지지 않도록요."

우드워드는 고개를 끄덕였다. 눈은 번들거렸고 입에는 감각이 없었다. 쉴즈는 고개를 돌려 비드웰을 쳐다보았다.

"매 시간마다 판사님을 살펴봐야 합니다. 연고를 바르러 10시에 돌아오겠어요."

"고맙네, 벤. 자넨 나의 진정한 친구야."

"해야 할 일을 한 겁니다."

쉴즈는 도구와 약들을 다시 왕진 가방에 챙겨 넣었다.

"계속 이렇게 해드릴 수 있겠죠?"

"날 믿게."

"판사님, 이 천을 상처 부위에 대고 계속 누르세요. 출혈이 좀 있을지도 모릅니다."

"네틀즈 부인, 선생을 배웅해주시겠소?"

비드웰이 말했다.

"그럴 필요 없습니다. 나가는 길은 압니다."

쉴즈는 가방을 닫아 들고 일어섰다. 안경 너머로 보이는 그의 눈빛에서는 생기를 찾아볼 수 없었다.

"도와줘서 고맙소, 선생. 한동안 잘 수 있을 것 같군요."

우드워드가 속삭였다. 그때 밖에서 첫닭이 울었다. 쉴즈는 방에서 나와 계단을 내려갔다. 계단 아래에서 그는 자신을 데리러 왔던 하녀와 마주쳤다.

"선생님? 이거 필요하세요?"

하녀가 물었다.

"그래, 필요한 것 같구나."

하녀는 쉴즈에게 마개를 연 럼주 병을 건넸다. 그는 병을 받아 들고 어둠침침한 회색 여명과 차갑게 내리는 빗속으로 걸어 들어갔다.

한니발 그린이 죄수들의 아침 식사인 비스킷과 달걀을 가지고 도착하기 전, 매튜와 레이첼은 다른 손님을 맞았다.

문이 열리고(아직 대장장이가 쇠사슬을 고치기 전이었다) 검은 옷을 입은 호리호리한 형체가 등잔을 들고 들어왔다. 등잔 불빛이 어두컴컴한 감옥 안을 밝혔다.

"누구야?"

사람이 슬그머니 접근하는 기척에 놀라 매튜가 날카롭게 물었다. 좀 전에 요란한 닭 울음소리 때문에 잠이 깼고, 방금 배설물 양동이에 방광을 비운 참이었다. 매튜는 여전히 잠이 덜 깬 상태였고, 그래서 잠깐 동안은 사탄이 레이첼을 방문한 것이 아닌가 하고 겁을 집어먹었다.

"조용히 하게, 서기!"

근엄한 대답이 돌아왔다.

"그대에게 볼일이 있는 것이 아니네."

엑소더스 예루살렘의 말린 자두 같은 얼굴이 촛불에 비쳐 황금빛으로 빛났다. 그는 삼각 모자를 이마 위로 깊이 눌러쓰고 있었다. 예루살렘은 매튜의 감방을 지나 곧장 레이첼에게 가서 불빛을 비췄다. 레이첼은 양동이 물로 얼굴을 씻고 있었다. 검은 머리는 젖은 채 뒤로 매끄럽게 넘겨져 있었다.

"잘 주무셨는가."

목사가 말했다. 레이첼은 아무 일도 없는 것처럼 하던 일을 계속했다.

"뭐, 원한다면 말을 안 할 수는 있네. 하지만 계속 귀머거리 행세를 하지는 못할 거야. 내가 흥미로운 얘기를 할 테니까."

"당신은 여기 있으면 안 돼요."

매튜가 말했다.

"그린 씨가……."

"입구가 잠겨 있지 않던데? 그리고 하느님의 군대의 사령관으로서, 나에게는 전장을 방문할 권리가 있지. 안 그런가?"

예루살렘은 뼛속까지 얼어붙게 만들 것 같은 시선으로 매튜를 응시하고, 다시 레이첼을 쳐다보았다.

"마녀 호워스?"

예루살렘의 목소리는 부드러웠다.

"나는 어젯밤 비드웰 씨와 판사님과 함께 아주 유익한 저녁 식사를 했다네."

예루살렘은 저택에서의 식사에 제 발로 찾아간 것이었으며, 여동생과 조카를 데려갔다는 사실은 밝혀야 할 필요를 굳이 느끼지 못했다. 예루살렘이 식당의 식탁에서 만찬을 드는 동안, 그의 동행인들은 네틀즈 부인이 식사를 하는 부엌의 작은 식탁에 앉아 있었다는 사실도.

"비드웰 씨는 아주 상냥한 주인이더군."

예루살렘이 계속 말했다.

"그분이 그대가 저지른 몇 가지 죄악을 들려주며 나를 즐겁게 해주셨다네."

레이첼은 팔을 씻기 시작했다.

"그대는 살인과 음란한 악행을 저질렀네."

목사가 야유의 휘파람을 불었다.

"어찌나 사악하던지 숨을 쉬기 힘들 정도였어."

예루살렘의 목소리에 매튜는 참지 못하고 입을 열었다.

"여기서 나가세요. 당신은 이곳에 필요하지도 않고 당신을 원하는 사람도 없습니다."

"그건 나도 잘 알아. 내가 말했듯이, 서기, 나는 자네에겐 볼일이 없어. 하지만 자네의 그 오만한 품행이 자네를 고통으로 이끌지 않도록 주의하게."

예루살렘은 턱을 슬쩍 치켜들면서 매튜를 무시했다.

"마녀 호워스?"

예루살렘이 다시 말했다.

"이유가 궁금하네. 왜 악마가 그토록 애정을 품고 그대를 포옹했는지 말해주겠는가?"

"당신 반쯤 미쳤군."

레이첼이 목사를 쳐다보지도 않고 말했다.

"나머지 반은 정신병자고."

"그대가 바닥에 엎드려 내 신발에 키스를 하리라고는 생각지 않았어. 하지만 적어도 돌 같은 침묵을 건너긴 했군. 이 질문을 하겠네, 마녀 호워스. 그대는 내가 가진 능력을 모르는가?"

"무슨 능력? 바보짓 할 능력?"

"아니."

예루살렘은 조용히 대답했다.

"그대를 감옥에서 자유롭게 풀어줄 수 있는 능력."

"그래? 그래서 화형대로 걸어가게 하려고?"

"그대의 영혼으로부터 사탄을 쫓아낼 능력. 그리고 당연히 그대를 화형대 말뚝에서 구원할 능력."

"당신은 우드워드 판사님께 속한 능력을 당신의 것으로 착각하고 있어요."

매튜가 말했지만 예루살렘은 매튜를 무시했다.

"그대에게 이야기를 하나 해주겠네."

예루살렘은 레이첼에게 말했다.

"이 년 전인가, 메릴랜드 식민지의 새 정착지에서 엘리너 페이튼이라는 젊은 과부가 그대와 같은 곤경에 처하게 되었네. 그 여자는 마법을 행한 죄와 이웃 부인을 살해한 혐의로 감옥에 갇혔지. 그 여자의 사건을 맡은 판사는 정의로운 하느님의 사람이었고, 악마에 의한 모욕에 물들지 않는 사람이었다네. 그는 페이튼 부인에게 교수형을 선고했어. 하지만 처형 전날 밤에 페이튼 부인은 자기 죄와 마법을 나에게 고백했다네. 그 여자는 무릎을 꿇고, 경건하게 주기도문을 말하고, 나에게 자기 영혼에서 사탄을 몰아내달라고 애원했지. 사탄은 그 여자의 가슴을 부풀게 하고 은밀한 곳에 물이 흥건하게 고이도록 만들었다네. 나는 그 위에 손을 얹어 그녀의 고통을 물리쳤어. 하지만 구원은 쉽게 찾아오지 않았다네. 그날 밤 굉장한 전투를 치렀어. 우리 둘 다 엄청나게 몸부림을 쳐야만 했지. 땀에 흠뻑 젖어 하느님의 공기를 들이마실 때까지. 마침내, 새벽이 오기 전에, 그 여자는 고개를 뒤로 젖히고 비명을 내질렀어. 그리고 나는 그 소리가 그 여자의 가장 내밀한 깊은 곳에서 사탄이 찢겨져 풀려나가는 소리라는 것을 알았지."

예루살렘은 눈을 감았다. 가벼운 미소가 입가에 걸려 있었다. 매튜는 예루살렘이 지금 그 비명 소리를 떠올리고 있다고 생각했다.

예루살렘이 다시 눈을 떴을 때, 그의 눈은 촛불의 효과로 불그스름하게 반짝였다.

"동이 틀 때……."

그는 레이첼에게 말했다.

"……나는 페이튼 부인이 악마의 발톱에서 풀려났음을 선언했고, 따라서 판사에게 장작에 불을 붙이기 전에 그 여자의 고백을 들어달라고 탄원했네. 나는 기독교를 받아들이고 열정으로 휩싸인 여인이 있다면 언제라도 내가 증인으로 나설 것이라고 말했네. 그리하여 페이튼 부인은 마을에서 쫓겨나긴 했지만, 하느님의 십자군이 되어 나와 함께 몇 달간 여행을 다녔지."

예루살렘은 잠시 멈추었다. 그의 고개가 한쪽으로 기울었다.

"내 이야기를 듣고 있나, 마녀 호위스?"

"그 얘기로 당신의 정체가 드러난 것 같군."

레이첼이 대답했다.

"여인들이 올바른 길을 가도록 보살피는 남자. 그렇지. 그대 같은 부류는 사악한 길로 타락하기 쉬워. 그렇기 때문에 그대 같은 부류는 남자들을 타락시키고, 아담의 종족의 원수가 되는 거야."

레이첼은 씻는 걸 멈추고 양동이를 한쪽으로 밀었다. 그녀는 고개를 들어 목사를 바라보았다.

"악마에 대해서 꽤 잘 아나 봐."

"잘 알지. 안팎으로 모두."

"특히 나 같은 부류에 안팎으로 지대한 관심을 갖고 있는 건 잘 알겠어."

"그대의 조롱은 겨냥은 좋았으나 과녁이 빗나갔네."

예루살렘이 말했다.

"젊은 시절엔 나도, 그러니까, 인생 대부분의 시간을 어두운 길로 걸어왔다네. 나는 도둑이었고 신을 모독하는 자였지. 창녀 무리들을 쫓았고 간음과 남색의 죄악이 주는 쾌락 안에서 흥청망청 지냈어. 사실 나는 수많은 여자들의 살 안에서 흥청대며 노는 동안 그들의 영혼도 함께 망쳐놓았다네. 아, 그래. 마녀 호워스. 나는 악에 대해서 아주 잘 알아."

"당신은 그걸 자랑스러워하는 것 같은데, 목사 양반."

"그런 쪽에 대한 나의 흡인력은 타고난 것이라네. 수많은 창녀들에게, 그리고 고결한 과부들에게도 숱하게 들어왔지. 나의 물건이 그들이 봐온 것 중 가장 크다고. 어떤 여자들은 그것을 보고 숨을 멈출 뻔했다네."

"도대체 당신이 무슨 목사야?"

매튜가 말했다. 예루살렘의 외설적인 주장을 듣고 있던 매튜의 얼굴은 붉게 달아올랐다.

"빨리 여기서 나가요, 당신!"

"그럴 것이네."

예루살렘은 레이첼을 뚫어져라 바라보았다.

"나는 그대가 알기를 원하네, 마녀 호위스. 내 설득의 능력은 줄어들지 않았어. 만일 그대가 원한다면, 페이튼 부인에게 했던 것과 똑같이 그대에게 해줄 수 있다네. 그 여자는 이제 버지니아에서 고귀한 삶을 살고 있고, 모든 죄는 그 여자의 가슴에서 짜내어졌지. 그대도 이러한 해방을 누릴 수 있어. 그대가 좋다고 말만 한다면."

"그리고 나는 화형대 말뚝에서 풀려나고?"

"두말할 필요도 없지."

"그다음엔 나를 내 땅과 집에서 쫓아내도록 청원을 하고, 나한텐 당신과 함께 지낼 자리를 마련해주고?"

"그러하네."

"난 마녀가 아니야."

레이첼은 강하게 말했다.

"나는 어둠의 주인을 추종하지 않아. 그리고 앞으로도 추종하지 않고. 당신에게 해주는 내 대답은 이거야. 싫어."

예루살렘은 미소를 지었다. 등잔 불빛이 이에 비쳐 반짝거렸다.

"물론 판사는 아직 그대에게 선고를 내리지 않았지. 아마 그대는 이 소년을 통해 판사를 쥐고 흔들고 싶겠지?"

예루살렘은 매튜를 향해 고개를 까딱였다. 레이첼은 그저 예루살렘을 노려볼 뿐이었다.

"글쎄, 생각할 시간이 좀 있긴 하지. 하지만 오래 기다려주지는 않을 걸세. 며칠 안으로 그대의 화형대에 장작들이 쌓일 테니까. 그대가 불에 타버린다면 대단히 슬픈 일이 될 거야. 이렇게 젊고 이렇게 간절히 기독교의 칼날을 필요로 하는 그대가."

예루살렘이 마지막 말을 끝내자마자 문이 열리고, 한니발 그린이 등잔과 두 사람의 아침 식사인 따뜻한 비스킷과 달걀을 가득 담은 양동이를 들고 들어왔다. 그린은 목사를 보고 걸음을 멈췄다. 엑소더스 예루살렘은 어제 오후에 그린에게 강한 인상을 남겼던 것이다.

"목사님, 비드웰 시장님의 승인 없이는 어떤 방문객도 이곳에 들어올 수 없습니다. 그게 원칙입니다."

한니발은 온순하게 말했다.

"주 하느님께서 승인하시네."

예루살렘이 거인 간수에게 따뜻한 미소를 건넸다.

"하지만 비드웰 씨의 지상의 법을 위반하고 싶지 않으니, 즉시 떠나겠네."

"감사합니다, 목사님."

예루살렘은 나가는 길에 그린의 어깨에 손을 얹었다.

"그대는 마녀를 지키는 훌륭한 일을 해왔어. 저런 류의 여자들을 다룰 때는 아무리 조심해도 지나치지 않는 법이네."

"네, 저도 알고 있습니다. 인정해주셔서 감사합니다."

"당연한 말을 한 것뿐이니 감사할 필요 없네. 그대는 훌륭한 기독교인일세. 내가 알아."

예루살렘은 다시 걸음을 떼더니 잠시 멈췄다.

"오, 혹시 그대가 참석하고 싶을지 몰라 말인데, 오늘 저녁 7시에 마녀를 주제로 설교를 할 생각이네. 연속 설교의 첫 번째가 되겠지. 내가 어디에 캠프를 두고 있는지 아나? 인더스트리 거리에 있는데."

"네, 목사님."

"그대가 하느님을 섬긴다면, 그대의 형제자매인 주민들에게 시간을 알려주게. 그리고 내가 그리스도의 자비에 기대어 그날그날 먹고산다는 것과 내가 내미는 바구니에서 무엇을 찾아야 할지도 알려주시게. 그대는 그런 식으로 하느님을 섬기겠는가?"

"네, 목사님."

그린이 말했다.

"섬길 겁니다. 제 말은…… 그렇게 하겠습니다."

예루살렘은 다시 한 번 레이첼을 향해 고개를 돌렸다.

"회개할 시간은 짧다네, 마녀 호워스. 하지만 그대가 진정 원한다면 구원은 여전히 그대 것이지."

예루살렘은 손가락으로 삼각 모자의 테두리를 만지며 인사를 하고, 감옥을 나갔다.

17

 2시가 되기 조금 전에, 판사가 도착했다. 매튜는 판사의 모습을 보자마자 충격을 받았다. 한니발 그린과 니콜라스 페인의 부축을 받으며 감옥에 들어온 우드워드는, 긴 회색 외투를 입고 녹슨 쇠 빛깔의 스카프를 목에 두르고 있었다. 땀에 젖어 번들거리는 얼굴은 외투 색보다 조금 옅은 정도의 회색빛이었고, 걷는 데 신경 쓰느라 시선은 바닥을 향해 있었다. 우드워드는 힘없이 걸음을 옮겼다. 매튜가 어제 오후 본 이후 이십 년은 더 나이를 먹은 것 같았다.
 그린은 매튜에게 점심 식사를 가져다주면서 판사가 전날 밤 많이 아팠기 때문에 재판이 지연될 것이라고 설명해주었지만, 페인은 일라이어스 개릭이 2시에 오기로 되어 있다고 얘기해주었다. 그래서 매튜는 판사가 몸이 좀 안 좋은가 보다고 생각했을 뿐, 이렇게 상태가 심각하리라고는 상상도 못 했다. 매튜는 우드워드를 보자마자 곧바로 우드워드가 침대에 누워 있어야 한다고, 아니면 적어도 쉴즈의 진료소에라도 가야 한다고 생각했다.
 "이분을 왜 여기에 모시고 온 겁니까?"
 매튜가 창살 앞에 서서 항의했다.
 "판사님은 오늘 법정에 앉으실 만큼 몸이 좋지 않아요!"
 "비드웰 시장님의 명령을 따르는 거다."

페인이 대답했다. 그는 그린이 감방 문을 여는 동안 우드워드를 부축하고 있었다.

"시장님이 판사님을 여기 모시라고 했어."

"말도 안 돼요! 서 계실 힘도 없는데 억지로 일을 하시게 할 수는 없어요!"

"아무도 억지로 시키지 않아."

페인이 대답했다. 그린은 문을 열고 페인과 함께 우드워드가 안으로 걸어 들어가는 것을 도왔다. 쓸쓸하고 독한 약 냄새도 함께 감방 안으로 들어왔다.

"비드웰 씨를 만나야겠어요! 그자를 여기 당장 데리고 와요!"

매튜는 거의 소리를 지르다시피 했다. 분노가 치밀면서 매튜의 뺨은 붉게 달아올랐다.

"조용."

우드워드가 속삭였다.

"귀가 아프구나."

"판사님, 왜 여기 오겠다고 하셨어요? 판사님은 지금 상태가……."

"이 일을 끝내야 해."

우드워드가 매튜의 말을 잘랐다.

"재판을 일찍 끝낼수록…… 이 지긋지긋한 마을을 빨리 뜰 수 있다."

우드워드는 의자에 몸을 앉혔다.

"뜨거운 차를."

우드워드가 페인에게 말했다. 힘겹게 말을 하느라 얼굴이 일그러졌다.

"네, 판사님. 곧 가져다드리겠습니다."

"본 부인한테서는 말고."

우드워드가 말했다.

"아무 차나 좋지만, 그 부인한테서는 가져오지 마시오."

"알겠습니다."

"페인 씨!"

페인과 그린이 감방을 나서는데, 매튜가 말했다.

"판사님이 여기 계시면 안 된다는 걸 알잖아요!"

"매튜, 진정해라."

우드워드가 속삭였다.

"내가 좀 아플지는 몰라…… 하지만 나에겐 책임이 있다. 넌 너의 책임이 있고. 자리에 앉아서 증인을 맞을 준비를 해라."

우드워드는 창살 너머 옆 감방을 흘깃 보았다.

"안녕하시오, 부인."

레이첼은 의자에 앉아 우드워드를 향해 고개를 끄덕였다. 표정은 우울했지만 침착해 보였다. 페인과 그린은 감방을 나서서 감옥을 나갔다.

"앉아서 준비해라. 개릭 씨가 곧 도착할 거야."

우드워드가 다시 매튜에게 말했다.

매튜는 더 이상 논쟁해봤자 소용이 없다는 것을 알았다. 그는 성경을 우드워드 앞에 놓고, 책상 서랍에서 필기구 상자를 꺼내 자기 책상 위에 올려놓았다. 매튜는 자리에 앉아서 상자의 뚜껑을 열고 펜촉, 잉크병, 종이를 꺼낸 다음, 앞으로의 작업을 위해 오른손을 주물러 손을 풀었다. 우드워드가 겨우겨우 숨을 쉬는 소리가 눈에 띄게 집중을 방해했다. 사실, 매튜는 자신이 그날 하루 종일 과연 집중을 할 수나 있을지 알 수 없었다.

"판사님, 그렇게 말씀하시기조차 힘든데 개릭 씨에게 어떻게 질문하실 생각이세요?"

"말은 대부분 개릭 씨가 할 거야."

우드워드는 잠시 숨을 골랐다. 그의 눈은 몇 초 동안 감겨 있었다. 우드워드는 너무 힘이 빠져서 머리를 책상 위에 두고 엎드려야 할까봐 두려웠다. 가슴, 등, 목까지 화끈거리게 만드는 연고의 자극적인 냄새가 이제 얼굴과 부은 코까지 올라왔다. 우드워드는 눈을 떴다. 시야가 흐렸다.

"난 내 일을 할 테니, 넌 네 일을 해라."

우드워드가 단호하게 말했다.

몇 분 뒤, 에드워드 윈스턴이 일라이어스 개릭을 데리고 감옥으로 들어왔다. 일라이어스 개릭은 팔꿈치와 무릎에 천 조각을 덧댄 짙은 갈색 옷을 입었는데, 자기 사이즈보다 두 치수는 작아 보였다. 회색 머리는 번들거리는 포마드를 발라 뒤로 바짝 빗어 넘겼다. 개릭은 겁에 질린 듯 감방에 있는 레이첼 호워스를 바라보았다.

"저 여자는 당신을 해치지 못합니다, 일라이어스. 자, 들어갑시다."

윈스턴이 말했다.

개릭은 우드워드의 책상 앞에 놓인 걸상으로 천천히 걸어갔다. 개릭은 수척한 얼굴을 떨구고 의자에 앉았다. 근육이 불거진 손은 마치 애원하는 것처럼 조용히 맞잡고 있었다.

"괜찮을 거예요."

윈스턴이 개릭의 어깨에 손을 올렸다.

"판사님, 마녀와 이렇게 가까이 있으니 일라이어스 씨가 조금 긴장하는 것은 이해하시겠지요."

"오래 걸리지 않을 거요."

우드워드가 쉰 목소리로 대답했다.

"음…… 그런데 판사님, 여쭤볼 게 있습니다만."

윈스턴은 눈썹을 치켜세웠다.

"바이올렛 애덤스는 몇 시에 데려올까요?"

"뭐라고요?"

"바이올렛 애덤스요."

윈스턴이 말했다.

"비드웰 시장님이 그 아이를 오늘 오후에 판사님께 데려가라고 했습니다. 몇 시가 좋겠습니까?"

"잠깐만요!"

매튜로서는 자리를 지키는 것이 할 수 있는 전부였다.

"판사님은 오늘 증인 한 사람만 보실 겁니다!"

"글쎄…… 비드웰 시장님은 그렇게 생각하지 않을걸. 일라이어스를 데리러 가던 길에 애덤스의 집에 들러서 바이올렛이 오늘 오후에 증언할 거라고 가족에게 알려줬어. 비드웰 시장님은 재판이 오늘 안으로 매듭지어지기를 바라고 있어."

"누가 뭘 바라는지는 상관없어요! 우드워드 판사님은 몸이……."

우드워드는 갑자기 손을 뻗어 매튜의 팔을 잡고 조용히 할 것을 명했다.

"좋소."

우드워드가 속삭였다.

"그 아이를…… 4시에 데려오시오."

"그러겠습니다."

매튜는 믿을 수 없다는 듯 판사를 바라보았다. 우드워드는 매튜에게 신경 쓰지 않았다.

"고맙소, 윈스턴 씨. 가도 좋아요."

"네, 판사님."

윈스턴은 개릭을 안심시키기 위해 어깨를 한 번 두드려주고 떠났다. 매튜가 말을 꺼내기도 전에, 우드워드는 성경을 들고 개릭에게 내밀었다.

"이걸 잡으세요. 매튜, 선서 시켜라."

매튜는 지시를 따랐다. 의식이 끝나고 매튜가 성경을 돌려받기 위해 손을 내밀자, 개릭은 성경을 가슴에 꼭 끌어안았다.

"부탁입니다. 이걸 가지고 있어도 될까요?"

"그러세요."

우드워드가 대답했다.

"이제 얘기를 해보십시오."

"제가 이미 말씀드렸던 그 얘기 말입니까?"

"이번엔 기록을 할 겁니다."

우드워드는 매튜에게 신호를 보냈다. 매튜는 펜촉을 새로 잉크병에 담갔다가 종이 위에 쓸 준비를 했다.

"무슨 얘기부터 할까요?"

"처음부터."

"좋습니다. 그럼."

개릭은 계속해서 바닥에서 눈을 떼지 않았다. 그러더니 입술을 축이고 말했다.

"그게…… 제가 말씀드렸던 것처럼, 제 땅은 호워스 농장 바로 옆에 있습니다. 그날 밤 저는 속이 너무 안 좋아서, 밖으로 나가서 토하려고 일어났지요. 고요했습니다. 모든 게 고요했어요. 마치 온 세상이 숨 쉬기를 두려워하는 것처럼요."

"개릭 씨?"

매튜가 개릭에게 말했다.

"그게 몇 시였나요?"

"몇 시? 오…… 2시인가 3시였을 겁니다. 기억이 안 나는군요."

개릭은 우드워드를 쳐다보았다.

"계속할까요?"

우드워드는 고개를 끄덕였다.

"아무튼 저는 밖으로 나갔습니다. 그때 누군가 호워스네 옥수수 밭을 가로질러 가는 것을 보았습니다. 수숫대가 없는 철이라서 잘 보였지요. 그런데 그 사람이 등잔도 없이 밭을 걸어가는 겁니다. 참 이상하다고 생각해서, 울타리를 넘어서 그 사람을 따라 창고 뒤로 갔습니다. 그때……."

개릭은 다시 바닥을 내려다보았다. 관자놀이에서 맥박이 뛰고 있었다.

"그때 마녀가 옷을 벗은 채 무릎을 꿇고, 자기 주인의 시중을 드는 것을 보았습니다."

"'마녀'라 함은 레이첼 호워스를 지칭하는 겁니까?"

우드워드의 쇠약한 목소리는 거의 꺼질 듯했다.

"네, 판사님."

우드워드는 다른 질문을 하려 했으나, 더 이상 목소리가 나오지 않았다. 우드워드는 질문을 마쳤다. 그는 매튜를 바라보았다. 고통에 시달리는 표정이었다.

"매튜?"

우드워드가 간신히 입을 열었다.

"질문?"

매튜는 판사가 이 심문의 주도권을 자신에게 넘기고자 함을 눈치챘다. 매튜는 펜촉을 다시 잉크에 담갔다. 비드웰이 강요했든 설득했든 간에 판사의 건강을 이런 식으로 위태롭게 했다는 데 대해 매튜는 끓어오르는 분노를 느꼈다. 하지만 심문이 시작되었으니, 어떻게든 끝을 내야 했다. 매튜는 목청을 가다듬었다.

"개릭 씨."

매튜가 말했다.

"'주인'이라는 건 무슨 뜻입니까?"

"그게…… 사탄이겠죠."

"그럼 그것은 정확히 무엇을 입고 있었습니까?"

"전에 말했듯이 검은 외투와 두건을 걸치고 있었습니다. 외투 앞에는 금단추가 달려 있었어요. 그게 달빛에 빛나는 걸 봤습니다."

"얼굴은 보지 못하셨습니까?"

"네, 하지만…… 마녀가 입에 넣고 빨던 것은 봤습니다. 가시에 뒤덮인 그 검은 것 말입니다. 사탄 말고는 다른 누구일 수가 없었어요. 그런 것을 가진 사람은."

"개릭 씨는 레이첼 호워스가 완전히 옷을 벗고 있었다고 하셨죠."

"네, 그렇습니다."

"개릭 씨는 뭘 입고 계셨습니까?"

"네?"

개릭이 얼굴을 찡그렸다.

"옷 말입니다. 뭘 입고 계셨습니까?"

개릭은 잠시 멈추고 생각했다.
"글쎄요, 그게…… 저는…… 그러니까 제 말은……."
개릭 얼굴의 주름이 더 깊어졌다.
"그거 이상하네."
개릭이 마침내 말했다.
"기억이 안 납니다."
"외투를 입으셨겠죠? 밖이 추웠을 테니까?"
매튜가 불쑥 말했다. 개릭은 천천히 눈을 깜박였다.
"외투."
개릭이 말했다.
"외투를 입었을 텐데…… 그걸 입은 기억이 안 납니다."
"그럼 신발은요? 부츠였나요?"
"신발이라."
개릭이 말했다.
"잠시만요. 부츠. 네, 그래요. 부츠를 신었던 것 같습니다."
"레이첼 호워스의 얼굴은 자세히 보셨습니까? 창고 뒤쪽에서?"
"글쎄요…… 얼굴은 못 봤습니다."
개릭이 순순히 인정했다.
"등만 봤어요. 여자는 제 반대편을 향해 무릎을 꿇고 있었습니다. 하지만 머리카락은 봤어요. 그리고 그 여자는 피부색이 검었습니다. 저 여자였어요. 틀림없습니다."
개릭은 불편한 기색으로 판사를 흘긋 보더니 다시 매튜를 바라보았다.
"저 여자일 수밖에 없습니다. 대니얼의 땅이었는데요."
매튜는 고개를 끄덕이고 방금 개릭이 한 말을 적었다.

"토하셨습니까?"

매튜가 갑자기 물었다.

"네?"

매튜는 고개를 들고 개릭의 멍한 눈을 똑바로 쳐다보았다.

"토하셨느냐고요. 침대에서 나와 밖으로 나간 게 그 이유 때문이잖습니까. 그래서 토하셨습니까?"

다시 한 번 개릭은 생각에 잠겼다.

"저는…… 그랬는지 기억이 안 납니다."

개릭이 말했다.

"아뇨, 저는 뭔가가 호워스네 옥수수밭을 지나가는 걸 봤고, 그래서…… 속이 좋지 않다는 걸 잊어버렸던 것 같습니다."

"조금만 뒤로 돌아가보겠습니다."

매튜가 말했다.

"그날 밤 몇 시쯤 잠자리에 드셨습니까?"

"늘 자던 시간에요. 대략 8시 반쯤이었을 겁니다."

"개릭 씨와 부인께서는 항상 같은 시간에 잠자리에 드십니까?"

"네, 그쯤에요."

"잠자리에 드실 때 속이 불편하셨습니까?"

"아뇨, 그렇지 않았던 것 같습니다."

개릭은 다시 신경질적으로 입술을 축였다.

"실례지만…… 이런 게 마녀하고 무슨 상관이 있지요?"

매튜는 판사를 쳐다보았다. 우드워드의 턱은 아래로 힘없이 늘어져 있었지만 눈은 뜬 채였고, 매튜의 언이은 질문에 끼어들고 싶다는 의사 표시는, 할 수도 없었지만 설령 할 수 있었다고 해도 전혀 하지 않았다. 매튜는 다시 시선을 개릭에게로 돌렸다.

"제가 느끼는 몇 가지 혼란을 해소하려는 겁니다."

매튜가 설명했다.

"그래서 개릭 씨가 잠자리에 들 때는 속이 나쁘지 않았는데, 여섯 시간 정도 지난 뒤 잠이 깨셨을 때는 속이 아팠다는 것이죠?"

"네."

"침대에서 나올 때는 부인을 깨우지 않으려고 조심하셨겠죠?"

"네, 그랬습니다. 맞아요."

"그러고는요?"

"그러고는 토하러 나갔습니다."

개릭이 말했다.

"그 전에 외투와 부츠를 신으려고 멈추지 않으셨습니까?"

"저는…… 그게…… 그래요. 분명히 그랬을 텐데, 정확히 기억이 안 납니다."

"사탄의 외투 앞자락에 금단추가 몇 개 있었습니까?"

매튜가 말했다.

"여섯 개요."

"여섯 개요? 확실합니까?"

"네."

개릭은 격하게 고개를 끄덕였다.

"단추가 달빛에 반짝이는 걸 봤어요."

"그럼 보름달이었나요?"

"네?"

"보름달요. 달이 보름달이었습니까?"

매튜가 반복했다.

"그랬을 거라 생각합니다. 하지만 고개를 들어 쳐다본 기억은 없습니다."

"그렇게 밝은 달빛에, 그래서 멀리서 등불도 없이 걸어가는 사람을 볼 수 있을 정도였는데, 사탄의 얼굴은 보지 못하셨다는 거군요?"

"글쎄요……. 악마는 머리 위에 두건을 덮어쓰고 있었습니다."

"그랬겠지요. 하지만 외투 앞자락에는 단추가 있지 않았습니까? 밝은 달빛에 그 여섯 개의 금단추를 그렇게 뚜렷하게 보셨다면, 얼굴도 보실 수 있지 않았을까요?"

"아뇨."

개릭은 의자 위에서 불편하게 몸을 움직였다.

"내 눈길을 사로잡은 건 그자의 얼굴이 아니었습니다. 그건…… 마녀가 입에 넣고 빨던 그 끔찍한 커다란 물건이었어요."

"가시로 뒤덮여 있었고요. 우리에게 그렇게 말씀하셨죠?"

"네, 그래요."

"사탄이 개릭 씨에게 말을 걸었습니다. 그렇죠? 그러니까, 사탄이 개릭 씨의 이름을 불렀죠?"

개릭이 고개를 끄덕였다.

"사탄이 개릭 씨에게 말할 때 얼굴을 보지 않으셨습니까?"

"그랬던 것 같습니다. 하지만…… 그곳에는 아무것도 없이 그냥 어두웠습니다."

"레이첼 호워스가 한 번이라도 개릭 씨를 향해 고개를 돌린 적이 있습니까?"

"아뇨, 그러지 않았습니다."

매튜는 펜을 잠시 옆에 내려놓고 손을 다시 주물렀다. 그는 다시 한 번 우드워드를 흘깃 쳐다보았다. 판사는 여전히 미동도 없이 앉아 있었지만 눈은 뜨고 있었고, 숨 쉬는 것도 매우 힘겨워 보였지만 규칙적이었다.

"개릭!"

레이첼이 창살로 다가오더니 갑자기 소리쳤다.

"내가 당신에게 무슨 짓을 했다고 이런 거짓말을 하는 거예요?"

"거짓말이 아니야!"

개릭은 자신을 보호하려고 성경을 끌어안았다.

"당신이 거기에서 당신 주인 시중을 드는 것을 내가 봤다는 걸 알잖아!"

"나는 그 창고 뒤엔 간 적도 없고, 그런 짓을 하지도 않았어! 그런 짐승과 결코 어울린 적도 없고! 당신이 거짓말을 하는 게 아니라면, 당신 마음이 환상을 만들어낸 거야!"

우드워드는 상황을 정리하기 위해 손으로 책상을 쾅 내리쳤고, 그 즉시 매튜가 말했다.

"정숙하세요! 호워스 부인. 진술을 방해하지 않는 것이 부인에게 최선임을 판사님을 대신해서 말씀드립니다."

"부인에게 최선?"

개릭이 놀란 듯 말했다.

"당신, 마녀 편에 선 거요?"

"아뇨, 개릭 씨. 그런 게 아닙니다. 다만 호워스 부인의 방해 없이 진술하는 것이 개릭 씨의 권리임을 일깨워준 것입니다."

매튜는 다시 펜을 집어 들었다. 그때 니콜라스 페인이 바구니를 들고 감옥으로 들어왔다.

"방해해서 죄송합니다. 차를 가지고 왔습니다."

페인이 감방으로 들어서서 우드워드 앞에 바구니를 내려놓고 뚜껑을 열었다. 그 안에는 소박한 흰색 도기 주전자와 찻잔 한 개가 들어 있었다.

"제보라 크로포드 부인이 보냈습니다."

"감사를 전하오."

우드워드가 작은 목소리로 말했다.

"더 필요하신 것이 있습니까?"

우드워드는 잠시 생각했다. 그는 앞에 놓인 책상을 톡톡 쳤다.

"인형."

"인형이요? 그걸 보시길 원하십니까?"

우드워드가 고개를 끄덕였다.

"지금."

"인형은 저희 집에 있습니다. 지금 가서 가져오겠습니다."

페인은 레이첼이 있는 곳을 한번 흘깃 보고 서둘러 나갔다.

매튜는 다시 펜을 들고, 깨끗한 종이를 앞에 펼쳤다.

"계속해도 되겠습니까, 판사님?"

매튜가 우드워드에게 물었다. 우드워드는 짙은 갈색 차를 잔에 따르고 있었다. 우드워드는 승낙의 표시로 고개를 살짝 끄덕였다.

"개릭 씨?"

매튜가 말했다.

"이 질문은 잘 생각하시고 답해주세요. 사탄 옷에 달린 여섯 개의 금단추를 떠올려보십시오. 그리고 그 단추가 외투 앞자락에 한 줄로 여섯 개가 나란히 붙어 있었는지 아니면 세 개씩 두 줄로 붙어 있었는지를 말씀해주십시오."

쨍그랑 하는 날카로운 소리가 났다. 매튜가 왼쪽을 보니 우드워드가 차를 엎지른 참이었다. 판사는 이 서기가 미쳤나 하는 눈빛으로 매튜를 바라보고 있었다.

"상황과 관련된 질문입니다, 판사님. 제 생각엔 답이 꼭 필요할 것 같습니다."

매튜가 말했다.

"멍청한 질문이야."

우드워드가 힘겹게 내뱉었다. 회색빛 얼굴은 바위처럼 굳어 있었다.

"판사님의 의견은 질문에 대한 답을 얻을 때까지 보류해주시겠습니까?"

"무슨 질문이 그래요?"

개릭이 눈에 띄게 불안해하며 물었다.

"난 여기 마녀에 대해 얘기하라고 불려온 줄 알았소! 단추가 아니라!"

"개릭 씨는 판사님께서 판결을 내리시기에 충분한 내용을 모두 말하러 이곳에 오신 겁니다."

매튜가 반박했다.

"개릭 씨께서는 성경을 들고 계시고, 진실만을 말할 것을 맹세하셨다는 걸 기억하십시오. 신께서 개릭 씨의 대답을 듣고 계시다는 걸 명심하세요."

매튜는 개릭이 이 말을 곱씹어 생각할 시간을 주기 위해 잠시 기다렸다.

"자, 다시 묻겠습니다. 그 여섯 개의 단추들은 한 줄로 나란히 있었습니까? 아니면 세 개씩 두 줄이었습니까?"

"그건……."

개릭이 갑자기 말을 멈췄다. 그는 혀로 입술을 축였다. 성경을 단단히 붙잡고 있는 손가락 관절이 하얗게 질려 있었다.
"그건……."
다시 한 번 개릭이 더듬거렸다. 그의 표정은 머릿속에서 요동치는 흐름에 겁을 먹은 듯이 보였다. 개릭은 마음의 준비를 하며 숨을 길게 들이쉬었다.
"여섯 개의 금단추."
개릭이 말했다.
"검은 외투에 붙어 있었죠. 내가 봤습니다. 달빛에 반짝거렸어요."
"네, 개릭 씨."
매튜가 말했다.
"그것이 어떤 모양으로 붙어 있었나요?"
개릭이 눈살을 찌푸렸다. 입술은 달싹거렸지만 아무 소리도 나오지 않았다. 그의 오른손은 성경 위에 작은 동그라미를 그리기 시작했다. 개릭의 멍한 시선은 어느 곳으로도 향하지 않았고, 눈은 흐리멍덩하고 관자놀이에서는 맥박이 더욱 거세게 뛰었다. 매튜는 몸을 조금 앞으로 기울인 우드워드의 표정에 흥미가 깃들었음을 눈치챘다.
"마을은 고요했어요."
개릭이 거의 속삭이는 듯한 소리로 말했다. 이마는 땀에 젖어 번들거렸다.
"고요했어요. 온 세상이, 숨 쉬기조차 두려워하는 것처럼."
매튜는 남자가 하는 말을 빠짐없이 적었다. 그는 펜촉을 다시 잉크에 담그고 쓸 준비를 했다.
"간단한 질문입니다, 개릭 씨. 생각이 안 나십니까?"

개릭이 천천히 눈을 깜박였다. 그의 턱이 축 늘어졌다.

"개릭 씨?"

매튜가 재촉했다.

"대답을 해주세요."

"금단추 여섯 개는…… 그건……."

개릭은 한동안 더 허공을 응시하더니, 고개를 저었다.

"모르겠습니다."

"단추가 선생님의 시선을 끌었고, 달빛에 분명히 비쳐 보였다고 하셨죠?"

"그래요."

"그렇지만 외투에 어떤 모양으로 붙어 있었는지는 기억이 안 나신다고요?"

"안 납니다."

개릭이 말했다. 목소리가 탁했다.

"나는…… 머릿속에서 그 단추가 보여요. 그게 달빛에 빛나는 것도 보입니다. 하지만…… 그게 한 줄이었는지 세 개씩 두 줄이었는지는 모르겠소."

"좋습니다. 그럼 사탄이 말을 한 뒤에 무슨 일이 있었는지 이야기해주십시오."

"네."

개릭은 성경에서 손을 들어 땀에 젖은 이마를 훔쳤다.

"그자는……지금 보는 광경이 마음에 드느냐고 물었어요. 나는 대답하고 싶지 않았습니다. 그렇지만 그자가 '네'라고 대답하게 만들었어요. 그자가 날 그렇게 만들었어요. 그러더니 그자는 웃었고, 나는 수치스러웠습니다. 그자는 날 보내주었습니다. 나는 집으로 뛰어갔고, 침대로, 아내 베카의 옆으로 들어갔습니다. 다음날 아침에 페인 씨를 만나러 가서 전부 이야기해주었습니다."

"그자가 보내주었다는 건, 그자가 선생님께 주문을 걸었다는 의미입니까?"

"네, 그랬다고 생각합니다. 뛰고 싶었지만 움직일 수가 없었거든요."

"그자가 선생님을 말이나 행동으로 풀어주었습니까?"

다시 한 번 개릭은 생각을 정리하기 위해 애쓰며 눈살을 찌푸렸다.

"모르겠습니다. 그저 내가 아는 건, 그자가 날 보내주었다는 겁니다."

"부인께서는 개릭 씨가 침대로 돌아왔을 때 주무시고 계셨고요?"

"네, 그랬습니다. 아내는 한 번도 깨지 않았어요. 나는 최대한 눈을 꼭 감았고, 그다음으로 생각나는 것은 닭 울음소리가 들렸고 아침이 되었다는 것입니다."

매튜의 눈이 가늘어졌다.

"지금 그 말씀은 그런 경험을 했는데도 아무 문제없이 잠이 드셨다는 말씀입니까?"

"그랬는지 아닌지는 모르겠어요. 어쨌든 닭이 울었고, 나는 잠에서 깼어요."

매튜는 다음 질문을 하기 전에 잽싸게 판사를 쳐다보았다.

"개릭 씨. 혹시, 혹시 말입니다. 선생님께서는 한 번도 깨지 않으셨던 게 아닐까요?"

"무슨 말인지 모르겠습니다."

"제 질문은, 혹시 선생님께서 실제라고 생각하셨던 것이 꿈이 아닐까 하는 것입니다. 그럴 가능성이 있습니까?"

"아뇨!"

개릭이 다시 한 번 성경을 꼭 붙들었다.

"내가 말한 대로 그런 일이 전부 일어났어요! 나는 속이 좋지 않아 잠이 깼고 토하려고 밖에 나갔어요! 그리고 마녀가 창고 뒤에 있었고, 내가 지금 당신을 보는 것처럼 확실히 악마를 봤어요! 모든 걸 실제로 봤다는 것을 주 하느님 앞에서 맹세합니다!"

매튜는 조용히 말했다.

"그런 맹세는 하실 필요 없습니다. 개릭 씨는 지금 성경을 들고 계시고, 선생님의 이야기가 진실이라고 이미 선서를 하셨어요. 개릭 씨는 신을 두려워하는 사람이죠. 아닌가요?"

"그래요. 그렇습니다. 내가 거짓말을 하고 있다면, 이 자리에서 벼락을 맞아 죽을 겁니다!"

"선생님께서 그렇게 생각하신다는 걸 잘 알겠습니다. 이제 마지막 질문만 남았습니다. 그런 다음에 물론 판사님께서 승인하시면 가셔도 좋습니다. 제 질문은 이겁니다. 개릭 씨께서 그날 밤 입으셨던 외투에는 단추가 몇 개 있었습니까?"

"네?"

마치 그의 귀가 질문을 제대로 듣지 못했다는 듯, 개릭이 고개를 한쪽으로 갸웃했다.

"선생님께서는 상당히 관찰력이 좋은 것 같습니다만."

매튜가 말했다.

"밖에 토하러 나가시기 전에 입으셨다는 외투에 단추가 몇 개 있는지 말씀해주실 수 있습니까?"

"글쎄요…… 말했듯이, 외투를 입은 게 기억이 안 나서요."

"하지만 외투에 단추가 몇 개인지는 아실 텐데요. 선생님께서는 추운 날씨에 외투를 자주 입으셨을 것 아닙니까? 몇 개인가요? 네 개? 다섯 개? 아니면 여섯 개?"

"다섯 개."

개릭이 대답했다.

"아니…… 그중 한 개가 떨어진 것 같군요. 네 개가 맞을 겁니다."

"감사합니다."

매튜가 말했다. 그는 펜을 한옆으로 치웠다.

"판사님, 개릭 씨는 집으로 돌아가도 좋을 것 같습니다."

"확실하냐?"

우드워드는 약간은 빈정대는 투로 말했다.

"개릭 씨가 우리에게, 적어도 자신이 진실이라고 생각하는 것을 말한 것은 확실합니다. 이분을 여기에 더 붙들어둘 이유가 없을 것 같습니다."

우드워드는 차를 마시고 잔을 옆으로 밀었다.

"안녕히 가십시오. 법정은 선생에게 감사의 뜻을 전합니다."

우드워드는 개릭에게 말했다.

"그럼 가도 됩니까?"

개릭이 일어섰다. 그는 주저하며 들고 있던 성경을 판사 앞에 내려놓았다.

"감히 한 말씀드려도 된다면……. 마녀를 화형대로 보내는 데 제가 도움이 되었기를 바랍니다. 그로브 신부님은 정의롭고 훌륭한 분이었어요. 그리고 제가 아는 대니얼은 선량한 기독교인이었습니다. 하지만 사탄이 이 마을에 흘러들어온 뒤로 남은 것은 사악함과 눈물뿐이었습니다."

"개릭 씨?"

매튜는 개릭이 감방을 나설 채비를 마치자 물었다.

"선생님 생각에, 레이첼 호워스가 두 건의 살인을 저지른 것 같습니까, 아니면 사탄인 것 같습니까?"

"사탄이겠지요. 그로브 신부님의 시신이 교회에 누워 있는 것도 보았고, 대니얼이 밭에 누워 있는 것도 보았습니다. 목이 그렇게 잘 리려면…… 여자의 손으로는 그렇게 할 수가 없었을 겁니다."

"선생님 생각에, 신을 두려워하는 영혼으로서, 사탄이 자유롭게 교회에 들어가 주님의 사람을 그렇게 죽일 수 있다고 믿으십니까?"

"그런 건 한 번도 생각해본 적이 없습니다. 하지만 그렇게 되었잖아요. 안 그렇소?"

"감사합니다."

매튜가 말했다.

"가셔도 좋습니다."

개릭이 감옥을 나가자마자 레이첼이 말했다.

"당신도 이제 알겠죠? 저 사람이 전부 꿈을 꾼 거라고요!"

"충분히 가능성이 있지요."

매튜는 판사를 쳐다보았다. 판사는 면도하지 않은 턱을 손가락으로 쓸고 있었다.

"동의하십니까, 판사님?"

우드워드는 천천히 답을 생각했다. 그가 보기에 매튜는 개릭의 진술을 뒤집으려 할 때 대단히 약은 구석을 보였다. 그렇다. 저 아이는 무척 영리하다. 지금 매튜는 우드워드가 봤던 그 어느 때보다도 예리하고 머리가 잘 돌아가는 것 같았다. 물론, 전에는 한 번도 매튜가 주도적으로 심문을 진행해본 적이 없었으니까. 아마도 갑작스런 도전 과제를 맞아 잘 대처하고 있는 것일 게다. 그러나……개릭이 성경에 선서까지 한 진술을 뒤엎으려는 매튜의 욕구에는 조금 무서운 뭔가가 있었다.

그것은 그저 열정일 뿐이고, 주의 깊게 지켜봐야 할 일이라고, 우드워드는 결론을 내렸다. 그는 쓴 차를 한 모금 마신 후 말했다.

"아직 휴정한 게 아니다. 계속 의견을 나누도록 하자."

"제가 보기엔……."

매튜가 말을 이었다.

"개릭 씨의 진술은 그것이 꿈이었다는 모든 징후를 내포하고 있습니다. 어떤 것은 그토록 생생하게 기억해내면서, 분명히 알 수 있는 것들에 대해서는 기억이 없어요."

"내 목소리가 약하다고 해도……."

우드워드가 말했다.

"……내 귀는 잘 들린다. 네가 뭘 했는지는 정확히 다 들었어."

"네, 판사님."

매튜는 이 문제에 대해서는 한 발 물러서야겠다고 판단했다.

"제 태도를 용서하십시오."

"용서하마. 이제 조용히 해라."

매튜는 잠시 시간을 들여 펜촉을 닦았다. 우드워드는 직접 차를 잔에 따랐고 레이첼은 감방 안에서 이리저리 서성거렸다.

니콜라스 페인이 흰 천으로 싼 보따리를 들고 돌아왔다. 그러자 레이첼은 곧바로 서성거림을 멈추고 그것을 보려고 창살로 다가왔다. 페인은 우드워드 앞의 책상 위에 보따리를 놓고 풀기 시작했다.

"잠시만요."

매튜가 말했다.

"처음에 이 물건을 발견하셨을 때 이렇게 되어 있었나요?"

"이 천에 대해 묻는 것이라면, 그래, 천은 원래부터 있었어."

"묶여 있진 않았고요?"

"지금 보이는 그대로였어. 여기 인형들이 있습니다. 있던 그대로예요."

페인은 천을 펼쳤다. 거기에는 짚과 나뭇가지 그리고 붉은 점토 같은 것으로 만든 작은 인형이 네 개 있었다. 인형들은 사람 모양을 하고 있었지만 굳이 얼굴을 만드는 수고는 들이지 않았다. 붉은 점토로 만든 머리는 매끈하고 아무 표시도 없었다. 그러나 인형들 중 두 개에는 나뭇가지로 만든 목에 가는 검은 리본이 매어져 있었다. 우드워드는 인형들을 자세히 살펴보면서 나뭇가지로 만든 목에 칼날로 깊이 벤 자국이 있는 것을 확인했다.

"아마 이 두 개는 그로브 신부님과 대니얼 호위스를 상징하는 것 같습니다."

페인이 말했다.

"다른 두 개는 주술에 걸린 희생자들이거나, 아니면 마녀가 잡히지 않았다면 살해당했을 사람들이겠지요."

레이첼은 역겹다는 듯한 소리를 냈지만, 현명하게도 입은 다물고 있었다.

"원한다면 부인할 수 있겠지!"

페인이 레이첼에게 몸을 돌렸다.

"하지만 이건 당신 집 부엌 바닥 널빤지 아래에서 내가 직접 찾은 거야! 당신의 남편이 걸어 다니던 바로 그 방바닥 아래에서! 왜 남편을 죽였지? 당신이 마법을 행하는 걸 대니얼이 본 거야? 아니면 당신 주인을 섬기는 걸 대니얼에게 들켰나?"

"그 인형들이 내 집에 숨겨져 있었다면, 누군가 다른 사람이 거기에 둔 거예요!"

레이첼이 눈에 띄게 흥분하며 대답했다.

"당신이 그랬을지도 모르지! 내 남편도 당신이 죽였을지 몰라!"

"난 그 사람에겐 원하는 게 없었어!"

"아니, 있었어! 날 원했잖아!"

억지 미소의 마지막 흔적만 입가에 남긴 채, 페인의 얼굴이 굳어 버렸다.

"당신이 그 인형을 만들어 우리 집 안에 숨겨둘 이유라면 충분히 있지."

레이첼이 말을 이었다. 창살에 얼굴을 바짝 들이댄 그녀의 눈이 불타올랐다.

"대니얼이 당신이 나를 쳐다보던 눈빛을 몰랐을 것 같아? 당신이 날 탐내던 걸 못 느꼈을 것 같아? 대니얼도 봤어! 남편은, 죽기 불과 며칠 전에, 당신을 조심하라고 했어. 당신이 굶주린 듯한 눈으로 날 쳐다본다고, 믿을 수 없는 사람이라고! 대니얼이 조용하고 완고한 사람이었을지는 몰라도 사람은 잘 봤어!"

"물론 그러셨겠지. 그래서 마녀하고 결혼하셨나."

"판사님을 봐."

레이첼이 말했다.

"그리고 판사님에게 루크리셔 본하고의 일을 말씀드려봐! 오오, 파운트로열에서 그걸 모르는 사람은 본 씨밖에 없어. 본 씨도 아마 알고 있을 테지만 찍소리를 내기엔 너무 쥐새끼 같은 사람이거든!

블레스드 피어슨과의 정사도, 메리 서머스와 놀아난 일도 말씀드려! 어서. 판사님 얼굴을 보고 남자답게 인정하라고!"

페인은 판사를 쳐다보지 않았다. 그는 계속 레이첼을 노려보며 웃었는데, 매튜의 귀에는 그 웃음소리가 마치 목을 졸린 듯한 신음으로 들렸다.

"당신은 그냥 단순히 저주받은 마녀가 아니로군. 정신병자이기도 해!"

페인이 말했다.

"왜 당신같이 잘생기고 건강한 남자가 한 번도 결혼을 안 했는지 말해보라고! 다른 남자의 소유물을 빼앗을 때에만 기쁨을 느끼기 때문 아냐?"

"당신 진짜 미쳤군! 난 내 인생의 대부분을 여행하며 보냈기 때문에 결혼을 안 했던 거야! 그리고 나는 자유를 소중히 여겨. 남자의 자유는 아내를 맞이하게 되면 끝장나버리니까!"

"그래서 아내를 들이는 대신, 남의 아내들을 망할 년으로 만들 자유를 누렸지!"

레이첼이 말했다.

"메리 서머스는 당신이 손을 대기 전까지는 존경받는 여자였어. 지금 그 여자는 어디에 있지? 당신이 그 여자 남편을 결투에서 죽인 뒤에, 여자는 슬픔으로 한 달 만에 죽었어!"

"그 결투는……."

페인은 냉정하게 대답했다.

"……명예를 지키기 위한 것이었어. 쿠엔틴 서머스는 주점에서 내 얼굴에 술을 끼얹고 나더러 카드 게임에서 속임수를 썼다고 말했어. 그 사람을 불러내는 것밖에 다른 도리가 없었지."

"그 사람은 당신이 자기 마누라랑 놀아난 걸 알고 있었어. 하지만 증거를 잡지 못한 거라고! 그 사람은 농부지 결투를 할 사람이 아니었어!"

"농부든 아니든 그 사람이 먼저 쐈어! 그건 빗나갔지만. 기억하는지 모르겠는데, 난 그 사람 어깨만 다치게 했을 뿐이야."

"이 마을에서 총상은 사형 선고나 다름없잖아! 차라리 심장을 쏘았으면 일찍 죽었을 텐데. 죽는 데 시간만 더 오래 걸렸을 뿐이야!"

"저는 인형들을 보여드리려고 여기 온 겁니다."

페인은 판사에게로 시선을 돌렸다.

"이제 제 임무를 완수했습니다. 이걸 가지고 계시겠습니까, 판사님?"

우드워드의 목소리가 쉬하지 않았다 해도, 폭풍우 속의 거친 새들처럼 난무하는 비난과 말싸움 때문에라도 목소리를 낼 수 없었을 것이다. 우드워드가 이 모든 상황을 이해하는 데에는 시간이 조금 걸리겠지만, 한 가지 사실만은 그의 머릿속에 뚜렷이 떠올랐다.

우드워드는 쉴즈가 페인에 관해 말했던 것을 기억하고 있었다.

했었죠. 젊었을 때. 아내는 병에 걸려 죽었는데, 발작에 시달리다가 죽었다고 하더군요.

그런데 왜, 페인은 한 번도 결혼하지 않았다고 말하는 것일까?

"판사님? 인형들을 가지고 계시겠습니까?"

페인이 다시 말했다.

"아! 음…… 그래요."

우드워드가 괴로운 목소리로 말했다.

"이것들은 법정 증거 자료가 될 거요."

"좋습니다. 그럼."

페인은 레이첼을 쏘아보았다. 만일 그 눈빛이 포탄이었다면 전함의 선체도 둘로 쪼갤 것 같았다.

"저라면 그 인형과 저 여자의 고약한 혀를 조심하겠습니다, 판사님! 저 여자가 저에게 저렇게 원한을 가지고 있었군요. 저 여자의 리스트에 제가 희생자로 올라 있지 않은 게 놀랍습니다!"

"판사님 얼굴을 보고 내 말이 사실이 아니라고 말해보라고!"

레이첼은 거의 악을 쓰다시피 했다.

우드워드는 이 상황을 견딜 만큼 견뎠다. 무언가 적당한 도구를 쓰고 싶어서, 우드워드는 성경을 집어 들고 책상 모서리에 세게 내리쳤다.

"조용히 하시오!"

우드워드는 낼 수 있는 가장 큰 목소리로 말했다. 그 즉시 그는 그 대가를 고통으로 되돌려 받았다. 눈물이 찔끔 솟아나왔다.

"호워스 부인, 조용히 하시는 게 좋을 겁니다."

매튜가 말했다.

"저 여자가 올라갈 화형대를 짓기 시작하는 게 낫겠소!"

페인이 덧붙였다. 매튜가 보기에 이 빈정대는 말투는, 특히 이런 열띤 언쟁 바로 뒤에 나오기에는 적절치 못하다는 생각이 들었다.

"페인 씨, 호워스 부인이 페인 씨에 대해 한 말이 사실인지 알고 싶은데요."

매튜는 매서운 목소리로 말했다.

"뭐라고 했냐? 지금?"

페인은 손을 허리에 얹었다.

"네가 참견할 수 있는 범위를 넘어서려고 하는군. 안 그런가, 서기?"

"제가 대신해서 질문해도 되겠습니까, 판사님?"

매튜가 우드워드에게 물었다. 판사는 동의의 표시로 주저 없이 고개를 끄덕였다.

"자, 페인 씨. 이제 제가 개입할 수 있는 범위가 분명해졌군요. 그럼, 이 주장들이 모두 사실입니까, 거짓입니까?"

"내가 오늘의 증인인지는 몰랐는데. 그럴 줄 알았으면 더 괜찮은 옷을 입고 올걸 그랬어."

"대답을 지체하시면 이 재판의 결과도 늦어집니다. 앞으셔서 성경에 진실을 맹세하는 절차를 밟도록 해드릴까요?"

"절차를 마련할 순 있겠지만, 나한테 강요할 순 없을걸."

"네, 그 말씀이 맞을 겁니다. 저는 결투를 할 만한 사람은 아니니까요."

페인의 얼굴이 붉게 달아올랐다.

"내 말 잘 들어! 난 그자와 싸우고 싶지 않았어. 만일 그자가 날 개인적으로 모욕했다면 그냥 내버려뒀을 거야! 하지만 그자는 사람들 앞에서 공개적으로 날 망신 줬어. 반 군디의 주점에서! 그자를 불러내는 것 말고 내가 달리 뭘 할 수 있었겠나? 그자가 무기를 골랐는데, 그 바보가 칼 대신 피스톨을 고른 거라고! 칼을 골랐으면 그냥 조금 베고 결투 종료를 외쳤을 텐데!"

페인은 고개를 저었다. 표정에는 후회하는 기색이 떠올라 있었다.

"하지만, 아니었지. 서머스는 내 심장이 피를 흘리기를 원했어. 그자의 피스톨은 불발됐어. 총알은 총신에서 굴러 나오지도 못했다고! 그래도 그게 그자의 공격이었어. 그리고 내 차례였어. 나는 어깨를 겨눴고, 정확하게 맞췄어. 그자가 그렇게 피를 많이 흘릴 줄 내가 어떻게 알았겠어?"

"바닥을 쏘셨어야죠."

매튜가 말했다.

"첫 발이 빗나갔다면 그것이 일반적인 수순 아닌가요?"

"내 원칙은 아니야."

냉랭한 대답이 돌아왔다.

"누구든 나에게 무기를 겨눈다면, 그게 피스톨이든 단검이든 상대방은 그에 대한 책임을 져야 해. 난 이전에 갈비뼈 사이로 칼도 맞아봤고 다리에 총상도 입어봤어. 그래서 누구든 나를 해치려 드는 자에게는 동정심을 품지 않아! 그자가 농부라고 해도!"

"그런 부상은 배에서 일할 때 입으셨나요?"

"칼에 찔린 건 그래. 총상은…… 좀 더 나중 일이지."

페인은 매튜를 새삼스럽게 바라보았다.

"내 선원 생활에 대해서 뭘 알고 있는 거냐?"

"범선의 선원이었다는 것 정도요. 비드웰 씨가 말해주었어요. 범선은 매우 빠른 배죠. 안 그래요? 해적들이 선택한 배이기도 하고요."

"그래. 무역 회사들을 위해 해적을 소탕하는 사람들도 범선을 쓰지."

"그럼 그게 페인 씨의 직업이었나요?"

"직업이라고 하기에는 뭣하지. 그때 난 열여섯 살이었고, 피가 끓고 싸움에 굶주려 있었어. 해상 순찰대로 일 년 사 개월 정도를 일했어. 블랙 플래거 중 한 놈이 나를 쓰러뜨리기 전까지. 그걸로 내 모험은 끝을 맺었지."

"오, 그랬군요."

매튜가 조용히 말했다.

"뭘? 넌 내가 해적일 거라고 생각했던 거냐?"

"궁금했었거든요."

이제 이 주제가 수면에 떠올랐으니, 매튜는 그다음 질문도 해야 했다.

"좀 더 여쭤봐도 될까요? 그…… 담배를 스페인식으로 마는 법은 누구한테 배우셨어요?"

"당연히 스페인 사람한테서지. 선상 포로였어. 이빨은 없었는데 담배는 무척이나 좋아했지. 아마 교수형 당할 때도 입에 한 대 물고 죽었을 거다."

페인이 말했다.

"오."

매튜가 되풀이했다. 스페인 염탐꾼과 관련한 그의 의심은 깨진 거울처럼 산산조각이 났다. 매튜는 자신이 완전히 바보처럼 느껴졌다.

"알았어, 인정하마!"

페인이 손을 번쩍 들었다.

"그래, 저 마녀가 말한 대로 그런 짓들을 했어. 하지만 나만 그런 게 아니야! 루크리셔 본은 암 늑대처럼 나를 쫓아다녔다고! 어디를 걸어다녀도 그 여자의 추파를 피할 수가 없었어! 성냥도 그어야 불이 붙는 거 아냐! 나는 그 여자한테 눈길 한 번 준 게 다라고! 그런 일이 어떻게 일어나는지 너도 당연히 알겠지!"

"음……."

매튜는 펜촉 끝만 내려다보았다.

"글쎄요……. 네, 그런 일이 일어나곤 하죠."

"그리고 아마, 아마도 내가 두리번거리며 다니는 편이긴 할 거야. 언젠가 한 번 정도, 마녀에게 매력을 느낀 적이 있었어. 저 여자가 마녀가 되기 전에 말이야. 너도 인정하겠지만, 저 여잔 꽤 잘 빠졌잖아. 안 그래?"

"제 의견은 중요하지 않습니다."

매튜는 얼얼할 정도로 얼굴이 새빨개졌다.

"너도 물론 알겠지, 눈이 멀지 않고서야. 글쎄, 아마 저 여자를 한 번이나 두 번 정도 쳐다봤을 거야. 하지만 손도 대지 않았어. 저 여자의 남편을 존중했으니까."

"당신이 존중하는 사람이 있었다니 놀라운데!"

레이첼이 날카롭게 말했다.

페인은 다시 한 번 여자를 쏘아보았지만 곧 시선을 돌렸다. 페인은 잠시 바닥을 내려다본 뒤에 슬픈 목소리로 말을 이었다.

"부인, 당신은 나에 대해서 잘 안다고 생각하지만 사실은 나를 잘 몰라요. 나는 당신이 생각하는 것 같은 짐승이 아니오. 나는 나를 존중해주는 사람들에게만 선의를 보이는 천성을 지녔어요. 그렇지 않은 사람들한테서는, 내가 그들에게서 가져올 수 있는 걸 거리낌 없이 가져오는 것뿐이오. 내가 좋은 사람인지 나쁜 사람인지 모르겠지만, 아무튼 그게 나란 사람이오."

페인은 판사를 바라보며 턱을 높이 치켜들었다.

"저는 그 인형들을 마녀의 집에 가져다놓지 않았습니다. 카라 그룬발드의 꿈 이야기를 듣고 그것들을 찾은 겁니다. 그룬발드 부인은 계시를 보았고, 제 의견이 궁금하시다면, 저는 하느님께서 그 계시를 보내셨다고 생각합니다. 꿈에서 빛나는 어떤 물체가 그룬발드 부인에게 레이첼 호워스의 집 부엌 바닥 아래에 중요한 것이 숨겨져 있다고 하더랍니다. 우리는 우리가 뭘 찾는지도 몰랐습니다.

그런데 거기에 인형들이 있었어요. 헐거워진 널빤지 아래에요."

"그게 호워스 부인이 집에서 떠난 지 얼마나 됐을 때의 일입니까?"

매튜가 물었다.

"두 주였을 거다. 그보다 더 오래는 아니야."

"부인의 집을 지키거나 감시하지는 않았나요?"

"그래. 그럴 이유가 없었으니까."

"이유는 없죠. 하지만 두 주라면 누군가 다른 사람이 인형을 만들어서 숨겨두기에 충분한 시간입니다. 그렇게 생각지 않으세요?"

페인은 매튜의 말에 놀라서 짧고 날카롭게 웃었다.

"지금 말은 물론 농담이겠지!"

"두 주라고 하셨습니다."

매튜가 반복했다.

"아무도 지키지 않는 빈집이었어요. 저 인형들은 평범한 재료로 만들어졌습니다. 누구든 거기에 가져다놓을 수 있었어요."

"정신이 나간 거 아냐, 서기? 마녀가 직접 한 게 아니라면 누구도 그걸 거기에 둘 사람은 없어! 너는 그룬왈드 부인이 신의 계시를 받아 우리에게 찾을 곳을 알려줬다는 사실을 잊었구나!"

"저는 신의 계시에 대해서는 아는 것이 없습니다. 다만 제가 아는 건 두 주 동안 그 집은 누구든 들어가고 싶은 사람들에게는 열려 있었다는 점입니다."

"아무도 그런 곳엔 들어가고 싶어 하지 않아."

페인이 주장했다.

"우리가 그곳에 들어간 건 단지 수행해야 할 임무가 있었기 때문이었어. 그 일이 끝나자마자 곧바로 나왔다고!"

"헐거워진 널빤지는 누가 발견했습니까? 페인 씨인가요? 아니면 다른 사람이?"

"나였다. 그리고 만일 네가 원한다면 내가 마녀를 체포한 날 이후로 그 집에 한 번도 발을 들이지 않았다는 것을 성경에 맹세하겠어!"

매튜는 판사를 흘긋 쳐다보았다. 매튜를 뚱하니 보고 있던 우드워드는 고개를 가로저었다. 매튜는 막다른 길에 이르렀음을 알았다. 그는 페인을 믿었다. 이 사람이 인형을 만들어 그곳에 둘 이유가 무엇이겠는가? 어쩌면 그것은 신께서 카라 그룬왈드에게 보낸 계시였을지도 모른다. 하지만 그렇다면, 그 논리를 따른다면, 매튜는 레이첼이 실제로 마법을 행했다는 결론에 도달해야 한다. 매튜는 무겁게 한숨을 쉬고 말했다.

"성경에 맹세하실 필요는 없습니다, 페인 씨. 이 문제에 대해서 솔직하게 답해주셔서 감사합니다. 판사님이 원하신다면 가셔도 좋을 거라 생각합니다."

"가시오."

우드워드가 말했다. 페인이 망설이다가 매튜에게 말했다.

"너는 지금, 저기 저 죄수가 아닌 다른 누군가가 그로브 신부님과 대니얼 호위스를 죽였다고 생각하는 거냐? 그렇다면 지금 바로 이 순간 마녀가 너에게 주문을 걸지 않도록 조심하는 게 좋을 거야! 저 여자는 살인을 저질렀고, 기소된 죄목대로 다른 범죄도 저질렀어. 저 여자의 궁극적인 목표는 이 마을을 파괴하는 거야. 그리고 거의 성공할 뻔했지. 얼른 화형을 당해 재가 되지 않는다면 여전히 그럴 힘이 남아 있을 테고! 다른 누가 그런 목표를 가질 수 있겠어?"

이 질문에 매튜는 대답할 말이 없었다.

"안녕히 계십시오, 판사님."

페인이 판사에게 말하고는, 몸을 돌려 감옥 밖으로 나갔다.

우드워드는 반쯤 감은 눈으로 민병대장이 떠나는 모습을 지켜보았다. 판사는 쉴즈가 페인의 죽은 아내에 대해 말한 내용 중 다른 내용을 기억해냈다.

하지만 오래전 일이고, 페인은 틀림없이 그 일에 대해 얘기하려 들지 않을 겁니다. 분명히 그럴 거라는 걸 저는 알아요.

그게 너무나 끔찍한 기억이라서 페인은 파운트로열 사람들에게 자신에게 아내가 있었다는 사실을 아예 부인하기로 마음먹은 것인가? 그렇다면, 왜 쉴즈에게는 털어놓았단 말인가? 분명히 이것은 사소한 일이었다……. 하지만 흥미로운 점이었다.

매튜는 마지막 증인인 어린 바이올렛 애덤스가 곧 도착할 거라는 사실에 신경을 쏟았다. 그는 펜촉을 닦고 깨끗한 백지를 준비했다. 레이첼은 자기 의자로 돌아가서 고개를 숙인 채 자리에 앉았다. 우드워드는 검은 리본을 두른 인형을 자세히 관찰하다가 눈을 감고 휴식을 취했다.

곧이어 감옥 문이 열리고, 바이올렛 애덤스가 도착했다.

18

 에드워드 윈스턴이 먼저 들어오고, 그 뒤를 따라 서른쯤 되어 보이는 갈색 머리의 마른 남자가 들어왔다. 그는 짙은 초록색 옷을 입고 먹색 양말을 신고 있었다. 곧 그를 따라, 좀 더 정확히 말하자면 남자의 팔 아래에 바짝 붙어, 열한 살이나 열두 살쯤 되어 보이는 소녀가 들어왔다. 길고 누르스름한 얼굴의 소녀는 마른 체격이었고, 밝은 갈색 머리카락을 뒤로 꽁꽁 잡아맨 다음 뻣뻣한 흰 보닛을 쓰고 있었다. 여자아이는 목에서부터 발목까지 이어지는 잿빛 옷을 입고, 얼마 전에 광을 낸 듯한 튼튼한 검은 구두를 신고 있었다. 오른팔은 아이의 아버지에게 잡혀 있었고, 왼팔은 낡은 성경을 안고 있었다. 눈과 눈 사이는 조금 멀었는데, 겁에 질린 푸른 눈을 크게 뜨고 있었다.
 "판사님, 이 아이가 바이올렛 애덤스이고, 이쪽은 아이의 아버지 마틴입니다."
 윈스턴이 두 사람을 안으로 들이며 말했다. 아이는 감방 입구에서 멈칫했지만 아이의 아버지가 나직한 말투로 아이를 단단히 잡아 이끌자 마지못해 따라 들어왔다.
 "안녕."
 우드워드가 소녀에게 말했다. 쉰 목소리 때문에 더 놀랐는지, 아이는 움찔하며 한 걸음 뒤로 물러섰다. 아버지가 팔로 감싸고 있지 않았다면 달아났을 것이다.

"내가 말하는 게 조금 힘이 듭니다."

우드워드가 설명했다.

"그래서 내 서기가 나 대신 말할 겁니다."

"저 여자에게 우리를 보지 말라고 해주세요!"

애덤스가 외쳤다. 뼈만 앙상한 그의 얼굴이 땀에 젖었다.

"악마의 눈으로 우리를 바라보고 있잖소!"

매튜가 보니 정말로 레이첼이 두 사람을 바라보고 있었다.

"부인, 모두를 위해서 여기 두 사람을 그만 쳐다봐주시겠습니까?"

레이첼의 시선이 바닥을 향했다.

"그걸로는 충분치 않아! 저 여자를 다른 곳에 두면 안 됩니까?"

애덤스가 항의했다.

"죄송합니다, 애덤스 씨. 그건 안 됩니다."

"그럼 돌아앉으라고 하세요! 우리에게 등을 돌리라고 해요!"

이 말에 매튜는 도움을 청하려 판사를 쳐다보았지만, 우드워드는 매튜를 못 본 척하며 어깨만 으쓱했다.

애덤스가 말했다.

"저 여자가 돌아앉지 않으면 우린 여기 더 이상 머물지 않겠어요! 난 애초에 바이올렛을 이런 곳에 데려오고 싶지 않았어!"

"마틴, 제발!"

윈스턴이 그를 진정시키기 위해 손을 들었다.

"바이올렛이 판사님께 자기가 본 것을 얘기하는 건 아주 중요해."

바이올렛이 갑자기 눈이 튀어나올 것 같은 모습으로 펄쩍 뛰었다. 레이첼이 벌떡 일어선 것이다. 레이첼은 의자를 벽 쪽으로 끌고 가더니 두 사람에게 등을 돌리고 자리에 앉았다.

"자, 이제 만족하십니까?"

매튜가 안도하며 말했다. 애덤스가 아랫입술을 잘근거렸다.

"지금 당장은요. 하지만 저 여자가 우리를 다시 돌아본다면 아이를 데리고 이곳을 나갈 겁니다."

"좋습니다, 그럼."

매튜는 앞에 놓인 백지를 평평하게 폈다.

"윈스턴 씨, 가보셔도 좋습니다."

윈스턴이 나가자 아버지와 딸은 더 긴장했다. 두 사람은 금방이라도 자리에서 일어나 달아날 것처럼 보였다.

"바이올렛, 자리에 앉겠니?"

매튜는 의자를 가리켰지만, 여자아이는 재빨리 그리고 힘껏 고개를 저었다.

"성경에 대고 진실을 말할 것을 맹세해야 한단다."

"그런 게 왜 필요합니까?"

애덤스가 말했다. 목소리에 짜증이 담겨 있었다.

"바이올렛은 거짓말을 하지 않아요. 이 아이는 한 번도 거짓말을 한 적이 없어요."

"법정의 형식일 뿐입니다, 애덤스 씨. 원하신다면 가지고 온 성경을 써도 좋아요."

애덤스는 뚱하게 망설이다 동의했고, 매튜는 바이올렛에게 선서를 하도록 시켰다. 아이는 들릴락 말락 한 소리로 하느님 앞에서 오직 진실만을 말할 것을 선서했다.

"좋아요."

매튜가 모든 난관을 극복한 뒤에 말했다.

"이번 사건에 대해서 말해주시겠습니까?"

"이 애가 얘기하려는 일은 삼 주쯤 전에 일어났습니다."

짜증 섞인 목소리가 다시 들려왔다.

"오후였어요. 바이올렛이 학교에 늦게까지 남아 있었기 때문에 집에 혼자 돌아와야 했거든요."

"학교라고요? 이 아이가 학교에 다닌다는 말입니까?"

매튜는 이런 얘기는 일찍이 들어본 적이 없었다.

"그렇습니다. 물론 나는 이 아이가 학교에 다니는 걸 절대 원치 않았어요. 읽기는 바보들의 시간 낭비일 뿐이잖아요."

매튜는 아이를 완전히 다른 눈으로 살펴보았다. 먼저 얼굴을 보았다. 바이올렛은 특별히 예쁘다고는 할 수 없었지만, 그렇다고 못생긴 것도 아니었다. 눈과 눈 사이가 먼 것과 윗입술에 생기는 가벼운 경련이 말을 하면서 점점 더 두드러지는 것 말고는 특별히 눈에 띄는 점 없는 평범한 아이였다. 그럼에도 아이는 우아함을 갖추고 있었고 단호함을 지니고 있는 듯 보였다. 이 감옥에 들어오기 위해 상당한 용기가 필요했으리라는 것을 매튜는 알고 있었다.

"내 이름은 매튜야."

매튜가 입을 열었다.

"바이올렛이라고 불러도 될까?"

아이는 도움을 청하듯 아버지를 쳐다보았다.

"그러십시오."

애덤스가 동의했다.

"바이올렛, 아버지 대신 네가 직접 내 질문에 대답하는 건 아주 중요해. 알겠지?"

"그럴 겁니다."

애덤스가 대답했다.

매튜는 펜촉을 잉크병에 담갔다. 잉크가 필요해서가 아니라 자세를 가다듬을 시간이 필요했기 때문이었다. 그러고 나서 그는 바이올렛에게 처음으로 미소를 지으며 다시 시도해보았다.

"보닛이 예쁘구나. 어머니가 만들어주셨니?"

"그게 마녀랑 무슨 상관이오? 애는 자기 얘기를 하러 여기 온 겁니다. 보닛 따위에 대한 얘기가 아니라!"

애덤스가 말했다.

매튜는 럼주를 한 모금 마시고 싶어졌다. 그는 판사를 곁눈으로 쳐다보았다. 판사는 반은 미소 짓고 반은 찡그린 입을 손으로 가리고 있었다.

"좋아. 네 얘기를 해보렴."

매튜가 말했다.

어린 소녀의 시선이 레이첼 쪽을 향해 움직여 레이첼이 여전히 벽을 마주보고 앉아 있다는 사실을 확인했다. 그런 다음 바이올렛은 고개를 숙였고, 아이의 아버지는 아이의 어깨에 손을 올렸다.

아이는 작고 겁에 질린 목소리로 이야기를 시작했다.

"저는 악마와 도깨비를 봤어요. 거기 앉아 있었어요. 악마가 저에게 마녀를 풀어줘야 한다고 말했어요. 만일 마녀가 감옥에 계속 갇혀 있다면 파운트로열의 모든 사람들이 그 대가를 치러야 한다고요."

아이는 다시 한 번 레이첼이 움직이거나 반응을 보였는지 확인하기 위해 돌아보았지만 레이첼은 움직이지 않았다.

매튜는 조용히 물었다.

"그 일이 어디에서 일어났는지 물어봐도 될까?"

대답은 물론 애덤스의 몫이었다.

"해밀턴의 집이었소. 해밀턴 가족이 짐을 싸서 떠나기 전에 살던 곳이에요. 인더스트리 거리에 있고, 우리 집에서 세 집 건너에 있습니다."

"알겠습니다. 해밀턴 가족은 이 일이 있기 전에 떠났나요?"

"그 사람들은 마녀가 대니얼을 죽이고 나서 곧바로 떠났어요. 애비 해밀턴이 그 사건이 저 여자 소행임을 알았거든요. 그 여자가 아내에게 검둥이 여자가 악의 길로 들어섰다고 말해줬어요."

"흠."

매튜는 이보다 더 적절한 대답이 있었으면 하고 바랐다.

"바이올렛, 어쩌다가 그 집에 들어가게 된 거니?"

아이는 대답하지 않았다. 아이의 아버지가 아이를 쿡 찔렀다.

"어서 말해라, 애야. 너는 지금 올바른 일을 하는 거야."

바이올렛은 들릴락 말락 한 목소리로 입을 열었다. 아이의 시선은 바닥을 향해 있었다.

"저는…… 집으로 걸어가고 있었어요. 학교를 마치고요. 해밀턴 씨 가족이 살던 곳을 지나가는데…… 소리를 들었어요."

아이는 다시 한 번 말을 멈췄고, 매튜는 아이를 재촉해야겠다고 생각했다. 그때 다시 아이가 입을 열었다.

"누가 날 부르고 있었어요……. '바이올렛, 이리로 와라' 하고요. 낮고 조용한 소리였어요. '바이올렛, 이리로 와라.' 그쪽을 봤는데…… 문이 열려 있었어요."

"해밀턴 씨 집의 문이?"

매튜가 물었다.

"네, 저는 그 집이 빈집인 걸 알고 있었거든요. 그런데 그때 그 소리가 다시 들렸어요. '바이올렛, 이리로 와라.' 마치…… 아빠가 절 부르는 소리 같았어요. 그래서 들어갔던 거예요."

"전에도 그 집에 들어갔던 적이 있니?"

"아뇨."

매튜는 다시 펜촉을 잉크에 담갔다.

"계속하렴."

"저는 들어갔어요."

바이올렛이 말했다.

"그곳에 들어가니 아무 소리도 들리지 않았어요. 고요했어요. 마치…… 나 혼자만 숨을 쉬고 내 숨소리만이 유일한 소리인 것같아요. 돌아서서 뛰어 나가려고 했는데…… 그때…… 또 목소리가 들렸어요. '바이올렛, 날 봐라.' 처음에는…… 어두워서 아무것도 보이질 않았어요. 그런데 촛불이 하나 켜졌고, 저는 그것들이 그 방 안에 앉아 있는 걸 봤어요."

바이올렛은 고개를 숙이고 있었지만 매튜와 우드워드는 아이의 표정을 볼 수 있었다. 아이의 얼굴은 기억을 되살리는 고통으로 일그러져 있었다. 바이올렛은 몸을 떨었고, 아이의 아버지는 아이를 진정시키기 위해 어깨를 다독였다.

"저는 그것들을 봤어요."

바이올렛이 말했다.

"악마가 의자에 앉아 있었고…… 도깨비는 악마의 무릎 위에 앉아 있었어요. 도깨비가…… 촛불을 들고 있었어요……. 그리고 저를 보고 웃고 있었어요."

아이는 괴로운 듯 숨을 들이켰고, 이내 차분해졌다.

"어려운 일이라는 거 알아."

매튜가 바이올렛에게 최대한 부드럽게 말했다.

"하지만 말해야 해. 계속하렴."

바이올렛이 말했다.

"네."

하지만 아이는 한동안 입을 열지 않았다. 그 사건을 떠올리는 것은 분명 끔찍한 시련일 것이다. 마침내 아이는 숨을 길게 들이마시고 이야기를 다시 시작했다.

"악마가 말했어요. '사람들에게 나의 레이첼을 놓아달라고 말해.' '그 여자를 감옥에서 풀어줘. 아니면 파운트로열은 저주받는다.' 그리고 나서…… 악마는 자기가 말한 것을 기억할 수 있겠느냐고 물었어요. 저는 고개를 끄덕였어요. 그랬더니 도깨비가 촛불을 불어 껐고, 다시 어두워졌어요. 저는 집으로 달려갔어요."

바이올렛은 매튜를 올려다보았다. 아이의 눈은 충격으로 젖어 있었다.

"이제 가도 되나요?"

"곧 갈 수 있어."

매튜의 심장이 더욱 거세게 뛰기 시작했다.

"너에게 몇 가지 질문을 할 거야. 자, 대답하기 전에 신중하게 생각하고……."

"얘는 그렇게 할 거요. 정직한 아이니까요."

애덤스가 끼어들었다.

"감사합니다, 애덤스 씨."

매튜가 말했다.

"바이올렛? 악마가 어떻게 생겼는지 말해줄 수 있겠니?"

"네. 악마는…… 검은 외투를 입고…… 머리 위로는 두건을 썼어요. 그래서 얼굴은 볼 수 없었어요. 그리고…… 외투에…… 금단추가 있던 게 기억나요. 촛불 빛에 반짝거렸어요."

"금단추."

매튜의 입이 말랐다. 혀가 마치 쇳조각 같았다.

"그게…… 몇 개였는지 기억하니?"

"네, 여섯 개였어요."

"그런 바보 같은 질문은 왜 하는 거요?"

애덤스가 강하게 따져 물었다.

"단추가 여섯 개건 예순 개건, 그게 무슨 상관이오?"

매튜는 애덤스를 무시하고 아이의 눈을 뚫어져라 바라보았다.

"바이올렛, 잘 떠올려보렴. 그 단추들이 외투에 어떤 모양으로 붙어 있었는지 말해줄 수 있니? 여섯 개가 일렬로 나란히 붙어 있었니, 아니면 세 개씩 두 줄로 있었니?"

"하!"

애덤스는 혐오감을 표정에 드러냈다.

"이 아이가 악마를 봤다는데 지금 단추가 몇 개인지 묻는 거요?"

"대답할 수 있어요, 아빠."

바이올렛이 말했다.

"여섯 개가 한 줄로 나란히 붙어 있었어요. 단추가 반짝거리는 걸 봤어요."

"세로로 한 줄?"

매튜가 다그쳐 물었다.

"정말 확실한 거니?"

"네, 확실해요."

매튜는 그때까지 종이 위로 기울이고 있던 몸을 세워 의자에 등을 기댔다. 그가 쓴 글씨 위로 펜촉의 잉크가 방울져 흘러내렸다.

"얘야."

우드워드가 작은 목소리로 말하며 힘없이 미소를 지었다.

"아주 잘하고 있구나. 그 도깨비에 대해서 좀 설명해보겠니?"

다시 한 번 바이올렛은 아버지를 쳐다보았고, 애덤스가 말했다.

"어서 판사님께 말씀드려라."

"도깨비는…… 악마의 무릎 위에 앉아 있었어요. 머리카락이 하앴는데, 꼭 거미줄 같았어요. 아무것도 안 입었고…… 피부는 회색이었고 쭈글쭈글했어요. 말린 사과처럼요. 얼굴만 빼고요."

바이올렛은 망설였다. 아이의 표정은 고뇌에 차 있었다. 그 순간 우드워드는 바이올렛이 순진무구한 아이라기보다는 인생을 다 산 여인네 같다고 생각했다.

"그 얼굴은…… 꼬마 남자아이 같았어요."

바이올렛은 말을 이었다.

"그리고…… 악마가 저에게 말을 하는 동안…… 도깨비는 혀를 끄집어냈는데…… 그 혀는 사방으로 꿈틀거리며 움직였어요."

바이올렛은 기억을 되살리며 몸서리를 쳤다. 눈물 한 방울이 왼쪽 뺨을 타고 흘러내렸다.

매튜는 말을 할 수가 없었다. 바이올렛 애덤스는 방금 제러마이어 버크너가 과수원에서 봤다고 주장했던, 레이첼과 불경스러운 성관계를 맺었다고 주장했던 기괴한 세 생물체 중 하나를 완벽하게 묘사한 것이다.

게다가 아이는 일라이어스 개릭이 본 사탄에 대해서도 정확히 묘사했다. 검은 외투에 한 줄로 붙어 있는 여섯 개의 금단추까지. 그리고…… 오, 하느님, 그게 사실일 리가 없어요!

사실일까?

"바이올렛?"

매튜는 목소리를 애써 태연하게 유지했다.

"악마에 관해서나 도깨비에 관해서 마을 사람들이 하는 얘기를 들어본 적 있어? 내 말은……."

"아니요. 이 아이는 지어낸 얘기를 하는 게 아닙니다!"

애덤스가 매튜의 질문에 내포된 의미를 깨닫고 이를 악문 채 소리쳤다.

"내가 말했잖아요. 이 아이는 정직한 아이라고! 그래요. 사람들이 여기저기서 얘기를 하긴 합디다. 그리고 바이올렛이 그런 얘기를 다른 아이들한테서 들었을 수도 있어요. 하지만 하느님께 맹세코! 이 아이가 그날 집에 돌아왔을 때 우유처럼 얼굴이 하얗게 질렸던 걸 못 봤잖소! 이 아이가 거의 죽을 것처럼 겁에 질려서 흐느껴 우는 소리를 못 들어봤잖소! 이건 거짓말이 아니오!"

바이올렛은 다시 고개를 숙였다. 아버지의 절규가 그치자, 아이는 고개를 들어 매튜를 바라보았다.

"저기요."

바이올렛은 작은 목소리로 말했다.

"그 일은 제가 말한 그대로였어요. 저는 목소리를 듣고 그 집에 들어갔고요. 악마와 도깨비를 봤어요. 악마가 그렇게 저한테 말했고, 저는 최대한 빨리 뛰어서 집에 갔어요."

"정말로, 정말로 그 검은 외투를 입은 자가……."

매튜는 아까 적은 내용을 종이 위에서 찾았다.

"……'사람들에게 나의 레이첼을 놓아달라고 말해'라고 한 게 확실하니?"

"네, 확실해요."

"촛불은? 도깨비가 촛불을 어느 손에 들고 있었어?"

바이올렛이 눈살을 찌푸렸다.

"오른손이요."

"그 악마가 신발이나 부츠를 신고 있었니?"

"모르겠어요. 못 봤어요."

"도깨비는 어느 쪽 무릎 위에 앉아 있었어? 왼쪽? 아니면 오른쪽?"

다시 한 번, 바이올렛은 기억을 되살리느라 눈살을 찌푸렸다.

"저…… 왼쪽인 것 같아요. 네, 맞아요. 왼쪽 무릎이에요."

"집 안으로 들어가기 전에 길에 사람이 있었니?"

"아뇨. 본 기억이 안 나요."

"그럼 집에서 나온 다음엔? 집에서 나왔을 때 길거리에 사람이 있었어?"

바이올렛은 고개를 저었다.

"모르겠어요. 저는 울고 있었거든요. 그냥 빨리 집에 가고 싶었어요."

"학교에는 왜 늦게까지 남아 있었니?"

"읽기 연습 때문에요. 읽기가 좀 뒤처져서 존스톤 선생님이 나머지 공부를 하라고 저를 늦게까지 남아 있게 하셨어요."

"늦게까지 남아 있도록 한 학생은 너뿐이었니?"

"그날은 그랬어요. 하지만 존스톤 선생님은 날마다 한 명씩을 꼭 남겨두세요."

"왜 그 금단추들을 눈여겨봤던 거니?"

매튜가 눈썹을 치켜세웠다.

"악마와 도깨비가 네 앞에 그렇게 앉아 있는데, 어떻게 그 단추들을 세어볼 생각이 든 거야?"

"그걸 세어봤는지는 정확히 모르겠어요. 그냥 눈에 띄었어요. 저는 단추를 모으거든요. 집에 단추를 넣어두는 단지가 있어요. 단추를 새로 찾으면 항상 거기에 넣어둬요."

"학교를 떠났을 때, 중간에 누구랑 얘기를……."

"매튜."

단지 속삭이는 듯한 소리에 불과했지만, 우드워드의 단호한 권위를 제대로 전달하기에는 충분했다.

"그만하면 됐다."

우드워드는 서기를 노려보았다. 흐릿한 그의 눈 주변이 붉어져 있었다.

"이 아이는 자기가 아는 걸 다 얘기했어."

"네, 판사님. 하지만……."

"됐다."

판사의 의지는 꺾을 수 없었다. 특히 지금처럼 사실상 질문이 거의 다 떨어져버린 상태에서는. 매튜가 할 수 있는 일이라고는 다만 고개를 끄덕이고 그의 앞에 펼쳐진 기록을 멍하니 바라보는 것뿐이었다. 매튜는 지금까지 진술을 한 세 증인 가운데 이 아이의 이야기가 가장 으스스할 정도로 현실적이라는 결론을 내렸다. 아이는 자기가 알아야 하는 모든 세세한 부분을 다 알고 있었다. 기억하지 못하는 부분은 아이가 받았을 스트레스나 모든 일이 빠르게 진행된 점 등을 감안하면 용납할 수 있는 수준이었다.

사람들에게 나의 레이첼을 놓아달라고 말해.

악마는 이렇게 말했다. 그 말에 인형들까지 더하면, 다른 증인이 없더라도 레이첼을 화형시키기에 충분했다.

"존스톤 선생님께도 이 얘기를 했니?"

매튜가 힘없는 목소리로 물었다.

"그래요. 내가 바로 다음 날 직접 말했소."

애덤스가 말했다.

"존스톤 씨는 그날 오후에 바이올렛에게 남으라고 한 것을 기억하고 있었고요?"

"그래요."

"좋아요, 그럼."

매튜는 마른 입술을 축이고, 레이첼 쪽으로 고개를 돌리지 않으려고 애를 썼다. "좋아요, 그럼." 이 말 말고는 달리 할 말이 없었다.

"아주 용감한 아이로구나."

우드워드가 바이올렛에게 말했다.

"아주 용감해. 여기까지 와서 이런 얘기를 들려주다니. 대견하고 고맙다."

비록 굳은 미소이긴 했지만 우드워드는 고통 속에서도 미소를 지어 보였다.

"이제 집에 가도 좋다."

"네, 판사님. 감사합니다."

바이올렛은 고개를 숙이고 판사에게 어설프지만 정중하게 무릎을 구부려 인사를 했다. 하지만 감방을 나서기 전에, 불안한 시선으로 여전히 의자에 앉아 등을 보이고 있는 레이첼을 돌아보았다.

"저 아줌마가 날 해치진 않겠죠? 그렇죠?"

"아니. 하느님이 널 보호하실 거다."

우드워드가 말했다.

"그럼…… 저, 할 말이 더 있어요."

실망에 잠겨 있던 매튜가 벌떡 일어섰다.

"뭔데?"

"악마와 그 도깨비 말고도…… 집 안에 다른 것이 뭔가 더 있었어요."

"다른 것이 더 있는 걸 봤니?"

"아뇨."

바이올렛은 성경을 끌어안고 망설였다.

"남자의 목소리를 들었어요. 노랫소리를요."

"노랫소리?"

매튜가 눈살을 찌푸렸다.

"하지만 아무것도 보지는 못했고?"

"못 봤어요. 그 노랫소리는…… 집 뒤편에서 들려왔어요. 그랬던 것 같아요. 다른 방이나 어둠 속 너머 뒤쪽에서요. 촛불이 꺼지기 바로 전에 그 소리가 들렸어요."

"남자의 목소리라고 했지?"

매튜는 옆으로 치워놓았던 펜을 다시 집어 들고 바이올렛의 진술을 기록하기 시작했다.

"큰 소리였니? 아니면 작은 소리?"

"작았어요. 간신히 들을 수 있을 정도였어요. 하지만 확실히 남자의 목소리였어요."

"그 목소리를 전에도 들어본 적 있어?"

"모르겠어요. 들었는지 아닌지 확실하지 않아요."

매튜는 턱을 문질렀다. 그 바람에 턱에 검은 잉크가 묻었다.

"노래가사에 알아들을 수 있는 내용이 있었어?"

"글쎄요…… 가끔은 그 노래가 뭔지 알 것도 같아요. 아마 어디선가 들었겠죠……. 하지만 그러다가 또 모르겠고. 어떨 땐 그걸 생각하느라 머리가 아파요."

바이올렛은 매튜와 판사를 번갈아 쳐다보았다.

"악마가 절 저주하는 건 아니겠죠? 네?"

"응, 그건 아닌 것 같은데."

매튜는 종이에 쓴 글씨를 바라보았다. 그의 생각이 움직이고 있었다. 만일 그곳에 세 번째 악마가 있었다면 왜 아이 앞에 모습을 나타내지 않았을까? 결국, 목적은 아이를 놀라게 하려던 것 아니었나? 악마가 어둠 속에서 노래를 부른 것은, 그 노랫소리와 목소리가 겁을 주기에 충분히 크지 않았다면, 도대체 무슨 의미가 있는 걸까?

"바이올렛, 좀 어려울지도 모르겠지만 그 목소리가 무슨 노래를 했는지 기억해낼 수 있겠어?"

매튜가 말했다.

"그게 뭐가 중요해?"

애덤스는 이미 참을 만큼 참은 터였다.

"악마와 도깨비에 대해서 이미 다 얘기했잖소!"

"제가 궁금해서 그럽니다, 애덤스 씨."

매튜가 설명했다.

"그리고 제가 볼 때는 그 목소리가 자꾸 떠올라서 따님이 상당히 괴로운 것 같은데요. 그렇지 않았다면 이 얘기를 꺼내지 않았을 테니까요. 제 말에 동의하지 않으십니까?"

"글쎄……."

애덤스의 표정이 떨떠름했다.

"그런 것 같군요."

"더 할 말이 있니?"

매튜가 아이에게 물었다. 아이는 고개를 저었다.

"좋아, 그럼. 법정은 너의 진술에 감사의 뜻을 전한다."

바이올렛과 애덤스는 감방을 나섰다. 감옥을 나가기 직전에, 아이는 겁에 질려 레이첼을 다시 한 번 돌아보았다. 레이첼은 손으로 이마를 짚은 채 축 처져 있었다.

두 사람이 나가고, 우드워드는 인형들을 흰 천에 싸기 시작했다. 우드워드가 속삭였다.

"이제 다른 증인들은 모두 마을을 떠난 것 같구나. 그러니……."

그는 잠시 말을 멈추고 목청을 가다듬었다. 목이 아파 매우 힘들고 괴로웠다.

"……그러니 이 재판은 끝났다."

"잠깐만요!"

레이첼이 벌떡 일어섰다.

"내 진술은 어쩌고요? 나한테는 말할 기회를 안 주시나요?"

우드워드가 레이첼을 냉랭한 눈으로 쳐다보았다.

"저 부인의 권리입니다, 판사님."

매튜가 판사에게 일깨워주었다. 우드워드는 멈추지 않고 인형들을 쌌다.

"그래, 그래. 물론 그렇지. 그럼 말해보시오."

"이미 결정을 내린 거죠? 그렇죠?"

여자는 창살로 다가와 창살을 잡았다.

"아니요. 먼저 기록을 읽을 겁니다, 가능하다면."

우드워드가 대답했다.

"그건 그냥 형식일 뿐이잖아요. 안 그래요? 내가 그 사람들의 거짓말대로 그런 짓을 하지 않았다는 걸 보여주려면 무슨 말을 하면 되나요?"

"부인, 증인들이 성경에 손을 얹고 선서했다는 사실을 기억하세요. 그들을 거짓말쟁이라고 불러서는 안 됩니다. 하지만……."

매튜가 끼어들어 말하다가 잠시 멈췄다.

"하지만 뭐냐?"

우드워드가 쉰 목소리로 물었다.

"버크너 씨와 개릭 씨의 진술에서 몇 가지 세부 사항이 빠져 있는 것은 감안해야 할 것 같습니다. 예를 들어……."

우드워드는 손을 들었다.

"제발 그만해라. 그 문제는 오늘 논의하지 않겠다."

"하지만 판사님도 동의하시잖아요?"

"난 침대에 누워야겠다."

우드워드는 보따리를 팔 아래에 끼고, 의자를 뒤로 밀고 일어섰다. 뼈마디가 쑤시고 머리가 어지러웠다. 그는 책상 가장자리를 붙들고 서서 어지럼증이 가라앉기를 기다렸다.

매튜도 판사가 쓰러지는 것을 막으려 자리에서 일어섰다.

"누가 판사님을 모시러 오나요?"

"밖에 마차가 기다리고 있을 거다."

"제가 나가서 볼까요?"

"아니다. 넌 아직 죄수라는 걸 기억해라."

우드워드는 너무 힘이 빠져서 몇 초 동안 눈을 감고 고개를 숙이고 있어야 했다.

"나도 진술할 권리가 있어요. 당신이 이미 마음을 정했다고 해도."

레이첼이 말했다.

"말하시오, 그럼."

우드워드는 목이 다시 부어 막힐 것이 두려웠다. 코는 이미 막힌 것 같았다.

"모두 사악한 음모예요."

레이첼이 입을 열었다.

"내가 누굴 죽였다고 주장하거나, 내가 주문을 걸고 인형을 만들고 그런 죄악을 저질렀다고 주장하는 것들 말이에요. 그래요. 나도 증인들이 성경에 맹세를 한 걸 알아요. 하지만 그 사람들이 왜 그런 이야기를 지어냈는지, 어떻게 그런 얘기를 지어낼 수 있는지 도무지 모르겠어요. 성경을 준다면 나도 진실을 맹세할 수 있어요!"

매튜는 우드워드가 성경을 집어 불안한 걸음걸이로 창살에 다가가는 것을 보고 깜짝 놀랐다. 우드워드는 성경을 레이첼의 손에 가져다댔다.

레이첼은 성경을 가슴에 끌어안았다.

"나는 이 성경과 이 안에 있는 모든 말씀 한마디 한마디의 앞에서 내가 누구도 죽이지 않았음을, 그리고 마녀가 아님을 맹세합니다!"

두려움과 승리감이 섞인 레이첼의 눈이 번들거렸다.

"자! 봤죠? 내가 불꽃에 휩싸였나요? 내 손에 불이 붙어 고통스러운 비명을 지르던가요? 당신이 성경에 맹세한 증언의 가치를 그렇게나 따진다면, 내가 아니라고 하는 말에도 가치를 부여해야 하지 않나요?"

"부인."

판사가 힘없이 말을 내뱉었다.

"더 이상 스스로를 모독하지 마시오. 부인이 사건을 부정하는 힘은 대단히 강합니다. 나도 인정합니다."

"나는 지금 성경을 안고 있어요! 방금 성경에 맹세했다고요! 여기에 키스라도 할까요?"

"아뇨. 이제 나에게 돌려주십시오."

우드워드는 손을 내밀었다. 매튜는 그때 레이첼의 눈에 튀어오르는 분노의 불꽃을 봤고, 그 순간 판사의 안전이 걱정되었다. 하지만 그 순간 레이첼은 창살에서 뒤로 물러서며 성경을 펼쳤고, 처음부터 차례로 페이지를 찢기 시작했다. 그녀의 표정은 죽은 사람의 표정이었다.

"레이첼! 그만해요!"

더 나은 말을 생각할 겨를도 없이, 매튜가 소리쳤다.

찢어진 하느님의 말씀들은 레이첼의 발 주위로 떨어졌다. 여자는 신성을 모독하는 훼손을 저지르면서 마치 자기를 막아보라는 듯 판사의 눈을 쳐다보았다. 우드워드는 그녀의 시선을 받았다. 우드워드의 턱 근육이 움찔거렸다.

"이제, 당신이 누군지 제대로 보이는군."

우드워드가 말했다.

레이첼은 페이지를 좀 더 찢어 그것을 바닥에 떨어뜨리고, 성경을 창살 사이로 떠밀었다. 우드워드는 찢어진 성경을 붙잡으러 굳이 움직이지 않았고, 성경은 바닥으로 떨어졌다.

"당신은 아무것도 못 봐요."

레이첼의 목소리는 감정이 북받쳐 떨렸지만, 그녀의 얼굴은 애써 감정을 억누르고 있었다.

"왜 하느님이 지금 날 쳐서 죽이지 않으셨을까요?"

"왜냐하면, 부인, 하느님께서 그 임무를 나에게 내려주셨기 때문이오."

"내가 정말로 마녀라면 하느님은 이런 행동을 허락하시지 않았을 거예요!"

"오직 사악한 죄인만이 이런 짓을 저지를 수 있지요."

우드워드가 존경스러울 정도로 마음의 평정을 보이며 말했다. 그는 몸을 숙여 성경을 집어 들었다. 뒷면이 찢겨져 있었다.

"저 여자는 제정신이 아닙니다, 판사님! 자기가 하는 짓을 깨닫지 못하고 있어요!"

우드워드는 매튜를 돌아보며 분노에 찬 목소리로 소리쳤다.

"저 여자는 알고 있어! 오, 하느님! 매튜, 저 여자가 너의 눈을 멀게 했느냐?"

"아닙니다, 판사님. 하지만 지금 저 행동은 극단적인 정신적 고통을 참작하여 용서해주어야 한다고 생각합니다."

우드워드의 입이 떡 벌어지고, 회색빛 얼굴이 축 늘어졌다. 이 여자가 매튜를 현혹시켜 신을 두려워하는 마음을 없애버렸다는 사실을 깨닫자, 온 세상이 빙빙 도는 것 같았다.

매튜는 충격에 빠진 판사의 표정을 놓치지 않았다.

"판사님, 이 여자는 어려운 환경에 처해 있습니다. 판사님께서 이 사건을 고려하실 때 그 점을 유의해주셨으면 합니다."

매튜의 애원에 우드워드가 할 수 있는 대응은 하나뿐이었다.

"서류 챙겨라. 넌 여기서 나간다."

이제는 매튜가 놀랄 차례였다.

"하지만…… 형기는 하룻밤이 더 남았는데요."

"널 사면한다! 따라와!"

매튜는 레이첼이 감방 구석으로 가는 모습을 지켜보았다. 매튜의 마음은 이 더러운 짐승 우리 같은 감방을 나가고픈 욕망과, 일단 이곳을 나서면 레이첼의 사형 집행일 아침이 될 때까지는 그녀를 다시 볼 가능성이 거의 없다는 사실 사이에서 갈등하고 있었다. 아직도 물어봐야 하고 답을 얻어야 하는 질문들이 많았다! 그 질문들을 이렇게 팽개칠 수는 없었다. 그랬다가는 풀지 못한 질문들에 사로잡혀 남은 인생을 살게 될 것이다.

"여기 남아서 제 형기를 마치겠습니다."

"뭐라고?"

"여기 남겠습니다."

매튜가 차분하게 대답했다.

"하룻밤 더 지내는 것쯤은 일도 아닙니다."

"정신이 나갔느냐!"

우드워드는 거의 쓰러질 것 같았다.

"내 말을 따를 것을 명한다!"

우드워드의 목소리는 힘이 없었지만, 매튜의 독립심을 자극하여 불쾌하게 만들 만한 힘은 충분히 실려 있었다.

"저는 판사님의 서기이지만 노예는 아닙니다. 저는 이곳에 남아 제 형기를 채우기로 마음먹었습니다. 아침에는 채찍도 맞을 거고요. 그렇게 끝을 내겠습니다."

"미쳤구나!"

"아뇨, 아닙니다. 절 시면허시면 문제만 더 커질 뿐입니다."

우드워드는 이 문제를 더 따지고 들고 싶었지만, 그의 목소리도 정신력도 기력이 남지 않았다. 우드워드는 찢어진 성경과 천에 싼 인형들을 들고 감방 문턱에 섰다. 레이첼 호위스는 감방의 먼 벽 쪽으로 물러나 있었다. 그가 떠나면 저 여자는 곧바로 다시 소년의 마음을 흐트러뜨릴 것이다. 이건 마치 암 늑대의 이빨 앞에 양을 남겨두는 꼴이다. 우드워드는 다시 한 번 시도해보았다.

"매튜……. 제발 부탁이니 나와 함께 가자."

"그러실 필요 없습니다. 저는 하룻밤 더 견딜 수 있습니다."

"그래. 그리고 영원히 타락하겠지."

우드워드는 성경을 책상 위에 내려놓았다. 훼손되었어도 성경은 매튜가 필요할 때 방패 역할을 해줄 것이다. 매튜의 흐려진 시야로도 성경의 힘을 인지할 수 있다면 말이다. 우드워드는 매튜를 이런 곳에 둔 자기 자신을 저주했다. 마녀가 매튜의 마음속으로 들어갈 기회를 놓치지 않으리라는 것을 알았어야 했는데. 우드워드는 순간 법정 기록도 위험하다는 생각이 들었다. 이 마지막 밤에 마녀의 손길이 닿는 곳에 서류를 남겨둔다면 서류에 무슨 일이 닥칠지 알 수 없는 노릇이었다.

"서류를 가져가겠다. 상자에 넣어라."

우드워드가 말했다.

부당한 요구는 아니었다. 매튜는 판사가 이것을 읽어보고 싶을 거라고 생각했다. 매튜는 즉시 명령에 따라 서류를 챙겼다.

서류를 다 챙기자 우드워드는 상자를 팔 아래에 꼈다. 이제 매튜를 위해서는 기도 말고는 달리 해줄 수 있는 게 없었다. 우드워드는 레이첼 호위스에게 악의적인 눈길을 보냈다.

"행동을 조심하시오, 부인. 아직은 화형대에 오른 게 아니오."

"그런다고 뭐 달라질 게 있나요?"

판사는 그 말을 묵살하고 매튜에게로 시선을 돌렸다.

"네 채찍형은……."

우드워드의 목은 이제 두 배로 부어오른 것 같았고, 말을 하는 것도 엄청나게 힘들었다.

"……6시에 있을 거다. 거기 나도 있을 거야……. 가능한 일찍 오도록 하마. 저 여자의 술수를 조심해라, 매튜."

매튜는 판사가 하는 말의 타당성에 이견을 제시하지 않고 그저 고개를 끄덕였다.

판사는 감방을 나가면서 문을 활짝 열어놓았다. 그는 뒤를 돌아보고 싶은 것을 억지로 참았다. 매튜가 스스로 감옥에 남아 마법에 의해 영혼을 산산이 찢길 치명적 위험에 처한 모습을 보고 싶지 않았던 것이다.

감옥을 나서니 사방은 희미한 회색빛에 잠겨 있었고 대기에는 안개가 걸려 있었다. 우드워드는 정말로 구드가 그를 위해 마차를 몰고 온 것을 보고 마음이 놓였다. 그는 인형 보따리를 옆에 두고 마차 좌석에 올라앉았다. 우드워드가 자리를 잡자마자 구드는 고삐를 내려쳤고, 마차는 곧 출발했다.

판사가 떠난 직후에 그린이 저녁 식사를 가지고 감옥으로 들어왔다. 식사는 옥수수 수프였다. 그는 매튜의 감방을 잠그며 말했다.

"잠을 잘 자둬라, 꼬마야. 내일이면 네 살가죽은 내 것이니까."

매튜는 그린이 웃는 것을 신경 쓰지 않았다. 간수는 매일 밤 하듯이 등잔을 치우고, 죄수들을 어둠 속에 남겨두었다.

매튜는 의자에 앉아 그릇을 입가로 가져갔다. 뒷벽 쪽에서 찍찍거리는 소리가 들렸지만, 확실히 쥐잡이꾼이 다녀간 뒤로 쥐들은 숫자가 눈에 띄게 줄었고 예전처럼 대담하지도 않은 것 같았다.

레이첼의 목소리가 어둠 속에서 들려왔다.

"왜 여기 남았어요?"

매튜는 입에 머금고 있던 수프를 삼켰다.

"형기를 마치려고요."

"그건 알아요. 하지만 판사가 사면해주겠다고 했잖아요. 왜 받아들이지 않았어요?"

"판사님은 몸이 편찮으셔서 지금 좀 혼란스러운 상태예요."

"그건 내 질문에 대한 답이 아닌데요. 당신은 여기에 남기로 선택했어요. 왜죠?"

매튜는 부지런히 음식을 먹었다. 마침내 그가 말했다.

"당신에게 물어볼 것이 좀 있어서요."

"이를테면?"

"이를테면, 남편이 살해당하던 때 당신은 어디에 있었나요? 그리고 왜 그 시신은 당신이 아닌 다른 사람이 발견한 건가요?"

"그날 밤에 대니얼이 자리에서 일어난 건 기억해요."

레이첼이 말했다.

"어쩌면 이른 아침이었을지도 몰라요. 잘 모르겠어요. 하지만 그이는 종종 그렇게 어두울 때 일어나서 촛불을 켜고 장부 계산을 하곤 했어요. 자리에서 일어났다고 해서 이상할 건 없었죠. 나는 그냥 돌아누워서 담요를 끌어당기고 다시 잠들었어요. 늘 그랬듯."

"남편께서 밖으로 나갔던 건 알았어요?"

"아뇨."

"그것도 흔히 있는 일이었나요? 그렇게 이른 시간에 추운 바깥에 나가는 게?"

"가축들에게 먹이를 주러 나가기도 했죠. 동틀 때가 얼마 남지 않았을 때는요."

"남편께서 장부를 가지고 있었다고 했죠? 무슨 내용이었어요?"

"대니얼은 자기가 가진 동전 한 닢까지 모두 기록해두었어요. 농장에 돈을 얼마나 투자했는지와 날마다 쓰는 물건들에 돈을 얼마나 썼는지도요. 양초나 비누 같은 것들."

"누군가 남편께 빚을 졌거나, 남편께서 빚을 진 게 있나요?"

"아뇨. 대니얼은 자립해서 살아가고 있다는 걸 대단히 자랑스러워했어요."

"존경할 만하지만, 요즘 시대에는 흔치 않은 일이네요."

매튜는 수프를 한 모금 더 마셨다.

"남편의 시신은 어떻게 찾았어요?"

"제스 메이나드가 그것을 찾았어요. 그러니까, 남편 말이에요. 밭에 누워 있었고, 목은…… 알잖아요."

레이첼은 잠시 말을 멈췄다.

"메이나드 가족은 우리 집 반대편에 살아요. 제스가 동이 틀 때 닭들에게 모이를 주러 나갔는데, 그때…… 까마귀들이 원을 그리며 나는 걸 봤대요. 제스가 그곳으로 달려갔고, 거기에서 대니얼을 찾았죠."

"당신도 시신을 봤나요?"

다시 한 번 레이첼은 망설였다. 그러고는 조용히 말했다.

"봤어요."

"사인은 목의 상처라고 알고 있어요. 몸에 다른 상처는 없었나요? 비드웰 씨가 설명할 때는 얼굴과 팔에 앞발 자국인지 이빨 자국 같은 게 있었다고 했는데."

"네, 그런 상처들이 있었죠."

"제가 무례한 질문을 하더라도 용서하세요. 그 상처들을 보고…… 당신도 그렇게 생각했나요? 이빨 자국이거나 앞발에 맞은 자국이라고?"

"나는…… 그 목에 있던 상처가…… 얼마나 끔찍했는지 기억나요. 네, 짐승이 앞발로 그은 듯한 상처가 얼굴에 나 있는 걸 봤어요. 하지만…… 그때는 상처를 자세히 살펴보고 싶지 않았어요. 내 남편이 죽어서 누워 있는 광경은…… 눈과 입이 벌어져 있고…… 비명을 지르고 남편 옆에 쓰러졌던 게 기억나요. 그다음에는 별로 기억나는 게 없어요. 엘런 메이나드가 나를 자기 집으로 데려가서 쉬게 해준 것밖에는요."

"메이나드 가족은 아직도 그곳에 사나요?"

"아뇨. 이사를 갔어요……."

레이첼은 체념의 한숨을 내쉬었다.

"……나에 대한 이야기가 돌고 나서요."

"그럼 그 이야기는 누가 시작했나요? 누가 그랬는지 알아요?"

"그건 내가 제일 나중에 알게 될걸요."

레이첼이 비꼬듯 말했다.

"그렇겠죠."

매튜가 동의했다.

"그럴 거예요. 사람들은 늘 한결같으니까. 그 얘기들은 소문으로 퍼지면서 점점 더 부풀려졌을 거예요. 하지만 당신 남편이 죽기 전에는 당신을 비난하지 않았죠. 맞나요? 그로브 신부님이 죽었을 때는 의심받지 않았잖아요?"

"그래요. 의심받지 않았어요. 내가 감옥에 온 다음, 비드웰이 나를 보러 왔어요. 비드웰은 내가 마법을 행하는 것을 목격한 증인들이 있고, 내가, 아니 그 사람 말에 따르면 내 '주인'이, 파운트로열을 덮친 재앙에 책임이 있다고 했어요. 비드웰은 나더러 사탄과 어울리기로 작심한 이유가 뭐냐고, 이 마을을 파괴시키려는 목적이 뭐냐고 물었어요. 그리고 나한테 신부님을 죽였느냐고 물었어요. 물론 나는 그가 제정신이 아니라고 생각했고요. 비드웰은 내가 악마와의 모든 관계를 끊어야 하고, 내가 마녀라는 사실을 고백해야 한다고 했어요. 그리고 즉시 나를 추방하겠다고 했어요. 그렇지 않으면 죽게 될 거라고요."

매튜는 수프를 다 먹고 그릇을 옆으로 치웠다.

"그럼 왜 추방에 동의하지 않았어요? 남편이 죽었고, 처형을 목전에 두고 있는데. 왜 떠나지 않았나요?"

"왜냐하면……."

레이첼이 대답했다.

"……나는 죄가 없으니까요. 대니얼은 비드웰한테 농장을 샀고, 우리는 둘이 같이 열심히 일해서 농장을 일궜어요. 내가 그걸 왜 포기해야 하죠? 왜 두 남자를 죽인 마녀라는 걸 인정하고, 아무것도 가진 것 없이 황무지로 쫓겨나야 하는데요? 그랬다간 황무지에서 죽게 되겠죠. 여기선, 적어도, 판사가 사건을 맡으러 오면 나에게 기회가 있을 거라고 생각했어요."

레이첼은 한동안 말이 없었다. 그러더니 다시 입을 열었다.

"이렇게 오래 걸릴 줄은 정말 몰랐어요. 한 달 전에 이미 판사가 오기로 되어 있었어요. 당신과 우드워드 판사가 도착할 때까지, 비드웰이 정말 치졸하게 나를 괴롭히고 있었거든요. 그래서 거의 희망을 잃고 있었어요. 사실, 당신들 두 사람은 꽤…… 그러니까…… 진짜 같아 보이지는 않았어요. 처음엔 비드웰이 사람을 두 명 사서 나한테서 자백을 이끌어내기 위해 들들 볶으려는 건 줄 알

앉어요."

"이해합니다."

매튜가 말했다.

"하지만 누가 신부님을 죽였는지 찾아보려는 노력은 없었나요?"

"있었어요. 제가 기억하기로는요. 하지만 그로브 신부님의 사모님이 떠난 뒤로 시간이 지나면서 관심이 식었어요. 의심스러운 사람도 없고 뚜렷한 동기도 없었으니까요. 신부님의 죽음을 계기로 사람들은 파운트로열을 떠나기 시작했어요. 우울한 겨울이었죠."

"충분히 상상이 되네요."

빗방울이 지붕을 두드리는 소리는 점점 더 커졌다.

"봄인데도 아직 우울하군요. 그런 일이 한 번 더 일어나면 파운트로열은 영영 일어서지 못할 거예요."

"그렇겠죠. 하지만 그때쯤엔 난 여기 없겠죠?"

매튜는 대답하지 않았다. 뭐라 대답할 수 있겠는가? 레이첼이 다시 입을 열었을 때 그녀의 목소리는 굳어 있었다.

"당신 생각에, 나한테 얼마나 남은 것 같아요?"

그녀는 진실을 말해달라고 요구하고 있었다.

"판사님이 재판 기록을 전부 읽으실 거예요. 판사님이 알고 계신 과거 마녀 재판의 기록을 참조하면서 심사숙고하시겠죠."

매튜는 무릎 아래로 두 손을 맞잡았다.

"판사님은 수요일 아침 일찍 결정을 내리실 거예요. 목요일에는 당신에게 자백을 요구하시겠죠. 그리고 그날 바로 저에게 판결문을 쓰고 날짜와 서명을 기록하도록 시키실 거예요. 제 생각엔……준비 과정은 금요일이 될 것 같아요. 안식일 전날이나 안식일에 형집행을 하려고 하시지는 않을 거고요. 그러니까……."

"그러니까 난 월요일에 화형을 당하겠군요."

레이첼이 매튜를 대신해 말을 맺었다.

"네."

매튜가 말했다. 긴 침묵이 흘렀다. 레이첼의 슬픔을 달래주고 싶었지만, 매튜는 주제넘게 들리지 않고 바보같이 들리지도 않을 위로의 말을 알지 못했다.

"그래요."

마침내 레이첼이 말했다. 그녀의 목소리에는 용기와 고통이 뒤섞여 있었고, 그게 끝이었다.

매튜는 짚단 위 몸에 익은 자리에 누워 온기를 지키기 위해 몸을 구부렸다. 비가 감옥 지붕을 거세게 두드렸다. 그는 천둥의 나지막한 포효 소리를 들으며, 아이였을 때는 인생이 얼마나 단순했던가를 생각했다. 그 무렵엔 두려워할 것이라고는 돼지 똥 무더기뿐이었다. 지금의 삶은 너무 복잡하고 이상하게 꼬여서, 마치 누구도 완전히 길들이지 못하고 파악할 수도 없는 황야에 나 있는 무수히 얽힌 길 같았다.

매튜는 날로 악화되는 우드워드의 건강이 몹시 걱정스러웠다. 한편으로는 조금이라도 일찍 파운트로열을 떠나 도시로 돌아갔으면 좋겠다 싶다가도, 다른 한편으로는 옆 감방에 갇힌 여인의 남은 생도 무척 걱정이 됐다.

단지 레이첼이 아름다웠기 때문만은 아니었다. 페인은 물론 정확했다. 레이첼은 실제로, 페인이 천박하게 표현한 것처럼, '꽤 잘 빠진' 여자였다. 매튜는 페인이 그녀에게 끌렸던 것을 이해했다. 다른 어떤 남자라도 마찬가지였을 것이다. 레이첼의 지적인 면모와 내면의 열정은 매튜가 보기에도 매력적이었다. 그는 이전에는 한 번도 이런 천성을 가진 여자를 본 적이 없었다. 혹은 이런 지성과 열정을 다른 사람들 앞에서 드러내는 여자를 본 적이 없었다. 레이첼의 아름다움과 독립심 때문에 사람들이 그녀를 마녀로 지목하는지도 모른다고 생각하면 상당히 괴로웠다. 매튜가 지금까지 관찰한 바로는, 사람들은 욕망의 대상을 붙잡거나 정복하지 못하면 그것을 바라는 만큼 파괴하려 애를 쓰곤 한다.

매튜는 마음속에 떠오르는 질문에 대답을 해야 했다. 이 여자는 마녀인가, 아닌가? 바이올렛 애덤스가 진술하기 전이었다면, 소위 목격자라는 두 사람이 모두 성경에 손을 얹고 선서를 했더라도 매튜는 그들의 이야기들이 모두 지어낸 것이거나 환상이라고 말했을 것이다. 하지만 아이의 진술은 논리가 단단했고 설득력이 있었다. 그 설득력이란 실로 무서울 정도였다. 아이는 잠이 든 상태도 아니었고, 꿈을 현실로 생각하며 잠에서 깬 것도 아니었다. 그 사건은 아이가 완전히 깨어 있을 때 일어났으며, 세부적인 내용을 조금 놓친 것도 그 순간의 스트레스를 감안하면 타당해 보였다. 아이의 진술은, 특히 검은색 외투와 여섯 개의 금단추, 그리고 백발 난쟁이 또는 '도깨비'에 관한 내용은, 버크너와 개릭의 증언에 신뢰를 더해주었다. 그럼 이걸 어떻게 받아들여야 한단 말인가?

그리고 인형의 문제도 있다. 그렇다. 누구든 그 인형을 만들어 부엌 바닥 널빤지 아래에 숨길 수 있었다. 하지만 왜 그런 짓을 한단 말인가? 그리고 수색하는 사람들에게 어느 곳을 찾을지 말해준 카라 그룬왈드의 '계시'는 어떻게 받아들여야 하는가?

레이첼이 마법에 홀린 것일까, 아닐까? 레이첼은 그로브 신부와 남편을 실제로 죽였는가? 아니면 그들이 죽기를 원했는가? 실제로 살인을 저지른 것은 지옥의 구덩이에서 불려 나온 어떤 악령 들린 생명체인 걸까?

이렇게 꼬리를 무는 무서운 생각 끝에 또 다른 생각이 떠올랐다. 만일 레이첼이 정말로 마녀라면, 그녀나 그녀의 무시무시한 동반자가 판사의 건강에 저주를 걸어 판결을 내리는 것을 방해하고 있는 건 아닐까?

버크너와 개릭의 이야기에 곤혹스러울 만큼 세부적인 내용이 빠져 있긴 하지만, 모든 증거가 모아져 레이첼의 죽음을 향한 횃불에 불을 댕기고 있다는 사실을 매튜는 인정해야 했다. 우드워드가 법정 기록을 꼼꼼히 읽고 공정한 마음으로 그것을 숙고할 것이며, 그 판결이 '기소된 대로 유죄'로 내려질 것임에는 의심의 여지가 없었다.

그래서…… 여자는 마녀인가, 아닌가?

마법을 정신병, 무지 또는 단순한 악의적 비난으로 설명하는 학술 서적들을 읽고 이해했어도, 솔직히 매튜는 무엇이 진실인지 알 수가 없었고, 바로 그 점이 그가 들은 어떤 진술보다도 그를 두렵게 만들었다.

하지만 매튜는 여자가 정말로 아름답다고 생각했다. 너무나 아름답고 너무나 외롭다. 만일 여자가 실제로 사탄의 종이라면, 어떻게 악마는 저렇게 아름다운 여인을 인간의 손으로 파괴하도록 내버려둘 수 있단 말인가?

천둥이 파운트로열 위에서 울렸다. 빗물이 감옥 지붕의 틈새로 떨어지기 시작했다. 매튜는 냉기에 대항하여 몸을 웅크리고 어둠 속에 누워서 수수께끼에 에워싸인 질문과 계속 씨름했다.

19

 폭풍우가 몰아치기 직전이었다. 네틀즈 부인은 초인종이 울리는 현관문으로 나가 존스톤을 맞아들였다. 존스톤은 판사님을 뵐 수 있겠느냐고 물었다. 네틀즈 부인은 존스톤의 검은 외투와 삼각 모자를 받아 문 옆에 걸고 그를 거실로 안내했다. 우드워드는 감옥에서 둘렀던 외투와 스카프를 풀지도 않은 채, 벽난로에 가까이 끌어다놓은 의자에 앉아 있었다. 우드워드의 무릎 위에 놓인 쟁반에는 김이 나는 우유죽이 놓여 있었다. 죽 색깔은 우드워드의 얼굴색과 거의 같은 잿빛이었다. 우드워드는 숟가락으로 죽을 저어 식히는 중이었다.
 "죄송합니다. 일어날 수가 없어서."
 우드워드가 속삭이듯 말했다.
 "옥스퍼드 형제들끼리는 미안해할 필요가 없습니다."
 "비드웰 시장님은 윈스턴 씨와 함께 서재에 있습니다. 모셔 올까요?"
 네틀즈 부인이 말했다.
 "괜찮아요. 그 사람들 일을 방해하면 안 되지."
 존스톤이 지팡이에 기대어 서서 말했다. 우드워드는 존스톤이 오늘 밤에는 가발을 쓰지 않았다는 것을 알아차렸다. 존스톤의 옆은 갈색 머리는 짧게 깎여 있었다.

"오늘은 판사님에게 볼일이 있어 온 거요."

"알겠습니다."

네틀즈 부인은 존경의 표시로 고개를 숙이고 거실을 나갔다.

존스톤은 우드워드가 죽을 젓고 있는 모습을 바라보았다.

"썩 맛있어 보이지는 않는군요."

"의사의 지시요. 이게 내가 삼킬 수 있는 전부라서."

"그래요. 오늘 아침에 쉴즈 선생과 얘기를 했죠. 판사님이 아프시다고 하던데요. 상태가 이렇게 안 좋아서 유감입니다. 그 사람이 피를 뺐겠지요."

우드워드가 고개를 끄덕였다.

"좀 더 빼야 하는데, 곧 할 겁니다."

"아무래도 나쁜 피는 흘려버리는 게 도움이 되지요. 앉아도 될까요?"

존스톤은 가까운 의자를 가리켰다.

"네, 앉으시지요."

존스톤은 지팡이에 의지하며 의자에 앉아, 불꽃이 탁탁 튀는 벽난로 쪽으로 다리를 쭉 뻗었다. 비가 창문의 덧문 위를 두드리기 시작했다. 우드워드는 죽을 한입 맛보고 그것이 점심때 먹었던 것과 똑같다는 걸 알았다. 아무 맛도 없었다. 코가 꽉 막혀버린 탓에 소나무 장작이 타는 냄새마저 맡을 수가 없었다.

"시간을 많이 빼앗지는 않겠습니다."

존스톤이 말했다.

"그저 재판이 어떻게 되어가는지 궁금해서요."

"끝났소. 마지막 증인의 진술을 받았어요."

"그럼 판결도 곧 나오겠군요? 아마도 내일쯤?"
"내일은 아닙니다. 진술 기록을 살펴봐야 하니까."
"그렇군요. 하지만 이번 주말까지는 결론이 나겠지요?"
우드워드는 고개를 끄덕였다.
"저는 판사님의 의무가 전혀 부럽지 않군요."
존스톤이 말했다.
"한 여자에게 화형을 선고하는 것은 친절한 일은 아니니까요."
"어차피……."
우드워드는 죽을 떠먹으며 대답했다.
"……세상도 친절하지 않습니다."
"옳습니다. 우리는 옥스퍼드로부터 꽤 먼 길을 왔어요. 우리 둘 다요. 그리고 반짝이는 등잔처럼 새로운 인생을 시작했지요. 흔히 그렇듯 우리의 삶이 그 등잔의 유리를 더럽히는 것은 불행한 일입니다. 그런데 판사님, 대답해보십시오. 판사님은 레이첼 호워스가 마녀라는 증거를 직접 보지도 않고 그 여자에게 사형을 선고하실 수 있습니까?"
우드워드는 입으로 죽을 한 숟갈 가져가려다가 멈췄다.
"할 수 있지요. 세일럼의 판사들이 그랬던 것처럼."
"아, 그래요. 그 악명 높은 세일럼 사건. 하지만 물론 이건 알고 계시겠지요. 그 세일럼 재판 이후로 피의자들의 죄의 유무에 대한 수많은 논란이 기록되고 있는 것을요."
존스톤은 오른손으로 불구인 무릎을 주무르기 시작했다.
"개중에는 세일럼 사건 때문에 그냥 정신이 좀 이상하거나 억울한 사람들이 처형을 당했다고 믿는 사람도 있습니다."
"그리고 또 개중에는……."

우드워드는 숨을 쉬려다가 통증 때문에 멈칫했다.

"……그리스도가 승리했고 사탄을 무너뜨렸다고 믿는 사람도 있고요."

"오, 사탄은 절대 무너지지 않습니다. 판사님도 다른 사람들과 마찬가지로 잘 아시겠지만, 사실 무고한 사람이 단 하나라도 세일럼에서 죽었다면, 악마의 수작이 제대로 먹힌 것이라고 할 수 있을 겁니다. 판사들의 영혼을 타락시켜서 말이죠."

존스톤은 벽난로의 불을 바라보았다.

"고백할 게 하나 있습니다."

존스톤이 한참 뒤에 말했다.

"저는 제가 과거의 믿음이나 판단에 뿌리를 두지 않은, 현재에 충실한 사람이라고 생각합니다. 저는 하느님의 능력을 믿고 그리스도의 지혜를 믿습니다. 하지만 이 마녀 문제에 대해서는 어려움을 겪고 있어요. 제가 보기엔 대단히 미심쩍은 구석이 많습니다."

"미심쩍어요?"

우드워드가 물었다.

"증인들을 의심하시는 겁니까?"

"모르겠습니다."

존스톤은 고개를 저었다.

"저는 호위스 부인을 상대로 왜 그런 정교한 거짓말들이 나오는지 이해를 못 하겠습니다. 항상 호위스 부인이 상당히 기품 있고 지적인 여자라고 생각하고 있었거든요. 물론 그녀는 이곳에 적들이 많았습니다. 지금도 그렇고요. 그녀처럼 아름답고 정신력이 강한 여자에게는 적들이 안 생길 수가 없지요. 콘스탄스 애덤스가 그중 한 사람이겠고요. 그래니 로리도 지독한 소리를 하고 다니던 사람이었지만, 지난 3월에 세상을 떴습니다. 호워스 부인이 교회에 나왔을 때 상당히 많은 주민들이 분노했어요. 포르투갈 혈통에 피부색도 검었으니까. 사람들은 호워스 부인이 노예 구역으로 가서 예배를 드리기를 원했습니다."

"노예들에게도 교회가 있나요?"

"그런 용도의 오두막이 있지요. 아무튼, 교회에 발을 들인 그날 이후로 사람들은 호워스 부인에게 격하게 분노했습니다. 그러고는 공공연하게 부인을 경멸할 근거를 찾았지요. 부인의 천성 때문에도 그렇고, 부인이 나이가 훨씬 많고 제법 부자인 남자와 결혼했다는 사실도 있고 해서, 호워스 부부가 이곳에 도착한 이래로 부인은 멸시의 대상이 되었어요."

"호워스가 부자였던가요?"

우드워드가 물었다. 죽을 뜬 숟가락은 입가에 계속 머물러 있었다.

"네, 물론 비드웰의 재산에는 한참 못 미쳤지만요. 호워스의 땅은 다른 어떤 농장보다도 넓었습니다. 그리고 돈도 좀 있었던 걸로 압니다."

"돈은 어디에서 났습니까?"

"버지니아에서 포도주 상인이었답니다. 들은 바로는 운이 좀 안 좋았다고 하더군요. 선박이 바다에서 침몰했고, 다른 배는 가짜를 실어왔고, 결정적으로 세금 징수원과 끝없는 문제가 있었다고 합니다. 제가 알기로는, 대니얼은 사업이 망할 위험을 끊임없이 느끼며 일하는 데 진저리를 냈지요. 그때는 다른 여자하고 결혼한 상태였는데, 그 여자가 죽었는지 영국으로 돌아갔는지는 모르겠어요. 아시다시피 어떤 여자들은 신세계를 견디지 못하니까요."

"존스톤 선생의 부인처럼요?"

우드워드는 이렇게 묻고 죽을 뜬 숟가락을 입안으로 집어넣었다.

"그래요. 제 아내 매거릿처럼 말입니다."

존스톤은 엷은 미소를 지었다.

"벤이 나에게 판사님이 몇 가지를 물어봤다고 말해주더군요. 그 사람이 한 말이 정확히 기억은 안 나는데, 매거릿이 죽어 묻힌 들판을 판사님이 찾아 헤매고 있다고요. 물론 비유적인 표현이겠지요. 아뇨, 매거릿은 지금 가족들과 함께 런던 남부에서 살고 있습니다."

존스톤은 어깨를 으쓱했다.

"아마도요. 가족들이 아직도 매거릿을 정신병원에 보내지 않았다면요. 그 여자는, 좋게 말하자면 정신이 불안정했어요. 덕분에 안 그래도 어려운 파운트로열에서의 생활이 더욱 힘들어졌지요. 불행히도 자기 삶의 균형을 잡겠답시고 술통에 빠졌답니다."

존스톤은 입을 다물었다. 벽난로의 불빛과 그림자가 귀족적인 얼굴의 가는 콧날 위에서 일렁였다.

"내가 아는 벤이라면 아마, 매거릿의…… 음…… 무분별한 행동에 대해서도 얘기했겠지요?"

"네."

"그중에서도 특히, 불한당 같은 놀스와의 일이 최악이었습니다. 그자는 그냥 짐승이고, 매거릿은……. 결혼할 당시에는 처녀였고 정숙한 숙녀였는데, 그자에 맞는 수준으로 그렇게 타락해버린 것이 저에게는 마지막 모욕이었지요. 글쎄요……. 매거릿은 파운트로열과 이곳 사람들을 싫어하는 걸 숨기지 않았습니다. 저로서는 아내를 아내가 속한 곳으로 보내는 것이 최선이었지요."

존스톤은 고통에 찬 표정으로 우드워드를 바라보았다.

"어떤 사람들은 변합니다. 아무리 그걸 부인하려 애를 써도요. 제 말 이해하십니까?"

"네, 이해합니다."

우드워드가 힘없는 목소리로 대답했다. 그의 얼굴도 고통에 사로잡혀 있었다. 우드워드는 난롯불을 바라보았다.

존스톤은 불편한 무릎을 계속 문질렀다. 통나무에서 불꽃이 튀었다. 밖에서는 빗소리가 점점 거세졌다.

"이런 날씨는 무릎에 최악입니다. 습도가 너무 높아서 제대로 걸을 수가 없어요. 아시겠지만 그 목사도 발을 꽤 적실 겁니다. 그자는 인더스트리 거리에 캠프를 세웠더군요. 어젯밤에 그자가 설교를 했는데, 그 설교로 몇 사람은 발작을 일으켰고 사람들 동전도 꽤 걷었답니다. 물론 설교 주제는 레이첼 호워스에 관한 것이었지요. 그녀의 악이 어떻게 파운트로열 전체를 오염시켰는지에 대해서. 그자는 판사님도 실명으로 거론하면서 판사님과 서기, 니콜라스 페인, 거기에 저까지 고통을 당하고 있다고 했답니다."

"놀랍지도 않습니다."

"저에 대한 목사의 견해를 입증하는 것인지도 모르겠지만……."

존스톤이 말했다.

"……저는 여기 호워스 부인을 변호하기 위해 온 겁니다. 그 여자가 두 건의 살인을 저질렀다는 건 말이 되지 않아요. 마법을 부렸다는 것도 그렇고요. 증인들이 모두 믿을 만하고 좋은 사람들인 건 저도 압니다. 하지만…… 뭔가가 잘못되었어요, 판사님. 제가 판사님이라면, 아무리 비드웰이 압력을 가하더라도 서둘러 판결을 내리지는 않겠습니다."

"난 서두르지 않아요. 나는 내 페이스를 유지하고 있습니다."

우드워드가 뻣뻣하게 대답했다.

"물론 그러시겠지요. 그렇다면 이런 식으로 말한 걸 용서해주십시오. 하지만 판사님께 압박이 가해지는 것처럼 보이는 것은 사실입니다. 비드웰은 파운트로열이 위험에 처해 있다고 생각해요. 마을이 우려스러울 정도로 빠르게 비어가는 것도 분명 사실입니다. 최근 우리가 겪었던 화재 사건들도 이런 상황에 도움이 되지 않고요. 누군가는 호워스 부인이 감옥의 벽을 넘어서도 마을을 파괴할 능력이 있다고 인식시키려 애쓰고 있어요."

"당신 의견은 그렇단 말이지요."

"그래요. 제 의견입니다. 판사님이 이런 일에 저보다 더 경험이 많다는 것은 잘 압니다. 하지만 판사님이 보기에 악마가 그렇게 공개적으로 마을 주위에서 자신의 정체를 드러내는 게 이상하다는 생각은 안 드십니까? 저는 그렇게 멀리서도 집에 불을 놓을 수 있는 여자가 녹슨 자물쇠는 풀지 못한다는 사실이 상당히 이상하게 생각됩니다만."

"악의 본성은……."

우드워드는 맛없는 죽을 한 숟갈 떠먹으며 말했다.

"……절대 완전하게 이해할 수 없습니다."

"동의합니다. 하지만 제 생각에 사탄이라면 그보다는 좀 더 영리할 것 같은데요. 제가 볼 땐 지금 악마는 우리 가운데 마녀가 있고, 그 마녀가 레이첼 호워스라는 것을 사람들이 모두 확실히 알게 하려는 데 수고를 아끼지 않는 것 같습니다."

잠시 생각을 하던 끝에, 우드워드가 말했다.

"어쩌면 이상하게 느껴질 수도 있겠군요. 그래도 우리에겐 증인들이 있습니다."

"그래요, 증인들."

존스톤이 눈살을 찌푸렸다. 그의 시선은 난롯불에 고정되어 있었다.

"어려운 문제죠. 그게 아니라면…… 한 가지 가능성을 들면, 저도 이건 부인하고 싶습니다만, 사탄이 실제로 파운트로열에 군림하고 있고, 호워스 부인의 겉모양을 실제 마녀에게 덮어씌운 것일 수도 있겠죠. 아니면 마법사에게요."

우드워드는 마지막 죽 한 숟갈을 먹으려다가, 숟가락을 든 채 멈췄다. 존스톤이 지금 말하는 상황에 대해 우드워드는 한번도 생각해본 적이 없었다. 그것은 생각에 불과하고, 증인들은 성경에 맹세를 했다. 그러나 만일 증인들이 자신도 알지 못한 채 마법에 홀렸다면? 그들이 호워스 부인이 아닌 사람을 보면서 호워스 부인을 보고 있다고 믿게 된 것이라면? 사탄이 호워스 부인의 이름을 바이올렛 애덤스에게 말했을 때, 사탄은 진짜 마녀의 정체를 숨기려고 했던 것은 아니었을까?

아니다! 호워스 부인의 집에서 발견된 인형들이 있다! 하지만 매튜가 지적했듯이 그 집은 한동안 비어 있었고, 그동안 누군가 그곳에 인형들을 숨겨놓았을 수도 있다. 그 후에 사탄이 그룬왈드 부인의 꿈에 나타나고, 그래서 인형들이 발견되었을 수도 있다.

정말로 무고한 사람이 감옥에 갇혀 있고 진짜 마녀는 자유롭게 돌아다니고 있을 가능성이, 아주 미미한 가능성이라도 있을 수 있을까?

"판사님의 판단을 흐리고 싶은 마음은 없습니다."

존스톤이 판사의 침묵에 대한 대답으로 말했다.

"다만 호워스 부인의 처형을 서두르시면 어떤 위험이 있는지를 지적하고 싶을 뿐입니다. 이제 그 얘기는 했으니, 도둑을 찾는 문제에 대해서는 진전이 있는지 여쭤봐야겠군요."

"도둑?"

잃어버린 금화로 생각이 옮겨가는 데 몇 초가 걸렸다.

"아, 진전이 없습니다."

"음, 벤이 판사님과 판사님의 서기가 제 무릎에 대해 묻더라는 얘기도 해주었습니다. 제가 계단을 오를 수 있는지 없는지를요. 꼭 해야만 한다면 저도 계단은 오를 수 있습니다. 하지만 그 도둑이 그랬던 것처럼 제가 그렇게 잽싸게 움직일 수 있을지도 모른다고 생각해주시다니, 기쁘게 생각합니다."

존스톤은 몸을 앞으로 숙여 무릎께에 있는 바지 자락의 단추를 풀었다.

"직접 판단해보십시오."

"저…… 그럴 필요는 없습니다."

우드워드가 작게 말했다.

"오, 아닙니다! 판사님이 보셨으면 좋겠습니다."

존스톤은 바지 자락을 펼쳐 뒤로 넘기고 양말을 아래로 감아 내렸다. 붕대가 무릎을 감고 있었다. 존스톤은 천천히 붕대를 풀기 시작했다. 붕대를 다 풀자, 존스톤은 불구인 무릎이 우드워드에게 잘 보이도록 난로 불빛을 향해 다리를 돌렸다.

"자, 제 자존심입니다."

존스톤이 우울한 목소리로 말했다. 존스톤의 무릎 주위에는 가죽으로 만든 보조기가 채워져 있었지만, 슬개골은 완전히 드러나 있었다. 옹이진 주먹 크기였고, 회색 기름 같은 것이 발라져 있어 번들거렸다. 슬개골 위쪽 꼭대기는 섬뜩하게 부풀었고 무릎의 가운데는 푹 꺼져 있어서 뼈 자체가 끔찍하게 뒤틀려 있는 것 같았다. 우드워드는 그 모습을 보고 움찔 놀랐다.

"앨런! 종이 울리는 소리를 들었는데, 왜 왔다고 얘기 안 했나?"

그 순간 비드웰이 막 거실로 들어섰고, 윈스턴이 뒤따라 들어왔다.

"판사님과 볼일이 있었네. 내 무릎을 보여드리려고 했지. 와서 보겠나?"

"아니, 됐네."

비드웰이 최대한 예의를 차려 말했다.

하지만 윈스턴은 앞으로 나서서 목을 길게 뺐다. 벽난로에 다가서면서 그는 코를 찡그렸다.

"맙소사, 이게 무슨 냄새죠?"

"벤이 나에게 판 돼지기름 연고일세."

존스톤이 설명했다.

"날씨가 너무 습해서 오늘 밤엔 이걸 듬뿍 발라야 했거든. 냄새를 풍겨 미안하네."

우드워드는 코가 막혀서 아무 냄새도 맡을 수 없었다. 윈스턴은 두어 발자국 앞으로 다가가 무릎을 보고는 최대한 정중하게 뒤로 물러섰다.

"보기 좋은 광경은 아니지."

존스톤은 검지를 뻗어 뼈가 솟아오른 부분과 푹 꺼진 부분을 어루만졌다. 그걸 보자 우드워드는 척추를 타고 벌레가 기어다니는 듯한 느낌이 들었다. 우드워드는 고개를 돌려 난롯불을 바라보는 쪽을 택했다.

"불행하게도 이건 우리 가문의 유산입니다. 제가 듣기로는 라이너스라는 이름의 증조부께서 이와 비슷한 기형을 가지고 태어나셨다고 합니다. 날씨가 좋을 때는 괜찮습니다만, 최근에 우리가 견디고 있는 이런 날씨에서는 상당히 괴롭지요. 더 자세히 보시겠습니까?"

"아뇨."

우드워드가 말했다. 존스톤은 애정 어린 손길로 무릎을 토닥이고 그 위로 다시 붕대를 감았다.

"왜 이러는 건가, 앨런?"

"이런 무릎으로 자네 집 계단을 얼마나 빨리 오르내릴 수 있는지 판사님께서 궁금해하시길래 보여드렸다네."

"아, 그거."

비드웰이 벽난로로 다가와 손바닥을 불에 쬐었고, 존스톤은 양말을 다시 끌어올리고 바지 자락의 단추를 채웠다.

"그래. 판사님의 서기가 자네 무릎과 관련된 그런 미심쩍은 이론을 세웠지. 그 친구 말이……."

"내 무릎이 정말로 기형인지, 아니면 가짜인지 궁금해했다지."

존스톤이 비드웰의 말을 가로막았다.

"벤이 말해주었네. 재미있는 이론이지만 조금 허점이 있지. 로버트, 내가 파운트로열에서 지낸 지가, 그러니까 삼 년 정도 되었나? 그동안 내가 지팡이의 도움 없이 걷는 걸 한 번이라도 본 적이 있나?"

"전혀."

비드웰이 말했다.

"내가 위장을 하고 있다면 그 이유가 뭐겠습니까?"

존스톤이 우드워드를 향해 물었다.

"하느님의 은총으로 나도 계단을 뛰어 내려갈 수 있으면 좋겠습니다! 지팡이에 의존하지 않고 걸어봤으면 좋겠습니다!"

존스톤은 갑자기 흥분해서 목소리를 높였다.

"나는 옥스퍼드에서 뛰어난 학생이었습니다. 상상하실 수 있겠지요. 항상 젊고 날쌘 친구들만 상을 받았고, 나는 비틀거리는 늙은이처럼 굴어야 했지요! 하지만 나는 내 능력을 강의실에서 입증 받았어요! 그럼요! 나는 운동장에서는 승부를 걸 수 없었지만, 대신 공부에 투신했습니다. 그렇게 해서 사교 모임의 회장이 되었죠!"

"헬파이어 말씀인가요?"

"아뇨, 헬파이어는 아닙니다. 러스킨스였죠. 어떤 부분은 헬파이어를 모방하기도 했지만, 우리는 그보다는 다소 학구적이었습니다. 조금 소심하고, 진실했죠."

존스톤은 자기 처지의 비통함을 겉으로 드러냈다는 걸 그제야 깨달은 것 같았다. 감정을 억제한 그의 목소리는 예전처럼 평온해졌다.

"흥분해서 죄송합니다."

존스톤이 말했다.

"저는 스스로를 동정하는 사람도 아니고 다른 사람들의 동정도 원하지 않습니다. 저는 제가 하는 일을 즐기고 있고, 대단히 잘하고 있다고 생각합니다."

"맞아요, 맞아!"

윈스턴이 말했다.

"판사님, 존스톤 씨는 아주 훌륭한 선생님입니다. 이분이 오시기 전에 학교는 창고에 있었고, 존스톤 씨의 수준에 한참 못 미치는 노인이 아이들을 가르쳤어요."

"그 말이 맞습니다."

비드웰이 덧붙였다.

"앨런은 이곳에 도착해서 학교 건물을 따로 짓고 읽기, 쓰기, 산수를 다루는 정규 수업을 시작해야 한다고 주장했죠. 수많은 농부들과 그들의 자녀들에게 자기 이름을 쓰는 법을 가르쳤어요. 그래도 이 말은 해야겠습니다. 앨런이 학교를 여자아이들한테까지 개방한 건 내 기준으로는 너무 앞서 나간 것 같아요!"

"그게 진보죠. 누군가는 그게 잘못된 것이라고 말하기도 할 겁니다."

우드워드가 말했다.

"유럽에서는 여자들도 점점 교육을 받는 추세입니다."

존스톤은 거듭거듭 자신의 위치를 방어해야 하는 상황이 약간 걱정스러운 듯했다.

"나는 적어도 가족 중에 한 사람은 읽을 줄 알아야 한다고 생각해요. 그 사람이 그 집의 어머니이거나 딸이라고 해도 말이에요."

"그래요. 하지만 존스톤 씨는 그런 아이들을 억지로 집에서 끄집어내야만 했어요."

윈스턴이 말했다.

"바이올렛 애덤스처럼요. 교육은 소박한 시골 생활에는 티끌만큼도 도움이 되지 않아요."

"바이올렛은 나에게 와서 성경을 읽고 싶다고 했다네. 부모님은 아무도 읽지 못한다고. 내가 어떻게 거절할 수 있었겠나? 오, 마틴과 콘스탄스는 처음에는 반대했지. 하지만 내가 읽기는 수치스러운 행위가 아니라고 두 사람을 설득시켰고, 그렇게 해서 바이올렛은 주님을 기쁘게 해드렸다네. 하지만 그 일이 있은 뒤엔 학교에 다니는 걸 다시 금지당했지. 바이올렛은 대단히 영민한 아이라서 더 불쌍해. 음…… 이쯤하면 제 자랑은 충분한 것 같습니다."

존스톤은 지팡이에 몸을 의지하고 의자에서 일어섰다.

"날씨가 더 나빠지기 전에 가봐야겠습니다. 얘기를 나눌 수 있어서 기뻤습니다, 판사님. 몸이 곧 회복되기를 바랍니다."

"아, 그럴 거야!"

비드웰이 말했다.

"오늘 밤에도 벤이 와서 돌봐주기로 했거든. 아이작이 경주마처럼 튼튼해질 날도 머지않았어!"

우드워드는 힘없이 미소를 지었다. 그의 인생을 통틀어서 경주마 같았던 적은 한 번도 없었다. 일하는 말이면 몰라도, 경주마는 아니다. 그리고 이제, 재판이 끝나고 판결이 임박한 지금 그는 파운트로열의 영주에게 아이작이라고 불리는 신세가 되었다.

비드웰은 비를 뚫고 가야 하는 존스톤의 외투와 삼각 모자를 챙겨주기 위해 함께 현관으로 나갔다. 윈스턴은 불을 쬐려고 난로 앞으로 다가왔다. 불꽃이 그의 안경알에 반사되었다.

"5월에 이런 찬바람이 불다니! 이런 건 런던에 남겨놓고 온 줄 알았어요! 하지만 이렇게 큰 집에서 불을 쬘 수 있다면 그렇게까지 나쁘지도 않아요. 그렇죠?"

우드워드는 고개를 끄덕여야 할지 저어야 할지 알 수 없었다. 그래서 그는 둘 다 하지 않았다.

윈스턴은 손을 마주 비볐다.

"불행하게도 우리 집 난로는 연기가 나고, 지붕은 오늘 밤에도 나룻배 바닥처럼 물이 줄줄 새겠죠. 하지만 견딜 수 있어요. 그럼요. 견뎌야죠. 비드웰 시장님도 사업이 위태로웠을 때 말씀하셨답니다. 어떤 고난이든, 그것은 사람을 더 강인하게 만들어줄 것이다."

"무슨 얘길 하고 있나, 에드워드?"

비드웰이 존스톤을 배웅하고 나서 다시 거실로 들어왔다.

"아닙니다."

윈스턴이 대답했다.

"속으로 생각한 게 입 밖으로 나왔습니다. 그뿐입니다."

윈스턴은 난롯가에서 몸을 돌렸다.

"이런 궂은 날씨는 마녀가 우리에게 주문을 건 증거라는 점을 지금 막 판사님에게 알려드리려던 참이었습니다. 이전에는 이런 물난리를 경험해본 적이 없으니까요."

"아이작은 이미 마녀 호워스의 능력을 파악했을 거야. 하지만 그 여자를 봐야 할 날도 이제 하루 이틀밖에 남지 않았지. 안 그런가요, 아이작?"

비드웰은 대답을 기다렸다. 입가에는 미소를 띠고 있었지만 눈빛은 화강암처럼 단단했다. 우드워드는 평화로움 속에서 큰 소란 없이 잠자리에 들기 위해서 말했다.

"그렇소."

곧바로 우드워드는 자신이 비드웰의 장단에 놀아나고 있다는 사실에 부끄러움을 느꼈다. 하지만 그 순간 무언가를 저주하기엔 너무 아프고 지쳐 있었다.

윈스턴이 곧 저녁 인사를 했고, 비드웰은 네틀즈 부인과 하녀를 불러 판사를 위층으로 모시고 가라고 지시했다. 우드워드는 몸이 아팠지만, 옷을 갈아입히려는 하녀의 도움을 거부하고 스스로 하겠다고 고집했다. 우드워드가 자리에 누운 지 채 몇 분도 지나지 않아 초인종이 울리는 소리가 들렸다. 네틀즈 부인이 우드워드의 방

문을 노크하면서 쉴즈 선생이 도착했음을 알렸다. 곧이어 쉴즈가 약과 의료도구가 든 가방을 팔에 안고 방 안으로 들어섰다.

피를 받을 접시가 준비되었다. 아침에 피를 뺐던 딱지 앉은 상처에 뜨거운 메스가 다시 깊게 파고들었다. 우드워드는 머리를 침대 모서리 밖으로 두고 누웠다. 더럽혀진 체액이 그릇 위로 떨어지는 소리가 울리자 그는 천장을 바라보았다. 그곳에는 노란 등불에 비친 쉴즈의 그림자가 드리워져 있었다.

"겁낼 것 없어요. 병은 곧 나을 겁니다."

쉴즈는 손가락을 놀려 상처에서 계속 피가 흘러나오도록 했다.

우드워드는 눈을 감았다. 추웠다. 위장이 조여들었다. 그가 겪는 고통 때문이 아니라, 매튜에게 곧 닥칠 채찍 세 대가 떠올랐기 때문이었다. 하지만 채찍형이 끝나고 나면 매튜는 그 더러운 감옥에서 풀려난다. 그리고 고맙게도 레이첼 호워스의 영향력에서도 자유로워질 것이다.

피는 계속해서 떨어졌다. 우드워드는 손과 발이 얼어가고 있다고 느꼈다. 아니면 그렇게 느낀다고 생각했다. 하지만 그의 목은 여전히 타는 듯 뜨거웠다.

우드워드는 잠시 동안 스페인 염탐꾼에 관한 매튜의 이론이 완전히 빗나간 것을 떠올리며 즐거운 기분이 들었다. 정말로 그런 염탐꾼이 있더라도 앨런 존스톤일 리는 없었다. 어쨌든 적어도 존스톤은 매튜의 금화를 가져간 도둑이 아니었다. 매튜는 자기 생각에 너무 도취된 나머지 때로는 참아줄 수 없을 정도로 행동하곤 했다. 이번 일은 매튜에게 그도 다른 모든 사람들처럼 실수를 저지른다는 사실을 깨우쳐줄 좋은 기회였다.

"내 목이······."

우드워드가 쉴즈에게 속삭이듯 말했다.

"정말 아프군요."

"네, 이걸 끝내고 나서 다시 볼 겁니다."

제대로 된 병원. 그러니까 도시의 병원이 없는 곳에서 이렇게 아프다니 정말로 운이 없다고 우드워드는 생각했다. 어쨌든 이곳에서의 임무는 곧 끝날 것이다. 물론 찰스타운으로 돌아가는 길이 썩 즐거우리라고 기대하지는 않지만, 그렇다고 이 늪 구덩이에서 한 주를 더 보낼 생각도 없었다.

그는 매튜가 채찍을 견뎌 내기를 바랐다. 처음 것은 충격이 심하리라. 두 번째는 살을 찢을지도 모른다. 이전에 우드워드는 철면피 범죄자들도 채찍이 등을 세 번 내리치자 눈물을 흘리면서 엄마를 찾는 모습을 본 적이 있었다. 하지만 그 시련은 곧 끝날 것이다. 곧 두 사람은 함께 이곳을 떠날 것이고, 사탄은 폐허가 된 이곳을 차지하기 위해 모기들하고나 맞붙어 싸우게 될 것이다.

존스톤은 말했다. **하지만 판사님이 보기에 악마가 그렇게 공개적으로 마을 주위에서 자신의 정체를 드러내는 게 이상하다는 생각은 안 드십니까?** 우드워드는 눈을 질끈 감았다. **사탄이 실제로 파운트로열에 군림하고 있고, 호워스 부인의 겉모양을 실제 마녀에게 덮어씌운 것일 수도 있겠죠. 아니면 마법사에게요.**

아냐! 우드워드는 생각했다. 아니다! 성경에 진실을 맹세한 증인들이 있고, 심지어 인형들은 지금 저기 옷장 위에 놓여 있다! 또 다른 마녀가 있다고 간주하는 것은 죄수에 대한 판단을 지체시킬 뿐만 아니라 파운트로열을 완전히 유기해버리는 결과로까지 이어질 것이다. 아냐. 우드워드는 스스로에게 말했다. 그 길로 가는 것은 어리석은 짓이야!

"네?"

쉴즈가 말했다.

"뭐라고 하셨습니까, 판사님?"

우드워드는 고개를 저었다.

"아, 죄송합니다. 뭐라고 말씀을 하신 줄 알았어요. 피는 조금만 더 빼내면 끝납니다."

"다행이군요."

우드워드가 말했다. 목이 이렇게 아프지만 않으면 잠이 들 수도 있을 것 같았다. 피가 접시 위로 떨어지는 소리는 기묘한 자장가 같았다. 잠이 들기 전에 그는 매튜에게 힘을 달라고, 여인의 사악한 간계에 저항할 힘과 신사의 품위를 유지하면서 채찍을 견딜 수 있는 힘을 달라고 하느님께 기도드릴 것이다. 그러고 나서 이 시련의 시기에 자신의 생각을 투명하게 유지할 수 있도록, 그리하여 법의 테두리 안에서 올바르고 정당한 일을 할 수 있도록 간구할 것이다.

하지만 그는 아프고 괴로웠다. 그는 또한 자신이 두려워하고 있다는 사실을 깨닫기 시작했다. 병이 더 깊어지는 것을. 매튜를 향한 레이첼 호워스의 영향력을. 실수를 저지르는 것을. 이런 깊은 두려움은 런던에서의 마지막 해, 그의 모든 세계가 썩은 천 조각처럼 조각조각 찢어지던 그때 이후로 처음 느끼는 것이었다.

그는 미래가 두려웠다. 한 세기가 바뀌고 이 분쟁이 가득한 세상에 새로운 시대가 가져올 것들이 두려운 것이 아니라, 내일과 모레와 글피가 두려웠다. 그는 알 수 없는 내일의 모든 악마들이 두려웠다. 그들은 불장난을 저지르기 위해 어제의 형태와 구조를 파괴하는 존재들이었다.

"조금만 더, 조금만 더."

쉴즈가 말했다. 피는 메스로 낸 상처로부터 끝없이 방울져 떨어졌다.

우드워드가 그렇게 쉴즈의 보살핌을 받는 동안, 매튜는 어둠 속 짚더미 위에 누워서 자신만의 두려움과 싸우고 있었다. 내일 아침 채찍을 맞을 때, 그가 스스로를 통제하지 못하고 판사 앞에서 추한 모습을 보이는 것이 전혀 가능성 없는 일은 아닐 것 같았다. 매튜는 전에 채찍을 맞는 범죄자들을 본 적이 있었고, 때로 그들이 고통을 못 견뎌 생리 기능을 통제하지 못하기도 한다는 걸 알았다. 통증은 그 정도로 대단했다. 채찍 세 대는 견딜 수 있을 것이다. 그럴 것이라고 생각했다. 아니, 그럴 수 있기를 바랬다. 저 거인 그린이 온 힘을 실어 내리친다면…… 글쎄, 그건 지금 생각하지 않는 것이 좋겠다. 아니면 그의 등이 잘 익은 멜론처럼 쪼개질지도 모른다고 미리 마음을 굳게 다잡는 게 좋겠다.

멀리서 천둥이 울렸다. 감옥에 냉기가 몰려왔다. 매튜는 몸을 덮을 외투가 있었으면 좋겠다고 생각했지만, 물론 이곳에는 그가 입은 옷밖에 없었다. 이 옷들은 뻣뻣하고 악취를 풍겨서 솥에 넣어 팔팔 끓인 뒤 조각조각 잘라 걸레로나 쓰면 딱 적합할 것 같았다. 그 순간 매튜는 자신의 불편이 얼마나 사소한 것인지를 생각했다. 레이첼의 삼베옷은 지금쯤이면 그녀의 살갗에 고통만 안겨주고 있을 것이고, 그녀가 직면한 형벌은 채찍 세 대에 비하면 훨씬 더 끔찍한 궁극의 것이었다.

매튜의 마음속 소용돌이가 더 심해져서, 몸은 차가웠지만 머릿속은 난로처럼 뜨거워졌다. 잠을 자고 싶었지만, 스스로에게 엄격한 매튜에게 그런 위안은 용납할 수 없었다. 매튜는 일어나 앉아서 팔짱을 끼고 그를 괴롭히는 문제의 답이 어둠 속에 있다는 듯 어둠을 빤히 노려보았다.

인형. 바이올렛 애덤스의 진술. 단순한 영혼을 가진 제러마이어 버크너의 머릿속에서는 결코 튀어나올 수 없는 세 악마. 게다가 난쟁이 같은 물체, 즉 그 '도깨비'가 다른 시간과 장소에서 버크너와 바이올렛 애덤스에게 나타난 것은 어떻게 설명할 것인가? 또 그 여섯 개의 단추가 달린 외투는? "사람들에게 나의 레이첼을 놓아달라고 말해"라고 아이에게 내린 악마의 명령은? 이보다 더 치명적이고 강렬한 명령이 있을 수 있을까?

하지만 다른 것이 매튜를 끊임없이 괴롭혔다. 바이올렛이 들었다던 남자의 목소리, 집 뒤쪽 어두운 방에서 들렸다는 노랫소리. 이것은 퍼즐의 한 조각일까, 아니면 아무것도 아닐까? 대단히 중요한 사실이 드리우는 그림자는 아닐까?

"깨어 있군요."

이것은 서술형이지 질문이 아니었다.

"네. 궁금한 게 좀 있어서요."

매튜가 말했다.

"나도 잠이 안 와요."

매튜는 지붕에 떨어지는 빗소리를 들었다. 또다시 멀리서 천둥소리가 들려왔다.

"한 가지 기억난 게 있어요."

레이첼이 말했다.

"그게 얼마나 중요한 건지는 모르겠어요. 하지만 그때는 좀 이상하다고 생각했어요."

"뭔데요?"

매튜는 어둠 속에서 그녀 쪽을 바라보았다.

"대니얼이 죽기 전날 밤…… 나에게 자기를 사랑하느냐고 물었어요."

"그게 이상한 질문인가요?"

"네. 그 사람에게는요. 대니얼은 좋은 사람이었지만, 절대 자기 감정을 드러내는 법이 없었어요……. 적어도 사랑 얘기 같은 것은 한 적이 없었어요."

"뭐라고 대답했는지 물어봐도 돼요?"

"사랑한다고 말했어요."

레이첼이 대답했다.

"그러자 남편은 지난 육 년간 결혼 생활을 하면서 내가 자기를 무척이나 행복하게 해줬다고 했어요. 남편은…… 내가 아이를 낳지 못한 것도 상관없댔어요. 내가 자기 인생의 즐거움이고 아무도 그 사실을 바꾸지 못할 거라고 했어요."

"남편께서 정확하게 그렇게 말했나요? 지금 기억하는 한?"

"네."

"남편이 보통 때는 감정을 표현 안 한다고 말했죠? 그 말을 하기 전 며칠 동안 남편이 그런 감정을 표현하고 싶어 할 만한 계기가 있었나요? 예를 들면, 싸웠거나?"

"싸운 기억은 없어요. 우리가 전혀 싸우지 않았다는 얘기는 아녜요. 하지만 싸워도 오래가지는 않았어요."

매튜는 고개를 끄덕였다. 그러나 곧 여자가 자기를 보지 못한다는 사실을 깨달았다. 그는 손가락으로 무릎 주위를 어루만졌다.

"두 사람이 잘 어울렸다는 말인가요? 그렇게 나이 차가 컸는데도?"

"우리는 바라는 것이 같았어요."

레이첼이 말했다.

"가정의 평화. 그리고 농장의 성공. 나이 차는, 처음에는 조금 문제가 됐지만 시간이 흐르니까 별것 아니더군요."

"그럼 남편분은 당신이 사랑한다는 걸 의심할 이유가 없었네요? 왜 그런 질문을 했을까요? 그게 그분의 평소 모습과 어긋난다면?"

"모르겠어요. 그게 의미를 가진다고 생각해요?"

"글쎄요. 이번 사건에는 질문을 던져야 할 것이 상당히 많아요. 맞아야 할 것들은 맞지 않고, 맞지 않아야 할 것들은 들어맞아요. 내가 이곳을 나가면 왜 그런지를 알아보려고 해요."

"뭐라고요?"

레이첼은 놀란 듯했다.

"그 아이가 그렇게 진술했는데도?"

"그래요. 그 아이의 진술은…… 직설적으로 말해도 용서하세요. 당신이 당한 것 중 최악의 한 방이었어요. 물론 당신도 성경을 훼손하는 바람에 전혀 도움이 안 됐고요. 하지만 여전히…… 답해야 하는 문제들이 있어요. 그것들을 눈 감고 무시할 수가 없어요."

"하지만 판사는 무시하는데?"

"그분이 저처럼 그 문제들을 볼 수 있을 것 같지는 않아요."

매튜가 말했다.

"나는 서기일 뿐 판사가 아니에요. 그렇기 때문에 법정 기록과 악마에 관한 학술 서적을 통해 마법에 대한 견해를 쌓지는 않았죠."

"그럼, 당신은 마녀를 믿지 않는다는 뜻인가요?"

"나는 남자를 통해, 그리고 여자를 통해 사악한 짓을 저지르는 악마의 힘을 분명히 믿어요. 하지만 당신이 마녀이고 그로브 신부님과 남편을 살해했다는 건……."

매튜는 머뭇거렸다. 그는 스스로를 헌신의 불꽃에 던지려 한다는 것을 알고 있었다.

"……믿지 않아요."

"당신이 틀렸을 수도 있어요. 내가 지금 이 순간 당신에게 주문을 걸었을 수도 있죠."

레이첼은 아주 조용히 말했다. 그 말에 매튜는 배 속 깊은 곳에 짜릿한 통증을 느꼈다. 그는 대답하기 전에 이 점에 대해 생각해보았다.

"그래요. 내가 틀릴 수도 있어요. 하지만 사탄이 당신의 주인이라면 논리적으로 앞뒤가 맞지 않아요. 사탄은 당신을 감옥에서 풀어주기를 원했어요. 그러면서 당신을 이곳에 집어넣으려고 그렇게 애를 썼단 말이죠. 그리고 만일 사탄의 목표가 파운트로얄을 파괴하는 것이라면, 여기저기 빈집을 불태우지 말고 그냥 어느 날 밤에 마을을 통째로 불살라버리면 되잖아요? 사탄이 집에 불을 놓기 전에 집이 비었는지 안 비었는지를 그렇게 신경 쓸 것 같지는 않아요. 안 그래요? 그리고 무대 위에서 세 악마를 불러내는 것 같은 그 수법은 또 어떻고요? 왜 당신이 제러마이어 버크너에게 나타나 굳이 그런 걸 보라고 하겠어요? 버크너가 그걸 보면 당신은 결국 화형대로 보내질 게 뻔한데."

매튜는 답을 기다렸지만 아무 대답도 없었다.

"버크너는 성경에 진실을 말할 것을 맹세했어요. 그래요, 그 사람은 자기가 본 것이 진실이라고 믿어요. 하지만 내가 궁금한 건 이거예요. 그것이 무엇이길래 실제로는 잘 짜인 거짓에 불과한 것을 두 남자와 한 소녀가 진짜라고 믿는 것일까? 그게 무엇이든 꿈보다는 더 강한 거예요. 왜냐하면 분명히 바이올렛 애덤스는 오후에 집으로 걸어가던 길이었고, 꿈을 꾼 게 아니니까요. 누가 그런 허구를 만들어냈는가, 그리고 그것이 어떻게 진실로 위장될 수 있었을까?"

"그런 일을 사람이 할 수 있을 것 같진 않은데요."

레이첼이 말했다.

"내 생각도 그래요. 하지만 어떤 방법으로든 그런 일이 일어났다고 생각해요. 내 임무는 무엇보다도 '어떻게'를 찾는 거예요. 그다음엔 '왜'를 찾는 거고요. 이 두 답으로부터 세 번째 답을 찾을 수 있겠죠. '누가'."

"만일 그 답들을 찾을 수 없다면요? 그다음엔요?"

"그다음엔……."

매튜는 말을 멈췄다. 답을 알지만 그 답을 내놓고 싶지 않았다.

"닥쳐봐야 알겠죠."

레이첼은 말이 없었다. 린치의 대학살 이후 돌아온 몇 마리 안 되는 쥐들조차 숨을 죽였다. 매튜는 다시 자리에 누워 생각을 정리하려 애썼다. 천둥소리가 더 커졌다. 그 소리는 가장 깊은 바닥에서 시작해 온 세상을 뒤흔드는 것 같았다.

"매튜?"

레이첼이 매튜를 불렀다.

"네?"

"저기…… 내 손 좀 잡아줄래요?"

"네?"

매튜는 자기가 똑바로 들었는지 확신이 없었다.

"내 손 좀 잡아줄래요?"

레이첼이 다시 부탁했다.

"잠깐이면 돼요. 난 천둥이 싫어요."

"아."

매튜의 심장이 거세게 뛰었다. 만약 판사가 이 모습을 본다면 미심쩍은 눈초리를 할 것을 뻔히 알았지만, 그녀에게 이 정도 작은 위안마저 거절하는 것은 옳지 않은 일 같았다.

"좋아요."

매튜는 일어섰다. 둘 사이를 갈라놓은 창살 쪽으로 다가갔지만 그녀를 찾을 수 없었다.

"나 여기 있어요."

그녀는 바닥 위에 앉아 있었다.

매튜도 바닥에 앉았다. 그녀의 손이 창살 틈으로 빠져나와 더듬거리며 매튜의 어깨를 만졌다.

"여기요."

매튜도 말했다. 그리고 그녀의 손을 잡았다. 두 사람은 손깍지를 꼈고, 매튜는 상대 손의 온기에 놀랐다. 그 온기는 처음에는 강렬하고, 그다음에는 부드러웠으며 이윽고 매튜의 팔을 타고 천천히 올라오는 것 같았다. 그의 심장은 거세게 뛰었다. 매튜는 보병대의 행진 소리가 그녀의 귓가에 들릴 텐데도 그녀가 그 소리를 듣지 못하는 것에 놀랐다. 그의 손이 그녀에게 내밀어진 마지막 손이 될 것 같다는 생각이 문득 들었다.

다시 천둥이 크게 울렸고, 다시 땅이 진동했다. 레이첼이 매튜의 손을 꼭 쥐었다. 매튜는 어쩔 수 없이 이레 안에 그녀가 죽을 것이라는 생각을 했다. 그녀는 뼈와 재가 되고, 그녀의 목소리도, 손길도, 눈을 뗄 수 없는 존재감도 모두 사라지리라. 그녀의 아름다운 황갈색 눈은 불에 타 멀게 될 것이고, 흑단처럼 검은 머리는 불길에 흩날릴 것이다.

이레 안에.

"나랑 같이 누울래요?"

레이첼이 매튜를 불렀다.

"네?"

"나랑 같이 눕겠느냐고요."

그녀의 목소리는 매우 여렸다. 증인 심문이 끝나면서 그녀에게 불리한 증거들로 인해 정신력이 압도당한 것 같았다.

"잘 수 있을 것 같아요. 당신이 손을 잡아준다면."

"그래요."

매튜가 대답했다. 그리고 그녀의 손을 잡은 채 등을 바닥에 대고 누웠다. 그녀도 창살을 따라 몸을 기울였다. 아주 가까이에 있었기 때문에 그는 거칠고 더러운 삼베옷 너머로 그녀의 체온을 느낄 수 있었다.

천둥이 더 가깝게 그리고 더 강하게 울렸다. 레이첼의 손이 그의 손을 아플 정도로 꼭 잡았다. 매튜는 아무 말도 하지 않았다. 심장 뛰는 소리 때문에 말하기가 불가능했다.

한동안 천둥은 분노한 어린 수소처럼 파운트로열 위에서 날뛰다가 마침내 바다 쪽으로 움직여 사라져가면서 점차 투덜거리는 노인네로 바뀌었다. 잠이 두 죄수를 각기 다른 길로 이끌었지만 그들의 손은 여전히 맞잡은 채였다. 매튜는 한 번 잠에서 깨어 조용한 어둠에 귀를 기울였다. 그는 정신이 혼미한 중에 고요한 흐느낌 소리를 들었다고 생각했다.

그 소리가 실제였든 아니든 다시는 들리지 않았다. 그는 레이첼의 손을 꼭 잡았다. 그녀도 대답으로 그의 손을 꼭 잡았다.

그게 전부였다.

20

 매튜는 첫닭이 울기 전에 잠에서 깼다. 매튜의 손은 여전히 레이첼의 손과 얽혀 있었다. 매튜가 부드럽게 손을 풀자 레이첼이 눈을 떴다. 그녀는 어둑한 가운데 머리카락에 지푸라기를 몇 가닥 붙인 채 일어나 앉았다.

 뒤섞인 축복의 아침이 밝았다. 이제 곧 채찍과 자유가 동시에 찾아올 것이었다. 레이첼은 그에게 아무 말도 하지 않고 감방 구석으로 물러나 개인적인 볼일을 보았다. 매튜도 반대편 구석으로 가서 차가운 물에 얼굴을 씻고, 개인 용무를 위한 양동이에 손을 뻗었다. 매튜가 처음 감옥에 들어왔을 때는 이런 상황이 닥칠까 겁에 질렸었지만, 이제 그것은 그저 최대한 신속하게 끝내야 하는, 해야만 하는 일일 뿐이었다.

 매튜는 어젯밤에 남겨둔 냄새나는 빵을 먹고, 의자에 앉아 고개를 숙이고 문이 열리는 소리를 기다렸다.

 그리 오래 걸리지 않았다. 한니발 그린이 등잔을 들고 감옥으로 들어왔다. 그의 뒤에 판사가 있었다. 판사는 외투와 스카프에 파묻힌 채 지독한 연고 냄새를 풍겼다. 안색은 회색빛이라기보다 이제는 분필 색깔에 가까웠으며, 부어오른 눈 아래에는 짙은 그림자가 드리워져 있었다. 매튜는 채찍보다 유령 같은 우드워드의 모습이 더 두려웠다. 판사는 고통스러운 듯 천천히 걸음을 옮겼다.
"때가 됐다. 나와."
그린이 매튜의 감방 문을 열었다.
매튜는 일어섰다. 두려웠지만 지체해도 소용없는 일이었다. 그는 감방을 나섰다.
"매튜?"
매튜는 창살 옆에 서 있는 레이첼을 똑바로 쳐다보았다.
"나한테 무슨 일이 생기든……."
레이첼이 조용히 말했다. 등잔 불빛이 호박색 눈동자에 어른거렸다.
"……내 말을 들어줘서 고맙다고 말하고 싶어요."
매튜는 고개를 끄덕였다. 그린은 갈비뼈를 쿡 찌르며 매튜를 밀었다.
"용기를 내요."
레이첼이 말했다.
"당신도요."
매튜가 대답했다. 매튜는 이 순간의 그녀를 기억하고 싶었다. 그녀는 아름답고 자부심이 강했다. 그녀의 표정에서는 끔찍한 죽음을 눈앞에 두고 있다는 느낌은 전혀 찾아볼 수 없었다. 그녀는 자리에 그대로 서서 그의 눈을 응시하고는, 몸을 돌려 의자로 갔다. 그녀는 자리에 앉아 삼베 자락 안으로 다시 움츠러들었다.
"어서 가!"
그린이 낮은 목소리로 말했다.
우드워드는 아버지처럼 매튜의 어깨를 안은 채 감옥을 나섰다. 문 앞에서 매튜는 레이첼을 돌아보고 싶은 욕망을 억눌렀다. 지금은 그녀를 저버리는 것처럼 느껴지더라도, 일단 자유로워지면 그녀를 위해 더 많은 일을 할 수 있다는 것을 잘 알기 때문이었다.

뿌연 안개에 가려진 보잘것없는 아침 햇살을 맞으며 걸어 나가는 동안, 매튜는 문득 힘이 닿는 한 이 수호자라는 낯선 역할을 받아들여야 한다는 생각이 들었다.

그린이 감옥 문을 닫았다.

"저쪽이야."

그린은 매튜의 왼팔을 다소 거칠게 잡아 우드워드에게서 끌어당기더니 감옥 앞에 있는 형틀 쪽으로 이끌었다.

"형틀에 매달 필요까지 있소?"

우드워드의 목소리는 여전히 약했지만, 그래도 전날보다는 기운이 있어 보였다.

그린은 대답하지 않았다. 형틀로 끌려가면서 매튜는 채찍형을 구경하는 재미를 맛보기 위해 집에서 나온 열댓 명의 사람들과 마주쳤다. 세스 헤이즐턴도 만면에 웃음을 띤 채 더러운 붕대를 감고 서 있었다. 그리고 루크리셔 본은 빵과 케이크를 담은 바구니를 들고 사람들에게 음식을 팔고 있었다. 근처에 세워둔 마차에는 정의가 실현되는 것을 보러 온 파운트로얄의 영주가 앉아 있었고, 구드는 그 앞자리에 서 천천히 나뭇조각을 깎고 있었다.

"등을 찢어놔, 그린! 저 꼬마가 내 얼굴을 쪼갠 것처럼 등짝을 쪼개놓으라고!"

헤이즐턴이 소리쳤다.

그린은 열쇠고리에 걸린 열쇠로 형틀의 위쪽 판을 열고 들어 올렸다.

"셔츠를 벗어."

그린이 매튜에게 말했다. 셔츠를 벗으면서 매튜는 오른쪽의 말 매는 말뚝에 감아놓은, 길이가 60센티미터 정도 되는 가죽술 채찍을 보고 가슴이 철렁 내려앉았다. 가죽술 채찍은 분명 생가죽 채찍이나 아홉 가닥짜리 채찍보다는 나았지만, 있는 힘껏 내리치면 상당한 부상을 입힐 수 있었다. 그 순간 그린이 붉은 수염을 기른 무시무시한 골리앗처럼 보였다.

"형틀을 써라."

거인이 말했다. 매튜는 두 손목과 목을 축축한 나무틀 위에 힘없이 얹었다. 그린이 형틀의 위쪽 판을 닫고 잠가서 매튜의 목과 손을 가둬버렸다. 매튜는 이제 몸을 굽히고 쪼그린 채 벗은 등을 채찍에 드러내고 있었다. 그린을 향해 목을 움직일 수는 없었지만, 말뚝에서 채찍이 풀리는 소리는 들을 수 있었다.

그린이 채찍을 시험하려고 휘두르는 소리가 났다. 매튜는 움찔했고, 등줄기를 타고 살갗에 소름이 돋았다.

"제대로 한방 먹여!"

헤이즐턴이 소리 질렀다. 매튜는 고개를 들거나 옆으로 돌릴 수도 없었다. 어떤 도움도 받을 수 없다는 사실이 공포로 다가왔다. 매튜는 주먹을 쥐고 눈을 질끈 감았다.

"하나!"

그린이 외쳤다. 그 소리에 매튜는 첫 번째 채찍이 곧 떨어질 것임을 알았다. 가까이에 서 있던 우드워드는 고개를 돌리고 땅을 내려다보았다. 매튜의 눈에는 우드워드가 금방이라도 토할 것처럼 보였다.

매튜는 기다렸다. 그린이 뒤로 한 발 물러서는 소리가 들린 듯했다. 구경꾼들도 조용해졌다. 채찍이 높이 올라가더니…….

"철썩!

······어깨로 떨어졌다. 통증이 점점 심해지더니, 불이 붙은 듯 그의 살을 한껏 달구었다. 감은 눈에서 눈물이 솟았다. 매튜는 자신이 채찍의 충격에 숨을 헉 들이켜는 소리를 들었지만, 입을 벌려 혀를 깨물지 않을 만큼의 정신은 남아 있었다. 채찍이 지나고 난 뒤에 채찍에 맞은 자리는 계속해서 뜨겁게 더 뜨겁게 타올랐다. 지금까지 경험해본 육체적 고통 중 최악이었다. 그리고 곧 두 번째와 세 번째 채찍이 떨어질 참이었다.

"이런 망할! 그린! 피를 보여달라고!"

헤이즐턴이 소리를 질렀다.

"입 닥쳐! 이건 반 푼짜리 서커스가 아니야!"

그린이 되받아쳤다.

다시 한 번, 매튜는 눈을 꼭 감고 기다렸다. 그린이 채찍을 뒤로 젖히는 것을 느꼈고, 온 힘이 실린 채찍이 습한 공기를 가르며 내려오는 것을 느꼈다.

"둘!"

그린이 외쳤다.

철썩! 다시 한 번, 채찍은 방금 전 맞은 자리와 정확히 같은 자리에 떨어졌다. 그 순간 매튜의 머릿속에는 밝은 빨강과 짙은 검정이 펄럭이는 군기처럼 소용돌이쳤고, 곧 하늘 아래 가장 진실하고 가장 날카롭고 가장 잔인한 아픔이 그를 덮쳤다. 이 아픔이 그의 등을 훑고 내려갔다가 머리 꼭대기까지 치솟아 오르는 동안, 매튜는 짐승 같은 신음 소리를 내뱉는 건 어쩔 수 없었지만 목에서 터져 나오려는 비명만큼은 간신히 억누를 수 있었다.

"셋!"

그린이 외쳤다.

채찍이 허공을 가르며 온다. 매튜는 뺨에 눈물이 흐르는 것을 느꼈다. 오 하느님. 하느님, 하느님, 하느…….

철썩! 이번에는 가죽술 채찍이 앞서 두 번 맞은 곳보다 몇 센티미터 아래에 떨어졌다. 그렇다고 해서 통증은 결코 덜하지 않았다. 매튜는 몸을 떨었다. 무릎은 풀리기 직전이었다. 통증이 너무나 강렬해서 방광도 비워버릴 것 같아 두려웠다. 그래서 매튜는 온전히 그 부분에만 정신을 집중했다. 덕분에 다행히도 방광이 열리는 것만은 막을 수 있었다. 그는 눈을 떴다. 그러고 나서 매튜는 그의 남은 인생 동안 기쁨으로 기억하게 될 그린의 말을 들었다.

"끝났습니다, 비드웰 시장님."

"뭐야!"

분노에 찬 헤이즐턴의 외침이 들렸다.

"치다가 멈칫했잖아! 이런 씨팔! 멈칫하는 걸 내가 봤어!"

"입조심해, 세스. 그렇지 않으면 하느님께 맹세코 그 입에 채찍질을 할 테다!"

"자, 자, 여러분!"

비드웰이 마차에서 내려 형틀 쪽으로 다가왔다.

"오늘 아침에는 이 정도 볼거리로 충분한 것 같습니다."

비드웰은 땀범벅이 된 매튜의 얼굴을 들여다보려고 몸을 숙였다.

"이걸로 교훈을 얻었겠지, 서기?"

"그린이 멈칫했다고!"

헤이즐턴이 외쳤다.

"저렇게 쉽게 끝내는 건 정당하지 않아! 나한테 평생 남을 흉터를 남겼는데!"

"처벌에 동의했잖나, 헤이즐턴."

비드웰이 일깨워줬다.

"내 생각에 그린은 적절한 수위로 형을 집행한 것 같은데. 안 그렇습니까, 판사님?"

우드워드는 매튜의 어깨 위를 가로질러 점점 부어오르는 붉은 자국을 보았다.

"그렇습니다."

"나는 시장으로서, 처벌이 정확하게 이루어졌으며 이 젊은이는 석방되었음을 선언합니다. 풀어주게, 그린."

이 말을 들은 헤이즐턴은 춤이라도 추는 것처럼 펄쩍펄쩍 뛰며 극도로 화를 냈다.

"난 만족 못 해! 피도 안 났잖아!"

"그럼 지금 보게 해줄까."

그린은 가죽술 채찍을 감으며 헤이즐턴에게 경고한 뒤 형틀을 열어 갔다. 헤이즐턴은 앞으로 두 발짝 다가가 자신의 흉측한 얼굴을 매튜에게 들이밀었다.

"내 땅에 발만 들여놔봐라. 그랬다간 내가 직접 네 가죽을 벗겨버릴 거야! 난 절대 멈칫하지 않아! 절대로!"

헤이즐턴은 다시 일어서더니 악의를 담은 눈으로 비드웰을 쏘아보았다.

"오늘을 정의가 죽은 날로 기록해놓으쇼!"

헤이즐턴은 자기 집 방향으로 성큼성큼 걸어갔다.

자물쇠가 열렸다. 매튜는 형틀에서 몸을 일으켰다. 통증이 또다시 파도처럼 어깨를 훑는 통에 입술을 깨물어야 했다. 만일 정말로 그린이 멈칫한 것이었다면, 매튜는 그 거인이 전력으로 휘갈기는 채찍의 끝자락 앞에 서 있고 싶은 마음은 절대 없었다. 매튜는 머리가 어질어질해서 한 손으로 형틀을 붙들고 잠시 서 있었다.

"괜찮으냐?"

우드워드가 매튜에게 물었다.

"네, 판사님. 그러니까, 곧 괜찮아질 겁니다."

"이리 오게!"

비드웰은 감정을 그다지 숨길 마음도 없는 듯 능글맞게 웃었다.

"아침 식사를 해야 할 것 같군!"

매튜는 비드웰을 따라 마차로 향했고, 판사는 그의 옆에서 걸었다. 구경꾼들은 흩어져 각자 일상으로 돌아갔다. 작은 흥밋거리가 끝난 것이다. 갑자기 한 여자가 매튜 앞으로 다가서더니 밝은 목소리로 말했다.

"축하드려요!"

루크리셔 본이 바구니에서 케이크를 꺼내 내밀었다는 걸 매튜가 알아차리기까지는 잠시 시간이 걸렸다.

"부디 받아주세요! 갓 구웠답니다!"

매튜는 정신이 멍하고 어깨는 화끈거렸지만, 본 부인의 기분을 상하게 하고 싶지 않아 케이크를 받아 들었다.

"채찍이 썩 나쁘진 않았죠? 안 그래요?"

본 부인이 물었다.

"끝나서 감사할 따름입니다."

"부인, 우리는 아침 식사를 하러 가야 합니다! 이제 그 친구를 보내주시겠소?"

비드웰은 이미 마차에 자리를 잡고 앉아 있었다.

"목요일 저녁 식사 때 오시는 거죠? 계획을 다 세워놓았어요."

본 부인은 매튜를 똑바로 보며 말했다.

"저녁 식사요?"

매튜는 눈살을 찌푸렸다.

"내 실수요. 말을 전하는 것을 깜빡했습니다."

우드워드가 본 부인에게 말했다.

"아, 그럼 제가 직접 초대를 해야겠네요. 목요일 저녁때 함께 식사하시겠어요? 6시에요."

본 부인은 우드워드에게 굳은 미소를 보이며 말했다.

"판사님도 초대하고 싶지만 이렇게 쇠약해지신 걸 보니 저녁 외출을 하셨다가 건강이 더 악화되지나 않을까 염려스럽네요."

그러고는 탐욕스러운 눈으로 또다시 매튜를 바라보았다. 매튜는 부인의 빛나는 푸른 눈이 너무 맑개서 그녀의 흥분 상태가 더욱 두드러져 보인다고 생각했다.

"와주신다고 기대해도 될까요?"

"글쎄요……. 초대는 감사합니다만…… 저는……."

"와 보시면 우리 가족이 손님 접대를 잘한다는 걸 알게 되실 거예요."

본 부인은 계속 말했다.

"저는 요리도 잘 한답니다. 우리 집 음식이 어떤지 누구에게든 물어봐도 좋아요."

본 부인은 비밀을 공유하려는 듯 머리를 앞으로 내밀었다.

"그린 씨가 우리 집 양파 빵을 아주 좋아하거든요. 어제 오후에 내가 빵을 만들어줬는데 그동안 맛본 것 중에 가장 훌륭하다고 하더라고요. 양파 빵은 그러니까……."

이 순간 본 부인은 비드웰이 들을까 걱정이 되었는지 목소리를 좀 더 낮췄다.

"……아주 약발이 좋았다는 거예요. 양파 빵을 대접한 결과 자비가 따라온 거죠."

매튜는 본 부인의 말을 놓치지 않았다. 만일 정말로 그린이 채찍을 휘두르면서 멈칫했다면, 물론 그런 극심한 통증을 느낀 매튜로서는 믿기 어려운 일이었지만, 만일 그랬다면 매튜를 위해 본 부인이 영향력을 발휘했기 때문일 가능성이 컸다.

"알겠습니다."

하지만 아직도 뭐가 뭔지 어리둥절했다.

"어서 가자고!"

비드웰이 참지 못하고 말했다.

"부인, 안녕히 가시오!"

"목요일 저녁때 우리 집에서 뵐 수 있는 영광을 허락해주시겠어요?"

본 부인은 누가 압력을 가한다고 거기에 굴복하는 사람은 아니었다. 그러나 남에게 압력을 가하는 방법은 대단히 잘 알고 있었다.

"제가 약속하는데, 분명히 흥미로울 거예요."

매튜는 지금 이 순간에는 분명 사교적인 저녁 식사를 원치 않았지만, 목요일쯤 되면 통증은 그저 안 좋은 추억으로 남게 될 것이라고 생각했다. 게다가 여자의 교묘한 수작이 흥미를 불러일으켰다. 왜 이 여자는 매튜가 받을 형벌에 대해 중재를 했던 걸까? 매튜는 고개를 끄덕였다.

"네, 가겠습니다."

"좋아요! 그럼 6시예요. 남편을 보내서 모셔오도록 할게요."

본 부인은 재빠르게 무릎을 굽혀 인사하고 물러갔다. 매튜는 마차에 올라탔다.

마차가 삐거덕거리며 피스 거리를 지나는 동안 비드웰은 매튜가 마차 좌석 등받이에 어깨가 닿지 않도록 애쓰는 걸 지켜보았다. 아무리 애를 써도 비드웰은 얼굴에 히죽대는 웃음이 번지는 걸 참을 수 없는 듯했다.

"이번 기회로 자네의 그 병이 고쳐졌길 바라네."

매튜는 이 미끼를 덥석 물 수밖에 없었다.

"무슨 병 말씀인가요?"

"자기랑 상관없는 것에 코를 쑤셔 박는 병 말이야. 아주 가볍게 대가를 치른 걸세."

"그랬던 것 같습니다."

"확실히 그랬어! 전에 그린이 다른 남자에게 채찍질하는 걸 본 적이 있다고. 그린은 오늘 분명히 멈칫했어. 안 그랬다면 자네는 지금쯤 피투성이가 돼서 엉엉 울고 있었을걸."

비드웰은 어깨를 으쓱했다.

"다행히 그린은 헤이즐턴을 썩 좋아하지 않아. 그래서 이 정도로 끝난 거야. 판사님, 오늘은 판결을 기대해도 좋을까요?"

"아직입니다. 기록을 살펴봐야 합니다."

돌아오는 대답이 거칠었다. 비드웰이 우드워드를 노려보았다.

"도대체 뭘 살펴봐야 한다는 건지 모르겠군요!"

"이건 공정함의 문제입니다."

우드워드가 말했다.

"공정함?"

비드웰이 냉랭하게 웃으며 말을 이었다.

"그래요. 그래서 세상이 지금 이 꼴이 된 거죠!"

매튜는 가만히 있을 수가 없었다.

"그게 무슨 뜻입니까?"

"누군가가 공정함을 따지며 망설이니까, 악마가 선한 기독교인들의 머리 위에서 횡행한다는 뜻이네!"

비드웰의 눈은 할 말 있으면 해보라는 듯 날카롭게 빛났다.

"이 세상은 앞으로 오십 년 안에 다 타서 재가 되어버릴 거야. 그게 악마가 번창하는 방법이지! 사람들은 사탄의 병사들을 막자고 대문과 창문에 열심히 바리케이드를 칠 거다! 하지만 우리는 공정해야 하잖아, 안 그래? 그러니 문을 부술 망치도 문 앞에 놓아두겠지!"

"예루살렘 목사의 설교에 다녀오셨나 봐요."

매튜가 말했다.

"하!"

비드웰은 역겨움의 표시로 매튜에게 손을 흔들었다.

"자네가 세상에 대해 뭘 아나? 자네가 생각하는 것보다는 한참 모르고 있네! 자, 먼저 한번 웃어주지. 앨런 존스톤에 대한 자네 이론은 그 사람 다리처럼 절름발이 이론이야! 앨런이 어제 저녁에 우리 집에 와서 무릎을 보여줬다고!"

"그랬습니까?"

매튜는 확인을 구하려는 듯 우드워드를 바라보았다.

우드워드는 고개를 끄덕이고 회색 수염이 난 턱에 모기 물린 자국을 긁었다.

"그 무릎을 아주 가까이에서 봤다. 존스톤이 네 금화를 훔쳐 가는 건 불가능한 일이야."

"아."

매튜는 미간을 찡그렸다. 그의 자존심은 큰 타격을 입었다. 특히 니콜라스 페인이 해적 사냥꾼으로 일했던 과거를 밝히고 스페인식으로 담배를 마는 법을 어디에서 배웠는지 합리적인 설명을 한 뒤라 더욱 그랬다. 매튜는 망망대해를 표류하는 기분이었다.

"음……."

매튜는 입속으로 소리를 냈지만 곧 다시 침묵했다. 더 이상 할 말이 없었기 때문이다.

"자네가 스스로 똑똑하다고 생각하는 것의 반만큼만 내가 똑똑해도, 자면서 배를 지을 수도 있겠어!"

매튜는 비드웰의 조롱에 대답하지 않고, 그 대신 상처 입은 어깨가 좌석 등받이에 닿지 않도록 하는 일에 집중했다. 마침내 구드가 모는 마차가 저택 앞에 도착하자 매튜는 맨 먼저 마차에서 내렸다. 그런 다음 판사가 마차에서 내리는 걸 도와주었다. 우드워드는 열 때문에 몸이 뜨끈뜨끈했고 땀으로 축축하게 젖어 있었다. 매튜는 그제야 우드워드의 왼쪽 귀 뒤에 난 상처를 봤다.

"피를 빼셨군요."

"두 번. 목은 여전히 아프지만 숨 쉬기는 좀 나아졌다."

"벤이 오늘 밤 세 번째로 피를 뺄 거야."

비드웰이 마차에서 내리며 말했다.

"판사님, 그 전에 서류를 살펴보시라고 제안해도 괜찮겠습니까?"

"그러려고 했소."

우드워드가 말했다.

"매튜, 쉴즈 선생이 네 상처를 가라앉힐 뭔가를 가지고 올 거다. 선생을 만나보겠니?"

"저…… 실례합니다, 나리."

구드가 마부석에서 말했다.

"제가 따가운 곳에 바르는 연고가 좀 있습니다. 필요하시다면."

"도움이 될 것 같네요."

매튜는 노예라면 분명히 채찍에 맞은 상처를 빨리 아물게 하는 약이 있으리라고 생각했다.

"감사합니다."

"네, 나리. 마차를 창고에 넣고 곧장 집에 가서 가져오겠습니다. 혹시 괜찮으시다면 저하고 같이 가셔도 좋고요."

"구드, 이 친구가 노예 구역에 갈 리가 있나!"

비드웰이 날카롭게 말했다.

"매튜는 집에서 자네를 기다릴걸세!"

"잠깐만요."

매튜는 비드웰이 자신의 의견을 묻지도 않고 마음대로 판단하는 것에 화가 치밀어 올랐다.

"같이 가겠어요."

"거기 내려가고 싶지 않을 텐데, 꼬마! 거긴 냄새나는 곳이라고!"

"저도 썩 향기롭진 않은걸요."

매튜는 다시 마차 위에 올랐다.

"돌아와서 아침 식사를 하고 따뜻한 물로 목욕을 하고 싶은데요. 가능할까요?"

"준비해두겠다."

비드웰이 말했다.

"원하는 대로 해라. 하지만 거기 가보면 후회할걸."

"어쨌든 신경써주셔서 감사합니다. 판사님, 들어가시면 바로 침대에 드시는 게 좋겠습니다. 판사님은 좀 쉬셔야 해요. 좋아요, 구드, 준비됐어요."

"네, 나리."

구드는 고삐를 내리치고 조용히 말했다.

"이랴."

마차는 다시 출발했다.

피스 거리는 비드웰의 저택을 지나 마구간과 노예 구역으로 이어졌다. 노예 구역은 파운트로열과 해안 늪지대 사이에 자리 잡고 있었다. 매튜는 비드웰이 '내려간다'고 표현했지만, 사실상 고도가 전혀 변하지 않는다는 사실이 흥미로웠다. 마구간은 상당히 잘 만들어져 있었고 흰색으로 새로 칠해져 있었다. 하지만 그와는 대조적으로 노예들의 집은 페인트칠도 제대로 되어 있지 않은 데다가 금방이라도 무너질 듯한 간이 건물이었다.

피스 거리는 판잣집이 모여 있는 마을을 지나 소나무와 이끼가 덮인 참나무 숲을 가로질러 감시탑까지 이르는 모랫길에서 끝이 났다. 짚으로 엮은 감시탑 지붕 아래에서 한 남자가 발을 가로대 위에 얹고 바다를 바라보고 있었다. 이보다 더 지루한 일이 있을까 싶었다. 그러나 요즘 같이 해적이 자주 출몰하고 스페인의 영토가 가까이 있는 시기엔 주의할 필요가 있긴 했다. 탑 너머로 보이는 곳은 땅이라고 부르기엔 무리일 것 같았다. 아마도 그곳에서 자라는 허리 높이까지 오는 풀들이 진흙 늪과 습지 호수를 감추고 있으리라.

굴뚝에서 연기가 피어올랐다. 구드가 마구간을 향해 말들을 몰자 암탉들을 거느리고 거드름을 부리던 수탉들이 푸드덕거리며 달아났다. 마구간 옆 울타리에 잘생긴 말 여섯 마리가 묶여 있었다. 구드는 마차를 구유 쪽으로 몰고 간 다음 마차에서 내렸다. 매튜도 함께 내렸다.

"저희 집은 저쪽입니다, 나리."

구드가 손가락으로 주변의 다른 판잣집들과 비슷한 집을 가리키며 말했다. 비드웰의 연회장 안에 고스란히 집어넣고도 공간이 좀 남을 만한 작은 크기였다.

조금 걷다 보니, 집과 집 사이에 옥수수, 콩, 무 등을 심은 작은 텃밭들이 보였다. 구드보다 조금 젊은 흑인이 부지런히 장작을 패고 있었는데, 구드가 매튜를 안내하며 지나가는 것을 보느라 잠시 일손을 놓았다. 푸른색 스카프를 머리에 두른 깡마른 여인이 집에서 나와 말린 옥수수를 닭들에게 뿌리다 말고 놀란 눈으로 두 사람을 쳐다보았다.

"자꾸 쳐다보네요. 나리들이 여기에 자주 오는 건 아니라서요."

구드가 가볍게 미소를 지으며 말했다. 나리들이라는 말은 영국인을 의미하거나, 아니면 넓은 의미로 백인을 뜻하는 것이리라고 매튜는 생각했다. 모퉁이에서 한 소녀가 그들을 엿보고 있었다. 매튜는 그 아이가 비드웰의 하녀 중 하나라는 걸 알아보았다. 눈이 마주치자마자 소녀는 뒤로 물러서더니 시야에서 사라졌다. 구드는 자기 집 문 앞에서 멈춰 섰다.

"여기서 기다리세요. 연고를 가져오겠습니다."

구드는 빗장을 들어 올렸다.

"하지만 괜찮으시다면 들어오셔도 됩니다."

구드는 문을 밀어 열고 소리를 질렀다.

"손님이야, 메이!"

구드는 문지방을 넘어서다가 잠시 멈췄다. 속내를 알 수 없는 검은 두 눈이 매튜의 얼굴을 주시했다. 이 나이 든 남자는 뭔가를 결심하는 듯했다.

"왜 그러시죠?"

매튜가 물었다.

구드는 마음을 정한 것 같았다. 매튜는 구드의 턱이 굳어진 것에서 그것을 알 수 있었다.

"나리, 잠시 안으로 들어오시겠습니까?"

"뭐가 잘못됐나요?"

"아뇨."

구드는 더 이상 설명하지 않았다. 하지만 문 앞에 서서 매튜가 집 안으로 들어오기를 기다렸다. 매튜는 친절 이상의 무언가가 있다고 생각했다. 그래서 집 안으로 들어섰고, 구드는 매튜의 뒤를 따라 들어가면서 문을 닫았다.

"누구야?"

난로 앞에 서 있던 건장한 여인이 물었다. 불 위에 얹은 냄비의 내용물을 젓던 그녀의 움직임이 멈췄다. 움푹 꺼진 눈은 경계의 눈빛을 띠고 있었다. 머리에 거친 갈색 천을 두른 그녀의 얼굴에는 주름이 가득했다.

"이분은 매튜 코빗 나리셔."

구드가 말했다.

"코빗 나리, 여기는 제 아내 메이입니다."

"만나서 반갑습니다."

매튜가 말했다. 하지만 나이 든 여자는 대답하지 않았다. 그녀는 매튜를 머리부터 발끝까지 훑어본 다음 나지막하게 바람 새는 소리를 내더니, 다시 냄비를 젓는 일로 돌아갔다.

"셔츠는 없어요."

여자가 매몰차게 말했다.

"코빗 나리는 오늘 채찍 세 대를 맞으셨어. 당신도 알지. 오늘 채찍형이 있을 거라고 했잖아."

"흠."

채찍 세 대에 비해 메이의 반응은 미지근했다.

"잠시 여기 계시겠습니까?"

매튜는 엉성하게 만든 식탁 앞 작은 의자에 앉아 기다렸다. 구드가 나무 단지들을 올려둔 선반에 연고를 찾으러 간 동안, 매튜는 집 안을 둘러보았다. 단칸방이라 그리 오래 걸리지 않았다. 얇은 짚 더미가 침대 역할을 했고, 의자와 테이블 외에 가구라 할 만한 것은 등받이가 높은 의자, 찰흙으로 빚어 구운 세숫대야, 옷을 넣는 상자, 그리고 등잔 두 개뿐이었다. 난로 위에 장식용으로 걸려 있는 커다란 거북 등껍데기가 보였고, 삼베로 싸인 물체(당연히 바이올린이었다)가 침대 옆 선반 한 칸을 차지하고 놓여 있었다. 다른 선반에는 나무 컵과 접시가 몇 개 놓여 있었다. 그것이 구드의 재산 전부인 것 같았다.

구드는 단지를 하나 들고 와서 뚜껑을 열고 매튜 뒤에 섰다.

"제가 손으로 발라드려도 언짢지 않으시겠습니까?"

"전혀요."

"좀 따가울 겁니다."

매튜는 차가운 연고가 상처에 닿자 움찔했다. 그래도 아침에 받은 고통을 생각하면 참을 만했다. 따가움은 몇 초 만에 사라졌다. 그 연고가 피부의 감각을 마비시킨 것 같았다.

"그리 나쁘진 않네요. 보기에는 끔찍했는데."

구드가 말했다.

"정말 고마워요. 아픔이 한결 가셨어요."

"아프긴."

여자가 냄비를 저으며 말했다. 조롱하는 투였다.

"채찍 세 대가 뭘 아파. 한 서른 대는 맞아야 좀 아픈가 싶지."

"자, 자, 조용히 좀 해."

구드가 말했다. 그는 상처에 연고를 다 바르고 단지의 코르크 마개를 닫았다.

"이렇게 해둬야 합니다. 그래도 오늘 밤에 잘 자긴 어려울 거예요. 채찍 맞은 자리는 아물기 시작하면서 더 화끈거리거든요."

구드는 선반으로 다시 가서 있던 자리에 단지를 놓아두었다.

"이런 말을 드려서 죄송합니다만……."

구드가 말했다.

"……비드웰 주인님은 나리를 별로 안 좋아하시는 것 같습니다."

"네, 그래요. 그건 저도 마찬가지고요."

"주인님은 나리가 호워스 부인 편에 서 있다고 생각하는 거죠?"

구드는 조심스럽게 삼베로 싼 바이올린을 선반에서 내리고 천을 풀기 시작했다.

"이런 말을 드려서 죄송합니다. 그런데 진짜로 나리는 호워스 부인 편에 서 계신 건가요?"

"저는 그 부인에 관해 궁금한 점이 좀 있어요."

"궁금한 점이요?"

구드는 풀어놓은 천을 옆으로 치웠다. 뿌옇고 누런 불빛 아래에서 바이올린이 버터빛으로 부드럽게 빛났다. 구드는 가느다란 손가락으로 잠시 동안 지판을 아래위로 어루만졌다.

"나리, 제가 궁금한 걸 하나 여쭤봐도 되겠습니까?"

"네."

"음, 호위스 부인은 아마 화형을 당하겠지요. 저는 그 부인을 잘 알지는 못하지만, 어느 날 아침에 진저가 물 양동이를 나를 때 그분이 양동이를 들어준 적이 있었어요. 진저는 어려서 양동이 드는 걸 힘들어했었는데."

"저 사람은 진저를 모르잖아! 갑자기 무슨 말을 하는 거야?"

메이가 소리쳤다.

"진저는 메이의 동생입니다."

구드가 설명했다.

"바로 길 건너에 살아요. 친절한 행동이었죠. 아무튼, 저는 이게 좀 이상합니다."

구드는 바이올린 줄을 뜯으며 소리를 듣고 줄을 팽팽하게 조였다.

"왜 노예들은 아무것도 보거나 듣지 못했는지 말이죠."

구드는 다른 줄을 튕기고, 소리를 듣고 조였다.

"아니, 영국인들만 봤습니다. 그것도 좀 이상하죠."

"이상해요? 뭐가요?"

"글쎄요. 일이 처음 일어났을 때는 파운트로열에 여러 나라 말을 하는 사람들이 많았습니다. 독일 사람도 있었고, 네덜란드 사람도 있었지요. 그 사람들은 모두 겁을 내고 달아나서 지금은 없지만요. 그런데 그 사람들 중에는 호위스 부인에 관한 걸 보거나 들은 사람이 없어요. 그러니까, 영국인들만 봤습니다."

구드가 튕긴 세 번째 줄은 이미 음이 잘 맞았다. 구드는 매튜의 얼굴을 바라보았다.

"제가 무슨 말을 하는지 이해하시겠습니까, 나리? 제가 궁금한 건 이겁니다. 왜 사탄은 독일 사람이나 네덜란드 사람이나 검둥이들한테는 말을 하지 않을까요?"

"글쎄요."

매튜가 말했다. 그러나 이건 생각해볼 문제였다.

"저는 사탄이라면 이 세상의 모든 말을 다 알 거라고 생각했거든요. 그냥 이상해서요. 그게 답니다."

구드는 그렇게 말하더니 바이올린의 조율을 마치고 손가락으로 빠르게 줄을 튕겼다.

"비드웰 주인님은 나리를 싫어하시더군요. 나리가 이상한 걸 물어보고 다닌다고요. 비드웰 주인님은 호워스 부인을 빨리 화형시켜서 끝을 내고 싶어 합니다. 파운트로열을 다시 살려야 하니까요. 주절거려서 죄송합니다."

"괜찮아요."

매튜가 말했다. 그는 셔츠를 다시 입어보려 애썼지만, 어깨는 아직도 너무 쓰라렸다.

"당신의 주인이 야심 찬 계획을 세우고 있는 걸 알아요."

"네, 나리. 그렇습니다. 주인님이 언젠가 저 늪지의 물을 다 빼버리려면 검둥이들을 더 데려와야 한다고 얘기하신 걸 들었습니다. 힘든 일이죠. 거긴 모기 떼랑 물것들이 잔뜩 있고, 악어랑 뱀도 있어요. 검둥이들이나 그런 일을 할 수 있죠. 영국인들은, 이런 말을 해서 죄송합니다만, 그런 일을 할 만큼 허리가 튼튼하지 않으니까요. 저도 한때는 잘했지만 이제는 늙었죠."

다시 한 번 구드는 빠른 곡조를 연주했다. 메이가 양동이에서 물을 떠 냄비에 부었다. 그런 다음 벽난로 근처에서 끓고 있는 작은 냄비 앞으로 갔다.

"이런 세상을 볼 때까지 살 거라곤 생각 못 했습니다."

구드는 바이올린 줄을 쓰다듬으며 조용히 말했다.

"1699년. 이제 곧 세기가 바뀌려고 해요."

"얼마 안 남았어. 세상은 불타서 멸망할 거야."

메이가 말했다. 구드가 미소를 지으며 대꾸했다.

"그럴 수도 있고, 아닐 수도 있고. 불에 타서 멸망할 수도 있고, 놀라운 한 세기를 더 볼 수도 있고."

"전부 불탄다니까."

메이가 날카롭게 말했다. 이 의견 차이는 두 사람이 자주 벌이는 논쟁의 뼈대인 것 같았다.

"전부 다 불타고 다시 새로 시작할 거야. 그게 주님의 약속이야."

"그럴 거야."

구드는 부드럽게 말하며 절충의 재능을 드러냈다.

"그럴 거야."

매튜는 갈 시간이 되었다고 생각했다.

"도와주셔서 다시 한 번 감사드려요."

매튜가 일어섰다.

"이제는 한결……."

"아, 벌써 가시면 안 됩니다!"

구드가 서둘러 말을 가로막았다.

"잠깐만요! 나리를 여기 모시고 온 건 나리가 흥미로워할 만한 걸 보여드리기 위해섭니다."

구드는 바이올린을 옆으로 치우고 다시 선반으로 가서, 연고 단지 옆의 나무 단지를 들었다. 그걸 본 메이가 놀란 목소리로 외쳤다.

"지금 뭐 하는 거야, 존 구드?"

"보여드리려고. 이분이 보셨으면 해서."

단지는 코르크 마개 대신 뚜껑이 달려 있었다. 구드가 단지를 열었다.

"안 돼! 보여주면 안 돼!"

메이의 주름진 얼굴에는 순수한 공포만이 떠올라 있었다.

"정신 나갔어?"

"괜찮아."

구드가 차분하지만 단호하게 말했다.

"이미 결심했어."

구드는 매튜를 바라보았다.

"나리, 저는 나리가 좋은 분이라고 믿습니다. 그동안 이걸 누군가에게 보여주고 싶었는데…… 하지만…… 그러기가 무서웠습니다."

구드는 단지 안을 들여다보고는, 다시 매튜를 바라보았다.

"약속해주시겠습니까, 나리? 제가 보여드리는 것을 누구에게도 말하지 않겠다고요."

"그런 약속을 할 수 있을지 모르겠군요. 뭔데요?"

매튜가 말했다.

"봤지? 봤지? 이 사람이 그걸 훔쳐갈 거야!"

메이가 두 손을 꼭 움켜잡았다.

"조용히 해!"

구드가 말했다.

"이분은 안 훔쳐가! 이제 좀 조용히 해!"

"그게 무엇이든, 훔쳐가지 않겠다고 약속할게요."

매튜는 메이를 바라보며 말했다. 그리고 다시 의자에 앉았다.

"뭐가 어째!"

메이는 거의 눈물을 흘릴 지경이었다.

"괜찮아."

구드는 아내의 어깨에 손을 얹었다.

"이분이 봤으면 좋겠어. 이게 뭔지 알아내야 하고, 이분도 알고 싶어 하실 거야. 이분도 도둑을 맞았으니까."

구드는 탁자로 다가와 매튜의 눈앞에서 단지를 거꾸로 뒤집었다. 안에 든 물건이 쏟아져 나오자 매튜는 숨이 멎는 것 같았다. 매튜의 앞에 놓인 탁자에는 네 개의 물건이 있었다. 밝은 파란색 도자기 조각, 섬세하게 만든 작은 은 숟가락, 은화, 그리고……

매튜의 손이 네 번째 물건으로 향했다. 그는 그것을 집어 들고 자세히 살펴보았다. 금화였다. 가운데에 있는 십자가가 두 마리의 사자와 두 개의 성채를 갈라놓고 있었다. 테두리에 'Charles II'와 'Dei Grat'라고 새겨진 글자가 분명하게 보였다.

매튜는 처음에 그 금화가 자신의 방에서 도난당한 것이라고 생각했다. 그러나 스페인 금화인 건 분명했지만, 얼핏 봐도 같은 것은 아니었다. 이 금화의 돋을새김은 훨씬 선명했고, 금화의 뒷면에는 공들여 새긴 'E'와 희미하지만 분명하게 보이는 1675라는 연도가 있었다.

매튜는 은화를 집었다. 돋을새김이 평평하게 무뎌진 것으로 보아 오래되어 닳은 것이었다. 거기에도 희미하게 'Dei Grat'라고 쓰여 있었다.

매튜는 구드를 올려다보았다.

"다 어디서 난 건가요?"

"거북이 배 속에서요."

구드가 말했다.

"정말입니까?"

"네, 나리."

구드가 고개를 끄덕였다.

"거북이 배 속에서 나온 겁니다. 숟가락이랑 은화는 작년에 잡은 놈한테서 나왔어요. 파란색 도자기 조각은…… 아마…… 두 달쯤 전일 겁니다."

"그럼 이 금화는요?"

"나리와 판사님이 이곳에 오신 날 밤에요."

구드가 설명했다.

"비드웰 주인 나리가 다음 날 저녁상에 올릴 거북이를 잡으라고 명하셨죠. 그래서 큰 놈을 잡았습니다. 껍데기는 저기 걸어놨어요. 그 금화는 배를 갈랐을 때 그 안에서 나왔습니다."

"흠."

매튜가 신음 소리를 냈다. 그는 금화를 손가락 사이에 끼고 돌려 보았다.

"이 거북이들을 그 호수에서 잡았나요?"

"호수요. 맞습니다. 거기 거북이들은 갈대 먹는 걸 좋아해요."

매튜는 금화를 다시 식탁 위에 두고 은 숟가락을 집었다. 그것은 색이 바래 짙은 갈색을 띠었고 손잡이는 휘어 있었다. 하지만 거북의 배 속에서 오랜 시간을 보낸 것치고는 상태가 괜찮았다.

"정말 이상하네요."

매튜가 말했다.

"저도 그렇게 생각했습니다. 이 금화를 발견했을 때, 그리고 나리가 금화를 며칠 뒤 도둑맞았다는 얘기를 들었을 때…… 글쎄요.

이걸 어떻게 생각해야 할지 난감했습니다."

"이해해요."

매튜는 다시 금화의 연도를 보고, 푸른색 도자기 조각을 살펴본 뒤 그것과 다른 것들을 나무 단지 안에 넣었다. 메이는 상당히 안도하는 듯했다.

"아무에게도 이것에 관한 얘기를 하지 않겠다고 약속할게요. 제가 생각해도 다른 사람들이 알 필요 없는 일이에요."

"고맙습니다, 나리."

매튜가 일어섰다.

"왜 거북이가 저런 걸 배 속에 넣고 다녔는지 모르겠네요. 하지만 생각해볼 만한 문제예요. 구드, 만일 거북이 배 속에서 저런 걸 또 찾으면 저에게 알려주겠어요?"

"그러겠습니다."

"좋아요. 이제 돌아가야겠어요. 마차는 필요 없어요. 저는 걷는 게 좋아요."

매튜는 구드가 단지의 뚜껑을 닫아 선반에 올려놓는 모습을 지켜보았다.

"구드, 하나만 더 물어볼게요. 솔직하게 대답해주세요. 레이첼 호워스가 마녀라고 생각해요?"

구드는 주저 없이 대답했다.

"아뇨, 나리. 아닙니다."

"그럼 그 증인들이 하는 말은 어떻게 설명하시겠어요?"

"설명 못 합니다."

"그게 제 문제예요."

매튜가 솔직하게 고백했다.

"저도 못 하거든요."

"조금 바래다드릴게요."

구드가 말했다. 매튜는 메이에게 작별 인사를 고한 뒤 구드와 함께 집을 나섰다. 마구간으로 가는 동안, 구드는 갈색 바지 주머니에 손을 넣고 조용히 말했다.

"메이는 우리가 플로리다로 갈 거라고 생각합니다. 저 금 조각이랑 은 조각을 가지고 어느 날 밤 아무도 몰래 떠날 거라고요. 저는 그냥 그렇게 생각하게 놔둡니다. 왜냐하면 그래야 메이의 마음이 편해지니까요. 하지만 도망갈 날짜가 한참 지났어요."

구드는 신발 아래 진흙 바닥을 내려다보았다.

"아니, 그 생각은 제가 어릴 때 이미 버렸지요. 첫 번째로 컬로프 주인님을 모셨습니다. 버지니아에서요. 애들이 여덟 명 팔려 갔어요. 제 동생은 백인의 개를 걷어찼다가 채찍에 맞아 죽었습니다. 제 어린 딸의 등에는 낙인을 찍었는데, 그 아이는 저한테 제발 멈추게 해달라고 애원을 했어요. 그래서 제가 비드웰 주인님이 주신 바이올린을 켜는 겁니다. 바이올린 소리가 나야 딸아이의 목소리를 잊을 수 있어서요."

"미안해요."

매튜가 말했다.

"왜요? 나리가 그 애한테 낙인을 찍으신 것도 아닌데요. 저는 누가 사과하길 바라는 게 아닙니다. 제가 말하고 싶은 건, 우리 마누라는 플로리다에 대해 꿈을 꿀 필요가 있다는 겁니다. 제가 음악을 연주할 필요가 있는 것처럼요. 누구든 살아갈 이유를 만들어 주는 무언가가 필요한 겁니다. 그게 다예요, 나리."

구드는 자기 신분을 기억하며 마지막 말을 덧붙였다.

두 사람은 마구간에 도착했다. 매튜는 구드의 걸음이 조금 느려진 것을 눈치챘다. 매튜가 보기엔 구드가 좀 더 말하고 싶은 것이 있지만, 그걸 정리할 시간이 필요한 것 같았다. 곧 구드는 목청을 가다듬고 나지막한 목소리로 조심스럽게 말했다.

"저는 호워스 부인이 마녀라는 걸 믿지 않습니다, 나리. 하지만 그렇다고 이곳에서 이상한 일이 일어나지 않는 것도 아닙니다."

"저도 그렇게 생각해요."

"나리는 반도 모르십니다."

구드는 걸음을 멈췄다. 매튜도 따라서 섰다.

"이따금씩 해가 지고 나서 한참 뒤에 늪지로 나가는 남자에 대해 아십니까?"

매튜는 번개가 심하게 치던 날 밤 이곳 노예 구역을 돌아다니던 사람을 기억해냈다.

"남자요? 누군데요?"

"얼굴은 보지 못했습니다. 어느 날 밤에 말들이 난리를 치는 소리가 들려서 말들을 진정시키려고 이곳으로 나왔는데, 집에 돌아가는 길에 한 남자가 늪지로 걸어가는 모습을 봤어요. 등잔을 들고 있었는데 불은 켜지 않았더군요. 그 사람은 빠른 걸음으로 걸었어요. 어딘가 서둘러 가야 할 곳이 있는 사람처럼요. 저는 그 남자를 쫓아갔습니다. 그자는 저기 있는 감시탑을 지나 숲을 지나서 걸어갔습니다."

구드는 고갯짓으로 소나무 숲 쪽을 가리켰다.

"비드웰 주인님이 밤에 감시하라고 둔 사람은 형편없어요. 제가 직접 올라가서 깨워서 데리고 내려올 정도예요."

"늪으로 나간 그 남자가……."

매튜는 대단히 흥미로웠다.

"……무슨 일로 간 건지는 알아냈나요?"

"글쎄요. 올바른 일을 하는 사람이라면 그런 곳에 나가지 않지요. 가끔씩 마차도 바퀴가 빠져서 지나가기 힘든 곳인데요. 그리고 위험하기도 하고요. 진창에 짐승 똥에. 하지만 그 남자는 그냥 계속 가더라고요. 뒤쫓긴 했는데 꽤 힘들었어요. 그래서 그 사람이 뭘 하는지 못 보고 집으로 돌아왔습니다."

"그게 언제였어요?"

"아…… 서너 달쯤 전입니다. 그런데 그 남자를 다시 봤어요. 한두 주 전에요."

"다시 늪으로 가던가요?"

"돌아오는 걸 봤어요. 얼리보이하고 저하고 같이 봤죠. 우리가 모퉁이를 도는데 그 남자가 막 뛰어가더라고요. 불헤드가 카드를 가지고 있거든요. 불헤드는 진저의 남편이에요. 그래서 그 집에서 밤새 카드를 치고 나온 참이었어요. 그래서 그렇게 오밤중에 본 겁니다. 우리는 그 사람을 봤지만 그 사람은 우리를 못 봤어요. 이번에는 불 꺼진 등잔하고 양동이를 들고 있었습니다."

"양동이라."

매튜가 되풀이했다.

"네, 나리. 그런데 아마 뚜껑이 닫혀 있었던 것 같아요. 앞뒤로 흔들리는데도 새지 않았거든요."

매튜는 고개를 끄덕였다. 그때 매튜가 본 것도 아마 양동이인 듯했다.

"얼리보이는 겁을 냈어요."

구드가 말했다.

"지금도 그래요. 우리가 악마를 본 거냐고 묻더군요. 그래서 그냥 사람을 본 거라고 말해줬습니다."

구드는 흰색 눈썹을 치켜세웠다.

"제 말이 맞겠죠, 나리?"

매튜는 그 생각을 해보려 잠시 멈췄다. 그러고는 신중하게 대답했다.

"네, 그런 것 같아요. 어쩌면 악마가 깃든 사람일지도 모르겠네요."

"하늘 아래 누구라도 그럴 수 있지요."

구드가 말했다.

"누가 왜 그런 늪으로 나가는지, 도대체 이유를 모르겠습니다. 그것도 밤에. 거긴 아무것도 없는데요."

"무언가 값어치 있는 것이 있겠죠. 그게 무엇이든 양동이에 담아 가지고 온 거고요."

매튜는 잠시 동안 감시탑을 돌아보았다. 감시자는 여전히 발을 가로대 위에 얹고 자는 것처럼 보였다. 매튜는 밤에 이곳을 통과하는 건, 특히 불을 켜지 않고 지난다면 특별히 어렵지는 않겠다는 생각이 들었다. 아무튼 지금 매튜는 아침 식사와 감옥의 더러움을 씻어낼 뜨거운 목욕이 절실히 필요했다.

"연고 고맙습니다."

매튜가 구드에게 말했다.

"별말씀을요. 행운을 빕니다."

"당신도요."

매튜는 몸을 돌려 노예 구역을 뒤로한 채 피스 거리를 따라 걸었다. 이제 그는 생각해야 할 문제가 몇 개 더 생겼다. 그 문제들이 제대로 해결될지도 의문인데 해결해야 할 시간은 더 줄었다. 매튜는 누군가, 아마도 한 명 이상이, 살인과 속임수의 복잡한 거미줄을 지어진 지 얼마 안 되는 이 마을에 쳐놓고, 레이첼을 사탄의 종으로 덧칠하기 위해 무한한 노력을 들이고 있다는 생각을 했다. 하지만 무슨 목적으로? 도대체 누가, 왜 이런 사건을 만들어 레이첼에게 마녀 누명을 씌우려고 애를 쓴단 말인가? 말이 안 된다.

하지만 다시 생각해보면 말이 되어야 한다. 누군가에게, 어떤 식으로든. 그리고 지성과 본능을 이용해 말이 안 되는 그것의 실체를 드러내는 일은 매튜의 손에 달려 있다. 매튜가 그렇게 하지 않으면, 그것도 아주 서둘러 하지 않으면, 그는 화형대 앞에서 레이첼에게 작별을 고해야 한다.

그 밤에 불 꺼진 등잔과 양동이를 들고 늪으로 나간 남자는 누구인가? 왜 스페인 금화가 거북의 배 속에 있었는가? 그리고 구드의 의문……. **왜 사탄은 독일 사람이나 네덜란드 사람이나 검둥이들한테는 말을 하지 않을까요?**

미스터리 안의 미스터리였다. 그것을 밝히는 임무는 매튜보다 더 위대한 수호자에게 적합할 것이다. 하지만 레이첼에게는 매튜가 전부였다. 만일 그가 이 질문들에 답을 하지 않으면 누가 하겠는가? 간단했다. 아무도 하지 않을 것이다.

21

 부엌 옆에 큰 통을 들여놓고 목욕을 하니 따뜻한 물은 금방 냉탕이 되었다. 면도칼로 턱을 베긴 했지만 그래도 목욕을 마치고 깨끗한 옷을 입으니 기운이 났다. 매튜는 아침 식사로 달걀과 소시지, 염장한 햄을 먹고 차 두 잔과 럼주도 한 모금 마셨다. 그러고 나니 오전 시간은 밖으로 나가서 서성이고 싶어졌다.
 매튜는 우드워드의 방문을 노크했다. 대답이 없었다. 문이 열려 있어서 안을 들여다보니 우드워드는 법정 기록이 든 상자를 침대 옆에 두고 잠들어 있었다. 종이 몇 장이 우드워드의 오른손 근처에 어지럽게 뒤섞인 채 놓여 있는 걸로 봐서 판사는 기록을 검토하기 시작한 게 분명했지만, 그의 병이 그의 정신을 훔쳐가버린 듯했다. 매튜는 조용히 들어가 침대 곁에 서서 우드워드의 창백하고 누르스름한 얼굴을 내려다보았다.
 판사의 입은 벌어져 있었다. 그는 잠을 자면서도 괴로워했다. 숨소리는 거칠고, 고통에 차 쌕쌕거렸다. 매튜는 우드워드의 왼쪽 귀 아래 베갯잇에 묻은 갈색 얼룩을 보았다. 방 안에는 무겁고 역겨운 냄새가 맴돌았다. 마른 피의 냄새와 축축한 고름 냄새와…… 죽음의 냄새?
 순간 매튜는 움찔 놀랐다. 이런 생각은 해서는 안 된다. 아니, 아니, 생각했다는 것에 대해 생각하는 것조차도 안 된다! 매튜는 홈 집이 난 바닥을 내려다보면서 판사가 숨을 쉬려고 몸부림치는 소리에만 귀를 기울였다.

매튜는 고아원에서 아이들이 이런 식으로 점점 병이 깊어지고 생명이 꺼져가는 모습을 봐왔다. 쇼컴의 여관에서 달아날 때 차가운 비를 맞으면서 우드워드의 병이 시작된 게 아닌지 의심스러웠다. 매튜는 살인자 악당이 지옥 깊은 불에 떨어지도록 또다시 저주를 퍼부었다. 매튜는 괴로울 정도로 걱정이 되었다. 찰스타운으로 곧 돌아가지 않으면 우드워드의 상태는 계속 나빠질 것이다. 매튜는 쉴즈가 자기가 맡은 일을 잘 알고 있으리라고 생각했다. 하지만 의사 자신도 파운트로열이 점점 공동묘지가 되어간다고 인정하지 않았던가. 게다가 매튜는 판사가 쉴즈에 대해 했던 말을 계속 곱씹고 있었다. **분명히 도시에서 탄탄한 기반을 갖춘 개업의였을 텐데, 무엇 때문에 그걸 포기하고 개척자 마을에서 고된 일을 떠맡기로 결심했을까?**

그래. 무엇 때문에?

우드워드가 소리를 냈다. 속삭임과 신음이 뒤섞인 소리였다.

"앤."

매튜는 우드워드의 얼굴을 보았다. 방 안의 하나뿐인 등불에 비친 우드워드의 얼굴은 쉽게 깨질 것 같은 도자기처럼 보였다.

"앤."

우드워드가 다시 말했다. 그의 머리가 베개 위에서 도리질을 했다.

"오오."

가슴이 저미도록 괴로운 탄식이었다.

"저 애가…… 저렇게…… 앤…… 저렇게 괴로워해…… 어떻게 하지……."

우드워드의 목소리가 잦아들었고, 그의 몸은 다시 편안하게 더 깊고 더 자비로운 잠의 세계로 빠져들었다. 매튜는 조심스럽게 침대 주위에서 서류를 말끔하게 정리해 우드워드의 오른손이 닿는 곳에 놓아두었다.

"코빗 씨, 혹시 더 필요한 것이 있나요?"

매튜가 문 쪽을 돌아보았다. 네틀즈 부인이었다. 그녀는 잠이 든 환자를 방해하지 않으려고 조용히 문가에 서 있었다. 매튜는 고개를 저었다.

"그럼 실례할게요."

"잠깐만요."

네틀즈 부인이 물러나는데 매튜가 붙잡았다. 매튜는 문을 닫고 부인을 따라 복도로 나갔다.

"부인을 금화를 훔친 도둑으로 몰 생각은 아니었어요."

매튜가 네틀즈 부인에게 말했다.

"다만 남자와 마찬가지로 여자도 그럴 수 있었다는 점을 지적하려던 것뿐이에요."

"코빗 씨의 말은 그러니까, 저 정도 체격의 여자란 말이죠?"

네틀즈 부인의 검은 눈이 매튜를 뚫어져라 바라보았다.

"네, 그래요."

"글쎄요. 저는 안 훔쳤어요. 그러니 마음대로 생각하세요. 이제, 저는 제 일을 해야 해서요."

네틀즈 부인은 몸을 돌려 계단을 내려갔다.

"저도 그래요."

매튜가 말했다.

"레이첼 호위스의 무죄를 입증하는 일을 해야 합니다."

네틀즈 부인이 걸음을 멈췄다. 그녀는 뒤를 돌아 매튜를 보았다. 놀라움과 의심이 뒤섞인 표정이었다.

"네, 그래요."

매튜가 재차 말했다.

"저는 호위스 부인이 무죄라고 생각해요. 그래서 그걸 증명할 계획이에요."

"증명? 어떻게?"

"아직 방법을 말하기엔 적절치 않아요. 하지만 부인께서 제 생각을 알고 싶어 할 것 같아서요. 뭐 하나만 여쭤봐도 될까요?"

네틀즈 부인은 대답하지 않았지만, 다시 계단을 내려가지도 않았다.

"제 생각엔 이곳에서 일어나는 일들은 대부분 부인의 눈을 피하지 못하는 것 같아요. 이 집에서뿐만 아니라 파운트로열에서의 일 전부 말이에요. 부인은 분명히 호위스 부인이 부렸다는 마법에 관해 들으셨을 거예요. 그런데 왜 그토록 단호하게 그 여자가 마녀라는 걸 믿지 않으시나요? 주민들은 거의 다 그 여자가 마녀라고 믿고 있는데?"

네틀즈 부인은 계단을 흘깃 보고, 엿들을 수 있는 거리에 아무도 없는지 확인했다. 그러고 나서 조심스럽게 대답했다.

"저는 잘못된 판단을 내린 사람들이 악행을 저지르는 것을 봤어요. 그것이 여기에서도 비슷하게 모습을 갖추어나가는 걸 봤고요. 호위스 부인이 비난을 받기 훨씬 전부터. 네, 그래요. 그 일은 언제든 일어날 때만 기다리고 있었어요. 신부님이 그렇게 되고 나서 그것이 묶이고 봉인된 거죠."

"그 말씀은 뭔가가 살인 사건의 희생양을 찾았다는 뜻인가요?"

"그래요. 그게 호위스 부인이어야 했던 거죠. 다수와는 다른 사람. 이곳에서 환영받지 못하는 사람. 그런 사람이어야 했어요. 호위스 부인의 피부가 검고 스페인 혈통에 가깝다는 점 때문에…… 그런 범죄로 비난을 받을 사람은 그 여자여야 했던 거예요. 분명히 신부님을 죽인 사람이 호위스 씨도 죽였어요. 그 인형들을 호위스 씨 집에 숨겨서 호위스 부인에게 비난이 쏠리게 했고요. 저는 카라 그룬왈드 부인이 하느님의 계시인지 뭔지 떠들어댄 소리는 신경도 안 썼어요. 그 부인은 반은 미쳤고 반은 멍청이였거든요. 어떻게 그런 속임수를 만들었는지는 저도 모르겠어요. 하지만 여기 닭장 안에 진짜 여우가 있는 거예요. 아시겠어요?"

"알겠습니다."

매튜가 말했다.

"하지만 왜 부인이 여전히 호위스 부인이 무죄라고 믿으시는지 알고 싶어요."

네틀즈 부인의 입은 암울한 직선을 그리며 굳게 닫혀 있었다. 그녀는 입을 열기 전에 다시 한 번 계단을 살폈다.

"저에겐 제인이라는 언니가 있었어요. 언니는 메릿이라는 남자와 결혼을 해서 이곳으로 건너왔고, 매사추세츠 식민지의 햄프턴에 정착했죠. 언니는 물레로 실 잣는 일을 정말 잘 했어요. 물레 앞에 앉아서 뭐든지 다 만들어냈죠. 구름이 흘러가는 걸 보고 날씨를 알았고, 새들을 보고 폭풍이 올 것도 예측했어요. 언니는 형부가 열병으로 죽고 난 뒤에 산파가 되었어요. 그리고 1680년에 햄프턴에서 교수형을 당했죠. 마녀로 변해서 산모에게 주문을 걸어 악마의 아기를 낳게 했다는 거예요. 사람들이 그러더라고요. 언니의 아들은, 그러니까 제 조카는, 사악한 짓을 했다고 기소되어 보스턴의 감옥으로 보내졌어요. 거기에서 일 년 뒤 죽었고요. 저는 두 사람의 무덤을 찾으려고 애를 썼지만, 아무도 그 둘이 어디에 누워 있는지 모르더군요. 우리 언니가 지은 엄청난 죄가 뭔지 알겠어요, 코빗 씨?"

매튜는 아무 말도 하지 않고 기다렸다.

"언니는 남들과 달랐던 거예요."

네틀즈 부인이 말했다.

"구름을 읽고, 실을 잣고, 산파 일을 하는 것이 언니를 남들과 다르게 만든 거예요. 그것 때문에 햄프턴 사람들이 언니의 목을 올가미에 넣었죠. 아버지는 편지를 읽고 언니가 어떻게 죽었는지 아시고는 병이 들었어요. 어머니와 저는 최선을 다해 농장 일을 했어요. 그 후 아버지는 좀 좋아지셔서 사 년을 더 사셨는데, 다시 미소 짓는 모습은 보지 못했어요. 언니가 교수형을 당했다는 사실이 항상 집 안에 맴돌고 있었으니까요. 언니가 마녀로 죽었다는 사실이 늘 거기 있었어요. 우리는 모두 언니가 상냥한 기독교인의 영혼을 지녔다는 걸 잘 알았어요. 하지만 그곳에서 누가 언니를 지켜주었나요? 누가 언니의 정의의 수호자가 되어주었나요?"

네틀즈 부인은 고개를 저었다. 씁쓸한 미소가 그녀의 입술에 맺혔다.

"어느 누구도 언니 편을 들어주지 않았어요. 그 사람들은 우리가 이 마을에서 두려워하는 걸 똑같이 두려워했던 거예요. 누구든 변호를 해주는 사람은 똑같이 귀신이 들린 자로 여겨질 것이고 교수대에 매달릴 것이다. 그래요. 그자도 그 사실을 알고 있어요."

네틀즈 부인이 강렬한 눈빛으로 매튜를 뚫어지게 쳐다보았다.

"그 여우 말예요. 그자는 세일럼에서 일어난 일을 알고 있고, 다른 여러 마을에서의 일도 알아요. 자기 목숨이 위태로울까 두려워서 아무도 호워스 부인을 위해 증언하지 않을 거라는 사실을요. 사람들은 그냥 이 마을을 떠나 죄책감을 안고 살아가겠죠. 비드웰 시장님의 돈에 등을 돌릴 용기만 있었다면 제가 직접 끝장을 봤겠지만…… 그러지 못했어요. 그래서 코빗 씨가 맡게 된 거죠."

"증인들은 자신들이 본 것이 꿈이나 환상이 아니라고 주장하고 있어요. 여기에 대해서는 어떻게 설명하시겠어요?"

"그걸 설명할 수 있다면…… 그래서 증명할 수 있다면…… 분명 비드웰 시장님도 관심을 보일 거예요. 그건 확실해요."

"제가 하려고 하는 일이 바로 그겁니다. 저는 호워스 부인이 여기서 썩 환영받지 못했다는 사실도 잘 알고, 교회에서 쫓겨난 것도 알아요. 하지만 누가 그녀에게 마녀의 누명을 씌우고 싶을 정도로 그렇게 원한을 품었는지는 모르겠어요. 그럴 만한 사람이 있나요?"

"아뇨, 모르겠어요. 아까도 말했듯이 호워스 부인은 피부색이 검고 스페인 사람에 가까워서 싫어하는 사람들이 아주 많아요. 예뻐서 싫어하기도 했고요. 하지만 내가 알 만한 사람 중에서 그렇게까지 그녀를 싫어할 사람은 없어요."

"호워스 씨는 어떤가요? 그분은 적이 있었나요?"

"조금. 하지만 제가 아는 한에서는 모두 죽었거나 이 마을을 떠났어요."

"그로브 신부님은요? 그분께 안 좋은 감정을 드러내는 사람이 있었나요?"

"아무도 없었어요."

네틀즈 부인이 딱 잘라서 말했다.

"신부님과 사모님은 좋은 분들이었어요. 신부님은 상당히 현명한 분이기도 했고요. 그분이 살아계셨다면 맨 먼저 나서서 호워스 부인을 감싸주셨을 거예요. 정말로요."

"그분이 살아계셨다면 좋았을 텐데. 엑소더스 예루살렘이 사람들을 들쑤시는 것보다는 그분이 차분하게 안정시키시는 편이 더 나았을 거예요."

"그래요. 그 목사님은 정말 어디로 튈지 모르겠더군요."

네틀즈 부인이 고개를 끄덕였다.

"점심 식사를 준비해드릴까요?"

"아뇨, 괜찮아요. 갈 데가 좀 있어서요. 대신 판사님을 가끔씩 살펴봐주시겠어요?"

"네."

네틀즈 부인은 닫힌 문 쪽을 힐긋 바라보았다.

"판사님 건강이 더 안 좋아질까봐 걱정이네요."

"저도요. 우리가 찰스타운에 돌아갈 때까지 쉴즈 선생님이 판사님을 잘 돌봐주고, 그때까지 더 악화되지 않기를 바랄 뿐이에요."

"전에도 이런 병을 본 적이 있어요."

네틀즈 부인은 그다음 말을 하지 않았지만, 매튜는 내용이 무엇인지 알 것 같았다.

"오후에 돌아올게요."

매튜가 말했다. 그리고 두 사람은 함께 계단을 내려왔다.

그날은 매튜의 마음 상태에 걸맞게 하루 종일 날씨가 흐렸다. 그는 터덜터덜 호수를 지나 교차로까지 가서 인더스트리 거리로 방향을 들었다. 날카로운 눈으로 대장장이가 갑작스럽게 나타날 일에 대비했으나, 다행히도 아무 일 없이 헤이즐턴의 창고를 지나칠 수 있었다. 하지만 삐걱거리며 지나가는 마차 바퀴가 매튜에게 진흙을 뿌렸다. 마차에는 아버지, 어머니, 아이들 셋으로 이루어진 일가족이 타고 있었는데, 분명 그날을 파운트로열을 떠나는 날로 고른 모양이었다.

어둠침침한 회색 하늘 아래 마을은 황량했고, 주민들 몇몇만이 눈에 띄었다. 인더스트리 거리의 양쪽으로 노는 땅과 버려진 집들이 보였다. 형편없는 날씨에, 나쁜 운에, 마녀에 대한 두려움이 빚은 결과였다. 한때는 파운트로열의 자랑이었을 과수원과 농장들이 있는 인더스트리 거리로 계속 나아갈수록, 황량하고 공허한 분위기는 더 심해졌다. 동물의 배설물 더미가 거리에 널려 있었고, 그 사이로 인간의 배설물로 보이는 작은 덩어리들도 보였다. 엑소더스 예루살렘의 마차와 야영지도 보였지만 목사는 보이지 않았다. 개들이 돼지 사체를 필사적으로 물어뜯어 내장을 파헤치는 모습을 보자, 매튜는 비드웰이 이 마을을 구하기 위해 무슨 짓을 하든지 파운트로열은 이제 얼마 못 갈 거라는 생각이 들었다. 불운한 운명의 무기력함이 이미 이곳에 장례식의 장막처럼 드리워졌기 때문이다.

매튜는 창고 밖에서 안장에 비누 거품을 칠하고 있는 노인에게 마틴 애덤스의 집이 어디인지 물었다.

"저쪽이오. 파란색 덧문 달린 집."

노인은 대답한 뒤 매튜에게 말했다.

"아침에 채찍 맞는 걸 봤소. 소리도 안 지르고 잘 버티던데. 마녀는 언제 불탑니까?"

"판사님이 그 문제를 검토하시는 중입니다."

다시 걸음을 옮기는 매튜의 뒤로 노인이 소리쳤다.

"하루 이틀 안에는 됐으면 좋겠소. 나도 꼭 갈 거니까. 기억해둬요!"

매튜는 계속 걸어갔다. 바로 다음 집은 오랫동안 비어 있었던 듯, 흰 페인트칠이 상당 부분 벗겨져 보기 흉하게 얼룩덜룩했다. 앞문은 조금 열려 있었고 창의 덧문들은 모두 닫혀 있었다. 매튜는 이 집이 바이올렛이 악마를 만났다는 해밀턴의 집이리라 추측했다. 그 뒤로 세 집을 더 지나자 파란색 덧문이 달린 집이 나왔다. 매튜는 그 집의 문을 노크했다.

바이올렛이 문을 열어주었다. 아이가 눈을 휘둥그렇게 뜨며 뒤로 물러나려 할 때 매튜가 말했다.

"안녕, 바이올렛. 잠깐 얘기 좀 할 수 있을까?"

"안 돼요."

바이올렛이 말했다. 눈앞의 매튜와 매튜로 인해 떠오른 감옥에서의 기억 때문에 몸이 얼어붙은 것 같았다.

"저 가야 돼요."

바이올렛은 매튜의 면전에서 문을 닫으려 했다.

"부탁할게. 잠깐이면 돼."

매튜가 손으로 문을 잡았다.

"누구야?"

새된 여자 목소리가 안쪽에서 들려왔다.

"바이올렛, 누구니?"

"저한테 질문했던 아저씨예요, 엄마!"

그 순간 바이올렛은 옆으로 우악스럽게 밀려나고 마틴 애덤스만큼이나 마르고 뼈마디가 앙상한 여인이 문 앞에 나타났다. 콘스탄스 애덤스는 칙칙한 갈색 옷을 입고 흰 보닛을 썼으며, 해진 앞치마에는 얼룩이 묻어 있었고 손에는 빗자루를 들고 있었다. 여자는 남편보다 나이가 많아 보였고, 삼십 대 후반쯤 된 듯했다. 한때는 예뻤을 것 같지만 턱이 뾰족하게 나왔고 옅은 푸른색 눈에는 감출 수 없는 분노가 가득 배어 있었다.

"무슨 일이에요?"

콘스탄스 애덤스가 딱딱하게 물었다.

"불쑥 찾아와서 죄송합니다."

매튜가 말했다.

"따님에게 몇 가지 여쭤볼 게 더 있어서……."

"안 돼요."

콘스탄스 애덤스가 말을 잘랐다.

"바이올렛은 할 만큼 했어요. 그 여자는 우리에게 저주고 전염병이에요. 난 그 여자가 죽기를 바라요. 이제 가세요!"

매튜는 문에서 손을 떼지 않았다.

"딱 하나만 물어볼게요."

매튜가 단호하게 말했다. 소녀는 금방이라도 달아날 것 같은 모양새로 겁먹은 사슴처럼 엄마 뒤에 서 있었다.

"바이올렛은 해밀턴 씨 집에서 노래하는 남자의 목소리를 들었다고 말했습니다. 그래서 바이올렛에게 그것에 대해 좀 더 생각해보라고, 무엇을 들었는지 기억해보라고 했었어요."

"당신 때문에 이 아이가 힘들어해요. 모르겠어요? 그런 질문들 때문에 아이의 머리가 심하게 아프단 말이에요!"

"엄마."

바이올렛은 금방이라도 울음을 터뜨릴 것 같았다.

"소리 지르지 마, 엄마!"

"조용히 해!"

콘스탄스 애덤스는 빗자루 대로 매튜의 가슴을 떠밀었다.

"바이올렛은 밤에 잠을 못 자! 머리가 너무 아파서! 쉴즈 선생님도 손을 못 쓴다고! 그런 사악한 일을 생각하고 기억해내는 것으로 우리는 전부 미쳐버릴 것 같다고!"

"힘드시다는 건 잘 압니다. 하지만……."

"아무것도 필요 없으니 그냥 뒤돌아서 꺼져!"

콘스탄스 애덤스는 거의 악을 쓰다시피 했다.

"석 달 전에 그 마녀가 처형을 당했으면 이 마을은 괜찮았을 거야. 그런데 지금 한번 봐! 그 여자는 신부님과 자기 남편을 죽인 것처럼 이 마을도 거의 다 죽여놨어! 새러 데이비스와 제임스 레이스럽, 자일스 게디, 도카스 체스터와 무덤에 누워 있는 사람들을 죽인 것처럼! 그리고 이제는 우리 바이올렛의 머릿속에 칼을 들이대서 죽이려 하고 있어!"

여자의 입에서 침이 튀어 턱이 번들거렸다. 콘스탄스 애덤스는 처음에는 거칠었다가 이제는 무서울 정도로 격분하고 있었다.

"나는 사람들에게 그 여자가 나쁜 여자라고 늘 말했어! 내내 말했지만 내 말은 듣지도 않았지! 아니, 사람들은 오히려 그 여자가 교회 안을 걸어 다니게 내버려뒀어. 그 지옥에서 온 검둥이 여자가 교회 안을 걸어 다녔어!"

"엄마! 엄마!"

바이올렛이 소리를 지르며 손으로 귀를 막았다.

"그 여자는 죽을 때까지 우리를 저주할 거야!"

콘스탄스 애덤스는 계속 열변을 토했다. 그녀는 이제 끔찍할 정도로 째지는 목소리를 내고 있었다.

"제발 떠나자고 애걸을 했어! 정말로! 여길 뜨자고 애걸했는데, 그이 말이 우리는 달아나지 않을 거래! 그 여자는 그이의 마음도 더럽혀놓은 거야. 머지않아 그이도 죽일 거야!"

여자의 남편을 말하는 것이리라고 매튜는 추측했다. 여자는 곧 마지막 남은 제정신을 잃게 될 것이 분명했다. 그리고 여기에 머물러 봤자 더 좋을 일이 없다는 것도 분명했다. 제정신이 아닌 가엾은 여자가 끝도 없이 주절대는 동안 매튜는 문에서 물러나 등을 돌렸다.

"그 여자가 필립 빌도 죽였어! 밤에 자는데 목구멍이 피로 막혀 죽었다고! 그 여자를 마을에서 쫓아내자고 그렇게 말했는데! 그 여자가 악마라고 그렇게 말했는데! 애비 해밀튼도 알고 있었어! 오, 주 하느님, 우리를 보호하고 구원하소서! 그 여자를 불태워버려! 전능하신 하느님의 사랑으로 태워버리라고!"

문이 쾅 소리를 내며 닫혔다. 문 뒤에서 콘스탄스 애덤스가 부상을 입고 우리에 갇힌 동물처럼 겁에 질려 울부짖는 소리가 들렸다.

애덤스의 집을 떠난 매튜는 인더스트리 거리를 따라 동쪽으로 향했다. 미친 여자를 만난 일 때문에 심장은 거칠게 뛰고, 뱃속은 한껏 꼬이는 듯했다. 하지만 그는 진실을 왜곡하고 파괴하는 공포의 힘을 이해했다. 아마도 콘스탄스 애덤스는 오랫동안 위태로운 경계에 아슬아슬하게 서 있었을 것이다. 그리고 작금의 상황이 그녀를 떠민 것이다. 어쨌든 매튜는 여자나 아이에게서 더 이상의 도움을 기대할 수 없었다. 대단히 불행한 일이었다. 악마가 사는 집에서 들렸다는 남자의 노랫소리는 너무나도 이상해서 매튜가 찾는 진실과 큰 관련이 있으리라는 직감이 있었기 때문이다.

얼마 지나지 않아 매튜는 아까 지나쳐온 집 앞에 이르렀다. 버려진 집 특유의 황량한 분위기 말고는 특별히 이상한 것은 없었다. 하지만 매튜는 오늘 같은 흐린 날에는 흉측한 주먹이 비밀을 꽉 움켜쥐고 있는 것 같다는 생각이 들었다. 이 집은 다른 집들과 마찬가지로 소나무로 지어졌고, 기껏해야 방이 두세 개 있는 정도로 작아 보였다. 하지만 이 집은, 아이의 말을 믿는다면, 사탄이 파운트로열의 주민들에게 경고를 보낸 장소로 선택되었다는 점에서 다른 집들과는 분명히 달랐다.

매튜는 직접 안을 살펴보고, 특히 남자의 목소리가 들렸다는 뒤쪽 방을 찾아보기로 했다. 문은 매튜를 맞아들이듯 이미 활짝 열려 있었다. 매튜는 바이올렛이 들어갈 때 문이 열려 있었다고 말한 것을 떠올렸다. 아이가 그런 일을 겪은 뒤로 이 집에 발을 들인 사람이 있었을 것 같지는 않았고, 그렇기 때문에 아직 흥미로운 증거가 남아 있을지도 모른다고 생각했다. 도깨비의 양초나 사탄이 앉아 있었다는 의자 같은 것?

매튜는 조금은 두려운 마음으로 문 쪽으로 다가갔다. 덧문이 모두 닫혀 있었기 때문에 집 안은 한밤중의 감옥만큼이나 어두웠다. 문턱을 넘자마자 눅눅하고 썩은 냄새가 확 풍겨서 그리 유쾌하지 않았다. 매튜는 마음을 단단히 먹고 집 안으로 들어갔다.

가장 먼저 해야 할 일은 제일 가까운 창문으로 가서 덧문을 활짝 여는 것이었다. 희미하지만 반가운 빛의 도움으로 그의 용기가 샘솟았다. 매튜는 다른 창문의 덧문들도 활짝 열고, 사탄의 도피처 안에 하느님의 빛을 들여놓았다.

방 안을 둘러보니 해밀턴 가족이 가진 걸 모두 마차에 싣고 갔는지 남아 있는 것이 거의 없는 중에 몇 가지만 눈에 띄었다. 개들의 배설물로 보이는 것들이 널브러져 있었고, 일부는 새것 같아 보였다. 그리고 구석에는 머리뼈가 놓여 있었다.

그것은 당연히 시선을 끌었다. 매튜는 자세히 살펴보기 위해 가까이 다가갔다.

중간 크기 정도인 개의 머리뼈였고, 이빨의 닳은 상태로 보아 나이 든 개가 분명했다. 바닥에 깔린 회갈색 털 무더기의 오른쪽에 놓인 뼈는, 오래되지 않은 배설물 무더기 위에서 윙윙거리는 파리들이 깨끗이 훑어놓은 뒤였다. 방의 구석에서 나는 냄새는 결코 좋은 냄새가 아니었다. 죽은 동물 아래의 바닥은 시체가 부패하면서 흐른 진액 때문에 얼룩이 져 있었다. 매튜는 벌레들이 속속들이 파헤쳐놓은 이 개의 사체가 이곳에 얼마나 오랫동안 방치되어 있었을지 궁금했다.

매튜는 바이올렛이 이야기를 하기 전에 마틴 애덤스가 했던 말을 떠올렸다. **이 애가 얘기하려는 일은 삼 주쯤 전에 있었습니다.**

저렇게 완전히 썩으려면, 죽은 개는 이 방에서 적어도 삼 주 정도는 있었으리라고 매튜는 생각했다. 분명히 역겨웠을 것이다. 현관 문턱을 넘어서자마자 곧바로 냄새를 맡았을 것이며, 방 안에 들어서기 전부터 냄새가 진동했을 것이다. 그러나 바이올렛 애덤스는 냄새 때문에 이 집에 들어서는 것을 꺼리지도 않았고, 실제로 이곳에 들어서서도 냄새 같은 것은 전혀 눈치채지 못했다.

어쩌면 악마가 냄새를 없앴을지도 모르고, 바이올렛이 너무 정신이 홀린 나머지 코를 찡그리지 않았을 수도 있다. **하지만 여전히……**. 물론 삼 주가 아니라 이 주 전에 개가 여기에서 죽었을 수도 있다. **하지만 여전히……**.

매튜는 방 안에 가구가 하나도 없다는 사실을 깨달았다. 의자도 없고, 소파도 없고, 악마가 도깨비를 무릎 위에 두고 앉았을 만한 것은 하나도 없었다. 물론 사탄이 허공에서 의자를 만들어냈을 수도 있다. **하지만 여전히……**.

집 뒤쪽에서 소리가 들렸다.

속삭임 같은 작은 소리였다. 그러나 목 뒤의 솜털을 쭈뼛 세우기에는 충분했다. 매튜는 그 자리에 가만히 서 있었다. 입안이 바짝 말랐다. 매튜는 볼품없는 빛줄기 너머 집 뒤편을 장악하고 있는 어둠을 노려보았다.

그 소리는, 그게 무엇이었든 간에, 다시 들리지 않았다. 아마 마룻바닥이 삐걱거리는 소리였거나, 무언가 보이지 않는 것이 천천히 움직이는 소리였을 것이다. 매튜는 기다렸다. 주먹을 쥐고, 눈은 어둠을 꿰뚫어보려고 애썼다. 파리가 이마에 앉았고 매튜는 재빨리 그것을 털어버렸다.

저 뒤에 있는 방. 그곳에서 바이올렛은 남자가 노래하는 소리를 들었다고 했다.

매튜는 보이지 않는 저 곳에 무언가가 도사리고 있다는 상상을 하자 겁에 질렸다. 정말로, 그것이 누워서 그를 기다리고 있을지도 몰랐다. 하지만, 오 하느님 저를 도우소서. 매튜는 이 집에 진실을 확인하러 왔고, 따라서 그는 저 어두운 방으로 가야만 했다. 그가 가지 않는다면 누가 간단 말인가?

그의 발은 여전히 뿌리가 박힌 듯 떨어지지 않았다. 그는 무언가, 아무 거라도, 무기가 될 만한 것을 찾아 주위를 둘러보았지만 아무 것도 없었다. 아니, 이 말은 완전히 정확한 것은 아니었다. 그는 난로의 잿더미 사이에서 해밀턴 가족이 남겨두고 간 깨진 도기 술잔과 작은 양철 냄비를 찾아냈다. 매튜는 냄비를 집어 들었다. 오래 사용해서 바닥이 검게 탄 냄비였다. 매튜는 냄비를 들고 다시 어둠을 똑바로 바라보았다.

　단검과 등잔을 얻을 수만 있다면 무엇이라도 내놓을 수 있으리라. 그러나 냄비도, 필요하다면 일격을 가하기엔 그럭저럭 충분했다. 매튜는 그럴 필요가 없기를 진심으로 바랐다. 이제, 그의 정신력을 시험할 시간이 왔다. 갈 것인가 말 것인가, 그것이 문제였다. 만일 그가 슬그머니 도망친다면, 악마가 정말로 저 방에서 그를 기다리고 있다는 것을 인정하는 일이 되지 않겠는가? 그리고 그는 정말로 소리를 들은 것인가? 아니면 단지 흥분이 불러온 상상이었을까?

　그건 당연히 쥐였을 것이다. 그래, 쥐다. 그뿐이다.

　매튜는 어둠 쪽으로 한 걸음 나아갔다가 멈추고 귀를 기울였다. 심장 뛰는 소리가 귀에서 울리는 것 말고는 아무 소리도 들리지 않았다. 다시 한 걸음 더. 그리고 또 한 걸음. 매튜는 어쩌면 바닥없는 구덩이가 도사리고 있을지도 모르는 열린 문 앞까지 다다랐다.

　천천히, 천천히, 매튜는 방 쪽으로 접근했다. 그의 무게 때문에 바닥의 널빤지가 삐걱거리자 그는 움찔했다. 안을 엿봤다. 모든 신경이 악령으로부터의 공격이나 위협에 대비해 잔뜩 긴장하고 있었다. 그곳에 빈약한 한낮의 햇빛이 가느다랗게 한 줄 비쳤다. 닫힌 덧문의 틈이었다.

　다시 한 번 그의 용기가 흔들렸다. 방 안을 둘러보려면 우선 방을 가로질러 덧문을 열어야 했다. 거기 닿기도 전에 차가운 손이 그의 목덜미를 붙잡을지도 몰랐다.

　아니, 말도 안 된다! 그럼에도 불구하고 그의 신중함이, 말이 안 되는 일이지만, 정말로 사탄이 이 집을 방문해서 아직도 저 어둠 속에 존재하고 있을지도 모른다는 생각을 부추겼다. 문턱에서 더 오래 지체할수록 사탄의 발톱과 이빨이 더욱 선명히 드러났다. 방으로 들어가서 곧장 덧문을 여는 것 외에는 다른 방법이 없었다.

물론, 양철 냄비는 꼭 쥐고.

매튜는 그 향긋하지 않은 냄새를 들이마실 수 있는 최대한 깊이 들이마셨다. 그러고 나서 이를 악물고 방 안으로 걸어 들어갔다.

어둠이 매튜를 덮쳤다. 등골이 오싹해졌지만 그는 반대편 벽까지 3미터 정도를 걸어가 덧문을 잠근 빗장을 재빨리, 그리고 필사적으로 들어 올렸다. 덧문을 열자 축복받은 회색 햇빛이 쏟아져 들어왔다. 하늘에 가득 찬 보기 흉한 구름들이 그토록 반가울 수가 없었다.

매튜가 마음을 놓은 순간, 그의 뒤에서 신음 소리가 들려왔다. 신음 소리가 점점 더 커지자 매튜는 거의 창문으로 돌진할 뻔했다. 악의에 찬 악마가 내는 이 소리에 매튜는 모골이 송연해졌다. 매튜는 끔찍하게 일그러진 얼굴로 몸을 돌렸고, 뿔이 난 해골을 향해 일격을 가하기 위해 양철 냄비를 치켜들었다.

눈을 부릅뜬 젊은이와 눈을 부릅뜬 갈색 들개 중 누가 더 겁에 질렸는지는 말하기 어려울 것이다. 하지만 강아지 여섯 마리가 부풀어 오른 어미 개의 젖꼭지를 빨고 있는 모습을 보고 매튜의 공포가 먼저 사라진 것만은 확실했다. 매튜는 반사적으로 컥컥대며 웃었지만, 그의 고환은 아직도 올라간 곳에서 내려오지 않고 있었다.

암캐는 몸을 떨면서 이빨을 드러내고 으르렁거렸다. 매튜는 자리를 뜨는 게 좋겠다고 생각했다. 그는 방 안을 한번 둘러보았다. 개들과 개의 배설물, 그리고 누더기가 된 닭의 사체 두어 구만 있을 뿐 텅 비어 있었다. 매튜가 냄비를 내리고 뒤로 물러나 문 쪽으로 가는데, 갑자기 그 집의 주인이 나타났다.

거리에서 죽은 돼지를 물고 잡아당기던 개들 중 하나였다. 개는 입가에 피를 흠뻑 묻히고, 피가 뚝뚝 떨어지는 검붉은 덩어리를 물고 있었다. 번쩍이는 눈은 매튜를 본 순간 피범벅이 된 전리품을 떨어뜨리고 몸을 웅크려 공격 자세를 취했다. 으르렁거리는 소리는 매튜가 파운트로열 주민들의 손이 미치지 않는 영역을 침범했음을 알리고 있었다. 개는 매튜의 목으로 뛰어오를 태세였고, 곧 실행에 옮길 듯했다. 매튜는 결정을 내리는 데 지체하지 않았다. 그는 냄비를 개의 바로 앞 바닥에 집어 던졌다. 그리고 개가 뒤로 펄쩍 물러나며 격렬하게 짖는 동안 즉시 가장 가까운 창틀로 기어올라 밖으로 뛰어내렸다.

매튜는 몸을 일으킨 뒤 서둘러 동쪽으로 방향을 잡았다. 뒤를 돌아보았지만 개는 쫓아오지 않았다. 매튜는 해밀턴의 집을 떠나 어느 정도 멀어질 때까지 빠른 걸음으로 걸었고, 그러다가 생채기가 난 오른쪽 정강이와 오른손 바닥에 잔뜩 박힌 잔가시들을 살펴보기 위해 걸음을 멈췄다. 그것 말고는 이 모험에서 특별히 피해를 입은 것은 없었다.

교차로를 향해 계속 걸어가면서, 매튜는 이 모험의 의미를 되새겨보았다. 그 개들은 해밀턴 가족이 키우다가 몇 달 전에 버린 것일 수도 있고, 아니면 마을을 떠난 다른 가족이 버리고 간 개들일 수도 있다. 문제는 이거다. 그 개들은 그곳에서 얼마나 오랫동안 살고 있었을까? 삼 주보다 오래? 아니면 삼 주가 채 안 됐을까? 바이올렛 애덤스가 그 집에 들어갔을 때 그 개들이 거기 있었다고 가정하는 건 합리적인가?

'만일' 아이가 그 집에 들어갔다면, 그곳에 의자는 없었다. 양초도 양초 도막도 없었다. 비드웰과 엑소더스 예루살렘이라면 그런 물건들은 유령의 것이고 당연히 악마와 함께 사라졌다고 말했을 것이다. 하지만 매튜로서는 그런 물건들이 그 집에 있었다는 것을 믿으려면 그것들을 눈으로 봐야만 했다. 그리고 개의 머리뼈는 어떤가? 썩어가는 사체 때문에 방 안은 역겨운 냄새로 가득 찼을 텐데, 바이올렛은 그 냄새를 알아채지도 못했고 집에 들어가기를 주저하지도 않았다. 매튜는 안에서 누가 부르든 현관문부터 죽음의 냄새가 나는 버려진 집에는 결코 들어갈 생각이 없었다. 그렇다면 그 아이의 진술은 어떻게 받아들여야 할까?

그 아이가 정말로 그곳에 갔었는가, 아닌가? 매튜가 판단하는 한, 이 문제에서 가장 이상한 점은 버크너와 개릭처럼 바이올렛도 거짓말을 하고 있지 않다는 점이다. 그 아이는 진심으로 무서워하면서 자신이 목격한 것이 진실이라고 믿고 있었다. 그것은 '그 아이의' 진실일 것이다. 버크너와 개릭에게 있었던 일이 그들에게 진실이었던 것처럼……. 하지만 그것이 온전하고도 실질적인 진실인가?

하지만 어떤 진실이 진실인 동시에 거짓일 수가 있단 말인가?

매튜는 자신이 철학의 영역을 헤매고 있다고 느꼈다. 집중해서 생각하고 논의할 가치가 있는 문제지만 레이첼의 사건에는 그다지 도움이 되지 않는다. 매튜는 쉴즈의 진료소가 어디 있는지 알아내 판사의 상태를 더 자세히 알아볼 생각이었다. 하지만 왜인지는 모르겠으나 눈앞에서 마차 바퀴를 고치고 있는 사람에게 길을 묻지 않고 지나쳤다. 그다음에 만난 두 남자도 지나쳤다. 아마도 판사의 건강이나 마녀의 운명에 관한 질문을 듣고 싶지 않았기 때문이리라. 매튜는 인더스트리 거리에서 트루스 거리로 계속 걸어갔다. 이 길로 가면 그곳이 있었다. 여기까지 오는 내내 그는 이곳을 향해 가고 있음을 스스로 알고 있었다. 감옥이었다.

감옥 문은 아직도 열린 채였다. 감옥 옆에 있는 형틀을 보니 오늘 아침의 좋지 않은 기억이 새삼 떠올랐다. 그러다가 그는 비록 비드웰이나 판사 앞에서는 인정하려 하지 않겠지만, 자신이 레이첼의 존재를 그리워한다는 사실을 깨달았다. 왜일까? 매튜는 감옥 문 앞에 서서 스스로에게 물어보았다.

그녀가 그를 필요로 하니까. 그래, 그거다. 껍질을 벗기고 보면 그것뿐이다.

매튜는 안으로 들어섰다. 그린의 호의 덕에 등잔이 켜져 있고 지붕의 천창도 열려 있어서, 감옥 안의 우울한 분위기는 다소 누그러져 있었다. 레이첼이 누가 왔는지 보려고 의자에서 일어나 머리에서 두건을 벗었다. 그녀는 할 수 있는 한 가장 환하게 미소를 지으려 애를 썼지만, 들인 노력에 비해서는 힘없는 미소였다. 레이첼은 그를 보기 위해 창살로 다가왔다.

매튜는 레이첼의 감방으로 다가갔다. 무슨 말을 해야 할지, 이곳에 돌아온 이유를 어떻게 설명해야 좋을지 몰랐다. 그래서 레이첼이 먼저 말을 꺼냈을 때 적잖이 안심이 되었다.

"채찍 소리를 들었어요. 괜찮아요?"

"괜찮아요."

"꽤 아플 것 같았어요."

매튜는 갑자기 그녀의 면전에서 부끄러움을 느꼈다. 그는 바닥을 쳐다봐야 할지 레이첼의 눈을 봐야 할지 몰랐다. 그녀의 눈은 노란 등불을 받아 금화처럼 빛났다. 미소는 약했어도 레이첼의 눈은 여전히 특이한 힘을 지니고 있었고, 매튜는 그녀가 그의 살과 뼈를 뚫고, 겹겹이 싸인 영혼 깊은 곳까지 들여다볼 것 같은 기분이 들었다. 매튜는 불편하게 이리저리 발을 옮기며 서 있었다. 레이첼에게 사람을 꿰뚫어보는 힘이 있었다면, 아마 누군가가 자신을 필요로 하길 바라는 욕망을 매튜에게서 볼 수 있었을 것이다. 매튜는 판사와의 관계에서도 언제나 그런 욕망을 품어왔지만, 이제 그건 타들어 가는 모닥불에 불과했다. 그는 그녀의 알몸을 보았다고 생각했다. 그녀가 실제로 옷을 벗었던 그 순간이 아니라, 그녀가 원하던 것을 표현하고 창살을 통해 위안을 구하며 그의 손을 잡았던 그 순간에.

 매튜는 자신이 레이첼에게 남은 희망의 전부라는 사실을 깨달았다. 얼마 남지 않은 그녀의 삶에 어떤 도움과 위안을 줄 수 있다면, 그것은 매튜만이 줄 수 있을 것이었다. 그런 그가 어떻게 자신의 마음과 영혼에서 그녀를 내쫓을 수 있단 말인가? 우드워드도 간절한 도움이 필요했지만, 우드워드에게는 쉴즈 선생이 있다. 이 여자는, 매튜의 눈앞에 서 있는 이 아름답고 비극적인 여자는, 이 세상에 돌봐줄 사람이 매튜 말고는 아무도 없었다.

 "그린이 식사를 가져왔나요?"

 매튜가 물었다.

 "방금 먹었어요."

 "깨끗한 물 필요해요? 가져다줄 수 있는데."

 "아뇨, 물은 충분해요. 그래도 고마워요."

 매튜는 더러운 감방 안을 둘러보았다.

 "청소도 좀 하고 새 짚도 깔아야겠어요. 이런 더러움을 견뎌야 하다니 정말 지독하네요."

 "이따가 할 거예요."

 레이첼이 대답했다.

 "판사님의 생각은 어떤지 물어봐도 돼요?"

 "아직 아무 말씀 없으셨어요."

 "유죄 판결 말고 다른 결론은 없다는 걸 알아요."

 레이첼이 말했다.

"나에게 불리한 증거들이 너무 확실해요. 특히 그 아이가 한 말이. 내가 성경을 찢은 게 도움이 되지 않는다는 것도 잘 알고요. 하지만 그땐 제정신이 아니었어요. 그러니…… 비드웰은 곧 마녀가 불타는 모습을 보게 되겠죠."

레이첼의 얼굴에 고통이 서렸다. 하지만 그녀는 턱을 치켜들었다.

"그때가 오면, 난 모든 준비가 끝나 있을 거예요. 그때까지는 준비를 해야죠. 이곳에서 나가게 되면 기쁠 거예요. 내가 이 세상에서 사라지더라도 천국이 나를 받아들여줄 거라는 사실을 알거든요."

매튜는 그녀가 순순히 굴복한 것에 반대하려 했으나, 말이 나오지 않았다.

"나는 정말, 정말로 지쳤어요."

레이첼은 오른손으로 이마를 짚고 잠시 눈을 감았다.

"그때가 오면, 이 새장에서 날아갈 준비가 되어 있을 거예요."

레이첼이 조용히 말했다.

"나는 남편을 사랑했어요. 하지만 나는 아주 오랫동안 외로웠어요……. 이젠 죽는 편이 더 나아요."

레이첼은 눈을 뜨고 손을 내렸다.

"그때 와줄 거예요?"

매튜는 그녀의 말이 무슨 뜻인지 깨달았다.

"아뇨."

"내가 남편 곁에 묻히게 될까요? 아니면 다른 곳에?"

그녀에게 사실이 아닌 것을 말해줘봤자 소용없었다.

"아마 마을 밖이겠죠."

"나도 그렇게 생각했어요. 사람들이 날 참수하지는 않겠죠. 그렇죠? 음…… 내가 화형을 당하고 나면, 내 몸을 더럽힐까요?"

"아뇨."

매튜는 레이첼의 손가락뼈 하나라도 시체에서 떨어져 나와 반군디의 주점에서 2펜스짜리 구경거리가 될 일은 없을 거라고 확신시켜주고 싶었다. 물론, 매튜와 우드워드가 떠나고 난 뒤 어느 도굴꾼이 그녀의 유골에 무슨 짓을 할지는 그의 영향력 밖의 일이었고, 생각하고 싶지 않은 일이기도 했다.

레이첼의 걱정스러운 표정을 보고 매튜는 자기 생각을 그녀가 알아차렸음을 눈치챘다. 그러나 그녀는 그것을 입 밖에 내지 않았다.

"한 가지는 아쉬울 거예요. 대니얼과 그로브 신부님을 죽인 자가 절대 정의의 심판을 받지 못할 거라는 점 말이에요. 그건 정말 공평하지 않아요. 안 그래요?"

레이첼이 말했다.

"네, 정말 그래요."

"하지만 그때는 상관없겠죠?"

레이첼은 천창 너머로 구름 낀 하늘을 바라보았다.

"나는, 나이가 들어서, 내 집 침대 위에서 죽을 줄 알았어요. 그러길 바랐죠. 내 인생이 이렇게 끝나리라고는 꿈에도 생각지 못했어요. 내 남편 옆에 눕는 게 허락되지 않을 거라는 것도! 이것도 공평하지 않아요. 안 그래요?"

레이첼은 숨을 들이마셨다가 긴 한숨을 내쉬고, 마침내 입을 꼭 다문 채 시선을 떨구었다. 그때 감옥 문이 열렸다. 누군지 확인한 레이첼은 즉시 창살에서 뒤로 물러섰다.

"아하!"

엑소더스 예루살렘이 고개를 한쪽으로 기울이고 교활한 미소를 지었다.

"이게 무슨 일인가?"

매튜가 몸을 돌려 그를 마주 보았다.

"무슨 일로 오셨는지 물어봐도 됩니까?"

"내가 무엇을 하든 어디를 가든, 그것은 나의 주 하느님의 일일세."

검은 삼각 모자와 검은 옷을 걸친 예루살렘은 매튜와 한 팔 너비 정도 되는 곳까지 다가왔다.

"그대가 지금 하는 일이 그다지 거룩하지 않다는 데 내기를 걸지."

"여기에서 당신을 원하는 사람은 아무도 없습니다, 목사님."

"오, 그건 자네 생각이지. 나는 마녀랑 얘기를 나누러 왔어. 마녀의 수탉이 아니라."

매튜의 뺨에 피가 몰렸다.

"호워스 부인이 당신과 얘기를 나누고 싶을 것 같지는 않은데요."

"얘기할걸세. 내 힘이 없으면 마녀의 혀는 영원히 침묵을 지키게 될 테니."

목사는 레이첼에게 말했다.

"마녀 호워스, 그대의 모래시계의 모래가 거의 다 떨어졌네. 듣자 하니 그대의 화형대로 쓸 나무들이 선택되어 벌목되고 있다 하네. 지금 이 순간에도 도끼날은 날카롭게 벼려지고 있고. 내가 지난번에 방문했을 때 그대에게 한 제안을 좀 생각해보았기를 진심으로 바라네."

"뭐, 같이 여행하는 창녀가 되어달라는 제안?"

레이첼이 날카롭게 물었다.

"나와 함께 여행하는 '사도'가 되어달라는 제안일세."

목사의 목소리는 부드럽고 느긋했다. 너무나도 느긋해서 매튜는 예루살렘이 이런 제안을 하도 많이 해봐서 이제는 아예 두 번째 천성이 되어버린 게 아닌가 생각했다.

아니면 첫 번째 천성인가.

"그리고 공부와 기도를 함께할 동반자가 되어달라는 것이지."

예루살렘이 덧붙였다.

"죄악을 공부하고 감옥에서 끄집어낼 다른 여자를 찾게 해달라는 기도?"

레이첼의 얼굴에는 우유 한 양동이쯤은 썩게 만들 것 같은 역겨움의 표정이 떠올라 있었다.

"차라리 불에다 키스를 하겠어."

"그대 소원은 이루어질 것이네."

예루살렘이 말했다.

"그대의 검은 아름다움은 그대의 해골에서부터 불타오를 것이며, 하느님의 발아래에서 부서질 것이네. 그대가 누운 곳에 짐승들이 찾아와 그대 뼈를 조각조각 부러뜨릴 것이라네."

매튜에게 분노가 밀물처럼 밀려왔다.

"당장 나가요."

"이보게, 여기는 공공장소야. 나도 그대와 마찬가지로 이곳에 들어올 충분한 권리가 있어."

예루살렘은 눈을 가늘게 떴다.

"적어도 나는 마녀에게 구원을 가져다주려고 이곳에 들어왔네. 마녀의 사악한 축복을 받으러 온 것이 아니라."

"호워스 부인과 나는 당신의 목적을 잘 알고 있어요."

"오, 그대와 마녀는 이제 한 쌍인가? 그래, 그렇게 되는 게 시간문제라는 걸 알고 있었지."

예루살렘은 오른손을 들어 자기 손톱을 들여다보았다.

"나는 전에도 마녀들이 활약하는 걸 봐왔어. 마녀들이 어린 소년들에게 온갖 종류의 쾌락을 약속하는 걸 봐왔다네. 어디 말해보게. 저 여자가 자기 위에 올라타라고 제안하던가? 입으로? 아니면 아래쪽으로?"

피가 거꾸로 솟구친 매튜는 예루살렘에게 주먹을 날렸다. 순식간의 일이라 매튜는 자신이 무슨 짓을 하고 있는지도 몰랐다. 그의 오른 주먹은 뻗어나가 목사의 도드라진 턱에 곧장 꽂혔다. 예루살렘은 뒤로 두 걸음 비틀거렸지만 곧 균형을 잡았다. 그는 눈을 껌벅거리며 아랫입술을 만졌고, 손가락 끝에 묻어나는 붉은 피를 바라보았다. 매튜는 예루살렘이 화를 낼 거라고 생각했지만, 그는 그저 미소만 지었다. 그 미소에는 사악한 승리의 감정이 깃들어 있었다.

"내 얼굴에 흠집을 냈군, 꼬마. 하지만 유리한 건 내 쪽인 듯한데."

"사과를 해야겠지만 안 하겠어요."

매튜는 화끈거리는 손가락 관절을 문질렀다.

"아, 그럴 필요 없네! 행동 자체가 말해주고 있으니까. 이 일은 그대의 주인에게 보고해야겠네."

"맘대로 하세요. 판사님은 제 판단을 신뢰하십니다."

"정말 그럴까?"

예루살렘이 더욱 크게 미소를 지으며 상처 입은 입술을 핥았다.

"판사가 과연 뭐라고 할까? 자기 서기가 마녀와 친밀한 대화를 나누다가 발각되었고, 그래서 당황한 나머지 갑자기 온전한 하느님의 사람을 한 대 갈겼다고 하면? 그리고 여길 봐! 이를 입증할 상처가 있다네!"

"그럼 가서 맘대로 말해요."

매튜는 무심한 척하며 말했다. 하지만 그는 판사가 이 일을 가벼이 넘기지 않으리라는 것을 잘 알고 있었다.

"선량한 기독교 신자 소년이 마녀에게 홀렸다면, 그런 행동이 어떤 결과를 낳을지 누가 알겠는가? 그대는 마녀와 불을 나누며 직접 알아내게 될 것이네. 결국 그대는 지옥에서 영원한 기쁨을 누리며 간음을 하게 되겠지."

매튜가 외쳤다.

"나가요! 하느님께 맹세코 당신을 다시 한 대 칠 거니까!"

"신성모독까지!"

예루살렘이 자랑스럽게 말했다.

"오늘은 그대에게 아주 유감스런 날이야. 내가 약속할 수 있네!"

예루살렘은 레이첼 쪽으로 고개를 돌렸다.

"그럼 불에 잘 그슬리시게, 마녀여!"

한껏 힘이 실린 그의 목소리가 감옥의 벽을 뒤흔드는 것 같았다.

"나는 그대에게 구원을 제안했고, 그대는 경건한 삶에 대한 마지막 희망을 저버렸네. 그래, 불에 타시게. 그대의 괴로운 마지막 남은 호흡에 나를 부르더라도……."

"비켜요!"

레이첼이 바닥으로 몸을 굽히며 매튜에게 말했다. 매튜는 그녀가 무엇을 집어 들었는지 보고 앞으로 다가올 범람에 대비해 잽싸게 몸을 피했다.

"……그 부름은 헛된 것이 될 것이야. 엑소더스 예루살렘은 그런 부름에…… 오오오오!"

레이첼이 배설물 양동이에 든 것을 창살 너머 예루살렘에게 끼얹자 그는 고함을 질렀다. 그리고 신성한 것과 불경한 것의 접촉을 최대한 피하려고 춤을 추듯 뒤로 물러섰다. 대부분 운이 좋았으나, 그의 신발은 세례를 받았다.

어쩔 수 없었다. 매튜는 목사가 휘청거리며 춤을 추는 모습에 웃음을 터뜨릴 수밖에 없었고, 그로 인해 예루살렘의 매서운 눈총을 받았다.

"너도 저주를 받을 거야, 이 애송이 새끼야!"

소변 한 양동이로 이 남자에게서 '그대'라는 말을 그렇게 쉽게 씻어낼 수 있다는 것이 놀라웠다.

"하느님의 노여움을 너희 연놈 머리 위로 떨어지게 할 테다!"

"그렇게 해, 그럼! 그런데 기도할 거면 어디 다른 데 가서 해!"

레이첼이 말했다.

매튜는 여전히 웃고 있었다. 그러다가 그는 예루살렘의 눈에 공포라고 묘사할 수밖에 없는 것이 떠오르는 순간을 보았다. 매튜는 목사의 부푼 자만심을 꿰뚫을 수 있는 가장 날카로운 검은 바로 비웃음이라는 사실을 깨달았다. 예루살렘은 꼬리에 불이 붙은 고양이처럼 몸을 돌려 감옥 밖으로 달아났다.

레이첼은 텅 빈 양동이를 옆으로 치우고 젖은 바닥을 내려다보았다.

"분명히 그린이 뭐라고 한마디 하겠네요."

웃음은 잠깐 동안 매튜의 영혼을 가볍게 했던 것처럼, 잠깐 사이에 사라져갔다.

"무슨 일이 있었는지 판사님에게 말씀드릴게요."

"저 사람이 당신보다 먼저 갈걸요."

레이첼은 의사에 주저앉았다.

"가서 설명을 잘 해야 할 거예요."

"내가 알아서 할게요."

"판사님은 당신이 왜 여기에 왔는지 이해 못 할 거예요. 사실 나도 잘 이해가 안 가는걸요."

"당신이 보고 싶었어요."

매튜가 어떤 대답을 해야 할지 생각해보기도 전에 입에서 말이 튀어나왔다.

"왜요? 여기에서의 일은 끝났잖아요. 안 그래요?"

"우드워드 판사님의 일이 끝났죠."

매튜가 말했다.

"나는 이 퍼즐을 계속 풀기로 했어요."

"알겠어요. 내가 정말 마녀로 변했는지 풀어보겠다는 건가요?"

"꼭 그렇지는 않아요."

레이첼은 매튜를 바라보면서 한참 동안 아무 말도 하지 않았다. 그러다가 그녀는 조용히 말했다.

"나한테 관심이 생겼어요?"

"네."

매튜는 침을 삼키기 위해 잠시 말을 멈춰야 했다.

"당신이 처한 상황에요."

"내 상황 얘기를 하는 게 아녜요, 매튜. '나한테' 관심이 생겼느냐고 묻는 거예요."

매튜는 뭐라고 말하면 좋을지 몰랐다. 그래서 대답하지 않았다.

레이첼은 한숨을 쉬고 바닥을 내려다보았다.

"영광이라고 생각해요."

레이첼이 말했다.

"진심으로요. 당신은 영리하고 친절해요. 하지만……. 당신은 스무 살이고 나는 스물여섯 살이지만, 나는 당신보다 쉰 살은 더 늙었어요. 내 심장은 이제 텅 비었어요, 매튜. 이해할 수 있겠어요?"

다시 한 번, 매튜는 뭐라고 할 말이 없었다. 지금까지 살면서 이렇게 혼란스럽고, 겁나고, 완전히 낯선 기분이 드는 건 처음이었다. 마치 자신을 통제하는 능력이 용광로 위의 버터 덩어리처럼 다 녹아 사라져버린 듯했다. 이렇게 얼간이처럼 구느니 채찍 세 대를 더 맞는 편이 나을 것 같았다.

"아까도 말했지만, 때가 되면 모든 준비가 끝나 있을 거예요."

레이첼이 말을 이었다.

"그때가 곧 올 거예요. 난 알아요. 날 도와주고 돌봐줘서 정말 고마워요……. 하지만 안 그래도 받아들이기 힘든 죽음을 더 힘들게 만들지는 말아줘요."

여자는 맞잡은 손을 무릎 위에 올려놓고 잠시 앉아 있었다. 그러더니 고개를 들었다.

"판사님은 좀 어때요?"

매튜는 억지로 목소리를 짜냈다.

"좋지 않아요. 쉴즈 선생님을 만나러 가던 참이었어요. 여기에서 진료소는 어떻게 가나요?"

"하모니 거리를 따라가요. 성문 쪽으로."

매튜는 가야 할 시간임을 알았다. 그의 존재가 레이첼을 더 깊은 우울 속으로 가라앉히는 것 같았다.

"난 포기하지 않을 거예요."

그가 맹세했다.

"뭘 포기 안 해요?"

"답을 찾기 위한 노력이요. 퍼즐의 답. 포기 안 할 거예요. 왜냐하면……."

매튜는 어깨를 으쓱했다.

"……그렇게 할 수 없으니까요."

"고마워요."

레이첼이 대답했다.

"내 생각엔…… 만일 당신이 답을 찾아내더라도…… 내 목숨을 구하기엔 너무 늦을 거 같아요. 하지만 그래도 당신에게 정말 감사해요."

매튜는 문으로 갔다. 다시 한 번 뒤를 돌아 레이첼을 봐야 할 것만 같았다. 매튜는 레이첼이 마치 이 믿을 수 없는 세상의 모든 것을 차단하려는 듯 머리와 얼굴 위로 두건을 쓰는 모습을 지켜보았다.

"안녕."

매튜가 말했다. 그러나 대답이 없었다.

매튜는 감옥을 나왔다. 하지만 그는 자신의 일부가 그곳에 남겨져 있다는 강한 느낌을 지울 수가 없었다.

*2권에서 계속됩니다.

옮긴이 **배지은**

서강대학교 물리학과와 동대학원을 졸업하고, 휴대전화를 만드는 엔지니어로 일했다. 그후 이화여자대학교 통역번역대학원을 졸업하고, 장르문학과 과학기술서적을 번역하는 프리랜서 번역가로 일하고 있다. 번역한 책으로 《샴 쌍둥이 미스터리》《Make: 아두이노 DIY 프로젝트》가 있다.

밤의 새가 말하다 1

2013년 12월 16일 초판 1쇄 발행
2021년 8월 13일 초판 2쇄 발행

지은이 | 로버트 매캐먼
옮긴이 | 배지은
발행인 | 윤호권 박헌용
본부장 | 김경섭

발행처 | (주)시공사
출판등록 | 1989년 5월 10일(제3-248호)

주소 | 서울특별시 성동구 상원1길 22 7층(우편번호 04779)
전화 | 편집 (02)2046-2869 · 마케팅 (02)2046-2800
팩스 | 편집 · 마케팅 (02)585-1755
홈페이지 | www.sigongsa.com

ISBN 978-89-527-7067-7(04840)
978-89-527-7066-0(set)

검은숲은 (주)시공사의 브랜드입니다.
본서의 내용을 무단 복제하는 것은 저작권법에 의해 금지되어 있습니다.
파본이나 잘못된 책은 구입한 곳에서 교환해 드립니다.